楚尘文化

北京楚尘文化传媒有限公司　出品

胡绍晏 译

THE SCAR
CHINA MIÉVILLE

[英] 柴纳·米耶维 著

地疤

重庆大学出版社

致我的母亲克劳迪娅

目录

致谢   1

[第一部   航道]   9

第一章   11
第二章   23
第三章   32
第四章   46
第五章   58
间章 I   另一处   73
间章 II   贝莉丝·科德万   75

[第二部   盐]   79

第六章   81
第七章   95
第八章   111
第九章   129
第十章   144
第十一章   154
第十二章   167
第十三章   179
第十四章   187
间章 III   另一处   200

[第三部　罗盘工厂]　　　　　205

　　第十五章　　　　207
　　第十六章　　　　223
　　第十七章　　　　236
　　第十八章　　　　250
　　第十九章　　　　259
　　第二十章　　　　269
　　间章Ⅳ　另一处　　277

[第四部　血]　　　　　279

　　第二十一章　　　　281
　　第二十二章　　　　294
　　第二十三章　　　　305
　　第二十四章　　　　311
　　第二十五章　　　　321
　　第二十六章　　　　329
　　间章Ⅴ　坦纳·赛克　344
　　间章Ⅵ　另一处　　352

[第五部　风暴]　　　　　　　355

　　第二十七章　　　　　357
　　第二十八章　　　　　370
　　第二十九章　　　　　378
　　第三十章　　　　　　386
　　第三十一章　　　　　395
　　第三十二章　　　　　406
　　间章Ⅶ　鼹蜥海峡　　420
　　间章Ⅷ　另一处　　　422

[第六部　晨行者]　　　　　　425

　　第三十三章　　　　　427
　　第三十四章　　　　　437
　　第三十五章　　　　　447
　　第三十六章　　　　　455
　　第三十七章　　　　　478
　　第三十八章　　　　　486
　　第三十九章　　　　　492
　　第四十章　　　　　　506
　　间章Ⅸ　布鲁寇勒　　515

[第七部 眺望]   523

　　第四十一章   525
　　第四十二章   535
　　第四十三章   550
　　第四十四章   561
　　第四十五章   586
　　第四十六章   604
　　第四十七章   616

尾声   631

　　坦纳·赛克   633

致 谢

永远感谢我深爱的艾玛·伯奇安。

向麦克米伦和德尔瑞出版社的全体员工致以无尽的谢意,尤其是我的编辑彼得·莱弗瑞和克里斯·施鲁埃普。另外,如往常一样,对米克·奇塔姆的感激,我也无法用言语形容。

所有读过草稿并给予我建议的人,我都欠你们的情:母亲克劳迪娅·莱特弗特、妹妹捷米玛·米耶维、麦克斯·谢弗、法拉·门德尔松、马克·波得、奥利弗·奇塔姆、安德鲁·巴特勒、玛丽·桑蒂斯、尼古拉斯·布雷克、乔纳森·斯特拉罕、柯琳·林赛、凯瑟琳·奥沙、西蒙·卡瓦纳。若不是他们,这本书的水准将大打折扣。

然而记忆不会随着落日平复，放眼望去，湛蓝的大海广阔而平静，破碎的心亦仿佛从伤口中被攫出。阴沉的天空里现出一抹人骨似的苍白，那道裂隙仿佛被剥去一切情绪，显露出暗藏的悲哀。镜中的我，只有赤裸裸的孱弱。

　　　　　　　　　　　　　　　——丹布佐·马尔切拉，《黑色阳光》

距离最低矮的云层下方一英里处，岩石阻断海水，海洋由此而始。

水流所经之处有着诸多称谓。每一个河口，每一处海湾都被标上地名，仿佛是独立的个体。然而所有的水都是连成一体的，难以合理地划分界限。水流游走于岩石与沙砾之间，沿着海岸蜿蜒流淌，并填充陆地之间的沟壑。

在世界的边缘，海水凛冽刺骨。陆地一般的巨大冰块断裂崩塌，又重新组合。在纵横交错的裂缝之间，是冰蟹的居所，这些哲学家背负着具有生命的冰壳。南部的浅水中，管虫、海带和食肉珊瑚构成一片森林。太阳鱼轻盈而漫无目的地穿梭游动。三叶虫聚居于骸骨和废铁之间。

海洋里充满了生命。

上层的浮游生物毕生在浪尖漂荡，至死都不曾见过海底的泥沙。平坦浅滩里的生态系统繁杂而蓬勃，沿着富含有机物的碎石堆蔓延，伸向岩石架边缘，直至没入无光的区域。

海底也有沟壑。软体动物犹如神祇一般耐心地盘踞于水下八英里深处。在那黑暗阴冷的地方，进化趋于残酷无情。凶蛮的生物释放出黏液与磷光，不知有多少忽隐忽现的触手摇摆蠕动。它们的形态源自梦魇。

海底也有深不见底的水洞。花岗岩与泥沼混合的海床之中，垂直的坑道向下延伸可达数英里，连接着异域位面，那里压力巨大，连水流都变得迟缓黏滞。水从现实的孔隙中喷涌而出，然后又渗透回去，形成危险的迴流，留下一道道裂隙，而来自未知的力量就有可能出现在那里。

在寒冷的中层深海，热流自岩石之间冒出，形成一团团滚烫的水体。那些构造精巧的生物短短一生都浸淫在暖热的环境里，从不远离富含矿物的温水，因为进入冷水会要了它们的命。

海面下的世界遍布高山、峡谷和森林，有移动的沙丘，也有冰窟和坟场。水中充满杂质。令人不可思议的浮岛借着神奇的洋流在深海中游荡。有的大小如棺柩，只不过是拒绝下沉的小石块。有的则长达半英里，表面坑坑洼洼，悬浮在数千英尺之下，顺着迟缓而神秘的水流移动。这些永不下沉的岛屿上住有居民：这里有一个个隐藏的国度。

陆地上的居住者不知道，海底世界也有英勇惨烈的战争。也有神祇和灾变。

行驶的船只侵入海天之间，于水下光线所及之处投射出斑斑黑影。商船、渔船和捕鲸船在其他舰船腐朽的残骸上方驶过。水手的尸体滋养了海水。食腐鱼将眼球和嘴唇当作美餐。有些珊瑚簇形状突兀，那是因为它们占领了桅杆和铁锚。失落的船只或有人悼念，或遭人遗忘，而布满生命的海床用藤壶将它们统统掩藏起来，并提供给鳗鱼、银鲛，以及被赶出部落的鳌虾人当作洞穴居所；但其中也居住着更为凶残的生物。

船只若是倾覆，许多天之后，尸体依然会在黑暗中缓缓坠落，到达水压足以摧毁一切活物的海底最深处。

它们在漫长的下坠过程中腐烂。触及海底黑泥的只有覆盖着海藻的骸骨。

岩石架边缘，清凉透光的水体逐渐过渡至一片令人毛骨悚然的黑暗，一名雄性鳌虾人蛰伏爬行于其间。他发现了猎物，喉咙深处一阵咔嗒作响，他将暗罩从协助捕猎的乌贼身上摘下，把乌贼放了出去。

乌贼疾速离他远去，冲向二十英尺上方一群如云团般剧烈翻扰的肥美鲭鱼，它那一尺长的触手倏忽伸缩。乌贼拽着一尾死鱼回到主人身边，鱼群在它身后再度弥合。

螯虾人斩下鲭鱼的头尾，将中段塞入腰带上的网兜里，把血淋淋的鱼头交给乌贼啮噬。

螯虾人柔软的上身没有鳞甲，能够感受到细微的水流与温度变化。随着数股交错的湍流碰撞融合，他灰黄的皮肤上感到有些麻痒。鲭鱼组成的云团突然间僵止不动，然后一阵抽搐，消失于坚硬的礁石背后。

螯虾人抬手示意乌贼靠近，稍稍舒缓它的情绪。他握住了鱼叉。

他立于岩脊之上，海草海带在身边摇曳，摩挲着他狭长的腹部。右侧是一片高耸而多孔的岩石。左侧陡峭的斜坡沉入弱光水域。他能感觉到来自下方的寒意。一眼望去，由近及远，浅蓝迅速过渡至深蓝。遥远的头顶上方，水面的光亮随着波浪晃动。而下方的光线则迅速减弱。他站立在永恒的黑暗上方，距离其边界仅一步之遥。

他在岩台边缘小心挪步。他经常来此捕猎，这里距离明亮温暖的浅滩比较远，因此猎物也比较大意。有时大型猎物会好奇地从漆黑的深海中浮上来，然而它们对他精心谋划的策略和尖利的长矛却缺乏了解。螯虾人不安地在洋流中移动，注视着远方的海水。有时候，从幽暗地带浮上来的不是猎物，而是捕食者。

一波波寒意向他席卷而来。脚下的碎石松动脱落，缓缓滚向下坡，消失于视线之外。螯虾人紧贴住滑溜溜的岩石。

下方的岩石轻轻震颤。他的皮肤感觉一阵冰凉，但那凉意绝非来自水流。石块滑动重组，新出现的罅隙间涌出一股魔力。

在那黑暗边缘，凶险的物事即将自寒水中浮现。

螯虾猎人的乌贼开始恐慌。他刚一撒手，乌贼便立即窜上斜坡，朝光亮处游去。他回头望向阴暗的水中，寻找声音的来源。

一阵令人心悸的震动过后，他试图透过满是淤泥和浮游生物的海水看个究竟。这时候，有东西动了起来。遥远的深水里，一块比人还大的石头颤了一下。螯虾人紧咬嘴唇，只见那奇形怪状的巨石突然松脱，一路颠簸着滑了下去。

石块消失之后，隆隆的滚动声仍在回响。

现在斜坡上多出一个洞，给海水染上了墨色。一时间，周围寂静无声，螯虾人感觉自己在战栗，他不安地紧握长矛，并将它举起。

接着，某种冷冰冰、难以分辨颜色的物体悄悄从洞里钻了出来。

那怪物敏捷而诡异，行踪飘忽，犹如从伤口流出的血浆，令眼睛难以辨识。螯虾人几乎僵直不动。他充满了恐惧。

又一个影子出现了。他仍然看不清楚：黑影捉摸不定，就像记忆和意象，无法确切描述。它行动迅捷，透着令人心惊的恐怖。

一个接一个，它们从黑暗中鱼贯而出，游移变幻，隐约可见，并且向四周散开，相互之间似有交流。

螯虾人一动不动。他听见水潮声中夹杂着诡异的窃窃私语。

一瞥之下，他瞪大了双眼。他看到内弯的巨齿和布满皱褶的身躯，柔韧而粗壮的怪兽在冰冷的水中扭动。

螯虾人受惊之下退了一步，脚在石坡上一滑。他试图保持安静，但为时已晚——轻微的摩擦声已经传了出去。

下方群集的黑影一齐扭转身躯，带着捕食者的慵懒。螯虾人看见大约二十只幽暗的眼睛，他在令人晕眩的恐惧中意识到，它们正注视着自己。

然后，带着骇人的优雅，它们游向上方，朝他猛扑过来。

[第一部]

航 道

第一章

离开市区仅十英里，河流便失去了奔涌的劲头，迟缓无力地注入咸涩的铁海湾。

舟船若从东面驶离新科罗布森，便会进入一片低矮平坦的区域。南岸是棚屋区和若干破烂的小码头，那里的乡村劳工靠捕鱼来补充单调的食谱。他们的孩子会谨慎地朝游客挥手。偶尔也有一座山丘或者一片黑漆漆的小树林，虽然都是无法开垦的土地，但这片区域基本上没有岩石。

水手们在甲板上眺望，越过灌木、树丛和荆棘，可以看到另一侧的大片耕地。为市区提供粮食的农庄分布于狭长弯曲的旋纹平原上，而此处已是田地的尽头。男男女女或在作物间劳作，或在黑土上犁地，或放火燃烧残茎——取决于季节。一艘艘游船悠闲地穿梭来往，看似是在田地间行驶，那是由于河渠两岸的泥土和植被遮挡住了视线，因此才有这般奇景。船只永无休止地在都市与乡村别墅之间来回，带来燃料和炼金药剂、石块和水泥，以及各种乡间的奢侈品，然后载着一袋袋谷物和肉类，穿过遍布着农舍、豪宅与磨坊的广阔田园，回到城市中去。

货物的运输从不息止。新科罗布森总是贪得无厌。

大焦油河北岸更为荒芜。

那里是一片狭长的灌木沼泽地，绵延八十英里，直到被西部渐次推进的低矮山脉完全取代。灌木林被围在河流、山脉和海洋之间，布满岩石，空旷无人。除了鸟之外，即使尚有其他生物栖息，也都不见踪影。

贝莉丝·科德万搭乘一艘向东行驶的船只。这是一年中最后一个季度，雨水连绵不绝。她看到，耕地成了一片冰冷的泥沼。水滴自半裸的树枝上滴落。树木的轮廓像用墨水印刻到云团上去似的，湿漉漉的，尚未干透。

后来，当贝莉丝回想起这一段悲惨的境遇，记忆中的细节令她震惊。她记得一群大雁鸣啼着从船的上空飞过。她记得它们排列的阵形；记得树液和泥土的气息；记得灰仄仄的天空。她记得双眼在灌木丛中搜寻，却一个人影也看不见。潮湿的空气中只有一缕缕青烟，而那些矮平房的窗户都紧紧关闭，以抵挡雨水。

还有那植物的枝叶在风中滞涩地晃动。

她裹着披肩站立于甲板之上，注意观察聆听是否有孩童在嬉戏，或者是否有人在垂钓，或者有谁在打理视野中那些残破的菜园。但她只听到野鸟的啼声。唯一可见的人形是稻草人，简陋的脸上毫无表情。

这趟旅程并不长，却像病菌一样感染着她的记忆。时间仿佛一条绳索，将她与身后的城市系在一起，随着她不断远离，每分每秒都越拉越长，她走得越远，时间就过得越慢，而这段短短的旅途也变得漫长起来。

然后绳索断了，于是她发现自己突然被抛到这里，孤身一人，远离故土。

很久以后，贝莉丝远离了一切熟悉的事物。当她从睡梦中醒来时，会惊奇地发现，自己梦到的并非生活了四十多年的城市本身，而是这一小段河流和周围那截窄长而凋零的乡间土地，虽然她置身其间才不到半天。

距离铁海湾嶙峋的海岸数百英尺处，三艘陈旧的船只停泊在一片平静的水域中。它们的锚深埋于淤泥之中，锁链上覆满了经年累积的藤壶。

它们难以胜任航海任务，船身上满是黑色污渍，船尾和船首的建筑摇摇欲坠。桅杆仅剩下残桩。烟囱冷冰冰的，结满陈年的鸟粪。

这些船挨得很近。带刺的铁链半浮半沉，串起一圈浮标，将三艘旧船围住。它们孤立于封闭的海域中，不受任何洋流的影响。

它们很显眼，很惹人注目。

稍远处的另一艘船里，贝莉丝起身来到舷窗边向外张望，过去的数小时中，她已经重复了好几遍这一动作。她双臂紧抱于胸前，俯身贴近玻璃。

她的船似乎相当平稳。下方的海水和缓平静，感觉不到晃动。

天空灰暗潮湿。围绕铁海湾的海岸线和岩丘看上去残破阴冷，到处是一片片杂草和灰白的盐碱蕨。

水面上那些木船是视野中颜色最深的物体。

贝莉丝缓缓坐回自己的床铺，继续写信。这封信就好像日记，一段段文字分别在不同日期完成。她一边读上次写的内容，一边打开一个锡盒，里面是预卷的细雪茄和火柴。她点燃雪茄，深深吸了一口，然后从口袋里掏出墨水笔，简略地添上若干词句之后，才把烟吐出来。

一七七九年，林登月二十六日，颅骨日。女舞神号。

从塔慕斯的泊位启程已有将近一周，我很庆幸离开那地方。那是一座丑陋而暴戾的城镇。

我接受忠告，在旅舍中度过夜晚，但白天我可以自由支配。

我已经看够了这个地方。它只是一片小小的工业区，自河口向南北延伸约一英里，中间被水流隔开。本地仅有数千居民，每天清晨，庞大的人流自新科罗布森市区搭载车船，来到此地工作。每到夜晚，酒吧和妓院里挤满了短暂上岸休假的外籍水手。

据说大多数声誉良好的船只都会多开几里地，驶入新科罗布森市区，到泉树码头卸货。两百年来，塔慕斯码头从未用到过一半以上的吞吐量。只有不定期的货船和海盗在这里卸货——货物最终还是会抵达市区，但限于时间和金钱，他们不愿航行额外的里程，也无法支付官方渠道所规定的高额税款。

这里总是不缺船只。铁海湾中到处是舰船——即将结束漫长的行程，进入庇护之所。不管是离开或者前往新科罗布森，来自格努克特、卡多和珊克尔的商船都会停泊在距离塔慕斯不远的地方，让船员们放松一下。有时候，在远处的海湾中央，我还看到有蛟船松开套笼，让海蛟嬉戏捕猎。

塔慕斯的经济并不止于妓院和海盗。城里到处是工场和护板墙。它已经依靠造船业度过了许多个世纪。海岸线上分布着数十个船坞，里面建有一条条滑道，仿佛由垂直桁梁构成的神秘森林。滑道上耸立着形如鬼魅的船只半成品。这里嘈杂而肮脏的工作永不停歇。

街道间布满横七竖八的小型私有铁路，负责将木材、燃料之类的物品在塔慕斯城内运来运去。各家公司都建有自己的铁路，连接其重要据点，每条线路都戒备森严。城里的铁道毫无规划，乱作一团，线路往往互相重复。

不知你是否了解这些。不知你是否造访过这座城镇。

这里的人们对新科罗布森抱有矛盾的心态。若是没有大都会的支持，塔慕斯连一天都难以维系。对于这一点，他们既了解又痛恨。他们那倨傲的独立性只是一种假象。

　　我必须在那里待三个星期。当我告知"女舞神号"的船长，我要跟他去塔慕斯，而不是从新科罗布森起程出海，他很吃惊。但我不得不坚持，我在船上的铺位是有条件的，我诈称自己了解萨克利卡特鳌虾人联邦。起航之前，我只有不到一个月的时间将谎言变成事实。

　　我作了些安排。一个叫马利卡奇的雄性老鳌虾人答应当我的老师，我在塔慕斯的日子都跟他在一起。我每天步行至鳌虾人聚居的咸水渠，坐在他家中低矮的环廊里，他将覆有甲壳的下半身歇搁在浸没水中的家具上，然后一边挠着瘦骨嶙峋的人类胸膛，一边滔滔不绝地讲课。

　　学习过程很艰难。他既不识字，也不是受过培训的教师。他待在城里只不过是因为残疾，也不知是由于意外还是遇上捕食动物，他左侧的腿只剩下一条，再也无法捕猎，就连铁海湾里那些迟钝的鱼也捉不到。假如我说我对他怀有好感，说他很有魅力，是一位坏脾气的老绅士，那样的故事也许更有趣，但他是个讨厌的人渣。不过我没有资格抱怨。我别无选择，唯有千方百计集中精神，专心听那晦涩难懂的语言（哦！真是太难了！我的大脑由于太久缺乏锻炼，变得又肥又恶心！），吸收他讲的每一个字。

　　整个学习过程匆忙而缺乏系统性——简直是一团乱麻——但等到"女舞神号"在码头停靠时，我对他那种嗒嗒作响的语言已经掌握到能够实用的程度。

　　我把那潦倒的老混蛋扔在滞塞的水中，退掉住宿，搬进了船舱里——就是现在写信的这一间。

　　我们在尘埃日早晨驶离塔慕斯，缓缓地向着铁海湾荒芜的南岸前进，那里距塔慕斯有二十英里。我看到在参差不齐的陆地和松树林边缘，静悄悄地停靠着许多船只，它们小心翼翼地排开阵形，占据了海湾周围的战略要冲。没人提及它们。我知道它们属于新科罗布森政府。有武装掠私船 [1]，也有其他种类的船。

今天是颅骨日。

锁链日那天，我说服船长让我下船，因此上午我在岸上度过。铁海湾单调乏味，但不管怎样都比那该死的船要好一点。我开始怀疑，离开塔慕斯是不是件好事。我快要被这单调而连续的波浪拍击声逼疯了。

两名沉默寡言的船员划着小艇把我送到岸边，毫无怜悯地看着我跨出船沿，在冰冷的浪花里蹚过最后几尺。我的靴子现在还硬邦邦的，沾满海盐。

我坐在碎石滩上，将一块块石子扔向水中。然后又读了会儿船上找到的那几本又臭又长的小说。我望着那艘船。它停泊在囚船附近，方便我们的船长跟典狱官一起聊天找乐子。我也留意观察囚船本身。它们的甲板和舷窗里毫无动静。从来都没有任何动静。

我发誓，我不知道自己是否能支撑下去。我想念你，新科罗布森。

我记得那段旅程。

很难相信，从市区到荒凉的大海才十英里而已。

窄小的舱室外，有人在敲门。贝莉丝撇了撇嘴，将那页纸甩干，不紧不慢地折起来，放回装私人物品的箱子里。她收拢膝盖，一边摆

---

1 指私人拥有的船只，但经政府授权可以攻击和掠捕敌对势力的商船或军舰。

弄着笔，一边看着门打开。

一名修女站在门口，双臂扶住门框两侧。

"科德万小姐，"她犹疑地说，"我能进来吗？"

"这也是你的房间，修女。"贝莉丝平静地说。她的笔在拇指上绕了个圈。这种神经质的小伎俩，是她在大学里练就的。

梅莉奥普修女稍稍往前挪动几步，坐到唯一的椅子上。她抚平身上深褐色的修女服，又整了整头巾。

"我们同舱已经好多天了，科德万小姐，"梅莉奥普修女说，"我感觉没有……说得就跟我很了解你似的。这样的情形我也不想继续下去。我们得同住同行许多个星期……融洽的关系、亲和的关系能让这段日子轻松一点……"她双手捏到一起，再也说不下去了。

贝莉丝毫无反应地注视着她，心中不由地感到一丝轻蔑与怜悯。她想象得出自己在梅莉奥普修女眼中的形象：棱角分明，严厉苛刻，瘦如枯骨，肤色苍白，嘴唇和头发都是冷冷的瘀紫色，高大而不容情理。

她心想，修女，你感觉不了解我，那是因为一星期来，我对你说的话还不到二十个字，而且我也从不正眼瞧你，但要是你跟我讲话，我就使劲瞪着你，直到你受不了为止。她叹了口气。梅莉奥普受到她职业的局限，贝莉丝想象她会在日记中写道："科德万小姐沉默寡言，但我知道，我要像姐妹一样爱她。"贝莉丝心想，我不要跟你扯上关系，不要做你的共鸣板，不管是何种琐碎的悲剧使你来到这里，我都不会为你提供救赎的机会。

贝莉丝一言不发地看着梅莉奥普修女。

当初梅莉奥普自我介绍的时候，说是要去殖民地建立教会，招募信徒，宣扬达流契和嘉罢的荣耀。她语带气声，表情扭捏，笨嘴拙舌，缺乏说服力。贝莉丝不知道梅莉奥普为何会被送去新艾斯培林，但一定跟灾祸或者不光彩的事有关，她准是违背了哪条愚蠢的修女誓约。

她瞄了一眼梅莉奥普的中段，看看宽松的袍子底下是否有隆起。

这是最有可能的解释。达流契的信女应该放弃感官的快感。

*我不会充当你的忏悔牧师，*贝莉丝心想，*我自己也面临棘手的流亡生涯。*

"修女，"她说，"恐怕你正巧碰上我在工作。很遗憾，我没时间聊天。或许下次吧。"最后那句微小的妥协让她对自己感到很恼火，不过好在也没什么影响。梅莉奥普已经退却了。

"船长要见你，"修女支支吾吾地说，语调哀怨，"在他的船舱，六点钟。"她像一只被欺负的狗一样踱出门口。

贝莉丝叹了口气，低声诅咒。她又点燃一支细雪茄，一口气抽完，然后使劲掐了掐鼻梁，再次把信取出。

她振笔疾书，"要是这天杀的修女继续讨好我，不让我清净，我就真的要疯了。诸神保佑。愿诸神让这条该死的船烂掉也罢。"

贝莉丝遵从船长的召唤前去赴约时，天已经黑了。

他的船舱也是办公室。房间很狭小，但黑木与黄铜的陈设舒适惬意。墙上有若干照片和印刷物，贝莉丝瞥了一眼便知道，这些不属于船长，而是船上本来就有的。

米佐维奇船长示意她坐下。

"科德万小姐，"等她落座之后，他说道，"你对房间还满意吧。食物呢？船员怎么样？很好，很好。"他低头略略看了一眼桌上的文件。"我想跟你提几件事，科德万小姐。"

她一边凝视着他，一边等待。他五十多岁，表情严肃，相貌英俊。他的制服整洁笔挺，并非所有船长都是如此。贝莉丝不知道怎样比较有利，是镇静直视他的眼睛，还是假扮乖巧，避开他的目光。

"科德万小姐，我们还没怎么谈论过你的职责，"他平静地说，"当然，我会尊重你，把你当作一位女士。我必须告诉你，我并不习惯雇用女性，要不是艾斯培林的官员们对你的记录和推荐材料印象不错，我敢担保……"他没有把话说完。

"我并不想让你感觉不自在。你的床铺在客舱里。用餐则在搭客餐厅。然而，你也知道，你并不是付费的乘客。你是一名雇员。你被新艾斯培林的代理人选中，而这趟旅程中，我是他们的代表。虽然对梅莉奥普修女和提尔弗莱博士来说没什么分别，但对你……这意味着我是雇主。"

"当然，你不是船员，"他继续说，"我不会像命令他们那样命令你。假如你愿意，我只是提出工作请求。但我必须强调，你一定要遵从这种请求。"

他们互相打量着。

"此刻，"他的语调略为放松，"我预见到任务量不会太繁重。大多数船员来自新科罗布森和旋纹平原，其余人也能说流利的拉贾莫语。只有到了萨克利卡特我才会需要你，而我们至少得一整个礼拜才能抵达，因此你有充足的时间放松休息，与其他乘客攀谈。我们明天一大早就起航。毫无疑问，等你起床，我们已经上路了。"

"明天？"贝莉丝说。这是她进屋以来讲的第一个词。

船长锐利地看着她。"对。有问题吗？"

"船长，"她的语调毫无起伏，"原本你告诉我，要在尘埃日起航。"

"我是说过，科德万小姐，但我改主意了。填完那些文件比我预期的要快一点，而我的同僚们今晚已经准备好交接囚犯。我们明天起航。"

"我原希望回到镇上去寄封信，"贝莉丝说，她保持语气平静，"一封重要的信，给一位在新科罗布森的朋友。"

"没有可能，"船长说，"这办不到。我不会再在这里浪费更多时间。"

贝莉丝静静地坐着。她不怕这个人，但也无法控制他。她试图找到最能激起他同情心的方法，好让他妥协。

"科德万小姐，"他突然说道，语调也变得比较柔和，这让她很吃惊，"恐怕一切已在运转之中。假如你愿意，我可以把信交给典狱官凯塔斯，但其实我并不建议这么做，因为不太可靠。到了萨克利卡特，你有机会把信送出去。就算没有新科罗布森的船只停靠在码头上，那儿还有一座仓库，我们所有船长都有钥匙，用以提取信息、备用货物以及信件。把你的信留在那儿，它将搭上下一班回家的船，不会耽搁很久。"

"你也可以由此吸取教训，科德万小姐，"他补充道，"在海上，不能浪费时间。记住：不要等。"

贝莉丝继续小坐了片刻，但她根本无计可施，只能瘪着嘴离开了。

她在铁海湾阴冷的天空下站立良久。星星不见踪影；月亮及其两个女儿——两颗小卫星——模糊不清。贝莉丝在寒气中焦虑不安地行走，她爬上一段短短的楼梯，来到高耸的船头，朝着船首斜桅走去。

贝莉丝手扶铁栏杆，踮起脚尖，刚好能够眺望黑暗无光的海面。

身后船员们的声音趋于微弱。稍远处，她能看到两点摇曳不定的红光：那是囚船舰桥上的火炬及其在黑色海水中的倒影。

一百多英尺上方，不知从何处飘来一阵轻声吟唱，也许来自鸦巢，也许来自索具之间。那乐声舒缓而繁复，不同于她在塔慕斯听过的粗陋小调。

你的信需要等一等，贝莉丝蠕动嘴唇对着水面无声地说道。你得过一阵才能收到我的消息。等我到达螯虾人的国度。

她凝视着黑夜，直至陆岸、海洋和天空的界线不再清晰。然后，在黑暗的纵容下，她缓缓往船尾移步，走向狭窄的走廊和低矮的过道，返回自己的舱室，而那舱室中的空间如此狭窄，就好像是船只设计中的瑕疵。

（稍后，在最寒冷的时分，船摇晃起来，她在床铺里翻了个身，将毯子拉至颈项，半梦半醒间，她意识到，那些活的货物上船了。）

我被绑在黑暗中，脓水流个不停。

我的皮肤收缩紧绷，只要碰一碰就剧痛难忍。我遭受了感染。虽然碰一下就会疼，我仍然到处触摸，以确认自己尚有痛感，还没有麻木。

不过仍要感谢上天赐予我这些鲜血丰盈的血管。拨弄一下疮痂，血就会溢出来。倘若不计较疼痛，这也算是个小小的安慰。

夜晚漆黑寂静，连海鸟的叫声都消失了，他们就在这个时候来提解我们。他们举着手电打开门，掀掉我们的被子。我感到有点儿羞愧，我们就这样屈服了，向这些垃圾屈服。

除了手电光，我什么也看不见。

我们躺在一起，他们就殴打，直到我们分开为止。他们开始驱赶我们，我用双臂护住胸口那团抽搐痉挛的东西。

我们经过黑漆漆的走廊和引擎室，我心头一惊，知道这是怎么回事。我比那些弯腰弓背、咳嗽呕吐的老家伙要聪明。他们害怕挪动，而我都快等不及了。

接着，我被寒冷与黑暗一口吞噬，天哪，我们居然来到了室外。

室外。

我愣住了。我诧异地愣住了。

我已经太久没有到过室外。

我们挤在一起，相互依偎，仿佛史前穴居人，仿佛近视的山精。缺少了墙壁的圈围，老家伙们感到害怕，他们也怕扰动的冷风，怕海水和空气。

也许我应该高呼诸神庇佑。也许。

整个世界黑影重重，但仍然看得见群山和水面，也看得见云。我看到四周的囚船轻微上下浮动，仿似渔夫的浮标。嘉昙在上，我竟能看见云。

真荒唐，我居然发出安抚婴儿的低吟声。不过这溺爱的声音是我用来安慰自己的。

然后他们像赶牲口一样催着我们蹒跚前行。锁链叮当作响，队伍中不时传来含混不清的惊呼声。我们拖着沉重的身躯与镣铐走过甲板，来到一条摇摇摆摆的索桥跟前。他们督促所有人过桥，这条摇曳低垂的过道连接着两艘船，每个人在那上面都会停顿片刻，他们的心思就像明晃晃的火焰一样清晰可辨。

他们考虑跳下去。

跳入海湾之中。

但桥旁边的绳墙很高，还有铁丝网圈着，我们虚弱的身体又酸疼无力，于是每个人都失去了勇气，只有继续穿越水面，来到另一艘船上。

轮到我的时候，我也像其他人一样停顿，也像他们一样太过害怕。

接着，脚下已是新的甲板，擦洗得平滑洁净的铁板随着引擎微微震动。伴随着叮当作响的钥匙撞击声，我们再次经过一段段走廊，最后来到另一间无灯的长屋。我们精疲力竭地倒下，调整位置之后，缓缓支起身，察看谁是新邻居。我的四周开始出现嘶哑的争论声。吵嘴，打斗，诱惑，强暴，这些构成了我们的政治。新的联盟和等级秩序形成了。

我独自坐在阴影里。

我仍在回味走入黑夜的那一瞬间。黑夜就像是琥珀。我是琥珀里的一条蠕虫。它将我困住，却又让我如此美丽。

如今我有了一个新家。我要尽可能久地活在那一刻，直到记忆渐渐消退，然后我就会走出来，接受我们新迁入的场所。

不知何处，管道砰砰作响，仿佛巨锤在敲打。

第二章

　　铁海湾之外的海洋桀骜不驯。贝莉丝被波涛惊醒。她绕过正在呕吐的梅莉奥普修女，走出船舱，贝莉丝不相信她只是晕船而已。

　　贝莉丝踏入风中，船帆噼啪作响，犹如被拴住的动物般使劲挣扎。巨大的烟囱排出少许煤烟，船底的蒸汽引擎发出隆隆轰鸣。

　　贝莉丝坐到一个箱子上。看来我们已经上路了，她不安地想，我们正在前进，正在远离。

　　"女舞神号"在静止停泊时似乎很繁忙：总有人擦洗清洁，搬运机件，或者在船头船尾间奔走。但现在忙碌感更是大幅增加。

　　贝莉丝眯起眼看着主甲板，她还没准备好望向大海。

　　帆缆索具上布满水手。大部分是人类，但时不时有长着尖刺的豪刺族沿绳梯攀援，登上鸦巢。甲板上有人拖拽货箱，有人转动巨大的绞车，有人用费解的缩略语呼喊指示，还有人将锁链缠到厚实的飞轮上。高大的仙人掌族沉重而笨拙，无法攀爬绳索，但在底下，他们的力量可以弥补这一缺陷，每当用力拖拽时，他们强壮坚韧的植物性肌肉便一串串鼓起。

　　穿蓝制服的军官在水手中间踱步。

　　风吹过船身，甲板上的瞭望镜罩盖如长笛一般呜呜悲鸣。

贝莉丝抽完一支细雪茄，缓缓站起身，压低视线走向船舷，等到了栏杆旁才抬头眺望大海。

根本没有陆地。

哦，天哪，哦，看啊，她处于震惊之中。

放眼望去，除了海水什么也看不到，对贝莉丝来说，这还是人生第一次。

她独自一人站在广阔的苍穹之下，焦虑如胆汁一般涌上来。她极度希望回到故乡城市的街巷里。

层层浮沫在船体周围迅速散开，时而消失，时而重现，永不停歇。搅动的水花如同致密的大理石纹理。它会为航船让路，也会为鲸鱼、独木舟和落叶让路，这是一种沉默的通融，因为突然涌起的波浪或将倾覆一切。

它就像迟钝的巨童，强壮、愚笨、反复无常。

贝莉丝不安地四下张望，寻找岛屿或突出的海岸。但此刻什么也没有。

一群海鸟跟随着他们，不时扑入尾迹中寻找腐食，鸟粪纷纷撒落到甲板和泡沫上。

他们连续不停地航行了两天。

行程已经开始，这让贝莉丝感到错愕而愤恨。她时而在走廊和甲板徘徊，时而将自己关在舱室之中。随着“女舞神号”的前进，她茫然地注视着远处的礁石和微型岛屿，有时在月光照耀之下，有时则在灰暗的日光中。

水手们扫视着地平线，并时常给粗筒火炮上油。鬣蜥海峡中成百上千的小岛和贸易集镇在航海图上都不甚明了，而在海峡另一端，新科罗布森的商业需求就像个无底洞，为其提供支援的船只源源不断，因此这里海盗横行。

贝莉丝知道，这么大一艘铁壳船，又悬挂着新科罗布森的旗帜，不太可能成为攻击目标。只是船员的警惕稍许令人不安。

"女舞神号"是一艘商船。它的构造并非为了运载乘客。没有图书馆，没有大客厅，没有娱乐室。旅客餐厅的装饰也是马马虎虎，墙上除了几幅廉价平版画之外，别无他物。

贝莉丝独自一人坐在那里用餐，对任何客套话都只回以一个音节。其他乘客则坐在肮脏的窗户底下打牌。贝莉丝隐蔽而专注地观察着他们。

回到舱房里后，贝莉丝无休止地清点着自己的物品。

她离开城市时非常匆忙，携带的衣服很少，且偏好朴素的风格，黑色或者深灰色，庄严肃穆。她有七本书：两本语言学理论、一本有关萨克利卡特螯虾人的入门书、一本多种语言的短篇小说选集、一本厚厚的空白笔记本，以及两本她自己的学术专著：《古柯泰语写作体系》和《虫眼灌木林手记》。她还有若干黑玉、玛瑙和铂金制作的首饰，一小袋化妆品，再加上墨水和笔。

她花费许多时间往信里面添加细节，描述空旷的海洋如何丑陋，粗糙的岩石如何像陷阱一般高高耸立。她写下大段文字，对乘客和高级船员予以讥讽，陶醉于漫画式的夸张手法：梅莉奥普修女，商人巴托·吉姆丘瑞，形容枯槁的外科医生莫利非凯特。寡妇卡多米安及其女儿是一对安静的母女，在贝莉丝笔下却成了诱捕男人的阴谋家。约翰尼斯·提尔弗莱则是音乐厅里的专职小丑，总是成为笑柄。她为所有人编造动机，猜测是何种原因促使他们横穿半个世界。

第二天，贝莉丝站在船的尾部，一大群海鸥和鱼鹰仍在船只排出的废水中争食，她寻找岛屿，却只看到波浪。

她感觉像是遭到了抛弃。接着，当她扫视搜寻地平线时，听到一阵声响。

博物学家提尔弗莱博士站在不远处观察鸟群。贝莉丝绷紧了脸，打算一旦他开口跟她搭话，她就马上离开。

他看见贝莉丝正注视着自己，于是心不在焉地朝她微微一笑，然后掏出一个笔记本。他的注意力很快从她身上移开了。贝莉丝看到，他开始勾勒海鸥的素描图，根本不理会她。

她猜测他有五十多岁，稀疏的头发贴着头皮往后梳理，戴一副小方框眼镜，穿着粗花呢背心。尽管他的穿着带有标准的学究气，却并不显得羸弱，也不是可笑的书呆子。他身材高挑，气质稳健。

寥寥数笔，他便精确地勾画出海鸥收拢的爪子和残忍好斗的眼睛。贝莉丝稍稍对他有了一丝好感。

片刻之后，她开始说话。

这能让旅途轻松一点，她对自己说。约翰尼斯·提尔弗莱很有魅力。贝莉丝怀疑他对船上每个人都同样友善。

他们一起午餐。她发现很容易把他从别的旅客中间拉走，而其他人则热切地注视着他们。提尔弗莱毫无心机，这一点很讨人喜欢。就算知道跟冷漠无礼的贝莉丝·科德万做伴会招惹流言蜚语，他也不在乎。

提尔弗莱很乐于谈论自己的工作。新艾斯培林的动物群落尚缺乏研究，他对此充满热情。他告诉贝莉丝，等他最终回到新科罗布森，计划发表一部专著。他还告诉她说，他正在整理画稿、相片和观察资料。

贝莉丝则向他描述前晚凌晨时分看到的岛屿，它位于北方，仿佛一座大山。

"那是北莫林岛，"他说，"坎瑟岛这会儿大概在西北方。天黑之后，我们将在鸟舞岛靠岸。"

船的位置与航程是其他旅客间永恒的话题。提尔弗莱好奇地看着贝莉丝，很疑惑她为何一无所知。她不在乎。对她来说，重要的是逃离，而不是此刻所在，也不是前往何处。

鸟舞岛恰好在日落时分出现。砖红色的火山岩构成一座座如肩胛骨般的小山尖。凯邦萨沿着海岸的坡度向上延伸。那是个贫穷丑陋的小渔港。一想到又要踏入一座依赖于海洋经济的小镇，贝莉丝就感到很厌恶，情绪也沮丧起来。

不能上岸休假的水手们闷闷不乐，而他们的同僚和乘客一起消失在踏板另一端。码头上没有其他新科罗布森船只，贝莉丝无法递送她的信。她很疑惑，为何要停泊在这个无足轻重的港口。

多年前，贝莉丝曾经前往虫眼灌木林作了一次艰苦的学术考察，除此之外，这是贝莉丝到达距离新科罗布森最远的地方。她望着码头边的一小群人，他们看上去年纪偏大，充满期待。她听见风中传来零碎的话语，大部分呼喊声是盐语，那是水手的行话，由来自各地的上千种方言捏合而成，包括鼺蜥海峡，拉贾莫和培立克，以及耶叙群岛和海盗的各种语言。

贝莉丝看到米佐维奇船长顺着陡峭的街道攀爬，朝新科罗布森使馆走去，那里的墙头上有着城堡般的垛口。

"你为什么留在船上？"约翰尼斯说。

"我不太想要油腻的食物和琐碎的小饰品，"她说，"这些岛屿让我心情压抑。"

约翰尼斯缓缓展露笑容，仿佛她的观点让他感觉很有趣。他耸耸肩，抬头望向天空。"要下雨了，"他说，就好像她也回问了同样的问题，"我在船上还有工作要做。"

"不过我们为什么要在这里停靠呢？"贝莉丝说。

"我怀疑是政府事务，"约翰尼斯谨慎地说，"这里是最后一处重要据点。再往远处走，新科罗布森的势力变得……薄弱得多。这里大概有各种各样的事需要处理。"

沉默片刻之后，他说道，"幸好这与我们无关。"

他们凝望着逐渐黑暗的海洋。

"你见过囚犯吗？"约翰尼斯突然问。

贝莉丝吃惊地看着他。"没有。你呢？"她谨慎地说。船上那些有感知的货物令她不安。

出于某种突发的状况，贝莉丝意识到必须离开新科罗布森。当时势态紧急，她很害怕。她在略带惶恐的情绪中制订计划。她需要尽快跑得越远越好。科勃西和米尔朔克似乎太近了，她在亢奋中想到了尚克尔和约拉克奇，纽瓦登和泰什。但它们不是太遥远就是太危险，不是太难走就是太古怪、太吓人。那些地方缺少可以使她安家的特质。贝莉丝惊异地发现，她难以割舍新科罗布森，难以割舍那赋予她自我定义之处，她实在很难放手。

然后贝莉丝想到了新艾斯培林。那里亟需新居民。他们从不多问。这片位于世界另一端的文明，在未知的大陆中仿佛一粒微小的气泡。源自故乡的家，新科罗布森的殖民地。诚然，那里更加艰苦，更加苛刻，缺乏关爱——新艾斯培林还太年轻，不太可能温文尔雅——但这是以她的城市为原型建立起来的文明。

她意识到，假如那就是逃亡的目的地，新科罗布森甚至还会替她支付旅费。而且还能维持通信渠道：她可以联系从家乡来的船只，也许并不频繁，但至少有固定档期。这样，她就能知道何时可以安全返回。

但是从铁海湾出发，穿越巨浪海的旅程漫长而危险，走这条航线的船上搭载着新艾斯培林所需的劳力。也就是说载满了失去自由的人：苦力、契约工和改造人。

想到暗无天日的甲板下关着的那些男男女女，贝莉丝感觉胃里的食物似乎都凝结起来，因此她尽力不去想它。假如可以选择，她宁可不要参与这样一趟旅程，不要跟如此残酷的运输贸易扯上关系。

贝莉丝抬头望向约翰尼斯，试图猜测他的想法。

"必须承认，"他犹豫不决地说，"我很惊讶，至今还没有听到过他们一丁点儿动静。我以为他们放风会比较频繁。"

贝莉丝闭口不言。她等待约翰尼斯改变话题，以便继续努力忘却脚下的货物。

她听见凯邦萨码头边的酒馆里传来愉快的喧闹声，似乎有种催逼的感觉。

在焦油和钢铁之下的潮湿空间里，人们争抢吞咽着食物。到处是凝结的粪便、体液和鲜血。到处是尖叫和互殴。锁链就像是岩石。四周一片窃窃私语。

"真可惜，孩子。"那嗓音由于缺乏睡眠而显得嘶哑，但同情却是真心的，"你没准会为此挨一顿打。"

船上的侍应生站在囚舱栏杆前，愁眉苦脸地看着陶瓷碎片和打翻的炖肉。他刚才正用勺子把食物盛入囚犯的碗里，结果手打了个滑。

"这黏土看起来像铁一样硬，不过等掉到地上就不行了。"栏杆后的人跟所有其他囚犯一样污秽而疲惫，他胸口破烂的衬衣底下，可以看到一个凸起的肉疙瘩，上面长出两根长长的触须，气味很难闻，毫无生气地下垂着，来回摇摆，肿胀而累赘。跟大多数流放者一样，他是个改造人，科学与魔法改变了他的外形，以惩罚其罪行。

"让我想起了克洛伏去打仗的故事，"那人说，"你听过吗？"

侍应生把油腻腻的肉和胡萝卜从地上捡起来，扔进一个桶里。他抬头瞥了一眼那人。

那囚犯往后挪了挪，靠到墙上。

"在世界的最初，有一天达流契从树屋里望出去，看到一支军队正朝森林前进。要我说，那不是蝙蝠族才怪，他们来讨回自己的扫帚。你知道克洛伏怎样夺走他们的扫帚，是吧？"

那侍应生大约十五岁，对于他的职务来说年纪偏大了点儿。他的衣服比囚犯干净不了多少。他瞪视着那人，咧嘴一笑，意思是，是的，他知道那故事。这突如其来的改变如此清晰显著，仿佛他瞬间换了一副躯壳。一时间，他看上去强健而自信。等到笑容消退，当他继续收拾溅出的食物和陶瓷片时，刚才突然涌现的自负依然有所留存。

"好，"囚犯继续说，"于是达流契叫来克洛伏，指给他看正在前进的蝙蝠族，然后对他说，'这是你惹的祸，克洛伏。索特又恰巧远在世界边缘，这一仗得靠你来打了。'克洛伏哀叹抱怨，唠叨个不停……"那人手指一开一合，仿佛一张健谈的嘴。

他还要说下去，但侍应生截断了话头。"我知道，"他恍然大悟地说，"我以前听过。"

接着是一阵沉默。

"啊，好吧，"那人说道，他对自己的失望很吃惊，"好吧，这么说吧，孩子，这故事我自己也很久没听过了，所以很想讲下去。"

男孩疑惑地看着他，似乎想要判断那人是否在嘲弄他。"我不介意，"他说，"随便你。我不介意。"

囚犯平静地把故事讲完，中间夹杂着咳嗽和喘气声。侍应生在栏杆外的黑暗中来来回回，清理污秽，盛舀食物。故事结尾处，克洛伏那副由烟囱帽[1]和瓷盘子凑成的盔甲裂成了碎片，把他割得伤痕累累，还不如不穿。

故事讲完之后，男孩看着那疲惫的囚犯，再次咧嘴一笑。

"你不打算告诉我其中的教训吗？"他说。

那人无力地笑了笑。"我想你是知道的。"

男孩点点头，短暂地仰起脑袋，集中精神。"'将就采用差之不远却并非完全一致的替代品还不如什么都不用，'"他念诵似的说道，"我更喜欢没有寓意的故事。"他补充说，然后在栏杆旁蹲下。

"真要命，但我跟你一样，孩子。"那人说。他停顿片刻，然后把

---

1 烟囱帽通常由黏土烤制而成。

手从栏杆间伸出。

　　侍应生稍一犹豫，并非出于紧张，只是在衡量各种利益与可能。最后，他握住坦纳的手。

　　"谢谢你的故事。我叫谢克尔。"

　　于是他们继续交谈。

第三章

当他们再次起航时，港湾中依然黑漆漆的，但贝莉丝醒了过来。"女舞神号"像着凉的动物一样颤抖振动。她翻身面对舷窗，望着凯邦萨稀疏的灯光逐渐远去。

那天早晨，她被禁止登上主甲板。

"抱歉，女士，"一名水手说，他很年轻，必须挡住她的去路，令他感到极不自在，"船长的命令：十点之前乘客不准上主甲板。"

"为什么？"

他愣了一下，仿佛挨了她的打。"囚犯，"他说，"出来散步。"贝莉丝眼中闪过一丝惊讶。"船长让他们透一口气，然后我们就得打扫甲板——他们脏得吓人。夫人，为什么不先用早餐呢？一会儿就好了。"

走出那年轻人的视线之后，她止步思量。她不喜欢这种巧合，她跟约翰尼斯才刚刚谈过。

贝莉丝想要看看下面搭载的男男女女。她不知道自己是出于好奇，还是其他较为高尚的本能。

她没有去船尾的餐厅，而是沿着船舷边的过道前进，穿过一片片阴暗的空间和一扇扇狭窄的门户。低沉的声音自墙壁后面传来，仿佛犬吠一般的人声。到了走廊尽头，她打开最后一道门，这是一个钉满隔板的步入式橱柜。贝莉丝回头望了一眼，但没有旁人。她抽完雪茄，走了进去。

贝莉丝拨开一堆干涸的空瓶，看到一扇旧窗户被隔板给挡住了。她清空隔板上的杂物，徒劳地擦拭着玻璃。

窗外不到三尺远处有人走过，她吃了一惊，猫下腰，透过污垢窥视窗外。硕大的后桅就在她跟前，远处的主桅和前桅隐约可见，而下方即是主甲板。

水手们如往常一般走动攀爬，清洗船体，绕卷绳索，仿佛例行的仪式。

另外还有一簇簇人群，他们的行动缓慢得近乎难以察觉。贝莉丝撇了撇嘴。这些基本上是人类，大多是男性，但千奇百怪，绝非普通人类。他看到一名男子，长着三尺长的弯脖子，另有一个女人，挥舞着数都数不清的手臂，另一个人整个下半身是履带，还有一个人的骨头上伸出若干金属丝来。他们唯一的共同点是褪色的衣衫。

贝莉丝从未在同一地点见过如此多曾在惩罚工厂接受改形的改造人。有的改形适合工业生产，有的则似乎除了怪异之外别无目的，畸形的嘴巴和眼睛，还有天知道什么鬼东西。

囚徒中有若干仙人掌族，但也有其他族类：一个长着断刺的豪刺人；一小群虫首人，他们头部的甲壳在无力的阳光下颤抖闪烁。当然，没有蛙人。在这样的旅程中，淡水太过珍贵，不能用来维持他们的生命。

她听见狱卒的呼喝声。若干人类和仙人掌族挥舞着鞭子在改造人中间趾高气扬地走动。囚犯们开始三五成群蹒跚着在甲板上漫无目的地绕圈。

有些人躺着不动，结果挨了罚。

贝莉丝把脸缩回来。

这些就是她看不见的旅伴。

新鲜空气似乎没能给他们带来多少活力，她冷冷地意识到。他们似乎并不喜欢这样的运动。

坦纳·赛克走得很慢，刚刚能够避免挨鞭子。他有节奏地移动视线，低头跨三步，避免吸引注意力，然后抬头走一步，观看天空和海水。

船底的蒸汽引擎使船身微微颤动，船帆尽数张开。鸟舞岛的悬崖峭壁快速从他们身边经过。坦纳缓缓地移向左舷。

他周围都是同舱的犯人。女性囚犯人数较少，她们站在稍远处，聚成一团。跟他一样，她们也都有着肮脏的脸和冰冷的视线。他没有过去搭话。

坦纳突然听见两声尖锐的呼哨，有别于海鸥的嘶鸣。他抬头望去，爬在粗重金属架上擦洗的谢克尔正低头瞧着他。男孩对上坦纳的视线之后，冲他眨了眨眼，露出一闪即逝的笑容。坦纳回以微笑，但谢克尔的目光已经移开。

一名高级船员和一名佩戴特殊肩章的水手在船头的黄铜引擎边交谈。坦纳正极力观察他们在做什么，一条细棍抽打到他的背上，不是很重，但带着威胁，下一回将更加严厉。一名仙人掌族警卫朝他吼叫，要他继续走。于是他再度举步前行。嫁接在坦纳胸口的怪异器官抽搐了一下。那对触手痒痒的，而且在脱皮，类似于严重晒伤。他往触手上啐了点唾沫，揉搓均匀，仿佛涂抹药膏。

十点整，贝莉丝一口咽下茶水，然后来到室外。甲板已擦拭干净。没有迹象表明囚犯们曾经在那上面待过。

稍后，贝莉丝和约翰尼斯站着观看海面，"想起来真奇怪，"她说，"与我们同船的那些男女，到了新艾斯培林，说不定会成为我们的属下，谁知道呢。"

"绝不是你的属下，"他说，"语言学家哪里会需要契约助手？"

"博物学家也不需要。"

"大错特错,"他温和地说,"我们有箱子需要搬进灌木林,有陷阱需要设置,有麻醉或死亡的野兽需要扛运,有危险的动物需要制服……你知道,不光是画画水彩而已。什么时候给你看看我的伤疤。"

"当真?"

"是的,"他若有所思地说,"我身上有一道一尺长的口子,那是被一头发狂的萨度拉[1]咬的……一头新生的幼兽……"

"萨度拉?真的?我能看看吗?"

约翰尼斯摇摇头。"在……敏感部位。"他说。

他没有看她,但也并不显得过分拘谨。

约翰尼斯的同舱室友吉姆丘瑞是一名失败而自卑的商人,虽然对贝莉丝垂涎三尺,却颇有自知之明。约翰尼斯从不举止轻佻,似乎在留意到贝莉丝的魅力之前,总会先想起别的事情。

倒不是说她希望被追求——倘若他当真示好,她会立刻轻蔑地拒绝。但她习惯了男人们试图跟她打情骂俏——通常都很短暂,他们很快意识到,要劝服她放弃那种冷冰冰的态度是不可能的。与提尔弗莱做伴坦率而单纯,她发现这有点儿困扰。她也稍稍考虑过,他是不是父亲口中所说的同性恋,但她没有发现任何迹象表明他对船上别的男人比对她更有兴趣。她觉得这么胡思乱想真是无聊。

她发现,每当他们之间略显暧昧,他似乎总有一丝畏惧。*也许他对这种事没兴趣,*她心想,*或者他是个胆小鬼。*

谢克尔和坦纳互换故事。

谢克尔早就知道《克洛伏纪事》中的许多故事,但坦纳通晓全部。即便是谢克尔听过的,坦纳也有不同版本,而且讲述起来有滋有味。

1　印度神话中的一种猛兽。

作为回报，谢克尔告诉他有关高级船员和乘客的事。他对吉姆丘瑞充满鄙视，曾经隔着厕所门听到他疯狂地自慰。他认为心不在焉的提尔弗莱大叔无聊至极，而对米佐维奇船长则有点怵，但他吹牛说船长曾喝醉了酒在甲板上乱晃。

他渴望卡多米安小姐。他喜欢贝莉丝·科德万——"不过这位偏好蓝黑色调的女士，说她冷酷可不太准确。"他说。

坦纳聆听着他的描绘与影射，并适时报以笑声或鄙夷的咂嘴声。谢克尔给他讲水手们的传说和寓言——龙麒麟[1]和女掠私者，马里孔人和血疤海盗，还有住在海底的各种怪物。

坦纳身后是深邃黑暗的囚舱。

搜集食物和燃料的争斗持续不断，不仅仅是残存的面包和肉：许多囚犯的改造部分是金属机件和蒸汽引擎。燃炉熄火的话，他们便无法移动，因此任何能燃烧的东西都被囤积起来。远处角落里有个老头，他借以行走的白镴三脚架已经锁死好多天了。他的燃炉里面冷冰冰的。仅当有人特意去喂他的时候，他才能吃到东西，大家都认为他活不了多久。

谢克尔被这个残酷的小国度深深吸引。他饶有兴味地看着那老头，也观察到一些囚犯的淤青。他偷偷窥视黑暗中古怪的叠影，那些是正在交媾中的人，有的出于自愿，有的正施行强暴。

他在城里的时候曾在渡鸦门主持一伙帮会，如今离开了，却仍替他们担忧。他第一次盗窃是在六岁，收获一枚谢克尔币，从此就有了这么个绰号。他声称不记得其他名字。他的帮派活动，以及偶尔的入室行窃，招来了国民卫队的强烈关注，于是他便躲到这艘船上来打工。

"再多待一个月，我就跟你一起关在那里头了，"他说，"这可没什么好处。"

---

1 印第安传说中的怪兽，鹿角、虎须、长尾、浑身披覆鳞甲。

"女舞神号"上的魔学家和魔法工匠操纵着船首的气象引擎，抽走前方的空气。船帆朝着真空鼓起；风压自后方涌来。他们高速前进。

这机器令贝莉丝回忆起新科罗布森的云塔。焦油角的屋顶上高耸着一个个巨大的引擎，神秘而破败。她感到一阵强烈的渴望，怀念那些街道与沟渠，怀念那座城市的硕大无朋。

她也怀念引擎和机械。在新科罗布森，它们包围着她。这里却只有餐厅系统和这部小小的气象引擎。船底的蒸汽机使得"女舞神号"成为一副完整的机械装置，但它不在视线之内。贝莉丝在船上游走，仿佛一枚脱位的齿轮。她被迫离开，却惦记着那种以实用为首要考量的混乱。

这是一片繁忙的海域，他们在航行中遇到过其他船只。离开凯邦萨的两天内，贝莉丝看见过三艘。前两艘不过是地平线上细长窄小的影子；第三艘是低矮的多桅快船，距离要近得多。船帆上的鸢表明它来自奥德林。它在波涛汹涌的海面上疯狂颠簸。

贝莉丝看得见那艘船上的水手。她看着他们在繁复的绳缆上摇荡，在三角船帆间攀爬。

"女舞神号"经过一串看上去荒凉贫瘠的岛屿：卡丹岛、林洛岛、埃多隆岛。约翰尼斯对每座岛的传说都了然于胸。

贝莉丝常常眺望海面。在这遥远的东部海域，海水比铁海湾要清澈得多：她能看到一片片黑影，那是巨大的鱼群。不当值的水手们坐在船沿，双腿悬于船外，时而用简陋的鱼竿垂钓，时而用小刀和煤黑颜料加工骨头或鲸齿，以制作雕刻品。

捕食动物硕大弯曲的轮廓偶尔会浮出远处的水面，比如虎鲸。有一天日落时分，"女舞神号"近距离驶过一座覆盖着树林的小圆礁。岸边有一堆光滑的岩石，其中一块忽然站立起来，水中冒出一条巨大的脖子，形似天鹅的颈项，贝莉丝的心脏几乎停止跳动。她看着那蛇颈龙晃了晃扁平的脑袋，慢吞吞地游出浅滩消失不见。

一时间，她对水下食肉动物产生了浓厚兴趣。约翰尼斯带她来到自己的舱室中查阅书籍。她看见有些书脊上印着他的名字：《萨度拉解剖构造》、《铁海湾潮池生物的捕食行为》、《巨兽学》。他找到要搜寻的专著之后，便翻给她看那些引人入胜的图片：有头部扁平、三十英尺长的远古鱼类，也有牙齿参差不齐、额头突出的魔鬼鲨。

离开凯邦萨的第二天夜晚，"女舞神号"看到了陆地：环绕着萨克利卡特的灰色海岸线参差不齐。当时是晚上九点，但天空难得的晴朗清澈，月亮及其两个女儿发出明亮的光芒。

习习海风中，贝莉丝不由地被这山峦起伏的景色所折服。她极目远望，陆地纵深处，黑黝黝的森林依附在峡谷斜坡上。岸边布满在盐水中枯死的树木。

约翰尼斯兴奋地大声吆喝。"那是巴托尔岛！"他说，"往北一百英里就是塞赫辛桥，足有二十五英里长。我原本希望能看到它，不过估计那是自找麻烦。"

船开始远离岛屿。天气寒冷，贝莉丝不耐烦地裹紧了薄外套。

"我进去了。"她说，但约翰尼斯没有理会。

他瞪着来时的方向，巴托尔岛的海岸正渐渐消失。

"怎么回事？"他喃喃地说道。贝莉丝骤然转回身，从语气中就能听出他皱着眉头。"我们要去哪儿？"约翰尼斯比了个手势，"你看……我们正远离巴托尔岛。"此刻，那座岛屿不过是海洋尽头隐隐约约的一道镶边。"萨克利卡特在**那里**——东面。本来不出几个小时就能从鳌虾人头顶驶过，但我们正向南走……**远离**鳌虾人联邦。"

"也许他们不喜欢船只从头顶经过。"贝莉丝说，但约翰尼斯摇摇头。

"那是标准航线，"他说，"从巴托尔岛往东到萨克利卡特城。通常就是这么走的。我们正驶往别处。"他在空中比画出一幅地图。"这是巴托尔岛，这是日暮岩，两者之间的海水下……萨克利卡特。而这里，我们正在前进的方向……什么都没有。只有一串怪石嶙峋的小岛。我们绕了个大圈子。不知道为什么。"

翌日清晨，其他几名乘客也注意到了反常的航线。没过多久，消息就在狭窄的走廊间传开了。米佐维奇船长在餐厅与他们会面。将近四十名乘客全都到齐了。就连苍白哀怜的梅莉奥普修女和其他受到类似症状折磨的人也来了。

"没什么可担心的。"船长向他们保证。他显然很恼火被众人召唤出来。贝莉丝的视线从他身上移开，望向窗外。我在这里做什么？她心想，我不在乎。我不在乎要去哪里，也根本无所谓怎么个走法。但她无法让自己信服，因此仍然留在原地。

"可是为什么偏离正常航线呢，船长？"有人问道。

船长恼怒地吐了口气。"好吧，"他说，"听着。我要绕道去萨克利卡特南边的鱼鳍群岛。我没有义务向你们解释这一行为。但是……"他顿了顿，以便让乘客们深刻体会到，他们所受的待遇是多么不同寻常。"在目前形势下……我必须要求诸位对以下信息的传播予以一定限制。

"到达萨克利卡特城之前，我们将绕道鱼鳍群岛，经过若干新科罗布森的产业。都是些海洋设施。公众并不知道它们的存在。眼下，我本可把你们关进舱室。但你们也许会从舷窗里看到什么东西，我宁愿不要因此而弄得谣言四起。所以你们可以自由登上尾楼甲板。但是，但是我恳求你们，作为爱国的好公民，今晚看到的一切，都得保守秘密。明白吗？"

一阵略带敬畏的沉默令贝莉丝感到厌恶。他在用夸夸其谈麻醉他们，她一边想，一边轻蔑地扭过头去。

波浪间偶有形似獠牙的岩石，但没什么更特别的。大多数乘客聚集在船尾，热切地眺望着水面。

贝莉丝的视线集中在地平线上，令她恼火的是，这里并非只有她一人。

"你觉得我们看到它的时候，能认得出来吗？"一个大嗓门的陌生女人问道，贝莉丝不予理睬。

天黑了，而且冷得厉害，一部分乘客已经回到下面。高低起伏的鱼鳍群岛在地平线上时隐时现。贝莉丝呷着温酒取暖。她感觉无聊起来，开始观察水手，而不再看海面。

早上两点左右，仅剩一半乘客仍留在甲板上，这时，东方出现了某种物体。

"诸神在上。"约翰尼斯低语道。

最初的一段时间内，它始终是一团既令人生畏，又难以辨识的黑影。然后，随着他们逐渐接近，贝莉丝发现那是耸立在海水中的一座黑色巨塔，塔顶闪烁着一团夹杂油污的火焰。

他们几乎就在它跟前经过。大约一英里远。贝莉丝瞠目结舌。

那是悬在海面上的一座平台。这庞然大物超过两百英尺见方，其重量悉数承载于三根硕大的金属支架上。贝莉丝听见它砰砰作响。

波浪拍打着支架。平台在天空中映出的轮廓像城市一样纷繁复杂。三根柱脚上方是一簇簇看似凌乱的尖顶，而吊车就像移动的手爪；最顶端是由高架桁梁构成的巨塔，不时有火焰从那上面滴落。魔法能量的涟漪扭曲了火焰上方的空间。平台下的阴影里，一条硕大的金属管道插入海中，层层叠叠的内部结构中闪烁着光芒。

"嘉罢在上，这究竟是什么？"贝莉丝倒抽了一口气说。

面对这奇特而壮观的景象，乘客们像白痴一样张大了嘴。

鱼鳍群岛最南端的山脊已成为远方的黑影。平台底下有一群狰狞的影子：铁甲巡逻船。其中一艘的甲板上忽明忽暗，发出一串复杂的灯光信号，"女舞神号"的舰桥也打出一阵灯光作为回应。

巨大的建筑物上响起一声汽笛。

此刻他们已经离它远去。贝莉丝看着它一边喷吐火焰，一边渐渐缩小。

约翰尼斯依然纹丝不动，充满了惊愕。

"我不知道啊。"他缓缓地说。贝莉丝过了好一会儿才反应过来，他是在回答她的问题。他们的视线始终停留在海中那个庞然大物上，直到再也看不清楚为止。

等它消失之后，他们在沉默中走向过道。快要到达舱室门口时，后面有人大声呼喊。

"又是一座！"

没错。数英里之外，又有一座巨型平台。

它比先前那座更大，耸立在四根饱经风霜的水泥支柱上。这座平台结构比较稀疏，每个角上各有一栋低矮粗壮的塔楼，边缘还有一台大型起重机。那建筑仿佛活物一般发出隆隆的吼声。

又有闪烁的灯光信号从护卫船上发出，"女舞神号"再次作出应答。

起风了，天空阴冷如铁。当"女舞神号"于黑暗中悄然驶过，这座矗立于荒凉大海中的巨型建筑发出阵阵咆哮，

贝莉丝和约翰尼斯又等了一小时，冻得双手发麻，呼吸化作阵阵翻滚的水汽，但再也没有别的东西出现。他们只看见海水，还有散布各处的鱼鳍群岛，形如锯齿，黑暗无光。

一七七九年，艾洛拉月五日，锁链日。女舞神号。

今天早晨我一进船长办公室，就知道有什么事惹恼了他。他咬牙切齿，表情愤恨。

"科德万小姐，"他说，"数小时后，我们即将到达萨克利卡特城。其他乘客和船员将获准离开几个小时，但恐怕你没有这样奢侈的待遇。"

他的语气冷淡而危险。他桌上的物品都已清理干净。这让我感到不安，但也无法解释为何如此。通常他总是被大堆杂物包围着。缺少这些，我们之间便没有了缓冲。

"我将会见萨克利卡特联邦的代表，由你来当翻译。你曾跟商界代表共事，了解他们的规矩。你把我的话译成萨克利卡特螯虾人的语言，对方的翻译员则把他们的代表所说的译成拉贾莫语。你要仔细听，核实他的翻译，而他也会听你的。这将能确保双方的忠实性。但你不是参与者。我说得够明白吗？"他好像教师一样强调重点，"我们之间所说的话，你要当作没有听过。你只是传声筒而已。你什么都没听见。"

我看着那混蛋的眼睛。

"我们将讨论最高级别的安全事务。科德万小姐，在一艘船上，几乎没有秘密可言。记住我的话。"他朝我探出身子，"要是你跟任何人提及讨论内容——我的军官，你那个呕吐不止的修女，或者你的密友提尔弗莱博士——我都会知道。"

毫无疑问，不用说你也明白，我很震惊。

迄今为止，我都避免与船长正面冲突，但怒气使他任性冲动。我不会向他示弱。跟无论何时都得忍气吞声相比，几个月的交恶不算是太大的代价。

除此之外，我也很愤怒。

我的语调冷若冰霜。

"船长，当你提供给我职位的时候，我们就谈过这些。我的记录和推荐材料都很干净。现在你却对我提出质疑，这与你的身份不符。"我充满威严，"我不是被强拉上船的十七岁小毛孩，能让你随便威胁，先生。我会按照合同完成工作，你不该对我的专业性表示怀疑。"

我不清楚，也不在乎是什么惹他生气。就让诸神烂掉那混蛋的皮囊吧。

此刻，我坐在"呕吐不止的修女"身边——不过说实话她似乎好一点儿了，甚至讪笑着说要在回避日组织礼拜——写完这封信。我们正接近萨克利卡特，在那里，我有机会把封好的信留下，让路过的新科罗布森船只带走。你将收到这篇长长的道别，而且仅迟到几周而已。还不算太糟。但愿它顺利寄到你处。

我想念你，但愿你也同样想念我。若是没有这种联系渠道，我不知要怎么办才好。你下次再收到我的消息至少得过一年，等到又一艘船冒着蒸汽，鼓着风帆驶入新艾斯培林的港口，到那时，想象一下我的模样吧！毫无疑问，我的头发会变长，蓬头垢面，衣不覆体，浑身印满符文，好像原始部落的巫医！如果到时候我仍记得怎样写字，便会再写信给你，告诉你我的经历，并询问家乡城市中状况如何。而你也许会回信，告诉我一切安好，可以回家。

乘客们热切地争论着前晚看到的是什么。贝莉丝对他们不屑一顾。"女舞神号"穿越烛洞海峡，进入相对平静的萨克利卡特海域。先是繁茂葱翠的日暑岩映入眼帘，然后，下午五点不到，萨克利卡特城出现在地平线上。

夕阳低沉，日光滞塞。日暑岩绿色的海岸高高矗立在北方数英里处。地平线上，萨克利卡特城林立的塔尖和屋顶自波浪间冒出，如同狭长的阴影。

它们位于一丛丛耐寒的冷水珊瑚之间，由混凝土、钢铁、岩石和玻璃建成。许多梁柱上环绕着螺旋状走道，并通过纤细如丝的桥梁相连。黑黝黝的城堡顶端耸立着繁复的圆锥尖顶，高达百尺。整个建筑群充满互不相容的风格。

杂乱的轮廓映衬在天空之下，仿佛儿童涂鸦中夸张的珊瑚礁。突出的高塔仿佛有生命的机体，其造型类似一簇簇管虫。一部分高层住宅模仿蕾丝珊瑚的形态，枝杈中分布着窄长的房屋，而低矮多窗的环形建筑犹如巨型筒状海面。另有一些建筑则呈现出火珊瑚皱褶的带状结构。

水底城市中鳞次栉比的高塔耸立在波涛上方。与海平面相齐的门洞仿佛一张张大嘴。绿色的浮藻残渣标示出潮水线的高度，涨潮时这些门洞会被淹没。

此处也有较新的建筑。岩石切割而成的椭圆形大厦表面镶着铁条，水下的屋顶上伸出突兀的支架，将其拖住。漂浮的平台上建有成排的矮砖房——就跟新科罗布森的一样——在大海中显得格格不入。

自海平面以上，直到遥远的高处，走道和桥梁上布满成千上万的螯虾人，其中也夹杂着一定数量的人类。数十艘平底游船和小舟在高塔之间悠然穿行。

准备出海的船只停泊在城区外围，拴系于海中的立柱上，都是些渔船、舢板和帆船，偶尔也会有一艘蒸汽船。"女舞神号"逐渐靠近。

"瞧那儿。"有人向下指点着对贝莉丝说——此处的海水绝对清澈。就算在微弱的光线下，贝莉丝也能看到，遥远的下方便是萨克利卡特市郊宽阔的街道。沿路的街灯看上去冷冰冰的。建筑物止于水下至少五十英尺，以保证上方的船只能顺利通过。

贝莉丝看到连接水下塔楼的过道上还有更多螯虾人居民，他们成群结队地快速移动，比上面空气中的同胞要灵巧得多。

这是个不同寻常的地方。他们停靠之后，贝莉丝羡慕地看着"女舞神号"的划艇被放入水中。大部分船员和所有乘客都在梯子跟前迫不及待地排成一列。他们咧着嘴，视线投向市区，兴奋地争论着。

此刻已是黄昏时分。萨克利卡特的高塔成为一片阴影；亮着灯光的窗户倒映在黑糊糊的水中。空气中传来轻微的声响：音乐声、吆喝声、机械研磨声，还有海浪声。

"早上两点之前回船，"一名中尉喊道，"待在人类聚居区，只要留在水面以上就行。只要不危害你的肺，就有许多事情可做。"

"科德万小姐。"

贝莉丝转身面对肯伯舜少校。

"请跟我来，小姐。潜水器准备好了。"

第四章

潜水器内空间狭窄，密密匝匝布满了铜管和仪表盘，贝莉丝挺直身子，试图越过肯伯舜、米佐维奇船长和驾驶座上的见习少尉望出去。

海浪刚才还在加固的前窗底下翻滚，一转眼，潜水船便突然摇晃起来，波涛淹没了圆形的玻璃窗，天空也不见踪影。水花声和隐约的海鸥尖啸声立即消失了。唯一的噪音只有螺旋桨旋转的呜呜哀鸣。

贝莉丝激动不已。

潜水器倾斜而舒缓地下沉，底下是看不见的岩石与沙砾。平坦的船头下，一盏强力弧光灯亮了起来，在前方海水中投射出锥形光束。

接近海底时，船头略略向上翘起。夜间的灯光在舰船巨大的黑影间淡淡地渗透下来。

贝莉丝的视线越过船长肩头，望向黑黝黝的海水。她脸上不动声色，双手却惊愕得难以保持静止。游弋的鱼群构成精准的波纹，逡巡于丑陋的金属侵入物四周。贝莉丝听见自己急促的呼吸声超乎寻常的吵闹刺耳。

锁链自头顶的船只悬垂下来，犹如树冠上挂着的藤蔓，潜水器小心翼翼地穿行于其间。驾驶员专业而灵巧地扳动着操纵杆，小艇向上滑出弧度，越过一道腐蚀颓败的小岩脊，萨克利卡特城便出现在眼前。

贝莉丝猛吸了一口气。

到处是悬浮的灯光。寒月般的冰冷光球与新科罗布森气灯深红阴暗的色调截然不同。整个城市在黑漆漆的水中闪烁，仿佛一张挂满鬼火的网。

城市外围是低矮的建筑群，分布于多孔的岩石和珊瑚之间。也有其他潜水艇在塔楼间和屋顶上平稳行驶。底下凹陷的步道逐渐攀升，通往约一英里远处的中心城区，透过海水，那里的高墙和教堂隐约可见。萨克利卡特城中央的建筑物高高耸立，一直穿透至海浪以上。即使在水下看，它们也同样纷繁复杂。这是一座盘根错节、四通八达的城市。

城中到处都是螯虾人。他们漫不经心地抬头观望从头顶上经过的潜水器。店铺门口张挂着飘荡的彩色布料，那里有螯虾人在议价；小广场中种植着修剪齐整的海带，那里有螯虾人在争论；后街小巷纵横交错，那里有螯虾人在走动。他们驾驭着货车，由奇特的役畜牵引：高达八尺的海螺。嬉戏玩耍的螯虾人幼童不时用棍棒逗弄笼子里的鲈鱼和七彩鲇鱼[1]。

贝莉丝看到一些七拼八凑、残缺不全的房屋。主街以外的珊瑚庭院里，水流冲刷着零零落落的有机垃圾。

水中的一切活动似乎都是慢动作。螯虾人在房顶游动，笨拙地拍打着尾巴。有些则从高处的岩架边缘跃下，缓缓下沉，双腿弯曲，准备落地。

在潜水器里，城市似乎寂静无声。

他们缓慢地航向萨克利卡特市中心那座庞大的建筑，沿途扰起鱼群和浮屑。这是一个真正的大都会，贝莉丝心想。它繁忙而拥挤，就像新科罗布森，但受到海水的眷顾，半藏于水下。

---

1 一种小而细长，通常无鳞的鱼。

"那是政府办公楼，"肯伯舜指给她看，"那是银行。工厂在那边。这就是螯虾人要跟新科罗布森交易的原因：我们可以帮他们发展蒸汽技术。在水下很难实现。而这里就是萨克利卡特螯虾人联邦的中央议会。"

那栋建筑造型繁复。圆球状的表面布满褶皱，仿佛一颗大得不可思议的脑珊瑚。诸多塔楼刺破水面，插入空中。侧楼——到处饰有缠绕的蛇纹和象形文字——大部分区域皆为传统的萨克利卡特式样，敞开的窗户和门洞让小鱼能够畅通无阻地出入。但有一段是密封的，装有小圆窗和厚实的金属门。排气口持续不断地冒出一串串水泡。

"这就是他们会见陆上种族的地方，"少校说道，"我们就是去那儿。"

"萨克利卡特城的水上部分也住着少数人类，"贝莉丝缓缓地说，"水面以上有的是地方，而且螯虾人一次在空气中待几小时不成问题。为什么要在水下会面呢？"

"这跟我们在国会接待室会见萨克利卡特大使的道理是一样的，科德万小姐，"船长说，"就算对他来说略有困难与不便也没关系。这里是他们的城市；我们只不过是宾客。我是指——"他转过身，用手画了个圈，仅仅把肯伯舜少校和他自己包括在内，"——**我们**。**我们**是宾客。"他又缓缓地转回身去。

你这头猪，贝莉丝愤怒地想，她的面容仿佛结了冰。

驾驶员逐渐减速，直到接近静止，然后操控着小艇穿过一道宽敞黑暗的门洞，进入侧楼内部。下方的螯虾人挥舞着手臂，指点他们向封闭的混凝土走廊尽头前进。一扇巨门在他们身后砰然关闭。

排列于墙上的粗管子里突然源源不断地涌出巨大的气泡。海水通过阀门与泻闸被排挤出去。水位慢慢降低。潜水器逐渐停落在水泥地板上，向一侧倾斜着。水降到了舷窗以下，水滴在窗玻璃上留下一条条痕迹，贝莉丝注视着外面的空气。海水排出去以后，这间屋子显得破旧肮脏。

驾驶员终于旋开紧缩的舱门，一阵宜人的凉风吹了进来。水泥地上积着一摊摊盐水。屋子本身带有海藻和鱼类的气味。军官们还在整理制服，贝莉丝便踏出了潜水器。

他们身后站着一名螯虾人。她手执长矛——过于纤细精致，贝莉丝断定，那只可能是礼仪用具——穿一副鲜绿色的胸甲，但并非金属材料。她颔首致意。

"感谢她来迎接，"船长对贝莉丝说，"让她通知议会首领，我们已经到达。"

贝莉丝舒了口气，尽量放松。她稳住情绪，回忆萨克利卡特螯虾人的词汇、语法、句式与发音，还有他们的思维方式：跟马利卡奇一起那几个礼拜的强化训练，使她学会了这一切。她匆匆忙忙，讥讽似的默念了一句祷词。

然后她开始发言，螯虾人的语言嗒嗒作响，这种短促的振颤音在空气中和水中都能传播。

螯虾人点点头，回以答复，令她如释重负。

"你们到达的消息将得到通报，"她小心翼翼地纠正贝莉丝的时态，"驾驶员留在此处。你们跟我来。"

密封的大型舷窗外是一片由华丽的海洋植物构成的花园。墙壁上覆盖着织锦，展现出萨克利卡特历史上各种广为人知的事件。地上铺着石板——相当干燥——让暗火烤得暖暖的。室内有些黑色饰品——黑玉、黑珊瑚、黑珍珠。

三名男性螯虾人颔首向人类表示欢迎。其中一人比其他同伴要年轻得多，稍稍靠后站立，就跟贝莉丝一样。

他们肤色白皙。跟塔慕斯的螯虾人相比，他们在水下生活的时间要长得多，不容易被阳光晒黑。螯虾人上半身跟人类的区别仅在于脖子上那一小块鳃，但长期水底生活导致的苍白也颇为怪异。

螯虾人腰部以下是披覆硬甲的尾巴，庞大粗糙的外壳和环环相扣的体节就像巨型龙虾。眼睛和触须的位置被人类的腹部所取代。即使在陌生的空气中，数目众多的下肢也同样繁复而灵巧，行走时发出轻微的甲壳敲击声。

他们以类似文身的方法装饰下半身的硬壳，在那里刻上图案，并用各种萃取液着色。那两个年长的鳌虾人体侧刻有特殊的符纹阵列。

其中之一走上前来，一开口就是急促的萨克利卡特语。然后是片刻的沉默。

"欢迎，"他身后的年轻鳌虾人译员说道，他的拉贾莫语带有浓重的口音，"诸位来此协商我们十分荣幸。"

会谈开始时进展缓慢。议长斯卡拉卡奇大王和议员德鲁达吉大王谈吐彬彬有礼，轻松愉悦，而米佐维奇与肯伯舜亦回以同等礼节。众人一致同意，双方能够举行此次会晤，两座大都市又保持如此良好的关系，实乃幸甚之至，而贸易则是维持双方善意的绝好途径。

议题很快发生了转换。贝莉丝的翻译十分顺畅，她发现转述的内容尽是些合约细节。"女舞神号"留下多少苹果和李子给萨克利卡特，而作为回报，可以换取多少瓶润滑膏和烧酒。

没过多久，话题转到了国家事务，显然是来自新科罗布森议会高层的详细信息：是否更换使节，何时更换，与其他势力可能签署何种贸易协定，以及这些协议将如何影响到与萨克利卡特的关系。

贝莉丝充耳不闻自己所讲的内容，直接把信息传递出去，她发现这很容易办到。并非出于爱国精神或者对新科罗布森政府的忠诚——这些她都不具备——而是因为内容的枯燥。这些秘密话题很难理解，贝莉丝转述的信息琐碎而单调，无法激起她的兴趣。她想到的只有头顶上无数吨重的海水，而让她觉得有趣的是，自己竟然毫无恐慌感。

她机械地翻译着，几乎话一出口便立即忘掉。

船长语气突然一转，她发现自己开始认真聆听。

"我还有一个问题，阁下，"米佐维奇船长呷了一口酒说道，贝莉丝将他的话转译成喊哩喀喳的萨克利卡特语，"在凯邦萨，我接到新科罗布森代表的命令，前去核实一个古怪的传言。这件事太荒谬了，我当时以为肯定是误会。不过我还是去鱼鳍群岛绕了一圈——正因为如此，这次会谈我们来迟了。

"绕道途中，我发现传闻是真的，这让我感到……沮丧和担忧。我提起这件事是因为它会影响到我们与萨克利卡特的友好关系。"船长语调严肃，"这与我们在萨克利卡特海域的利益有关。两位议员一定知道，在鱼鳍群岛最南端，有我们……至关重要的投资，为此我们支付了大笔费用，以获取系泊权。我指的当然是我们的平台，我们的钻塔。"

贝莉丝从没听过钻塔这个词，因此用流利的拉贾莫语来表达。螯虾人似乎能理解。贝莉丝继续保持机械而流畅的翻译，但她热衷地听着船长说的每一个字。

"我们在午夜过后相继经过两座平台。无论是'侏儒号'，还是'渣滓星号'，都一切正常。但是，议员们……"他放下酒杯，坐姿前倾，严厉地瞪着他们，"我有个非常重要的问题。**还有一座在哪里？**"

螯虾人官员注视着船长。接着，仿佛排演好的喜剧，他们缓缓对视一眼，然后望向米佐维奇船长。

"我们承认很……困惑，船长。"那名译员平静地替领袖转述，语调没有变化，但贝莉丝短促地对上他的视线。他俩之间传递着某种共有的惊诧，某种相互理解。

*我们这是掺和进什么事了，兄弟？*贝莉丝心想。她很紧张，渴望抽一支细雪茄。

"你说的，我们不清楚，"与她处于对应地位的螯虾人继续说道，"只要系泊租金到位，我们并不关心那些平台。出了什么问题，船长？"

"问题是，"米佐维奇语气严峻，"我们的深海钻塔，我们的移动平台'高粱号'不见了。"他等待贝莉丝的翻译赶上来,然后继续让沉默延长。"另外,我还得补充一点,附属的五艘铁甲舰,以及所有主管、职员、科学家和地质感应员也都不见了。

"三周之前,鸟舞岛就首先接到消息,'高粱号'不在系泊点上。其他钻塔的人员询问,为何他们没有获悉'高粱号'重新部署的命令。然而命令并不存在。"船长放下酒杯,凝视着两名螯虾人,"'高粱号'还需要留在原地至少六个月。它应该就在那儿。议长,议员——**我们的钻塔怎么了**?"

等到斯卡拉卡奇再次开口,那名翻译也仿效他的轻声低语。"我们一无所知。"

米佐维奇船长将双手拢到一起。"这事发生在区区一百英里之外,位于萨克利卡特的海域内,在你们的舰队和猎人惯常巡游的地带,然而你们一无所知?"他语气克制,但带着威胁,"两位议员,这太奇怪了。你们不清楚这是怎么回事吗?她是在狂风暴雨中沉没了,还是遭到了攻击和破坏?你们就这样告诉我说,什么消息都没有?就在你们海岸边发生的事,你们却完全不知情?"

又是一阵冗长的沉默。两名螯虾人凑在一起低声耳语。

"我们听到很多流言……"斯卡拉卡奇大王通过翻译说道,德鲁达吉目光尖锐地看着他们俩,"但没听说过这件事。对于新科罗布森的朋友,我们可以奉上支持与同情——但无法提供情报。"

在短暂地与肯伯舜低声商谈之后,米佐维奇船长说道:"必须声明,我深感不快。新科罗布森不能继续为一座不存在的钻塔支付系泊费。我们的租金因而将削减三分之一。关于你们无力提供协助的情况,我会传话回去。这必将引起怀疑,作为我方利益的监护者,萨克利卡特是否能胜任。我们的政府会希望进一步商谈。或许将有新的议程安排。多谢你们热情款待,"说着,他把杯子里的酒一饮而尽,"我们在萨克利卡特港口停留一晚,明天一早起程。"

"请稍等，船长。"议长抬手示意，他急促地朝着德鲁达吉低语了几句，德鲁达吉点点头，迅速而得体地退出房间，"还有一件事需要讨论。"

等到德鲁达吉回来时，贝莉丝惊异地瞪大了眼睛，他身后跟着一名男性人类。

他显得如此突兀，贝莉丝呆住了。她像白痴一样盯着他看。

那人比她稍许年轻，有一张开朗愉快的脸。他背着一个大包，衣着虽然干净但很破旧。他朝贝莉丝露出友好的微笑。她微微皱起眉头，将视线移开。

"米佐维奇船长？"那人的拉贾莫语带有新科罗布森口音，"肯伯舜少校？"他与他们一一握手。"恐怕我不知道这位女士的名字。"他一边说，一边伸出手。

"科德万小姐是我们的翻译，先生，"船长抢在贝莉丝作出回应之前说道，"有什么事就跟我说。你是谁？"

那人从衣服里抽出一束卷轴，看起来像是正式文件。

"那上面解释了一切，船长。"他说。

船长凝神阅读。片刻之后，他猛然抬起头来，鄙夷地晃了晃卷轴。

"真见鬼，这是什么蠢东西？"他突然恶狠狠地说，把贝莉丝吓了一跳。他把卷轴塞给肯伯舜。

"我想情况应该很清楚了吧，船长，"那人说，"我还有其他复本，以防万一您被怒气冲昏头脑。恐怕我得征用您的船。"

船长发出短促而响亮的笑声。"哦，是吗？"他的声音危险而尖锐，"真的吗，呃……"他俯身查看少校手上的纸。"费内克先生？是真的吗？"

贝莉丝瞥了一眼肯伯舜，意识到他正惊愕而担忧地注视着新出现的那个人。他打断了船长。

"长官，"他紧迫地说道。"我是否能建议就此谢过东道主，让他们回去处理自己的事务？"他意味深长地看着螯虾人译员。他正在仔细聆听。

船长稍一犹豫，然后生硬地点点头。"请告知东道主，他们的款待极其热忱，"他唐突地命令贝莉丝，"感谢他们抽空前来会面。我们自己能找到回去的路。"

贝莉丝说完，那名螯虾人优雅地鞠了一躬。两名议员再次上前握手，而船长则勉强压制着怒气。议员们朝着费内克先生出来的方向走了回去。

"科德万小姐？"船长指了指通向潜水器的门，"请在外面等我们。这是政府事务。"

贝莉丝在过道里一边徘徊，一边暗暗咒骂。她听见船长冲动的咆哮声从门的另一侧传来。但尽管她伸长了耳朵，却仍无法分辨出词句。

"该死。"她一边喃喃低语，一边回到那间平淡无奇的水泥房间，潜水器停在那里，像一头无精打采的怪兽。螯虾人侍者漫不经心地等待着，发出轻微的嗒嗒声。

潜水器驾驶员正在剔牙。他呼出的气有一股鱼腥味。

贝莉丝靠在墙边等待。

二十多分钟后，船长夺门而出，肯伯舜紧跟其后，拼命想要平息他的怒火。

"这会儿他妈的别跟我说话行不行，肯伯舜？"船长吼道，贝莉丝惊讶地瞪视着他们，"千万别让该死的费内克先生出现在我视线里，否则我无法为所发生的事负责，就算有议会签署封印的信也他妈没用。"

少校身后，费内克从门边向外窥探。

肯伯舜挥手示意贝莉丝和费内克赶紧坐到潜水器后面。他惊慌失措地走到贝莉丝前面，在船长身边入座。贝莉丝看到，他尽量与米佐维奇保持距离。

海水开始通过墙壁重新灌入水泥房间，隐藏的引擎发出轰鸣，使得船身震动起来，那名穿着破皮夹克的男子扭头朝贝莉丝微笑。

"赛拉斯·费内克。"他一边低语，一边伸出手来。贝莉丝略一迟疑，然后握了握他的手。

"贝莉丝，"她喃喃道，"科德万。"

返回水面的途中没人说话。登上"女舞神号"甲板之后，船长快步冲向自己的办公室。

"肯伯舜先生，"他大声说，"带费内克先生来见我。"

赛拉斯·费内克看到贝莉丝正注视着自己。他朝船长的背影摆摆头，略微翻了个白眼，然后颔首道别，跟随米佐维奇快步走去。

约翰尼斯不在，他去了萨克利卡特城里。贝莉丝愤愤地望着水中的灯光塔影。"女舞神号"船侧的小艇都不见了，也没人能划桨送她离开。贝莉丝充满沮丧。就连整天低声呜咽的梅莉奥普修女也打起精神下了船。

贝莉丝去找肯伯舜，他正监督手下人修补损坏的船帆。

"科德万小姐。"他毫无热情地看着她。

"少校，"她说，"我想知道，怎样把信存入米佐维奇船长提起过的新科罗布森库房。我有紧急信件需要送出……"

她的话音逐渐低落。他在摇头。

"不可能，科德万小姐。我没有人手护送你，也没有钥匙，更不打算这会儿去问船长……你还要我说下去吗？"

贝莉丝感觉一阵悲哀，她发现自己纹丝不动地站立着。

"少校，"她缓缓地说，语气中避免流露任何情感，"少校，船长本人答应过，我可以把信存进去。这极其重要。"

"科德万小姐，"他打断她，"要是这事我说了算，我会亲自送你去，但我真的不能，而且恐怕没有回旋的余地。另外……"他神情诡秘地抬起头，压低嗓音继续说道，"另外……请不要跟旁人提起，但是……你不需要那间库房。我不能透露更多。再过几小时你就会明白。船长已经下令明天一早开会。他会作出解释。相信我，科德万小姐。你不需要把信存在这里。我向你保证。"

他在暗示什么？贝莉丝惶恐而兴奋地思忖。他究竟在暗示什么？

跟大多数囚犯一样，坦纳·赛克从不远离自己争得的地盘。这里靠近偶尔透下的光线，也靠近食物，因此很抢手。曾经有两次，有人试图侵占他的领地，趁他去方便的时候挪过来。两次他都成功劝说入侵者离开，没有引发打斗。

他总是连续好几个小时缩在牢房一角，背倚着墙，保持坐姿。谢克尔从不需要寻找他。

"喂，赛克！"

坦纳正在打盹，过了好一会儿才驱走迷迷糊糊的感觉。

谢克尔隔着栏杆朝他咧嘴微笑。"醒醒，坦纳。我要告诉你萨克利卡特的见闻。"

"闭嘴，小子，"坦纳身旁的人抱怨道，"我们要睡觉。"

"滚开，混蛋改造人，"谢克尔骂道，"下次我来的时候你还想吃到东西吗，嗯？"

坦纳挥手调解。"好吧，好吧，老弟，"他一边说，一边尽力清醒过来，"要告诉我什么你就说，但小声点，嗯？"

谢克尔咧嘴一笑。他喝醉了，处于兴奋状态。

"你有见过萨克利卡特城吗，坦纳？"

"没有，老弟。我从没离开过新科罗布森。"坦纳轻声说。他压低嗓门，希望谢克尔也学他的样。

男孩翻了个白眼，坐定下来。"乘上小艇，划过从海里冒出来的大楼。有些地方的楼像树林一样密集。还有大桥，在很高的地方，有时候……有时候你能看见人——有普通人类，也有螯虾人——就从那上面跳下来。如果是人类，那就是跳水的姿势，如果是鳌虾人，就把所有腿都缩起来，他们落到水里，迅速游走，或者消失在水下。

"我去了一间酒吧，在陆居区。那儿有……"他双手忙乱地来回比画着，"跨出小艇，穿过一个大门洞，来到一间大房间，里面有跳舞的——舞女。"他孩子气地咧嘴笑道。"酒吧旁边竟然没有地面……那儿是一道斜坡，通往海水底下好几英里。下面全都亮着灯。坡道上鳌虾人来来往往，上上下下，有的来酒吧，有的回家去，有的冒出水面，有的钻回水底。"

谢克尔不停地晃着脑袋，咧嘴傻笑。

"我们当中有个家伙喝得太多，跨下了水。"他大笑道，"我们只好把他捞上来，他浑身都湿透了。我不知道，坦纳……我从没见过这样的地方。他们就在我们脚下爬来爬去，就现在。真像一场梦。它就在海中央，水下比水上更繁华。就好像水中的倒影……但他们可以走进倒影里去。我要去看一看，坦纳。"他迫切地说。"船上有潜水服和头盔什么的……我一会儿就下去，你知道。我要看看他们眼中的景象……"

坦纳努力想要找些话来讲，但他仍然很疲倦。他晃了晃脑袋，试图回忆《克洛伏纪事》中有关海洋生命的故事。但还没来得及开口，谢克尔就趔趔趄趄地站了起来。

"我得走了，坦纳，"他说，"船长到处贴满了告示，说早晨要集合，有重要指示，什么什么的。我最好去闭会儿眼睛。"

等到坦纳记起克洛伏与海螺杀手的故事，谢克尔已经不见了。

第五章

贝莉丝第二天起床时，"女舞神号"已在广阔的海洋中。

随着他们逐渐东行，天气不再那么寒冷，在船长召集的会议上，乘客们不用穿上太厚实的衣服。水手们站在后桅的阴影里，高级船员则等在通往舰桥的楼梯边。

新来的赛拉斯·费内克独自站在一边。他看到贝莉丝望着他，便向她露出微笑。

"你见过他吗？"约翰尼斯·提尔弗莱在她身后问道，他揉搓着下巴，好奇地观察费内克，"你跟船长一起去了水下，对不对？费内克先生就是那时候出现的？"

贝莉丝耸耸肩，移开视线。"我们没有交谈。"她说。

"你知道我们为什么偏离航线吗？"约翰尼斯问。贝莉丝皱起眉头表示不解。他恼火地看着她。"太阳，"他缓缓地说，"太阳在我们左边。我们正往南开。方向错了。"

船长出现在楼梯顶端，甲板上的低语声安静下来。他将紫铜喇叭举到嘴边。

"感谢大家如此迅速地集结。"扩大的话音在头顶的风中微微回响，

"我有个令人不安的消息。"他暂时放下话筒，似乎在斟酌词句。等到他再次开口时，语调犀利坚决。"这么说吧，我不会容忍争论与异议。这件事不作讨论。我针对不可预见的情况作出反应，但拒绝任何质疑。我们不去新艾斯培林。我们回铁海湾。"

旅客中爆发出一阵惊愕与愤怒，船员们也疑惑地窃窃私语。他不能这样！贝莉丝心想。她感觉一阵恐慌——但并不惊讶。她意识到，自从肯伯舜的暗示之后，她已预料到此种情况。她也意识到，一想到要回去，内心深处便有一种欣喜。她努力抑制这种感觉。我不可以回去，她狂躁地想，我必须离开。现在怎么办？

"好了！"船长喊道，"正如我所说的，作出这个决定并不容易。"他提高嗓门，压过抗议声。"一周之内，我们将回到铁海湾。付费的乘客，我们将另作安排。你们或许得搭乘另一艘船，我明白这会让旅程延长一个月，对此，我只能表示抱歉。"

他的脸色阴沉而愤怒，根本不像抱歉的样子。"新艾斯培林还得多等你们几个星期。到三点为止，乘客只限于在尾楼甲板活动。船员留下接受新命令。"他放下喇叭，来到下面的甲板上。

一时间，他成了唯一移动的物体。接着，僵止的局面被打破，几名乘客违令向前走来，要求他改变主意。随着他们的接近，船长高声怒斥。

贝莉丝注视着赛拉斯·费内克，将前因后果拼凑到一起。

他不动声色地观察着激愤的人群。他发现贝莉丝在看他，便与她对视了片刻，然后不紧不慢走开了。

约翰尼斯·提尔弗莱似乎彻底惊呆了。他瞠目结舌的模样近乎滑稽可笑。

"他到底要干嘛？"他说，"他在说什么？我不能在铁海湾的雨水里再等两个星期！天哪！我们为什么往南走？他又要绕道鱼鳍群岛……这究竟怎么回事？"

"他要找样东西，"贝莉丝用只有他能听见的声音说道，她拽着约翰尼斯的手臂，悄悄将他带离人群，"我不会像你那样浪费口舌，抱怨船长。他一定不会向你承认，但我相信他丝毫没有选择的余地。"

船长在甲板的扶手之间来回走动，他掏出一副望远镜，扫视着地平线。几名军官大声呼喊，向鸦巢中的人们发出指示。贝莉丝注视着困惑的乘客们议论纷纷。

"这家伙真不知羞耻，"她无意中听到，"居然对付费的乘客这样大叫大嚷。"

"我在船长办公室外听到有人指责他浪费时间——不遵从命令，"卡多米安小姐疑惑地陈述道，"这怎么可能？"

是费内克，贝莉丝心想。他恼火是因为不能直接返回。米佐维奇要……怎样？大概是沿途寻找高粱号的踪迹吧。

经过鱼鳍群岛后，海洋更加阴暗，更加汹涌，更加寒冷——海水连成一片，不再点缀着礁石。天空苍白黯淡。他们已经过了鼹蜥海峡。这里是惊涛洋的边缘。贝莉丝厌恶地凝视着无垠的碧波，感到一阵晕眩。她想象连绵的海浪一路向东延伸三千、四千，甚至五千英里，然后闭上眼睛。海风执著地推搡着她。

贝莉丝发现自己又想起了那一截滞缓的河流，那条连接新科罗布森与大海的脐带。

费内克再次出现，当他匆匆穿过尾楼甲板时，被贝莉丝给截住了。"费内克先生。"她说。

一见到她，他的表情开朗起来。"贝莉丝·科德万，"他说，"希望这次绕道没给你添太多麻烦。"

她示意他过来，去一个周围乘客与船员听不见的地方。船上有根巨大的烟囱，她在烟囱的阴影里停下。

"恐怕确实不太方便，费内克先生，"她说，"我的计划非常特殊。这对我来说是个严重的问题。我不知道何时才能找到另一艘愿意雇用我的船。"赛拉斯·费内克点点头，含含糊糊地表示同情。他显然心有旁骛。

贝莉丝继续说下去。"强制改变计划让我们的船长极其愤怒，不知你是否愿意透露一点情况。"她稍一犹豫，"能不能请你告诉我这是怎么回事？"

费内克扬起眉毛。"我不能透露，科德万小姐。"他语气温和地说。

"费内克先生，"她冷冷地低语道，"乘客的反应你都看到了，你知道这个决定有多么不得人心。你不觉得我——其实是我们所有人，不过尤其是我——应该讨个说法吗？要是把我的猜测告诉其他人——一切麻烦全都归咎于那个神秘来客——你能想象会是什么结果吧。"贝莉丝急促地说道，试图激怒或羞辱他，逼迫他说出真相。但当她看到他的反应，便立即打住了话头。他的脸色突然间完全变了。

他收起和蔼而略带神秘的表情，沉下了脸。他竖起一根指头示意她安静，然后匆匆环顾四周，并加快了语速。他的语气诚恳而迫切。

"科德万小姐，"他说，"我理解你的愤怒，但你必须听我说。"

她挺直身子，凝视他的眼睛。

"你得收回威胁。我不在乎你所指的职业道德，或者什么荣誉感，"他轻声说，"对这些事，也许你跟我一样玩世不恭。但我得恳求你。我不知道你发现了什么，猜到了什么，然而我必须告诉你的是，这件事关系重大——明白吗？——我一定要毫无耽搁，毫无阻碍地迅速回到新科罗布森。"他停顿良久。

"此事……事关重大，科德万小姐。你不能随便胡来。请千万保守秘密。我相信你是言行慎重的人。"

这不是威胁。他的表情和语气虽然严肃，但并不过火。正如他所说的，他是在恳求，而不是逼迫她就范。他谈话的态度就像对待伙伴或知己。

他那狂热的态度令她动容，令她震惊，她意识到自己绝不会把刚才听到的一切说出去。

他从她脸上看出这一决定，敏锐地点点头以示感谢，然后走开了。

在舱室里，贝莉丝开始制订计划。塔慕斯不安全，不可久留。她必须尽快登上另一艘船。她迫切地期盼着顺利抵达新艾斯培林，但也带着不祥的预感意识到，自己毫无选择的权力。

她并不惊讶，只是理性而缓慢地意识到，她能去哪里就得去哪里。她不可以耽搁。

贝莉丝独自一人，远离船上弥漫着的愤怒与困惑气氛。她的希望逐渐枯竭。她感觉犹如一页干枯脱水的旧纸，甲板上狂暴的气流就能将她卷走。

了解一点点船长的秘密并不能给她带来安慰，她从未感觉过如此无依无靠。

她拆开信上的封印，叹了口气，开始往最后一页添加内容。

一七七九年，艾洛拉月六日，颅骨日，夜，她写道。唉，亲爱的，有谁能想到呢？还有机会再添上一小段。

这给予她安慰。尽管撒娇似的语调有点做作，但能让她感到安宁。即使等到梅莉奥普修女回来睡觉，她也没有停笔。她在小油灯的微光下继续书写，在信中暗示阴谋与秘密，与此同时，惊涛海一成不变地咬啮着"女舞神号"的铁壳。

七点钟时，疑惑的呼喊声吵醒了贝莉丝。她来不及系好鞋带，就跌跌撞撞地跟着其他睡意惺忪的乘客一起走进日光之中。面对明亮的光线，她眯起眼睛。

水手们扑在左舷栏杆上，一边指指点点，一边叫嚷。贝莉丝顺着他们的视线望向地平线，然后意识到他们正看着上方。

远处海面上，有个人纹丝不动地悬在两百英尺的高空。

贝莉丝如白痴一般瞠目结舌。

那人像婴儿一样踢着腿，盯着他们的船看。他仿佛站立在空中，身上绑着索具，挂在一颗胀鼓鼓的气球底下。

他在腰带上一阵摸索，有个东西掉落下来，慵懒地旋转着坠入海中，大概是用来压重的沙囊。他骤然上升了四十英尺，伴随着隐约的螺旋桨声，划出一道笨拙的曲线。他开始远远地围绕"女舞神号"转圈，飞行路线摇摆不定。

"该死的，快回到岗位上去！"听到船长的声音，水手们立即一哄而散。他大步走到主甲板上，用望远镜观察那个缓缓转动的人影。那人悬浮在桅杆上方的天空中，隐约透着威胁。

船长用喇叭朝着空中的飞人呼喊。"上面的人听着……"他的声音传得很远，就连大海也似乎安静下来，"这是隶属新科罗布森武装商船队的蒸汽船'女舞神号'，我是船长米佐维奇。我要求你降落，并表明身份。假如你不遵从，将被认为是敌对行为。你有一分钟时间准备下降，否则我们将采取自卫措施。"

"嘉罢在上，"约翰尼斯低声说，"你见过这种事吗？他不可能来自陆地，太远了，一定是哪艘船派来的探子。那船在地平线以外，我们看不见。"

那人继续在上方盘旋，一时间，四周只有他引擎的蜂鸣声。

终于，贝莉丝轻声说道："海盗？"

"有可能。"约翰尼斯耸耸肩，"但这儿的海盗劫不了像我们这样拥有诸多枪炮的大船，他们总是以木壳小商船为目标。假如那是掠私船……"他撇撇嘴。"嗯，假如是法瓦迪索或者其他什么地方颁发的许可证，其火力也许能与我们匹敌，但要是冒着跟新科罗布森开战的危险，那就太疯狂了。嘉罢为证，掠私战争已经结束了！"

"好吧！"船长喊道，"这是最后一遍警告。"四名火枪手已在栏杆边就位，瞄准空中的访客。

那人的马达声立即起了变化，他一个急转弯，开始沿着不规则的路线向远处飞去。

"开火，真该死！"船长喊道，枪声响起，但那人已加速撤离，逃出了射程。气球飞人渐渐远去，缓慢持久地向着地平线下沉。他前进的方向上什么也看不到。

"他的船肯定在二十英里开外，"约翰尼斯说，"他至少要一小时才能到达。"

船长朝着水手们呼喊，让他们武装起来，分成一个个小组，部署于船的四周。他们紧张不安地摸索着枪支，凝视着缓缓移动的海面。

肯伯舜快步走向群集的乘客，命令他们回到舱室或餐厅。他的语气简洁生硬。

"任何海盗都难以与'女舞神号'抗衡，那探子应该很清楚，"他说，"但在我们回到鱼鳍群岛之前，船长强烈要求你们避免阻碍船员的行动。好了，请吧。"

贝莉丝口袋里揣着那封信静坐良久。她在半满的餐厅里抽烟、喝水、喝茶。起初，空气中充满紧张气氛，但一小时后，恐惧感稍有减退。她开始看书。

接着，外面传来沉闷的呼喊声，并伴随着奔跑引起的震动。贝莉丝掀翻茶叶残渣，与其他乘客一起冲到窗口。

海面上有几个黑影正朝他们快速前进。

都是些低矮的小型铁壳侦察舰。

"他们疯了！"莫利非凯特医生嘶哑地说，"有多少来着，五艘？不可能打败我们！"

"女舞神号"甲板上一声巨响，领头那艘船跟前的海面上涌起一大股蒸汽与海水。

"这一炮是警告，"有人说，"但他们没有回头。"

那艘小船穿过剧烈震荡的海水，继续前进，自杀式地冲向大铁船。头顶上传来更多奔跑的脚步声和呼喝的指令。

"看来有点儿棘手。"莫利非凯特医生皱着眉头说，这时"女舞神号"剧烈地摇晃起来，并发出金属摩擦声。

货舱里，坦纳·赛克猛然跌倒在邻伴身上。到处是惊恐的呼喊。改造人互相撞击，血痂和化脓的皮肉撕裂开来，引发一阵阵痛苦的嘶叫。

关在黑暗中的囚犯们感觉船就像突然从海面上跃了起来似的。

"怎么回事？"他们对着舱门嘶喊，**"这是怎么了？救救我们！"**

他们踉踉跄跄，连踢带爬地涌到铁栏杆跟前，互相挤压推搡。恐惧的嘶喊声愈发密集嘈杂。

坦纳·赛克与同伴们一起呼喊。

没人理睬他们。

船来回摇晃，仿佛遭受重击。贝莉丝被甩到窗口。乘客们散落各处，他们尖声呼叫着站起来，拨开凌乱的椅子和凳子，眼中带着惊惧。

"嘉罢在上，这是怎么了？"约翰尼斯喊道。旁边有个人在祈祷。

贝莉丝跟众人一起磕磕绊绊地来到外甲板上。左舷方向，那些小型装甲舰仍在朝着"女舞神号"挺进。但在先前没人留意的右舷，不知从何处冒出一艘高大的黑色潜水艇，紧挨在他们的船边。

它有百余尺长，镶满管道和一片片金属鳍翼，铆钉的缝隙间和舷窗的下缘仍有海水流淌下来。

贝莉丝目瞪口呆地望着这头凶神恶煞的怪物。水手和军官们混乱地呼喊着，在两边栏杆之间跑来跑去，试图重新部署。

潜水艇的两个顶舱掀了起来。

"**你们！快进去！**"甲板上，肯伯舜指着乘客们说道。

贝莉丝退回到走廊里。

哦，嘉昙救我，哦，诸神保佑，哦，真要命，她的思绪一片混乱。她慌乱地环顾四周，耳中只听到乘客们在没头没脑地瞎跑。

突然间，她想起了那个小橱柜，从里面可以看到甲板。

隔着薄薄的墙壁，她能听见外面的呼喊声和枪炮声。她发狂似的清空窗口的搁板，把眼睛贴到肮脏的窗玻璃上。

一股股烟雾玷污了空气。惊惶溃败的人们从玻璃窗外跑过。下方甲板上，一小撮一小撮的人群正在搏斗，场面混乱不堪。

入侵者大多是男人和仙人掌族，也有若干外表凶悍的女人，还有改造人。他们的穿着夸张怪诞：色彩鲜艳的长外套和马裤，高筒靴，镶钉皮带。跟舞台剧和廉价印刷品中的海盗不同，他们的衣衫陈旧污秽，脸上表情坚决，进攻统一而高效。

贝莉丝目睹着这一切入微的细节。在她意识中，那就像一幕幕舞台造型，又仿佛一幅幅胶印照片，于黑暗中逐一闪过。声音与她看到的景象似乎并无关联，而是隐藏在脑壳深处的轻微噪音。

她看见船长和肯伯舜在船楼顶上发号施令，时而用手枪射击，时而疯狂地填充弹药。蓝衣水手们狼狈地拼死抵抗。一名仙人掌族见习少尉扔下断刀，用硕大的拳头击倒一个海盗，而那海盗的同伙挥起一刀深深砍入他的前臂，溅出一股汁液，令他发出痛苦的吼叫。一群惊慌失措的人迟疑地用火枪和刺刀攻击海盗，但他们被困在两名手持大型霰弹枪的改造人之间。年轻的水手们惨叫着在一阵雨点般的枪弹中倒下，血肉横飞。

贝莉丝看到空中有三四个人影，跟先前的探子一样悬在气球下，从容不迫地穿梭于桅杆之间，发出嗡嗡的声响。他们自低空掠过，用燧石枪往打斗的人群中射击。

甲板上沾满了血迹。

惨叫声越来越频繁。贝莉丝在颤抖，她咬住嘴唇。眼前的场景有一种虚幻的感觉，暴力场面扭曲而恐怖，但贝莉丝从水手们圆睁的双眼里看到的只有困惑，他们不敢相信眼前的这一切。

海盗们手持沉重的弯刀和粗短的手枪参战。他们身穿杂色斑驳的服装，貌似乌合之众，但身手敏捷，纪律严谨，战斗起来就像一支训练有素的军队。

"混蛋！"米佐维奇船长一边喊，一边抬头射击。有个悬在气球下的人一阵痉挛，脑袋在一道血弧中猛然后仰。他的手抽搐着扣住皮带，松脱的沙囊如同沉甸甸的鸟粪一般落下。尸体快速上升，盘旋着飞入云端。

船长疯狂地挥手示意。"重新集结，妈的，"他喊道，"干掉尾楼甲板上那个混蛋！"

贝莉丝扭转头，但基本看不到船长所指的目标。但她能听见他在近旁发出简短的指令。入侵者们依照吩咐作出反应，从肉搏战中抽身，组成紧密的阵形，目标对准军官，试图突破水手们的防线，攻向舰桥。

"投降吧！"窗边的声音喊道，"投降的话就到此为止！"

"干掉那混蛋！"船长对水手们喊道。

五六个水手从贝莉丝的窗前跑过，手持刀剑和短铳。片刻的沉寂之后，是一声闷响和一阵轻微的碎裂声。

"哦，嘉罢……"那尖叫声歇斯底里，却在干呕声中戛然而止。接着是此起彼伏的惨叫。

其中两人跌跌撞撞退入贝莉丝视野中，令她发出一声惊呼。他们在喷涌的鲜血中倒下，很快就死了。他们衣服和身体上的裂口多得不可思议，仿佛曾独力面对数以百计的敌人。他们几乎体无完肤，浑身布满深深的划痕。他们的脑袋血肉模糊。

贝莉丝吓呆了。她战栗着用双手捂住嘴。那些伤口有一种非常诡异的感觉，仿佛时隐时现，深深的划痕会在瞬间消弭，如同梦境一般。但他们身体底下汇积的鲜血却相当真实，而且人也确实死了。

船长震惊地瞪视着。贝莉丝听见无数重叠交错的空气撕裂声，接着又传来两声口吐血泡的惨叫，黏湿的尸体砰然倒地。

最后一名水手惊恐地从贝莉丝跟前跑过，嚎叫着沿原路返回。一把掷出的燧石枪结结实实砸到他后脑勺上，令他双膝跪倒在地。

"你这头诸神诅咒的猪！" 米佐维奇船长在嘶叫，他的声音既愤怒，又带着深深的恐惧，**"崇拜邪魔的恶棍！"**

一个灰衣人缓缓步入贝莉丝的视线，他对船长的话不予理睬。他身材并不高，但步伐稳健，尽管长着粗壮的肌肉，行动起来却像个精瘦的人。他身穿煤灰色皮甲，上面镶满口袋、皮带和枪套，皮甲上有一道道污痕和血迹。贝莉丝看不见他的脸。

他走到跪倒的人跟前，手中的直剑已完全染红，滴着黏稠的鲜血。

"投降吧。"他平静地对眼前的人说道。那人惊恐地抬起头，一边抽泣，一边笨拙地去摸自己的匕首。

灰衣人迅速跃起，甩动双腿双臂，在空中转了个圈。他的旋转动作好似舞蹈一般，然后他飞快地蹬出一脚，靴底正踹在跪着的人脸上，踢得他向后倾倒。那水手滴着血仰面瘫倒在地，不省人事，也不知有没有死。灰衣人一旦落地，便立即纹丝不动，就好像根本不曾动过似的。

"投降。"他一声暴喝，"女舞神号"的人们迟疑起来。

他们面临失败。

到处都是横七竖八的尸体，濒死的人尖声呼救。大多数死者穿着新科罗布森武装商船队的蓝色制服。每时每刻都有更多海盗从潜水艇和铁甲船上冒出来，将"女舞神号"的人包围在主甲板上。

"投降，"那人再次喊道，他的口音很陌生，"放下武器，我们就停止进攻。继续抵抗，那就杀到你们醒悟为止。"

"去你妈的……" 米佐维奇船长喊道，但海盗首领打断了他。

"你要让多少手下枉死，船长？"他用戏剧般的口吻说道，"命令他们扔下武器，好让他们无须自视为叛徒。不然你就是在命令他们送死。"他从口袋里掏出一块厚厚的毡垫子，开始擦拭那把剑。"下决心吧，船长。"

甲板上一片沉寂，只有气球飞行员微弱的引擎声。

米佐维奇与肯伯舜凑在一起交谈了片刻，然后船长望着困惑惊恐的手下，举起双手。

"放下武器。"他喊道。他的手下迟疑了片刻才遵从命令，长铳、手枪和短剑噼噼啪啪落到甲板上。"你赢了，先生。"他叫道。

"站在原地别动，船长，"灰衣人喊道，"我这就过来。"他在窗边用盐语急促地吩咐身旁的海盗。贝莉丝隐约听到一个词，好像是"旅客"，她心跳加速，感觉一阵晕眩。

贝莉丝静静地缩成一团，一动不动，她听见远处走廊上传来尖叫声，海盗正把乘客们往外赶。

她听见约翰尼斯·提尔弗莱的嗓音，还有梅莉奥普惹人怜悯的哭声，莫利非凯特医生发出惊恐而高傲的抗议。一声枪响，然后是惊惧的尖叫。

贝莉丝听到惊慌失措的旅客们在为死者哀悼，他们被赶到了主甲板上。

海盗的搜查很彻底。贝莉丝保持着安静，她能听见一扇扇门被撞开，他们在搜查过道。她拼命想把门堵上，但走廊里的人轻而易举就用肩膀顶了开来。面对这个冷酷无情、浑身血污的人，面对他手中的大砍刀，她丧失了抵抗的勇气。她丢下用来自卫的瓶子，任由他把她给拖了出去。

将近一百名船员在甲板一头排成队列，伤痕累累，凄惨悲哀。死者则被堆在一旁。稍远处，乘客们簇拥在一起。有些人带着瘀伤和流血的鼻子，比如约翰尼斯。

赛拉斯·费内克穿着不起眼的棕色服装，混在乘客中间，跟所有人一样，一副驯服而可怜的模样。他始终低着头，不愿接触贝莉丝隐秘的眼神。

甲板中央站着"女舞神号"上臭气熏天的货物：那群改造人被带了上来。他们的视线尚未适应亮光，只是疑惑地瞪视着海盗，完全不明就里。

神气活现的入侵者从绳索上跃下，并将垃圾残骸扫落海中。他们包围了甲板，枪支和弓箭指向俘虏。

把所有惊恐迷惑的改造人带上来花了不少时间。恶臭的货舱里发现了几具尸体，他们被扔进海中，金属的四肢和部件很快就把他们拽入不见天日的水底。

巨大肥硕的潜水艇仍然慵懒地漂浮在水中，紧贴着"女舞神号"，两艘船有节奏地起伏着。

穿灰衣的海盗首领缓缓把脸转向俘虏。这是贝莉丝第一次看到他的脸。

他留着灰色短发，据她猜测，大约三十来岁。他面容坚毅，深陷的眼中显出忧郁的神情，紧绷的嘴角带着悲哀。

贝莉丝站在约翰尼斯身边，靠近那些沉默的军官。穿皮甲的人走向船长。当他经过乘客时，直视着约翰尼斯跨了两三步，然后缓缓移开视线。

"好吧，"米佐维奇船长说，音量足以让众人听见，"'女舞神号'交给你了。我猜你是要赎金吧？那我还是告诉你为好，先生，不管你代表哪方势力，都已犯下严重的错误。新科罗布森不会轻易接受。"

海盗首领纹丝不动。

"不，船长，"他说，此刻他无须在战斗中高声喊叫，嗓音变得很轻柔，几乎像是女性，跟他的脸一样，那声音似乎沾染着悲哀，"不是要赎金。我所代表的势力，根本不在乎新科罗布森，船长。"他直视着米佐维奇的眼睛，缓慢而严肃地摇摇头。"根本不在乎。"

他头也不回地往后伸出手去，有人递给他一支硕大的燧石手枪。他熟练地把枪举在身前，稍稍瞄了一下，并检查火药池。

"你的人很勇敢，但他们不是士兵，"他一边说，一边举起武器，"你要不要扭过头去，船长？"

片刻的沉默过后，贝莉丝明白了他的意思，她感觉胃里一抽，差点腿都软了。

船长和其他人也同时反应过来。人们发出惊呼，米佐维奇瞪大了眼睛，他的脸上布满愤怒与惊恐，两种情绪纠结缠斗，争相浮出表面。他嘴角扭曲，欲言又止。

"不，我不用扭过头去，先生，"他最后喊道，贝莉丝听到他的嗓音由于狂暴与震惊而变得沙哑，她屏住了呼吸，"我不用扭过头，去你妈的蛋，你这该死的胆小鬼，简直是放屁……"

灰衣人点点头。

"随你便。"说着，他举起枪，射入米佐维奇船长的眼睛。

短促的崩裂声过后，血肉和碎骨飞溅而出，船长抽搐着仰面倒下，他那残破的脸狰狞而恍惚。

随着他跌倒在地，周围响起一片尖叫与惊呼，他的死令人难以置信。贝莉丝身边的约翰尼斯一个踉跄，发出汩汩的喉音。贝莉丝强咽下一阵反胃。眼看着死者在黏滑的血浆里痉挛，她的呼吸变得异常急促。她弯下腰，担心自己会吐出来。

梅莉奥普在她身后结结巴巴地念诵着《达流契哀歌》。

屠杀者把枪交回去，又接过另一把填好弹药的。他转向军官们。

"哦，嘉罢，"肯伯舜颤抖地低吟道，他瞪着米佐维奇的尸体，然后望向那海盗，"哦，嘉罢在上。"他呜咽着闭上眼睛。灰衣人射向他的太阳穴。

"天哪！"有人狂乱地喊道。军官们惊呼连连，慌乱地向四处张望，企图退避。两声雷鸣般的枪响似乎仍像幽灵一般在甲板上缭绕。

人们尖声嘶喊。有的军官跪地求饶。贝莉丝呼吸沉重。

灰衣人迅速登上梯子，爬到前楼顶上，俯视着甲板。

"杀戮时刻已经结束。"他双手合拢在嘴边喊道。

他等待惊恐的呼声逐渐消退。

"杀戮时刻已经结束，"他重复道，"我们不需要再杀人了。听到没有？结束了。"

嘈杂的声音再度响起，这次是因为疑惑，大家松了口气，却又不敢相信。他张开双臂。

"听好了，"他大声道，"我有件事要宣布。你们，新科罗布森武装商船队的蓝衣水手，你们为舰队效力的日子结束了。还有你们这些上尉中尉之类的，必须重新考虑立场。我们要去的地方，容不下效忠新科罗布森的人。"贝莉丝带着绝望与恐慌偷偷瞥了一眼费内克，他正全神贯注地盯着自己紧握在一起的双手。

"你们……"那人继续说道，并挥手指向来自货舱的人们，"你们不再是改造人，不再是奴隶。你们……"他望向乘客，"你们对新生活的计划必须改变。"

他牢牢控制着甲板上人群的注意力，视线扫过疑惑不解的俘虏。鲜血从船长及其副手的尸体中流出，如同小溪一般缓缓地向他们蔓延。

"你们必须跟我走，"那人说道，音量刚好能让每个人都听见，"去一座新的城市。"

间章 I 另一处

模糊不清的影子扒着岩石在水中滑行前进。

它们在夜间活动，穿梭于幽暗的海水中。螯虾人村落散布在浅水区。那些影子穿过栽植的海带群，朝着村中的亮光前进。它们无声无息地潜入畜栏。

圈养的海豹瞥见这些影子，口中尝到它们身后甩出的一波波漩涡，惊恐之下，在笼中乱转，疯狂地冲撞着编织而成的围墙和屋顶。入侵者就像好奇的地精一样透过窄小的窗洞窥视室内，惊吓到棚屋中的居住者。屋里的居民们摆动着节肢冲出来，挥舞叉子与长矛，惊恐地一通乱扎。

螯虾人农夫很快就被制服了。

被牢牢地擒住之后，他们受到盘问。提问者的语声吱吱作响，在魔法诱引与暴力威逼之下，螯虾人喃喃地吐出答案。

体态柔韧的猎手们从零乱的只言片语中了解到所需的信息。

他们了解到，萨克利卡特的潜水船时常航行于鬶蜥海峡的村落间，在方圆上千英里的水域中巡游，警戒着螯虾人联邦模糊的势力边界，警戒入侵者。

猎手们争论，沉思，协商。

我们知道他来自何方。

但他不一定会回去。

结论难以确定。去他的家乡，还是向东进发？

眼前出现了岔路，解决方法仅有一个。猎手们兵分两路。其中一组前往西南方的浅水区，去铁海湾、塔慕斯，以及缓缓释出淡水的大焦油河入海口，在那里监视打探，侦察潜伏，以求寻找线索。

随着一阵汩汩翻腾的海水，他们离去了。

另一组的任务更加含糊，他们启程前往深海。

他们往低处游去，潜入压力巨大的深水。

间章 II　贝莉丝·科德万

哦，哦，我们要去哪里？

我们被锁在舱室里，接受淡漠的盘问，这些凶恶的海盗仿佛是户籍调查员，是政府官僚，是……——姓名？他们问道，——职业？然后他们又问——去新艾斯培林的理由？我都忍不住想要当面嘲笑他们。

我们究竟要去哪里？

他们写下冗长的笔录，在印刷表格中详细记载我的情况，然后转向梅莉奥普修女，重复相同的过程。他们对待语言学家和对待修女没有区别，同样都是微微点头，逐一澄清要点。

为什么我们可以保留自己的物品？为什么他们不抢走我的首饰，为什么不强暴我，或者一刀捅死我？他们说不能持有武器、钱币和书籍，但其他物品可以留下。他们搜查我的衣物箱（搜得很马虎），拿走了匕首、纸币和学术专著，弄脏了衣服，但别的都没动。他们留下了信件、靴子、照片，以及各种累积的杂物。

我据理力争那些书籍。我说，你们不能拿走，让我留着吧，那是我的，有些是我写的。他们让我留下空白笔记本，但印刷品，包括故事书、课本、长篇小说，他们全拿走了，轻而易举。我指给他们看，"B. 科德万"就是我，但他们不管。他们拿走了所有署名科德万的书。

我不明白原因，无法理解他们的目的。

梅莉奥普修女坐着祈祷，低声念诵她那神圣的经文。她没有哭，这让我既惊讶，又欣慰。

我们被关在室内，他们时不时送来茶水和食物，态度既非粗暴也非友善，就像冷漠的动物管理员。我告诉他们我要出去。我使劲敲门，说要上厕所，然后从门框边向外窥视。走廊里的警卫朝我怒吼，要我进去，然后拿来一个桶，梅莉奥普委屈地瞪视着它。我不在乎，我是骗人的，我想找约翰尼斯或费内克，我想看看别处的情况。

到处都是脚步声，还有隐约的对话，所用的语言我几乎全懂。——东北偏北，甲板另一侧——有吗？我不知道，——他去了哪里，不在吗？然后是更多难以分辨的话音。

我从脑袋边的舷窗里望出去，除了水面的风暴，什么也看不见，上上下下一片漆黑。我一支接一支地抽烟。

等到细雪茄全部抽完，我平躺下来，这时我意识到，我不信自己会死，我并非在等死，而是等别的事情。

等待终点。等待答案。等待我的目的地。

望着油彩似的落日余晖，我略带诧异地意识到，自己竟疲惫不堪地合上了眼睛，哦，难道是真的吗？真的吗？我要，我要，睡眠，我睡着了。

睡眠虽长，却不安宁，在梅莉奥普虔诚的呢喃中，惺忪睡眼闪烁转动，有时虽然睁着，却依然不醒。

直到我在一阵恐慌中坐起，望向外面渐渐明亮的海面。

早晨到了。我躲在迷离梦境中错过了黑夜。

我小心翼翼地着装，擦干净长靴，如往常一般涂抹脂粉，系好头发。

六点半，一名仙人掌族来敲门，送来了稀粥。我们小口喝着粥，听他讲述安排——他说我们快到了——等系好缆绳，就跟着其他旅客走，注意听你的名字，叫你去哪儿就去哪儿，你们会……但我没听懂，我听不懂，我们会怎样？到时候我们能明白吗？能搞清楚是怎么回事吗？

我们要去哪里？

我整理好物品，准备登陆，不管是往何处。我想到费内克，船长被杀（鲜血迸流）时他如此安静，此刻他又在哪里，在做什么？他不会希望让人知道自己身负要职，可以指挥船只，改变越洋旅程的档期。

（他在我的掌握之中。）

室外，强劲的海风执著地侵扰着我。

我的眼睛仿佛属于穴居动物，已经习惯舱室中单调灰仄的光线。早晨的光亮令我惊诧，我眼中夹着泪水，不停地眨了又眨。海面上浮云如梭，四面八方尽是轻柔的波浪拍击声。我能尝到空气中的咸涩。

其余人围绕在我周围，莫利非凯特、卡多米安母女、穆利甘、艾腾里、科尔、吉姆丘瑞，还有我的约翰尼斯·提尔弗莱，他迅速瞟了我一眼，笑容一闪，然后便被人群冲走了，而费内克依然低着头混杂其中。在这样的光线里，我们每个人都像是粗糙的剪纸。我们仿佛由低贱的原料制成，不配在白昼中出现。而白昼也如同顽童一般傲慢自负，对我们不理不睬。

我想朝约翰尼斯喊叫，但他被人流卷走了，我用刚刚清晰起来的眼睛左顾右盼。

我费劲地拖着衣物箱，跟跟跄跄穿过甲板，不堪光线和空气的折磨。抬起头，海鸟飞旋。我挣扎向前，眼睛始终盯着鸟儿，它们从我头顶绕过，转向右舷，飘忽不定地往地平线飞去，我看到它们前进的方向上桅杆林立。我一直在回避，至今不曾望向船侧，至今不知身在何处。目的地始终躲在我眼角里若隐若现，但现在当我注视着海鸥，它便瞬间映入了我的眼帘。

它无所不在，我怎么可能看不见？

我们缓缓而行，有人在叫名字，把我们分成几组，并下达各种繁复的指示，但我充耳不闻，因为我眺望着远方。

嘉罢保佑。

我的名字被喊到了，此刻我就站在约翰尼斯身边，但我看也不看他，因为

我注视着

一根根紧挨的桅杆，还有船帆和塔楼

连绵不绝

我们到了

到了这片森林的边缘。

嘉罢在上，真是活见鬼

错觉，是眼睛的错觉

这座城市时时刻刻都在起伏动荡，永无休止地来回摇晃。

——科德万小姐，有人冷冷地说，但我无心应答，我还在看，我放下箱子继续看。

有人与约翰尼斯握手，他困惑地注视着他们。有人对他讲——提尔弗莱博士，太欢迎了，真是荣幸，但我没有留意听，因为我们到了，我们到了目的地，噢，看哪，快看哪！

哦，我想，我想放声大笑，我想呕吐，我的胃里七上八下，看哪，我们到了，我们到了。

我们到了。

［第二部］

盐

第六章

　　水下有鳌虾人式样的球灯，青、灰、白、橙，各种颜色散布于城市底部。

　　光线照亮悬浮的颗粒。这些光不仅来自成百上千盏灯，也有来自太阳的，清晨的日光穿透波浪射入深海，投出一道道斜纹。鱼虾水族漫无目的地在光柱间穿梭盘桓。

　　从水下看，整座城市就像一簇簇阴影。

　　它杂乱无章地向四面八方延伸，繁复异常，连水流都要绕道。船底突兀的龙骨参差交错。残破的锚链像头发一样悬垂下来，早已被人遗忘。污秽自排泄管道中滚滚涌出，有粪便之类的固体颗粒，也有随着漩涡与波浪微微荡漾的油腻。不断排出的垃圾被大海吞没，污染了海水。

　　水下数百码之内，灯光迅速变得稀疏，再往下则是黑沉沉的海水。

　　舰队城的水下充满生机。

　　鱼群在船体间打转。形似蝾螈的生物游移于洞穴之间，聪颖敏捷。安置于罅隙空间中的网笼悬在链子上，里面挤满肥硕的鳕鱼和金枪鱼。鳌虾人的住宅仿佛珊瑚状的肿瘤。

城市边缘，在光线难以企及的深水区，有未曾完全驯服的巨型海蛟盘旋觅食。嗡嗡作响的潜水船只不过是些呆板的黑影。一头海豚机警地不断绕着圈。在钙化的城市底部，依附着一个生机勃勃、环环相扣的生态圈，

周围海洋里充斥着纷杂的噪音：断断续续的咔嗒声，敲击金属的震动声，水流交错的微弱摩擦声，还有传入空气中便立刻消散的短促呼喝声。

城市底部纷乱的依附物之间有诸多男女。他们动作迟滞缓慢，在水草、海绵等优雅的水底生物旁侧，显得尤其笨拙。

水很凉，这些陆上居民穿着胶革套装，硕大的头盔由黄铜和钢化玻璃制成，呼吸管直通水面。他们攀附于梯子与绳索上，面对未知的水下空间，勉强保持平衡。

由于受限于头盔，他们与外界的音响完全隔绝，每个人的动作都笨拙迟缓，同伴之间也缺少默契。他们像寄生虫一样顺着一根直插入幽暗深海的管道攀援，那管道犹如倒置的烟囱，表面覆盖的海藻与贝壳形成一片片繁复奇特的阴影。密密匝匝的海草与刺棘仿佛藤蔓一般悬垂伸展，捕捉浮游生物。

一名潜水者赤裸着胸膛，两条长长的触须从他胸口伸出，随着水流摇摆，但它们自身似乎亦有模糊的意向。

那是坦纳·赛克。

海豚奋力摆动尾鳍，越过城市边界，冲向上方的光亮。他穿透逐渐减弱的水压，跃入空中，凌空翻腾，悬在一片水花之中，机灵的眼睛凝视着城市。

他再次落入水中，顺着水流翻了个身。稍远处，庞大的黑影隐约可见，但透过海水和翻滚的魔法能量难以清晰明辨。拴着绳套的鲨鱼

来回巡游，此处不得随意接近探查。他看不清这些黑影。

那附近也没有潜水员。

贝莉丝在话语声中醒来。

她来到舰队城已有好几个星期。

每个早晨都如出一辙。她醒来后便静坐着环顾这间小小的屋子，心情忐忑不安，难以确信这一切都是真的。这种感受越来越强烈，甚至超越了对新科罗布森的渴念。

我怎会来到这里？她心中始终存在这样一个疑问。

她掀开幕帘，手握窗沿，站立着凝视外面的城市。

到达的第一天，他们携着各自的物品站在"女舞神号"甲板上，周围都是卫兵和手持各种清单与文件的男女。海盗们饱经风霜的脸凝重而冷酷。贝莉丝在恐惧中仔细观察，但却无法理解。他们的外貌迥然不同，混杂着各种种族与文化。他们肤色各异，有的身上纹着抽象的图案，有的穿着蜡染的长袍。除了阴沉的态度，他们似乎根本没有任何共通之处。

突然间，这些人挺直身子，形似立正，贝莉丝知道，他们的长官来了。两男一女站在栏杆旁，杀人凶手——穿灰色皮甲的突击队首领——向他们走去。此刻，他的衣服和剑已相当干净。

较为年轻的男子和那女人一起朝剑士走来。贝莉丝见到两人的模样，忍不住目不转睛地观看。

男子穿着深灰色套装；女人则穿普通的蓝色长裙。他们身材高挑，举止间透着无比的权威。男人留着整齐的小胡子，有一股悠然的自负。女人的面容粗犷突兀，但嘴唇很有肉感，冷酷的眼神令人畏惧。

贝莉丝既好奇又嫌恶地瞪视着那两人，吸引她注意力的是疤痕。

女人脸部外侧，自左眼直至嘴角，有一道弯弯的伤疤，纤细而绵延。另有一条比较粗短毛糙的，从鼻子右侧横穿过脸颊，向上弯曲，仿佛要兜住眼睛。除此之外，她脸上还有更多纵横交错的划痕。这些伤疤虽然破坏了她褐色的肌肤，却有一种精准的美感。

贝莉丝将视线从女人移向男人，感觉肠胃都要凝固了。这究竟是什么样的变态心理？她不安地思忖。

他的疤痕跟女人相同，但都是反过来的，右脸上那道长而弯曲，左眼下方的则短而粗糙。他仿佛是那女人扭曲的镜像。

贝莉丝正惊异地瞪视着这对满脸疤痕的男女，那女子开口说话了。

"你们现在应该已经明白，"她用流利的拉贾莫语说道，为了让所有人都能听见，她提高了细柔的嗓音，"舰队城跟其他城市不同。"

这算是欢迎吗？贝莉丝心想。"女舞神号"的幸存者们饱经创伤，不知所措，却只能得到这点回报？

那女人继续发言。

她向他们介绍这座城市。

有时候，当她沉默不语，那男子便会毫无停顿地接下话头。他们几乎像是一对孪生子，彼此续完对方的话语。

听他们的叙述很费劲。贝莉丝很好奇，因为她发现，每当这两个面带伤疤的人交换眼神，他们之间就好像传递着某种情感。其中最显著的是饥渴。贝莉丝感觉跟时间脱了节：这一幕到达的场景仿佛像是梦境。

后来，她意识到，他们所说的话她基本都听进去了，这些信息已传入她脑中，并经由意识之下的层面加工处理。等她开始在舰队城中生活，它们便浮出表面，尽管并非出自她的本意。

此刻，她只察觉到那两人间共有的强烈情感，以及女人作出最后陈辞之后，人群的欣喜与亢奋。

那番话过了许久才触及贝莉丝的意识，仿佛她的头颅是某种致密的介质，延缓了声音的传递。

先是一片惊呼，接着有人发一声喊，于是喜出望外的欢呼骤然涌起，数百名疲惫不堪、浑身恶臭，刚才还瑟瑟发抖的改造人爆发出一阵强烈的喜悦。欢呼声逐渐升温，起初还犹疑不决，但迅速发展成狂热的庆贺。

"人类，仙人掌族，豪刺人，螯虾人……改造人，"那女人说，"在舰队城，你们都是水手与公民。在舰队城，你们没有分别。在这里，你们是自由的，是平等的。"

终于，他们收到了欢迎礼物。改造人则用喧闹而涕零的谢意来承接。

他们驱赶着贝莉丝和胡乱分配的同伴进入城中，城里各行各业的代表正在等待雇用人手，脸色既严肃又期盼。当她拖着脚步踱出房间时，回头望了一眼那几名首领，惊讶地发现有个人跟他们在一起。

约翰尼斯·提尔弗莱低头看着疤脸男子伸出的手，完全不知所措——并非故意怠慢，但似乎无法决定如何应对。跟杀人凶手和疤脸男女站在一起的老者抚着亮闪闪的白胡子走上前来，高呼着约翰尼斯的名字，向他致意。

贝莉丝被带走之前，所见所闻仅限于此。她下了船，进入舰队城，进入一座新的城市。

这里的住宅就是各式舰船。这是一座建筑在旧船残骸上的城市。

持续的海风中，到处都晾晒着破旧的衣衫。它们在舰队城的窄巷里飘荡摇曳，周围是高耸的砖墙、尖顶、桅杆、烟囱和陈旧的索具。贝莉丝凭窗眺望，满眼尽是错位的桅杆与船首，而船喙与舱楼构成了这座城市的风景线。它就建在这成百上千艘相连的舰船之上，占据了将近一平方英里的海面。

这里有无数水面舰船：细窄的长船，弩炮战舰，斜桁帆船，双桅帆船，从长达数百尺的巨型蒸汽船，到仅一人大小的独木舟。还有一些奇特的船，如乌可奇，一种将脱水干化的鲸尸挖空而制成的平底驳船。数百艘朝向各异的船只通过绳索与摇荡的木制走道纠结在一起，随着波浪起伏。

城里充满噪音。有拴着的狗，有叫卖的小贩，有轰鸣的引擎，有铁锤与机床，也有岩石崩裂。工坊中响着高音喇叭。笑闹呼喝声全是盐语的变体，这种混杂的水手用语是舰队城的通用语言。城市的噪音底下是船只低沉的呻吟，木头在压力之下吱吱嘎嘎地抗议，皮革与绳索喇喇作响，船体间发出砰砰的撞击声。

舰队城从不静止，桥梁左右摇摆，塔楼倾斜晃动。整座城在水面上漂移。

船只由内至外全都被重新利用。原先的铺位与舱壁成为住房；从前的火炮甲板上出现了工坊。但城市发展并非仅限于船只原有的外壳，而是将其重塑。船体上搭起一片片建筑群，式样与原料各不相同，受到上百种历史与审美风格的影响，互相融合堆砌。

数百年前的塔楼耸立于古老的划桨船甲板上，而水泥巨碑如同额外的烟囱，矗立在从南方海域夺来的轮桨船上。建筑物之间的街道狭窄紧密。街道借助桥梁跨越一艘艘改装的舰船，穿梭于迷宫、广场以及勉强可称为大厦的建筑之间。公园林地散布于甲板之间，底下则是深藏的军械库。由于船体不停运动，表面的房屋因受到张力而现出裂纹。

贝莉丝能看到冬秸集市里的帆布篷，数百艘小划艇和平底渠舟填满了大型舰船之间的空位，没有一艘超过二十英尺。小船通过锁链和陈旧的绳结系到一起，不停地互相碰撞。摊主们正在准备开市，给各自的小店船镶上条幅与招牌，并挂出货物。早起的顾客经由陡峭的绳梯从周围船上下来，进入集市，熟练地在小舟之间穿行。

集市旁有一艘货轮，覆满了藤蔓和攀援植物的花朵。船上盖有雕刻精美的低矮房屋。它的桅杆没被卸掉，但缠绕着植被，形似古树。还有一艘数十年不曾下沉过的潜水艇，一排狭窄的房屋挺立在潜望镜前后两侧，仿佛鱼的背鳍。连接这两艘船的木桥摇摇摆摆，架在集市上方。

一艘蒸汽船被改造成住宅区，船壳上开出新窗口，甲板上有儿童攀援架。一艘方方正正的明轮汽船为蘑菇养殖场提供了场地。还有一艘蛟船，其笼套装饰精良，一排排砖房填满了弯曲圆滑的船身，烟囱里冒出串串黑烟。

有的建筑物上镶着骨头，从灰色、铁锈色，直到绚丽明艳的各种礼仪色调。这座城市里充满外观神秘莫测的房屋，它们杂乱而萧条，丝毫不讨人喜欢，更何况还遭受着腐烂与污秽的侵袭。水上建筑随波浪时起时落，隐约透着凶险。

这些贫民窟与大厦有的栖身于蒸汽商船内，有的则歪歪斜斜地搭建在单桅小艇上。这里有教堂，有医院，也有废弃的房屋，一切都沾染着无休无止的潮气和盐渍纹理，时刻浸淫在滚滚涛声和既清新又腐败的海洋气息之中。

连接舰船的既有链子，也有依靠铰链接合的桁条。每艘船都像是索桥网络中的一枚浮标。互相串联的大小船只构成堤坝，圈在自由浮动的舰船周围。贝西里奥港遮风挡雨，可供舰队城自己的船队和来访的舰只停泊、维修与卸载。

舰队城边缘拴着不少驳船和蒸汽船，而那些最大的舰艇却在四周巡游。远处开阔水域中，有成群的渔船，也有隶属本城的战舰与蛟船，还有绞绳拖网船以及其他各式船只。这些是舰队城的海盗船，它们驶往世界各地，从敌对势力或海洋中劫得货物，然后运回码头。

城市天空中充斥着鸟群和其他物体。越过这一切，越过所有船只，便是无边的海洋。

开阔的海面上，波浪如昆虫一般永不停歇。

大海空旷而令人惊异。

劫持者向贝莉丝申明，她必须接受他们的保护。她是嘉水区的居民，归那对疤脸男女管辖。他们承诺，所有被劫持的人都将获得工作和居所，而这很快便兑现了。中介机构找到这批恐慌而迷惑的新人，依照名单报出姓名，逐个核对技艺与详情，用混杂的盐语唐突地解释工作内容。

贝莉丝听了半天才明白，她可以去图书馆工作，而让她相信这件事又花了更久。

她签署了对方提供的文件。"女舞神号"的军官和水手被强行带走进行"审核"与"再教育"，因此贝莉丝没有心思故意找茬。她心怀愤恨地草草签了名。这叫合约吗？她想要呐喊。大家都知道，根本没有选择的余地。但她已经签了。

那些组织结构，那些似是而非的律法，令她感到困惑。

他们是海盗。这是一座海盗城，充满残酷与唯利是图，它生存在世界的夹缝里，从其他舰船上攫取新居民，这是一个浮动的自由城邦，可以合法买卖抢来的货物。证据比比皆是：居民们肃穆的表情和公然佩戴的武器，还有她在嘉水区船只上看到的囚架和鞭刑柱。她心想，维持舰队城秩序的必定是航海律令，也就是鞭子。

但这座舰船之城并非如贝莉丝所料想的那样简单粗暴。还有其他逻辑体系在运转。有打印的合同，有管理新人的事务所。还有类似官方的机构：跟新科罗布森一样的决策管理阶层。

在舰队城，官僚规则之于暴力统治，是平行、包裹和支持的关系。这不是一艘船，而是一座城市。她来到了一个跟家乡城市同样复杂而有序的城邦国家。

官方人员带她来到"彩石号"，分给她两间通过螺旋扶梯相连的小圆屋，这是一艘早已颓败的轮桨船，她的房间建在原先的大烟囱里。

下方深处，是这艘船的五脏六腑，其引擎曾经通过她的居所排出煤烟。在她出生之前，引擎早就已经熄火。

他们说这屋子是她的，但必须每周向社区办公室缴纳租金。他们预支给她一把纸钞和零钱作为薪水——"十眼币等于一旗币，十旗币等于一塔币。"这些钱币切割不整，印刷粗陋，墨水的颜色各不相同。

然后他们用简陋的拉贾莫语表示，她永远不能离开舰队城，说完他们就走了，留下她独自一人。

她在等待，但仅此而已。在这座牢狱一般的城市里，她只有孤身一人。

最后，饥饿驱使她走下楼，从小贩那里买来油腻的街头食物。小贩用盐语朝着她一通咕哝，但语速太快，听起来很费劲。她很惊讶，在街上行走时，居然没人来打扰。这是一个如此陌生的环境，强烈的文化冲击如同偏头痛一样令人难以承受，周围的男男女女服饰多变而褴褛，街上有许多儿童，还有仙人掌族、虫首族、豪刺族、洛歧斯族、高大的结辛族和弗默特族。鳌虾人生活在城市底下，但白天也会来到水上，拖着披覆硬甲的腿缓缓移动。

甲板上拥塞的房屋之间形成窄小的街道。贝莉丝已经习惯了摇晃，城市的天际轮廓线时刻都在变换起伏。周围尽是盐语的吆喝与交谈声。

这种话她学起来很容易：词汇浅显易懂，因为都是从其他语言借鉴来的，语法也很简单。她必须使用盐语——买食物，问路，寻求解释，跟其他舰队城居民交谈，这些都无法避免——只要一开口，她的口音就会揭示出她是新来的，并非本城出生。

大多数跟她打交道的人都很耐心，甚至带着粗鲁的善意，原谅她性情乖戾。也许他们认为，随着她在舰队城安家落户，便会放松下来。

但她没有。

那天早晨，当贝莉丝踏出"彩石号"的烟囱，脑中又进出了同样的问题：我怎会来到此处？

她来到阳光下，走在舰队城的街道上，周围密集的人群其实都是她的劫持者。他们相貌彪悍，有人类男女，也有其他种族，甚至还有若干机械人。他们散布于各处，有的在交易，有的在工作，有的用盐语喋喋不休地交谈。贝莉丝继续在舰队城中穿行，她是一名囚徒。

她要前往钟屋岭区。它与嘉水区相邻，通常称作书城或虫首人街区。

从彩石塔到大齿轮图书馆有一千余尺。她一路至少要经过六艘船。

空中布满飞行器。悬于飞艇下的吊舱载着乘客越过歪歪扭扭的建筑，然后下降至房屋之间狭窄的缝隙里，放出绳梯。它们沿途经过运送货物与机械的飞船，那些飞船体积更是庞大得多，而且杂乱无序。其中有些把气囊栓在一起，起到固定作用，凸出的吊舱和引擎毫无规律，就像随意堆砌的材料。船桅则成了系泊点，挂满形状各异的飞行器，仿佛圆鼓鼓的变异水果。

贝莉丝从"彩石号"出发，穿过一座陡峭的小桥，来到纵帆船"贾维号"，那上面挤满售卖烟草与糖果的小店铺。她继续前进，到了三桅船"坐姿山猫号"，其甲板上全是丝绸商贩，出售舰队城劫获的布匹。她转向右侧，经过一根残破的洛歧斯族浮柱，它上下颠簸着，仿佛恶毒的鱼饵。贝莉丝又穿过"塔夫绸号"。

此刻她到了"威严号"，这是一艘庞大的高速帆船，位于由虫首人管理的书城区边缘。舰队城自行繁殖的牛马无精打采地拖着货车，贝莉丝遇到一组由三名女性虫首人组成的警卫。

在新科罗布森的虫首人聚居地金肯区和溪岸区，也有类似的三人警卫组。贝莉丝第一次在这里见到她们时，颇为吃惊。舰队城的虫首人一定跟新科罗布森的一样，是乞怜船难民的后裔，凭着残缺的记忆，崇拜贝锐凯内弗大陆的众神。她们持有传统武器，柔韧的人类女性身躯饱经风霜，头部的巨型甲壳在冷冷的阳光下泛出彩晕。

由于都是沉默的虫首族居民，书城的街道比嘉水区来得安静。不过虫首人喷出的水雾含有化学物质，那是她们的交流方式，因此空气中略有异味。这对她们来说即相当于喧闹的噪音。

街巷和空地中点缀着由虫首人唾液筑造的塑像，就跟新科罗布森的群像广场一样。有神话传说中的人物，有抽象的形体，也有海里的生物，全都是用虫首人头壳分泌的乳白色材料塑造而成。塑像的颜色不太鲜艳，似乎这里的染色彩莓数量不多，或者质量比较次。

"混尘号"是虫首人的发条船——逃离"大吞噬"的乞怜船之一——贝莉丝被它的齿轮结构所吸引，在主干道上放缓了脚步。甲板上的阵阵疾风将昆虫和谷壳吹到她面前——船尾是农场的耕地，牲口的鸣叫声透过木条隐约从甲板底下传来。

接着，她踏上臃肿的工厂船"阿罗纳克斯实验室号"，经过冶金工坊和精炼厂，进入克洛米广场，此处有个巨大的平台伸出水面，连接到"平撒曼号"甲板上，那是大齿轮图书馆最靠后的一艘船。

"放松点……要知道，没人在意你迟到。"贝莉丝匆匆经过时，人类职员凯瑞安妮说道，"你是新来的，又是被迫加入，所以还不如好好利用这个借口。"贝莉丝听到她的笑声，但没有回应。

走廊和改造的餐厅里到处是书架和摇曳的油灯。随着她一路走过，各种种族的学者愁眉苦脸地抬头观望，噘起嘴唇——假如他们长有嘴唇的话。阅览室宽敞安静，窗户上蒙着灰尘和脱水的昆虫尸体，投射到公用阅览桌上的光线和数十种不同语言撰写的书籍，似乎都因此而染上了一种陈旧的感觉。贝莉丝走进采编部，身后沉闷的咳嗽声仿似道歉。书本乱七八糟堆在橱柜和推车上，也有一些叠在地板上，仿佛摇摇欲坠的高塔。

她在那里一待就是几个小时，有条不紊地给书编号。假如书籍所用的语言她看不懂，就叠放到一边，不然就把详细资料记录到卡片上。

她根据作者、书名、语言、内容和学科，将书籍按字母归类——盐语的字母表跟拉贾莫语大同小异。

临近午餐时分，贝莉丝听到脚步声。一定是谢克尔，她心想。"女舞神号"的人里，她只跟他有来往。她一边想一边笑：自己竟和船舱服务生交往。大约两周前，他大大咧咧地进来找她，对于被劫之后的新处境，他反而感到很兴奋，完全是少年意气。(他解释说，有人告诉他，一位"黑衣靛唇，模样可怕而自负的女士"在图书馆工作。说着，他咧嘴一笑，她赶紧移开视线，避免回以同样的微笑。)

他有一些不清不楚的谋生门路，并且跟"女舞神号"上一名男性改造人同住一间套房。贝莉丝提出给谢克尔一枚铜旗币，让他帮忙整理书架，他接受了。从那之后，他来过几次，干一点儿活，也跟她讲舰队城的情况，以及他们船上其余人的下落。

她从他那里了解到许多事。

但此刻从狭窄过道里走来的不是谢克尔，而是约翰尼斯·提尔弗莱，他神情紧张，冲着她露出古怪的微笑。

事后，她略带窘迫地记起，看到他的到来，她立刻站起身(发出一声欢呼，仿佛过度热情的儿童，哦，天哪)，张开双臂拥抱他。

他也带着热情而腼腆的笑容向她伸出双臂。冗长的亲密问候过后，他们互相放开，打量着对方。

他说这是头一回有机会出来，而她想要知道他在做什么。他被派来图书馆，并趁此机会找到了她，但她再次要求他告知，他究竟是在干什么工作。他说不可以透露，他必须走了。她简直懊恼得直跺脚，但他要她再等等，如今他有更多自由时间，她应该静一静，听他讲。

"你明晚要是有空的话，"他说，"我带你去吃晚餐。嘉水区右侧的'饶舌号'上，有一家叫'虚幻时光'的。你知道吗？"

"我能找到。"她说。

"我可以来接你。"他刚一开口，就被她打断了。

"我能找到。"

他朝她微微一笑，就跟记忆中那种愉快而困惑的笑容一模一样。假如你真的很有空！她嘲讽地思忖。他真的想……可能吗？她突然不太确定，几乎有点儿害怕。其他人每晚都出门吗？只有我一个人过着流放生活？"女舞神号"的乘客们在新居所夜夜欢宴？

当天晚上离开图书馆时，舰队城拥挤的房屋和狭窄的街道让贝莉丝感觉有点儿压抑。当她抬眼望向天际，惊涛洋仿佛花岗岩一般压得她透不过气来。她难以相信，周围广阔无垠的海水与空气竟没有将舰队城吞没，令其瞬间消失。她数出几枚硬币，走向一名出租飞艇驾驶员，他正在"阿罗纳克斯实验室号"的一个油站给飞艇加油。

她坐在吊舱里，伴随着平静的嗡嗡声轻轻摇晃，距离最高的甲板达一百英尺。贝莉丝看到城市的边界在无规则地涌动，随着洋流极其缓慢地漂移。远处是鬼影区的木屋，还有竞技场和布鲁寇勒的据点。

贝莉丝的眼睛至今难以习惯嘉水区中央的奇景——那是本区的权力中心。它高高耸立于周围的舰船之间，是城里最大的船，也是贝莉丝见过最大的船。

将近九百英尺的黑铁，五根巨型烟囱，六根卸掉船帆的桅杆高达两百余尺，上方系泊着一艘报废的大飞艇。船的两侧各有一个巨硕的轮桨，仿佛工业雕塑。甲板上几乎空无一物，不像其他船那样横七竖八堆满扭曲的建筑。这是疤脸情侣的据点，仿佛搁浅的巨人："雄伟东风号"威严地坐落于舰队城繁复绮靡的风景线中。

"我改主意了，"贝莉丝突然说，"不去'彩石号'。"

船尾略偏右舷——城里的定位方法是以庞大的"雄伟东风号"为参照——她指示前进方向。随着驾驶员轻轻转舵，她望向下方的人群。气流涌动，舰队城的天空中到处是耸立的桅杆与索具，飞艇驾驶员载着她在其间穿梭。贝莉丝看到高塔边的鸟群：海鸥，鸽子，鹦鹉。它们在屋顶和船楼制高点上筑巢，融入周围环境之中。

太阳已经消失，城市闪亮起来。串着灯的绳索触手可及，贝莉丝感到一阵忧伤。她看到了目的地，蒸汽船"球心号"的圣·卡切利大道上布满柔和的彩色街灯，枝杈虬结的锈木树和毛糙的泥灰饰墙，显得既破败又豪华。小艇开始下降，她的视线越过公园，投向远处更加颓废，更加黝黑的影子。

四百英尺光影迷离的水面之外，耸立着一座巨塔，满是纵横交错的梁柱，高度直逼飞艇，顶端喷涌着火焰。四条细窄的立柱从肮脏的海水中冒出，支撑着这座庞大的混凝土建筑。黑糊糊的吊车在移动，目的不明。

它像一头丑陋而凶恶的怪物，令人畏惧。飞艇逐渐下降，贝莉丝靠在座位上，目光紧盯着新科罗布森遭窃的钻井"高粱号"。

第七章

翌日，雨水毫不留情地下了一整天，灰色的雨滴仿佛碎石一般砸落。

小贩们很安静，他们生意清淡。舰队城的桥非常湿滑，意外事故时有发生：常有醉鬼或者手脚不利索的人跌入冰冷的海中。

城里的猴群被迫躲到雨篷底下打闹。它们就像讨厌的害虫，成群结队到处乱逛，在漂浮的城区里争夺食物残渣和领地，时而吊在桥下摇荡，时而嗖嗖地窜上索具。它们并非城中唯一的野生动物，但却是最成功的残食搜掠者。它们在阴冷潮湿的空气中挤作一堆，毫无热情地互相梳理着毛发。

大齿轮图书馆中光线阴暗，雨点敲击声使得那块要求保持安静的告示牌显得荒诞无稽。

每逢大雨，血痂族就说是天空在淌血，于是谢德勒区的血号角又哀鸣起来。雨水落在枯瀑区旗舰"尤洛克号"表面，结成古怪的水滴。鬼影区霉变的建筑物阴暗腐烂，泛着微光。相邻的底安信区里，人们朝着天空下残破废弃的房屋指指点点，警告说，那里边有行尸走肉。

谢德勒区的中心腹地是"兽人号"，那上面有一栋叫做圆丘厅的大厦。夜幕降临一小时之后，在沉静的圆丘厅里，一场气氛激烈的会议正落下帷幕。门外的血痂族警卫听到代表们准备离开。他们拨弄着武器，双手在坚硬的血痂铠甲上摩挲。

他们中间有个男子，身高略低于六尺，肌肉强健，穿灰黑色皮甲，身侧挂着一柄直剑。他的言辞行动从容而优雅。

他正与血痂勇士讨论兵器，并要求他们演示战技，施展独门的摩突克敌术招式。他允许他们触摸缠绕在他右臂上的金属网丝，这些细丝顺着铠甲的侧面一直连到他腰带里的电池上。

此人正在比较蹬踏格斗术中的直插强攻和摩突克敌术的萨德尔拳。他和练习对手缓慢地比画着进攻套路，这时，楼梯顶端的门打开了，警卫们连忙摆出立正姿势。灰衣人缓缓站直身子，走到夹楼的一角。

一名愤怒而冷峻的男子朝他们走下来。他看上去很年轻，身材高挑，像个舞者，苍白如灰烬的皮肤上长着点点雀斑。他的头发仿佛属于另一个人：紧密的卷发又黑又长，凌乱地从头皮上披落，仿佛邋遢的羊毛。他一步步跨下台阶，卷发一颤一颤地晃动。

他从血痂勇士身边经过，威严地略一额首，他们的回礼却更为正式。他在灰衣人面前站定。两人互相对视着，表情令人难以参透。

"生者铎尔。"最后，新来的人轻声说道。

"亡者布鲁寇勒。"他答道。乌瑟·铎尔凝视着布鲁寇勒宽阔英俊的脸。

"看来你的雇主打算继续那项愚蠢的计划。"布鲁寇勒喃喃低语，然后保持沉默。"我仍然无法相信，乌瑟，"他最终说道，"你竟然赞同这种疯狂的举动。"

乌瑟·铎尔没有动，也没有将视线从对方身上移开。

布鲁寇勒挺直腰杆，脸上的冷笑也许代表轻蔑，也许暗示共有的秘密，也许另有深意。"要知道，这事成不了，"他说，"这座城市不会允许。它承受不起。"

布鲁寇勒不经意地张开嘴，倏然吐出分叉的舌头，辨识空气中乌瑟·铎尔隐约的汗味。

有些事坦纳·赛克难以理解。

他不知道自己为何能够承受冰凉的海水。由于突出的再植触须，他只能赤着胸膛下潜，初次接触海水令他惊惶错愕。他几乎不敢再下水，后来他抹上厚厚的油脂；但他的适应速度快得不合情理。他仍然感觉到寒冷，但那只是抽象的概念，不会带来任何障碍。

他不明白海水何以能够治愈触须。

新科罗布森的某个法官一拍脑袋，触须便被植到了他身上——这理应与他的罪行有关，但他从来没搞清楚过其中的逻辑——自那以后，它们就一直耷拉着，仿佛残废的肢体，并散发出臭味。他曾尝试用刀切割，但植入其中的神经反应剧烈，疼得他险些晕倒。然而疼痛是它们唯一的感觉，于是他把触须像腐烂的蟒蛇一样缠在身上，尽量不予理会。

然而一旦浸泡在盐水中，它们却动了起来。

诸多发炎感染的细小伤口逐渐愈合，如今它们摸上去凉凉的。三次潜水过后，触须开始在水中自发地摆动，令他震惊万分。

他正逐渐痊愈。

潜水数周之后，它们有了新知觉，吸盘轻轻蠕动，依附到近旁的物体表面。坦纳开始练习有意识地摆动触须。

在俘虏们刚刚到达的日子里，坦纳于各区之间游荡，常有商贩或工头提供给他工作机会，他却不知如何应对，但他们的语言他学得很快。

当他被证实是一名工程师后，嘉水区码头的联络官便热切地盯上了他。那官员用儿童化的盐语连带着手势询问他，是否愿意学习当潜水员。训练工程师潜水比教会一名潜水员坦纳所掌握的技艺要容易。

学习在闷热窄小的头盔里从容地呼吸从上方泵下来的空气并非易

事，而平衡补偿动作也不宜过大，以免使自己身体打转。但他学会了享受那种时间滞缓的感觉，透过玻璃欣赏清澈的水流。

他的工作跟从前类似——修补改建，在巨大的引擎边摆弄工具——只不过如今他是在码头工人和起重机底下的高压深水中作业，伴随着鱼群的注视和诞生于远方的洋流。

"我告诉过你，那个冷冰冰的科德万在图书馆工作，是吧？"

"是啊，老弟。"坦纳说。他和谢克尔正在一张雨篷底下吃饭，四周的暴雨依然肆虐。

谢克尔跟一群衣衫褴褛的少年一起来到码头，他们的年龄介于十二至十六岁之间。坦纳看得出，其他人都是城中出生的；谢克尔是被劫持来的，仍然操着勉强生硬的盐语，但他们却允许他加入，这证明了谢克尔的适应能力。

他们留下谢克尔，让他跟坦纳共享食物。

"我喜欢图书馆，"他说，"我喜欢去，但不光是因为那个冷冰冰的女人。"

"能静下来读点儿书是很不错的选择，老弟，"坦纳说，"我们已经讲完了《克洛伏纪事》，你去找些新故事。我们换一换，由你读给我听。你的字母学得怎样了？"

"我能认出它们来。"谢克尔含糊其辞地说。

"嗯，不错嘛。你去跟冷冰冰小姐说一声，让她给你推荐点儿书。"

随后，他们一边沉默地用餐，一边看着一群舰队城的鳌虾人从破旧的水下居所浮上来。

"下面什么样？"谢克尔最后说道。

"很冷，"坦纳说，"很黑。但是……有光。也很大。你被巨大的空间所包围。有些影子只能勉强看见，好大的黑家伙。大概是潜水艇之类的——有时你会觉得看到其他东西。不过看不真切，那儿有守卫，不能靠太近。

"我见过破船底下的鳌虾人。也见过海蛟，有时候套在蛟船的笼套里。日泽区的人鱼很像蝾螈。他们行动隐蔽，几乎看不到。还有那头海豚，'杂种约翰'。他是疤脸情侣的水下保安头目，你都想象不到这家伙有多冷血，多阴险。"

"另外，还有一些……改造人。"他的声音逐渐静默下来。

"感觉很怪，对不对？"谢克尔目光紧盯着坦纳说，"我习惯不了……"他没再往下说。

他们俩都无法习惯。在这里，改造人享有同等的权利。他们有可能是工头或管理人员，而不是最底层的劳工。

谢克尔看到坦纳在揉搓触须。"它们怎么样了？"他问道。坦纳咧嘴一笑，集中精神，其中一根柔韧的触须稍一抽搐，像垂死的蛇一样朝着谢克尔的面包蠕动。那小伙赞赏地拍起手来。

码头边，鳌虾人上浮之处，站着一名高大的男性仙人掌族，赤裸的胸口布满植物纤维状的伤疤，背上背着一把硕大的飞轮弓。

"你认识他吗？"坦纳说，"他叫海德里格。"

"不像仙人掌族的名字。"谢克尔说，坦纳摇摇头。

"他不是新科罗布森的仙人掌族，"他解释道，"甚至也不是尚克尔的。他跟我们一样，是被抓来的。二十多年前来到这座城里。他来自底尔沙摩。距离新科罗布森将近两千英里呢。

"我跟你透露一下，谢克尔，他有不少故事。他的故事可不是书里的。

"他被抓到城里来之前是个海盗商人，几乎见过海中所有活物。他能用那把飞轮弓给你理发；他射得可准了。他见过章鱼怪、蚊族，各种稀奇古怪的东西，只要你想得到。最厉害的是，他懂得如何跟你讲。在底尔沙摩，有些人把讲故事当成职业。他就是那种人。在讲述过程中，他能让自己的嗓音产生催眠作用，使你完全沉醉其中。"

那仙人掌人纹丝不动地站着，任凭雨点打在皮肤上。

"他现在是飞艇驾驶员，"坦纳说，"驾驶'雄伟东风号'的飞船已经好多年了——有侦查艇，也有战斗艇。他是疤脸情侣最重要的下属之一，是个不错的家伙，现在大部分时间都在'高傲号'上待着。"

坦纳和谢克尔抬头望向身后。"雄伟东风号"甲板上方一千余尺的高处系着"高傲号"。这是一艘硕大的废置飞艇，尾翼扭曲变形，引擎多年未曾启动。涂有焦油的绳索硬邦邦的，从飞艇上悬下来，缠住下方的大船。它充当着舰队城的瞭望亭。

"海德里格爱待在那上面，"坦纳说，"他告诉我，最近就是喜欢安静。"

"坦纳，"谢克尔缓缓地说，"你觉得疤脸情侣怎么样？我的意思是，你替他们工作，听过他们交谈，了解他们的为人。你觉得他们怎么样？为什么愿意遵从他们的指示？"

坦纳明白，谢克尔这么说是因为他无法完全理解。但这个问题太重要了，他转过脸，仔细端详着与他共居一室（他们的寓所在一艘旧铁船的左舷）的小伙子。他曾是狱卒，是听众，也是朋友，而现在已超越这些关系，几乎成为家人。

"我本来要在殖民地做奴隶，谢克尔，"他平静地说，"'雄伟东风号'的疤脸情侣收留了我，给我一份工作，支付我薪水，并且告诉我说，压根儿不在乎我是改造人。疤脸情侣给了我新生，谢克尔，给了我一座城市和一个家。告诉你吧，不管他们要搞什么，我都一点儿意见没有。让新科罗布森见鬼去吧，老弟。我是舰队城的人，是嘉水区的人。我在学盐语。我忠心耿耿。"

谢克尔凝视着他。坦纳是个沉静的人，说话慢条斯理，谢克尔从没见过他如此激动。

他深受冲击。

雨不停地下。在舰队城的各个角落里，"女舞神号"的乘客们各自谋求着生路。

他们在各式各样的舰船上参与争论，买卖货物，甚至行窃。有人学习盐语，也有人哭哭啼啼地翻查城里的地图，计算到新科罗布森或新艾斯培林的距离。他们凝望着胶版照片中家乡的朋友和恋人，缅怀过去的生活。

在嘉水区和谢德勒区之间的再教育监狱里，关押着"女舞神号"的众多水手。有些人整天朝着监导员大喊大叫，监导员试图安抚他们，并且每时每刻都在评估，此人能否挣脱旧有的约束，能否弱化与新科罗布森的联系，是否有可能争取他加入舰队城。

如若不能，还需决定如何处理。

贝莉丝到达"虚幻时光"时，化妆和头发都被雨水打得乱七八糟。她正狼狈地站在门口，一名侍应生向她致意，受到如此待遇，她感到非常震惊，直愣愣地望着对方。仿佛这是个真正的侍者，仿佛这是一家真正的餐馆，在一座真正的城市里，她发现自己暗自思索。

"饶舌号"是一艘古旧的大船，上面盖满了建筑，它被改造得面目全非，根本无法辨识原本是何种船只。它成为舰队城的一部分已有许多个世纪。前甲板上覆盖着废墟：白色的石头神庙，大部分材料都已散落四周，化为齑粉。残存的遗迹覆满藤蔓和荨麻，但这并不能阻挡城里的儿童。

"饶舌号"的街道中散布着古怪的影子，都是海中打捞起来的不明物件，堆放在角落里，仿佛被人遗忘了。

这家餐厅狭小而温暖，室内镶有黑木饰板，一半坐席已被顾客占据。窗外正对着的一串小型舟船属于舰队城的第二海港，海胆刺码头。

贝莉丝看到餐厅天花板上吊着一串串小纸灯笼，心中一阵激动。她上一回见到这种装饰，还是在新科罗布森的萨拉克斯区，一家叫作

"时钟与公鸡"的餐厅里。

她无奈地晃了晃脑袋，抛开恼人的愁思。角落里的一张桌子边，约翰尼斯正起身朝她挥手。

他们安静地坐了片刻。约翰尼斯似乎很腼腆，贝莉丝发现，这么久没有他的消息，令她很恼火，她也怀疑，自己以沉默相待，是否有欠公平。

贝莉丝惊讶地发现，桌上的红酒是普莱迪修斯家族 1768 年份的嘉拉吉陈酿。她瞪大了眼睛望向约翰尼斯，同时紧闭双唇，显得不以为然。

"我觉得应该庆祝一下，"他说，"呃，为了再次重逢。"

这酒棒极了。

"他们为什么任由我……我们……自生自灭？"贝莉丝问道，她拨弄着炖鱼和船上种植的苦涩菜叶，"我觉得……我觉得，这不太明智，把几百人从各自的生活中强拉出来，然后放任不管，扔在……这种……"

"不是这么回事。"约翰尼斯说。"'女舞神号'的乘客你见过多少？船员呢？你不记得了吗，我们刚到那会儿的面谈和询问？那都是测试，"他轻声说，"他们评估谁是安全的，谁不安全。要是觉得你太麻烦，或者……跟新科罗布森的关系太密切……"他的声音逐渐低落。

"然后怎样？"贝莉丝问，"就像船长？……"

"不，不，不，"约翰尼斯连忙说，"我想他们会……试图说服你，劝诱你。我的意思是，你知道抓壮丁是怎么回事。新科罗布森舰队中的许多水手，在被'招募'之前，也就是在酒馆里胡吃海喝而已，并没有航海经验。然而对大部分人来说，这并不会阻碍他们成为水手。"

"暂时不会。"贝莉丝说。

"对。我没说完全一样。这里有个很大的区别：一旦加入舰队城，就再也不能……离开。"

"这话我都听过一千遍了,"贝莉丝缓缓地说,"但舰队城的船队呢?水下的螯虾人呢?你认为他们无法逃脱?不管怎么说,假如这是真的,假如你绝对没有机会离开,那除了本城出生的,没人会愿意在此生活。"

"很明显,"约翰尼斯说,"城里的海盗一出海就是好几个月,甚至几年才能回归舰队城。途中,他们会停靠其他港口,我敢肯定,必定有一些船员就此消失了。必定有舰队城的前成员散布于各地。

"但事实上,这些船员是经过挑选的:一方面因为他们的忠诚,另一方面也因为即使他们真的逃跑,也无关紧要。首先,他们几乎全是城中出生的,劫持来的人能拿到通行证非常罕见。像你我这样,根本没有希望登上此类船只。我们大多数人都只能在舰队城里度过余生。

"但是,真要命,想想被抓的都是什么人吧,贝莉丝。有水手,没错,还有'敌对'的海盗,少数商人。但舰队城遇到的船——你以为全会被劫吗?大多数被劫船只……呃,都跟'女舞神号'类似。贩奴船。载满改造人的殖民船。囚船。战俘船。

"'女舞神号'上的改造人大多早就明白,他们绝不可能回家。二十年,在我看来,那等于是无期徒刑,也相当于死刑,他们知道的。如今到了这里,有工作,有钱,有尊严……他们会接受是很奇怪的事吗?据我所知,'女舞神号'上只有七个改造人被认为有抵触意向,而其中两人本来就患有精神分裂症。"

真见鬼,你是怎么知道的,贝莉丝心想,嘉罢在上,你是怎么知道的?

"像你我这样的呢?"约翰尼斯继续说,"我们所有人……我们都知道,要离开家乡——离开新科罗布森——最起码五年,甚至可能更久。看看我们这群乌合之众吧。依我说,其他乘客当中极少人会跟新科罗布森有着无法斩断的联系。没错,来到此处,人们惴惴不安,有惊诧，有困惑，也有担忧。但他们并不气馁。移民新艾斯培林不也是出于对'新生活'的承诺吗？那不正是我们大多数人所寻求的吗？"

大多数人，也许吧，贝莉丝心想。但并非全部。他们若是觉得我们对此地很满意，所以放任我们自由，那就只有天知道他们判断有误了——我也知道。

"我怀疑，"约翰尼斯轻声说，"他们不至于那么天真，任由我们随便乱逛。他们要没有小心留意着我们才怪。我猜一定有人监视。但我们又能怎样呢？这是一座城市，不是可以随意驱使、随意破坏的小皮艇。

"真正成问题的只有船员。许多人都有家庭在等着他们。这些才是有可能拒绝把这里当作新家的人。"

只有船员吗？贝莉丝心想，她的喉咙里感觉很不是滋味。

"那他们会被如何对待？跟船长一样？"她用阴沉的嗓音说道，"跟肯伯舜一样？"

约翰尼斯愣了一下。"我……我听说……只有每艘船的船长和大副才会被……他们面临的损失太大，与母港的联系又特别密切……"

他脸上带着讨好与抱歉的意思。贝莉丝感觉到一种逐渐增强的疏离感，她意识到，没人能与自己为伴。

今晚她来到此处，本想与约翰尼斯谈论新科罗布森，以为他会同样闷闷不乐，好让她揭开心中流血的疮疤，讨论那些苦苦思念的人与街道。

没准还能提出几周来一直在她脑中打转的话题：逃离。

但约翰尼斯适应了新环境。他的话带着小心翼翼的中立口吻，仿佛只不过是在说些新闻报道。但他试图向这座城市的统治者妥协。他在舰队城发现了某种价值，让他作出在此安家的打算。

他们是如何办到的？她心想。他在做什么工作？

"你还听说谁了？"一阵冷寂的沉默过后，她问道。

"莫利非凯特，很遗憾，我们到达之后，他是最先辞世的人之一。"他带着诚挚的悲哀说道。舰队城混杂变迁的人口使得它成为无数疾病的载体。本城出生者抵抗力较强，但每一批劫持来的人刚到达时，总是遭到热病与瘟疫的侵袭，其中一部分人无可避免地死去。"我听到传闻，那个新来的费内克先生不是在嘉水区，就是在底安信区工作。梅莉奥普修女……"说着，他突然瞪大了眼睛，摇摇头，"梅莉奥普修女……为了她自身的安全，被囚禁起来了。她总是以暴力威胁自己的生命。贝莉丝，"他压低嗓音，"她怀了孩子。"

贝莉丝翻了个白眼。

我真听不下去了，贝莉丝心想。她言辞甚少，只是敷衍着让谈话继续。她感觉非常孤单。庸俗的秘密，陈腐的新闻。还有什么？她轻蔑地想，而约翰尼斯仍在滔滔不绝地列数着乘客名单和"女舞神号"上的军官。某个忠实可靠的水手其实是女人，为了出海而乔装打扮？船员中存在私爱与鸡奸？

今晚，约翰尼斯有一股可悲的气息，而她以前从没这么想过。

"这些你都是怎么知道的，约翰尼斯？"最后，贝莉丝小心翼翼地说，"你去了哪里？究竟在做什么？"

约翰尼斯清了清嗓子，久久地凝视着自己的玻璃杯。

"贝莉丝……"他说道，四周琐碎的杯盘交错声似乎变得非常之响，"贝莉丝……你能替我保守秘密吗？"约翰尼斯叹了口气，然后抬头望着她。

"我为疤脸情侣做事，"他说，"不是指在嘉水区工作。我**直接**在他们手下干活。他们有一组研究人员，正实施一个相当……"他摇摇头，绽露出愉悦的微笑。"相当**特殊**的项目。一个特殊机会。他们邀我加入——因为我之前的工作。

"他们的团队读过我的研究著作，决定我应该……要我一起工作。"

他高兴得过了头，她意识到。他像个小孩，几乎就跟小孩一模一样。

"有魔学家，海洋学家，海洋生物学家。那个人——就是打败'女舞神号'的乌瑟·铎尔——他是团队的一员。事实上，他是核心人物。他是个科学家。同时有几个不同的项目在进行。秘宗地理学、概率理论，还有……我的研究。掌管这一切的是个很有意思的人。我们到达时，他跟疤脸情侣在一起：就是那留胡子的高个子老头。"

"我记得，"贝莉丝说，"他来迎接你。"

约翰尼斯脸上出现了一种介于忏悔与兴奋之间的表情。

"是的，"他说，"丁丁那布伦。他是个猎人，一名外来者，被这座城市所雇佣。他跟另外七个人一起住在'海狸号'，位于嘉水区，谢德勒区和书城区的交界处。那是艘小船，上面有座钟楼……

"我们的工作太有意思了，"他突然说道，看到他那纯粹的愉悦之情，贝莉丝明白，舰队城已经完全吸引住他，"设备很陈旧，不太可靠——分析引擎年代久远——但我们的工作太超前了。我有好几个月的研究进度要赶——我在学盐语。这项工作……需要极其广泛的阅读。"

他朝她绽露出无比自豪的笑容。"我的项目有几本关键著作。其中之一是我写的。你能相信吗？这难道不是很特别吗？这些书来自世界各地，有新科罗布森的，有卡多的。还有一些神秘书籍我们无法找到。有的书是拉贾莫语，有的是盐语，有的天晓得是什么语言……据说那些最重要的书中，有一本是用古柯泰语写的。我们已经根据现有书籍中的参考书目，列出一份清单。天知道他们怎么搞到这么多有趣的书，贝莉丝。其中有一半我在家乡根本就找不到——"

"抢来的，约翰尼斯，"她的话令他安静下来，"那些书是抢来的。大齿轮图书馆里每一本书都是抢来的。从其他船上，从他们劫掠的海岸城镇里。从我这样的人手中，约翰尼斯。我手上自己写的书都被夺走了。他们的书就是这样来的。"

贝莉丝感觉肠胃里变得冷冰冰的。

"告诉我,"她刚开了个头便停顿下来,喝下一点儿酒,深深吸了口气,然后再次开口,"告诉我,约翰尼斯,这是否有点儿不同寻常?偌大一个空旷辽阔的海洋——在整个该死的海洋当中——他们偏偏劫持了这艘船,上面载有他们的头脑英雄……"

她又见到他眼中那种歉疚与得意相混合的尴尬神情。

"对,"他谨慎地说,"就是这件事,贝莉丝。我就是要跟你说这件事。"

突然间,她确凿无疑地想到了他要说什么,这让她感到恶心与反感。但她仍然喜欢他,真的喜欢,她非常希望自己猜错了,因此并没有起身离开;她等待着被纠正,但同时也明白这不可能发生。

"这不是巧合,贝莉丝,"她听他说道,"不是巧合。他们在萨克利卡特有密探。他们接到了前往殖民地的乘客名单。他们知道我们上路了。他们知道我上路了。"

门一开一合,纸灯笼随风摇摆。旁边一桌传来愉快的笑声。肉丸的香味包裹着他们。

"所以他们要劫持这艘船。他们是冲着我来的。"约翰尼斯轻声说,贝莉丝挫败地闭上了眼睛。

"哦,约翰尼斯。"她语声战栗。

"贝莉丝。"他担忧地说,同时伸出手来,但她以凌厉的手势阻止了他。怎么,你以为我会哭?她恼怒地想。

"约翰尼斯,我告诉你吧,五年、十年的徒刑和**终生**刑期有着天壤之别。"她无法正视他,"对你,对梅莉奥普,对卡多米安母女,我不知道还有谁,但对你们来说,新艾斯培林意味着新生活。**但对我来说不是。**

"我不一样。对我来说,它只是流亡之地,一个迫不得已的**临时**避难所。我在岂南出生,约翰尼斯。在马法顿念书。在獾泽接受求婚。

在萨拉克斯区离婚。新科罗布森是我的家，它永远是我的家。"

约翰尼斯看着她，显得越来越不安。

"我对殖民地没兴趣。对该死的新艾斯培林也没兴趣。**一丁点儿也没有**。那儿尽是些唯利是图的废物、破产的懒汉、蒙羞的修女、因太过懦弱无能而回不了家的官吏、充满怨恨与恐惧的土著……我不要跟他们待在一起。天哪，约翰尼斯，我对海洋也没兴趣。寒冷，恶心，单调，肮脏，恶臭……

"我对这座城市没有兴趣。我不要住在古董里，约翰尼斯。这就是一出杂耍！吓唬小孩子用的！'漂浮的海盗城'！我不要！它就像随波逐流的大型寄生虫，像水蟥一样吸干受害者的血，我不要住在这上面。这不是一座城市，约翰尼斯；这是一座狭小的村落，才不到一英里宽，我不要。

"我一直是打算要返回新科罗布森的。我绝不希望在别处终老。那里虽然肮脏、残酷、艰难、危险——尤其对现在的我来说——但它是我的家。任何其他地方都没有那样的文化、工业、人口、魔法、语言、艺术、书籍、政治、历史……新科罗布森，"她缓缓地说，"是巴斯–莱格最伟大的城市。"

她对新科罗布森的残酷、污秽与压抑丝毫不存幻觉，这番慷慨陈词由她口中说出，比出自任何议员之口都要有力得多。

"而你告诉我说，"她最后说道，"我被迫离开自己的城市——**终生不得返回**——就是因为**你**？"

约翰尼斯惊愕地看着她。

"贝莉丝，"他缓慢地说，"我不知道该怎么讲。我只能说……很抱歉。这不是我的选择。疤脸情侣知道我在乘客名单里，然后……这并不是唯一的理由。他们需要更多枪炮，或许无论如何总是会劫持这艘船，不过……"

他停顿下来。"不过多半不会。他们主要是冲着我来的。但贝莉丝，请听我说！"他急切地俯身说道，"这不是我的选择。造成这一切的不是我。我并不知情。"

"但是你妥协了，约翰尼斯，"贝莉丝说，她终于站了起来，"你妥协了。你很幸运，在这里找到了乐趣所在，约翰尼斯。我明白这不是你的选择，但我也希望你明白，我没法坐在这里愉快交谈，好像没什么不对劲似的。归根结底，正是因为你，我才变得无家可归。

"也不要称呼他们什么疤脸情侣，好像那是个头衔，好像那两个变态是天上的星座似的。瞧瞧你们，见了他们都兴奋无比。他们跟我们一样；他们也有名字。你可以说不，约翰尼斯。你可以拒绝。"

当她转身离开时，约翰尼斯叫出她的名字。她从没听过他使用这种冷峻而激烈的语调，这让她非常震惊。

他抬头望向她，双手紧握，撑在桌面上。"贝莉丝，"他用同样的语气说道，"你感觉被绑架，我很抱歉——真的很抱歉。我并不知情。但你反感的究竟是什么呢？住在一座寄生城市里？我怀疑并非如此。跟舰队城相比，新科罗布森的日常运作也许比较含蓄，但你去问问苏洛契废墟里的人，新科罗布森算不算强盗。

"文化？科学？艺术？贝莉丝，你知不知道自己在哪儿？这座城是千百种文化的交集。每一个近海国家都曾因为战争、劫持和叛逃而损失船只。那些船就在这里。舰队城就是由它们构成的。这座城里集结了历史上所有遗失的舰船。这里有来自各种文化的流浪汉和贫民，有他们的后裔，而这些文化在新科罗布森连听都不可能听说，你知道吗？你明白这意味着什么吗？全世界的叛逃者在这里相遇，像鳞片一样交错重叠，创造出新的东西。舰队城在惊涛洋里永无止境地漂流，收留各地的流亡叛逃者。诸神在上，贝莉丝，你究竟明不明白？

"历史？千百年来，所有航海国家都有关于此地的传说与流言，你了解吗？你听说过水手的故事吗？这里最古老的船有一千多年历史。船也许会改变，但这座城市的历史至少可以追溯到肉食战争，甚至有人说可以追溯到鬼首帝国……村落？没人知道舰队城的人口，但至少有几十万。数一数那层层叠叠的甲板吧；这里街道的总长度很可能跟新科罗布森不相上下。

"不，贝莉丝，你瞧，我不相信。我认为你没有理由宁愿待在新科罗布森，而不想在此居住。我感觉你只是想家而已。别误会。你不需要提供解释。你喜爱新科罗布森，这可以理解。但实际上你一直在说：'**我**不喜欢这里；**我**想回家。'"

他望着她，头一次显露出类似厌恶的表情。

"举例来说吧，'女舞神号'上的数百名改造人如今不至于活得像牲口一样，跟他们的愿望相比，你只是想要回家。两者相较，我觉得你的需求并不那么紧迫。"

贝莉丝的目光紧盯着他。"万一有人告诉当局，"她冷冷地说，"我是适合禁闭或再教育的人选，我发誓，我会了结自己。"

这威胁荒唐而不实，她相信他也明白，但她不可能祈求他，最多只能如此而已。她明白，他有能力给她制造严重的麻烦。

他是他们的合作方。

她转身离去——走向室外依然包裹着舰队城的细雨之中。她本来有那么多事要跟他说，有那么多问题要问。她想要告诉他，那硕大而神秘的"高粱号"钻井台，此刻正停泊在由舰船构成的小海湾里，喷吐着火焰。她想知道，疤脸情侣为什么要把它偷来，它能做什么，他们计划拿它怎么办？她想要问，钻井台的职员在哪里？失踪的地质感应员又在哪里？她肯定约翰尼斯知道这些事。但现在已不可能再同他说话了。

她无法将他的话从耳边驱走。她强烈期望，自己所说的也依然能使他不得安宁。

第八章

第二天早晨，贝莉丝从窗口望出去，越过重重叠叠的屋顶与烟囱，她看到城市在移动。

前一天夜里，数百艘拖船在舰队城周围不停地打转，仿佛无数蜜蜂围绕着蜂窝。它们通过粗实的链子拴到城市边缘，然后向外散开，将锁链绷得紧紧的。

贝莉丝已然习惯了这座城市的多变。头一天，太阳从她的烟囱套房左侧升起，第二天却从右侧升起，因为舰队城在夜间缓缓转了个向。太阳古怪的轨迹令人迷失。由于看不到陆地，她只能靠星星来辨识方向，而贝莉丝一向对观察星空很厌烦，她不是那种能立即辨认出"三尖帽"、"婴孩"等星座的人。夜空对她来说毫无意义。

今天，太阳几乎正对着她的窗口升起。横亘在视野中的拖船正通过紧绷的锁链，拽着舰队城前进。过了一会儿，她推断出，他们在往南走。

她惊异于这庞大的投入。拖船虽然数量众多，但跟整座城市相比根本微不足道。很难估算舰队城的移动速度，但通过观察船体间的水流，以及城市边缘拍击的海浪，贝莉丝怀疑他们的行进极其缓慢。

我们要去哪里？她无助地思索着。

　　贝莉丝到达舰队城已有好几个星期，奇怪的是，她发现自己从未想过这座城市在海洋中运动的路线与行程，也没想过海盗舰队在完成任务之后如何寻找并返回移动的家园。这让她感到惭愧。她想起约翰尼斯前晚的指责，突然打了个冷战。

　　有些话他说得没错。

　　当然，她自己说的大多也是对的，而且她依然对他很恼火。她不愿住在舰队城，一想到要在这些乱七八糟的破船上度过余生，她就气得嘴角抽搐，几近惶恐。然而……

　　然而，她确实在痛苦中自我封闭。她对目前的处境，对舰队城的历史和政治都缺乏了解，她意识到这很危险。她不明白这座城市的经济模式；她不知道驶入贝西里奥和海胆刺码头的船只来自何方；她不知道这座城市到过哪里，又要去往何处。

　　她身披睡衣，看着阳光洒落在缓缓移动的城市前方，心绪豁然开朗起来。她感觉好奇心逐渐冒出了头。

　　疤脸情侣，她厌恶地想。*就以此为切入点吧。该死的疤脸情侣。嘉罢在上，他们究竟是何种角色？*

　　她与谢克尔在图书馆的上层甲板共饮咖啡。

　　他是个容易兴奋的小伙。他告诉她说，他跟某某人怎样，跟另一人又怎样，然后跟谁打了一架，还有那谁住在枯瀑区。关于城里的事，他信手拈来，而她却哑口无言。她再次对自己的无知感到羞愧，于是仔细聆听他的长篇大论。

　　谢克尔告诉贝莉丝有关仙人掌族飞艇驾驶员海德里格的事。他告诉她说，这名仙人掌族曾是底尔沙摩著名的海盗商人，并向她描述海德里格前往格努克特以南的恐怖岛屿，与蚊族进行交易的行程。

　　然后，贝莉丝向他询问各区的情况，询问舰队城的进行路线，询问"高粱号"钻井台，询问丁丁那布伦，询问鬼影区。她的问题一个接一个，犹如逐张翻开的纸牌。

"啊，"他缓缓地说，"我知道丁那布。还有他的同伴。都是些怪人。麦克勒，梅兹格，普罗姆斯，丁那布。有个家伙叫阿根塔留斯，他是疯子，从没人见过他。我记不得其他人了。'海狸号'中到处是战利品。太厉害了。全是海洋里得来的，挂在每一面墙上。槌头鲨和虎鲸的标本，长着爪子和触须的怪物。还有头骨。还有鱼叉。还有船员们脚踩怪物的胶影像，那怪物真可怕，但愿永远不会被我碰到。

"他们是猎人，来到城里不太久。其实他们不是被劫持来的。关于他们在做什么，为什么要来，有一大堆传说和流言。他们似乎在等什么东西。"

贝莉丝不明白，丁丁那布伦的事，谢克尔怎会如此了解，直到他咧嘴一笑，继续说下去。

"丁丁那布伦有个……助手，"他说，"她叫安捷文，是位很有意思的女士。"他又咧开嘴笑了起来，面对他这种幼稚的热情，贝莉丝窘迫地扭转头去。

舰队城有出版社，也有作家、编辑和翻译，他们会推出新书和经典书籍的盐语译本。但纸张是稀有物：印刷品字体极小，书价也很昂贵。城中各区都依赖于书城的大齿轮图书馆，向其支付酬金，以确保借阅权。

这些书大部分是由嘉水区抢来的。不知从多少世纪之前开始，舰队城最强大的区便将缴获的书籍全部捐给钟屋岭区。无论是谁管理书城，这些捐赠都能确保其忠诚。其他区也仿效这种行为，不过监察也许没那么严厉。他们会允许被劫者保留一两本书，或者将截获的最珍贵书籍用做交易。但嘉水区不同，他们视私藏书籍为严重的罪行。

有时候，嘉水区的舰船沿着巴斯－莱格的海岸居民区巡弋突袭，海盗们闯入每家每户，搜走每一册书、每一卷手稿，然后全部交给书城钟屋岭区。

缴获的书籍源源不断地被送来，因此贝莉丝和同事们总是有活干。

虫首人的乞怜船陆陆续续被舰队城截获。一个多世纪之前，新来的虫首人通过柔性政变接管了书城区。尽管从传统上来说，虫首人对书写的文字缺乏兴趣——复眼不利于阅读——但她们相当精明，知道这个区依赖于图书馆，于是她们继续承担起书籍管理的任务。

贝莉丝无法估算书的总量：图书馆的舰船上有太多陈旧的小屋，到处是改建的烟囱与隔间、清空的客舱、附加的建筑，里面全都塞满了书本。这成千上万古老的书籍，长久以来都不曾有人碰过。舰队城掠夺书籍已有许多个世纪。

他们的书目并不完整。最近几个世纪里，出现了一个行政机构，其职能就是为图书馆的收藏开列清单。但不同时期内，管理的审慎程度也有所不同，差错时有发生。有些批次核查不够充分，几乎是胡乱塞到书架上。错误渗入分类系统之中，又导致新的错误。馆中有数十年的书籍不见踪影，虽然摆放在明处，却如同隐形一般。根据盛行的流言与传说，这些隐秘失落的书籍内容强大而充满禁忌。

当贝莉丝第一次进入黑暗的过道，她一边走，一边用手指拂过总长可达数英里的书架。她随意抽出一本，蓦然停下翻看，第一页顶端有手写的名字，墨水已经黯然褪色。她再抽出一本，同样也写着名字，笔迹与墨水的年代只是略迟一点点而已。第三本没有书写痕迹，但第四本上又有标注，表明它属于某个早已死去的主人。

贝莉丝静静地站着，一遍又一遍地读那些名字，她突然产生了一种幽闭恐惧感。她被包围在抢来的书籍中，感觉就跟埋在泥土里似的。书页的右上角徒劳地涂鸦着一个个名字，无休止地宣告，"这是我的，这是我的"，然而每一声呐喊都被轻易而无情地扼杀。所有被无视的墨水沉重地压在她胸口，令她喘不过气来。这些微不足道的指令是如此容易违拗。

她感觉成群的幽灵在四周抑郁地打转，无法接受书籍已不再属于他们这一事实。

那天，贝莉丝整理新到的书籍时，发现了自己的书。

她背靠书架，伸展双腿坐在地板上，凝视着那本《虫眼灌木林手记》。她抚摸着熟悉而略有磨损的书脊，抚摸着微微凸起的"B. 科德万"字样。这正是她的那一本，她能从磨痕上看出来。她谨慎地注视着它，仿佛这是一个容易失败的测试。

手推车里没有她的另一本著作《古柯泰语写作体系》，但她真找到了自己带上"女舞神号"的那本萨克利卡特鳌虾语教科书。

我们的东西终于开始送过来了，她心想。

她仿佛挨了当头一棒。

这是我的，她心想。它是被抢走的。

还有来自她船上的书籍吗？这本是不是莫利非凯特医生的《未来时态》？她疑惑地想。这是寡妇卡多米安的《拼音文字与象形文字》？

她无法安心静坐，于是站起身，焦虑地来回踱步，在图书馆里神情恍惚地游荡着。她紧紧抱着那本书步入室外的空气中，走上连接图书馆舰船的桥梁。她来到水面以上，然后又转回幽暗的书架间。

"贝莉丝？"

她困惑地抬起头。凯瑞安妮站在她跟前，嘴角微微弯曲，或许是感到有趣，或许是出于关心。她看上去极其苍白，但语调依然如往常一样有力。

书从贝莉丝手中悬垂下来。她舒缓呼吸，隐去脸上的不安，小心翼翼地调整表情，心中思索该如何应对。凯瑞安妮拽起她的胳膊就走。

"贝莉丝，"她再次说道，虽然她面带狡黠的讪笑，语气中却有真诚的善意，"该让我们互相了解一下了。你吃午饭了吗？"

凯瑞安妮轻轻拽着她穿过"舞魅号"的走廊，步入通往"平撒曼号"的半开放式过道。她一边跟着走，一边想，这不像是我，竟让别人牵着走。这根本不像是我。但她此刻有点儿晕眩，因此屈从于凯瑞安妮执著地拖拽。

接近图书馆出口处时，贝莉丝惊诧地意识到自己仍然拿着那本《虫眼灌木林手记》。她抓得如此之紧，手上几乎都没了血色。

她意识到，在凯瑞安妮的保护下，她可以夹着那本书直接穿过警卫，不知不觉地将它带离图书馆。她的心跳开始加速。

但随着她逐渐接近门口，她却变得越来越犹豫，越来越不理解自己的动机，她突然害怕起来，担心被逮住，最后，她长叹一声，将那本学术专著放进了桌边的阅览单间。凯瑞安妮不露声色地注视着她。在门外的光线中，贝莉丝回头望向那本被遗弃的书，感到一阵莫名的战栗。

她说不清那究竟是胜利还是挫败。

"皮赛尔号"是钟屋岭区最大的船，它是一艘造型陈旧的巨型蒸汽船，已被改造成工业区和廉价住房。后甲板上矗立着粗矮的混凝土结构，沾满鸟粪。晾衣绳串在窗户之间，常有人类或虫首人从窗口探出身子交谈。贝莉丝跟着凯瑞安妮走下一道绳梯，接近海面，在潮湿咸涩的气息中，来到"皮赛尔号"下方阴影里的一艘划桨船上。

划桨船甲板下是餐厅，充斥着午餐顾客的噪音。侍者有虫首人，也有人类，甚至还有若干锈迹斑斑的机械人。他们在两排长凳之间的狭窄过道里走动，分派一碗碗浓汤，一碟碟黑面包、色拉和奶酪。

凯瑞安妮给她们点了菜，然后望向贝莉丝，神情中带着真诚的关心。

"嗯，"她说，"你是怎么了？"

贝莉丝抬头望向她，一时间，她惊恐地以为自己会哭出来。但这种感觉转瞬即逝，她让面部表情重新平静下来。她将视线从凯瑞安妮身上移开，转而投向其他人类顾客，以及屋里的虫首人和仙人掌族。

隔着几张桌子，有两名洛歧斯族，他们的身体呈三叉形，仿佛同时面对着各个方向。她身后是若干来自日泽区的两栖生物，身上闪着微光，还有一些种族她完全认不出来。

她感觉餐馆在海浪拍击下摇晃。

"要知道，我能看出来，"凯瑞安妮说，"我也是被劫持的。"

贝莉丝猛然抬起头。"什么时候？"她说。

"将近二十年前。"凯瑞安妮一边说，一边透过窗户望向贝西里奥港和远处仍然奋力拉着舰队城前进的拖船。她缓慢而刻意地说了一句话，所用的语言贝莉丝感觉很熟悉，差一点儿就能辨识出来。她那语言学家的大脑运作起来，开始对这些独特短促的摩擦音分析归类，但凯瑞安妮抢先了一步。

"在我从前的国家里，常对闷闷不乐的人讲这句话。就是那种无聊的老生常谈，类似于'这还不算最糟'。字面意思是'你还长着眼睛，而你的眼镜也没碎。'"她俯身微笑，"但要是这无法给你带来安慰，我也不会难过。与你这个科罗布森人相比，我离家乡更加遥远。要差两千多英里呢。我来自火水海峡。"

面对贝莉丝扬起的眉毛和难以置信的表情，她笑了起来。

"我来自一座受巫国控制的岛屿，名叫结申岛。"她尝了一口鸡肉，舰队城的鸡又瘦又小，"巫国有个更冗长的名字，叫做沙德·扎·弥利昂·扎·柯尼。"她挥挥手，故作神秘状。"又叫鼠魔之城，黑蚂蜂巢穴——诸如此类的名字。我知道你们新科罗布森人怎么讲。绝大部分不是真的。"

"你是怎么被抓的？"贝莉丝说。

"两次，"凯瑞安妮说，"我被劫了两次。我们的拖网船正驶向格努克特的柯涅德，这段旅程漫长而艰辛。当时我十七岁。抓阄时，我抽到了船首像和夜姬。于是我白天就被绑在船首斜桅上乘风破浪，夜晚则陪男人们打牌和睡觉。很单调，但我喜欢那样的日子。悬在那里唱歌，睡眠，凝视海洋。

"但一艘底尔沙摩战船截住我们。底尔沙摩人极其看重与柯涅德的交易。他们占据着垄断地位——现在还是吗？"她突然加上一句，贝莉丝只能迟疑地摇摇头，我不知道。

"总之，他们将船长绑到船首斜桅下面，也就是我原来的位置，然后把船凿沉。他们把大多数人赶上救生艇，配给少许食物，并指示出海岸的方向。那儿离岸非常远，我怀疑他们到不了。

"我和另一部分人被留在船上。除了手铐和粗鲁的态度，没有别的虐待行为。我傻乎乎地折磨着自己，寻思他们会拿我怎么办，但很快第二次劫掠就来了。枯瀑区需要船只，于是派出海盗船队。当时舰队城位于遥远的南方，因此底尔沙摩船成了完美的猎物。"

"然后……然后你怎么？……来到这里之后，你觉得困难吗？"贝莉丝说。

凯瑞安妮凝视了她片刻。

"有些仙人掌族，"她说，"始终难以适应。他们拒绝接受，有的试图逃跑，有的攻击警卫。我猜他们是被杀了。我和我的同伴？……"她耸耸肩。"我们是被救的，所以就很不一样。

"但是没错，当时非常困难。面对这一切煎熬，我痛苦极了，很想念我的兄弟。但你瞧，我作出了选择。我选择活下去，选择生存。

"后来，部分船友搬出了枯瀑区。有一个住在谢德勒区，另一个在底安信区。但大多数仍旧待在收留我们的那一区。"她稍微吃了点东西，然后再次抬起头来，"要知道，这并非毫无可能。你会在这里安家的。"

她是出于好意，想要安慰她。但在贝莉丝听来，却像是威胁。

凯瑞安妮告知她各区的情况。

"嘉水区你知道的，"凯瑞安妮语调平淡地说，"那对疤脸情侣。变态的混蛋。钟屋岭区你也知道。"

那是智慧之区，贝莉丝心想，就像新科罗布森的皤泽。

"谢德勒区属于血痂族。还有日泽区，底安信区。"凯瑞安妮掰着手指头列数各区。"焦耳区。民主议会控制的圆屋区，那是个勇敢的小堡垒。再加枯瀑区，"她最后说道，"也就是我住的地方。"

"你为什么离开新科罗布森呢，贝莉丝？"她出人意料地说道，"你看起来不像是热衷于殖民的人。"

贝莉丝低下头。"我必须离开，"她说，"因为有麻烦。"

"法律上的？"

"出了点儿状况……"她叹口气说，"我根本什么都没干。"她的语气中忍不住带着苦涩。"几个月前，城里出现一种病症。然后……有传言说，我的一个熟人受到牵连。国民卫队正调查每一个他认识的人，每一个与他有关联的人。很明显，他们最终会找到我。我从来就不想离开。"她小心翼翼地说，"我是被逼无奈。"

贝莉丝平静下来，这归功于那顿午餐，也归功于有人做伴，甚至归功于她平时很不屑的闲聊。起身离开时，她询问凯瑞安妮是否身体不适。

"我在图书馆里注意到……"她说，"希望你别介意，但我觉得你看上去很苍白。"

凯瑞安妮露出俏皮的微笑。"这是你头一回问我的事，贝莉丝，"她说，"小心啊，我会以为你在偷偷监视我。"这善意的奚落有点伤人。"我没事。只是昨晚被抽税了。"

贝莉丝试图通过已知的信息，分析凯瑞安妮的话是什么意思。她反复思考，希望突然有所领悟，但始终毫无收获。

"我不明白。"她终于按捺不住，不解地说道。

"贝莉丝，我住在枯瀑区，"凯瑞安妮说，"有时我们会被抽税，你明白吗？贝莉丝，你知道我们的首领是布鲁寇勒，对不对？你听说过他的事吗？"

"我只听过他的名字……"

"布鲁寇勒。他是欧派尔族。隆茍族。卡塔卡那族。"凯瑞安妮盯着贝莉丝的眼睛，逐一念出这些费解的名词，看得出来，贝莉丝并不理解，"噬血症，贝莉丝。异死族。

"吸血鬼。"

几个星期来，各种流言与暗示仿佛一团蠓虫，执著地围着她打转，但她至少由此了解到一点点各区的状况。这些怪诞而狭小的政区病态地纠结在一起，互相敌视，互相倾轧。

但她还是错过了最重要、最震撼、最不可思议、最骇人听闻的事。当凯瑞安妮向她解释脸色发白的原因时，她才意识到自己有多无知。深夜，当贝莉丝回想起那一刻，她意识到，自己离家竟已如此遥远。

她对自己很满意，凯瑞安妮的解释最多只是令她脸色微变。当她听见"吸血鬼"一词后——这在拉贾莫语和盐语中是相同的——心中反而坚强起来。那一刻，凯瑞安妮使她明白，她不可能再去往别处，不可能离家更远。

舰队城的语言她听得懂。船只虽然经过改修与重建，她也能辨认。他们有货币和政府。不同的历法和术语她可以学。东拼西凑的建筑虽然古怪，但尚可理解。然而在这座城里，吸血鬼无须躲藏，也无须偷偷猎食，反而可以在夜间公然走动，甚至成为当权者。

贝莉丝发现，她的所有文化标准都不再适用。她对自己的无知感到厌恶。

贝莉丝的手指在科学类书目卡中拨动，按照字母顺序快速翻查，最后找到约翰尼斯·提尔弗莱的名字。他的几本著作都有不止一份复本。

既然掌管我命运的疤脸情侣这么需要你，约翰尼斯，那我得知道

他们脑子里在想什么。让我看看，他们究竟对什么东西那样热衷。她一边暗自琢磨，一边匆匆记下这些著作的分类号码。

其中一本借了出去，但其他书的复本都在。作为图书馆雇员，贝莉丝有借阅权。

回家的路上天气很冷，舰船的夹缝里海浪飞溅，索具间的猴子吱吱乱叫。她在人群中行走，时而穿过摇曳的甲板与索桥，时而登上地势较高的街道。天空中到处是刺耳的聒噪声。贝莉丝的包里装着《铁海湾潮池生物的捕食行为》、《萨度拉解剖构造》、《兽类杂论》、《巨兽学》和《博物学家的跨位面生物难题》——全都是约翰尼斯·提尔弗莱所写。

她蜷缩在火炉边一直到半夜，外面阴冷的云层令月光暗淡朦胧。她在灯光下阅读，从一本书翻到另一本。

凌晨一点，她望向室外黝黑的船影。

外围那一圈拖船仍在拉着城市前进。

她想到舰队城所有出海执行任务的海盗船。数月间，它们的行程可达几千英里，沿途劫掠船只与居民，最后满载着战利品，借助神秘莫测的方法，返回移动的城市。

城里的海监员观察着天空，通过其细微的变化即可发现有船只接近，于是拖船便将舰队城拉出视线之外。有时为规避行动失败，他们便拦截外来船只，或接纳交易，或追击捕房。倘若靠近的船是舰队城自己的，统治者总能凭借某种秘密科技探知，并欢迎其返回家园。

虽然已是深夜，工业噪音仍在一些街区回荡，穿透波浪拍击声和动物的夜啼。她视野中布满纵横交错的绳索和木条，仿佛胶印照片上的划痕。她看到舰队城末端，"高粱号"钻井台仍然矗立在由船只构成的小海湾里。数周来，它的烟囱顶端不断喷涌出翻滚的火焰和魔法能量。每天晚上，它周围总有一团模糊暗淡的光晕遮盖住星光。

但现在不同了。"高粱号"上方的云黑溚溚的。火焰已经熄灭。

自从到达舰队城之后，贝莉丝第一次从随身物品中翻出那封被搁置的信。她犹疑不决地坐在火炉边，手握墨水笔，面前摆着折叠的信纸。然后，她被自己的犹豫惹恼了，她开始动笔书写。

尽管舰队城朝着较暖的南方水域缓缓前进，最近的天气却变得特别阴冷。北风带来了冰霜般的寒意，散布于船甲板上的小花园里，树木和藤蔓变得枯萎脆弱。

就在寒流来袭之前，贝莉丝看到一群鲸鱼在城市左侧嬉戏，显得颇为愉快。过了一会儿，它们突然抵近舰队城，巨大的尾巴拍打着水面，然后它们就消失了。此后不久，寒流便来临了。

舰队城没有冬季，没有夏季，也没有春季，季节根本就不存在；唯一变化的只有气候。在舰队城，决定天气变化的不是时间，而是位置。每年年终，当新科罗布森蜷缩于暴风雪之下，舰队城的居民或许正在火炉海中晒太阳；但他们也有可能躲在甲板底下，由身穿厚实外衣的船员将城市缓缓地拉到缄默洋中下锚。相对那里的温度，新科罗布森算是暖和的了。

舰队城在巴斯－莱格的海洋中跋涉，天气也随之变换。它的行进路线取决于各种需求，例如劫掠、交易、农业、安全以及其他更难理解的推动因素。

这座城市毫无规律的气候让植物很难生存。舰队城的植物依靠魔法、运气和几率存活，而培植也是一个因素。许多世纪的栽培造就出一批耐寒而生长迅速的植株，能在广泛的温度范围内茁壮成长，一年内可获得几拨不定时的收成。

甲板上的耕地覆盖着幕膜，处于人工照明之下。潮湿的旧货舱里是蘑菇养殖场，另有一些吵闹而恶臭的船舱，其中挤满了牲畜，它们代代同系繁殖，因而消瘦羸弱。诸多木筏依附于城市底部，上面生长着各类适合当作食物的海藻，一旁的网笼中则装满甲壳动物和食用鱼类。

随着时间的流逝，坦纳的盐语逐渐自如起来，他跟工友们待在一起的时间也越来越多。他们在贝西里奥港后面的酒馆与赌场里喧闹畅饮，谢克尔有时也会加入。与众人做伴，他很快乐，但更多时候，他却独自一人前往"海狸号"。

坦纳知道他是去见那个叫安捷文的女人，她是丁丁那布伦船长的仆人或保镖，但坦纳没见过。谢克尔曾以青涩少年所特有的方式，吞吞吐吐地向他提起过，坦纳感觉很好笑，但也未加阻止。他怀念起自己的年少时光。

谢克尔跟"海狸号"上那些古怪而勤勉的猎人一起度过的时间越来越多。有一次，坦纳去找他。

坦纳进入甲板下一条洁净而黝黑的走廊，他看到两侧的舱室门口标有名字：莫迪斯，费柏，阿根塔留斯。这些船舱属于丁丁那布伦的同伴。

谢克尔跟安捷文一起在餐厅里。

坦纳吃了一惊。

他估计安捷文有三十来岁，她是个改造人。

谢克尔没告诉他这一点。

安捷文的大腿以下都没有了。她就像座古怪的雕像，矗立在一部小型蒸汽履带车上，沉重的机械车体里填满了煤和木柴。

坦纳意识到，她不是城里出生的。这类改形太残酷，太离奇，而且效率低下，除了用做惩罚之外，没有其他可能。

他觉得，既然她能迁就那小伙的烦扰，应该是个好人。他看到她跟谢克尔讲话时态度热切，身体前倾（由于固定在沉重的小车上，故而呈现出古怪的角度），深深地注视着他的眼睛。坦纳愣住了，他再次感到震惊。

坦纳离开了，留下谢克尔跟他的安捷文在一起。他没有追问前因后果。谢克尔突然间被迫体验到各种纷杂的新感受，他的表现既像成人，又像儿童，时而夸夸其谈、自鸣得意，时而垂头丧气、情绪波动。从他透露的那一点点信息中，坦纳了解到，安捷文是十年前被劫持的。她的船被劫时，跟"女舞神号"一样，正驶往新艾斯培林。她也来自新科罗布森。

他俩的家在一艘旧工厂船上，紧贴着左舷的边缘。当谢克尔回来时，坦纳很妒忌，但随即又很后悔。他决定尽可能留住他，但他若是要离开，就随他去。

坦纳试图结交新朋友，以填补空缺。他跟工友们一起的时间更多了。码头工人之间有着强烈的伙伴情谊。他也参与他们的污秽笑话和各种游戏。

他们敞开怀抱，以讲故事的方式接纳他。

既然他是新人，他们就有理由再次搬出各自都听过无数遍的故事和传闻。当有人提起死海、沸潮，或者海鳝王，他们便会转向坦纳，对他讲，*你大概没听说过死海吧，坦纳。让我来告诉你……*

坦纳·赛克听到了许多巴斯－莱格海洋中最怪诞的故事，还有海盗城以及嘉水区本身的传奇。舰队城如何在一场超级风暴中幸存；疤脸情侣脸上留疤的原因；乌瑟·铎尔如何破解概率法则，并得到他那把威力强大的剑。

他参加各种欢乐庆典——婚礼，生子，打牌赢钱。悲哀的事他也有份。有一回码头上发生事故，一名女仙人掌族被锋利的玻璃削去半只手，坦纳倾力捐出大量眼币和旗币。还有一次，嘉水区的"玛格达威胁号"在火水海峡附近沉没，消息传来，整个区都陷入沮丧之中。坦纳也感受到悲哀，他的感情并非伪装。

尽管他很喜欢工友们，夜晚在酒馆中欢饮也是一件乐事——还使他的盐语水平大幅提高——但总有一种若隐若现的神秘氛围，令他无法理解。

　　潜水工程师们在工作中遇到一些谜团。他时常瞥见的黑影周围，都有套着绳索的鲨鱼看守，这些究竟是什么东西？它们的轮廓模糊不清，或许是因为魔法的遮掩？他和同事们每天执行的修理任务目的何在？他们悉心维护偷来的钻井台"高粱号"，而它从数千英尺海底抽上来的又是什么？坦纳曾经无数次顺着钻井台的导管向下张望，那一节节敦实的管道由近及远逐渐变细，令他头晕目眩。

　　这个项目的本质是什么？人们一提起它，总是点头示意，含糊其辞。他们努力工作，全是为了这一计划。没人愿意公开谈论，但许多人似乎知道那么一点儿，另一部分人为了昭显自己了解详情，往往话中有话，欲言又止。

　　嘉水区的工业运作背后有个重大的秘密，但坦纳·赛克还不知道是什么。他怀疑同伴中也无人知晓，但他仍感觉被排除在社区之外，一个以谎言、秘密和荒诞言论为基础的社区。

　　他偶尔会听说一些故事，有关"女舞神号"的乘客、船员或囚徒。

　　谢克尔告诉他，科德万在图书馆。他也亲眼见到约翰尼斯·提尔弗莱和一群神秘人物一起来到码头边，他们手执笔记本，低声讨论着。他略带嘲讽地寻思，自己在最底层拼命工作，这位绅士却抚着马夹，一边巡视，一边在图纸上勾勾画画，看来等级差异用不了多久便已重新确立。

　　"高傲号"驾驶员海德里格是个冷漠的仙人掌族，他告诉坦纳，"女舞神号"上有个叫芬奇的人，经常来到码头（你认识他吗？海德里格曾问他，但坦纳摇了摇头：甲板以上的人他一个都不认识，然而若是如此解释，那就太无趣了）。芬奇是个人物，海德里格说，是个值得交往的家伙，他似乎认识船上所有人，而说起布鲁寇勒或"商贾之王"弗列德里希之流，他也头头是道。

海德里格谈到这些时，有种心不在焉的感觉，让坦纳想起丁丁那布伦。海德里格正是属于那种似乎知道一些事，却又不愿谈论的人。但若是直截了当地提问，坦纳担心会破坏他们之间初生的友情。

坦纳喜欢夜间在城里走动。

他到处游荡，呼吸着海洋的气息，周围尽是海水和船只的声响。在淡淡的云层遮掩下，月亮及其两个女儿泛着微光。坦纳沿着海港边缘不断前行，港湾中的"高粱号"如今已安静下来。他经过一片螯虾人住宅：一艘半浮半沉的快帆船，船头如冰山般突出水面。他走上一座带遮顶的桥，通往巨硕的"雄伟东风号"尾部。沿途偶尔有其他失眠者和夜班工人，他低着头从他们身边经过。

他沿着一条索桥，来到嘉水区右侧。头顶上，一艘发光的飞艇缓缓飘过，附近的高音喇叭仍在鸣响，并伴随着蒸汽锤砰砰的敲击声（有人在值夜班）。一时间，这些声音像极了新科罗布森，一股强烈而莫名的情绪向他袭来。

坦纳迷失在旧船和砖墙之间。

他隐约看到水下一簇簇转瞬即逝、毫无规律的光亮：浮游生物的荧光有种焦躁不安的感觉。有时候，城市的咆哮似乎得到呼应，那声音从极远处传来，像是出自某种硕大的生物。

他转向圆屋区和海胆刺码头的方向。脚下是海浪，两侧是颓败潮湿的砖房，布满霉斑和盐渍。高墙上的窗户许多已经碎裂，主街以外的窄巷在老旧的舱壁和通风罩之间蜿蜒穿梭。荒凉的船甲板上到处是垃圾。海报的残骸在寒风中撞击着栏杆扶手，人们利用乌贼与贝壳的分泌物，连同掠夺来的墨水一起，制作出这些色彩斑斓的广告，用于政治及娱乐宣传。

猫从他身旁经过。

这座城市不断移动调整，外围的蒸汽船队依然在不知疲倦地航行，通过紧绷的锁链拖拽着他们的家园继续前进。

坦纳站在一片寂静之中,抬头望向古老的高塔,到处都是黑影憧憧的瓦片、烟囱、树木和工厂顶棚。零星的船屋点缀于海面之上。隔着这一片水,还有若干不知源自何方海岸的船只,它们的舱房里闪着光亮。其他人也在注视着黑夜。

[——你从前做过吗?她问道,谢克尔不由自主地想起那些不愿回忆的场面。"女舞神号"上的女性改造人在黑暗发臭的空间里摸索着他的那玩意,塞进自己体内,以换取更多面包。他也想到那些被水手们强行按倒(他们大呼小叫着要他加入)的女人,还有那个跟他睡了两次的(其中一次,她的尖叫声令他不适,他只能假装完事,悄悄溜走;另一次他真正插入并释放在她体内,尽管她拼命挣扎哭喊)。在这之前,还有烟雾湾后街小巷里的姑娘们,而男孩(就像他这样的)也会露出私处,他们的行为混杂着交易、性爱、凌辱和嬉戏。谢克尔张嘴欲答,真相却难以出口,于是她打断了他(这让他如释重负),她说,不——不是闹着玩,不是为钱,也不是出于强迫,而是像正常人一样,你情我愿,真正平等相待。当然,经她如此一说,答案必然是"没有"。于是他回答"没有",心中却感激她将这一次定义为他的初夜(虽说当之有愧,但他还是恭顺而热切地接受了)。

他看着她脱下衬衣,一见到她的女性胴体和渴望的眼神,他的呼吸急促起来。他感觉到她炉膛里散发出的热量(她告诉他说,不能让这破烂火炉熄灭,它必须不停地消耗燃料,贪婪得超乎常理),他也看到她大腿上的挽具,黑色的金属与苍白的皮肤相连,仿佛上涨的潮水。谢克尔三下两下便除尽自己的衣衫,他站在那里瑟瑟发抖,骨瘦如柴,那玩意儿颤颤巍巍地挺立着,完全是青涩少年的模样。他胸口激情涌动,几乎喘不过气来。

她是改造人(她是改造人,是贱民),他知道,他明白,然而他无法遏制心中的渴念。他感觉旧习与成见宛如一片大痂，从皮肤上剥落，家乡给他的深刻烙印就此与他脱离。

治愈我吧，他心中虽如此想，却不解其意，欲图重新诠释。伴随着一阵惨痛，过去的生活与他剥离，他犹豫不决地将自己展露在她面前，展露在新的空气中。他的呼吸再次加速。他的情感汹涌迸出，汇合交融（溃烂已经停止），它们开始沉淀，开始愈合，凝结成新的形态，凝结成疤痕。

——我的改造人姑娘，他心不在焉地说，而她立即原谅了他，因为她知道，他以后不会再这么想。

这件事有点儿麻烦，她的断腿固定在金属上，只能略略展开成 V 字形，她的私处下方仅有两寸血肉。她无法伸展双腿，也不能躺下，确实有点儿麻烦。

但他们坚持不懈，他们成功了。]

第九章

谢克尔来找贝莉丝，要求她教授阅读。

他告诉她说，他认识拉贾莫语字母的形状，也大致了解其发音，但依然很生疏，也从未试过将它们串联起来组成词语。

谢克尔似乎很压抑，思绪仿佛仍在舰船图书馆的走廊之外。他的笑容较平时来得迟缓。他没有提起坦纳·赛克，也没有提起近来常挂在嘴边的安捷文。他只想知道，贝莉丝是否愿意帮他。

她下班之后，花了两个多小时教他字母表。他知道每个字母的读法，但对它们的认知很肤浅。贝莉丝让他写自己的名字，于是他歪歪扭扭地开始动笔，写到第二个字母时顿了顿，直接跳过去写第四个，然后再回来填补空缺。

他知道自己的名字怎么写，但只是依样画葫芦而已。

贝莉丝告诉他，字母就是指示和命令，而其发音往往就是它自身读法的开头部分。贝莉丝写出自己的名字，字母之间留出至少一寸，然后她要他执行字母所代表的指令。

等他磕磕绊绊地念完，她便缩小字母的间距，要求他再次执行字母指令——依旧用很慢的速度。之后，又让他重复了一遍。

最后，她去掉空隙，将字母连成词，要他快速重读，一气呵成，依照字母的指示念出来（"看这些紧挨着的字母"）。

博——诶——勒——勒——伊——丝

（不出所料，两个相连的齿槽音[1]把他搞糊涂了。）

他又试了一回，中途却停顿下来，冲着单词绽出笑容。他一脸欢快地望向她，搞得她反而愣了一下。他念出了她的名字。

教过他简单的标点之后，她想到一个主意。她领着他穿过舰船的腹地。在科学区与人文区，许多学者坐在油灯或狭小的窗户边阅读。他们走出室外，在淅淅沥沥的雨水中穿行于建筑物之间，最后，越过一座桥，来到"伤感记忆号"。它是大齿轮图书馆外围的一艘大帆船，其中存放着童书。

儿童区的读者极少，周围的书架上塞满了花花绿绿的书籍。贝莉丝一边走，一边用手指划过书脊，而谢克尔带着深深的好奇注视着。他们在船的尾部停下，这里有许多舷窗，舱壁大幅度向外倾斜，上面排满了图书。

"你瞧，"贝莉丝说，"看到没有？"她指了指一块铜牌。"拉——贾——莫。拉贾莫语。这些书是我们的语言。大部分应该来自新科罗布森。"

她抽出几本书，将它们打开。谢克尔没有注意，短暂的一瞬间，她怔了一怔。手写的名字从扉页里窥视着她，但这些是蜡笔涂鸦，出自幼儿之手。

贝莉丝快速翻阅。第一本是给低幼儿童看的，里面全是大幅彩图，采用六十年前流行的"简约艺术风"精心手绘而成。故事是说一颗鸡蛋跟一个由汤匙搭成的人作战，最终获得胜利，并成为世界的统治者。

第二本给较年长的孩子，讲的是新科罗布森历史。看到史前巨肋

1　舌头抵着齿龈所发出的音。

和帕迪多街车站大尖顶的蚀刻版画像，贝莉丝忽然呆住了。她草草浏览全书，面对这样一部荒诞而具误导性的历史书，她露出鄙夷与取笑的表情。书中的内容令人汗颜，包括"金钱圈"、"尘埃一星期"等，而尤以"掠私战争"为甚，种种描述都以儿童式的语言虚伪地暗示着，新科罗布森是一座自由堡垒，即使面对难以逾越的逆境与不公，依然欣欣向荣。

谢克尔好奇地看着她。

"试试这本。"她一边说，一边把《勇敢的鸡蛋》递给他。他恭恭敬敬地接了过去。"这是给小孩子看的，"她说，"别管那故事，对你来说太幼稚了，没什么意思。但我想知道，你是否能弄明白故事内容，就用我教你的方法来读单词，看看能不能理解。肯定会有你不懂的词，把它们全都写下来，拿给我看。"

谢克尔突然抬头看着她。"写下来？"他说。

她能看透他的心思。他仍将单词视为异物，对于其微妙的含义，刚刚开始有那么一点儿理解。但他还没想到可以用它们来记载自己的秘密，也没有意识到，学会阅读，也就学会了书写。

贝莉丝从口袋里找出一支铅笔和一张用过一半的纸，然后交给他。

"把不懂的词抄下来，字母顺序要跟书里一模一样，然后拿给我看。"她说。

他看了看她，脸上再次洋溢出欢快的笑容。

"明天，"她继续说，"我要你五点钟来，我会就书中的故事提问，也会让你念诵其中的片段。"谢克尔拿着书，凝视着她的眼睛，使劲点了点头，仿佛他们刚在狗泥塘[1]达成一项交易。

当他们离开大帆船时，谢克尔的姿态变了。他又开始扬扬自得，走路也显得有点大摇大摆，甚至开始跟贝莉丝谈论他的码头帮。但他

---

1 新科罗布森的贫民窟之一。

紧紧握着《勇敢的鸡蛋》。贝莉丝用自己的书卡替他登记借阅，这种毫无迟疑的信任令他深受感动。

那天晚上又很冷，贝莉丝紧挨着火炉坐下。

煮和吃无论如何都是必须的，这渐渐让她感到恼火。每次她都草草了事，毫无乐趣可言，然后便坐到提尔弗莱的著作跟前继续阅读，继续写笔记。到了九点，她停下来，取出那封信。

她开始书写。

一七七九年，德斯特月二十七日，阴郁日（然而在这里，此类日期毫无意义。现在是6/317纪年，玳瑁季，第四分离日），"彩石号"的烟囱内。

我不停地寻找线索。刚开始看约翰尼斯的书时，我总是胡乱翻阅，随意浏览，尽量将片段凑到一起，等待灵感的出现。但我意识到，这样无法取得进展。

约翰尼斯告诉我，他的著作是这座城市背后的推动力量之一。他不愿描述自己所参与的计划，但它对舰队城非常重要，为此他们甚至铤而走险，公然打劫巴斯－莱格最强大的势力。该计划的实质一定就藏在他的这些书里。毕竟其中有一本使得疤脸情侣一心想要招揽他。但我根本无从判断，哪一部才是他口中秘密计划的"必备读物"。

因此，我正在逐一细读，从引言开始直到索引，搜集点点滴滴的信息，试图体会其中的构思。

当然，我不是科学家，从未读过这类书籍，其中有很大一部分对我来说不知所谓。

"髋臼是指髋骨外侧，髂骨与坐骨接合处的凹穴。"

这些句子，我读起来就像是诗作：髂骨，坐骨，髋骨，外楔骨与胫骨峰，血小板与凝血酶，瘢痕瘤，脱离痕。

迄今为止，我最不喜欢的是《萨度拉解剖构造》。约翰尼斯曾经被一头萨度拉幼兽弄伤，那一定是在他为写这本书进行研究的时候。我能想象那头野兽在笼子里来回踱步，由于吸入了麻药，感觉渐渐不支，于是挥抓突袭。然后它死了，转化成一本冷冰冰的书，枯燥地罗列出一串骨头、血管和肌肉的名称，在此过程中，萨度拉的皮被剥去，约翰尼斯的热情也逐渐消退。

我最喜欢的书有点儿出乎意料。我本以为像《巨兽学》和《异位面生物》这类结合了哲学与动物学的书籍也许会感觉更亲切一点儿。但我发现那些深奥的剖析虽然有趣，却很费解。

事实上，我读得最仔细，又感觉可以理解的是《铁海湾潮池生物的捕食行为》，它让我相当着迷。

书中的描述错综复杂，环环相扣，充满野性与机变。我仿佛亲眼目睹这一切。魔鬼蟹，沙蚕。海蜗牛残忍地在贝壳上钻出小孔。饥饿的海星坚忍而缓慢地瓣开扇贝。水珠海葵倏然伸出触手，吞食小鱼。

约翰尼斯为我展现出一幅生动的海洋微缩景观，无情的潮水中，到处是贝壳碎屑和海胆。

但它无法让我知晓这座城市的计划。要了解舰队城统治者的脑袋里在想什么，我就必须更加深入地发掘。我要继续读这些书，它们是唯一的线索。我想了解舰队城，但并不是为了愉快地生活在生锈的烟囱里。我得知道**我们要去哪里，原因何在**。这样才有可能离开。

贝莉丝的门口突然响起敲击声。她紧张地抬起头。已经快十一点了。她缓缓站起身，沿着圆屋中央狭窄的螺旋扶梯走下去。舰队城里只有约翰尼斯知道她的住处，而那次去餐馆之后，她再也没跟他说过话。

贝莉丝一边缓慢地朝门口走，一边等待，急促的敲门声再次响起。他是来道歉吗？还是又来朝她泄愤？她难道还会想见他，重新开启友谊的大门？

她意识到，自己仍然生他的气，也仍然略带愧意。

敲门声响了第三遍，贝莉丝板着脸走向前去，打算听完他的陈词之后便请他离开。但她打开门后，却愣住了，惊讶得张大了嘴，原本准备好的简短劝辞也随着呼吸悄然流逝。

寒冷的空气中，赛拉斯·费内克站在门口，机警地抬头望着她。

他们喝着费内克带来的红酒，在沉默中小坐了片刻。

"你过得还不错，科德万小姐，"他最后说道，并赞赏地打量着这间破旧的圆柱形金属房屋，"我们这群新来的当中，许多人的住处都比这里差远了。"她扬起一条眉毛，但他再次点头。"我保证，这是实话。你从没见过吗？"

她当然没见过。

"你住哪里？"她问道。

"靠近底安信区，"他说，"在一艘快帆船底部。没有窗。"他耸耸肩。"这些是你的？"他指了指床上的书。

"不，"她一边说，一边迅速把它们收拾起来，"他们只让我留着笔记本。就连我自己写的书都被拿走了。"

"我也一样，"他说，"就只剩下一本日记，那是多年旅行的记录。要是弄丢了，我的心都会碎的。"他露出微笑。

"他们让你干什么？"贝莉丝问道，费内克又耸了耸肩。

"我想办法蒙混过去了，"他说，"我现在做的事，是出于自己的意愿。你在图书馆工作，对吗？"

"怎么蒙混？"她尖锐地说，"怎么能让他们放过你？你靠什么谋生？"

一时间，他注视着她，却没有回答。

"我有三四个工作机会——你大概也一样吧。我告诉第一家，已经接受第二家，又对第二家说答应了第三家，以此类推。他们不管。至于我靠什么谋生，嗯……成为众人皆需的人物，没你想象得那么难，科德万小姐。只要提供人们愿意付钱买的东西就行了，主要是信息……"他的声音逐渐低落。

这种坦诚的态度让贝莉丝很疑惑，他暗示着她的周围存在阴谋，存在地下社区。

"要知道……"他突然说，"我很感激你，科德万小姐。真诚地感激。"

贝莉丝等着他说下去。

"当时你也在萨克利卡特，科德万小姐。你见证了我和米佐维奇船长之间的对话。你一定琢磨过，那封信上究竟写了什么，让船长如此不悦，并迫使你们折返，但你始终保持沉默。你肯定能想到，被舰队城劫持之后，我的处境也许会变得……非常困难，但你什么也没说。我很感激。"

"你真是什么也没讲吧？"他又加上一句，忧虑之情溢于言表，"我说了，我很感激。"

"上次在'女舞神号'上，"贝莉丝说，"你告诉我，你必须立即赶回新科罗布森，事关重大。那现在呢？"

他局促地摇了摇头。

"那是夸张，是……扯淡，"说着，他抬头看了一眼，但她并未显示出对他的措辞有什么意见，"我习惯了夸大其辞。"他挥挥手，表示不值一提。接着是一阵令人不安的停顿。

"那你能用盐语沟通喽？"贝莉丝问道，"依我看，你现在所干的事，必须要会盐语吧，费内克先生。"

"经过多年练习，我已精通盐语，"他以流利而熟练的盐语说道，并露出真诚的笑容，然后又重新回到拉贾莫语，"另外……嗯，我现在不用这个名字。叫我西蒙·芬奇吧，请多包涵。"

"那么，你是从哪儿学的盐语呢，芬奇先生？"她说，"你提到的旅行……"

"该死。"他似乎被逗乐了，但又有点儿尴尬，"这名字被你一念就跟咒语似的。在这间屋子里，随你叫我什么都可以，科德万小姐，但到了外面，还请多多包涵。林洛。我在林洛学的盐语，还有海盗群岛的外围。"

"你在那儿干什么？"

"同样的事，"他说，"我到哪里都一样：买卖，交易。"

又一轮酒过后，贝莉丝收拾了一下火炉，然后他继续说，"我三十八岁，从二十岁起就开始做生意。不过别误会，我是新科罗布森人，在史前巨肋的影子底下出生长大。但我怀疑，过去二十年来，我在城里待了五百天都不到。"

"你都做些什么买卖？"

"什么都做。"他耸耸肩，"毛皮、红酒、引擎、牲口、书籍、劳力。什么都做。在坚塞奇以北的苔原上用酒换兽皮，在内陆原用兽皮换秘密情报，然后在拱石城用秘密情报和艺术品换取劳力与香料……"

贝莉丝凝视着他的眼睛，他的声音逐渐低落。

"没人知道拱石城在哪里。"她说，但他摇摇头。

"有些人知道，"他平静地说，"我是说，现在。现在有人知道。哦，当然，那条路简直太难走了。从新科罗布森无法直接往北穿过苏洛契废墟，要是往南穿越瓦顿克或荒恶原，那就得多绕数百英里的路。因此只能沿着忏悔道前往虫眼灌木林，绕过吉宾湖和卡托勒王国，再穿过寒爪峡……"他的声音逐渐减弱，但贝莉丝热切地聆听着，等他继续说下去。

"过了碎峰岭，"他低声说，"就是拱石城。"

他吞下一大口酒。

"他们很怕外人，怕活生生的外人。但是天知道，我们这群人的模样狼狈极了。接连好几个月的旅途中，我们损失了十四个人。沿途坐过飞艇、驳船、羊驼和巨翼鸟，甚至依靠步行长途跋涉。我在那里住了几个月，带回许多……令人称奇的物品到新科罗布森。告诉你吧，我见过的东西比眼前这座城市还要古怪。"

贝莉丝什么也说不上来。她使劲琢磨着他的话，他提到的那些地方根本就是传说。他去过那里——甚至还住在那里，嘉罢在上——这太不可思议了，但她认为他没有撒谎。

"大部分尝试去那里的人都死了，"他以陈述事实的口吻说道，"但要是成功到达寒爪水域，尤其是到达对岸……那你就发了。你可以去碎峰岭矿场，去内陆原以北的草地，去寒爪海中的雅尼塞克利岛——告诉你吧，他们渴望贸易。我在那儿待了四十天，他们唯一的真正交易只有跟来自北方的野蛮人。每年一次，野蛮人划着小艇出现，带来肉干之类的物品。这些食物的需求很有限。"他咧嘴一笑。"但主要问题在于，成戈利斯阻断了南方，不准外人通过。只要有人能从南边过来，他们就跟对待久别重逢的亲兄弟似的。

"一旦成功抵达，你就有机会获得各种情报、商品和服务，也能去各种地方，这都是旁人无法企及的。所以我跟议会达成……协议，所以就有了那张通行证，赋予我一定权力，在某些情形下可以征用船只。我的任务是为新科罗布森提供从别处无法获取的信息。"

他是个间谍。

"六个半世纪之前，希姆利跨越惊涛洋，发现了贝锐凯内弗大陆，"他说，"你以为他船上装的是什么？'虔诚先知号'是艘很大的船，贝莉丝……"他顿了一顿——她从未邀请他直呼自己的名字，但也没有表示异议，于是他继续说下去。"它载的是酒、丝绸、剑和黄金。希姆利寻求的是贸易机会，东方大陆就是由此而开通的。你听过的那些探险家——希姆利、敦里昂、布鲁本，或许还包括里宾托，甚至嘉罢本身——全都是商人。"他讲得兴致盎然，就像个儿童。

"就是像我这样的人带回了地图和信息。我们提供的详细情报无人能及。我们可以把信息卖给政府——这就是我的职业。不是为了勘探或科学——只为贸易。正是那些商人前往苏洛契，把达格曼·贝因在掠私战争期间使用的地图给带了回来。"

看见贝莉丝的表情，他意识到这件事并不能为自己和同伴们的形象增添光彩。

"举例不当。"他喃喃低语道，看到他懊悔的模样，贝莉丝忍不住笑出声来。

"我不要住在这里。"贝莉丝说。已经快凌晨两点了，她透过窗户望向星空。舰队城被拖拽着缓缓前进，群星也在窗格里滞塞地挪移。

"我不喜欢这儿。我痛恨绑架。我理解'女舞神号'上有些人并不在乎被劫持……"她以此来勉强平息约翰尼斯灌输给她的负疚感，但也窘迫地意识到，这远远不够，它贬低了'女舞神号'货舱里的人群所获得的自由，"但我不愿在这里老死。我要回新科罗布森。"

她嘴上说得斩钉截铁，心里却没那么坚定。

"我不要回，"他说，"我的意思是，经过一番游历之后，我也想回去——在岂南吃顿饭什么的——但我没法在那里定居。不过我理解你为什么喜欢那儿。我见过许多城市，都无法与之相比。然而一旦待上超过几个星期，我就开始患上幽闭恐惧症。那么多尘土，那么多乞丐，那么多人，把我团团围住……再加上议会不断炮制出来的漂亮口号。

"就算是在高尚社区也一样，你明白吗？比尔珊顿广场、旗山、岂南——我仍感觉跟困在狗泥塘或贱地没有区别。我无法忽略这种感受。我必须离开。至于管理那地方的混蛋们……"

贝莉丝对他这种不加掩饰的叛逆很感兴趣。再怎么说，他毕竟受雇于新科罗布森政府。尽管略微有点醉酒，但贝莉丝冷冷地意识到，迫使她逃离的，正是他的这些后台老板。

然而费内克丝毫没有显现出对他们的忠诚，他以玩世不恭的语气调侃科罗布森的当权者。

"他们就像一窝毒蛇，"他继续说，"鲁德革特之流，只要还有选择，我才不愿信任他们。当然，他们的钱我照拿不误。要是他们愿意花钱买我的情报，那何乐而不为呢？但他们不是我的朋友。在他们的城市里，我感到很不自在。"

"这里也一样……"贝莉丝小心翼翼地试探他，"待在这里，不也是一件很辛苦的事吗？假如你对新科罗布森没太多感情——"

"不。"他坚定地打断她，态度与先前那种温和的自负截然不同，"我没这么说。我是新科罗布森人，贝莉丝。我需要有家可回……哪怕下次还得离开。我并非无所寄托；我不是稀里糊涂的流浪汉。我是个做买卖的商人，在东基德有根基，有家宅，也有朋友和关系网，我时不时总要回到新科罗布森。在这里……我是个囚徒。

"这不是我想象中的探险。我要愿意留在这儿才怪。"

听他如此一说，贝莉丝又打开一瓶酒，给他倒上。

"你在萨克利卡特干什么？"她问道，"也是**做生意**？"

费内克摇摇头。"我是被他们拦截下来的，"他说，"为了检查畜栏，萨克利卡特的巡逻队有时部署在距离主城数百英里之外。其中一艘船在鼍蜥海峡外围把我截住，当时我正在一艘受损的鹦鹉螺潜艇[1]里，一边漏水，一边极其缓慢地往南行驶。索尔群岛东面浅滩里的螯虾人告发说，有一艘可疑的潜艇从他们村子附近缓缓经过。"他耸耸肩。"被截住的时候，我恼火极了，但也许他们帮了我一个忙。不然的话，我怀疑是否能到得了家。等到遇见有听得懂我说话的螯虾人，我们已

---

1 鹦鹉螺的壳被多个横断的隔板分隔成三十余个独立的壳室，通过气体的调节，操纵身体浮沉与移行。这里指模仿鹦鹉螺壳室结构所建造的潜艇。

经抵达萨克利卡特城。"

"你从哪里过来的？"贝莉丝说，"耶叙群岛？"

费内克摇摇头，一时间缄口不言。

"不是那么回事，"他说，"我从山的另一边穿过来。之前我在寒爪海，在成戈利斯。"

贝莉丝猛然抬起头，准备放声大笑或嗤之以鼻，但她看到了费内克的脸，他缓缓地点点头。

"成戈利斯。"他重复道，于是她移开视线，心中充满惊异。

新科罗布森以西一千余英里处，有个宽达四百英里的大湖——寒爪湖。它的北部延伸出一条淡水溪谷，宽一百英里，长八百英里，叫做寒爪峡。峡谷最北端骤然开阔，一路向东延伸，几乎横穿整个大陆，并如同爪尖一般逐渐收窄，形成参差而弯曲的寒爪海。

这些地方统称寒爪水域，连绵的水体广阔浩渺，只有海洋能与之相比。这片巨大的内陆海四周，围绕着山岭、灌木丛和沼泽，外加少数艰辛荒僻的文明。费内克声称了解那里的社会。

寒爪海最东面有一小片狭长的陆地，将其与惊涛洋的咸水分隔开来，这片崎岖的山地才不到三十英里宽。寒爪海的最南端——爪尖——几乎就在新科罗布森的正北方，相距七百余英里。但那些为数不多的旅行者从城里出发之后，总是避开寒爪海的南端尖角，前往偏西大约两百英里处的水域。因为在参差不齐的海岸边，嵌着一片古怪危险的区域，它既像是座岛屿，又像是半沉入水中的城市，诡秘奇谲，仿佛一颗毒瘤。对于这片说不清是陆地还是海洋的险恶之地，文明世界除了知道它的存在之外，几乎一无所知。

那地方叫作成戈利斯。

据说那里是格林迪洛的家园，在不同版本的传说中，格林迪洛这一水生种族被描绘成恶魔、怪兽，或杂交退化的人类，就看你相信哪一种。据说那是一片恐怖之地。

格林迪洛，又称成戈利斯（种族名与地名常被混为一谈），牢牢地控制着寒爪海南部，通过残酷而难以捉摸的手段保持着与外界的隔离。他们所在的致命水域在海图上是一片空白。

而现在，费内克却声称，他曾在那里居住过？

"那里没有外人的说法并不确切，"他说，贝莉丝收回思绪，继续聆听，"甚至还有土生土长的人类，在成戈利斯当地育种、成长……"他撇了撇嘴。"对，就是育种，不过我不清楚如今是否还培育人类。大家都认为那儿就像是个……小小的水中地狱，可怕得超乎想象，而这正中他们下怀。但是，真要命，他们对待商人跟别处没有两样。去那儿做生意的有一部分是蛙族，也有若干人类……以及其他种族。

"我在那儿待了半年多。哦，不过别想错了，那儿真的很危险，跟其他地方没法比。要知道，在成戈利斯做生意的规矩……非常特别。他们的想法难以捉摸，根本无法理解。第六个星期的时候，我在当地最要好的朋友，一名来自坚塞奇的蛙族人，已经待了七年，来来往往地做买卖……他被抓走了。我一直没搞清他究竟怎样了，也不明白原因，"费内克平淡地说，"也许是他侮辱了格林迪洛的神祇，也许是他提供的肠线不够粗。"

"那你为什么还要去？"

"因为，要是你能生存下去，"他突然兴奋地加快了语速，"那可太值了。与格林迪洛的贸易没有逻辑可循，不需要讨价还价，不需要费心猜测。他们管我要一蒲式耳的盐，外加同样重量的玻璃珠，那好，不用多问，我供给他们就是了。要各种水果？也可以。鳕鱼、木屑、树脂、蘑菇，我不在乎。因为，嘉罢在上，如果他们满意，那支付的钱……

"太值了。"

"但你离开了。"

"我离开了。"费内克叹了口气。他站起身，在她的碗柜里摸索。

她并没有因此而斥责他。

"我在那里待了几个月，交易，买卖，探索成戈利斯及其周围区域——潜水，你明白的——并坚持写日志。"他背对着她，一边摆弄水壶，一边说，"然后我得到消息，我……我犯了忌讳。格林迪洛对我很恼火，除非能够赶紧逃出来，不然我就没命了。"

"你干什么了？"贝莉丝缓缓地说。

"我不知道，"他急促地说，"完全不明所以。也许我提供的球形轴承所用的金属有误，也许月亮所处的宫位不利，也许格林迪洛死了个魔法师，而他们归咎于我。不知道。我只知道必须得离开。

"我留下若干假线索。你瞧……我已经对寒爪海南端相当熟悉。他们希望把那地方当作秘密守护起来，但我跟其他外来者不同，能够找到出路。那儿有一些暗道，分隔寒爪海与惊涛洋的山脊内部存在裂隙。通过这些洞穴，可以到达外围海岸。"

他稍稍停顿，望向外面的天空。已经快五点了。"到达海洋之后，我本打算往南走，却被冲入了海峡边缘。螯虾人就是在那里发现了我。"

"于是你等待新科罗布森的船载你回家，"贝莉丝说，他点点头，"我们的船方向不对，因此你决定征用它……利用那一纸书信所赋予你的权力。"

他在撒谎，或者隐瞒了重要事实。这一点显而易见，但贝莉丝不予置评。假如他打算填充故事里的空白，自然会说。她不想逼迫他。

她往椅子里一靠，身边凹凸不平的地板上搁着喝到一半的茶杯。她突然感到一阵疲倦，一时间，什么也说不上来。她看到天边一丝苍白的曙光，知道已经错过了上床睡觉的时间。

费内克在观察她，看着她疲惫不堪地窝进椅子里。他还比较清醒，又给自己倒了一杯茶。睡意仿佛荡漾的海浪，一波波向贝莉丝袭来。她在睡梦的边缘徘徊。

费内克开始向她讲述在拱石城的经历。

他告诉她，那座城市的气息时而腐朽，时而清新，夹杂着粉尘和药膏的味道。他向她描述城中弥漫的安静气氛，也向她描述决斗的场面，还有缝起嘴唇的权贵阶层。骸骨大道两侧宏伟高耸的房屋建在类似棺椁架的华丽高台上，而街道的尽头，可以看到绵延的碎峰岭。他讲了近一个小时。

贝莉丝睁眼坐着，每当记起自己还没睡着，便发出几声惊叹。费内克的故事横跨一千五百英里，转向东方，他开始讲述成戈利斯的孔雀石圣堂。这时，她意识到下方传来的嘈杂吆喝声已越来越响，舰队城正在他们脚下苏醒。她站起身，抚平头发与衣衫，然后告诉费内克说，他必须走了。

"贝莉丝。"他在楼梯上说道。先前他对贝莉丝直呼其名，是在暧昧的夜晚。而现在太阳已经升起，四周的人们开始苏醒，此时再听见他称呼贝莉丝，那感觉就不同了。不过她没作声，默许他继续说下去。

"贝莉丝，再次感谢你。因为你……保护了我。你完全没有提那封信。"她紧绷着脸，沉默地望着他。"我会再来找你，很快。希望那不会有问题。"

她依然默不作声，她意识到日光拉大了他们之间的距离，而且他还有那么多事没告诉她。然而，她并不介意他再次造访。她已经很久不曾经历过像昨晚那样的交谈了。

第十章

那天早晨云层稀少，天空空旷而冷漠。

坦纳·赛克没去码头上工。他穿过住家周围的工业区，择路前往码头边那一小簇遍布酒馆和窄巷的船只。他已经习惯水手的步伐，臀部下意识地随着摇晃的路面摆动。

他的周围布满砖墙和涂有焦油的梁柱。随着他进入城中蜿蜒的街道，身后工厂船和"高粱号"钻井台的声响逐渐减弱。他的触须轻柔缓慢地摇摆着。它们包裹在吸附着海水的绷带里，海水能起到浸润舒缓的作用。

到昨天晚上为止，谢克尔已经连续三天没有回家了。

他又和安捷文在一起。

每当坦纳想到谢克尔和那女人，仍对自己的嫉妒略感羞愧。他嫉妒谢克尔，也嫉妒安捷文——怨恨之情犹如一团乱麻，难以开解。他尽量不去想自己所受到的冷落，他知道这不公平。他决定，不管怎样，都要保护那小伙，无论他何时回来，都要替他照看好这个家，而当他要离开时，也尽可能豁达大度。

他只是很伤感，这一切来得太快。

坦纳看到"雄伟东风号"的桅杆占据着右侧天际最显著的位置。飞船仿佛潜艇一般在城市的索具间航行。他走下冬秸集市，穿过一艘艘小船，商贩们频频向他招呼，早起的购物者拥挤推搡。

水面就在脚下，距他非常之近。聚合成集市的小船间飘荡着水花和垃圾。海水的气味和声音都很强烈。

他短暂地闭上双眼，想象自己悬在清凉的海水中，不断下沉，海洋包围着他，水压逐渐增强。他的触须伸向过往的鱼群。他也渐渐看清城市底部的神秘景象：远处含糊不清的黑影，以及由各类海藻构成的花园。

坦纳感觉自己的决心逐渐增强，于是加快了脚步。

在钟屋岭区的陌生环境中，他几乎迷了路。他仔细查看手绘的地图，沿着蜿蜒的街道穿过若干低矮的船只，接着是几艘经过华丽改修的轻帆船，最后，他来到肥硕的旧炮艇"丘浪号"上。船尾有座貌似不太稳固的高塔，来回摇晃着，通过缆绳与索具相连。

这是一片安静的街区，就连船只之间的水流也显得和缓平静。此处是书城科学家的聚集地，街坊后巷中充斥着魔学家、药剂师之类的人物。

在塔顶的办公室里，坦纳从粗糙的窗户中望出去，视线越过众多摇摆不定的船只。"丘浪号"随着海面晃动，窗框中的地平线也轻微地起伏着。

盐语中没有"人体改造"这个词。重大的增改并不常见，大手术——改良新科罗布森惩罚工厂的效果，或者罕见的主动请求——仅依靠少数几名执业者。他们中有自学成才的生物魔法学家、医学专家和外科医师，也有——按照传闻中的说法——来自新科罗布森的流亡者，多年前曾效力于政府惩罚机构，因此技艺得到充分磨炼。

描述这类重大改造的词来自拉贾莫语，此刻坦纳口中不断默念的正是这一拉贾莫语词汇。

他收回视线，望向桌后那个耐心等待着的人。

"我需要你的帮助，"坦纳迟疑地说，"我要做人体改造。"

坦纳已经考虑了很久。

他与海洋达成默契的过程，就像一次漫长的重生。他在水下度过的时间与日俱增，海水给他的感觉也越来越良好。他的新肢体已经完全适应，变得像胳膊和手一样强壮有力，也几乎同样灵活自如。

他很羡慕海豚"杂种约翰"监工时在海水中独特的运动方式（他会迅速游过来，猛烈冲撞偷懒的工人，以示惩罚）；他也观察螯虾人从半浮半沉的船上（他们的船经年累月悬浮在水里，看着就像马上要沉下去似的）钻入水中，还有若隐若现的日泽区人鱼，他们和螯虾人一样，都丝毫不受套装与锁链的束缚。

每当坦纳离开海水，他的触须便沉甸甸地悬垂下来，很不舒服。但他在水下时，身穿皮革与黄铜套装，又感觉受到牵制与约束。他希望自由自在地四处畅游，向上可以游入光亮，往下，是的，他还要往下直达寒冷而寂静的黑暗深海。

办法只有一个。他曾考虑让码头机构提供资助，他们肯定会答应，因为这样可以获得一名效率得到永久提升的劳力为他们效力。但随着时间的推移，他的决心渐长，于是放弃了这一计划，开始囤积眼币与旗币。

那天早晨，谢克尔不在家，晴朗的天空下，海风习习，他突然意识到，这确实完全是出于他自己的意愿。他充满愉悦地发现，自己没有开口要钱，并不是因为害羞，也不是因为自尊，而是因为从头至尾，这就是一个完完全全由他自己作出的决定，没有丝毫的怀疑。

谢克尔没和安捷文做伴的时候（这些时段在他脑中犹如梦境一般），就去图书馆，徘徊于一摞摞高耸的童书之间。

他已经读完《勇敢的鸡蛋》。第一遍花了好几个小时。后来，他一次次地重复，尽可能加快速度，有看不懂的词就抄下来，然后大声而缓慢地依照字母拼读，直到语义从孤立的符号中渐渐浮现。

刚开始读的时候很困难，也很别扭，但这一过程逐渐变得容易起来。他不断地重读，速度越来越快，虽然他对这则故事并不感兴趣，但语义自书页中不断涌现，就像从字母背后逃逸出来似的，这是一种从未有过的体验，他求之若渴。如此强烈而震撼的感受，使得他有点晕眩，有点反胃。他也将识字的技艺套用到别处。

他的周围布满文字：窗外的商业街道，图书馆的里里外外，以及整个城市中，各种标牌随处可见，就好像遍布家乡新科罗布森的黄铜铭板。这是一种沉默的喧嚣。他知道，从此以后，他对这些文字再也不可能视而不见。

谢克尔读完《勇敢的鸡蛋》后，心中充满激愤。

怎么就没人告诉过我？他怒火中烧。究竟是什么鬼东西阻碍我识字？

贝莉丝的小办公室在阅览室旁边，谢克尔进来找她时，举止神态令她感到惊异。

费内克前晚的造访令她非常疲倦，但她强打起精神，询问谢克尔的阅读进展。她在惊讶中意识到，他的回答充满热切，而那股劲头竟使她颇为动容。

"安捷文怎样了？"她问道，谢克尔欲言又止。贝莉丝望着他。

她原以为他又会充满少年意气地夸夸其谈，自吹自擂，但谢克尔的情绪明显被某种陌生的感受抑制住了。她突然对他产生了一股出乎意料的好感。

"我有点担心坦纳，"他缓缓地说，"他是我最好的哥们，我想他感觉有点儿……受冷落。要知道，我不想惹他生气。他是我最好的哥们。"他开始描述这个叫坦纳·赛克的朋友，并羞怯地向她坦白他和安捷文的关系。

她心中暗自微笑——这是成年人的策略，而他把握得很好。

他向她描述他俩在工厂船上共有的家，还有坦纳在水下隐约见到的大家伙。房间里堆着一些盒子和书本，他开始念那上面的文字。他大声诵读，然后写到纸片上，拆成一个个音节，每个单词都一视同仁，用同样的方式予以分析，不管是分词、动词、名词还是专有词。

正当他们奋力搬移一箱植物学文选时，办公室的门打开了，进来一位老者和一名女性改造人。谢克尔吃了一惊，朝着新来的人走去。

"安捷——"他刚一开口，那女人（她的腿被金属机件代替，嗒嗒地滚动前进）便赶紧摇了摇头，抱起双臂。白发老者等待着安捷文和谢克尔的无声交流得以结束。贝莉丝警惕地望着他，然后她意识到，这就是当初迎接约翰尼斯的人，丁丁那布伦。

他年纪虽大，身板却很结实，站姿笔直挺立，苍老的脸上留着胡须，两侧的缕缕白发披落至肩头，就像是移植上去的一样，与其年轻的身躯很不相称。他将视线转向贝莉丝。

"谢克尔，"贝莉丝平静地说，"能请你离开一下吗？"但丁丁那布伦打断了她。

"不需要。"他说。他的声音冷静淡然，充满尊严与忧郁。他切换至流利但带有口音的拉贾莫语。"你是新科罗布森人，对吗？"她没有回应，但他点点头，仿佛已经得到答案，"有件事我要告知所有图书馆员——尤其是像你这样为新书分类的人。"

关于我，你知道些什么？贝莉丝谨慎地想。约翰尼斯告诉过你什么吗？抑或，尽管我们发生争执，他仍在保护我？

"我这里有……"丁丁那布伦递出一张纸，"我这里有一份作者清单，他们的书是我们最想找的，这些作家对我们的工作有极大帮助。我们请求你的协助。这些作者当中，有一部分我们已经拥有他们的若干著作，但也迫切希望找出他们的其余作品。另有一部分作者，据说写了某些特定书籍，那正是我们要搜寻的。关于他们，我们只听说过传闻。你可以发现，其中三人的作品在图书目录中有——这些我们早已知道，但对他们的其他著作，我们也很感兴趣。

"这些名字有可能出现在下一批到达的书籍中。也有可能他们的著作已在图书馆中收藏了好几个世纪，但失落于书架之间。我们已经仔细搜寻过相关书架——生物学、哲学、魔学、海洋学——但一无所获。不过我们有可能犯错。每次登录未知书籍时，我们需要你小心留意，不管是新纳入的书籍，还是书架背后被遗忘的作品。其中有两人并非来自新科罗布森，年代非常久远。"

贝莉丝接过清单，看了一眼，她以为会很长，但是在纸片中央，只有用打字机工工整整打出来的四个名字。她一个都不认识。

"这是核心名单，"丁丁那布伦说，"还有其他作者——另有一个长得多的版本，会贴在各处的书桌上——但这四个我们要求你记在脑子里……勤力搜寻。"

马耳库斯·哈普林，这是个新科罗布森名字。安捷文跟着丁丁那布伦朝门口缓缓移去，同时偷偷地向谢克尔打手势。

厄尔－哈格德－夏杰尔（音译），贝莉丝默念道。旁边有原文：一组潦草的象形文字，她认出这是卡多的月体书法。

再往下是第三个名字，A. M. 费奇坡——又是新科罗布森的。

"哈普林和费奇坡相对来说年代要近一点儿，"丁丁那布伦在门口说道，"另两个，我们认为更加古老——大概一个世纪左右。我们走了，你继续工作吧，科德万小姐。假如发现有我们要的书，发现有这些作者的著作，但还未列入目录的，请到我船上来。'海狸号'，在嘉水区的最前端。我保证，任何给我们提供帮助的人都会得到报酬。"

*关于我，你知道些什么？*门合上时，贝莉丝不安地想。

她叹一口气，又看了看那页纸。谢克尔在她的肩膀后面张望，开始磕磕绊绊地大声念出纸上的名字。

谢克尔缓慢地循着音节念诵，但最后，贝莉丝直接读了出来：克吕艾奇·奥姆。多么怪异的名字，她嘲讽地想。她看出那些字符是拉贾莫语的早期变体。约翰尼斯提起过你。这是个柯泰语名字。

哈普林和费奇坡的著作在书目里面都有。费奇坡的是《驳本强伯格：水论基础》卷一与卷二。哈普林的是《海洋生态学》和《海水的生物物理学》。

厄尔－哈格德－夏杰尔有大量卡多语著作在书目里，平均每册仅四十页左右。贝莉丝对月体字有一定了解，知道书名怎样读，但并不理解其含意。

克吕艾奇·奥姆的书则一点记录也没有。

贝莉丝观察着谢克尔自学，只见他不断翻看自己记下的一页页疑难词汇，一边朗读，一边添加，从周围的纸张、文件，甚至丁丁那布伦留下的名单中抄录单词。这小伙就好像原先就有过识字的时候，而现在又记了起来。

到了五点，他们一起复习《勇敢的鸡蛋》。谢克尔回答了她一些有关鸡蛋历险的问题，态度非常认真。他不会的词，她就一个音节一个音节地缓慢诵读，并辅导他容易搞错的静音和不规则音。谢克尔说又找了另一本书，已经在图书馆里看过，准备念给她听。

那天晚上，贝莉丝头一次在信里提到赛拉斯·费内克。她嘲讽他的化名，但也承认，有这个略显自负的费内克做伴，许多天来的孤独感有所缓和。她继续研读约翰尼斯的《兽类杂论》。她琢磨着，费内克是否会再次造访，但他没有来，于是她带着一股无聊到窝火的情绪上床睡觉。

她又一次梦见了沿着河流前往铁海湾的旅程。

坦纳梦到改造手术。

他发现自己又回到了新科罗布森的惩罚工厂，在麻醉剂的作用下，冗余的肢体被嫁接到他身上，整个过程充满灼痛与耻辱。空气中又充斥着刺耳的工业噪音，他被绑在潮湿肮脏的木板上，不过这一回，俯身看着他的不是戴面罩的生物魔学家，而是舰队城的外科医师。

跟那天清醒时一样，外科医师给他看身体图解，手术部位用红色标出，仿佛儿童习字本上的订正。

"我会感觉疼吗？"坦纳问道，惩罚工厂的景象逐渐消散，睡意也渐渐退去，但问题依然存在。会疼吗？他孤零零地躺在房间里寻思，最近他总是独自一人在家。

但当他再次潜入水下，渴望又占了上风，他意识到，跟疼痛相比，他更怕这种永无休止的强烈期盼。

安捷文严肃地告诫谢克尔，在她工作时，他应该谨慎对待。

"不能跟我这样讲话，小子，"她对他说，"我跟着丁丁那布伦干活已经好多年了。自从他们把他请来，嘉水区就付我工资，协助他工作。他给予我充分的培训，我应该忠实于他。我工作时，别跟我胡闹。明白吗？"

她现在大多用盐语跟他交谈，以迫使他学会这门语言（她要让他毫无迟滞地融入这座城市里，因此对他要求很高）。她转身离开时，谢克尔拦住她，吞吞吐吐地说，今晚也许不能去她的舱室，他觉得应该陪坦纳一晚上，坦纳的情绪一定相当低落。

"你能为他着想是好事。"她说。他各方面都在迅速成长。忠诚、欲望和爱情对她来说并不够。他已逐渐摆脱童年，正是那种时时闪现的成熟令安捷文涌起真正的激情，使得她不仅仅对他怀有隐约温和的母爱，而且还产生了更强烈，更原始，更令人屏息的情感。

"陪他一晚上，"她说，"明天再来我这里，亲爱的。"

她小心翼翼地说出最后三个字。对于此种馈赠，他已渐渐学会从容得体地接受。

谢克尔独自在图书馆里一待就是几个小时，流连于书架、羊皮纸，以及微腐的皮革与纸张之间。他停留在拉贾莫语区，小心地抽出一本本书籍，摊开在四周地板上，展示出文字与图画，仿佛绽开的花朵。他缓慢地阅读各种故事，有讲鸭子的，有讲穷小子当上国王的，有讲跟山精打仗的，还有讲新科罗布森历史的。

他记下所有发音难以掌握的疑难词汇，反复练习。

他拿着自己想读的书在书架间徘徊，一天结束时，再把它们放回原处。他不懂分类号码，而是靠自己发明的记忆方法，这一本在红色的大书和蓝色小薄书之间，那一本在书架尽头，隔壁的书上画着一艘飞艇。

有一回，他从墙上取下一本书之后，惶恐地发现，其中的字母虽然都是老相识，但当他张开口喃喃念诵时，却完全不知所云，与他脑中的单词不符。他一下子变得狂躁不安，担心学会的知识又弄丢了。

但他随即发现，这本书是从拉贾莫语区旁边的一个书架上取出来的，虽然跟他已经掌握的拉贾莫语有着相同的字母，却排列组合成另一种语言。谢克尔震惊地意识到，自己已然征服的字符，也能为其他人所用，而这些人之间却可能根本无法相互交流。他一边想，一边绽露出笑容。他很乐意分享字母。

他又翻开几本外文书，尽力拼读其中的字母，不过那古怪的发音，让他自己也乐出声来。他仔细看着书里的图画，并与文字相比照。于是他姑且断定，在此种语言中，这一组字母代表船，那一组则代表月亮。

谢克尔缓缓走动，逐渐远离拉贾莫语区，随手抽出一本本图书，愣愣地瞪视着那些无法理解的故事。他沿着童书馆的走廊游走，来到又一排书架跟前，当他打开这里的书，发现里面的字符完全都不认识。看着这些弯弯扭扭的古怪字体，他笑了出来。

他继续往前走，又发现了一种新字母。再往前一点儿，又有另一种。

好几个小时过去了，他在非拉贾莫语的书架间探索，既好奇，又震惊。在这些毫无意义、难以辨识的文字符号中，他不仅体会到对世界的敬畏，也隐约回想起过去对书本的盲目崇拜——那时候，所有的书都跟这里的一样，只是沉默的物体，有体积，有重量，有颜色，却没有内容。

不过如今跟从前还是不太一样。看到这些含有古怪文字的书页，他相信，其他地方的孩子应该能够读懂，就像他现在能读懂《勇敢的鸡蛋》、《新科罗布森历史》和《假发里的黄蜂》一样。

这里有普通柯泰语、古柯泰语、森格拉语、拉博克语、卡多语等。他凝视着这些书，略带出神地回味着不识读写时的感受。但他一分一刻也不愿回到那时候去。

第十一章

太阳低沉地悬在海面上，贝莉丝来到"平撒曼号"上，赛拉斯正背靠栏杆，等待她的出现。

他一见到她，便露出微笑。

他们一起用餐，你一言我一语地攀谈着，气氛融洽。贝莉丝搞不清自己是真喜欢见到他呢，还是仅仅因为受够了孤独，但不管怎样，她还是乐意与他做伴。

他有个建议。今天是玑瑁季的第四书本日，也是血痂族的血祭日，底安信区有一场大型比武庆典，谢德勒区最厉害的斗士们将一展技艺。他问她是否见过摩突克敌术或者蹬踏格斗术。

贝莉丝需要劝服。在新科罗布森时，她从没去过嘉内拔竞技场，以及类似的小型格斗场馆。她对观看打斗有点儿反感，更觉得无聊。但赛拉斯执意要去。通过对他的观察，她意识到，他想看比武并非因为是虐待狂或窥隐癖。她不知道他的真正动机，但显然不是出于这样的低级需求。不过也可能是出于其他低级需求。

她也看得出，他迫切希望带她同去。

去底安信区的路上要经过谢德勒区，也就是血痂族的地盘。他们的出租飞艇平稳地越过一座细长的高塔，它位于大型铁甲舰"兽人号"的船尾右侧。

这是贝莉丝头一回来到底安信区。是该来看一下了，她惭愧地告诉自己。她决定要了解这座城市，但她的决心有消减的危险，保不准会再次退化成一团迷迷糊糊的沮丧情绪。

底安信区的旗舰是一艘大帆船，其风帆被修剪成装饰性图案，格斗场就在船的前方，嵌在商贸区密密麻麻的小巷子中间。竞技场由一圈小型舰船围成，甲板上的一排排长凳呈阶梯状渐次升高，全都朝向中间那一片海面。豪华吊舱悬在竞技场边缘的飞艇下，充当富人的包厢。

舞台是一座固定在中央的木头平台，四周钉有浮筒和照明用的黄铜汽灯。这就是格斗场：一圈经过改装的舰船和气球，外加一块浮木。

赛拉斯挥舞着一把钞票，寥寥数语便让前排的人腾出两个座位。他压低嗓音，不停地描述着周围的政治关系与人物。

"那个是底安信区的元老，"他解释说，"本季度初亏了点儿钱，想要趁此机会补回来。""那边戴面纱的女人从不露出脸。据说她是圆屋区的议员。"他的视线一刻不停地在人群中移动。

小贩们售卖着食物和香料酒，赌博经纪人在高声吆喝。跟底安信区的所有活动一样，这次庆典平庸而世俗。

聚集在此的不全是人类。

"血痂族在哪儿？"贝莉丝问道，赛拉斯开始朝着竞技场内各处指指点点，似乎并无规律可循。贝莉丝竭力跟上他的视线。她一开始以为他点出来的是普通人类，但他们的皮肤呈灰白色，个头也显得比较粗矮结实。他们脸上有疤痕。

血号角响了起来，通过某种化学小把戏，舞台照明突然间泛出红光。人群狂热地嘶喊起来。贝莉丝看到，与她相隔两个座位有个女人，从外貌特征来看，应该是血痂族。她没有欢呼喊叫，而是在热情粗俗的喧哗声中静静地坐着。贝莉丝发现其他血痂族也是同样的反应，不动声色地等待着神圣的战斗。

普通大众的嗜血至少是坦诚的，她轻蔑地想。无论谢德勒区的长老们如何掩饰，血痂族赌博经纪人数量众多，说明这是有组织的产业。

贝莉丝懊恼地意识到，她正紧张地等待着即将发生的一切。她很兴奋。

三名斗士乘坐小船来到竞技场内，人群安静下来。血痂勇士跨上舞台，除了缠腰布之外全身赤裸，三个人背靠背呈鼎立之势站在正中央。

他们镇静自若，肌肉强健，灰色的皮肤在喷气灯映照之下显得有点苍白。

其中一人似乎恰好正对着她。在耀眼的灯光下，他一定什么也看不清，但她仍臆想这是为自己举行的专场表演。

斗士们跪下来，用一碗冒着热气，色泽类似绿茶的汤药洗濯身体。贝莉丝看到水中有叶片和花苞。

然后她吓了一跳。他们每人从汤碗里抽出一把匕首，稳稳地拿在手中，匕首上仍滴着水。这种匕首刀锋向内弯曲，形似钩爪。那是用来刮皮去肉的剥皮刀。

"他们就用这个打斗吗？"她扭头问赛拉斯，但人群突然发出惊呼，她的注意力又回到舞台上。紧接着，她自己也喊出声来。

血痂勇士们在自己的皮肉上划出一道道伤口。

正对着贝莉丝的斗士沿着自身肌肉的走向频频运刀，令人毛骨悚然。他用匕首钩住肩膀下面的皮肤，然后刻出一道连接三角肌与二头肌的红色曲线，仿佛外科手术一般精准。

血一时间似乎犹豫不决，接着便如沸水般从划痕中喷涌而出，仿佛他体内的压力比贝莉丝要强上不知多少倍。鲜血恐怖地顺着皮肤快速流淌，他熟练地来回转动手臂，引导血流方向，形成某种贝莉丝难以理解的图案。她仔细观瞧，以为血浆会纷纷滴落，沾污舞台，但事实并非如此，眼看着血液渐渐凝住，她的呼吸堵在了喉咙口。

那人伤口中渗出的大量血液互相交叠，越积越厚，她看到伤口边缘已经凝结起许多血块，颜色迅速由红转棕，然后又变成瘀黑色，一大片一大片呈晶体状突起，堆积在皮肤表面。

顺着他手臂流淌下来的血也逐渐凝固，扩张速度快得不可思议，颜色不断变化，仿佛鲜活的霉菌。一块块血痂固化成形，既像盐，又像冰。

他再次将匕首浸入绿色液体中，然后继续切割，而他背后的两个同伴亦是如此。他因疼痛而皱起眉头。刀刃所经之处，鲜血骤然喷出，顺着体表的形状蜿蜒汇聚，凝固成一副抽象的铠甲。

"那液体是一种草药，能减缓凝血，使得他们可以控制血流，形成铠甲，"赛拉斯对贝莉丝低语道，"每个战士都要精心优化切割的方式，这是他们技艺的一部分。动作敏捷的，就引导血液避开关节，以免阻碍运动，他们也会略去过多的甲胄。迟缓而强壮的人则让血痂遍布全身，直到厚重的甲壳跟机械人有得一比。"

贝莉丝无意开口说话。

可怕而细致的准备工作花费了很长时间。每个人依次在脸、胸、腹及大腿上切割，塑造出独特的血壳，形成坚硬的胸甲、胫甲、臂甲和头盔，颜色轮廓大相径庭，不规则的外形仿佛蔓延的岩浆，既像是有机生命体，又像是矿物。

艰涩的切割过程令贝莉丝反胃。目睹着铠甲从精细而痛苦的工序中诞生，她震惊万分。

经过残酷而美丽的准备，战斗本身跟贝莉丝预料的一样枯燥无趣。

三名血痂勇士互相绕着圈，每人挥舞着两柄宽阔的弯刀。奇特的甲胄拖累了他们的动作，使他们看起来就像身披奇装异服的动物。但那层甲壳比熟蜡处理过的皮革还要坚固，能挡住沉重的刀剑。经过漫长的挥汗缠斗，一名战士的前臂上掉下一团血块，于是他们中最敏捷的那个挥刀向他砍去。

但血痂族的血提供了另一层防护。那人的皮肉被切开之后，鲜血涌到对手刀刃上。没有了阻凝剂，血一遇到空气，几乎立即凝结成一团丑陋畸形的疙瘩，仿佛焊锡一般牢牢咬住金属弯刀。伤者大吼一声，旋转身躯，迫使对方的刀脱手。那把刀怪诞地矗立在他的伤口上。

第三个人迈步向前，割开他的咽喉。

他动作迅捷，角度也很巧妙，虽然刀刃上溅到了快速凝结的血浆，鲜血又不断从参差不齐的伤口里涌出并固化，但他的刀没有被卡住。

贝莉丝惊骇之下屏住了呼吸，但那失败者并没有死。他双膝跪倒，显然很痛苦，但血痂立即封住伤口，救了他的命。

"看到他们在竞技场中有多难杀死了吧？"赛拉斯喃喃低语，"要取血痂族的性命，得用棍棒，而不是刀剑。"他迅速环顾四周，然后压低嗓门紧张地说，观众的喧闹声掩盖了他的话音。"你得尽量多学着点儿，贝莉丝。你想要打败舰队城，对不对？你想逃出去？所以你得了解自己的处境。你在积累知识吗？老天为证，相信我，贝莉丝，我一直在积累。现在你明白了，用剑是杀不死血痂族的，对不对？"

她瞪大眼睛惊愕地望着他，他的逻辑虽然残酷，但很合理。他默不作声地搜集着一切信息。她猜想他在拱石城、成戈利斯和约拉克奇也是以同样的方式网罗钱财、情报、知识和线人，这些全是原料，都有可能转化为武器或商品。

她不安地意识到，他比自己要认真，而且认真得多。他始终都在准备与筹划之中。

"你必须得知道，"他说，"另外，还有许多别的事。有些人你也需要了解。"

接下来又是几场血痂族的格斗，每次都以同样怪异而野蛮的方式展开：他们身披形状各异的血痂盔甲，参与不同种类的格斗，通过程式化的招式，炫耀卖弄摩突克敌术。

然后，竞赛的方式改变了，参与者包括人类、仙人掌族以及城中所有非水生种族——蹬踏格斗术的角逐开始了。

参赛者像擂桌子那样用拳底砸人——这种攻击方式称为锤拳。他们不用脚面弹踢，而是用脚跟蹬踏，并施展出扫、拉、绊、撞等各种手法，动作敏捷而柔韧。

随着时间的推移，贝莉丝不断看到有人折断鼻梁，伤痕累累，甚至失去知觉。渐渐的，所有比赛场景似乎都混到了一起。她试图从中剖析各种可能性，试图记住眼前的一切，她觉察到赛拉斯也在作同样的努力。

海浪轻轻拍打着舞台边缘，她心中思索，不知表演何时结束。

贝莉丝听到人群中发出有节奏的敲击声。

起初像是隐约可辨的心跳，埋没在观众嘈杂的交谈声之下。但它逐渐增强，越来越响，越来越坚决，人们开始带着微笑环顾四周，并加入呐喊声中，情绪也愈加兴奋。

"好……"赛拉斯说，他把字音拖得长长的，显得颇为愉快，"终于来了。这就是我要看的。"

一开始，贝莉丝觉得那声音像是用嘴模仿的击鼓声，然后突然转变为类似惊叹的呼喝——哦，哦，哦——有节奏地重复着，并伴随着敲击与蹬踏。

直到狂热的呐喊传播到她所在的船上，她才明白，那是一个词。

"铎尔。"四周的人都在喊叫，"铎尔，铎尔，铎尔。"

一个名字。

"他们在说什么？"她悄悄对赛拉斯说。

"他们在喊一个人的名字,"他一边说,一边扫视四周,"他们要看表演。他们要求乌瑟·铎尔参加格斗。"

他露出一个冷冷的微笑,稍纵即逝。

"你认得他,"他说,"等你看到就知道了。"

接着,一艘停泊于索具之间的小飞艇解开缆绳,缓缓移近舞台,有节奏的喊叫声转变成一片欢呼与鼓掌,人们的热情一浪高过一浪。飞艇上的徽纹是以红月为背景的蒸汽船,这是嘉水区的标记。下面的吊舱则由抛光的木材制成。

"这是疤脸情侣的飞艇,"赛拉斯说,"他们暂时出让自己的助手,又一个'自发'的举动。我知道他无法抵抗这种诱惑。"

位于竞技场上方六十英尺高处的飞船里抛出一根绳子。观众们的尖叫声超乎寻常的刺耳。飞艇里跳出一个人,双手轮替着沿绳索滑落,坠向血迹斑斑的格斗场,动作极其敏捷熟练。

那人光脚站立着,胸膛赤裸,只穿了一条皮马裤。他双臂放松地悬于两侧,身体缓缓转动,视线扫过人群(看到他真的下来参加格斗,人群变得更加疯狂)。在旋转过程中,他的脸缓缓经过贝莉丝的方向,她牢牢抓住面前的扶手,一时喘不过气来,她认出这个短发男子就是劫持"女舞神号"的灰衣人,就是那个杀人凶手。

一小群人被怂恿着上前与他格斗。

铎尔——正是这个脸色凝重的人杀害了米佐维奇船长——静止不动,既没有伸展四肢、活动肌肉,也没有蹦来蹦去。他只是站着等待。

四名对手焦躁不安地站在竞技场边缘。在观众热烈的呼喊声中,他们蠢蠢欲动,彼此低声商讨着对策。

铎尔脸上毫无表情。当对手们在他面前呈扇面展开,他从容地摆出蹲踏格斗的架势,双臂稍稍抬起,膝盖弯曲,看上去相当放松。

最初那暴力的瞬间,贝莉丝惊得连呼吸都顾不上。她用手捂住嘴,双唇紧闭。接着，跟其他人一样，她也发出一连串短促的惊呼。

乌瑟·铎尔的时间似乎跟别人不一样。他就好像来自另一个世界，跟那里相比，此处的时间更为滞塞缓慢。尽管他身材粗壮，但行动迅捷，就连重力的作用在他身上似乎也加快了速度。

他的动作毫无冗余，蹬踏、捶打或格挡时，四肢总是通过最短路线从一个位置移到另一个位置，从一个姿态转换到另一个姿态，犹如机器一般精准。

铎尔挥掌拍出，便有一个人倒了下去；他横跨一步，单腿支撑，对着另一人的心窝连踢两脚；然后又用抬起的那条腿挡住第三个人的攻击。他依靠简练的旋转挪移和精确无情的攻击，轻轻松松便将对手击垮。

铎尔以一记抛摔制服了最后一名对手，他凌空截住对方的手臂，然后紧紧抱住，顺势一拽。铎尔似乎在空中打了个滚，下落时正好骑跨在对方背上，拧住他的手臂，令其动弹不得。

长久的沉默过后，人群爆发出一阵狂热的鼓掌与欢呼，那劲头就像血痂族喷涌的鲜血。

贝莉丝看得浑身发冷，再次屏住了呼吸。

摔倒的人有的能自己爬起来，有的则被拖走。乌瑟·铎尔站立着，呼吸沉重但有节奏，他微微抬起手臂，凸起的肌肉上流淌着汗水和别人的血。

"疤脸情侣的保镖，"赛拉斯在观众的狂呼声中说道，"乌瑟·铎尔。他是学者，是难民，也是战士。精通概率理论、鬼首帝国历史，以及格斗术。他是疤脸情侣的保镖、副手兼刺客，是他们的左膀右臂。这你必须知道，贝莉丝。这就是阻止我们逃离的力量。"

他们离开竞技场，沿着灯光映照下的蜿蜒街道行走，经过底安信区、谢德勒区和嘉水区，最后来到"彩石号"。

两人都沉默不语。

铎尔的格斗结束时，贝莉丝被惊住了，她感到很害怕。只见他双手如爪，胸口紧绷起伏。当他转过身来时，她看到了他的脸。

他每一寸面部肌肉都绷得紧紧的，眼神中透着狂野暴虐，她从未在人类脸上见过这样的表情。

须臾，他以胜利者的姿态再次环顾人群，以示答谢，他的模样又恢复到像个敛心默祷的牧师。

贝莉丝能够想象斗士们的古怪法则，提炼自残酷实战的神秘奥义，使得他们能像圣徒一样战斗。她同样也能想象，他们通过发掘原始的野性本能，可以进入无意识的狂暴状态。但铎尔将两者合而为一，这使她深受震撼。

稍后，她躺在床上，一边聆听细微的雨声，一边回想。他在准备与恢复阶段就像僧侣，战斗时像是机器，而其势态又仿佛是猛兽。与他所展现的战斗技巧相比，这种恐怖的张力更加令她心惊胆战。技巧毕竟是可以学的。

贝莉丝教谢克尔读的书越来越复杂。她让他继续留在童书馆研习，自己先离开了，因为赛拉斯正在屋里等她。

他们一起喝茶，谈论新科罗布森。他似乎有点儿悲哀，比平时要沉默。她询问原因，但他只是摇头。他显得犹疑不决。打从认识他开始，这是贝莉丝头一次对他产生同情或担忧的感觉。他一定有事要告诉她，或者有问题要问，她等待着。

她告诉他约翰尼斯所讲的事，给他看那位博物学家的著作，并解释说，自己正尝试从这些书里拼凑出舰队城的秘密，但根本抓不住重点，也找不到头绪。

十一点半，在一阵漫长的沉默过后，赛拉斯转头望向她。"你为什么离开新科罗布森，贝莉丝？"他问道。

她张开嘴，通常用以回避的措辞呼之欲出，但她没有作声。

"你热爱新科罗布森，"他继续说，"或者……这么说是不是更确切？你需要新科罗布森。你放不开它，所以这就让我搞不懂了。你为什么要离开呢？"

贝莉丝叹了口气，但问题还是得回答。

"你上次去新科罗布森是什么时候？"她问道。

"两年多之前吧，"他算了一下，"怎么了？"

"那你在成戈利斯的时候，是否听到什么流言……你有没有听说过仲夏夜梦魇？梦咒？睡病？夜幻症？"

他含含糊糊地摆了摆手，搜寻着记忆。"我从一个商人那儿听说，几个月前……"

"那是大约六个月前，"她说，"塔希斯月，或者辛恩月……夏天。城里出了点儿状况。问题出在……夜晚。"她略微摇了摇头。赛拉斯毫无怀疑地聆听着。"我至今仍不明白究竟怎么回事——这很重要，你必须知道。

"两件事。首先是梦魇。人们晚上会做噩梦。我是说，每个人都做噩梦。就好像所有人都……呼吸了受污染的空气，大概就是这个意思。"

这样的描述并不充分。她记得那种令人精疲力竭的痛苦折磨，记得连续几个星期提心吊胆的睡眠。梦境令她尖叫着醒来，发出歇斯底里的抽泣。

"还有一件事。有一种……大概算是疾病吧。各地各处都有人得，不论哪个种族。它使人……丧失意识，除了身体还有生命体征之外，人们完全不省人事。他们在早晨被发现，有的在街道里，有的在床上，哪儿都有可能，仍然活着，但……毫无意识。"

"这两件事有关联？"

她瞥了他一眼，点点头，然后又摇了摇头。"我不知道。没人知道，但似乎就是这样。突然有一天，一切都终止了。人们谈到戒严，谈到公然出现在大街上的国民卫队……这是一场危机。我想说的是，那太可怕了。它来得毫无理由，扰乱我们的睡眠，让成百上千人失去意识——从来没人被治愈过——然后又突然消失。毫无理由。"

最后，她继续说道，"等事态平静下来，流言开始盛行……关于这件事，有上千种传闻。恶灵，矩能[1]，失败的生化试验，新的吸血鬼种族？……没人知道。但有几个人名被反复提到。然后，在奥图月的月初，我认识的人开始失踪。

"一开始，我只听说某个朋友的朋友不见了。稍过一段时间，又有一个，然后又是另一个。我仍然没有开始担心。当时还没人担心。但他们再也不曾出现。接着，失踪的人跟我关系越来越近。第一个我还不太认识。第二个在几个月前的聚会中见过一面。第三个在大学里和我共事，偶尔一起喝酒。关于仲夏夜梦魇的传闻，我总是反复听说那几个人名，频度越来越高，直到最后……有一个名字成为众矢之的。那个人被指为罪魁祸首，而我周围的失踪者正是通过此人联系到一起的。

"他叫德·格林布林，是个科学家，也是个……离经叛道的家伙。他的人头上有悬赏——你知道国民卫队的作风，全都是含糊其辞，口口相传，所以没人知道数目和原因。但有一点很明确，他失踪了，而政府亟须找到他。

"他们寻找认识他的人：同事，熟人，朋友，情侣。"她沮丧地看着赛拉斯的眼睛，"我们曾经是情侣。见鬼，那是四五年之前的事了。我们大概有两年没说过话了。听说他跟一个虫首人好上了。"她耸耸肩。"不管他干了什么，市长的手下正在找他。可以预见，用不了多久，就该轮到我消失了。

"我变得多疑，但这并没有错。我避免上班，避免见人，我意识到，自己正等着被抓。那几个月中，"她突然激动地说，"国民卫队简

1　一种不稳定的魔法能量。

直他妈的穷凶极恶。

"我们曾经很亲密，我和艾萨克。我们还同居过。我知道国民卫队会来找我。或许他们盘问完之后，的确会放一部分人走，但我再也没听说过这些人的消息。况且，无论他们要问什么，我都答不上来。天知道他们会拿我怎么办。"

那是一段绝望而痛苦的日子，身边缺少亲近的朋友，就算本来有，她也不敢去找，以免牵连别人，或者担心他们已被收买。她记得准备出逃时的慌乱，记得那些秘密达成的交易和不太可靠的藏身之所。在她记忆中，当时的新科罗布森是个令人恐惧的地方，充满压抑，充满冷酷的暴政。

"所以我制订了计划。我意识到……我意识到，必须得离开。我没有钱，在米尔朔克和尚克尔也没有熟人；我来不及统筹安排。但政府会出钱让你去新艾斯培林。"赛拉斯开始缓缓点头，贝莉丝做仰头大笑状，"政府的一个部门在追缉我，另一个部门却在处理我的离境申请，讨论该付我多少钱。这就是官僚体系的好处。但我时间不多，不能老这样陪他们玩，因此一有机会，就立即搭船出海。为此，我还学习了有关萨克利卡特鳌虾人的知识。"

"两年？三年？"她耸耸肩，"我不知道要过多久才算安全。每年至少有一艘船从家乡出发到达新艾斯培林。我的合约期为五年，但我以前也违过约。我打算等到他们忘记这件事，等到出现了新的公敌、新的危机，或者有别的什么事转移他们的注意力，等到我接获消息说可以安全返回——有人知道我……我要去哪儿。"她本想说我在哪儿。"所以……"她总结道。

他们对视良久。

"所以，这就是我出逃的原因。"

贝莉丝回想起少数几个值得信任的人，一时间思念之情竟难以自已。

这是一种奇特的情形。她是个逃亡者，却极度渴望回到逃离的地方。她心想，好吧，无论何种计划，总会受时局影响。她冷冷地自嘲。*我打算离开那座城市一两年，结果世事弄人——发生了意外事件——终身被困在一座流动的海盗城里当图书馆员。*

赛拉斯神情低落，似乎被她的话所打动，贝莉丝注视着他，知道他在回顾自身的经历。他们俩都没有自怜自艾。然而他们来到此处，并非出于本身的过错或计划，他们不想留下。

屋里再次沉静下来。当然，外面的引擎声依然在隆隆低吟，那数百艘船仍在拖着他们往南前进。海浪声和城市夜间的噪音也不曾中断。

赛拉斯起身离开，贝莉丝送他到门口，虽然没有触碰到他，也没有看他，但两人贴得相当近。他在门口停下，忧郁地凝视着她的眼睛。长久对视之后，他们俯身凑近对方，他手扶着门框，而她的手臂则留在身侧，不作任何主动表示。

他们互相亲吻，但只有唇舌在活动。他们小心翼翼地保持着站姿，生怕多吐一口气，生怕通过接触或声音冒犯对方，但他们仍然谨慎地找到了一种沟通途径，找到了一种解脱。

深深的长吻过后，赛拉斯壮着胆子继续轻柔地触吻她的嘴；虽然最初的迷离时刻已经过去，这小小的尾戏发生在真实的时间里，但她没有表示反对。

贝莉丝一边缓缓地呼吸，一边凝视着他，而他也回以同样的眼神。如此持续良久，他才打开门，走入室外清凉的空气中，轻轻道了声晚安，但他没有听见她的回应。

第十二章

第二天是新年前夜。

当然，对舰队城的居民来说，不存在这回事，这一天最多只是气温突然转暖，变得好像深秋的样子。不可否认，这天是冬至，也就是一年中白昼最短的一天，然而他们并不特别看重。也许会有人快活地说，夜晚将越来越短，但除此之外，没什么特殊的。

然而贝莉丝确信，在被劫持的新科罗布森人当中，保留家乡历法的一定不止她一个。她猜测当天晚上，人们将在各处悄悄举行集会。不过每个区都有护卫团、督察队之类的政府机构，因此不能太招摇，以免惊动这些组织，被他们发现，舰队城狭窄的平房与舰船之间，尚有忠于其他历法的人。

不过她也略微感觉到，这似乎有点儿矫情：新年夜对她来说从来都没什么意义。

按舰队城历法，一周有九天，而今天是第一天，号角日，也是贝莉丝的休息日。她和赛拉斯在"雄伟东风号"空旷的甲板上碰面。

他带她去嘉水区右后方的克罗姆公园。她之前从未来过，这让他很惊讶。当他们进入公园，走向小径深处，她明白了他吃惊的理由。

公园主体呈窄长形，宽一百余尺，长近六百尺，坐落于一艘巨大而古老的蒸汽船上，船的名号早已被腐蚀干净。绿荫经由宽阔摇曳的桥梁延展至两艘旧帆船上，它们一前一后，基本与大船并排而列。蒸汽船前方有一艘低矮的小型单桅帆船，船上的火炮早已报废。它属于圆屋区，而公园横跨两区，也延伸到这条船上。

贝莉丝和赛拉斯在纵横交错的小道间信步游走，途中经过克罗姆的花岗岩雕像，他是舰队城历史上的海盗英雄。贝莉丝不禁叹为观止。

不知多少个世纪之前，克罗姆公园的建筑师们开始用土壤与泥沙填充这艘在战斗中损毁的蒸汽船。舰队城随着洋流颠沛流离，没有地方栽培植物。跟获取书和钱财一样，他们必须依靠抢夺来获得植物。甚至连泥土都来自多年的劫掠，有时通过大型货船从岸边的农场与森林拖回来，有时则当着不知所措的农夫的面，挖掘他们的耕地，再越过重重波浪送返本城。

他们任由破损的蒸汽船腐蚀溃烂，然后用劫来的泥土填充千疮百孔的船体，从船首舱、引擎室和最底层的煤仓开始（其中仍有未曾动用过的煤块，它们被重新堆砌在无数吨泥沙底下的空隙里），并把泥沙塞在残缺崩裂的螺旋桨转轴周围。他们填没了一部分巨大的火炉，但在其余的炉膛里留出空隙，并封堵起来，形成沙土之间的金属气腔。

接着，设计师们开始着手改造甲板上的舱室与包厢。他们在尚未损坏的墙壁与天花板上凿出一个个洞孔，将这些小房间打通，给虫子、小动物和植物的根留出通道，然后在狭窄的空间内填上泥土。

船吃水很深，唯有依靠巧妙分布的气舱，以及周围船只的牵引，才能漂浮起来。

水面以上的户外空间里，砂土层层叠叠铺满了主甲板。高耸的舰桥、前楼、瞭望甲板和休息室表面被覆上一层泥土，成为一座座险峻的丘陵，自周围平坦的地面上骤然升起，坡度极为陡峭。

不知名的设计师们对周围较小的木船也作了类似的改造。这比铁船要容易多了。

等到人们种上植被，林地就开始活跃地生长起来。

蒸汽船上分布着一片片树林，古老茂密，阴森可怖。里面有小树苗，也有许多活了一两个世纪的中等树木。但有一部分年代久远的巨型植株，显然是百十年前从海岸林地里连根拔起的成年树，然后被移植到甲板上继续生长。脚下到处是青草、牛芹和荨麻。圆屋区的炮舰上栽有花圃，但在这艘废蒸汽船上，克罗姆公园的树林和草地呈野生状态。

并非所有植物贝莉丝都认识。舰队城环绕着巴斯－莱格缓缓航行，造访过许多新科罗布森科学家不知道的地方，各种奇特的生物群落也被搬了上来。在那几艘较小的船上，狭小的林间空地里长着齐人高的蘑菇，一旦有人走过，便会唑唑作响地摇摆。有一座塔被鲜艳的红色藤蔓所覆盖，其气味像是腐烂的玫瑰。最右面那艘船上的窄长前楼属于禁区，赛拉斯告诉贝莉丝，在密密匝匝的荆棘篱笆另一侧，分布着危险的植物群落：例如具有神秘未知能力的猪笼草，以及形似垂柳的食肉树。

但在旧蒸汽船上，植被还相对比较熟悉。其中一座被改造成山丘的船楼内部铺着青苔与草坪，成为地下花园。蒙尘的舷窗里透进微弱的天光，再加上明亮的汽灯，植物便能依靠这些光源生长存活。每间舱室里的植物风格各不相同。有一间小屋是苔原风貌的岩石与紫色灌木丛；另一间则是沙漠，布满茎叶肥厚的仙人掌类植物；此外还有林地花卉与草原牧场——全都通过一条阴暗的走廊连接到一起，走廊里长满齐膝高的草。黝黑的光线中，在攀援植物和一抹抹铜绿掩盖之下，指向餐厅、厕所和锅炉房的铭牌上依然可以辨得出文字，但其间布满了木虱和瓢虫经年累月爬行的痕迹。

距离地下花园入口——山坡上的一扇门——不远处，贝莉丝和赛拉斯缓步走在潮湿的阴影中。

他俩在公园的四艘船上都走了一遍。除他们之外，树丛中人影稀疏。在最靠后的那艘船上，贝莉丝停住脚步，惊异地指向远处，隔着公园，隔着爬满植被的甲板与栏杆，隔着一百英尺海面，她看到"女舞神号"系泊在城市边缘。栓系它的锁链与绳索很干净。新建的桥梁通往城中各处。主甲板上高耸着木制脚手架：这是一片新开的建筑工地。

这就是舰队城的扩展方式，将猎物整个吞下，改造成自身的材料，仿佛无脑的浮游生物。

贝莉丝对"女舞神号"没什么感情，反倒是鄙视那些对舰船钟爱有加的人。但看到自己与新科罗布森之间最后的联系被如此堂而皇之、轻而易举地消化吸收，她感到很沮丧。

周围的常绿树与落叶树混乱地掺杂在一起，赛拉斯和贝莉丝穿过一片松树，而无叶的橡树与白蜡树仿佛黑色的爪子。覆满腐斑的旧桅杆耸立于树冠上方，仿佛森林中最老的古树，早已破烂磨损的绳索如同枝叶一般凌乱地悬垂下来。贝莉丝和赛拉斯在桅杆与树木的阴影中行走，起伏的草地中点缀着小小的门窗，那底下是被泥土覆盖的舱室。碎裂的玻璃后面有虫子和穴居动物在活动。

他们走入树林深处，蒸汽船上那几根爬满藤蔓的烟囱和周围的舰船都消失在视线之外。神秘的小径回旋盘绕，使公园的空间似乎大了好几倍。斑驳的通风罩从地下冒出来，缝隙间满是荆棘；覆盖着苔藓的舷梯通往荒芜的山坡，楼梯扶手和绞盘上缠绕着繁密的树根与藤蔓。

装卸货物的吊臂仿佛一团朦胧的黑影，贝莉丝和赛拉斯坐在那影子底下，就着冬景饮酒。赛拉斯在他的小包里翻找拔塞钻时，贝莉丝看到一本鼓鼓囊囊的笔记本。她取出笔记本，询问式地望着他。赛拉斯点头表示同意，于是她打开本子。

那里面有单词列表：学习外语的笔记。

"大部分是在成戈利斯记下的。"他说。

她缓缓浏览一页页的名词与动词，最后翻到一些类似日记的段落，其中标注着日期，而且用了某种难以理解的速记法，单词缩写为两三个字母，标点也被省略。她看到货品价目表，还有一些铅笔素描小图，画的是格林迪洛，令人不寒而栗：硕大的眼睛和牙齿，模糊不清的附肢，鳗鱼一般扁平的尾巴。纸页间还附有胶印照片，似乎是在昏暗的光线中偷偷拍下的，色泽阴沉木讷，还沾染着水渍，其中的身影也由于水泡和纸张中的杂质而显得更加狰狞。

笔记本里有几幅成戈利斯的手绘地图，标满了箭头和注释，另有一些寒爪海周围的水域图，勾勒出水下地貌，包括丘陵、山谷，以及格林迪洛要塞，并小心翼翼地逐页修正。而不同的岩石质地也用各种颜色标出，例如花岗岩、石英、石灰石等。还有若干机械结构的素描图，有点儿像防御器械。

她在翻看过程中，赛拉斯俯身凑近，指点着图中的地形。

"这是紧挨着城市南边的一条峡谷，"他说，"直接连到分隔海洋的岩礁。那边的塔"——一团形状不规则的墨水——"是人皮图书馆，这些是海鞘[1]养殖场。"

接下去的页面中画着各种裂隙与坑道，爪子状的机器，以及类似锁和闸门的结构。

"这些是什么？"她说，赛拉斯瞥了一眼她所指的东西，然后笑出声来。

"噢，伟大发明的萌芽——诸如此类的玩意。"他微笑着说。

他们背靠着一个覆满植被的树墩席地而坐，不过那也有可能是被泥沙埋没的罗盘箱残骸。贝莉丝搁下赛拉斯的笔记。她靠向赛拉斯，开始亲吻他，虽然还不太自然。

随着他轻柔地作出回应，她感到一阵冲动，更加用力地贴向他的身体。她稍稍后撤，面无表情地看着他愉快而犹疑地注视着自己。她试图解读他的思维，分析他的行为与反应，但却无从下手。

---

1 一种脊索动物，有着略呈扁平桶状的半透明身体。

对此，她虽然甚感挫败，但她知道，他的抵触情绪与自己是一致的，他们俩对舰队城，对这座荒诞城市的憎恨如出一辙，这让她产生了亲近感。即便是如此冷冰冰的共同语言，也能带来超乎寻常的解脱与释怀。

她捧着他的脸使劲亲吻，他的反应很热切。他的手臂缓缓搂住她的腰，微曲的手指穿过她的头发。她从他怀中挣脱，抓起他的手，牵着他沿公园蜿蜒的小径往回走，前往左舷方向，回到她的家。

在贝莉丝的房间里，赛拉斯默默地看着她除去衣衫。

她放下高高束起的头发，将裙子、衬衫、外衣和裤子挂到椅背上，赤身裸体站在窗口透进的微光中。赛拉斯热血沸腾。他将衣服扔得到处都是。他再次朝她露出笑容，最后，她叹一口气，回了一个不以为然的微笑，几个月来，这似乎还是头一回。微笑带来一点点意料之外的羞怯，而羞怯跟微笑一样转瞬即逝。

他们不是小毛孩，并非毫无经验。他们不需要摸索，也不会惊慌。她朝他走去，劈开双腿坐到他身上，动作熟练流畅，充满情欲。她迎合着他前后移动，而当他将双手从她身下抽出来之后，他也懂得如何支撑她的运动。

激情、熟练、热切，没有爱，但不乏乐趣。她再次露出微笑，随着一声喘息，高潮给她带来强烈的解脱与愉悦。她已让他知道，自己有多喜欢做爱，并获知他亦有同样的嗜好。她躺在狭窄的床上，抬头看他（他闭着眼睛，脸上冒着汗）。她暗自内省，发现自己依然孤独，依然如往常一样，对此处毫无感情。要不是这样才怪。

但是，但是。即便如此，她再次露出微笑。她感觉好多了。

三天来，坦纳一直躺在手术室里，他被绑定在木桌上，感觉到塔和船在身体底下轻微缓慢地晃动。

三天。在绳索捆绑之下，他每次只能稍稍动弹一下，略微往左或往右挪移。

大部分时候，他都在混沌的梦境中游弋。

外科医师对他很仁慈，在不至于造成伤害的前提下，尽量给他上麻醉，因此坦纳总是一阵清醒，一阵迷糊，在意识的边缘徘徊。医师给他喂饭，给他擦身，就像照顾婴儿。他会喃喃自语，也会对着医师咕哝。医师闲暇之余便坐在坦纳身边，跟他聊天，少则几分钟，多则数小时，仿佛他那荒诞吓人的反应真有什么意义似的。坦纳时而吐出几个字，时而闭口不言，时而抽泣，时而吃吃笑。在药物的作用下，他有时燥热，有时怕冷，有时迟钝呆滞，有时沉睡不醒。

先前，医师向他解释手术过程的时候，坦纳脸都白了。手术中，他必须再次接受捆绑，再次失去自由。他又想起了惩罚工厂，麻药影响下的痛苦记忆向他袭来。

但医师和蔼地解释说，这一过程很重要，它将重建身体内部的构造，从最基本、最微小的组成部分开始。在血、肺和脑的微粒找到新的组合方式之前，他不能乱动。他必须保持静止，维持耐心。

坦纳同意了，他早就料到自己会同意。

第一天，坦纳在化学药物和魔法的作用下昏睡过去，外科医师切开他的皮肉。

他在坦纳脖子侧面割开几道深深的口子，翻起皮肤和外层组织，轻轻擦去肌肉中流出的血液。掀起的皮肉仍在渗血，但他的注意力转移到了坦纳的口腔。他将一把铁凿伸进坦纳嘴里，插入咽喉处的肉质，一边推进，一边旋转，在血肉中钻出一条条通道。

他时刻保持警惕，防止流入坦纳口腔与咽喉里的血堵住气管。他在坦纳身体里创建出新通道，从口腔后面一直连到脖子上的切口。新开的孔穴位于牙齿的下后方，医师在那里围上一圈肌肉组织，并施以粘合术，用微微噼啪作响的电流给予刺激。

他往笨重庞大的分析引擎里添加燃料，然后输入程序卡，搜集数据。最后，他将一个带轮子的水缸推到病床边，里面有一尾麻醉的鳕鱼。他拿出一副神秘而笨重的仪器，由一系列阀门、乳胶管和电线构成。通过这台仪器，他将静止不动的鳕鱼和坦纳的身体连到一起。

异质同形的化学物质经海水稀释之后，滤过鳕鱼的鳃，又流经坦纳参差不齐的伤口。这些伤口通过一簇电线与鳕鱼鳃相连，此处将转化为他的鳃。医师一边操作那台突突震颤的仪器，一边喃喃地念着咒语——他对生物魔学并不熟悉，但按部就班，小心翼翼——他揉捏挤压坦纳渗血的脖子。水开始从洞孔中流出，沿着切开的皮肤淌下来。

手术室随着底下的海水轻轻摇曳，相同的场景重复了将近一晚上。医师偶尔小睡，但也定时查看坦纳的进展和那条慢慢死去的鳕鱼。在魔法能量网中，那条鱼的生命力正一点一滴被耗尽。必要时，他会增强压力，精调仪器的设置，或往流水中添加化学药品。

在那段时间里，坦纳总是梦到窒息（眼睛时开时闭，对周围的一切浑然不知）。

等到太阳升起，医师撤下连接坦纳和鱼的仪器（鳕鱼的身体萎缩皱褶，转眼便死了）。坦纳颈部向外翻起的皮肤上仍然沾着黏滑的血块。医师把他的皮肤盖回去，用手抚平。他的手指感觉到裂缝处的肌肉微微收缩，自动弥合起来。

医师趁坦纳尚未清醒——他仍在麻药作用之下，没有醒来的危险——给他套上一副面罩，开始将海水泵入他口中，并用手指捏住他的鼻孔。一开始没什么反应，接着坦纳剧烈地呛咳起来，水从嘴里喷溅而出。医师保持站姿，随时准备松开坦纳的鼻子。

然后坦纳平静下来。他的会厌[1]关闭，气管收缩，使得盐水无法进

1　薄层有弹性的软骨组织，位于舌后，在吞咽时盖住声门，防止食物和液体进入气管。

入肺部，而这一切都是在昏睡中完成的。水开始从坦纳新生的鳃中渗出，医师露出微笑。

起初水流滞缓，带出淤血与污秽。渐渐的，淌到地上的水变清了，他的鳃一张一翕，有节奏地控制着流量。

坦纳·赛克正在水中呼吸。

稍后，他迷迷糊糊地醒来，虽然不明所以，但也感受到医师的兴奋之情。他的咽喉疼得厉害，因此又睡了过去。

最困难的部分已经完成。

外科医师翻开坦纳的眼睑，给他安上透明的瞬膜[1]，那是从舰队城农场饲养的鳄鱼眼睛里取出的，并经过改造。他向坦纳体内注入无害的活体微粒，它们会与身体相互作用，使汗液变得更加油腻，可在水中起到保温和润滑的功效。他又在坦纳的鼻腔底部植入少许肌肉和软骨，好让他能闭合鼻孔。

最后，医师作了最容易，也最明显的一道改造工序。他在坦纳的手指之间蒙了一层富有弹性的薄膜，固定于表皮之上。他截去坦纳的脚趾，然后从一具尸体上取下手指，缝接到坦纳的脚上，使得他的脚变得像猿猴一样；接着他在重获生命的指头之间覆上薄膜，于是它们又变成了像青蛙的脚。

他用海水给坦纳洗了个澡，并让他保持清洁凉爽，然后看着他的触须在睡梦中摇摆扭动。

到第四天上，坦纳完全清醒过来。他身上的绑带已经解开，可以

---

1 某些动物所特有的透明眼睑，又称第三眼睑。可以遮住角膜，却又不影响视线，有保护整个眼球的作用。

自由行动，头脑也不再受化学药物的影响。

他缓缓地坐起来。

剧烈的疼痛伴随着每一次心跳一阵阵向他袭来。脖子、脚、眼睛，真要命。他看到自己的新脚趾，赶紧移开视线，一时间，惩罚工厂的恐怖情景又回来了。他强压住恐惧，再次望向新的肢体（又得流点儿脓水了，他略带嘲讽地想）。

他握紧刚刚改造完成的双手，缓缓眨了眨眼，发现眼皮合上之前，有一层透明的东西从视野中掠过。他深深吸了口气，正如外科医师警告的那样，他的肺因浸水而受到损伤，导致咳嗽与疼痛。

尽管坦纳又疼又饿，虚弱而紧张，但他渐渐绽出笑容。

坦纳止不住地微笑，他低声咕哝着，轻轻揉搓自己的身体。这时，外科医师走了进来。

"赛克先生。"他说道。坦纳转过身，伸出颤抖的双臂，仿佛要抓住他握手。坦纳的触须也模仿手臂的动作，试图向前探伸。然而空气毕竟不是海水，相对来说太过稀薄。外科医师露出笑容。

"恭喜，赛克先生，"他说，"手术很成功。你现在是两栖人了。"

说完，他和坦纳·赛克都忍不住放声大笑。他们并未抑制笑声。虽说坦纳的胸口依然疼痛，而医师也搞不清有什么可笑的。

坦纳小心翼翼地拖着虚弱的身躯走过书城与嘉水区的街道。当他回到家中，发现谢克尔正在等他，房间里从没这么干净过。

"啊，我说老弟，"他有点不好意思地说，"你干得可真棒呀，不是吗？"

谢克尔想要拽住他，以示欢迎。但坦纳实在疼得厉害，因此友善地拒绝了。他们安静地聊到夜里。坦纳谨慎地询问安捷文的情况。谢克尔告诉坦纳，他的阅读有进步，而最近也没什么大事发生，但天气变暖了。他问坦纳是否感觉到了？

他感觉到了。他们缓缓南下，速度慢得几乎就像地质运动，但那些拖船与蒸汽船拽着他们连续行驶了两个星期。他们或许已经往南走了五百英里——始终以难以察觉的速度运动——随着他们进入温带的海洋与大气，冬天正渐渐退去。

坦纳给谢克尔看身上改动和新增的部分，谢克尔吓了一跳，一方面是因为觉得很怪异，另一方面也因为那些部位依然肿胀发炎。但他非常好奇。坦纳向他解释了外科医师所说的一切。

"你会变得虚弱，赛克先生，"医师说过，"就算有所恢复，我也得警告你：我割出的一部分伤口，也许无法轻易愈合。它们可能留下疤痕。若是如此，希望你不要丧气，也不要失望。疤痕并非损伤，坦纳·赛克。疤痕意味着痊愈。受伤之后，疤痕使你恢复完整。"

"两个星期，老弟，"坦纳说，"他说如果我多加注意、勤于锻炼的话，两个星期之后就能回去上工了。"

但坦纳有个优势，医生没有考虑到：他从没学过游泳。他不需要改掉那种手舞足蹈、效率低下的泳姿，转换为海洋居民柔韧灵巧的运动方式。

他坐在码头边，工友们都来跟他打招呼。他们很惊讶，但充满关心与友善。海豚"杂种约翰"跃出附近的水面，用贪婪而锐利的眼睛瞪着他，发出含义不明的啾鸣声，十有八九是在嘲骂羞辱。但今天早晨，坦纳并不畏惧。他仿佛国王一般轮流会见同事，感谢他们的关心。

在嘉水区与焦耳区交界处，舰船之间留出了一片空旷的水面，形成专供游泳的区域，可以容下一艘不大不小的船只。舰队城的海盗公民只有极少一部分会游泳，而在当前的气温下，尝试的人就更少了。说是勇敢也好，自虐也好，海水中仅有少数几个人类在游泳。

由此而往的数天中，坦纳长时间待在水下，伸展开胳膊与手掌，用蹼膜轻轻拨水，一下一下向前推进，动作依然生疏，对于新获得的灵活与自由仍不太适应。他撑开脚趾，像蛙泳似的蹬腿。脚趾还有点儿疼，但能提供有效的推力。皮肤底下那些既看不见又感觉不到的微小腺体往他的汗液中注入润滑的成分。

他睁着眼，学习闭合内眼睑——这是一种奇特的感觉。他学习直接在水中看东西，不再受头盔的约束，不再需要笨重的金属和玻璃。他不必再透过小窗孔向外窥视，而是拥有完整的周边视野。

学起来最慢，也最恐怖的是呼吸，尤其坦纳孤身一人——谁可能来教他？

水刚一涌进嘴里，气管便反射性地闭合起来。他将舌头往后顶，咽喉收紧，堵住通往胃部的途径，于是海水撑开柔软的新孔道，排出体外。他尝到强烈的咸味，但很快就习惯了。他感觉潺潺细流从颈部的鳃中滤过，哦，天哪，真见鬼，他心想，因为他不再需要呼吸。

出于习惯，他在下沉之前，肺里憋足了气，但由于体内充满空气，浮力变得过大。他带着近乎恐慌的心态，用鼻孔缓缓排气，让体内的气体消失在头顶上方。

但他没感觉到什么变化。没有晕眩，没有痛苦，没有恐惧。氧气仍能进入血液，心脏也继续跳动。

头顶上，同城的居民受到空气制约，苍白渺小的身影只能在水面扑腾。坦纳在他们下方迴转盘旋，虽然尚不熟练，但他在不断学习。翻滚过程中，他时而望向上方，时而望向下方——上方是光线、身影以及纵横相连的巨型城市，下方则是无边无际的黑暗。

第十三章

赛拉斯和贝莉丝一起度过两晚。

白天的时候，贝莉丝整理书架，帮助谢克尔阅读，给他描述克罗姆公园，有时则跟凯瑞安妮一起用餐。然后她回到赛拉斯身边。他们稍事交谈，但他几乎从不透露自己如何行动。她感觉他的脑袋里装满了秘密。他们一起睡过几回。

第二晚之后，赛拉斯消失了。贝莉丝很高兴。她已将约翰尼斯的书撇在一边，而现在又可以重拾起那陌生的学问。

赛拉斯一走就是三天。

贝莉丝到处探索。

最后，她来到城中最边远的区域。在日泽区，她见识了焚火庙，以及散布于各艘船上的三联雕像。在底安信区（并非如旁人灌输给她的那样残酷可怕，只不过是个浮夸吵闹的集市而已），她看到舰队城的疯人院矗立于一艘蒸汽船上，那是一栋庞大的建筑，紧挨着鬼影区，在贝莉丝看来，把疯人院设在这种地方，未免有点儿残酷。

嘉水区有一小片额外的舰船，像缓冲带似的夹在圆屋区与日泽区之间，由于历史的变迁，它孤立于嘉水区主体之外。贝莉丝发现律格院就在这里，工坊和课室沿着船侧层层叠叠交错排列，格局犹如山坡上的小镇。

舰队城拥有与陆上城市相当的各种学院，致力于知识、政治与宗教的发展，只是形式或许更为严苛。如果说这里的学者与陆地上的相比显得更彪悍，更像无赖和海盗，而不像博士文人，这并不表示他们的专业水平不行。各区都有自己的保安组织，从日泽区穿制服的督察队，到嘉水区组织松散，仅凭饰带——上面的徽章既代表忠诚，也代表职务——来辨识的护卫团。每个区的律法各不相同。圆屋区有一套法庭和辩论制度，而嘉水区的管理既松散，又暴力，如海盗一般依靠鞭子执行。

舰队城不敬鬼神，是座世俗的城市，城中名目繁多的教会就跟烤面包的一样不受尊重。有的神庙敬奉克罗姆，有的则向海中诸神献祭，也有人崇拜月亮及其两个女儿，感谢她们带来潮汐。

一旦贝莉丝迷了路，她只需走出后街小巷，抬起头，从系泊在桅杆上的诸多飞艇中找到"高傲号"。它威严地悬在阴沉肃穆的"雄伟东风号"上空，充当她的路标，指引她回家。

城市的中段有许多木筏——漂浮在水面，向两侧伸出数十码远。那上面的房屋显得荒诞无稽。有些三桅船之间拴着细长如针的潜水艇，上下浮动。有的蛟船上布满了豪刺人的土穴。贫民区的数十艘小船几乎被摇摇欲坠的破房子埋没。城里还有剧场、监狱和废弃的空船。

贝莉丝抬眼望向地平线，远处的海面并不平静：翻腾的海水，成因不明的尾迹。通常是由于风——或者气候因素——但她有时会看到一群海豚，或者蛇颈龙、海蛟的脖子，或者其他大型动物的脊背，行动迅捷，难以辨识。这些都是城市以外的生命，环绕在他们周围。

贝莉丝看见，到了夜晚，渔船便返回城中。时而也有海盗船队出现，他们被迎入贝西里奥港或海胆刺码头。这些舰队城的经济"马达"，能够依靠神秘的手段找到回家的路。

舰队城里到处是船首像，出乎意料地从各种地方冒出来，精雕细刻，却无人理会，就像新科罗布森房屋上的门环雕饰。贝莉丝沿着两排房屋间的狭窄过道行走。在小巷的尽头，她看到一座华丽而残破的女性雕像，前胸布满裂痕，眼睛上的油漆斑斑剥落。她仿佛幽灵般悬于空中，吊在船首桅杆下方，而那突出的桅杆直指向邻船的甲板，恰好正对着小巷。

它们无所不在。水獭、龙、鱼、战士、女人。最多的要数女人。贝莉丝痛恨这些眼神呆滞、体态婀娜的塑像，随着海浪没头没脑地上下颠簸，仿佛泛滥的幽灵，骚扰着这座城市。

她在房间里读完了《兽类杂论》，对舰队城的秘密计划却依然不得而知。

她琢磨着赛拉斯去了哪里，在干什么。对于他的消失，她并没有不安和愤怒。但她很好奇，也有一点儿失望。毕竟他勉强算是个盟友。

他在鲁那月的第五天晚上回来了。

贝莉丝让他进来。他们彼此都没有触碰对方。

他疲惫而沉默，头发乱糟糟的，衣服上沾满灰尘。他坐到一张椅子上，双手蒙住眼睛，喃喃低语，含混不清地致以问候。贝莉丝给他泡了杯茶，等他开口说话。但过了一会儿，他仍沉默不语。于是她继续看书，抽雪茄。

等到他开口时，她已经写了好几页笔记。

"贝莉丝，贝莉丝。"他揉了揉眼睛，抬头望向她，"我得告诉你一些事。我得告诉你真相。有些事我一直没让你知道。"

她点点头，转过脸来。他闭着眼睛。

"我们来……盘点一下吧，"他缓缓地说，"舰队城在往南前进。'高粱号'……你明白'高粱号'是做什么用的吗？我知道'女舞神号'曾经载着你们经过其他钻井台，它们跟'高粱号'一样，是用来从海底抽取燃油的。"

他张开双手，以示规模巨大。"地底下有大片的石油、岩乳和水银，贝莉丝。你见过陆地上的垂直钻井吧。总之，地质感应员之类的人在海底岩床下发现了庞大的储量。

"南萨克利卡特底下有油。所以'侏儒号'、'渣滓星号'和'高粱号'才会在那里停留了三十年。'侏儒号'和'渣滓星号'的支撑点位于四百英尺深的海底。但'高粱号'……'高粱号'不一样。"他带着病态的兴味说道，"告诉你吧，舰队城里还真有些内行人。'高粱号'支撑在两副铁壳上——两艘潜水艇。'高粱号'不是栓死的。它是深水钻井，可以到处移动。

"你尽可以一截一截地延展钻井管道，只有嘉罢才知道它能往下伸多远。也许几英里吧。油不是哪儿都能找得到。所以我们才会那么长时间静止不动。舰队城停留在一片'高粱号'可以开采的矿藏上方，直到存够了需用的量才离开。"

这些你都是怎么知道的？贝莉丝心想。你要告诉我的真相究竟是什么？

"我觉得不仅仅是石油那么简单，"赛拉斯继续说，"我一直留心观察钻井台顶上的火焰，贝莉丝。我认为他们在开采岩乳。"

岩乳，又名石乳质，像岩浆一样黏稠沉重，但冰凉刺骨，其中充满魔法能量粒子，价值比同等重量的黄金、钻石、石油和鲜血都要贵上好几倍。

"船引擎燃烧不是靠那该死的岩乳，"赛拉斯说，"不管他们囤积的目的何在，肯定不是为了给船只当燃料。看眼下的情形，我们正往南走，航向温暖的深海水域。我敢跟你赌一块塔币，我们正沿着靠近海底岩脊的路线前进，好让'高粱号'抽取地底的矿藏。到达目的地之后，你的朋友约翰尼斯和他的新雇主就会动用……呃，数吨重的岩乳，还有天知道多少石油……来干不知什么勾当。到那时……"他稍稍停顿，凝视着她的眼睛。"到那时，就太晚了。"

告诉我，贝莉丝心想，赛拉斯点点头，仿佛听到了她心里的话。

"我们在'女舞神号'上相遇的时候，我有事务在身。我记得告诉过你，我必须立即赶回新科罗布森。最近你也提醒过我这件事，而我说当时是撒谎。其实不然。我在'女舞神号'上说的是实话：我必须回去。真该死，你也许根本就心知肚明。"

贝莉丝沉默不语。

"当时我不知道该怎么……我不知道是否能信任你。假如你在意的话，"他继续说，"我很抱歉，没有对你坦诚相待，但我不知道能说多少。可是，真要命，贝莉丝，我现在信任你了。我需要你的帮助。

"我告诉过你，格林迪洛有时会无缘无故跟某个倒霉蛋翻脸，没人猜得透原因，这也是事实。这些海底怪物可以随心所欲地让人失踪。但我当时讲的有关自己的情况却并不属实，我很清楚格林迪洛为什么要杀我。

"格林迪洛若是逆流而上，便能游到贝哲克山脉的顶峰。所有河流都在那儿会合，他们可以由此进入溃疡河，再沿着山脊的另一侧顺流而下，直达新科罗布森。

"他们也能通过暗道进入海洋，由海路前往新科罗布森。格林迪洛能适应不同的盐度，在淡水和海水里都同样自如。他们可以先到铁海湾，然后经由大焦油河，来到新科罗布森。格林迪洛只要下定决心，就一定有办法到达。我知道他们有这个决心。"

贝莉丝从没见过赛拉斯神情如此紧张。

"我在那边的时候，听到一些传闻。有个重大计划正在酝酿之中。我的一个主顾，一名法师，类似于流氓祭司，其名字在流言中频频出现。我开始注意搜集信息。这就是他们要杀我的原因。我发现了一些秘密。

"格林迪洛行事并不隐秘；也不像我们那样监察管制。几个星期来，证据一直都摆在我面前，但我过了很久才意识到。就好像镶拼画，就好像蓝图或剧本。我花了很久才搞明白。"

"告诉我，你发现什么了。"贝莉丝说。

"计划，"他说，"入侵计划。"

"你根本无法想象，"他说，"诸神在上，我们的历史中充满背叛和流血，可是……哦，贝莉丝……你没见识过成戈利斯。"他的语调中有一种绝望，是她先前未曾听到过的。"你从没见过肢体农场。还有工坊，那些该死的工坊，太可怕了。你也从没听过那**音乐**。

"要是格林迪洛占领了新科罗布森，他们不会奴役我们，也不会杀死我们，甚至不会把我们吃个精光。他们的行为不可能这么……容易理解。"

"但为什么呢？"贝莉丝最后说道，"他们想要什么？你觉得他们能得逞吗？"

"天杀的，我不知道。根本没人了解他们。我怀疑，假如入侵者是该死的泰什人，而不是格林迪洛，新科罗布森政府的应对方法可能还多一点儿。我们没有任何理由惧怕他们。但他们有自己的……手段，有自己的科学和魔法。是的，"他说，"我认为他们有机会。"

"他们觊觎新科罗布森的原因跟拉贾莫的每一个国家、每一个蛮族部落都一样，因为它是最庞大、最富有、最强盛的城市。工业、资源、国民卫队——看看我们拥有的一切。但成戈利斯跟尚克尔、底尔沙摩、纽瓦登和约拉克奇不同，成戈利斯……成戈利斯有机会。

"他们可以偷袭……进入下水道，往水里投毒。城中每一处裂隙，每一个储水箱都可能变成他们的营地。他们可以永无休止地通过游击战来攻击我们，而他们的武器我们根本无法理解。

"我见识过格林迪洛的威力，贝莉丝。"赛拉斯的语气疲惫之极，"我见识过，我很害怕。"

远处传来猴群困倦的啼声。

"所以你要离开。"贝莉丝在随之而来的静默中说道。

"所以我要离开。我当时很难相信这些事。但我犹豫不决……我他妈浪费了太多时间。"他的怒气陡然升起,"我意识到,这他妈不是误会,不是错判,他们当真打算对我的家乡施展邪恶得难以想象的毁灭计划……于是我离开了,偷走一艘潜艇。"

"他们知道……你了解那计划吗?"她问道。

他摇摇头。"我想他们不知道,"他说,"我带走一件东西,貌似行窃之后携赃潜逃。"

贝莉丝看得出他非常紧张。她也记得笔记本里的那些相片。她心头一颤,惊恐仿佛瘟疫一般缓缓渗入血液。贝莉丝竭力试图理解他所说的事,这对她来说太夸张、太抽象了,她无法消化。新科罗布森……怎么可能受威胁?

"你知道还有多久吗?"她低语道。

"他们要等到切特月才能收获武器,"他说,"所以大概还有六个月。我们必须了解舰队城的计划,必须知道他们要带着这些该死的岩乳去哪里。因为我们……我们得把消息传回新科罗布森。"

"为什么,"贝莉丝吸了口气,"你先前不告诉我?"

赛拉斯发出空洞的笑声。"在这地方,我不知道可以信任谁。我试图独自逃离,试图找到回家的方法。过了很久我才确信……确信这不可能。我原以为可以亲自带着消息去新科罗布森。你要是不相信我怎么办?又或者你是个密探呢?假如你去向我们该死的新首领告发——"

"是啊,这会怎么样?"贝莉丝打断他,"难道不值得考虑一下?他们或许会帮忙把消息……"

赛拉斯带着难以置信的表情注视着她,神情激动。

"你疯了?"他说,"你以为他们会帮忙?他们才不管新科罗布森的事,多半还会庆幸新科罗布森被消灭——少了一个海上的竞争对手。

你以为他们会让我们赶回去援救？你以为他们会在乎？这群混蛋多半会千方百计扣留我们，任由格林迪洛大肆破坏。另外，你也见过他们如何对待……新科罗布森的官员和代理人。他们会搜查我的笔记和文件，然后发现我有委任在身，发现我替新科罗布森工作。万能的嘉罢，贝莉丝，你看过他们怎样对待船长。你觉得他们会如何对我？"

接着是一阵长久的沉默。

"我需要……我需要有人合作。我们在这座城里没有同伴，没有盟友。千里之外，家乡正处于危险之中，我们却谁也无法信任，找不到帮手，只有靠自己想办法把消息送回去。"

说完之后，又是一阵停顿。沉默越拉越长，越来越难以忍受，因为他们俩都知道应该去填充这沉默，应该制订计划。

他们都有尝试。贝莉丝数次张口欲言，却都堵在了喉咙口。

她想说，劫持一艘船，但这么愚蠢的主意，连她自己都开不了口。我们乘划艇悄悄溜出去，就咱们俩，躲过警卫的船只，靠风力和人力划回去。她试图不带嘲讽地顺着这条思路思考，但几乎咕哝出声来。偷一架飞艇。只要有枪支和汽油，引擎用的煤炭和水，再加上两千英里旅途所需的食物和饮料，以及一张能帮助我们在惊涛洋中精确定位的地图，嘉罢在上，这太他妈荒唐了……

不行，她无言以对，一筹莫展。

虽说并无任何浪漫情结，但她极为珍爱自己的家乡。此刻新科罗布森正面临最邪恶的威胁，她静坐思索，试图找出拯救家乡的办法。时间一分一秒过去，距离夏天，距离切特月越来越近，距离格林迪洛收获武器越来越近，但她什么也说不上来。

贝莉丝想象在冰冷的水下，一个个黑影正瞪着眼睛朝她的家乡前进，身躯仿佛肥硕的鳗鱼，弯曲的巨齿犹如石板。

"哦，诸神保佑，嘉罢保佑……"她听见自己说，她看着赛拉斯焦虑的眼睛，"诸神保佑，我们要怎么办？"

第十四章

舰队城仿佛硕大臃肿的怪兽，逐渐进入温暖的水域。

居民和警卫都卸下了厚实的衣装。"女舞神号"上被强征入伙的人们感到很困惑。原来季节也可以规避，这一概念令人深感不安。

季节只不过是视角的反映，与观察者所处的地点有关。当新科罗布森是冬天的时候，贝锐凯内弗却是夏天（至少人们都这么说），但昼夜长短的变迁是一致的。世界各地的黎明都在同一时刻到来。东方大陆的夏日比较短。

在舰队城的小气候里，飞鸟的数量增加了。城中有少数土生土长的雀鸟和鸽子，无论舰队城到哪里，它们始终在城市上空徘徊。除此之外另有一批过客：每年追随温热气候穿越惊涛洋的候鸟。它们脱离庞大的迁徙鸟群，落到舰队城中栖息饮水。

这些鸟儿困惑地绕着圆屋区的环形房顶盘旋。那是民主议会的所在，他们通过一次次紧急会议，激烈而徒劳地辩论着舰队城的前途。他们达成共识，疤脸情侣的秘密计划对城市无益，必须设法阻止，但形势越来越明朗，他们对此无能为力，只能继续狼狈地互相斗嘴。

嘉水区向来就是最强大的一个区，现在又有了"高粱号"，圆屋区的民主议会根本无计可施。

（尽管如此，圆屋区仍尝试与布鲁寇勒进行交流。）

对坦纳来说最困难的不是用鳃呼吸，也不是像青蛙或蛙族一样划动胳膊和腿，而是面对下方广阔无边、逐渐变暗的水体。他试图克服恐惧，直面黝黑的海水。

从前他身穿潜水装时，是个外来者。他穿戴着防具挑战海洋。为保住性命，他依附在梯子和绳索上，下方无尽的空间犹如张开的大嘴，而他知道事实也正是如此：这是一张规模堪比整个世界的巨嘴，极力想要将他吞噬。

如今他可以随意畅游，自由下潜，黑暗的空间也不再似是要将他一口吞下。坦纳越游游深。起初，他仿佛一伸手就能摸到上方游泳者的脚趾。看到头顶上那些渺小的身躯狂乱地拍打水面，他有一种窥隐的快感。但当他把脸转向下方黑暗无光的海水，看到那永无止境的巨大空间，他的胃里一阵痉挛，他赶紧转身，重新游向光明。

他下潜的深度与日俱增。

他越过舰队城的龙骨、船舵和水下管道，继续沉降。海草仿佛恒久的哨兵，环绕在四周，守卫着城市的底部边界，但他像盗贼一样溜了出去，摆脱它们的纠缠。他凝视着海水深处。

坦纳经过一群密如雨点的钓饵鱼[1]，它们正啮噬着城市的垃圾碎屑。然后，他进入开阔的水体，周围不再有舰队城的痕迹。他处在城市底下的深水之中。

他悬浮于水中静止不动。这并不困难。

四周的压力包围着他，仿佛紧裹的襁褓。

舰队城的船只占据着将近方圆一英里的海面，遮蔽住光线。头顶上方，"杂种约翰"像马蜂一样在码头底下焦躁地打转。坦纳看到，在

1　一种可用作鱼饵的小鱼。

周围昏暗的水中，悬浮着密密麻麻的微粒，那是无数细小的生命体。他的视线穿过浮游生物和小虾米，舰队城的海蛟和潜水艇隐约可见，如黑影一般盘踞在城市底部。

他努力克服晕眩，分散注意力，保持敬畏，抑制恐惧。他将惶恐转化为谦卑。

在广阔的海洋里，我是如此渺小，他心想，就像一粒尘埃，悬浮在静止的空气中。但没关系。我能忍受。

面对安捷文，他畏缩不前，甚至略微有点儿怨恨，但为了谢克尔，他努力尝试。

她来跟他们一起用餐。坦纳试图与她交谈，但她内敛而冷淡。一时间，他们静静地坐着，默不作声地嚼着海带面包。半小时之后，安捷文示意谢克尔，于是他走到她背后，熟门熟路地从后面的储物箱中掏出几块焦炭，扔进她的炉膛里。

安捷文毫无困窘地注视着坦纳的眼睛。

"给你的引擎添加燃料？"他最后说道。

"它的效率不是特别高，"她缓缓答道（用的是盐语，她拒绝使用坦纳的拉贾莫语，虽然那是她的母语）。

坦纳点头。他想起"女舞神号"货舱里的那个老头。过了许久，他才继续说下去。面对这个冷峻的女性改造人，坦纳很不自在。

"你的引擎是什么型号？"最后，他用盐语说道。她目瞪口呆地望着他。于是他惊讶地意识到，她对自身的改造机件一无所知。

"这大概是老式的预交换型，"他继续缓缓说道，"只有一组活塞，不带复合箱。一点儿也不好用。"他停顿片刻。继续，他心想。让小伙高兴一下，她没准会同意。"你要是乐意，我可以瞅一眼。我一辈子都跟引擎打交道。我可以……我甚至可以……"他犹豫不决，这个动词用在人身上似乎有欠尊重，"甚至可以帮你整修一下。"

谢克尔不停地唠叨：一边对坦纳表示感谢，一边哄劝将信将疑的安捷文。为避免尴尬，坦纳离开饭桌，假装去添菜。谢克尔喋喋不休地咕哝着，"帮安吉[1]弄一下，好哥们，坦纳，你是我最好的哥们。"坦纳看出安捷文心存疑虑。她不习惯这种不计报酬的赠予。

这不是为你，坦纳热切地思忖着，希望能对她以实相告。这是为了那小伙。

趁着安捷文和谢克尔窃窃私语，坦纳继续走向远处。他礼貌地背对着他们，脱得只剩一条长内裤，然后泡入满满一铁缸海水里。海水给他舒缓的感觉。他浸没在水中，就像从前泡热水澡一样享受。他希望安捷文理解他的动机。

她绝不是笨蛋。没过多久，她不失尊严地表示，多谢，坦纳，这样也好。她同意了，坦纳略带惊讶地发现自己甚为欣喜。

对于阅读所带来的那种沉默的喧嚣感，谢克尔依然很兴奋，但随着熟练度增加，他的控制力也越来越强。沿着走廊行走时，他不再中途停下，瞠目结舌地瞪着铭牌上"舱壁"、"厕所"等词汇发呆，仿佛它们正朝他高声喊叫似的。

最初的一星期左右，墙上的涂鸦就像让人迷醉的药剂。他站在墙壁或船壳跟前，视线游走于一团团乱七八糟、刮擦涂抹的词句之间。其风格如此多变：相同的词句竟能以多种不同的方式写出，却总是表达同样的意思。对此，谢克尔始终兴致盎然。

大部分言辞不是粗野无礼，就是污言秽语，有时也夹杂着政治意味。他看到一句"去他妈的枯瀑区"。还有许多名字。某某爱某某，一遍又一遍地重复。各种带脏字和不带脏字的谩骂。巴逊／彼得／奥利弗是混蛋／婊子／疯子，等等。不同的书写方式使得每一句话的语气

1　安捷文的昵称。

各不相同。

在图书馆里，他翻阅书架的劲头不再那么疯狂，不再像醉酒似的兴奋仓促，但他仍会抽出大量书籍，摊在地板上慢慢阅读，记下不明白的单词。

对于那些第一次使他挫败的单词，他抄写下来，研习掌握，当他翻开其他书本，见到此类词汇，便很愉快，感觉自己就像狐狸，将它们追踪擒拿。比如"彻底"、"攀援者"和"虫首人"等词都属于这一类。第二次遭遇，这些词向他俯首称臣，他能毫无停顿地念出来。

在堆放外语书籍的书架间，谢克尔可以松一口气。神秘的字母与拼音，给异国幼童看的古怪图画，都让他深深着迷。当他脑中需要安静时，可以放心地在这些书籍之间摸索，它们绝对会保持沉默。

直到有一天，他抽出一本书，捧在手中，这本书却打破了沉默。

昏暗的光线中，有个黑影不紧不慢地从深海中冒上来，向着舰队城移动。

它从水下接近最后一批上日班的工程师。他们在头盔里呼呼喘着气，双手轮替，缓慢地沿着梯子和城市底下坑坑洼洼的表面向上攀爬，但他们没有往下看，未发现那逐渐靠近的影子。

坦纳·赛克和海德里格坐在贝西里奥港的船坞边，观望着吊车搬运货物，双脚如同孩童一般悬空于一艘平底小船的侧舷。

海德里格话中有话，拐弯抹角，坦纳知道这跟他和众多工友共同参与的秘密计划有关。坦纳对此一无所知，因而无法理解海德里格的话。但他能听出来，他的朋友心存不满，似乎有所惧怕。

稍远处，他们看到工程师陆陆续续从水中冒出来，沿着梯子攀上木筏和蒸汽船。在那些饱经风雨的蒸汽船上，他们的同事和机械人正通过突突震颤的引擎给他们泵输空气。

港湾里的一小片海面突然间如沸水般泛起气泡。坦纳轻拍海德里格的胳膊，让他静一静，然后站起身，伸长了脖子。

水边一阵骚动。几名工人冲过去，开始将潜水者往上拽。更多人浮了上来，他们纷纷钻出水面，手忙脚乱地扒开头盔，攀上梯子，竭力回到空气之中。水面上涌起一道波纹，"杂种约翰"破水而出。他疯狂地摆动尾鳍，摇摇晃晃地直起身子，仿佛站立在海面上，像猴子一样吱吱乱叫。

有个人攀住梯子，弓着背爬出绿色的水面，最后，他摘下头盔，尖声呼救。

"骨鱼！"他嘶喊道，"下面还有人！"

周围的人惊慌地望向窗外，他们放下手头工作，奔向水边。而港湾中央几艘上下颠簸的拖网渔船上，也有人探出身子，一边朝水中指指点点，一边向着码头呼喊。

一股红色的水涌向表面，坦纳的心脏仿佛停止了跳动。

"你的匕首！"他对海德里格喊道，"快把该死的匕首给我！"他脱下衬衫，毫不犹豫地奔了过去。

他纵身一跃，触须也随之展开，海德里格在背后呼喊，但他没有听清。接着，他那长长的蹼指刺破水面，随着一阵冰凉的寒意，他落入水中，潜至海面以下。

坦纳拼命眨着眼睛，他合上内眼睑，向下张望。稍远处，在海水的遮掩之下，潜水船的影子笨拙地在城市底部逡巡。

最后一批人正拼命向着光亮攀爬，在潜水套装里显得格外缓慢笨拙。他看到一大片被鲜血染红的海水。一块软骨从一团模糊的血肉之间漂过，舰队城的一条警卫鲨鱼被撕成了碎片。

坦纳使劲蹬踢，快速往下游。他看到大约六十英尺深处，有个人挂在一根巨大的水下管道底部，已经被吓得动弹不得。在他下方幽暗的海水中，一个黑影仿佛火焰一般左右摆动。

惊恐之下，坦纳犹豫不决。那怪物体形硕大。

他听到头顶沉闷的入水声，有人下来了。全副武装的人们手握鱼叉和长矛，站在绳索套具之间，随着吊臂逐渐下沉。但他们移动缓慢，一点一点往下降，完全受制于上方的引擎。

"杂种约翰"从坦纳身边掠过，吓了他一跳，坦纳看到日泽区的鱼人从城市底下的隐秘角落里钻出来，悄悄朝着下方的食肉鱼游去。

他胆子壮了起来，再次踢水下潜。

他思绪飞闪。他知道大型食肉动物的攻击时有发生——红鲨、狼鱼、钩腕乌贼等，会闯入鱼笼，攻击工人——但不曾经历过，也从未见过又称为"骨鱼"的恐鱼。

他举起海德里格的匕首。

坦纳突然发现，自己正穿过一团染血的海水，嘴和鳃里都能尝到血腥味，他感觉一阵恶心。他看到身边有一副残破不全的潜水装，正缓缓下沉，里面还有模糊不清的碎片在飘荡，他的胃部一阵抽搐。

接着，他到了管道的底部，距离流血不止、一动不动的潜水员还剩几个身位，而下方的怪物正迎面游上来。

他听到砰砰的击水声，感觉前方的水压陡然增加，他低头观看，然后冲着海水发出无声的尖啸。

一条宽脸大鱼正朝他扑来。它的脑袋包在骨壳里，犹如一颗圆溜溜的加农炮弹，张开的巨嘴仿佛一条裂缝，里面看不见牙齿，只有两道锋利的骨脊一张一翕，吐出的碎肉在水中舞动。它的身体窄长尖细，没有斑纹，也没有扇状尾鳍；背鳍低矮，呈流线形，逐渐与尾骨融合，就像肥硕的鳗鱼。

它有三十多英尺长，正迎面朝他冲来，它的大嘴足以轻易把他咬成两截，愚蠢而恶毒的小眼睛藏在防护性的骨框后面。

坦纳凭着愚勇大声吼叫，挥舞着那把小小的匕首。

"杂种约翰"穿过坦纳的视野，从恐鱼背后迅速接近，猛力冲撞它的眼睛。巨型食肉鱼以惊人的速度灵巧地转了个向，追咬海豚，嘴里的两片骨头猛然闭合，发出咯咯的响声。

它剧烈地扭动身躯，紧跟上"杂种约翰"。随着一道道扰动的海水，乳白色的小型矛刺飞驰而过，蝾螈人在用他们那古怪的武器朝恐鱼射击。它毫不理会，只管追逐海豚。

坦纳双腿痉挛似的拼命踢水，朝悬在管道上的潜水员前进。他一边游，一边环顾四周，结果惊恐地发现，尽管"杂种约翰"试图引诱披覆骨甲的大鱼，它却潜入深水之中，掉了个头，径直朝坦纳折返回来。

最后蹬了一下水之后，坦纳触摸到粗糙的金属管道，然后手忙脚乱地去抓潜水员。那怪物全速向他游来。他瞪视着恐鱼，心怦怦直跳。坦纳用触须上的吸盘攀附住管道，右手挥舞着匕首，祈祷"杂种约翰"、蝾螈人或者武装潜水员能赶来援助。他探出左手，去捞受困的人。

他的手指摸索到柔软温热的东西，滑溜溜的，教人害怕，坦纳赶紧把手抽了回来。他抬起头，短暂地瞥了一眼身边的人。

他看见面罩中填满海水，还有一张苍白的脸，圆睁的双眼向外突出，浮肿的嘴巴一动不动。潜水服中段的皮革已经撕裂，那人的肚子被咬出一个洞，肠子像海葵一样在水中摇曳。

坦纳感觉到恐鱼就在下方。他闷哼一声，迅速撤离，一边惊惧地踢水，一边徒劳地挥动手臂。随着一股凶险的水流，恐鱼的骨头和鳞片从他身边掠过，庞大的身躯弯曲扭转，骨头碰撞所产生的震动在水中传播开来。管道一阵战栗，尸体被叼走了。舰队城的众多龙骨仿佛倒悬的森林，那额头扁平的猎手在其中来回穿梭，逐渐远离，嘴里还拖着个死人。

"杂种约翰"和日泽区的鱼人追随在它身后，但速度无法与之相敌。震惊之下，坦纳漫无目的地踢着腿，跟在他们后面。恐怖巨鱼的记忆减缓了他的动作，令他浑身发冷。他模糊地意识到，应该浮上水面取暖，喝一点儿糖茶。他感觉恶心晕眩，心中极度惊恐。

恐鱼已潜入深海，那里的水压足以把人压扁，追踪者根本无法生存。坦纳一边看着它消失，一边缓缓移动，避免吸进溶于水中的鲜血。此刻只剩他孤身一人。

他拖着身躯在水中上升，仿佛一团焦油。在陌生的水底世界里，他迷失了方向。他似乎仍能看见死人的脸和滑腻腻的肠子。最后，他终于找对了路。他扭转身躯，看见贝西里奥港内移动的舰船，以及冬秸集市中面包屑一般星星点点的小舟。头顶上的船只投下一道冷冷的黑影，他看到在那阴影之中，悬挂着模糊难辨的巨型物体。城市底下有不少此类物品，处于魔法遮掩之下，戒备森严，禁止观望。他发现这些东西互相串联在一起。由于充当守卫的鲨鱼已经死亡，他在继续上浮过程中没有受到阻拦。那物体越来越清晰，突然间，与他相隔仅数码远。他的视线穿透混浊的光线，突破障眼魔法。那东西清清楚楚呈现在眼前，他认得这是什么。

第二天，贝莉丝的几名同事向她描述了怪物袭击的恐怖场面。

"天杀的，诸神在上，"凯瑞安妮惊恐地对她说，"你能想象吗？被那东西撕成碎片？"她的描述使情况更加怪诞而令人不安。

贝莉丝并没有注意听凯瑞安妮的话，她在思考赛拉斯告诉她的事。她以惯常的方式对待他的话——冷静地凭理智来分析。她搜寻有关成戈利斯和格林迪洛的书籍，但除了童话和荒诞的臆测之外，收获甚微。她感觉很难——超乎想象得难——理解新科罗布森所面对的危险。自她有生以来，那座城市始终坐落在她周围，巨大、纷繁而恒久。连它也会受到威胁，这简直令人难以置信。

然而格林迪洛同样令人难以置信。

贝莉丝发现，赛拉斯的叙述，再加上他显而易见的惧意，着实令人很惶恐。贝莉丝臆想着遭到入侵之后的新科罗布森，想象毁灭与破坏的场景。一开始就像是挑战游戏，她往自己脑中填充可怕的景象。但后来，那些画面不停地闪过，犹如魔法花灯，令她惊骇不已。

她看到河流中塞满死尸，格林迪洛在泛着微光的水面下经过。她看到片片灰尘从焚毁的吊钟花大厦中喷涌而出；石像鬼公园里到处是碎石瓦砾；大温房像鸡蛋一样破裂，里面堆满仙人掌族的尸体；就连帕迪多街车站也崩溃坍塌，轨道弯曲变形，表墙损毁，建筑物内部错综复杂的侧道曝露于日光之下。

贝莉丝想象着古老巨硕的史前巨肋断裂崩塌，伸向天空的弯曲骨架化作残渣纷纷落下。

她感到阵阵寒意。但她毫无办法。这座城市里的人，尤其是实权人物，都不可能关心这件事。她和赛拉斯只能靠自己，而在摸清舰队城的状况，了解其目的地之前，贝莉丝想不出任何脱身之计。

贝莉丝听见开门声，从身边一大堆书中抬起头来。谢克尔站在门口，手中握着一件物品。她正打算打个招呼，但看到他的脸色之后，便收住了口。

他的表情极其严肃，犹疑不决，仿佛不知自己是否犯了错似的。

"我要给你看样东西，"他缓慢地说，"你知道，我会把一开始搞不懂的词全写下来，然后在其他书里看到时，就能认出来。嗯……"他看了看手里握着的书。"嗯，昨天我发现了其中一个词。这本书不是拉贾莫语，那单词也不是……不是一般的动词或名词。"他费力地憋出她教的术语：并非自豪的炫耀，而是为了说明情况。

他将那本小小的书递给她。"是个名字。"

贝莉丝仔细察看。污渍斑斑的金属封面中间，是凹嵌的著作者姓名：

克吕艾奇·奥姆

这就是丁丁那布伦要找的书，在疤脸情侣的计划中，它是核心著作之一。谢克尔找到了它。

他是从童书架里取下来的。贝莉丝一边坐着浏览书页，一边想，怪不得它会被放错地方。书中尽是画风简陋的图片：简单的粗线条，儿童似的视角，比例不清不楚，一个人几乎跟身边的塔差不多大。右面的书页都是文字，左面的是图画，因此这短短的一本书感觉就像是配图故事。

给它分类的人显然只是草草翻阅，并没有读懂，未加核查，便把它跟其他图画书——童书——放在了一起。它也没有任何记录，许多年来，始终无人问津。

谢克尔在对着贝莉丝说话，但她没太听清：丁丁那布伦在找的书，我不知该怎么办，他语带窘迫，觉得也许你能帮忙，这是最好的办法。她翻看着那本册子，心情激动，兴奋得浑身战栗。这书没有标题。她翻到第一页，心跳加速，一颗心几乎蹦到了喉咙口。她意识到，关于奥姆的名字，她猜得没错。书中用的是古柯泰语。

那是格努克特的一种晦涩而古老的语言。格努克特是个岛国，位于新科罗布森以南数千英里，在惊涛洋与黑沙洲海交界处的温暖海域中。这种奇特的语言虽然使用拉贾莫语字母，但它们差异巨大，有着不同的源头。日常使用的普通柯泰语要简单得多，然而两者之间的关联纤细薄弱，古老久远。即使熟练掌握其中一种，对另一种的理解也极其有限。就算在格努克特本地，古柯泰语也仅仅为宗教仪式和少数学者所专用。

贝莉丝曾经学过古柯泰语，对它的嵌入式动词很感兴趣，而她第一部书的研究对象就是此种语言。如今距离她出版《古柯泰语写作体系》已有十五年，知识虽然荒废生疏，但面对摊开的书本，她渐渐悟出了其中的内容。

"若说我在写作此书时并非充满骄傲，那肯定是谎言。"贝莉丝默读道，她抬起头，尽量保持镇静，几乎不敢继续看下去。

她迅速翻阅，观看那些图画。有个人在海边的一座塔里。那人站在海岸上，沙滩上散落着巨型引擎的残骸。那人在阳光底下计算，古怪的树木在他身边投下阴影。翻到第四幅画时，她屏住呼吸，身上起了一串鸡皮疙瘩。

第四幅图中，那人又站在岸边——脸上仅有一对呆板茫然的眼睛，在画师的笔下就跟牛眼一样淡漠——海面上方，有一团密密麻麻的黑影，涌向一艘驶近的船只。画面含糊不清，但贝莉丝看出有细瘦的胳膊和腿悬垂下来，还有快速扇动的翅膀。

这画面让她感到不安。

她一边浏览，一边回忆。这本书有种非常奇特的感觉，跟贝莉丝见过的其他古柯泰语书籍都大相径庭。它的语气似乎不太调和，古老的格努克特著作以诗意而著称，但这本书的风格完全不同。

他意图寻求外来者的帮助，她的理解磕磕绊绊，但所有人都避开我们的岛屿，惧怕我们饥饿的女人。

贝莉丝抬起头。嘉罳在上，她心想，我手上的究竟是什么东西。

她思绪飞转，考虑该怎么办。她的双手仍像机械人一样继续翻动着书页。她低下头，看到那人在海面上，搭乘着一艘小船。人和船都画得非常小。他正往海里放下一条锁链，上面有个硕大的弯钩。

下方的深水里，在象征着海水的漩涡形曲线之间，有一圈圈的同心圆，比他的船要大得多。

这张图引起了她的注意。

她凝视着画面，心中一动。她屏住呼吸，一下子明白过来，整张画就像儿童的光学错觉图一样，凸显出新的含义。她看清楚了——也看明白了——她感到一阵强烈的反胃，仿佛处于下坠之中。

她知道了嘉水区的秘密计划。她知道了他们要去哪里。她知道了约翰尼斯在做什么。

谢克尔仍在讲话，他的话题转到了恐鱼的攻击。

"坦纳在水底下，"她听见他骄傲地说，"坦纳想要帮他们，可是没能及时赶到。但告诉你一件有趣的事。记得吗，不久前我跟你讲过，他在城市底部发现了一些难以辨识的东西，一些以前不准他看的东西？昨天，骨鱼游走之后，可怜的坦纳老兄在上浮过程中，正好遇上其中之一。这下他看清了——他知道那下面是什么。你猜猜看……"

他顿了顿，营造戏剧效果，等着贝莉丝来猜。她仍瞪着那张图片。

"一副笼套，"她说道，声音几乎微不可辨，谢克尔的表情变得疑惑起来，她突然提高了嗓门，"一副巨大的笼套，就像辔头和缰绳，比房子还大的挽具。"

"锁链，谢克尔，像船那么大。"她说。随着话音落地，他困惑地凝视着她，然后点点头。"坦纳看见的是锁链。"

她的视线依然没有离开手中的图画：波涛中有一条小船，船上有个小人。静止不动的波浪如同鱼鳞一般层层叠叠，排列齐整。海浪下面是致密交错的漩涡形曲线，代表幽深的海水。最底下则是环环相套的圆圈，围着中央的一片黑暗，无论透视比例有多含糊，都能看出它们大得难以想象，远远超过上方的船只。它就像一颗眼珠。

像一粒瞳仁。

遥遥望向上方垂钓的渔夫。

间章Ⅲ　另一处

　　萨克利卡特出现了入侵者。它们静静地审视着这座城市和其中的鳌虾人，塞孔般的眼睛审慎而冷漠。

　　它们造成了一连串失踪案，受害者包括农夫、流浪汉、低级官员和潜艇探险者。它们依靠哄骗、魔法和酷刑强取信息。

　　入侵者用油滴似的眼睛观察着。

　　它们四处探查，寻访了神庙、鲨鱼穴、各式长坊与拱廊、鳌虾族贫民窟，以及浅滩中的建筑群。随着日光的消退，萨克利卡特城的光球亮了起来，过往的人流逐渐增加。头顶的螺旋走道上，年轻的鳌虾族纨绔子弟趾高气扬，打架斗殴（他们的行为投映在隐匿的观察者眼中）。

　　随着时间的流逝，街道变得空旷。黎明前，光球略微黯淡下来。

　　到处是静寂、黑暗与阴冷。

　　入侵者开始行动。

　　它们在黑暗的掩护下，穿过空旷的街道。

　　移动中的入侵者好像垃圾碎片，仿佛根本就不存在，仿佛随着海潮任意飘荡。它们沿着布满海葵的小巷前进。

　　街渠中空无一物，只有夜间活动的鱼类，以及蜗牛和螃蟹，它们见到入侵者靠近，吓得一动不动。入侵者掠过建筑夹缝里的乞丐，经由一道裂隙，进入一座摇摇欲坠的仓库。在一片饱受海水侵蚀的珊瑚状建筑物间，它们从底层的屋顶穿出，隐入看似难以容身的狭窄阴影，敏捷犹如海鳝。

伴随着一缕血水，一声低语，它们获悉一个名字。它们顺着线索追踪，找到了目标。

它们自水中上浮，透过海水俯瞰连绵起伏的屋顶。

他闭着眼睛，处于睡梦之中，双腿窝在身体底下，躯干随着水流轻轻摇晃——这就是它们要追踪的男性鳌虾人。入侵者伏下身子，喉咙里发出怪声，对他一阵敲打。他缓缓睁开眼睛，剧烈地挣扎起来。但它们早已将他捆得结结实实（如保姆般安静轻柔，防止他惊醒）。他竭力张大着嘴，几乎流血崩裂。不过它们已将一枚骨圈刺入他颈部，并无痛感，但穿透神经，令他无法出声，以免他用鳌虾人震颤的语音发出声声嘶喊。

鳌虾人咽喉里涌出一股股血丝，入侵者好奇地注视着他。最后，疯狂的挣扎使他精疲力竭，一名绑架者移近问话，动作诡异而灵巧。

——你知道一些事，它说——我们也想了解。

它们开始低声盘问，以无比纯熟的手法，一遍遍折磨鳌虾人翻译员。他仰起头，再次呼喊。

却仍然发不出声。

入侵者继续盘问。

稍后。

松散的海床跌出视线之外，海水层层退散，（远离家园的）黑色身影静止悬浮于黑暗之中。

线索出现了分支。

五花八门的传闻令它们无所适从。南行的船只消失了。它们由大陆边缘分隔淡水与咸水的岩脊出发，追踪到鼹蜥海峡，然后到达高塔如林的萨克利卡特城，最后得知有艘船从横跨河道的新科罗布森市出发，驶入海洋。但那条船消失了，只留下一串不实的流言。

深海巨嘴，幽灵海盗，矩能，隐匿的风暴，漂流的城市。

漂流的城市，又是漂流的城市。

追踪者前去探查萨克利卡特南方水域中高耸的井台：表面碎裂剥落的混凝土支柱竖立于海床之上，既像超级大树，又像某种厚皮巨兽的腿，周围的淤泥仿佛从其脚趾边涌起。

钻头探入松软的岩石，抽取液体。钻井台就像在浅水里觅食的沼泽生物。

裹在皮革和空气里的人顺着锁链往下爬，去照料那隆隆闷响的巨人，凶狠的追踪者轻易即可将他们掳走。它们摘掉那些人的面罩，任他们徒劳地挣扎喊叫，生命力随着汩汩的气泡流逝。绑架者依靠魔法和输氧维持他们的生命，以揉搓按摩减缓他们的心跳。浅水下的洞穴里，他们乞求怜悯，在绑架者的强迫下，和盘托出种种流言。

尤其是有关漂流城市的传闻，正是它劫持了"女舞神号"。

随着夜晚的降临，日光投出的阴影被黑暗吞没。

这群神秘的身影需要搜寻全世界的水域。包括所有大洋：白霜洋，博克萨什洋，瓦希里洋，塔利波洋，条彻洋，静默洋，惊涛洋。再加上绅士海，螺旋海，时钟海，隐海，等等。还有各地的海峡、溪谷、河流与海湾。

怎么可能全都搜遍？要从何处入手？

它们询问海洋。

它们向着深海发问。

——漂流之城在哪里？它们问道。

魔鬼鲨王不知情，也不关心。雪叶藻则不愿作答。追踪者继续往别处询问——漂流之城在哪里？

它们找到伪装成鳕鱼和海鳗的修炼者，对方却声称一无所知，然后游往别处继续冥思。它们询问海水精灵塞林尼，但得到的回答尽是含义不明的哗哗水声。

日出时分，追踪者浮上海面，再次斟酌。

它们询问鲸鱼。

——漂流之城在哪里？它们询问这些迟钝的庞然大物，询问靠吞食虾米为生的灰鲸、蓝鲸和座头鲸。它们如登山者一般攀附到鲸鱼身上，撩拨其沉重大脑中的快感中枢，又将惊恐的浮游生物赶到一起，灌入鲸鱼咧开的大嘴里，给它们一点儿甜头。

追踪者将提问转化为命令。

——寻找漂流之城，它们的措辞小心谨慎，尽量使用简单的概念，好让鲸鱼明白。

鲸鱼听懂了。这些巨兽开始思考，但它们的神经突触反应缓慢，令追踪者焦急难忍（但它们知道必须等待）。一时间，唯一的声响来自鲸鱼口中滤过的水流，最后，鲸鱼群同时摆动尾鳍，发出砰砰拍击声，打破了沉默。

它们友善的鸣声回响在数千英里的海域中，与同类遥相呼应，用以交换简单信息。它们遵从追踪者的命令：寻找舰队城。

第三部

罗盘工厂

第十五章

"他们要召唤恐兽。"

赛拉斯脸上露出震惊与怀疑的表情，完全难以相信。

"不可能吧。"他摇了摇头，低声说道。

贝莉丝撇撇嘴。"因为恐兽只是传说？"她严肃地问道，"还是因为早已灭绝？或者是哄小孩的故事？"她噘起嘴，晃了晃克吕艾奇·奥姆的书。"二十年前给这本书分类的人以为它是儿童故事，赛拉斯。我懂古柯泰语。"她语气紧迫，"这不是童书。"

天色向晚，外面城市中仍然回荡着低沉的噪音。随着光线逐渐变暗，贝莉丝透过窗口，看到天空中布满一片片瑰丽的色彩。她把书递给赛拉斯，然后继续说下去。

"两天来，我什么都没干，就在读奥姆的书，滞留在图书馆里，像个被诅咒的幽灵。"赛拉斯逐页仔细翻看，视线扫过一行行文本，仿佛他能看懂似的，但贝莉丝知道他不懂。

"这是古柯泰语，"她说，"但并非来自格努克特，年代也不久远。克吕艾奇·奥姆是蚊族人。"

赛拉斯惊愕地抬起头。接着是一阵长久的沉默。

"相信我，"贝莉丝说，她感到非常疲惫，语气也显得很无力，"我知道这好像难以置信。我花了两天时间，极力查找各种资料。

"我也以为他们已经灭绝，但其实只是濒临灭绝而已，赛拉斯。两千年来，他们逐渐衰亡。当疟蚊女王的统治崩溃之后，他们被清除出朔特加、洛哈吉以及碎石群岛的大部，但仍然得以生存下来……他们蜷缩于格努克特以南一座荒僻的孤岛上，躲在一个小小的据点里。信不信由你，即使疟蚊王国灭亡之后，仍有人跟他们交易。"她严肃地点点头，"他们跟底尔沙摩或格努克特之类的地方有合约。但我查不出究竟是哪个。

"而且他们好像还在写书。"她指了指那本册子，"只有天晓得为什么是古柯泰语。也许这是他们现在所用的语言——要是那样，他们就是世界上唯一使用古柯泰语的种族。真该死，我不知道，赛拉斯。也许这根本就是垃圾。"她突然愤愤地说。"也许这该死的东西是伪造品，是骗人的，甚至真是儿童故事。但丁丁那布伦要我寻找克吕艾奇·奥姆的全部著作，你说这本破书里的内容仅仅是巧合吗？"

"书里说什么了？"他问道。

贝莉丝接过他手中的书，从头开始缓缓地翻译。

"'若说我在写作此书时并非充满骄傲，那肯定是谎言。这种自豪满盈的感觉，就好像吃得胀鼓鼓的腹胃。因为我……有个值得一讲的故事。因为这件事仅有鬼首帝国时期能办到，而在那之后，只有一千年前成功过一次。女王的统治崩溃后，我们……携带着……魔法与设备……来到此地躲避。其中一位先祖出海远航……到达一处黑暗之地……他将魔咒送入水下的豁口，经过二十一天的酷热、干渴与饥饿，他……引出一头神秘巨兽。'"她抬头看了看赛拉斯，然后继续说，"'这是造访过我们世界的最硕大的怪兽，仿似在水中游泳的山脉，又仿似一尊鲸神，它就是恐兽。'"

她轻轻合上书本。

"他召唤出一头恐兽，赛拉斯。"

"后来呢？"他说，"你已经看过了，后来怎样？"

贝莉丝叹了口气。"书中没有讲如何召唤，也没说明地点，但奥姆找到一叠旧手稿，那是个古老的故事。他整理出所有线索，搞清来龙去脉，然后复述了一遍。故事发生在数百年前，讲的是一个蚊族人，但他的名字始终未被提及。准备工作占据了十页。那人首先斋戒，然后着手研究。他常常眺望海洋。等到集齐所需的物品：水桶，酒，沙滩上古老腐朽的机件，他便驾着一艘风帆船，孤身出海航行。独自操控船只很不容易，但没人愿意同行。他要找一个特殊地点，类似于……深邃的井道，海洋底下的一个洞。他在那里捕猎，放下吊线。他要让恐兽离开平时生活的环境，从那地方……穿过来。

"接下来的二十页非常枯燥，全都是描述海洋中的艰难困苦。饥饿、干渴、疲惫、潮湿、炎热……诸如此类的东西。他知道自己处在正确的位置上。他确信吊钩……已经穿越世界的边界，延伸至其他位面。但他无法吸引恐兽，没那么大的虫子当诱饵。

"到了第三天，他已经彻底精疲力竭。这时，他的船被奇怪的海流推动，天空也阴沉下来，雷电与风暴即将来临。他断定，单单处在正确位置上还不够——他需要能量来诱捕恐兽。冰雹和雨水向他袭来，海洋变得狂野暴躁。船在巨浪间颠簸震荡，仿佛马上就要散架似的。"

赛拉斯瞪大眼睛听她讲述，贝莉丝突然间有个荒谬的念头，感觉自己像个老师，在给小孩讲故事。

"随着风暴中心越来越近，他将大量电线挂到主桅杆顶端，缠绕于索具之间，并连接到一台能量发生器上。然后……"

贝莉丝叹了口气。"我无法完全理解。他大概搞了点儿魔法什么的。我觉得他可能是想召唤或者献祭'俘明'，也就是电精灵，但我不太明白。嗯……"她耸耸肩，"不管成功与否，反正闪电击中了导线。或许是精灵接受了召唤，或许是因为在风暴中心，只要将铜线绕到百尺高杆上便会有如此效果。"

她翻到对应的插画：船就像一幅剪影，用白色勾勒出轮廓，上方有一道粗短的闪电，以简单的几何形体表示，仿佛锯子一般嵌入桅杆顶端。

"引擎中流过一股巨大的能量。他为引诱和牵引恐兽而装配的魔法控制设备的功率急速上升，瞬间便将机器烧毁了。船身猛地一歪，悬挂钓钩的吊臂与绞盘绷得紧紧的，底下的海水骤然涌起。

"他钓到一头恐兽，奥姆说。它浮了上来。"

贝莉丝沉默下来。她翻看着书页，默念奥姆的文字。

五英里深的水底响起一声尖啸，海洋也随之震颤，无数海水滚滚上涌，推开表面的波浪，船犹如一粒尘埃般摇荡颠簸，恐兽浮出水面，遮蔽了地平线。

就这些而已。没有对怪物的描述。左边插图页是空白的。

"他看见了恐兽，"她平静地说，"等到看清它有多大，他意识到，用钓钩和魔法只能将其引上钩。他原以为能像钓鱼一样收线……但不可能。恐兽轻易就挣脱了锁链。它再次下潜，海面上变得空荡荡的。他又只剩独自一人，而且还得远渡重洋，才能返回家园。"

贝莉丝想象着那副场景，并为之动容。她仿佛看到一个垂头丧气，浑身被海水浸透的身影，在依然肆虐的风暴中爬起来，跌跌撞撞地穿过甲板。他的船准备不够充分，马达濒临熄火。他重新发动引擎，在饥饿与疲惫中缓缓返航，而在此过程中，他始终只有孤身一人。

"你觉得可信吗？"赛拉斯说。

贝莉丝将书翻到最后一部分，递给他看。书页上布满稀奇古怪的数学符号。

"最后二十页全是方程式、魔符，或者指向同行著作的索引。奥姆称之为数据附录。要翻译这些内容几乎不可能。我无法理解——都是些高等理论、深奥的算法，但其精细程度令人难以置信。如果是作假，没必要搞得这样复杂。奥姆所做的……他核查所有细节——日期、魔法、科技……弄清了实现方法。这最后一部分……是讲解阐释，是科学论文，说明了要如何才能召唤出恐兽。

"赛拉斯，这书在上一轮的柯泰山雀年完成并出版。也就是二十三年前。另外，这也说明丁丁那布伦和他的同伴们搞错了——他以为奥姆的著作来自上世纪。它在格努克特的柯涅德印制，带有识万灵出版社的铭记。你应该猜得到，图书馆里柯泰语著作并不多，其中大部分还是普通柯泰语。但也有一些古柯泰语，我全都查过了。识万灵社出版的古柯泰语书籍，都是哲学、科学、古文、智能仪器之类的。

"识万灵社显然认为这本书具有一定水准，赛拉斯。假如这是造假，那它骗过了一家专业科技出版社，同时也骗过了，哦，见鬼，骗过了舰队城里最有才智的头脑。

"疤脸情侣的科学家们还在看哪些书，赛拉斯？ 我朋友约翰尼斯的《巨兽学》。他的另一部著作，关于跨位面生物。有关水的基本理论，海洋生态学。他们痴迷地寻找这本小册子，也许丁丁那布伦和他的猎人们见过其他一些著作中提及此书，却死活也找不到。嘉罢在上，这些情况，你怎么想？

"赛拉斯，我看了这本东西。"贝莉丝逼使他望着她的眼睛，"这是真材实料。讲的是如何召唤恐兽，如何控制它。蚊族人奥姆在文中说……恐兽轻而易举就挣脱了控制。"她俯身向前。

"但他只有孤身一人，而舰队城是一座城市。他搜集旧蒸汽引擎，舰队城却拥有整片的工业区。城市底下有巨大的锁链——这你知道吗？你认为他们打算拿它做什么用？舰队城还有'高粱号'。"她等待他消化理解，然后看见他脸色微变，"这座城市拥有数百加仑该死的岩乳，赛拉斯，并且有能力获取更多。天知道他们能用这些鬼东西搞出什么样的魔法。

"疤脸情侣认为，虽然奥姆失败了，他们却可以成功，"她简要地说，"他们要去那个地洞，召唤出恐兽，把它跟舰队城套在一起。他们打算控制它。"

"还有谁知道这本书？"赛拉斯说，贝莉丝摇摇头。

"没人知道，"她说，"除了那个叫谢克尔的小伙。他不清楚这是什么，也不明白其中的含义。"

你把它带给我是对的，贝莉丝当时说。让我来看一下，要是真有什么用的话，就立即交给丁丁那布伦。

她想起谢克尔的不安与担忧。他经常造访丁丁那布伦的"海狸号"，去跟安捷文约会。贝莉丝知道，他没把书直接带过去是因为害怕犯错，对此，她感到颇为同情。他的阅读仍不够纯熟，眼前这本书显然非常重要，面对这样一件物品，他失去了自信。他看到克吕艾奇的名字，观察其中的字母组合，然后对照从丁丁那布伦的纸片上抄下来的名字，发现它们是相同的，然而，然而他还是不敢确定。

他不想出丑，也不想浪费别人的时间。他把书带给亦师亦友的贝莉丝，让她核实确认。贝莉丝知道，此物能助她一臂之力，于是无情地将它夺走。

疤脸情侣要带领他们前往南方海床中的一道裂隙，恐兽或许将从那里出现。他们条件齐备——相关的科学家，提供魔法能源的钻台——如今正向着目标前进。与此同时，专家们保持紧密的合作，以便完成计算，解开召唤的秘密。

赛拉斯和贝莉丝很快就想到了这些。他们已经达成目标，已经了解疤脸情侣的计划，并有望找出舰队城的目的地。意识到这一点之后，他们开始激烈地讨论，如何利用已知的信息逃离。

我们在干什么？贝莉丝沉默地思索着。又一个夜晚，坐在这间枯燥乏味，由烟囱改造而成的小圆屋里，互相感叹着，哦，天哪，哦，天哪。揭开一层秘密之后，底下又有更多困扰，更多棘手的状况，我们无能为力。她仿佛想要疲惫地呻吟。我不要再思考下一步计划，她心想。我只要立即行动。

她用手指敲击着书中的字母。除了她，能读懂这些文字的人寥寥无几。

看着这种古老的语言，她心中隐隐泛起令人不快的怀疑。她感觉就像那天晚上在餐馆里一样，当时，约翰尼斯告诉她说，疤脸情侣已用到他的书。

牵引城市前进的是一支以拖船为主的舰队，它们持续不断的轰鸣已然成为背景噪音，虽然不为人所注意，却从未间断。舰队城日日夜夜、每时每刻都在缓缓往南前进。尽管勤勉努力，步伐却极其缓慢，还不如人爬得快。

但随着时间在煎熬中缓缓流逝，舰队城确实在移动。人们逐渐脱掉大衣和羊毛裤。白昼依然很短，但舰队城平静而毫无征兆地进入了温带海洋，并继续朝着更为暖热的水域前进。

舰队城的植物——一片片小麦与大麦，甲板上的草地，古老的石块与金属间丛生的杂草——感受到了气候的变化。它们时刻汲取着热量，在杂乱的季节变迁中维持生计。它们开始迅速萌芽生长。公共林地里的气味变得更为浓郁；绿色的植被中开始呈现出坚韧细小的花朵。

每天都有更多鸟儿飞过头顶。海盗船路过的温暖水域中常有新的彩色鱼群出没。舰队城的春天往往都是偶然出现，毫无规律可循。为了迎接新一轮的春季，众多小神庙纷纷举行庆典仪式。

坦纳见到锁链之后没多久，便琢磨出了舰队城的计划。

当然，他不可能了解细节。但即使在上浮过程中，不寒而栗的感觉逐渐沉淀，他仍然记住了见到的景象。他闯到禁止靠近的舰船底下，进入障眼法术的核心范围。如此庞然大物，他一开始甚为困惑，但那东西逐渐现形，他意识到这是一根长达五十英尺的锁链。

头顶上的"雄伟东风号"仿佛是一片狭长而险恶的乌云。船底用来固定金属环的铆钉年代久远，个头比人还要大。船壳上布满许多世纪以来附着生长的生物，坦纳看到另有一个与船壳平行的铁环，与第一环互相嵌套。再往远处是一丛海藻，而魔法作用之下的海水也模糊了他的视线。

城市底下存在巨大的锁链。了解这一点之后，他很快便猜出了他们的计划。坦纳·赛克惊讶之余，也略有一点儿沮丧。码头上的人们谈话中总是透着若隐若现的神秘感，他意识到自己已经明白其中的秘密。他们焦躁不安，时不时挤眉弄眼地交换眼色，究其缘由，就是因为这个未曾公诸于众，却涵括了所有人辛苦劳作的计划。

我们打算从海底诱出某种东西，他冷静地思索着。是动物吗？捕捉海蛇、巨型乌贼，或者天晓得什么怪物，然后……然后怎么办？它能拖动舰队城吗？就像海蛟拉船那样？

应该差不多吧，他心想。不论细节如何，其规模之大，令他愕然，但他既不害怕，也不反对。

为什么要对我这样的人隐瞒呢？难道我不够忠心？

坦纳过了好些天才从恐鱼的攻击中恢复过来。他的睡眠很差，常常惊出一身冷汗。他记得那个肚子被撕裂的人，记得手指抓到肠子的感觉。虽然他从前也曾见过或摸过死人，但那具尸体的眼睛尤其恐怖，往后的数天里一直折磨着他。骨鱼以排山倒海之势扑来的记忆，他也挥之不去。

工友们都敬重他。"你已经尽力了，坦纳老兄。"他们对他说。

两天后，坦纳回到嘉水区与焦耳区之间的水池游泳，舒缓一下皲裂的皮肤。他望着水中的男男女女；在舒适的气温中，游泳的人增多了。另有一些海盗城公民在两侧观看，惊叹于游泳技巧之精深。

坦纳看到，在人们生硬的踢腿与挥臂动作中，水珠飞溅而起，水面被搅得支离破碎。每当游泳者一猫腰，钻入深水中不见踪影时，他发现自己会不安地抽搐。他看不见他们，也看不见底下的情况。他走向前，打算跳下水，但胃里一阵翻腾。

他很害怕。

太晚了，他近乎歇斯底里地告诉自己，太晚了，伙计！你的身体已经完成改造！你必须生活在该死的水里，再也不可能反悔。

他面对着双重恐惧：既害怕海洋，又担心惧意会将他桎梏于岸上，变成一个怪胎，长着鳃蹼，却不敢游水，只能活在空气里，皮肤剥落，触须糜烂，鳃也干燥得难以忍受。于是他强迫自己下水，海水令他舒缓，也带来一丝安宁。

这实在太难了，他睁开眼，迫使自己低头俯视日光漫射下的那一片蓝色。他知道，自己很可能再也见不着水底的岩石，只能望着深邃的海水，回想食肉怪物甩着尾巴逐渐游出视野的景象。

尽管面对骇人的困阻，他仍继续游泳，感觉有所好转。

在谢克尔的坚持下，安捷文同意让坦纳修整她的金属炉膛。她仍然不太自在。为了让他操作，必须熄灭火炉，因此她变得无法移动。这是她多年来第一次允许此种情况发生。她一向害怕熄火。

他像摆弄普通引擎一样，兴致盎然地敲打管道，转动扳手。直到他抬起头，看见她紧紧握住谢克尔的手，连指关节都失去了血色。

坦纳意识到，上次有人伸手进入她的炉膛，是在接受人体改形的时候，于是他的动作变得较为轻柔。

不出所料，她的引擎型号古老，效率低下。她需要更换引擎。他简明扼要地告知安捷文之后，便在她的惊呼声中开始拆卸。

最后，她安静下来（反正已经来不及回头。他略带残酷地解释说：假如现在停手，她就一辈子别想动了）。数小时后，他完工了，一翻身从底下钻出来，浑身覆满油污和汗水。他在改装后的炉膛里点着燃料。显然，她立即就能感觉到区别。

他们俩都既疲惫，又尴尬。引擎里的压力逐渐增加，安捷文开始挪动，并感受到坦纳给予她的额外动力。她又查看了一下炉火，发现煤炭可以维持更久。她意识到，他还真帮了不少忙。然而当她向坦纳致谢时，双方都很不自在，两人懦懦的低语声交错重叠。

稍后，坦纳泡在一缸海水中，思索自己所做的事。她无需再忙乱不停地搜集每一块燃料。她的头脑获得释放：不用整天惦记着炉膛，不用半夜三更醒来添加燃料。

他绽出笑容。

当时，坦纳刚一站起来，就注意到她的机身上多了一道刻痕，大概是扳手或螺丝刀划的。他在生锈的铁皮上刮出一条伤疤。安捷文总是努力保持金属部件的洁净，因此坦纳的划痕显得尤其突出。他不安地挪动脚步。

安捷文见状，恼怒地板起脸。但过了片刻，她来回滑动，感受到蒸汽的作用，她的表情变了。谢克尔在门口等安捷文。临走前，她移到坦纳跟前，平静地与他交谈。

"别在意那道划痕，嗯？"她说，"你的手艺太棒了，坦纳。至于那印迹……就当是改造的一部分吧，嗯？新生命的一部分。"她露出转瞬即逝的笑容，然后头也不回地离开了。

"哦，不客气，嘉罢在上，"坦纳一边回忆，一边自言自语，愉快和窘迫兼而有之，他在水中往后一靠，"为了那小伙，没错。这都是为了那小伙。"

舰队城的鬼影区内，大大小小总共只有十艘船，拴在城市前方的角落里，跟枯瀑区和"商贾之王"弗列德里希的底安信区相毗邻。

"商贾之王"弗列德里希的统治以暴力和重商为特征，他的臣民基本上对隔壁那些古怪的船只不予理会，只专注于自己的集市、竞技场和贷款。然而在枯瀑区，鬼影区的险恶影响悄悄越过狭窄的海面，污染了布鲁寇勒的领地。与那些弃船相邻的枯瀑区船只也变得阴沉压抑。

与底安信区不同，枯瀑区公民无法忘记恐怖的鬼影区就在身边。其原因大概是由于布鲁寇勒及其一班血族副手的存在，使得枯瀑区居民对亡者和异死族更为敏感。

鬼影区里经常发出神秘的噪音：风中隐约的低语声，沉闷的马达运转声，物体之间的摩擦声。有人断言，那都是幻觉，是风和旧船上奇特的建筑结构造成的。很少有人相信这个理论。时而会有一群胆大妄为的家伙——毫无例外，都是新近被劫持来的——登上那些船，数小时后，他们再次出现，嘴唇紧闭，脸色苍白，拒绝开口说话。当然，也有些时候，他们再也不曾回来。

据说有人曾经尝试将那十艘船剥离舰队城，并凿沉它们，将鬼影区从城市地图中抹去，但他们失败了，结局令人惊惧。大多数居民对这片安静的区域充满迷信：他们害怕极了，强烈反对任何企图将它移除的计划。

鸟群不愿在鬼影区的船只上降落。古老的桅杆和残桩映衬在天际之下，再加上腐朽而覆满污渍的船身和褴褛的船帆，这一切给人以荒凉废弃的感觉。

若是要寻找一个僻静场所，可以去枯瀑区和鬼影区的边界。

在夜晚清凉的毛毛细雨中，有两个人单独站立于一艘快帆船的甲板上。

他们前方三十米处，有一艘古老而窄长的划桨船，随着舰队城永恒的波动与海风吱嘎作响，船上既没有人，也没有灯光。连接这条船和快帆船的桥腐朽凋落，并用锁链拦死。这是鬼影区最靠前的一艘船。

遥远的嘈杂声自那两人身后传来，市中心有戏院和舞厅，也有蜿蜒曲折、穿越若干船体的商铺长廊。快帆船本身寂静无声。甲板上的一排帐屋大多无人居住。而此地为数不多的居民意识到甲板上是何等人物之后，都小心翼翼地躲藏起来。

"我很疑惑。"布鲁寇勒平静地说，他并没有看着对方。他那平静嘶哑的嗓音刚刚能够让人听到。他的视线越过划桨船，望向漆黑的海洋，迎面而来的风雨将他蓬乱的头发吹向脑后。"解释一下吧。"他扭头望向乌瑟·铎尔，并扬起眉毛，显出略微惊讶的表情。

两人在公开场合向来针锋相对，但此刻没有保镖，没有军警，也没有旁观者见证这番对话，紧张的气氛消失了。他们的肢体语言中只剩下少许谨慎，仿佛初次会面。

"我又不是不了解你，乌瑟，"布鲁寇勒说，"我们也不是没有合作过。我真心诚意地信任你。我相信你的直觉，了解你的想法。我们彼此都明白，之所以你是他们的人……而不是我的，真该死，完全是出于……机缘巧合。"他的语调中有一丝轻微的遗憾。

布鲁寇勒苍白的眼睛凝视着乌瑟·铎尔。他用分叉的长舌舔了舔空气，然后继续说下去。

"告诉我，伙计。告诉我究竟是怎么回事。真见鬼，你不可能支持这种愚蠢的主意吧？是真的吗？是你让他们产生这个念头的？要不是你提示，他们绝对想不到吧？"他一边说，一边稍稍俯身凑近。

"这不是为了争权夺利，乌瑟。你知道的。我才不在乎由谁来统治舰队城。我只要枯瀑区就够了。嘉水区向来是最强大的，这我也没意见。甚至也不是因为恐兽。见鬼，我要是认为行得通的话，也会跟你立场一致。我不像圆屋区那帮混蛋，整天唠叨什么'违背自然'、'玩弄致命力量'之类的废话。见鬼，乌瑟，假如我觉得跟恶魔交易能增强舰队城的实力，难道你以为我会反对？"

乌瑟·铎尔瞥了他一眼，脸上的表情第一次起了变化，仿佛被逗乐似的，但又有所克制。

"你是异死族，布鲁寇勒，"他用歌手一般的嗓音说道，"要知道，许多人都认为你早就跟地狱一族有过交易。"

布鲁寇勒不予理会，接着说，"我反对是因为我们俩都清楚，这件事不仅仅止于恐兽。"他语气冷淡。铎尔移开视线。那天夜里看不见星光，也看不见地平线：海洋与天空在一片漆黑中互相融合。"用不了多久，其他人也会看出来。谢德勒区或许会唯命是从，哪怕海水煮开了锅也不管。但你觉得焦耳区和书城一旦发现计划的真相，还会继续追随疤脸情侣吗？乌瑟，你们在制造叛乱。"

"亡者……"铎尔开口说道，然后凝重地停顿片刻。铎尔是城里唯一使用这种异国敬称的人。这一称谓来自他的故乡。"亡者布鲁寇勒。我是疤脸情侣的手下。这你知道的，你也明白其中的原因。虽然是出于偶然，但改变不了事实。我是一名战士，布鲁寇勒。一名出色的战士。假如我认为他们办不到——假如我认为计划不可行——我也不会支持。"

"胡扯。"布鲁寇勒的声音严厉而低沉，"诸神在上，真他妈该死，乌瑟，这……这是谎言。你记得吧，你应该还记得吧，我是怎样发现他们打算用恐兽来干吗的？"

"密探。"铎尔淡淡地说道，视线再次与他相交。

布鲁寇勒不以为然。"密探只能发现一点儿蛛丝马迹。别自欺欺人了。我之所以知道，是因为你告诉了我。"

铎尔的眼神变得冷峻而犀利。

"这是诽谤，我不允许你再重复——"他说，但布鲁寇勒的笑声打断了他。

"瞧瞧你自己吧，"他质疑地催促道，"你以为是在跟谁说话？别他妈再自以为是了。你知道我的意思。你当然没有主动透露信息，甚至根本没承认什么。但是真见鬼，乌瑟，当我发现情况，前来找你理论时，你……没错，你非常专业，不可能泄露对自身不利的信息。但假如你想误导我，让我以为是搞错了，那完全办得到。

"你没那样做，我很感激。好吧，假如你打算玩这种毫无意义的把戏，拒不承认我们彼此都清楚的事实，既不愿证实我的怀疑，也不予以否定，那……那也行。你就继续保持沉默吧。

"事实无法改变，乌瑟。"布鲁寇勒心不在焉地抠下护栏上的碎木片，任其飘落至黑暗之中，"是你让我知道的，这一事实无法改变。你很清楚，就算我告诉其他区的首领，他们也不会相信。我只能把你的情报闷在肚子里。我猜你也明白那是个愚蠢而危险的计划，你不知该如何是好，因此想要一个盟友。"

铎尔露出微笑。"你就这么自负？"他轻描淡写地说，"你就这么有信心，可以将任何谈话、任何误解化为己用？"

"记得利刃魔像吗？"布鲁寇勒突然说，乌瑟·铎尔沉默下来，"还有雾风平原？我们一起经历的那些事？这座城市欠我们的情。不管他们承不承认、知不知情，拯救舰队城的是我们。那时候该死的疤脸情侣跑哪去了？只有你……和我。"

海鸥声声啼鸣。舰船之间风声呼啸，鬼影区传出吱吱嘎嘎的音响。

"在那期间，我学会很多事，乌瑟。"布鲁寇勒平静地说，"我学会了如何解读你。我了解你。"

"真该死！"乌瑟·铎尔面对着他，"你竟敢跟我倚老卖老？我和你立场不同，布鲁寇勒！我不赞同你的观点！明白吗？我们有共同的历史，没错，基力亚德为证，我不会欣然向你发起攻击，亡者，但是……仅此而已。我是一名副手，而你从来就不是我的首领。今晚我应你的要求来到这里，只是出于礼节而已。"

布鲁寇勒把手放到嘴边，注视着铎尔。他的长舌在指间忽隐忽现。然后，他垂下手，显得很悲哀。

"地疤并不存在。"他说。接着是一阵沉默。

"地疤并不存在，"他重复道，"就算宇宙学家搞错了，它确实存在，我们也找不到在哪里。万一奇迹出现，真被我们找到了，那你很清楚——你最清楚不过——那意味着我们的末日。"

他指了指悬在铎尔左侧的剑鞘，然后又指向他右边的袖子，那里布满血管似的网丝。

"你知道的，乌瑟，"布鲁寇勒说，"你知道从那种地方涌出的能量有多强。你知道我们应付不了。无论你诱使那些蠢货怎样想，你比谁都清楚。那意味着我们所有人的末日。"

乌瑟·铎尔低头看了看他的剑。

"不是末日，"说着，他出人意料地露出灿烂的笑容，"不是那么简单。"

布鲁寇勒摇摇头。

"你是我所认识的最勇敢的人，理由数不胜数。"他的语气抑郁而惋惜，"因此，面对你的这一面，我感到很困惑。如此畏缩怯懦，如此缺乏勇气。"铎尔一动不动，毫无反应，而布鲁寇勒也不像是在调侃。"乌瑟，你有没有说服自己，最勇敢的事就是不管形势如何，都要尽忠职守？"

他摇摇头，眼神中带着怀疑。"你是受虐狂吗，乌瑟·铎尔？是这样吗？自我贬值就能使你变得更强？当那两个满脸是疤的混蛋向你发号施令，而你又知道这是愚蠢的指示时，你是不是会勃起？当你盲目遵从他们的指示时，你会不会自慰，会不会来高潮？哦，老天，你的鸡巴大概都已经搓掉了一层皮，因为你要执行的命令全都疯狂到了极点，你心里很清楚。

"我不允许你执行这些命令。"

铎尔纹丝不动地注视着布鲁寇勒转身大步离开。

血族的身躯裹在一团黑影里，很快便消失于魔法迷雾之中，脚步声也趋于安静。空中一阵瑟瑟的摩挲声，甲板上方，古老的索具微微震颤，有什么东西一掠而过。

铎尔的眼睛追踪着空中的噪音。当周围一切全都静止下来，他才转回身，手扶剑柄，面对着海洋和鬼影区。

第十六章

凭着地图册和探险书籍，贝莉丝与赛拉斯绘出格努克特、塞梅克和铁海湾的地形图。他们要找出回家的路线。

疟蚊岛在地图中未曾标出，但通过分析仙人掌族商人的故事，他们推算出，它距离格努克特的最南端约有一两百英里。格努克特岛北岸的文明区域与其最南端相距一千英里左右。而从北岸到新科罗布森又有将近两千英里。

贝莉丝知道，在新科罗布森的泉树码头，柯泰船只有多罕见。她在政治经济书籍中搜寻，追溯出一条商路，从底尔沙摩开始，经由格努克特、尚克尔、曼陀罗群岛、佩里克岛、米尔朔克，最后，通过迂回曲折的路线，或许能够抵达新科罗布森。

"一旦到了蚊族岛，我们与新科罗布森之间的距离，差不多就跟原本要去的破殖民地一样远，"贝莉丝苦涩地说，"而且中间隔着数千英里未知水域，尽是些地图上没有的地方和乱七八糟的传说。我们位于一条漫长的贸易链尽头。"

他们所有的空闲时间都伏在贝莉丝的圆柱形房间里，对窗外的噪音、日光或灯光一概不予理会。她一边使劲吸烟，一边抱怨舰队城的船上生长的烟草口味太差。两人不停地记笔记，翻查旧书，试图利用窃取的情报找出逃跑的方法。

之前，他们努力打探舰队城的秘密。现在秘密已经解开，但他们逐渐意识到，即便掌握这一信息，也不一定回得了家，这令他们十分错愕。

*只要能找出我们的位置……*贝莉丝心想，然后她不安地意识到，这座该死的城市不可能停靠或者公然途径柯涅德之类的港口。就算真有可能，她仍需奋力从城中逃脱，到达海岸，然后去码头找一艘船，再次穿越海洋，回到家乡。这根本难以办到。

*让我去岸边吧，*她心想。*到了岸上，没准可以说服别人帮我，或者偷一艘小船，或者潜入其他舰船，或者……想别的办法……*

但她上不了岸。即使可以的话，她也知道，所有这些方案或许都无法实现。

"谢克尔今天来找我，"她说，"他把那本书交给我已经快一星期了，赛拉斯。他问我那是什么，是不是丁丁那布伦要找的。我告诉他说，很快就能确认。"

"时间不多了，"她忧心忡忡地说，"用不了多久，他就会克服胆怯，告诉其他人。他有个码头工人朋友，对疤脸情侣忠心耿耿。而他本身则忠于该死的丁丁那布伦，嘉罢在上。

"我们必须行动，赛拉斯。我们必须作出决定。我们必须决定怎么办。等到他告诉朋友们，他找到了克吕艾奇·奥姆的书，护卫团立即就会来到这里。然后，他们不仅会拿走那本书，而且还会知道我们把它私自扣下。诸神为证，我可不想进舰队城的监狱。"

很难判定疤脸情侣对召唤恐兽究竟了解多少。他们肯定略有所知——地洞的位置，引擎和魔法所需的规模，也许还有一部分科学原理。但他们指定要找克吕艾奇·奥姆的著作。

那是成功召唤并捕获恐兽的唯一描述，贝莉丝心想。他们知道地点，但我敢打赌，仍缺少很多信息。他们准是认为，可以把线索拼凑起来。只要时间充足，或许能够办到。但我确信，这本书能让事情大大简化。

她竭力扼制某些愚蠢的念头，例如要求拿这本书来交换自由。她明白这肯定行不通。在沮丧中，希望渐渐远去，她感到心灰意冷。

绝望之下，她轻率地跟凯瑞安妮谈起逃跑。她将所有疑问和想法通过以"假如"开头的句式来表达，显得既不明智，又缺乏说服力。她问凯瑞安妮，是否想过离开这座城市。

凯瑞安妮咧嘴一笑，友善与残酷兼而有之。"想都没想过。"她说。

她们在枯瀑区的一家酒馆里，凯瑞安妮作势环顾四周，然后转回头，压低嗓音对贝莉丝说，"当然有。但我回去能干什么呢，贝莉丝？何必冒这个险？要知道，每隔几年，就有被劫持的人企图逃跑。一艘小船，或者别的什么方法。他们每次总是会被阻止。"

只有你听说的人，贝莉丝心想。

"然后他们怎么样了？"她说。

凯瑞安妮低头看着酒杯，稍过片刻，她重新抬起头，望向贝莉丝，再次露出严酷的笑容。

"有一件事舰队城的所有首领一致同意，"她说，"包括疤脸情侣，布鲁寇勒，'商贾之王'弗列德里希，布拉基诺德，圆屋议会等。舰队城不可以被发现。当然，总有一些水手知道我们在海洋中的存在，还有像底尔沙摩那样的社群与我们交易。但被某些强大的势力发现——比如新科罗布森？那些希望把我们从海上抹去的势力？企图逃走的人都会被阻止，贝莉丝。不是被抓住，你懂的。是被阻止。"

凯瑞安妮拍了拍贝莉丝的背。

"老天，不要显得这么惊讶！"她热诚地说，"别告诉我，你真有那么吃惊。要是他们回到家乡，把不该说的都说了，然后你们的人控制了舰队城，你知道那会是什么情形？只要随便问一个从奴隶船上逃出来的改造人，看看他们对新科罗布森舰队有多忠诚就知道了。或者去问到过新艾斯培林的人，他们见过当地土著的命运。有些水手曾经遇到挥舞着特许证的新科罗布森掠私者，你也可以去问他们。你认为我们是海盗，贝莉丝？还是闭上嘴，喝你的酒吧！"

那天夜里，贝莉丝头一次喃喃自问，要是她和赛拉斯回不去怎么办。她承认这种可能性，并以此作为激励。

然而她意识到，自己能否逃脱并非唯一的考量，一种平静的恐怖攫住了她。假如我们逃不掉怎么办？她冷静地思索。那就算了吗？就这样盖棺定论？

赛拉斯正注视着她，脸色阴郁而疲倦。贝莉丝望着他，一时间仿佛又鲜明清晰地看到家乡城市中的塔尖、集市和破旧的砖房。她回忆起自己的朋友们。她又在想念新科罗布森。春天里浓郁的树液味；年底时分的寒冷纠结；而在"嘉罢之晨"的庆典上，人们穿着代表虔诚的服侍，手持灯笼排成一串，围观的人群一边吟唱，一边推搡着游行队伍。还有每天午夜的街灯。

新科罗布森即将发生战争，与成戈利斯之间的残酷战争。

"必须把消息传给他们，"她平静地说，"这是最重要的事。不管我们能不能回去，都得给予他们警告。"

如此一来，她已然放弃了那无法达成的目标。尽管痛苦沮丧，但她心中不再那么狂躁。此刻她所提议的计划更为踏实，更为系统，成功的可能性也更大。

贝莉丝意识到海德里格是关键。

这名高大的仙人掌族既是说书高手，又是飞艇驾驶员，关于他有许多故事。纷乱的传闻中有真相，也有谎言。谢克尔曾经讲得气都喘不过来，但有一件事牢牢刻在了贝莉丝记忆中：海德里格到过蚊族人所在的岛屿。

这有可能是真的。他曾是底尔沙摩的海盗商人，众所周知，他们是唯一与蚊族进行定期贸易的集团。他们体内流的是树汁，而非血液，不适合吸食，因此在交易时不必担惊受怕。

他也许记得一些事。

这一天，天气闷热，贝莉丝从出门上班起就开始冒汗。尽管她身材消瘦，到了一天将尽，仍感觉浑身都是赘肉。细雪茄的烟雾围绕着她的脑袋，仿佛刺鼻的帽子，就连舰队城永不停歇的海风也无法给她带来清爽的感觉。

赛拉斯在她房间外面等着。

"是真的，"他既严肃又兴奋地说，"海德里格到过那儿。他记得。我知道底尔沙摩的商人如何运作。"

他们的地图将变得更精确，关于那座岛的知识也不会再如此贫乏。

"他很忠心，我是说海德里格，"赛拉斯说，"所以我得小心行事。不管对执行的任务是否赞同，他毕竟是嘉水区的人。但我能从他嘴里套出情报。这是我的活儿。"

即使算上从海德里格处得知的情况，他们也只是具备了一堆互不相关的事实。他们将这些信息反复排列重组，像扔游戏棒那样让它们随意组合，看看能否有什么灵感。贝莉丝在抛开了对自由的急切幻想之后，开始看清现实中的逻辑规律。

最后，他们定出一个计划。

这一计划如此松散，如此模糊，却是他们唯一的手段，这着实令人不堪承受。

他们烦躁地静坐于沉默之中。贝莉丝听着周而复始的波涛声，看着雪茄的烟雾在窗前弥漫，遮掩住夜空。此情此境忽然令她心生厌恶：她似乎被困住了。她的生命缩减到只剩这一连串的夜晚，不停地抽烟，不停地搜肠刮肚寻找方案。但现在出现了转机。

这样的夜晚，今天过后也许不必再有。

"我痛恨这计划，"赛拉斯最后说道，"简直痛恨极了，谁让我不会……但你能行吗？你的责任很重啊。"

"不行也得行，"她答道，"你不懂古柯泰语。还有别的办法让他们带你去吗？"

赛拉斯咬着牙，摇了摇头。

"但你呢？"他说，"你的朋友约翰尼斯知道，你并不是舰队城的模范公民，对吧？"

"我可以让他消除怀疑，"贝莉丝说，"舰队城里会柯泰语的人并不多。但你说得对，他是唯一的障碍。"她一时间沉默下来，最后，若有所思地继续道，"我想他应该没向他们告发。他要是想找我麻烦，怀疑我是……危险人物，那我这会儿可没这么安宁。我想他大概有那么一点儿……荣誉感，所以没把我的事说出去。"

不是这么回事，她一边说，一边就已经在想。你知道他为何不去告发你图谋不轨。

不管你乐不乐意，不管如何跟他闹翻，也不管你怎么看他，他仍然当你是朋友。

"等他们看完这本书，"赛拉斯说，"意识到克吕艾奇·奥姆并非来自柯涅德，甚至有可能还活着，也许会不遗余力地寻找他，但……要是他们不去找，那可怎么办？"

"必须把他们引到那座岛上，贝莉丝。不然的话就没辙了。要让他们上钩不是件容易的事。你知道要带他们去哪里，也知道那儿有什么。剩下的就交给我——我会把所需的物品准备好。我有印鉴，可以写一封信。这我能做到。但是，真该死，除此之外我也无能为力。"他语带苦涩，"如果不能把他们引到那座该死的岛上，那就一点儿希望都没了。"

他拿起克吕艾奇·奥姆的书，缓缓翻页。他翻到数据附录，举在贝莉丝面前。

"这些你翻译过了，对吗？"他说。

"能翻的我都翻了。"

"他们从没想过会发现这本书，但仍然认为有可能召唤出恐兽。要是把这个给他们——"他把书页晃得像翅膀一样挥舞，"——也许能帮他们解决所有问题。也许他们只需查看这一部分，解开其中的秘密，了解其含义，利用你，利用律格院和雄伟东风号的所有译者与学者……没准召唤恐兽所需的信息全都在这里面。我们等于把最后一块拼图交给了他们。"

他说得对。假如奥姆所言属实，所有数据、资料与配置全都包含在那些书页中。

"但要是没有这本书，"赛拉斯继续说，"我们就一筹莫展。就没法把你推荐给他们，也没法诱使他们上岛。他们将会利用现有的一切，直接按计划行事，最终说不定也能把恐兽给召唤出来。他们什么都没有也就罢了，但如果我们只交出一部分，他们一定会想要全部。我们得把这件礼物转化成……诱饵。"

片刻之后，贝莉丝明白过来。她撇撇嘴，猝然点了点头。"好，"她说，"把书给我。"

她翻到数据附录，稍稍犹豫，考虑如何下手。

最后，她耸耸肩，随意撕扯下一叠纸。

最初那一阵奇特的快感过后，她变得更为谨慎。必须让它看起来像真的。她回忆曾经见过的受损书籍，想象它们遭受了何种灾难。水与火？霉菌？这些都不可能完美模仿。

那就用硬伤吧。

地板的接缝部位有一颗钉子，她将附录翻开摊平，按到钉子上，然后在上面踩踏，使劲地踢。钉子嵌入方程与注释之间，将它们撕裂，搓成皱巴巴的一团。

非常完美。附录前三页是术语的论述与定义，接下去的纸页全被连根撕掉，只剩下参差的边缘处有少许残缺的文字，看上去就像因粗心而造成的意外事故。

他们一边焚烧附录，一边窃窃私语，仿佛顽劣的幼童。

没过多久，纸张化作烟尘，飘入舰队城中，随风消散。

*明天我们就行动，*贝莉丝心想。*从明天开始。*

风来自南方。舰队城烟囱里的烟柱逆着前进的方向倾斜。

贝莉丝站在"暗影杀手号"的甲板上，背对着城市，望向远方，那感觉就像是在一艘普通的船上。

这条快帆船位于嘉水区外围，人们居住在底下原本的舱室里。甲板上没有建筑。"暗影杀手号"是镶铜的木结构船，到处悬挂着绳索和旧风帆。它没有酒馆、咖啡室和妓院，甲板上也鲜少有人逗留。贝莉丝凝望着海洋，就像搭载帆船出海的一名乘客。

她独自站立良久。

海水在汽灯照射下闪着微光。

最后，到晚上九点多一点，她听见匆忙的脚步声。

约翰尼斯·提尔弗莱站在她跟前，脸上的表情难以揣测。她缓缓地朝他点点头，然后叫出他的名字。

"贝莉丝，真抱歉，我来迟了，"他说，"仓促间收到你的消息……我没法重新安排一切，只能尽快赶来。"

*真的吗？*贝莉丝冷冷地寻思。*还是为了惩罚我，迟到近一个小时？*

然而她发现，他的语气确实显得很懊恼，他的笑容犹疑不定，但并不冷酷。

他们漫无目的地在甲板上走动，逐渐靠近狭窄的船头，然后又折回来。他们的对话很尴尬，争吵的记忆依然沉甸甸的。

"你的研究怎么样了，约翰尼斯？"贝莉丝最后说道，"我们快要……到目的地了吗？"

"贝莉丝……"他恼怒地夹紧肩膀，"我以为你……该死，假如你让我来就是——"

她抬起双手，打断他的话头。长久的沉默中，贝莉丝闭起眼睛。等到她再次睁开眼，脸色和语气都趋于柔和。

"我很抱歉，"她说，"我很抱歉。事实上，你的话让我感到痛苦，约翰尼斯。因为我知道你说得对。"她勉强挤出这番话来，而他的表情依然很谨慎。"别误会，"她马上说道，"这地方永远不可能成为我的家。我是被劫持来的，约翰尼斯，我是被迫的。

"但是……但是，你说得对……我把自己封闭起来，对这座城市一无所知，为此我很惭愧。"他想要插嘴，但她不让，"最重要的是，我看到……这里有无尽的机遇。"她的声音变得充满激情。她语气一转，仿佛道出令人难堪的事实。"我对此地已有所了解，也见识了一些事……新科罗布森仍然是我的家，但你说得对，我跟它并没有必然的联系。我已经放弃回家，约翰尼斯，"她说道（她的胃里随即一阵抽搐，因为这跟事实相去无几），"我意识到，这里也有值得做的事。"

约翰尼斯似乎被说动了，面部表情有转变的迹象。据贝莉丝猜测，新冒头的表情应该是欣喜，她迅速截断了这一趋势。

"别指望我会喜欢上这鬼地方，嗯？但是……但是对于'女舞神号'上大多数人，对于那些改造人，遭遇这次打劫或许是最好的结果。至于其他人……这么说吧，我们应该接受现实。你帮我认清了这一点，约翰尼斯。我要对你表示感谢。"

贝莉丝脸上不动声色，但这番话在嘴里就像馊掉的牛奶（尽管她知道，其中并非全是谎言）。

贝莉丝一度考虑将真相告诉约翰尼斯，告诉他新科罗布森所面对的威胁。然而他这么快就跟舰队城和嘉水区结成同盟，她的震惊仍未消退。很明显，他对自己出生的城市并没有太多感情。但是，她心想，敌人是成戈利斯，他（**必定**）不会无动于衷。他在新科罗布森必定也有朋友和家人。对于这种威胁，他肯定不能漠不关心吧？

但他不相信怎么办？要是他不相信，认为她这是处心积虑企图逃跑，要是他把她交给疤脸情侣，揭露她所说的情况，引起他们的注意，那就等于浪费了唯一将消息传回去的机会，因为他们对新科罗布森的命运根本不在乎。

舰队城的统治者凭什么要关心一个遥远的国家呢？他们甚至可能欢迎格林迪洛的计划。新科罗布森的舰队实力强劲。贝莉丝不知道约翰尼斯对新首领有多忠诚，她不能冒险说出真相。

贝莉丝小心翼翼地等在"暗影杀手号"甲板上，她能感受到约翰尼斯那谨慎的喜悦。

"你觉得你们能办到吗？"她最后说道。

他皱起眉头。"办到什么？"

"你觉得你们能召唤出恐兽吗？"

他惊得目瞪口呆。她看得出他脑袋里思绪飞闪：怀疑，愤怒，恐惧。她也看出，一开始他打算撒谎，*我不明白你的话*，但这个念头很快便消退了，同时也将其他情绪一并带走。

不一会儿，他再次镇静下来。

"我想其实没什么好惊讶的，"他平静地说，"想要瞒住这种事，真是很荒谬。"他用手指敲击着栏杆。"说实话，我一直觉得奇怪，知情者似乎非常少。就好像那些知情的和不知情的人在共同密谋。你是怎么知道的？我想无论多么小心，无论用什么魔法，都无法隐瞒这么大一个秘密。用不了多久，他们就得和盘托出：已经太多人知道了。"

"你们为什么要干这件事？"贝莉丝说。

"因为能给城市带来好处，"他说，"所以疤脸情侣打算这么做。"他轻蔑地踢了一脚栏杆，然后竖起大拇指，着力地指了指右侧海面上的蒸汽船与拖船，它们集结在长长的锁链尽头，奋力牵引着舰队城往南前进。"瞧这些破东西的速度。每小时一英里？风大的话两英里？太可笑了。而且投入的油耗也很大，他们极少这么干。大多数时候，这地方只是随波逐流，在海洋里绕圈而已。但是想一想，要是能逮住那头怪兽，将带来多大的改变。他们可以随心所欲地移动。想象一下那种威力。他们将统治整个海洋。

"他们认为以前曾有人尝试过。"他揉了揉下巴，望向远处，"城市底下存在证据。那儿有锁链，被几百年前的魔法遮掩着。疤脸情侣……他们跟这里以前的首领不同。尤其是那女的。十多年前，乌瑟·铎尔成为他们的护卫之后，便带来一些变化。从此，他们开始执行这项计划。他们捎信给丁那布和他的伙伴，这些人是最厉害的猎手，不仅仅擅用鱼叉，而且还是科学家，研究海洋生物学，互相协作。捕猎恐兽的行动由他们负责已经好多年了。关于诱捕，没有他们不懂的。假如以前有人尝试过，他们应该听说过。

"当然，单凭他们自己，绝不可能抓到恐兽。但现在，他们掌握的信息之多，世上无人能及。你能想象吧，这件事要是成功了，对一名猎人意味着什么？所以，疤脸情侣有兴趣，丁丁那布伦和他的团队也有兴趣。"他望着贝莉丝的眼睛，脸上绽出微笑。

"至于我呢？"他说，"我有兴趣，贝莉丝，因为那是一头恐兽！"

他的热情仿佛儿童，如此突然，如此惹人厌烦，又如此具有感染力。他对工作的激情发自真心。

"必须坦白，"她谨慎地说，"连我自己都难以相信，我会这么说，这么想，但……但我理解。"她平视着约翰尼斯。"说实话，这是改变我对舰队城看法的原因之一。我刚发现关于恐兽的计划时，简直不知所措，我被吓坏了。"她摇摇头，搜寻合适的措辞，"但如今不同了。这是……这是最超凡的计划，约翰尼斯。我发现，我希望它成功。"

贝莉丝意识到自己的表现很不错。

"我关心这个计划，约翰尼斯。我从没想过，会对这里的事有一点点兴趣，但此项计划如此宏大，如此雄心勃勃……而我没准还能帮上忙……"约翰尼斯带着谨慎的愉悦注视着她，"我叫你来这里，跟我如何发现真相有关，约翰尼斯。我要给你看样东西。"

她把手伸进包里，掏出那本书交给他。

贝莉丝隐隐思忖，可怜的约翰尼斯今晚已遭遇如许多震惊，受到一波又一波冲击：她的主动联络，然后又与她见面，而她对这座城市的态度显然有所改变，并且还知道恐兽，现在再加上这本书。

他先是屏息凝神，诧异不已，然后发出阵阵惊叹，兴奋得喘不过气来，而贝莉丝始终沉默不语。

最后，他抬头望向她。

"你从哪儿搞到的？"他几乎语不成声。

她告诉他谢克尔的事，以及他对童书馆的热衷。她轻轻伸出手，把他捧着的书往回翻。

"瞧这些插图，"她说，"你能看出它为什么被放错书架。我怀疑城里没几个人懂古柯泰语。引起我注意的是这个。在这里。"她翻到船底下有个巨眼的那幅画。尽管她已见过这幅简单的图画不下数十次，此刻不经意间看到，却仍有一丝惊愕。

"告诉我真相的不仅仅是这些图，约翰尼斯。"她从包里抽出一大叠纸，上面都是她密密麻麻的字迹。"我懂古柯泰语，约翰尼斯，"她说，"甚至写过一本相关的书。"提起这件事，她心中又有些不快。但她不予理会，朝他挥了挥那叠稿纸。

"我翻译了奥姆的文字。"

这对约翰尼斯又是一个冲击，跟先前一样，他反应激烈，发出一串怪声。

这是最后一次了，贝莉丝心中盘算。她看着他在空旷的甲板上欣喜地手舞足蹈。惊喜到此为止。等他傻乎乎地蹦跶完之后，她开始带他往城里的酒馆走去。我们坐下来好好想一想，她冷静地思索。让我们一醉方休，嗯？看看你，多么兴奋，多么激动，因为我又与你观点一致，又成为你的朋友。就让你我一起研究一下往后的行动吧。

帮你把我的计划"想出来"。

第十七章

在温暖的水域中，夜晚的光亮和城市两侧汩汩的涛声都显得更为柔和，仿佛海洋里充满了气泡，而灯光也趋于模糊：海水和光线都转化为较温和的物质。舰队城沉浸在漫长煦暖的黑暗中，毫无疑问，夏天到了。

舰队城中，酒馆的花园往往毗邻着大大小小的绿化林地，或者与船楼、主甲板上的休耕地相连。到了夜晚，花园里的蝉鸣盖过了嘈杂的波浪声和拖船突突的马达声。蜜蜂、马蜂和苍蝇也已出现。它们簇拥在贝莉丝窗前，反复冲撞，直至殒命为止。

舰队城的居民习性不属于寒带，不属于热带，也不属于新科罗布森的温带气候。在别处，贝莉丝或许能根据气候特征概括居民的气质（冷漠的寒带居民，情绪化的南方人），在舰队城却行不通。在这座游荡的城市里，气候因素毫无规律，缺乏普适的特征。充其量只能说，在这个夏天，在这个时间与空间的交汇点，舰队城变柔和了。

街道中人群逗留的时间越来越长，到处是此起彼伏的盐语。这将是一个喧闹的季节。

在丁丁那布伦的"海狸号"上，一间大厅中正举行会议。

房间不太大，勉强能够容下在场的众人。他们围着一张破旧的桌子，正襟危坐于硬邦邦的椅子上。出席者有丁丁那布伦及其同伴，还有约翰尼斯和他的同事，包括生物数学家、魔学家之类的，大多是人类，但也有例外。

疤脸情侣也在场。乌瑟·铎尔抱着双臂站立于他们身后的门边。

约翰尼斯磕磕巴巴、情绪激昂的发言已持续了一段时间。讲到高潮之际，他炫耀似的稍作停顿，然后将克吕艾奇·奥姆的书啪一声甩到桌子上。待到第一波惊叹声响起，他紧接着又掏出贝莉丝的译文。

"这下你们明白了吧，"他用颤抖的声音说道，"为什么我说这是一次不同寻常的会议。"

疤脸女首领抄起两份文档仔细比较。约翰尼斯沉默地注视着她。她的嘴角因专注而弯曲，脸上的疤痕随着表情的变化而挪移。他注意到，她的右边下巴添了一道新伤，血痂周围的皮肉略略收缩。他迅速瞥了一眼她的情人，他嘴巴左下方也有一条对应的伤痕。

每次见到这种情景，约翰尼斯总是心神不宁。无论与疤脸情侣见面有多频繁，只要他们在场，他就会产生一股难以消除的紧张情绪。他们具有一种特殊的气质。

也许这就是权威，约翰尼斯心想。也许权威就是这样的。

"这里有谁会说柯泰语吗？"疤脸女首领说道。

她对面的一名洛歧斯族举起手臂。

"图甘。"她招呼道。

"我略懂一些，"它的话音中带着气声，"主要是普通柯泰语，也会一点点古柯泰语。但这个女人比我精通得多。我看过手稿，很多原文我都无法理解。"

"别忘了，"约翰尼斯抬手说道，"科德万的《古柯泰语写作体系》是一本标准参考书。关于古柯泰语的教科书并不太多……"他摇摇头。"古怪难懂的语言。但就现有的来说，科德万这本是最优秀的著作之一。要是她不在城里，要是让图甘或其他人翻译，多半还是得花大量时间查阅她的这本书。"

他奋力地挥舞着双手。

"她显然是译成了拉贾莫语,"他说,"但很容易再转换为盐语。不过,你们瞧,最令人振奋的不是翻译。也许我没讲清楚……奥姆并非柯泰人。我们显然不可能造访柯泰学者。柯涅德离我们的航线太远,而且舰队城去那片海域也不安全……然而克吕艾奇·奥姆并非来自柯涅德。他是蚊族人。他们的岛屿在南方一千英里处。他极有可能还活着。"

这让众人大吃一惊。

约翰尼斯缓缓点了点头。"我们手上的,"他继续说,"是无价之宝。那里面说明了步骤和效果,行动区域也得到证实——这些都很有用。但不幸的是,奥姆的注释与计算不见了——正如我所说的,文本遭到严重损坏。因此,我们所拥有的只不过是……浅显的描述。科学理论那部分不见了。

"我们正前往格努克特南岸附近的一个地洞。我曾问过几名来自底尔沙摩的仙人掌族,他们从前跟蚊族打过交道:我们的目的地距离蚊族的岛屿仅数百英里。"他稍稍停顿,意识到自己因兴奋而语速过快。

"当然,"他放慢速度继续说,"我们可以按原计划行事。这样的话,我们基本知道地点;大致明白召唤所需的能量;对相关的魔法有一定了解……也能承担得起风险。

"但我们可以去那座岛上,组织一个登陆团。丁丁那布伦,再加上若干学者,你们俩可以去一个,也可以同去。"他望向疤脸情侣。

"我们需要贝莉丝当翻译,"他继续说道,"仙人掌族帮不上忙:他们当年交易的时候肯定都是靠手势和肢体语言,但有些蚊族人显然会讲古柯泰语。我们需要警卫——还有工程师,因为得考虑如何束缚恐兽。然后……我们去找奥姆。"

他身体略略后仰,心中意识到,这根本不像他讲的那样容易,但他还是感到很兴奋。

"就算遇上最差的情况，"他说，"奥姆已经死了，那也没什么损失。说不定有人还记得他，可以帮助我们。"

"这不算最差的情况，"乌瑟·铎尔说道。屋里的气氛发生了变化：所有窃窃私语都停顿下来，每个人都把脸转向他——只有疤脸情侣例外，他们严肃地聆听着，但没有扭头。

"你讲得就好像那是个普通的地方，"铎尔继续用歌手般的嗓音轻声说道，"就好像跟别处没有两样似的。事实并非如此。你都不知道自己在说什么。你明白你发现的是什么吗？奥姆的种族意味着什么？这是蚊族人的岛屿。最差的情况是，我们一上岸，就被蚊族女人吸干了血，剩下一副空壳慢慢腐烂。最差的情况是，我们一眨眼就全部遭到屠杀。"

屋里一片沉默。

"我不怕被吸血。"有人说道。约翰尼斯露出一丝微笑。那是布里雅特，一名仙人掌族数学家。约翰尼斯试图抓住他的眼神。*说得好*，他心想。

疤脸情侣点点头。

"你说得有道理，乌瑟，"疤脸男首领说道，他抚了抚小胡子，"但我们不要……夸大其辞。问题总有办法解决，正如这位先生指出的……"

"这位先生是仙人掌族，"铎尔说，"对我们体内流着鲜血的人来说，问题依然存在。"

"话虽如此——"疤脸男首领威严地说，"——但我认为，说这件事无法办到是不明智的。这并非我们行事的方法。我们总是先分析如何最有利，如何才是最佳方案……然后设法解决问题。如果说这座岛能最大限度地提高成功率，那我们就得去。"

铎尔纹丝不动。他似乎无动于衷，姿态中丝毫没有被压制的意味。

"真该死！"约翰尼斯愤愤地吼道，众人的目光都向他投去。他被自己的突然爆发吓了一跳，但趁势继续发挥。"问题和困难当然会有，"他激动地说，"妥善的组织工作当然也需要，反正得花点儿力气……我们也许还需要保护，可以带上仙人掌战士，或者机械人什么的，谁知道呢……但这是怎么了？你们都没听见我说的吗？"

他拿起奥姆的书，威严地举在手中，仿佛那是神圣的经文。

"我们拥有这本书，还有一名翻译。**有人知道如何召唤恐兽**，眼前就是他的证言。一切都因此而改变……他的住所在哪里很重要吗？没错，他的家乡是危险地带。"他凝视着疤脸情侣，"但为了这件事，我们还有哪里不能去的？毫无疑问，哪怕一点点犹豫都不应该有。"

散会时，疤脸情侣并未明确表态。但如今一切都不同了。约翰尼斯知道，觉察到这一点的，不止他一人。

他们在整理会议资料时，疤脸女首领说道，"也许该宣布我们的意图了。"

眼前这一屋子人全都已训练出严守秘密的习惯。她的提议让他们吃了一惊。但约翰尼斯意识到，这是正确的决定。

"我们都明白，这件事早晚是要公开的。"她继续道。她的伴侣点了点头。

参与恐兽召唤行动的，有来自焦耳区、谢德勒区和钟屋岭区的学者，出于礼节，这些区的首领也曾受邀参与商讨。但核心团队全都是嘉水区的：原本属于其他区的人，疤脸情侣已然打破惯例，劝服他们改变阵营。关于此项计划的信息受到严格控制。

但如此规模的计划无法永远隐瞒。

"我们手中有'高粱号'，"疤脸女首领说道，"因此可以决定整个城市的去向。但如果让其他人在海面上眼巴巴地等待登陆队伍归来，他们会怎么想？当我们到达地洞，召唤出该死的恐兽，他们又会怎么想？各区的首领不会多嘴：盟友将与我们保持一致，而敌人则不愿将此事公开，他们很害怕，不知道自己的人会倒向哪边。

"也许，"她缓缓地总结道，"现在正是时候把全体公民拉到我们这边来，煽起他们的热情……"

她望向伴侣。如往常一样，他们俩似乎能够无声地进行交流。

"我们需要一份名单，"疤脸男首领说，"列出所有准备上岛的人。必须再核查一下新成员——一些具备专长的人先前很可能被遗漏了。另外，还需要所有候选人员的安保细节。我们必须能代表所有各区。"他微微一笑，疤痕沿着面部轮廓延展。他拿起贝莉丝的译文。

约翰尼斯走到门口时，疤脸情侣叫住了他。

"跟我们来。"疤脸男首领说道，约翰尼斯的胃里一阵翻腾。

哦，嘉罢在上，他心想。这是干什么？我已经受够你们了。

"来跟我们聊一下。"疤脸男首领继续道，然后等着伴侣替他讲完。

"我们要与你讨论那个叫科德万的女人。"她说。

午夜过后，贝莉丝听见有人持续地敲门。她抬起头，一开始以为是赛拉斯，但她看见他就躺在身边，虽然醒着，却一动不动。

是约翰尼斯。她站在门口，拨开脸上的头发，冲着他眯缝起眼睛。

"我想他们是同意了。"他说道。贝莉丝猛吸了一口气。

"听着，贝莉丝。他们……呃，对你很感兴趣。听过你的情况之后，他们觉得……呃，你不符合他们的期望。并不是说有什么不好，知道吗？"他极力想要消除她的不安，"没什么危险的……不过也不算太合意。就跟许多被迫入伙的人一样，无论如何最好把他们留在城里。新人通常要许多年才能拿到通行证。"

就是这样而已吗？贝莉丝迟钝地想。那种痛苦与孤独，那种对新科罗布森的向往，感觉就像身体的一部分被撕裂——难道这只是一种日常症状，跟成百上千人都一样？真的如此稀松平常吗？

"不过……呃，我把你跟我说的一切都告诉他们了，"约翰尼斯微笑道，"我不敢打包票，但……我认为你是最合适的人选，而且也是这么对他们说的。"

她回到床上，赛拉斯似乎睡着了，但呼吸很浅，她知道他并未入睡。她斜倚在他身前，仿佛要使劲亲吻他似的，然后将嘴唇凑到他耳边，轻轻说道，"成功了。"

第二天早晨，他们来找她。

赛拉斯已经离开，进入舰队城的地下社会，从事那些见不得光的非法活动。鉴于他在城市中隐秘的行踪，就算他只是企图前往蚁族岛屿，也会被视作危险人物。

两名嘉水区的护卫带领贝莉丝登上一辆出租飞艇，他们的手枪随意地悬在腰带上。从"彩石号"到"雄伟东风号"不是很远。那庞大的蒸汽船巍峨地耸立于城市上方。它有六根巨桅和若干烟囱，空旷的甲板上既无住宅，也无塔楼。

空中布满飞行器：星星点点的出租艇就像围绕着蜂窝的蜜蜂；造型奇异的货运飞艇在各区之间运送沉重的物品；别致的单人小气球下面悬着钟摆似的座位，稍远处还有战斗艇，也就是那种呈椭圆形的飞行火炮。而最醒目的，是那艘硕大的废置飞艇"高傲号"。

他们在舰队城的天空中穿梭，但比贝莉丝平常习惯的略低一些，紧贴着屋顶与索具起起落落。底下迷宫似的砖墙就像新科罗布森的贫民窟，由于建在甲板上狭窄的空间里，显得岌岌可危：外墙太靠近水面，而蜿蜒曲折的小巷则细得不可思议。

"快舞号"的船头是一片铸造与化学工业区，透过空中蒸腾的雾气，可以看到"雄伟东风号"逐渐接近。

贝莉丝有点犹疑。她从未进入过"雄伟东风号"内部。

其建筑结构简单朴素：黑木镶板，彩色玻璃，并饰有石板画和胶影相片。船体内部纠结繁复的走廊与舱室稍稍有点儿陈旧，但维护得不错。贝莉丝留在一间小屋里等待。房门反锁着。

她走到铁窗前，居高临下望向舰队纷乱的舰船。远处，可以看到克罗姆公园中的一片绿意，仿佛瘟疫一般蔓延至几艘船上。她所在的房间比周围的船要高出许多，窗外下方即是陡峭的船舷。飞艇和林立的细桅杆正好与视线齐平。

"要知道，这是一艘新科罗布森船。"

贝莉丝吃了一惊，却认出了那嗓音。疤脸男情侣独自站立在门口。

贝莉丝很震惊。她知道必然要经历审问与调查，但没料到会由他亲自盘问。我翻译了那本书，她心想。因此获得特殊待遇。

疤脸首领带上房门。

"它建造于两个半世纪之前，那是盛世年代的末期。"他继续对她说道。他用的是拉贾莫语，仅有一点口音。他坐下来，并示意她也坐下。"事实上，有人说正是因为建造'雄伟东风号'导致了盛世年代的终结。显然，"他面无表情地说，"这种说法很荒谬。但这是一个象征性的巧合。衰落自一四〇〇年代末开始，还有什么比这艘船更能说明科学的颓败呢？纷乱中，为了证明新科罗布森依然处于黄金时代，他们建起了这个怪物。

"要知道，它的设计很糟糕，试图将两侧巨大笨拙的明轮与螺旋桨的动力结合起来。"他摇摇头，依然注视着贝莉丝，"你不可能用明轮来推动这么个大家伙。它们像肿瘤一样突在外面，破坏了船身的流畅性，其作用就好比是刹车。也就是说，螺旋桨也不太好用，而且你没法靠风力航行。是不是很讽刺？

"但有一件事他们达成了目标。他们意图造出有史以来最大的船，结果，那庞然大物只能在铁海湾入海口横着下水。往后的若干年中，它蹒跚地四处游荡，巍峨雄壮但……行动笨拙。他们想把它投入第二次掠私战争，但它就像全副武装的犀牛，庞大而迟缓，只能任由苏洛契和耶叙的舰船在身边打转。

"然后，人们会告诉你说，它沉没了。当然，它没有沉。我们把它夺了过来。

"掠私战争是舰队城的辉煌年代。在当时惨烈的局势中，每天都有船只失踪，每天都有货物丢失，水手和士兵受够了战争与死亡，迫不及待地想要逃离。我们掠夺舰船，掠夺科技，掠夺人员，不停地壮大。

"我们劫走了'雄伟东风号'，因为我们有这个能力。从那时起，嘉水区掌握了控制权，至今都未丢失过。这艘船是我们的心脏，也是我们的工厂，我们的宫殿。作为蒸汽船，它糟糕透顶，但却是一座绝佳的堡垒。这是舰队城最……伟大的时光。"

沉默持续了良久。

"但现在不同了。"他一边说，一边对她微微一笑。接着，盘问开始了。

漫长的谈话结束之后，她眼神呆滞地走入下午的光线中，几乎想不起他究竟问了些什么。

他问了许多有关翻译的事。她是否觉得困难？有搞不懂的地方吗？她会说古柯泰语吗，还是仅仅会看而已？他一句接一句地提问。

有些问题是为了探测她的心理，衡量她与舰队城的关系。她言辞谨慎，徘徊在真相与谎言的边缘。她并不完全掩饰自己的怀疑，对于所受到的待遇，也不掩饰厌恶与愤恨之情。但她稍稍加以控制，使其不至于那么危险。

她尽量避免流露出掩饰的意图。

当然，外面没人等她，这令她暗自欣慰。一座陡峭的桥连接着"雄伟东风号"与旁边较为低矮的船只，她顺着桥走了下去。

经由一系列极其错综复杂的小巷，她向家中走去。砖块搭成的拱门上始终滴着盐水；成群的儿童推推搡搡，奔跑拉扯，与她记忆中家乡的孩子相差无几，也许全世界的街头游戏都有着深层的通行规则；

高耸的船楼投下阴影，孩子们的父母在阴影中的小咖啡馆边下棋娱乐。

海鸥在空中盘旋，撒下粪便。小巷随着海面起伏波动。

贝莉丝享受着独处的滋味。她知道，若是赛拉斯与她在一起，密谋的意味将显得过于浓郁。

他们已经很久没有做爱。其实总共只有过两次。

那两次过后，他们常常同睡在她的床上，于彼此面前宽衣解带亦毫无羞涩与犹疑。但似乎谁都不会主动要求做爱。就好像他们通过性事互相沟通，互相坦露心迹，而一旦交流渠道已经形成，此种行为便成为多余的了。

她也不是没有欲望。他们共同度过的最近两三个夜晚中，她总是等他入睡之后，默不作声地自慰。她往往对他隐瞒想法，只透露制订计划所需的部分。

贝莉丝略感惊讶地意识到，她并不是特别喜欢赛拉斯。

她对他心存感激，也觉得他相当有趣，相当特别，不过并不如他自认为的那样魅力十足。他们有共通之处：非同寻常的秘密，不允许失败的计划。在这件事上，他们志同道合。她不介意与他同床共枕，甚至可能再次与他交欢，她一边想，一边不由自主地露出讪笑。但他们算不上亲密。

鉴于两人共同的秘密，这看似有点儿古怪，但她并不予以否认。

第二天早晨六点不到，天空依然黑糊糊的，"雄伟东风号"的甲板上聚集起人群和飞艇。人们提着一捆捆印刷粗糙的传单在飞艇之间走动。他们将传单塞进座舱里，参照着地图商讨路线，将舰队城划成条条块块。

飞艇悄然升起，天光开始注入城市。

"雄伟东风号"四周的砖木迷宫中，小贩、工人和警卫纷纷仰头观看，而在冬秸集市纵横连绵的船只里，在书城、底安信区和焦耳区的塔楼上，成百上千的人也都透过城市上方的索具望向天空。他们看见第一波升起的飞艇来到城市上空，向各区散开，乘着风势，在气流交汇之处撒下纸片。

传单大把大把地旋转飘落，仿佛节庆时的五彩纸屑，又仿佛舰队城顽强的树木上奋力绽出的花朵。空气中也充满它们的声音——纸张互相摩擦，沙沙作响——海鸥和城内的麻雀困惑地穿梭于纸片之间。舰队城的居民们抬起头，手搭凉棚遮挡旭日，只见疾驰的云朵和清澈煦暖的蓝天下，片片纸花在空中飞舞。

有些纸片掉进了烟囱。还有数以百计的传单落入舰船之间的缝隙里，坠向狭窄的水面。它们浸泡在水中，随着波浪起伏，任由鱼群叼啄，墨迹逐渐扩散模糊，最后，纸张的纤维被海水揉搓成一团，沉入水底。海面之下，碎裂分解的纸屑如雪花一般飘漾。但是，仍有成千上万的纸张落到舰队城的甲板上。

飞艇绕着城市上空转了一圈又一圈，穿梭于高耸的塔顶与桅杆之间，向经过的每一个区抛撒传单。人们好奇而愉快地将传单从空中截下。在这座城市里，纸张非常昂贵，如此铺张的举动很不寻常。

消息传得飞快。贝莉丝下楼时，"彩石号"的甲板上已经铺了一层传单，如同死皮一般沙沙作响。四周一片争执声。人们站在各自的店屋与住宅门口，有的呼喊吆喝，有的喃喃低吟，有的放声大笑，沾染墨迹的手中挥舞着一张张传单。

贝莉丝抬头看见左侧天空中有一艘飞艇，它属于最后一批，已经逐渐远去，朝着焦耳区移动，只留下一簇翻飞飘荡的纸云。她从脚边捡起一张随风掠过的纸片。

舰队城的公民们，她默念道，*经过审慎而漫长的研究，我们有望实现一个足以震撼先祖的壮举。新的纪元即将来临。我们将永远改变舰队城的行进方式。*

她快速浏览，匆匆扫过宣传式的讲解，她的视线流连于一个用粗体字标出的关键词上。

恐兽……

贝莉丝的心情忐忑而激动。是我，她有一种奇异的自豪感。这一切是我推动的。

"这手艺不错啊。"丁丁那布伦若有所思地说。

他蹲伏在安捷文面前，脸和手探进金属机身中，察看着引擎。她身体后仰，平静而耐心。

一段时间以来，丁丁那布伦注意到他的仆人有所变化，引擎的运转声与以往不同。她的动作更加精准迅速，转身更为自如，刹车时的噪音与滑行距离大幅减少。她在舰队城晃晃悠悠的桥梁上行进时变得更为轻松。她的焦虑也已消除——不需要再永无休止地搜寻废弃的煤炭和木柴。

"你的引擎是怎么回事，安捷文？"于是他问道。她露出灿烂的笑容，腼腆而愉快地指给他看。

他拨弄着管道，察看重新装配后的内部机件，就算在炉膛上烫到了手也不在意。

丁丁那布伦知道，舰队城的科技是混合产物，就跟这座城市的经济和政治一样，具有海盗的特质，依赖于掠夺和运气——因此也同样混乱无序。工程师与魔学家从腐朽废弃的设备中获取知识，而掠夺来的物件设计极为复杂，大多难以理解。这里都是拼凑而成的科技。

"这个人，"他一边喃喃低语，一边摸索着安捷文底盘后面的一副三联开关，胳膊深深探入车身，直没至手肘，"这个人也许只是打杂的机械师，但……手艺一流。舰队城里没多少人能办到。他为什么要帮你？"他问道。

对此，她只能含糊其辞。

"他靠得住吗？"丁丁那布伦说。

丁丁那布伦及其团队并非舰队城出身，但他们为嘉水区尽心尽力，这一点毋庸置疑。关于他们是如何加入舰队城的，有不少传闻——疤脸情侣秘密地找到他们，并劝服他们来舰队城工作，但许以多少薪金却无人知晓。串起嘉水区舰船的绳索和锁链在他们面前散开，嘉水区敞开怀抱接纳丁丁那布伦，允许他深入腹地，随后，整个城市又在他身后重新闭合。

那天早晨，当大批传单突然间充斥着舰队城的街巷，安捷文也捡起其中一页，了解到嘉水区的计划目的何在。她非常兴奋，但也意识到，自己并没有特别惊讶。很久以来，她一直处在正式会议的外围，见过丁丁那布伦桌上留下的文件，也见过一些潦草的图画和进行到一半的计算。发现嘉水区的意图之后，她感觉好像早就知道了似的。说到底，她难道不是为丁丁那布伦工作的吗？而他不正是一名猎人吗？

他的房间里到处是证据。书本——据她所知，这是除图书馆之外，唯一有书的地方——蚀刻画、牙雕、损坏的鱼叉、兽骨、兽角、兽皮。在安捷文为他效力的年月中，丁丁那布伦和他的七人小组凭借娴熟的技能，对嘉水区作出不少贡献。角鲨、鲸鱼、骨鱼、巨蚌——他们全都靠陷阱或鱼叉逮到过，有时为了食用，有时为了防卫，有时则为了娱乐。

当这八人举行会议时，安捷文常常把耳朵使劲贴到木板上，但能听见的不过是只言片语。然而这已足以挑起她的好奇心。

从来没人见过船上的疯子阿根塔留斯，她曾听见他嘶喊抱怨，告诉他们说，他很害怕。安捷文后来了解到，很久以前，他们的一头猎物让他变成了这样。他的伙伴们被激起了兴致。他们要征服深海，要去探一探那可怕的领域。

她曾听过他们谈论狩猎，能提起他们兴趣的，都是些硕大无朋的猎物：鱼怪、泥蛇、巨神乌贼。

为什么就不能是恐兽呢？

这完全算不上出人意料，真的，安捷文心想。

"他靠得住吗？"丁丁那布伦重复道。

"靠得住，"安捷文说，"他是个好人。逃过了被送往殖民地的命运，他心存感激。他对新科罗布森充满愤怒。他还要求做了身体改造，能够更容易潜水，更好地为码头出力——他现在适合海洋生活。可以说，他就跟嘉水区出身的人一样忠诚。"

丁丁那布伦站起身，替安捷文关上炉膛门。他若有所思地撇了撇嘴，从桌面上找出一份手写的长名单。

"他叫什么来着？"他说。

他点点头，俯下身子，小心翼翼地加上"坦纳·赛克"。

第十八章

舰队城中流言蜚语的力量比新科罗布森更为强大，然而城里并非没有像样的媒体。宣号手们高呼着各种半官方的口号，往往不是代表这个区，便是代表那个区。还有若干报纸和期刊，印刷质量很糟糕，纸张永远循环使用，浸满了油墨。

出版物大多不定期，仅有当作者和印刷设备均有空闲，或者能找到足够的资源时才发行。其中有好些是免费的；大多都很薄：一两页纸折起来，印满密密麻麻的字体。

舰队城各处的大厅中充斥着戏剧和音乐表演，简单粗陋，却很受欢迎，因此出版物中也充满了评论文章。另有些煽动性的刊物，散播流言与丑闻，但在贝莉丝看来，它们狭隘而无聊。劫得的货物该如何分配，收获成果应归功于哪个区，尽是些最容易引起争议的刺激性话题。而这些仅仅是她能够理解的报刊。

舰队城是一个多元环境，巴斯－莱格世界有多少种文化，这里就有多少种代表不同历史传承的刊物，还要加上海盗城中滋生的各种独特形态。《无常》周刊专以诗歌的方式报道城中的讣告。底安信区出版的《朱汗吉尔焦点》没有文字，仅靠一系列粗略的图画来描述他们认为重要（其依据与标准贝莉丝难以参透）的事。

贝莉丝偶尔会读《旗报》或《议会之声》，两者都来自圆屋区。《旗报》也许是城里最好的新闻搜集刊物。《议会之声》则是政治出版物，刊登各区政治制度拥护者之间的辩论：圆屋区的民主议会，焦耳区的女王集权，嘉水区的"温和专制"，布鲁寇勒的护属制度，等等。

虽说两种刊物都自诩包容不同意见，但基本上都是忠于圆屋区民主议会的。贝莉丝已经对舰队城的政治角力有所了解，因此当《旗报》和《议会之声》开始对召唤恐兽提出异议，她并不特别惊讶。

一开始，他们小心翼翼。

"召唤行动将是科学的胜利，"《旗报》的社论中写道，"但也存在一些疑问。提高城市的机动力固然是好，但代价是什么？"

没过多久，他们的反对声变得更为激烈。

但嘉水区刚刚宣布这一非同寻常的计划，舰队城仍处在高涨的热情之中，保持谨慎或坚决反对的声音只是一小部分。酒馆里——就连圆屋区和枯瀑区也不例外——人们无比振奋。这项任务规模巨大，要逮住一头恐兽，诸神在上，实在是太让人飘飘然了。

尽管遭到冷落，怀疑者们仍通过少数杂志，以及宣传册和海报来表达反对意见。

招募行动开始了。

贝西里奥港的码头上正在举行一次特殊会议。坦纳·赛克一边抚摸着触须，一边等待。最后，护卫团的军曹踏上前来。

"我这儿有个名单，"他高声说道，"包含工程师等职业，疤脸情侣要求他们担当特殊职责。"一阵喃喃低语过后，人群迅速安静下来。没人对特殊职责存有疑问。

每个被点到名的人周围都会产生一阵兴奋的骚动。坦纳对这些名字并不感到意外。他知道哪些同事最为优秀，知道哪些是动作最快、手艺最纯熟，并掌握最新技术的工程师。其中有一些是新近遭到劫持的——来自新科罗布森的比例偏高，甚至包括若干"女舞神号"上的改造人。

直到后背让热情的同伴拍了一掌，他才意识到，自己也被点到了名。不知不觉中构筑起的紧张情绪消失了，他放松下来，发现自己一直在等这一刻。这是他理所应得的。

"雄伟东风号"上已经集结起一批人，都是来自工业区、铸造厂和实验室的工作人员。一轮轮面谈正在进行当中。冶金专家、机械师、化学工人被区分开来，他们的专业技能通过口试得到评估。招募过程中有劝说，但没有强迫。一提起蚊族（哪怕只是隐约暗示），一提起那座岛的本质，有的人便拒绝参与计划。坦纳也很为难。但他说服自己，无论如何，这种事你没法不同意。

天黑了，测试与询问已经结束，坦纳和众人被带到"雄伟东风号"的一间舱室里。这间屋子巨大而精美，镶饰着黄铜与黑木。剩下的人大约有三十个。我们是经过筛选的，坦纳心想。

疤脸情侣一进门，所有嘈杂声立即平息下来。自从第一天开始，丁丁那布伦和乌瑟·铎尔就跟随在他们两侧，这回也不例外。

你们又要告诉我什么？坦纳缓缓地琢磨着。更多奇迹？更多变革？

疤脸情侣将岛上的情况完整描述了一遍，并说明他们的计划，屋里的人都表示愿意承担任务。

坦纳背靠墙聆听着。他试图酝酿怀疑的态度——这计划真荒唐，任何一点儿差错都可能导致失败！——但他发现自己办不到。他一边听，一边心跳加速，疤脸情侣和丁丁那布伦告诉他和他的新伙伴，他们将前往蚊族人的家园，搜寻一名生死不明的科学家，然后通过咨询请教，造出一批机器，用来捕捉巴斯－莱格海洋中有史以来最异乎寻常的生物。

另一处，反对召唤的秘密活动也在进行中。

枯瀑区的核心是"尤洛克号"。这是一条巨硕的旧船，宽阔的船身闪着荧光，长达五百英尺，主甲板中段的宽度有一百多英尺。它的尺寸、形状和规格都很独特。舰队城中没人说得准它有多古老，来自何方。

有传闻说，"尤洛克号"其实是赝品，就像假冒的戒指。它不是快帆船，不是三桅帆船，也不是拖船，其设计无法归于任何一种已知的船型：据称，如此怪异的形状根本无法航行。有讽评者说，桎梏于四周环境中的"尤洛克号"是在舰队城里建起来的，并非易主之后接受改装的船只，他们说：这是一艘用木头和钢铁仿造的假船，根本不会动。

知情者也是有的。舰队城中仍有极少数成员记得"尤洛克号"到来时的情景。

包括布鲁寇勒，当时，正是他孤身一人驾驶着这艘船。

每晚日落之后，他便外出活动。没有了阳光的威胁，他登上"尤洛克号"精致的桅塔，将手伸出狭缝般的窗户，摩挲着从纷乱的横梁上悬垂下来的尖刺与瓦片。他的指尖具有超人的敏感度，能感觉出这些细窄的金属、陶瓷和木头里微微涌动着能量，仿佛毛细血管中的鲜血。他知道，如有必要，"尤洛克号"依然可以航行。

这艘船的建造是在他成为异死族之前，也在他出生之前。建造地点位于千里之外，如今的舰队城中没一个人去过那里。这座漂流之城上一次造访该处，已经是好几代人之前了，而布鲁寇勒衷心希望他们再也不要回去。

"尤洛克号"是一艘月船，依靠月光驱动航行。

一层层诡异的甲板从船身上突出，仿佛拓平的土地。数层楼高的舰桥纷繁复杂，船体中央有一道断层，舷窗和舱室歪歪扭扭，这一切都使它显得与众不同。宽阔的船体上竖立着一座座高塔，有的充当桅杆，有的则逐渐变细，参差不齐。跟"雄伟东风号"一样，尽管两侧的船上挤满简陋的砖房，"尤洛克号"上却完全没有搭建房屋。"雄伟东风号"保持原貌是出于政令，但从来没人提议在月船上建房。其结构不允许。

白天，它似乎苍白无力，看上去病恹恹的。但随着天光渐黯，它的表面微微泛起珍珠般的光泽，仿佛有一层若隐若现的色彩。此刻，它变得令人敬畏。布鲁寇勒正是在这种时候出现在甲板上的。

他时常在那些令人不安的房间里举行会议，召集起异死族副手，讨论区中的事务，例如血税。那是枯瀑区的税务制度。他告诉他们说，*我们之所以与众不同，就是因为血税。它给予我们力量，也使居民保持忠诚。*

那天夜晚，坦纳·赛克等人已被吸纳进嘉水区的计划，他们中有些人已然入睡，另一些则在揣摩今后的行动。与此同时，布鲁寇勒的"尤洛克号"上迎来了一批宾客：圆屋区代表团天真地以为，他们赶赴这次会议是个秘密（布鲁寇勒不存在这种错觉：他透过窗纸，听见周围船上有一串可疑的脚步声，并淡然地将其归结为嘉水区密探）。

圆屋区议员们在月船里十分紧张。他们快步疾行，簇拥着跟随在布鲁寇勒身后，极力掩饰不安的情绪。布鲁寇勒明白宾客们需要光亮，因此在走廊里点起火炬。他没有选择使用汽灯。他知道，在船上狭窄的过道里，火炬的阴影摇摆不定，仿佛蝙蝠一般难以捉摸，令人惊悚。他从故弄玄虚中获得一丝恶作剧似的快感。

这间圆形会议室位于船上最宽阔的桅塔内，俯瞰着五十英尺下方的甲板。屋内陈设华丽，镶嵌着黑玉、白镴以及精致的铅制饰品。这里没有蜡烛，没有火焰，只有一种冷冰冰的光线将室内照得清晰无比：船桅顶端收集的月光与星光经放大之后，通过中空管道内的镜面反射到屋里，仿佛血管中源源不断淌出的鲜血。奇特的照明剥夺了所有物体的颜色。

"先生们，女士们。"布鲁寇勒的喉咙深处发出低语声。他微笑着将浓密的头发往后一拨，用蛇信似的长舌舔了舔空气，并示意宾客们围着黑木桌坐下。他看着他们一一落座——人类，豪刺族，洛歧斯族等，这些人全都谨慎地注视着他。

"我们落了下风，"布鲁寇勒继续道，"我建议讨论一下应对方法。"

枯瀑区看起来跟嘉水区很像。黑暗中，上百艘大小船只的甲板上点缀着光亮，酒馆和剧院里一片喧闹。

但"尤洛克号"扭曲的身影静默地耸立在这一切上方。它注视着枯瀑区的欢乐氛围，不发表意见，不提出非议，也不显现热情，相对应的，人们时不时骄傲地抬头望向它，尽管略带几分审慎与担忧。他们提醒自己，跟嘉水区居民相比，他们有更多自由与权利；跟底安信区相比，有更多保护；跟谢德勒区相比，有更大自主权。

枯瀑区的人知道，其他区的许多公民都认为，血税的代价太高，但这种想法过于迂腐。枯瀑区居民指出，对此责难最多的是新近被劫持的人——受迷信影响的外来者，尚未了解舰队城的运作方式。

居民们提醒这些新人，枯瀑区没有鞭刑。凡持有枯瀑区印鉴者，在购物与娱乐时，都享有补助。对于重要事务，布鲁寇勒会召开会议，每个人都有发言权。他为他们提供保护。城中其他地方充斥着残酷而暴力的统治，这里却截然不同。枯瀑区安全又文明，街道中秩序井然。血税是合理的代价。

他们很维护自己的区。他们缺乏安全感。"尤洛克号"是他们的法宝，无论夜晚多么喧闹无序，他们都会偶尔抬头瞥一眼，仿佛如此便能获得安心。

那天夜晚跟往常一样，"尤洛克号"的桅塔上泛出神秘的亮光，这种光被称为圣者之火。有时候，它会影响到所有船只——在雷电交加的风暴中，或者空气特别干燥时——然而对于月船，它就像潮汐一样固定而确凿。

夜间的鸟类、蝙蝠和蛾子围着闪光的桅塔飞舞盘旋，互相冲撞，互相吞噬，每当降至窗口的高度，便映照在另一种较为暗淡的光线中。布鲁寇勒的会议室里，圆屋区议员们抬头观望。细小的翅膀不停地撞击着玻璃，令他们感到不安。

会议进行得不太顺利。

布鲁寇勒处境艰难。他真诚地想要与议员们沟通，并试图与他们合作，制定战略，评估方案。但他发现很难控制自己的威慑力，他的权威与策略依赖于此种力量。他并非舰队城出身：无论是以生者的身份，或是异死族的身份。布鲁寇勒到过数十个城市与国家，由此，他清楚地意识到：敏族[1]若是没有惧意，便会威胁到血族。

他们或许以无情的黑夜杀手自居，伪装潜伏于都市中，到了夜间便出外觅食，但无论是睡眠还是进食，他们都活在恐惧之中。敏族难以容忍他们的存在——被发现就意味着真正的死亡。这对他来说是无法接受的。两个世纪前，他将噬血症带到舰队城，这座城市对他的族类没有那种条件反射似的致命惊恐——他可以在此公开地生活。

但布鲁寇勒一直都明白其中的关键。他不怕敏族，他们就必须怕他。而他发现，确保这一点其实很容易。

而此刻，他厌倦了阴谋。当他迫切需要合作与帮助时，眼前却只有这群饭桶官僚。恐惧的效力过于强大，他们难以克服。圆屋区议会害怕与他合作。他的每个姿势，每次以舌舔牙，每次呼吸吐纳，每次缓缓地捏拳，都提醒着他们，他是何种身份。

也许这毫无意义，他恼怒地想。他们帮得上什么忙？他不能告诉他们地疤。他们会问他是怎么知道的，对此，他无言以对，于是他们将不再信任他。而他若是试图解释铎尔的事，他们便会视他为叛徒，竟与嘉水区的得力助手交换秘密。于是他们还是难以信任他。

乌瑟，他缓缓地思索，你这头聪明狡猾的猪。

---

1 布鲁寇勒家乡对生者的又一种称谓。

坐在这一屋子理论上的盟友中间，他却觉得与铎尔的距离要近得多，与他有更多共通之处。他无法摆脱一种感觉，仿佛他们俩才是同谋——这完全不合情理。

布鲁寇勒坐听着议员们武断而混乱的推理，他们惧怕改变，担忧权力的平衡。他默默忍耐着。他们的发言荒谬而毫无价值，偏离了问题的实质。有人争论疤脸情侣的具体罪名，也有人提议在嘉水区首领的鼻子底下向他们的官员发出呼吁——软弱无力，不切实际，且缺乏系统性的点子。

讨论中，圆桌边有人提起西蒙·芬奇的名字。没人知道他是谁，但在反对召唤的少数派中间，他的名字被提及的频率越来越高。布鲁寇勒等待着，渴望听到实质性的意见。但关于他的讨论很快便逐渐歇止，仿佛消散于无形的空气中。他等了又等，但没人提供任何有用的信息。

他能感觉到太阳在世界的另一侧运动。将近黎明前一小时，他放弃了克制。

"真他妈该死。"他用那仿佛来自坟墓的低语声咆哮道。议员们立即安静下来，惊恐万分。他站起身，张开双臂。"我听了这么久，"他嘶嘶地说道，"你们满嘴尽是废话，慌不择言，没有一点儿新意，简直无能透顶。"他的语调仿佛恶狠狠的诅咒。"你们这群没用的窝囊废，滚出我的船去。"

片刻的沉默之后，议员们纷纷站起身，他们想要保持最后一丝尊严，却力不从心。其中有一人——沃德金，她是较为优秀的议员之一，布鲁寇勒对这女人尚存有少许尊重——张开嘴，似要提出抗议。她的脸色煞白，但立场坚定。

布鲁寇勒双臂弯曲，高举过头，仿佛一对翅膀，同时张口吐舌，尖利的毒牙做咬啮状，双手摆出兽爪的模样。

沃德金的嘴立即合上了，她跟随同僚们走向门口，脸上充满愤怒与恐惧。

众人离开之后，只剩布鲁寇勒一人，他重新坐回椅子里。*快逃回家去吧，你们这群该死的废物*，他心想。回想起最后一刻自己荒诞的表演，他突然咧开嘴，瘆人地一笑。*老天*，他苦涩地思忖，*他们大概以为我会变成蝙蝠。*

想到他们的恐惧，他突然记起，作为异死族，只有另一个地方他曾经公开居住过。他打了个冷战。只有在那里，敏族与血族之间的恐惧才会失去效力，他的统治方式无法适用。

感谢众血主，感谢忏罪者，感谢盐火诸神，我无需再返回该处。 在那里，他没有必要作任何掩饰，也不可能有任何错觉，敏族、亡灵族和异死族的真实本质全都袒露无遗。

这就是乌瑟·铎尔的家乡。它位于群山之间。他记得，就连阴冷的山岭和无情的碎石都比铎尔那座可怕的城市要仁慈得多。

第十九章

焦耳区的大型工坊接到一项特殊使命。

飞艇建造是焦耳区的经济支柱之一。无论是刚性、半刚性、非刚性气球，还是吊舱与引擎，焦耳区工厂都是质量的保证。

"高傲号"是舰队城天空中最大的飞行器。它是数十年前被劫获的，在一场不知名的战役中受损，从此便被当作了装饰物和瞭望塔。城里的飞行器都不及它一半大，最长的也不过两百尺挂零，它们嗡嗡作响，从容地在城区内盘旋，但往往挂着不太恰当的名号，例如"梭子鱼号"。浮空引擎受到空间的限制——舰队城中不可能有太大的机棚。在新科罗布森，最大的飞行器要数那些勘探艇和定期往返米尔朔克的飞艇，长达七百英尺，由金属和皮革制成。如此庞然大物，舰队城中没有地方可以建造，也完全没有需求。

但如今需求似乎出现了。

传单撒落的第二天早晨，焦耳区飞艇监造厂的所有员工——缝纫师、机械师、设计师、冶炼师等无数成员——被一名脸带疑惑的工头召集起来。工厂建在一艘改装的蒸汽船上，此刻到处都是无人看管的气球骨架。他支支吾吾地向大家解释了这项任务。

他们有两个星期。

赛拉斯说得对，贝莉丝心想。他不可能顺利混进登岛队伍。就连她这样远离城中谣言与阴谋的人，也越来越频繁地听说西蒙·芬奇。

当然那仍是些含糊其辞的流言。凯瑞安妮提到有人对召唤的事持怀疑态度，说那人看了一本小册子，发布者不知是叫芬奇、芬克还是范奇。谢克尔告诉贝莉丝，他觉得召唤恐兽的主意棒极了，但听说有个叫芬奇的声称，疤脸情侣是在自找麻烦。

赛拉斯有本事潜入城市的外衣底下，对此，贝莉丝依然充满惊异。他难道没有风险吗？她心想。疤脸情侣不会搜寻他吗？

想到谢克尔，她露出微笑。一段时间以来，她无法继续辅导他学习，但他最近一次造访时，骄傲而熟练地向她展示，他已不再需要帮助。

他来是为了询问克吕艾奇·奥姆的书里讲些什么。谢克尔并不笨。他很清楚，他交给她的东西一定跟上周突然发生的一连串事件有关——飞撒的传单，不同寻常的计划，坦纳奇怪的新任务。

"你说得对，"她告诉他，"我花了点儿时间翻译这本书，但当我意识到那是关于一次实验的描述——"

"他们召唤出一头恐兽。"谢克尔抢着说，她点了点头。

"当我意识到这本书的内容，"她继续道，"便通过可靠途径，将它交给了丁丁那布伦和疤脸情侣。这是他们需要的东西，是计划的一部分……"

"那是**我**找到的书。"说着，谢克尔咧开嘴，露出难以置信似的微笑。

飞艇监造厂里，由线缆和弯曲的桁条构成的庞大框架逐渐成形。

硕大的房间一角，有一团厚实的暗黄色皮革。上百个男男女女围坐在它四周，每人手拿一根一指长的粗针，正灵巧地缝合着。周围的大缸里有用来密封巨型气囊的化学制剂、树脂和乳胶。锻造炉里产出的金属泛着白炽的光芒，连同木制框架一起逐渐拼凑出监控舱的轮廓。

飞艇监造厂的工棚虽大，却无法为这项任务提供最后总装的空间。所有完成的部件都将被运到"雄伟东风号"空旷的甲板上，填充气囊、铆接骨架、缝覆皮革的工作将在那里进行。

"雄伟东风号"是舰队城里唯一够大的船。

今天是二十号，锁链日，也是玭瑁季的第七个天空日——贝莉丝已不再计较用哪种历法。她已经四天没见到赛拉斯了。

温暖的空气中充满鸟语。贝莉丝在自己房间里就像得了幽闭恐惧症，但当她走到外面街道上，这种感觉仍未消退。在闷热的海洋中，舰船的侧壁和船上的房屋仿佛都渗出汗水。贝莉丝对海洋的看法没有改变：它的浩大与单调令她不适。然而那天早晨，她突然急需从城市的屋檐下走出来。

她责备自己眼巴巴等了赛拉斯这么久。她不知道他的情况，担心他回不来，孤独的感觉很快就让她难以忍受。她意识到自己竟变得如此脆弱，她在自己周围筑起一道骨墙。我就像个小孩一样傻乎乎地等着，她恼怒地想。

护卫团每天都来找她，带她去见疤脸情侣、丁丁那布伦以及"海狸号"的猎人们。与会的还有另一些人员，不知在召唤中扮演何种角色。她的翻译遭到审核与挑剔：她必须面对一个懂古柯泰语的人，不过此人并不如她那么精通。他会询问一些微妙的细节：这一段为何选择此种时态？这个词为何如此诠释？其态度咄咄逼人，每次将他驳倒，她都有一丝小小的快意。

"还有这一页，"他厉声说道，"为什么把这个词译成'愿意'。它的意思恰恰相反！"这就是他们典型的对话方式。

"因为语气和时态，"她不动声色地答道，"整个分句是反讽持续态。"她险些再补充说，误判为过去完成式是一种常见的错误，但她忍住了。

贝莉丝不明白如此盘问不休为了哪般。她感觉就像被吸干了水分。她对自己的表现感到骄傲，不过依然小心谨慎。对于召唤计划和那座岛屿，她热情高涨，然后又赶紧制止自己，仿佛心中有一股渐渐增长的欲望，正与被迫入伙而产生的乖戾怨气相抗衡。

但至今仍没人叫她一起登岛，而那是她整个计划的关键所在。她琢磨着是否哪里出了差错，而且赛拉斯也不见踪影。她平静地告诉自己，也许该制订一个新方案。她决定，若是原计划行不通，假如他们将她留下，带上另一名翻译，那她就说出真相。她要替新科罗布森求情，告诉他们格林迪洛的攻击计划，他们获悉后，没准会帮她送出消息。

但她记起乌瑟·铎尔杀死米佐维奇船长之前说的话，心中涌起一股不安的恐惧。我所代表的势力，根本不在乎新科罗布森，他当时说。根本不在乎。

她经由嘉水区外围的驳船"偏准心号"穿过威士忌桥，来到宽阔的快帆船"达流契庇佑号"上。

她觉得谢德勒区的街道似乎比嘉水区来得萧瑟与简陋。建筑的装饰较为朴素，甚至根本毫无装饰。木块总是被擦洗得干干净净，排列成单调重复的图案。盛观大道是一条商业街，与嘉水区和钟屋岭区相邻，路上到处是推车、牲畜和来访的购物者——虫首族、人类等——与占据谢德勒区一半人口的血痂勇士挤在一起。

即使血痂族没有披甲，她现在也能辨认出来，他们严肃的面容和苍白的肤色显得与众不同。她经过一座神庙，警卫们披覆着血甲，庙里的血号角并没有吹响。再往前是草药铺，温暖的空气中，一束束晒干的止血草散发出浓烈的气味。

一包包独特的黄色活血草被倒进沸水中，煮成抗凝血茶。她看到一群男女正从一口大锅里舀出来喝。这是为了防止突发性全身凝血：血痂族体内的血液很容易一下子全部凝固，令发病者在短时间内痛苦地死去，变成一尊扭曲的雕像。

在一栋仓库跟前，贝莉丝站立于轮辙之间，她避开一匹拉车的混血小矮马，来到一座晃晃悠悠的桥上，这座桥通往城中较为僻静的区域。贝莉丝静立于两船之间，望向水面。她能看到一艘粗重笨拙的海蛟船，一艘外壳呈弧状弯曲的平底船，以及一艘宽阔的明轮船。远处还有更多船只，每一艘都镶嵌在由桥梁构成的罗网之间，通过微微下垂的索道互相连接。

过道上的行人川流不息。贝莉丝感到很孤单。

雕塑花园位于一艘两百尺长的炮舰上，占据着它的前半部分。火炮早已卸除；烟囱与桅杆也已倒塌。

一小片由咖啡店和酒馆构成的商业区自然而然地渗透进花园里，就像沙滩在向海洋中延伸。贝莉丝沿着木头和碎石小径朝花园中柔软的泥地走去，她能感觉到脚下的变化。

它比克罗姆公园小得多，年幼的树林和悉心养护的草坪间点缀着数十年间聚集起来的雕塑，风格和材质各不相同。树木与雕像底下放置着饰有花纹的熟铁长凳。而在公园的边缘，越过一道低矮的栏杆，便是海洋。

贝莉丝一见到海洋，便不由自主地屏住了呼吸。

男男女女坐在摆满酒和茶水的桌子边，也有人在花园中散步。阳光下，他们显得生气勃勃，衣着光鲜。看着这些悠然漫步、小口啜饮的人，她几乎需要晃一晃脑袋才能记起他们是海盗：灰头土脸，疤痕累累，荷枪实弹，靠掠夺为生。他们全都是海盗。

她一边走，一边抬头观望那两座自己最喜爱的雕塑："窃贼的威胁"和"利齿人偶"。

贝莉丝坐下来，视线越过"提案碑"——这是一块形似墓碑、毫不起眼的玉石，镶嵌在一道木墙上，而墙的外面就是海洋——她望向那些坚忍不懈地拽着城市前进的蒸汽船和拖船。她也看到两艘炮艇在舰队城外围水域巡逻警戒，上方还有一架武装飞艇。

远处，一条双桅海盗船正向北行驶，远离城市而去。她目送着它出海，其捕猎航程或许长达一两个月，甚至三四个月。时间长短由船长决定吗？还是由各区的统治者制订总体计划，然后颁布命令？

另一侧海平面上，贝莉丝远远地看见一艘蒸汽船正朝城市驶来。这显然是舰队城的船只，要不就是友邦的商船，否则不可能如此接近。它或许来自千里之外，她心想。当它启程时，舰队城大概还在另一片海域。完成任务之后——或明抢，或暗夺——它准确无误地驶回家园。这是舰队城中一个永远的谜。

身后突然响起一阵鸟鸣。她虽然并不关心鸣啼声出自何种鸟类，但这不知名的鸟叫声颇为悦耳。接着，赛拉斯缓缓出现在视野中，仿佛飞禽的乐曲宣告了他的到来。

她吃了一惊，准备站起身。但当他经过她身边时，并没有放缓脚步。

"坐下。"他简洁地说，然后斜倚在栏杆边，身子探出船外。她一动不动地等待着。

他站在那里，保持一定距离，也不看她一眼。他们就这样僵持了许久。

"他们在监视你的房间，"他最后说道，"所以我最近没来。所以我躲开了。"

"他们跟踪我？"贝莉丝说，她痛恨自己竟显得如此无能。

"这是我的本行，贝莉丝，"赛拉斯说，"我知道他们的行事方法。通过面谈了解的情况很有限。他们需要审查你。你不该感到惊讶。"

"那……他们**这会儿**还在监视？"

赛拉斯微微耸了耸肩。

"我想没有吧。"他缓缓转身，"我想没有，但我不敢保证。"他说话时，嘴几乎不动。"他们在你房间外等了四天。刚才至少跟踪你到了谢德勒区外围。在那里，他们大概没了兴趣。但我不想冒险。

"要是他们发现我们之间的关系，意识到他们的翻译跟西蒙·芬奇有染……那我们就完了。"

"赛拉斯，"贝莉丝心灰意冷地说，"我不是他们的翻译。他们没有叫我一起去。我想他们一定另有别人——"

"明天，"他说，"明天他们就会问你。"

"真的？"贝莉丝平静地说。但她心中一阵战栗，也许出于兴奋，也许出于不祥的预感，也许出于其他原因。她控制住自己，没有追问，*你说什么？或者，你怎么知道的？*

"明天，"他重复道，"相信我。"

她相信。一想到他毫不费力就穿透了重重阴谋，她突然感觉有点儿不适。他的触须探入城市深处，为他提供影响力和信息，他就像依靠情报维生的寄生虫，从城市的皮肤底下汲取养料。贝莉丝带着谨慎的敬意望向他。

"他们明天会来找你，"他继续说，"你将加入登陆队伍。计划就跟我们讨论的一样。他们打算在岛上待两个星期，所以你有十四天时间把消息送到底尔沙摩的舰船。为了劝服他们去新科罗布森，我会替你准备好一切所需的物品。"

"你真的能说服他们？"贝莉丝说，"他们通常不去尚克尔以北——新科罗布森还有大约一千英里远。"

"嘉罢在上，贝莉丝……"赛拉斯依然压低嗓音，"不，我没法说服他们。到时候我不在场。**你**得说服他们。"

贝莉丝对他很恼火，发出啧啧的咂舌声，但没说什么。

"我会带给你所需的物品，"他说，"一封盐语和拉贾莫语的信。印鉴、建议、文件、证据。足够劝服仙人掌族商人替我们去北方送信。足够让新科罗布森政府相信即将发生的事。足够保护他们。"

公园随着波浪晃动。雕塑群一边摇摆，一边吱嘎作响。贝莉丝和赛拉斯沉默不语。一时间，只剩下水声和鸟鸣声。

他们将知道我们还活着，贝莉丝心想。至少知道他还活着。

她立即遏制住这一念头。"我们可以传消息给他们。"她坚定地说。

"你得想办法，"赛拉斯说，"你明白这事有多危急吗？"

真该死，别把我当作低能，她恼火地想，但他与她对视了片刻，似乎并不以为意。

"你明白你要做什么吗？"他又说道，"到时候会有警卫，舰队城的警卫。你得躲过他们。你得躲过蚊族人，嘉罢在上。你能行吗？"

"我能办到。"贝莉丝冷冷地说，他缓慢地点了点头。他再度张口欲言，却似乎一时间不知从何说起。"我不会……再有机会见你，"他缓缓地说，"我最好避一避。"

"当然，"贝莉丝说，"现在我们不能冒任何风险。"

他脸上露出闷闷不乐的表情，仿佛未能达成心愿似的。贝莉丝撇起了嘴。

"我很抱歉……"他说道，然后耸耸肩，移开视线，"等你回来，等到事情都办完之后，我们或许可以……"他的语声逐渐低落。

对于他的感伤，贝莉丝有一丝稍纵即逝的惊讶。她什么感觉也没有，甚至都不觉得失望。他们从彼此那里找到依托，互相合作（以此来表述他们的计划过于简单，甚至显得荒唐），但仅此而已。她并不讨厌他，甚至还残存着一层薄如油膜的喜爱与感激，但就只是这样罢了。他支吾的语气，他的遗憾与道歉，隐约流露的深层情感，这些都让她感到诧异。

贝莉丝饶有兴味地发现，他的话无法使她信服。她不相信他那隐约的暗示。虽然看不出他自己是否确信，但贝莉丝突然觉得难以置信。

她发现这样反而安心。他离开之后，她静静地坐着，双手合拢，白皙的脸上毫无表情，任由海风吹拂。

他们来找她，说是需要她的语言技能，她得参加一趟科学考察。

贝莉丝来到"雄伟东风号"上一间位置较低的舱室，仅比甲板高出一两层。她望向嘉水区周围的船只以及"雄伟东风号"高耸的船首斜桅。这艘船上的烟囱很干净，桅杆直指向两三百英尺的高空，仿佛光秃秃的枯木，底部则埋入一排餐室与楼板之间。

一架巨型飞艇的五脏六腑铺陈在甲板上，犹如破碎的化石。弯曲的金属杆仿佛酒桶的箍条，又仿佛一排肋骨。螺旋桨、引擎、巨大臃肿的气囊等，沿着数百英尺长的"雄伟东风号"一路铺开，围绕在桅杆底部。一群工程师正把零件组合到一起，逐渐将那庞然大物装配起来。炙热的金属所发出的隆隆噪音透过窗口传到贝莉丝耳边。

随着疤脸情侣的到达，任务指示会开始了。

到了夜间，贝莉丝发现自己陷入失眠的困境。她放弃了入睡，开始尝试继续写信。

她感觉自己像个旁观者，远远地目睹着发生的一切。每天她都被带去"雄伟东风号"。大约三十五名男女集结在房间里，包括不同的种族。有些是改造人，其中一两个贝莉丝可以肯定来自"女舞神号"。她认出谢克尔的伙伴坦纳·赛克，并察觉到对方也认得她。

天气突然炎热起来。舰队城拖着沉重不堪的步伐进入一片新的海域。空气很干燥，每天的气温都类似于新科罗布森夏日里最罕见的酷热。贝莉丝不喜欢这种气候。她凝视着无情而陌生的天空，感觉自己在其影响之下日渐衰弱。她不停地冒汗，并换上轻薄的衣衫，烟也吸得少了。

人们光着上身行走。天空中到处是夏日的飞鸟，划出一道道弧线。城市周围的水很清澈，靠近表面处有大量色彩鲜艳的鱼群。嘉水区的小巷中开始出现异味。

负责讲解的是海德里格以及与他相类似的人——被迫入伙的仙人

掌族，他们都曾是底尔沙摩的海盗商人。海德里格是名出色的演说家，凭着他的口才，那些描述与解释就像是令人热血沸腾的故事。这是一种危险的本领。

他向贝莉丝及其新伙伴们描述蚊族岛屿。听着这些故事，贝莉丝开始怀疑，自己参与的这项任务，是否真有达成的可能。

丁丁那布伦有时也来参加会议。而疤脸情侣至少会有一人在场。有时候，乌瑟·铎尔悠闲地站在一边，手搭剑柄，斜倚着墙壁，让贝莉丝感到很不安。

她总是忍不住盯着他看。

窗外的飞艇逐渐成形，仿佛轮廓模糊不清的巨鲸。贝莉丝看见飞艇内部安上了舷梯。新搭建的吊舱轻薄如纸。涂有焦油与树液的皮革也已拖拽到位。

最初只是一堆零件，然后像是分解的尸体，接着变成一件半成品；而如今，它已是一艘庞大的飞艇，匍匐在甲板上，仿佛刚破茧而出的昆虫：依然很虚弱，无力飞翔，但无疑已经完成蜕变。

炎热的夜晚，贝莉丝独自坐在床上，一边冒汗，一边抽烟，对于即将到来的行动，她虽然充满恐惧，但也几乎兴奋得阵阵战栗。她时不时站起身，来回踱步，仅仅为了听一听金属地板上的脚步声。屋里只有自己弄出的声响。她觉得很满意。

第二十章

短暂的白天酷热难当，冗长的夜晚，人们依然浑身冒汗。几个星期以来，日光逐渐延长，但天还是暗得比较早，闷热漫长的夏夜仿佛吸尽了城市的活力。

政区交界处时常发生漫不经心的斗殴。一群血气方刚的嘉水区居民出外饮酒，结果与枯瀑区的人走进了同一家酒馆。一开始不过是窃窃私语：嘉水区的人或许会小声嘀咕，说什么仰慕寄生虫、拍恶魔马屁之类的。然后枯瀑区的居民提高嗓门，讲了个把关于变态头目的笑话，说到有关刀疤的俏皮话时，笑声也过于喧闹。

酒过三巡，鄙夷谩骂之后，难免拳脚相加，但不知何故，参与争斗者似乎多半并未全力以赴。他们只是做了自认为有必要的事，仅此而已。

午夜时分，街道开始空旷起来，到了两三点，就几乎没人了。

周围舰船上的隆隆轰鸣从不间断。建在工业区旧船尾部的工厂与作坊散发出刺鼻的气味和污浊的黑烟，它们并未停工。巡夜人穿行于城市的阴影中，每个区的制服颜色各不相同。

舰队城与新科罗布森不同。这里没有完整的贫民窟生态：空闲建筑物的地下室里不会挤满乞丐与流浪汉。垃圾堆里也没什么油水；城中的垃圾经过筛选，所有可回收利用的东西都被挑走，剩下的跟尸体一起扔进海中，一路下沉分解。

某些舰船上覆盖着贫民区，废弃的建筑被无家可归者占据，在咸涩闷热的空气里，房屋逐渐腐烂，星星点点的碎屑撒落到居住者身上。焦耳区的仙人掌族劳工密集地挤在简易客栈里，站立着入睡。但来自新科罗布森的人能看出区别，此处的贫穷没那么致命。斗殴多半是因为醉酒而不是绝望的争抢。居所也较容易找到，虽然屋顶有可能飘下剥落的泥灰。街边墙角里也没有蹲伏的流浪汉瞪视着夜行路人。

因此，当有个人趁着万籁俱寂，朝"雄伟东风号"走去时，没人看到他。

他不紧不慢地沿着嘉水区中肮脏的小巷前行，经过"激奋号"上的细针街、血蜜酒街和泥墙巷，又踏上霉烂斑驳、仿似涂满迷彩的三桅船"缆纬号"，最后来到潜水艇"寂静号"上。他绕过顶端的舱盖，躲入阴影之中，紧贴着污渍斑斑的潜望塔。

他能看到身后的"高粱号"，黑糊糊的井架耸立于一片塔尖与桅杆之间。

"雄伟东风号"平坦的侧舷如峭壁一般矗立在"寂静号"旁边。铁壳内的船体深处，震颤的工业噪音永不停息。潜水艇表面长着树木，树根就像疙疙瘩瘩的脚趾一样扒住钢铁。那人在树影里行走，他听到头顶上方有急促的蝠翼声。

从潜水艇到蒸汽船陡峭的侧壁之间隔着三四十英尺海水。那人看到天空中有夜行飞艇的灯光与阴影，而"雄伟东风号"的护栏内透出摇曳的微光，护卫团正擎着火炬在甲板上巡逻。

他的对面就是"雄伟东风号"凸出的右舷台，巨硕弯曲的弧面覆盖着庞大的桨轮。钟形罩盖底部露出一片片轮板，好似裙摆下面的脚踝。

那人从病恹恹的树影中走出来，脱掉鞋子，系到腰带上。周围没有人，也没有动静，他来到"寂静号"弯曲的侧舷边，滑入清凉的水中，仅发出一丝轻微的响动。游到"雄伟东风号"的距离并不长，他很快便钻进了舷台下面的阴影里。

那人抓住轮板，奋力爬上六十英尺高的桨轮，潜入黑暗之中，浑身浸透了海水。他尽量保持安静，以免造成回音。他攀上桨轮的曲轴，来到一道供维修人员出入的舱门跟前，这道门早已没人记得，但他知道它的存在。

那人花了点儿工夫，才得以撬开长年封闭的舱门，然后沿着狭窄的管道爬进硕大而安静的引擎室，此处早已被人遗弃，到处都是灰尘。

他静悄悄地经过那些无人问津的巨型引擎与气缸，其容量可达三十吨。这屋子仿佛一座迷宫，过道之间到处是巨石般耸立着的活塞，无数齿轮与飞轮互相纠缠，犹如繁茂的森林。

尘埃静止不动，四周也没有一丝光亮。时间仿佛受到遏制而停顿下来。那人撬开房门，握住把手，一动不动地站着。他记得船的布局。他知道要去哪里——知道如何躲开警卫。

由于职业的关系，他略懂一点儿魔法：比如催眠犬只、借影遁形之类的小把戏。但他非常怀疑，这些简单的法术能否在此处给予他保护。

那人叹了口气，把手伸向腰带上系着的一个布包裹。他突然有一种不祥的预感。

但也感到一阵战栗的兴奋。

他一边打开沉甸甸的包裹，一边不安地思索，自己是否真了解那东西的使用方法。刚才若是借助此物的魔法，或许就能轻易打开舱门上坚固的锁扣，也不用半夜跳入水中游泳，搞得如此狼狈。但他仍是新手，仍在摸索之中。

他掀开最后一层硬邦邦的包裹布，举起里面的雕像。

雕像比他的拳头稍大，由光滑的石头刻成，色泽灰黑墨绿。它非常丑陋，如胚胎般蜷成一团，弯曲盘旋的刻纹勾勒出鳍、触须和皮肤间的皱褶。雕刻工艺精湛老练，但看着很不舒服，似乎其设计宗旨就是为了使人不堪正视。雕像的黑眼睛呈完美的半球状，仿佛瞪视着那人，眼睛下方是圆形的嘴，里面有一圈细小的牙齿，类似于七鳃鳗。张开的嘴后面是黑洞洞的咽喉。

小雕像的后背竖着一层薄薄的黑色皮质组织，重叠皱褶，顺着脊背的形状弯曲起伏。这是一道背鳍。

那人的手指顺着镶嵌在石头纹理中的背鳍轻轻摩挲。他的脸上露出厌恶的表情，但他知道必须这么做。

他将嘴唇凑到雕像脑袋边，开始用一种带有摩擦气音的语言轻声低语。嘶嘶的话音在大房间里轻轻回荡，盘旋于静止的机械之间。

那人对着雕像念诵强力咒语，并遵循特定的方式抚摸着它。他的手指开始麻木，体内似乎有某种东西正在流失。

最后，他咽了口唾沫，将雕像转过来，正对着自己。他犹疑地凑近，开始亲吻雕像的嘴，脑袋稍稍歪向一侧，仿佛充满激情似的，但这拙劣的表演有一种令人毛骨悚然的效果。

他张开双唇，把舌头伸进雕像嘴里。舔到冰冷尖利的牙齿之后，他继续往里探。雕像的嘴像个中空的小穴，那人的舌头似乎能一直伸到正中央。他的嘴感觉很冷。那里面又咸又腥，透着霉味，他使劲定了定神，才不至于呕吐。

随着那人的舌头在石像的咽喉中蠕动，里面有东西对其亲吻作出了回应。

这他早已料到——甚至寄予厚望，然而他仍感到一阵恶心与惊骇。一小截不知何种器官颤动着与他的舌头缠在一起，冷冰冰，湿乎乎，令人作呕，仿佛雕像里藏了一条肥硕的蛆虫。

舌头上的味道越来越浓烈。那人感觉咽喉一紧，胃里一阵抽搐，但他强压住呕吐的感觉。雕像贪婪而专注地舔着他，而他努力保持镇定，接受这种爱抚。他请求它施恩相助，于是它赐予舌吻。

他厌恶地发现，自己的唾液又从雕像里倒流回来。在雕像黏滑的触碰下，他的舌头变得麻木，冰冷的感觉一直渗入牙齿。片刻过后，他的嘴几乎失去知觉。那人感到浑身刺麻，似有麻药通过咽喉灌入他体内。

雕像不再亲吻他；那条小小的舌头缩了回去。

他收回舌头时速度太快，被黑色的石齿划破了。但他没有感觉，也没有留意，直到看见鲜血滴落在手上。

他小心翼翼地将雕像重新包起来，然后静立不动，等待它的亲吻完全生效。那人的感知似乎产生了震颤与波动。他犹疑地微微一笑，打开房门。

发霉的油画与胶影相片排列于两侧，逐渐向远处延伸，他能感觉到一队巡逻的警卫正牵着狗逐渐走近。

他咧嘴一笑，将双臂伸向斜上方，同时身体缓缓前倾，就像膝盖中了枪一样。他能尝到自己的血，还有雕像的腐臭鱼腥味。他的舌头填满了整张嘴，然而他没有跌倒在地板上。

他的移动方式改变了。

通过那一吻，他拥有了雕像的视角，同时也获得雕像赋予的另一种能力，可在空间中渗透穿梭。走廊的墙根角落，成为他通行的过道。

那人既非行走，也非游泳。他巧妙地穿过一道道罅隙，如今他能看见这些新的通道，并加以利用，有些地方很容易过，有些地方则需要费点劲。他看到两名警卫牵着獒犬逐渐接近，他很清楚如何应对。

他并不能隐身，也不能进入其他位面。但他靠向墙壁，通过新获得的微观视角查看其纹理，近距离观察之下，尘埃的微粒填充了整个视野，于是他潜入灰尘背后，躲藏起来，巡逻队走了过去，没有留意到他。

走廊尽头是个往右的转角。巡逻队消失之后，那人朝拐弯处瞥了一眼，然后施展特殊能力，利用它转向左侧。

他一边以此种方式在"雄伟东风号"中穿行，一边回忆曾经见过的地图。每当有巡逻队接近，他便千方百计利用地形作掩护，从他们面前溜走。若是被堵在狭长的死胡同里，他会伸长手臂，抓住远端的墙，迅速把自己拉向转角。这时，他只要一翻身，所有的门就都到了身体下方，然后他借助重力沿着走廊疾坠。

新的移动方式令他有点儿晕眩，有点儿恶心，就好像晕船晕车似的。但那人坚定地向着船尾快速前进。

那里是罗盘厂。

工厂周围戒备森严，到处是配备火枪的警卫。那人只好谨慎地放慢速度，以各种歪斜倾侧的角度穿越重重阻碍，到达门口。他就躲在警卫跟前，但身体变得极其庞大，高高耸立，距离又如此之近，超出了正常视距范围，因此警卫们看不到他。他从他们头顶弯下来，向钥匙孔里窥视，门锁的结构极其复杂，很难破解。

但他突破锁具，进入室内。

空无一人的房间里摆放着一排排桌子和凳子，还有若干机器，但传动带与马达都是静止的。

另有一些紫铜与青铜的罩壳，仿佛巨大的怀表。屋内也放置着一片片玻璃，以及研磨玻璃的设备。除此之外，还有链条，雕刻针，卷紧的弹簧，精雕细刻的指针，等等。成百上千尺寸的小齿轮散布各处，就好像引擎室中机件的微缩版，有的像带侧纹的钱币，有的像鱼鳞，有的像尘埃。

这是一间技匠工坊。每个工作台都由一名技艺精湛的专业工匠操作，完成一道工序之后，便将半成品移交给下一个人。潜入者知道，这里的每道工序都很特殊，需要加入各种稀有矿物，需要使用精准的魔法。每一件成品比相同重量的黄金还要贵上许多倍。

狭长的屋子尽头有一张桌子，后面是个类似展示珠宝用的橱柜，其中锁着所有成品，也就是罗盘。

那人小心翼翼，费了不少工夫才将柜子打开。雕像赋予他的能力依然很强盛，他也已经适应了新的感知，但这还是需要一点儿时间。

每件成品都各不相同。他用颤抖的手取出一只最小的罗盘：简单朴素，镶着一圈抛光的木头。他嗒的一声将它按开。骨质表盘上分布着几个同心圆，有的标着数字，有的刻着神秘的符号。中间是一根黑色指针，胡乱地旋转着。

罗盘背面有产品编号。那人仔细查看过之后，开始实行本次行动中最重要的一步。他从各处搜出这枚罗盘的全部记录：展示柜后面的记录簿，负责外壳装配的金属匠所开列的清单，错置与替换配件列表，等等。

那人查得很彻底，半小时后，他找到了每一处关联。他将它们摊开在面前，核查时间上是否可行。

这件产品完成于一年半之前，尚未分派给任何船只。那人露出谨慎的微笑。

他找出笔和墨水，然后更加仔细地查看主记录簿。伪造数据对他来说轻而易举。他开始小心翼翼地给这枚罗盘添加具体信息。那人按照舰队城的四分纪元法迅速算出一年前的日期，然后填入"分派"栏中，并添注上船名"少女威胁号"。

若是有人出于某种原因，需要查询这枚型号为 CTM4E 的罗盘，在此处可以找到相关信息。他们会发现，一年前，它被安装到不幸的"少女威胁号"上，这艘船已于几个月前失事，所有人员与货物都沉入了千里之外的海底，未曾留下一丝痕迹。

替换掉所有信息之后，他就只剩下一件事要做。

他掀开罗盘，若有所思地看着里面精密的金属构造，其设计偷师自千百年前虫首人的技术，并经过适当修改。他知道，罗盘内部嵌着一小片石头，依靠同向性魔法绑定在其核心。指针绕着转轴不知所措地摇摆着。

那人将发条快速卷绕了十圈。

他将罗盘举到耳边，聆听着几乎难以察觉的轻微嘀嗒声。他望向表盘，刻度圈一阵晃动之后，固定到新的位置上。

指针疯狂地旋转，然后骤然停下，指向船头，正对着"雄伟东风号"的中心部位。

当然，它不是传统的罗盘，指针并非指向北方。

那指针指向一块特定的岩石，有人说它受到魔法结界的保护，有人说它被封装在玻璃盒里，也有人说它就固定在铁船壳底下。而关于其来源也众说纷纭，有说从空中坠落的，有说来自太阳核心的，也有说来自地狱的。

从此往后，直到这枚罗盘的机件损坏，它将永远精确地指向舰队城，指向隐藏在"雄伟东风号"中心那块神圣的定位石。

那人用油布把罗盘紧紧包起来，然后裹上皮革，塞进衣袋里，扣紧袋口。

此刻定然已接近黎明。那人极其疲惫。他发现，屋里的角角落落，墙壁表面与各种物品的材质和维度，都不再那样清晰可辨，更多的只是像平时看到的模样。他叹了口气，心中一沉。雕像提供的能力正在减退，但他还得离开此地。

周围布满武装警卫，哪怕只是知道工厂的存在，他们也会要他的命。于是，那人舔了舔嘴唇，活动一下舌头，再次打开存放雕像的包裹。

间章 IV　另一处

继续追踪。

这里的水就像汗液，我们的鲸鱼不喜欢。

然而。

还得往南走。

线索很清晰。

追踪者进入温带，继而又进入更为煦暖的海域。

此处的海底地形起伏不定，地壳表面布满尖峰与裂隙。形状各异的珊瑚礁自深水中突起，色泽鲜艳纷乱。水里浸满了腐烂的棕榈叶和莲花，还有各种奇特生物的尸体：泥塘中的两栖类，会呼吸空气的鱼，水生的蝙蝠，等等。

每座岛上都形成许多小生态圈，而每个独特的生态环境中均有一种占据统治地位的生物。有时则有两种以上，互相争夺支配权。

追踪者进入浅滩、咸水礁湖和洞穴，并以其中的生物为食。

鲸鱼呜咽呻吟，乞求回到寒冷的水域，然而主人毫不理会，甚至予以处罚，并再次申明搜寻的目标。

追踪者谈论水温，谈论光线的改变，谈论周围鱼群的鲜艳色彩，但并无怨言。猎物尚未逮住，其余问题不值得费心。

往南，它们下达命令。一条条鲸鱼相继死去，庞大的身躯分解消融，成为异域温水中细菌的养料。它们的皮肤腐烂脱落，色泽灰暗，恶臭的尸体肿胀化脓，在水面上颠簸漂荡，不断遭到食腐鸟类的撕扯，直到骨头和残余的皮肉沉入黑黝黝的水中。即便如此，主人依然不为所动。

它们说，**往南**，于是循着线索进入热带海域。

［第四部］

血

第二十一章

一七八〇年，鲁那月二十九日，回避日——6/317纪年，玳瑁季，第八书本日（随你选哪一种历法）。三叉戟号。

我再往这封信里加一段。距离上一次写信已有一段日子。假如我说抱歉，也许你会觉得莫名其妙。然而我却感觉有必要——真是荒谬。就好像我一边写，你一边读，在延误的时段里，你会等得心焦似的。当然，等你最后收到这封信，一天的空白，一周的空白和一年的空白，都是一样的——空开一行，或一排星号。我的岁月仿佛被压缩起来。但我的时间感有点儿混乱。

扯远了——简直不知所云。请原谅。

我很兴奋，也有点儿害怕。

我坐在盥洗室的窗边写下这一段，早晨的阳光正倾泻到我身上。我位于海平面以上数千英尺。

我承认，一开始确实很壮观。简直太美了。然而一段时间过后，皱褶的水面和闲云渺渺的天空变得单调而乏味。

这片海域相当空旷。从我这里望向地平线，必定有六十、七十，甚至九十英里远，然而中间没有一片帆，没有一艘小艇，没有一艘渔船。水面在绿色、蓝色与灰色之间交替变换，不知取决于水下的何种因素。

我们在空中的移动几乎难以察觉。当然，我能感觉到尾部的蒸汽引擎和巨大的螺旋桨所产生的振动，但并没有加速、前进和方向的感知。

"三叉戟号"是一艘令人叹为观止的飞艇。嘉水区显然投了不少精力和钱财在这趟旅程上。

当"三叉戟号"自"雄伟东风号"甲板上升起时，定然非常惹人注目。一段时间以来，它被搁置在高耸的支架上，以避开甲板上零零碎碎的绞盘和舱壁。我相信，一定有人开赌盘，赌我们是否会坠入海洋或掉进城市的建筑群中。

但我们顺利地升入空中。那是下午向晚时分，天边昏黄阴暗。我能想象，崭新的"三叉戟号"悬在空中，擦洗得干干净净，大小堪比城中大部分舰船，简直令人匪夷所思。

我们带着极为奇怪的货物。有一间装满猪羊的畜棚悬在引擎之间。

在为期两天的航程中，这些动物有食物和水的供给。它们一定能从地板缝隙里看到深渊似的天空。我以为它们会惊慌失措，但它们只是瞪视着蹄子底下的云，表情呆滞。它们愚蠢至极，连害怕都不懂。恐高症对它们来说是太过复杂的概念。

我坐在盥洗室的小隔间内，一边是牲畜棚，另一边是控制舱，机长及其手下就在那里面掌控着飞艇。此处是从主客舱延伸出来的一条过道。

自从起飞之后，我已经来这里写过好几次信。

其余人闲坐着打发时间，或打牌，或小声聊天。我猜有些人在楼上，也就是气囊底下的卧舱里。也许他们正在重新听取任务分派。也许他们正在演练。

我的角色相当简单，他们也已经说得很明白。历经许多个星期，辗转数千里之后，我再一次被告知，只需做个传声筒，转达信息和语言，至于谈话的内容，要像什么都没听见一样。

这我能做到。但在那之前，除了写信，我没事可干。

关于参与此次任务的人员，他们尽可能挑选仙人掌族。飞艇上至少有五名仙人掌族多年前曾去过蚊族的岛屿。海德里格当然在列，但其他人我不认识。

这就产生了一个叛逃的问题：舰队城中被迫入伙的人极少与过去的同胞联系，但岛上一定有来自底尔沙摩的仙人掌族。我的计划依赖于这样的会面。我明白，参与本次任务的仙人掌族，都有理由拒绝回到故乡。他们就像约翰尼斯，像海德里格，像谢克尔的朋友坦纳——忠于这个接纳了他们的城邦。

但海德里格让我感到纳闷。他认识赛拉斯——至少认识西蒙·芬奇。

有件事我最清楚不过，嘉水区当局可能错判一个人是否值得信任。

底尔沙摩人很实际。在海上，当底尔沙摩船遇上佩里克或者曼陀罗群岛的船，也许会发生战斗，但出于安全考虑，他们对舰队城很客气。另外，他们需要停靠港口。和平靠港准则的作用类似于陆地上的商法通则，相关人员必须严格实施，绝对遵从。

坦纳·赛克在飞艇上，我看得出，他知道我是谁。他瞧着我的眼神不知是厌恶，还是羞怯，还是别的什么，简直难以猜透。丁丁那布伦和他的若干伙伴也在飞艇中。约翰尼斯没在——这让我甚感宽慰。

这里的科学家是一群奇怪的组合。被迫入伙的学者与我想象中相去不远，而舰队城本地的则像是海盗。别人告诉我，这位是数学家，这位是生物学家，这位是海洋学家；但他们看上去全都像海盗，疤痕累累，凶神恶煞，衣冠不整。

艇上还有仙人掌族和血痂族警卫。我见过他们的军械库，里面有飞轮弓、燧石枪和长柄斧。他们带着黑火药，似乎还有一些大型器械。万一蚊族不愿合作，我想我们带足了武器来说服他们。

负责指挥所有警卫的是乌瑟·铎尔。而给他下达命令的，是嘉水区的首领之一。疤脸情侣只来了其中一人。

铎尔来回踱步，从一间屋子走到另一间。我感觉他跟海德里格交谈最为频繁。他似乎很焦躁，我尽量避开他的视线。

他的姿态，他那不同寻常的嗓音，都让我很好奇。他总是穿着灰色皮衣，仿佛那是他的制服，皮革上坑坑点点，布满疤痕，但干净得无可挑剔。他右手袖子上缠着金属丝网，一直连到腰带里。他的剑悬在左侧腰间，浑身插满手枪。

他常常朝着窗外怒目而视，然后踱回来，通常是走到疤脸首领身边。

疤脸情侣脸上的伤痕让我有点儿反感。我知道有些人喜欢从疼痛中寻求解脱，并以此作为性事的一部分——我接触过这类人，虽然我认为此种嗜好略显荒诞，但丝毫不会感到困扰。在我看来，疤脸情侣的问题不在于此。我有种感觉，他们的划痕可以说是即兴而为。令我不安的，是他们之间某种固有的更深层的联系。

我尽量避开疤脸首领的视线，但发现自己忍不住偷窥她的伤疤，仿佛其图案具有催眠效果。然而当我从手指缝里悄悄观瞧，它们既没有浪漫与神秘的感觉，也没有任何启示性作用，只不过是旧伤的凭证。只不过是疤痕。

同一天，稍后。

赛拉斯在最后一刻才把所需的物品送来，仿佛刻意营造戏剧效果似的。

我不得不钦佩他的手段。

雕像公园里那番简短的对话过后，我一直在琢磨，他怎样才能把相关的资料交给我。**我和我的房间都受到监视，我能怎么办？**

鲁那月二十六日早晨，我醒来时发现房间地板上有个包裹，是他送进来的。

他用了一种夸张炫耀的手法。我抬头看到天花板上镶有一块新的铁皮，遮住一个六寸大的洞，我忍不住笑出声来。

屋顶上的薄铁皮在雨点敲打之下，犹如管弦乐队的鼓声，赛拉斯趁此机会爬到"彩石号"的大烟囱顶端，在那上面划开一个洞。扔进包裹之后，他又尽责地在屋顶铆上一片铁皮。整个过程未曾发出一点儿声响：既没有吵醒我，也没有惊动监视者。

他面对威胁施展巧计，以保护自己，不愧是替政府工作的间谍。如此看来，他跟我立场一致是我的幸运，也是新科罗布森的幸运。

我很高兴不用再见他。如今我感觉跟他很疏远。我对他并不反感：我从他那里获得安慰，并希望也已给予他同样的回报。但这种关系真的只能到此为止。我们只是碰巧走到一起而已。

赛拉斯在小皮袋子里放了几件东西。

他写了封信给我，解释计划的详情。我仔细读过之后，才查看袋子里的其他物品。

里面还有别的信件。他写给预想中的海盗船长：拉贾莫语和盐语各一份。**致应允将本函转交新科罗布森者**，信的开头写道。

信中措辞正式而简练，他向阅信人承诺，一旦将物品原封不动地安全送抵目的地，即可获得一笔佣金。信中写道，本瑟姆·鲁德革特凭市长之职，授权费内克探员（含准证号）郑重宣告，新科罗布森需将携此函者视作上宾，并按其所述规格修整其船只，同时赠予三千几尼金币以兹答谢。最重要的是，他们将获得新科罗布森政府的特许免税证，一年之内，不受新科罗布森颁布的海事法限制。除自卫之外，新科罗布森舰船也不会以任何理由搜检或攻击他们。

赏金非常诱人，但真正能说服仙人掌族的应该是免税许可。赛拉斯允许他们合法抢劫，而且**不用缴税**。在合同期内，他们可以随意掠夺，无需上缴一文钱，而新科罗布森舰队也不会为难他们——事实上还会保护他们。

这是一种强效的激励。

信的末尾，赛拉斯签上自己的名字，然后在勉强可辨的口令词上盖了个新科罗布森议会的蜡印。

我不知道他有这样一枚印章，在离家如此遥远的地方见到它感觉很奇怪。印章精致得令人诧异：抽象化的墙壁，代表公职的座椅和器具，底下还有一组细小的数字，那是他的编号。这印章象征着非同寻常的权力。

而他把它交给了我。

但我说岔了。回头我再来讲这枚戒指。

另一封信要长得多，覆盖了整整四页纸，字迹精细致密。仔细读完之后，我感到心惊胆战。

这是写给鲁德革特市长的，描述了格林迪洛入侵计划的概要。

其内容晦涩难懂。赛拉斯使用了简短的速记符和代号——有些缩写我无法识别，提及的事物我也从没听说过——但其中的意思绝不会有错。

七级状态，代号：箭镞，信纸的开头部分写道，这些词我虽然不懂，但有一种不寒而栗的感觉。

我意识到，赛拉斯故意隐去细节，以免我受惊吓（不知算不算有效）。他对入侵计划非常了解，并以冷漠而精确的语言记录下来，明确标出部队数量与编制，而携带的武器仅以一个字母或音节表示，含义模糊不清。他的警告令人不安。

第三月相，象牙法师／水巫合成军团沿溃疡河南下，具备E.Y.D. 以及 P-T 能力，我默念道。我们所面对的这一切，规模如此浩大，令我无比恐惧。我们先前虽也投入不少精力，急切地想要设法逃脱，但与之相比，显得如此微不足道。

这些信息足够为城市提供防护。赛拉斯履行了自己的职责。

信的最后同样也盖有城市的印鉴，使得那些陈腐淡漠的语句看上去真切得叫人害怕。

跟信件在一起的，还有一个盒子。

那是个珠宝盒，由沉重的黑木制成，简单、结实。盒子里厚厚的衬垫中间，嵌着一条项链和一枚戒指。

戒指是给我的，表面用白银和翡翠雕刻出反转的印纹——即那枚印章，其工艺精湛得令人心动。赛拉斯在指环里放了一小块红色的封印蜡。

我将保留这枚戒指。等到我们期待中的船长看过信件与项链，我就会把它们放进盒子的衬垫里，扣上锁，封入皮袋，并将戒指的印记刻到灼热的封蜡上。这样一来，船长知道盒子里是什么，知道我们没有骗他，但如果要让收件人确信，并给予他报酬，就不能对里面的物品动手脚。

（必须承认，每当我想到这一连串过程，便会感到气馁。这似乎太勉强了。我一边写，一边叹气。我不想再为这些事伤脑筋。）

项链将穿越重洋。与戒指不同，它只是一条普通的细铁链，粗糙简单，设计毫无美感，一端系着一块小金属牌，上面刻有一串数字，一个徽标（弯月下的两只猫头鹰），以及若干字符：赛拉斯·费内克探员。

它代表了我的身份，赛拉斯在信中告诉我。它可以从根本上证明信的真实性，也表明我已无法回到新科罗布森，这是我的告别辞。

再稍后。天色渐暗。

我很不安。

乌瑟·铎尔来找我谈话。

当时我从厕所出来，刚走到楼上的卧舱区域。我正心不在焉地琢磨着，所有人的大小便都从天空抛落，未免有点儿好笑。

我听到走廊前方有悉索声，其中一扇门中透出光亮。我朝门内望去。

疤脸首领正在换衣服。我屏住了呼吸。

她的背部跟脸上一样布满纵横交错的疤痕。大部分似乎是旧伤，呈灰白色。但也有个别黑紫色的。这些伤痕沿着后背一直延伸到臀部。她就像被打上印记的动物。

我忍不住发出惊呼。

疤脸首领听见后，从容地转过身。我看到她的乳房和胸口也跟后背一样伤痕累累。她一边看着我，一边穿上衬衣，布满繁复疤痕的脸上毫无表情。

我结结巴巴地说了声抱歉，赶紧转身朝楼梯走去。但我惊恐地看见乌瑟·铎尔从同一间屋子里走出来，他注视着我，手扶在那柄可怕的剑上。

这封信在我口袋里就像着了火。这是反叛嘉水区的罪证，足以让我和赛拉斯被处以极刑——继而给新科罗布森带来毁灭。我非常害怕。

我假装没看见铎尔，径直走下楼梯，来到主舱，在一扇窗边落座，发狂似的注视着云层。我希望铎尔别来找麻烦。

但没有用，他向我走来。

我感觉到他站在桌边，我等了很久，希望他完成威胁之后，一言不发地离开，但他没有走。最后，我不得不勉强地转头望向他。

他沉默地看着我。尽管我脸上不露声色，心中却越来越焦虑。过了一会儿，他才开口说话。我都忘了他的嗓音有多优美。

"即叫作爱饰。"他说。

"那些伤疤叫作爱饰。"他指向我对面的座位，点了点头，"我可以坐吗？"

我能怎么说？面对疤脸情侣的得力助手，面对他们的保镖与杀手，面对舰队城最危险的人物，我能说，不，我想独处？我抿起嘴，礼貌地耸耸肩：你要坐哪里我无权干涉，先生。

他将扣拢的双手按到桌子上。他讲起话来优雅从容，我没有打断他，没有走开，也没有以兴致阑珊的表情阻止他继续发言。当然，一部分原因是由于我担心自己的安全与性命——我的心脏跳得飞快。

但也因为他的演说：他的话就像是从书本里念出来似的，每一句都精心构造，好比诗人的作品。这是我从没听到过的。他凝视着我，眼睛仿佛一眨也不眨。

我被他所说的内容深深吸引住了。

"他们俩都是被迫加入的，"他说道，"我是说疤脸情侣。"我一定惊讶得张口结舌。"那是二十五年，还是三十年之前。"

"男的先加入。他原本是个打渔的，来自碎石群岛北端的渔民，终日在礁石与小岛间撒网收线，杀鱼洗鱼，剥皮切片，无知而愚钝。"他注视着我，灰色的眼睛比他的皮甲还要深黯。

"某一天，他的船划得太远，被风刮跑了。嘉水区的侦察船发现了他，他们劫走他的货物，然后又讨论是否要杀死这个惊惶失措、骨瘦如柴的小渔夫。最后，他被带回城中。"

他动了动手指头，开始轻轻揉搓自己的手。

"环境能塑造人，能毁掉人，也能使人重生，"他说，"三年后，那小伙成了嘉水区的首领。"他微微一笑。

"又过了不到三季，我们的铁甲船截下一艘由佩里克岛驶往米尔朔克的单桅小船，其船身弯曲而华丽。船上载的似乎是一个法瓦迪索贵族家庭：丈夫、妻子与女儿，带着扈从迁往大陆。他们的货舱被掠夺一空。没人关心那些乘客，因此我不清楚他们的命运。大概是被杀了，我不知道。人们所知的是，当船上的仆人被接纳为公民，有一名女仆吸引了新首领的眼睛。"

他望向窗外的天空。

"有人在'雄伟东风号'的甲板上目睹了那次会议，"他平静地说，"他们说她身姿挺拔，见到首领时，面带狡黠的微笑——既不是阿谀奉承，也不是惊慌失措，而是仿佛对眼前的一切很满意似的。

"在碎石群岛北部，女性的境遇并不妙，"他说，"每座岛屿都有各自的习俗与律法，其中有些颇为令人不快。"他合拢双手。"有的地方把女人的嘴缝起来，"他凝视着我说道，我望向他的眼睛：这不是为了恐吓你，"或者割掉她们身上的器官。或者把她们绑在屋子里侍奉男人。我们头领出生的岛上还不至于如此残忍，然而……其他文化中的某些特质，在他们那里演变得更为夸张。在新科罗布森，女性被神圣化。那是带着崇敬面具的蔑视。你明白的，我敢肯定。你在出版书籍时署名 B. 科德万。我敢肯定，你是明白的。"

我承认，这令我很震惊。他竟如此了解我，知道我为何要耍这么一个无伤大雅的小伎俩以混淆视听。

"在头领生活的岛上，男人出海时，妻子和情人被留在岸上，但无论多少传统与习俗都无法箍紧她们的双腿。若是一个男人热切地爱上一个女人——至少他如此说，或如此想——到了要离开时，他会感觉很不舒坦。因为他亲身体验过，她的魅力有多强烈。毕竟他自己已经折服，因此他必须将其削弱。

"在头领生活的岛上，当男人对女人的爱意达到一定程度，便会划花女人的脸……"我们纹丝不动地对视着，"他要给她刻上印记，表明她归自己所有，就好比在木头上做记号。而且，对她施以一定程度的破坏之后，就没人会再要他。

"这些伤疤就叫爱饰。

"不知是出于爱，出于欲望，还是某些混合的情感，头领一下子被迷住了。他开始追求这个新来的女子，并凭借其历练而来的果断与强悍，很快便将她据为己有。众人一致认为，她接纳了他的关爱，并给予回报，成为他的情人。终于有一天，他认定她应该完全属于自己，于是，凭着一股生硬的勇气，他在交欢过后，掏出匕首，在她脸上划下印痕。"铎尔顿了一顿，然后突然露出真诚而愉快的微笑。

"她一动不动，任他刻划……接着，她拿起匕首，也在他脸上刻出印痕。"

"这从此改变了他们俩。"他轻声说。

"你能看出其中的虚伪。他迅速攀升至如此高位，的确是个不同寻常的小伙，但他依旧是个粗鄙的人，遵循着粗鄙的法则。他告诉她说，刻下这些疤痕是为了爱，因为他不信别的男人能够抵挡她的魅力。他**相信**自己的话，这我并不怀疑。但无论他相信与否，那是个谎言。他就像用撒尿来标示领地的狗，告诉别人，他的疆域由此而始。然而她却回过头来给他刻上印记。"

铎尔再次对我微微一笑。"这是意料之外的情况。财产不会给主人做标记。他在她脸上刻划时，她没有反抗，她对他的话持信任态度。鲜血与疼痛，撕裂的皮肤与肌肉，凝结的血块与疤痕，这些都是为了爱，因此她也要回报他。

"她假定爱饰的作用确实如他所述，并以此为出发点，改变了他们，赋予他们更多内涵。同时，她也改变了自己的情人，不仅在他脸上留下伤口，也给他的文化背景带来一道疤痕。此后，他们互相安慰，互相扶持。他们在忽然显得纯真的伤疤中找到了力量与依靠。

"我不知道第一次他是如何反应的。但那晚过后，她不再是他的情妇，而是与他平起平坐。那一晚，他们抛弃了原有的姓名，成为'疤脸情侣'。于是嘉水区就有了两个首领——这两人的统治比一个人时更加坚决明确。从此，对他们俩来说，一切都成为可能。那天晚上，她教会了他如何重写规则，如何不断探求。她把他给同化了。她渴望转变。

"至今仍是如此。这我比许多人都清楚：我刚到来时，她对我和我的研究工作充满热心。"他沉吟道，"新人们带来零零总总的知识，她将这些信息搜集起来……加以利用，那种动力与热忱，你无论如何都难以抵挡。

"他们俩每天都要重新确认目标。新的爱饰不断出现，他们的脸和身体成了爱的地图。这幅地图始终在变化，随着岁月的流逝，其规律也越来越明白。每次都是以一换一：疤痕代表着尊重与平等。"

我保持沉默——长久的沉默——但铎尔的独白已经结束，他在等我回应。

"当时你不在场吗？"我最后问道。

"我是后来才加入的。"他说。

"被劫持的？"我震惊地说，但他摇摇头。

"我是自愿来这里的，"他说，"十年多之前，我找到了舰队城。"

"你为什么要告诉我这些？"我缓缓地说。

他略微耸了耸肩。"这很重要。"他说。"这很重要，你得明白。我注意到了——你害怕那些疤痕。你应该了解它们的含义，应该了解统领我们的是何许人，了解他们的动机与热情，了解他们的动力和决心。正是这些疤痕，"他说道，"给嘉水区以力量。"

接着，他略一颔首，唐突地离我而去。我等待了片刻，但他没有再出现。

我感到深深的不安。我不明白这是怎么回事，他为何要找我谈话。是女首领派他来的吗？是她指示他来告诉我这段历史，还是他本身另有企图？

他自己相信跟我讲的这些事吗？

他告诉我说，**那些疤痕给了嘉水区力量**，但我不禁感到疑惑，他难道对另一种可能视而不见？他难道没有注意？嘉水区、舰队城乃至整个海洋里最有权力的三个人都是外来者，并非出生于舰队城范围之内，这是巧合吗？他们逐渐受到这座城市的认可，并成为其代理人。舰队城充其量不过是一座由五花八门的废旧船只组成的城市——尽管也是巴斯－莱格历史上最独特的城市——但这三人不受其限制，他们的目光投得更远，不局限于小打小闹的抢掠和狭隘的自豪感。

他们对舰队城不负有义务。他们的优先考量是什么呢？

我想知道疤脸情侣的名字。

除了在战斗时（对此记忆，我怀着无比的恐惧），乌瑟·铎尔脸上的表情几乎一成不变。这种表情很奇怪，带着一点点悲哀，也让人难以猜透他的思想与信念。无论他如何解释，我见过疤脸情侣的伤疤，丑陋而令人厌恶。对于某些坠入情网的爱侣，它代表一种原始的仪式。但这无法改变其本质。

丑陋而令人厌恶。

第二十二章

飞艇自舰队城起飞，往西南方行驶了三十六个小时后，陆地开始出现在他们下方。

贝莉丝睡得很少。但她没感觉到累，第二天早晨不到五点就起床了，在客舱里看着黎明的到来。

她走进主舱，一些早起的人已经在观望：若干机组人员，丁丁那布伦及其伙伴，还有乌瑟·铎尔。一见到他，贝莉丝的心略微一沉。她发现他的姿态——比贝莉丝更保守，更谨慎——令人困扰，她不明白他何以会对自己感兴趣。

他注意到她，沉默地朝窗外比了个手势。

太阳尚未升起，在黎明的微光中，一块块礁石从下方的海水中突起。很难判断陆地的大小与距离。岩石仿佛鲸鱼的脊背一般散布各处，没有一块超过一英里宽，连比舰队城大的都没多少。贝莉丝看不到飞禽和走兽——只有褐色的石头和绿色的灌木丛。

"我们一小时内就能到达那座岛。"有人说。

飞艇上的人们忙忙碌碌在做准备工作，但贝莉丝并不关心其中的细节。她回到卧室里，迅速收拾好行李，然后穿上黑衣，坐在船舱中，厚实的旅行袋搁在脚边。她已将赛拉斯·费内克交给她的小皮袋子，连同其中的物品，以及一直在写的那封信，全都夹藏在替换的裙子内，塞入旅行袋的一角。

机组人员匆忙地来回走动，互相吆喝着外人难以理解的指令。他们中闲下来的人全都围聚于窗边。

飞艇已大幅下降。他们距离海水只剩一千英尺左右，海面的细部变得清晰起来。原先那一片皱褶逐渐显现出波浪的形状，泡沫与水流也已能够分辨，水底下有黑糊糊的礁石，有彩色的海带群——还有，那是一艘沉船吗？

岛屿就在前方。它坐落于炎热的海洋中，却显得如此荒芜，贝莉丝不由得打了个激灵。小岛大约三十英里长，二十英里宽，地形崎岖嶙峋，布满色泽灰暗的山峰与丘陵。

"我还以为再也不用来这鬼地方了呢！"海德里格用带有森格拉口音的盐语说道。他指向岛屿最远端的海岸。"它离格努克特有一百五十多英里，"他继续道，"蚊族的空中飞行能力并不是很强，飞不过六十英里远。柯泰人知道他们绝对到不了大陆，所以才留他们一条生路，并通过类似我这样的人来跟他们交易。那儿——"他竖起粗壮的绿色大拇指，使劲指了指。"——是他们的聚居地。"

飞艇稍稍倾斜，绕着海岸航行。贝莉丝专注地凝视着岛上，但除了植物之外，看不到别的生命。贝莉丝突然惊悚地意识到，天空中没有鸟。他们经过的每一座岛屿都聚集着成群的飞禽，周边的礁石也沾满鸟粪。每一片陆地上方都有盘旋穿梭的海鸥，时而扑向温热的海水捉鱼，时而乘着气流飞舞聒噪。

蚊族岛屿的岩壁上空一片死寂。

飞艇越过寂静的黄褐色山岭，一条平行于海岸的岩脊遮挡住了内陆。除去引擎声和风声，四周一片静默。过了许久，终于有人喊道，"看哪！"语气突兀而充满戒心。

喊话者是坦纳·赛克，他指向一小片草地。那草地嵌在岩石之间，因而波浪无法企及。绿色的杂草丛中分布着一小簇移动的白点。

"是羊群,"海德里格稍后说道,"我们已经靠近海湾了。最近一定刚到了一批新货,它们还能留存一段时间。"

海岸的地质结构发生了变化。参差的岩脊渐渐趋于平缓,不再那么艰险陡峭。海边有黑色沙岩构成的短滩,有覆盖着硬泥和蕨类植物的斜坡,也有低矮灰白的树丛。偶尔一两次,贝莉丝还看见游荡在野外的农畜:猪、牛、绵羊、山羊、零零星星、数量极少。

往内陆方向一两英里处,流淌着一条条灰暗的河流,缓缓地从山岭间渗出来,互相交错汇合。水流至平坦之处,速度减慢下来,河岸骤然变宽,扩展成池塘与沼泽,滋养着芒果树、藤蔓等植被,浓密滞塞,仿佛呕吐物一般。贝莉丝远远地看见岛屿另一端似乎有一片荒芜的废墟。

下面有东西在动。

但其速度飞快,飘忽不定,她的视线难以追踪,只是感觉有一团模模糊糊的影子从视野中一掠而过。那东西从黑黝黝的岩洞里钻出来,迅速划过空中,钻进另一个洞穴。

"他们凭什么来交易?"坦纳·赛克说,他的视线并没有离开陆地,"作为柯泰人的代表,你们把从底尔沙摩带来的猪和羊之类的货物留在这里。但柯泰人要的是什么?蚊族有什么可供交易的?"

海德里格从窗口退开,呵呵一笑。"书籍和知识,坦纳老兄,"他说,"还有沙滩上找到的零零碎碎。"

飞艇下方运动的物体越来越多,但贝莉丝的眼睛就是无法清晰地辨识。她紧张而沮丧地紧咬着嘴唇。她知道自己看到的并非幻象,这些影子其实只可能是一样东西,其他人却都只字不提,这让她感到惶恐不安。他们难道看不见吗,她心想。为什么没人提起?为什么我也闭口不言?

飞艇逆着微风逐渐减速。

它降落在一道岩脊之上。人群中突然爆发出一阵无比兴奋的低语声。群山间斑驳地散布着植物群落，时而枝繁叶茂，时而荒芜贫瘠。下方是一片岩石海湾，笼罩于山岭的阴影之中。海湾里停泊着三艘船。

"我们到了，"海德里格轻声说，"这些是底尔沙摩船。那边是机械海滩。"

此处为一座天然港湾，伸入海中的礁石呈圆弧状环抱着三艘镶有华丽金饰的大型横帆船。贝莉丝发现自己屏住了呼吸。

海滩上的沙砾呈暗红色，仿佛残旧肮脏的血迹，其间还散布着奇形怪状的碎石，大小有如人体或房屋。贝莉丝扫视着深暗的地表，看到海岸上嵌有若干小径。沙滩边缘稀疏的灌木丛背后，这些小路变得更为清晰。它们从低洼的泥地缓缓爬升至俯瞰着海面的石坡。岩石在阳光暴晒之下，蒸腾起一股股热气，山坡上点缀着橄榄树之类的低矮植株。

贝莉丝的视线沿着小径蜿蜒而上，越过炙热的山坡，最后（她的呼吸再次停滞）停留在一片晒得褪色的房屋上，它们像生物体似的附着于岩石之间——这就是蚊族的城镇。

海湾中没有风。太阳周围飘浮着少许细碎的白云，就跟用画笔点上去的一样，但猛烈的热光直射而下，照在岩壁之间。

四周听不见任何生命的响动。海水的声音沉闷单调，与其说打破了静寂，还不如说更衬托出沉默。飞艇平静地悬浮着，引擎已经熄火。底尔沙摩船在附近吱嘎作响。这些船是空的，没人出来迎接飞艇。

乘客们下飞艇时，身披血甲的血痂族卫士与仙人掌族一起担任岗哨。贝莉丝蹲伏在绳梯底下，抚摸着地面，手指从沙砾间拂过。她听见自己急促的呼吸声在耳边呼哧作响。

一开始，她只是意识到自己站在陆地上，脚底不再摇晃，这是一种久违了的体验。她很高兴再次拥有脚踏实地的感觉，但很快发现自己反而已经不太适应。接着，她开始注意周围的环境。等到留意到脚下的沙滩，她才首次发现其奇特之处。

她记得奥姆的书，记得里面幼稚的木版画：简单抽象的黑白人像站立在海滩上，周围尽是残破的机器。

机械海滩，她心想，然后抬头望向黯红色的沙砾与碎石。

不远处就有一些她先前以为是岩石的物体——巨大如房屋，矗立在海岸线上。那都是巨硕而敦实的引擎，覆盖着铁锈与铜绿，其功用早就为人所遗忘，活塞长年累月暴露在咸涩的空气中，也已无法动弹。

还有一些较小的石块，贝莉丝看出它们是大机器的碎片，例如拴连在一起的螺钉和管道；也有更加精细的完整部件，如测量仪、玻璃器皿、微型蒸汽机，等等。而小石子其实是齿轮、飞轮、螺栓、钉子之类的东西。

贝莉丝低头观瞧，她的双手中捧着成千上万细小的棘爪、齿轮和硬化的弹簧，仿佛是从极其精密的钟表中拆出的部件。每颗残存的零件都是一粒坚硬的沙子，比面包屑还要小，被阳光晒得热乎乎的。贝莉丝让它们从指缝间滑落，她的手指上也沾染了暗红的血色——铁锈——就跟整个海岸一样。

这海滩是一件赝品，以垃圾堆里的材料来模仿自然造物，每一个微小的组成部分都来自损毁的机器。

这些来自哪个年代？历经了多少岁月？这里发生过什么事？ 贝莉丝心想。她已经太过麻木，除了极度疲惫与惊畏，什么都感觉不到。**这是怎样的猛烈灾难？** 她想象着港湾周围的海床——凋零的工业，坍塌崩溃的城市工厂，在海浪与阳光的侵袭之下，各种设备逐渐氧化，呈现出血红色的铁锈，最后分崩离析，化作残破的碎片，被海水冲回岛岸边，形成这片奇特的海滩。

她又抓起一大把机械沙砾，任其滑落消散。她能嗅到金属的气味。

她意识到，这就是海德里格所说的零碎。这是一片废弃设备的坟场，一定有无数秘密在此化为腐锈的尘埃。他们定然是从这里筛选出最有价值的物品，擦洗干净，以供交易——就像一幅包含一千块碎片的拼图，能淘到的只有零散的两三片，虽然令人费解，难以参透，但若是你能拼凑出全貌，若是你能完全理解，那将带来什么样的收获？

她跟跟跄跄地离开绳梯，听着脚下古老的机械零件发出沙沙响声。

最后一批乘客走下飞艇，警卫们注视着地平线，口中喃喃低语。稍远处，牲畜棚吊在绞盘底下，正被放落到地面上。它散发出农场似的臭味，里面的动物在静止的空气中发出嘈杂而愚蠢的叫声。

工程师和科学家们早已散开，默默地用手指在金属沙砾中摩挲。有些人跳入海中，比如坦纳·赛克（他发出一声欣然的叹息，短暂地潜入水下）。一时间没有其他声响，只听见细碎的浪花打在布满铁锈的海滩上。"都过来，听我说。"疤脸首领威严地说，于是人们围拢到她身边。

"你们要想活命的话，就听好了，"疤脸首领继续说道，人群不安地挪动着，"到村子里还有一两英里的路程，得沿着高处的岩石往上爬。"他们抬头观望，山坡上空荡荡的。"大家得聚集在一起。拿好发给你们的武器，但除非真正面临生命危险，不要轻易使用。我们人太多了，很多都没受过训练，必须避免在惊恐中互相射杀。仙人掌族和血痂族警卫会守在我们两侧，他们懂得如何使用随身携带的武器，所以尽量不要开火。

"蚊族动作很快，"她说，"她们饥饿而危险。我希望你们还记得任务指示会上讲的内容，你们知道面对的是什么。蚊族的男性住在村子里，我们必须找到他们。稍远处有沼泽和水流，也就是蚊族女性的住所。她们要是听到或者嗅到我们，就会被吸引过来。因此动作要快。都准备好了吗？"

她挥臂示意，于是仙人掌族警卫将众人围了起来。牲畜棚仍通过锁链连着"三叉戟号"，就像一支抛下的锚。他们打开畜棚，猪和羊都套有项圈，绳索绷得紧紧的。贝莉丝见状，扬起了眉毛。身强力壮的仙人掌族将牲畜牢牢地牵住。

"出发。"

从机械海滩到山坡上的村镇，那段路简直就像是噩梦。往后的几天乃至几个星期中，当贝莉丝回想起这一过程，她发现无法将所有事件连贯地串接起来。她的记忆中缺少时间概念，只有梦境般的片段。

她记得天气很热，滞塞的空气堵在毛孔、眼睛和鼻子周围；腐烂的气息和树液的味道混杂在一起；成群结队的昆虫不断骚扰。贝莉丝领到一把燧石火枪，她（记得）把它提得离身体远远的，仿佛它会发出恶臭一般。

行进过程中，她跟其他乘客挤在一起——唯一一名豪刺人背上的尖刺时而竖起，时而松弛，显得非常紧张，虫首人则不安地摆动着头足——外围都是仙人掌族和血痂族，他们把牲口拖在身后。特殊的生理特性使得他们免于危险。仙人掌族没有血，而血痂族敏感的血液能够起到保护作用。他们带着枪和飞轮弓。乌瑟·铎尔是唯一的人类警卫。他双手各执一件武器，贝莉丝发誓，每次望向他时，他手中的武器都不一样：有时是两把匕首，有时是一把枪和一把匕首，有时是两把枪。

她的视线越过覆满藤蔓的岩石，望向内陆的开阔区域，那里到处是枝繁叶茂的山坡，而水池像鼻涕一样凝滞。她听见有声音。最初只是树叶间一阵阵响动，没什么特别的。但接着便出现了一种恐怖的呜咽声，其来源难以辨别，仿佛空气本身在痛苦地呻吟。

那声音越来越密集，围绕在他们四周。

贝莉丝与相邻的人撞到一起，在惊恐、疲惫与湿热中，他们忙乱地望向四面八方，动作笨拙不堪。树丛中出现若干来回穿梭的黑影，运动路线难以捉摸，犹如风中的尘埃。那些影子行踪飘忽，越移越近，似乎来者不善。

接着，第一个女蚊族飞奔着从繁密的树丛中钻了出来。

她的样子就像弓着背的女人，但每一节脊梁骨都佝偻着，身子蜷作一团，姿态诡异，脖子夸张地扭曲着，显得离身体太远了点儿，突兀的双肩向后展开，皮肤苍白如蠕虫，硕大的眼睛瞪得圆圆的。她极其削瘦，乳房像干瘪的空袋子，伸展的双臂仿佛拧成麻花状的电线。她双腿发狂似的奋力飞奔，身体前倾，但并未着地。然后（诸神在上，嘉罢在上）她展开背部巨大的蚊翅，负担起身体的重量，胳膊和腿耷拉着，一副丑陋而凶悍的模样，紧贴着地面继续朝他们扑来。伴随着突然出现的嗡嗡哀鸣，珍珠色泽的膜翅高速振动，变得模糊不清，那恐怖的女人仿佛悬在一片污浊的空气底下向他们飞来。

接下来的情景反复出现在贝莉丝的回忆和梦境之中。

蚊族女人眼神贪婪，使劲张开嘴，双唇向后翻起，露出光秃秃的牙床，仿佛反胃作呕的样子。然后她嘴里突然冒出一根尖刺，那黏湿的吸管有一英尺长，突在她的嘴唇外面。

尖刺伸出的过程一气呵成，类似于呕吐，但无疑带着一种令人不安的肉欲感。那根刺不知从何而来：她的咽喉和头部似乎都不够长。她扇动翅膀，尖啸着冲过来，同时，树丛底下又涌出更多蚊族。

记忆一片模糊。贝莉丝依然记得当时炎热的空气，也记得当时目睹的景象，但每当想起这种亲临现场的感觉，都会使她心惊肉跳。登陆队伍在惊惧之下几乎一哄而散，人们朝着各处胡乱开枪，场面混乱而危险（铎尔愤怒地吼叫着"停火"）。

贝莉丝看见最先出现的一批蚊族女人绕着仙人掌族转圈，但没什么兴趣，转而落到血痂族卫士身上（这些长有翼翅的女人身材瘦削，其体重只能让强壮的血痂勇士稍稍晃动一下），用长矛般的口器没头没脑地乱刺，然而始终无法穿透血痂铠甲。贝莉丝听见割断的绳索噼啪作响，猪和羊四散奔逃，留下一串粪便与尘埃。

此刻已有十到十二个蚊族女人（一眨眼就这么多），看到乱窜的牲畜，她们立即转身去追更容易得手的猎物。她们低着脑袋，依靠薄薄的翅膀浮在空中，臀部和四肢松弛地悬垂下来，仿佛以狭长的肩胛骨为支点悬吊着的木偶，而黑色的吸管依然湿乎乎地突在外面。她们扑向惊慌失措的牲口，转眼便追了上去，飘忽地降落到它们前进的路线上，伸展双臂，叉开手指，牢牢揪住其皮毛。贝莉丝在惊骇与恍惚中看着第一个女蚊族开始进食（她记得自己跟跟跄跄，连连后退，不时绊到周围人的脚，但由于有恐惧的力量作为支撑，她始终站立不倒）。

那怪物般的女人骑跨着一头大母猪。她从空中落下，用四肢裹住母猪，仿佛抱着心爱的玩具。她仰起头，长长的口刺又伸展出若干寸，光滑犹如弩箭。蚊族女人的脸使劲往前一探，撑开的嘴扭曲变形，吸管狠狠地扎入了母猪的身体。

那头猪不停地惨叫，贝莉丝仍在观看（虽然她一步步走远，但眼睛依然死死盯着）。皮肤被刺穿的那一刻，母猪的腿突然瘫软下去。硬刺越插越深，六寸，十寸，十二寸，穿透皮肤和肌肉的阻碍，直达体内隐藏最深的血管。蚊族女人骑跨着倒地的牲畜，嘴巴往前推送，用力将口器顶进去，全身绷得紧紧的（萎缩的皮肤底下，每一块肌肉、每一条肌腱与血管都清晰可见），然后开始吮吸。

猪的嘶鸣声持续了没多久便戛然而止。

它变得越来越瘦。

贝莉丝看着它逐渐收缩。

它的皮肤令人不安地挪动，并开始出现皱纹，蚊族口器刺出的洞周围渗出细小的血滴。贝莉丝难以置信地瞪视着，但这不是她的想象——那头猪在**缩小**。它的腿惊恐地一阵乱踢，但随着四肢的血被抽干，只剩下濒死的神经性抽搐。它的五脏六腑逐渐收缩干枯，肥硕的大腿肉也像被挤扁了似的。此刻，它的皮肤已经布满皱褶，犹如一道道波纹，覆盖着整个萎缩的躯体，其血色正逐渐褪去。

鲜血与活力从母猪体内消失，转而进入蚊族女人的身体。

她的肚子胀鼓鼓的。刚落到母猪身上时，她不过是一副空壳，骨瘦如柴，就像得了营养不良症。随着那头猪渐渐萎缩，她却以惊人的速度膨胀，血色以凸起的肚子为中心往外扩张。她慵懒地趴在濒死的牲口身上，吃得饱饱的，行动趋于迟钝缓慢。

贝莉丝眼看着猪血迅速流经那段细长的导管，从一副躯体涌入另一副，她感到既恶心，又充满好奇。

那头猪已经死亡，骨骼和干瘪的肌肉之间形成凹槽，皱巴巴的皮肤深陷其间。蚊族人肥胖而红润。她的腿和胳膊几乎粗了一倍，皮肤撑得紧紧的，鼓胀的部位主要集中于胸部、腹部和臀部，虽然肥硕无比，但有别于人类软绵绵的脂肪。它们看上去就像肿瘤：鼓鼓囊囊，充满血浆，还微微颤动着。

空地中的其他牲畜也遭到相同的命运，身上趴着一到两个蚊族女人。它们干瘪萎缩，仿佛被太阳晒得脱了水似的，而所有蚊族都变得胖鼓鼓的，胀满血液。

第一个蚊族女人花了一分半钟吸尽最后一滴猪血（贝莉丝永远无法忘记这一场面，也无法忘记那怪物满足的低吟声）。

蚊族人一翻身，脱离牲畜干瘪的尸体。她眼神迷离，收回吸管时，仍有少许血丝垂淌下来，而那头猪只剩下一副皮囊与骸骨。

周围炎热的空气中充满呕吐的恶臭，贝莉丝的同伴们见到蚊族进食的场面，纷纷难以把持。贝莉丝没有吐出来，但她的嘴角剧烈抽搐着，她发现自己举起手枪，并非出于愤怒或恐惧，而是因为厌恶。

不过她没有开火。（很久以后，贝莉丝回想起当时的情景，心中思量，要是像她这样未经训练的人扣响扳机，会有什么样的后果？）危险似乎已经解除。舰队城的人们离开这一小片充满粪臭和血腥的空地，沿着山坡继续攀爬，越过更多岩石和瘴毒的水流，朝向先前从空中看到的村镇前进。

至此，由炎热、恐惧与诧异所导致的时序错乱已不再那么严重。贝莉丝开始远离遍地猪血、羊血和干尸的惨烈现场，远离蚊族人狂暴恶心的吸食场面，远离她们饱餐之后鼓胀迟缓的躯体（这更让人受不了）。然而，此时此刻，一个因为到得太迟而没能吸够血的蚊族女人从一只羊身上抬起头来，发现人群正在撤离。她拱起双肩，晃晃悠悠地向他们飞来，嘴巴大张着，吸管仍在滴血，腹部微微隆起，里面只有同伴留下的一点点残羹剩饭。她渴望新鲜食物。她绕过仙人掌族和血痂族警卫，径直冲向惊慌失措的人群，翅膀嗡嗡作响。

慌乱之中，贝莉丝连忙后退闪避，她看到乌瑟·铎尔镇静地挡住蚊族女人的去路，抬起双手（此刻端着的是两把枪），一直等到她抵近跟前，口器几乎戳到他脸上，才开枪射击。

炙热的黑色弹药伴随着轰鸣声从他的枪械中迸射而出，打烂了蚊族女人的肚子和脸。

虽然她只喝了个半饱，但腹部砰然爆裂，还是溅出大量鲜血。她从空中坠下，脸被轰得血肉模糊，吸管依然突出在外，黏稠滑腻的红色液体迅速渗入泥地。她躺倒在铎尔面前，不再动弹。

贝莉丝回到了连续的时间中。她有点儿晕头转向，但对眼前的事似乎颇感淡然。正在不远处饱餐的蚊族并未注意到同伴的死亡。登陆队伍沿着陡峭的小路朝山麓进发，而蚊族女人们开始拖着沉甸甸的身躯撤离，扔下一具具被吸干的尸体，任其腐烂。她们仿佛肿胀的葡萄，悬在凄厉哀鸣的翅膀底下，缓缓飞回丛林之中。

第二十三章

　　他们沉默地等待着：疤脸首领，铎尔，丁丁那布伦，海德里格和贝莉丝。两名蚊族人站在来访者跟前，仰起的脸上带着礼貌而疑惑的表情。

　　贝莉丝见到这两名蚊族男子时，颇为惊讶。她以为他们的模样会很特别，比如深色的甲壳质皮肤，或者类似蚊族女人的硬翅。

　　他们看起来跟普通人差不多，身材瘦小，因为年纪的关系，略有驼背，赭色的长袍上沾染着灰尘和植物的污渍。较为年长的那个头发稀疏，袖管里伸出的胳膊格外纤细。他们没有嘴唇、颚骨和牙齿。他们的嘴类似括约肌，是一圈收紧的肌肉，看上去跟肛门一模一样，周围的皮肤全都向着那个洞孔收缩。

　　"贝莉丝，"疤脸首领严肃地说，"再试一试。"

　　他们抵达镇里时，蚊族男人都报以惊讶的瞪视。

　　舰队城登岸队伍衣衫不整，汗流浃背，眼中蒙着沙尘。他们跌跌撞撞地攀上最后一段山路，突然进入建筑物的阴影之中。镇中的房屋建在山岩之间的裂谷里，看不太出有规划的迹象。阳光下，一大片方方正正的小房子凌乱地沿着主坡向上延伸，就好像是从陡峭的罅隙边缘溢出来的一样，房屋之间通过凿刻的阶梯和小道相连。地下室的烟囱仿佛蘑菇一般从周围泥地里冒出来。

村镇中点缀着从机械海滩捡来的机器，每一架都已擦净铁锈，形状千奇百怪，有些会动，有些静止，在阳光下闪烁着光芒。没有一台像新科罗布森或舰队城那样由吵闹的蒸汽活塞驱动，空气中也没有浓密的黑烟。贝莉丝猜测，这些是日光引擎，碎裂的玻璃外壳能够吸收阳光，其轮叶嗡嗡旋转，神秘的能量通过导线传送至各处的房屋。较长的导线由数段回收利用的短线串接而成。

平坦的屋顶上，倾斜的山坡中，峡谷的阴影里，村落周围虬结的树冠间，房屋的门窗内，到处都有蚊族男人向他们投来注视的目光。四周毫无声息，没有大呼小叫，没有惊叹，只有无数诧异的眼睛。

有一回（伴随着突发的恐惧），贝莉丝似乎看到一名女蚊族飘忽地飞过高处的建筑。但附近的男性纷纷转身朝那身影投掷石块，将她赶走，以免她看到舰队城的人或进入房屋内部。

他们到达一处类似广场的地方，四周围绕着同样的土色房屋和骨架般的日光引擎，此处的山谷更为宽阔，使得光线能从炙热的晴空中照射进来。远处，贝莉丝看见一道裂缝和一面突兀的悬崖，一条险峻的小路向下通往海边。终于有人来迎接了：一小群局促的男性蚊族代表一边频频鞠躬，一边把他们领到山岩内部的一座巨厅里。

山体内有人工凿出的狭窄管道，迂回曲折，长度难以丈量，白昼的强光通过管道中的镜面反射到山岩深处的房间里。两名蚊族人站在他们跟前，礼貌地鞠躬行礼，贝莉丝（她回想起萨克利卡特城，不同的语言，相同的职责）走上前，用尽可能清晰的古柯泰语向他们致意。

蚊族人站立不动，表情疑惑，一个字也没听懂。

贝莉丝又试了一遍，古柯泰语呆板繁琐，但她尽量把意思表达清楚。蚊族人面面相觑，发出类似放屁的嘶嘶声。

看着他们口部的括约肌一张一翕，贝莉丝悟出了原因。于是她不再说古柯泰语，而是把它们写下来。

我叫贝莉丝，她写道。我们来自极远之地，希望与你们交谈。你能明白吗？

她将纸片递给蚊族人。他们瞪大了眼睛，对视一眼之后，发出兴奋的低吟声。年长者接过贝莉丝的笔。

我叫莫瑞尔·克朗，他写道。像你们这样的访客，已经好几十年不曾出现过。他抬头望向她，眼睛周围布满皱纹。欢迎来到我们的家园。

蚊族人的气声语言没有书面形式。古柯泰语是他们的书面语，但他们从没听过用这种语言说话。他们可以用优雅的字稿完美地表达自己，却不知如何发音。用古柯泰语"讲话"对他们来说是一种新奇的概念。

数百年来，底尔沙摩水手和柯涅德的格努克特政权之间形成了互惠关系。底尔沙摩的仙人掌族作为中间人将牲畜和货物带到这座岛上，从中赚取利润。柯涅德则从他们手上买下蚊族人提供的东西。

两方势力互相合作，控制着蚊族的信息流通。他们极力确保除古柯泰语之外，没有其他语言传入岛岸，而且绝不允许蚊族人离开。

疟蚊女王统治下的恐怖记忆不曾为世人所淡忘。柯涅德的策略是，把才华卓越的蚊族当作门客养起来，不给他们发展壮大的机会，也不准他们逃离——柯涅德不敢冒险，以免女蚊族再次为害世间——仅仅提供给他们思考研究的条件。柯泰人不允许蚊族接触任何在其掌控之外的信息：千百年来，他们迫使古柯泰语成为岛上唯一的书面语。于是，蚊族的科学与哲学成就便落在了柯涅德精英们的手中，他们几乎是唯一能够读懂的人。

蚊族拥有的古科技碎片以及其学者的研究工作一定相当神奇，贝莉丝心想，否则不足以推动这种内敛式系统继续运作。每艘从柯涅德驶往小岛的底尔沙摩船上，都载有若干经过谨慎挑选的书籍，有时还带去委托书。柯涅德的学者或会提问，基于上一篇论文中所陈述的悖论，在此种条件下，以下问题该如何解答？除此之外，蚊族人本身也会提出一些问题，而答案的手稿则会搭上返程的船只，署以柯泰语笔名，由柯涅德的出版社印刷发行——没有稿费。毫无疑问，柯泰学者有时会将著作据为己有，而所有书籍都将添入声望卓越的古柯泰语文库。

蚊族已然沦为囚徒学者。

岛上的废墟里存有古籍，有些是蚊族人能识的古柯泰语，有些则是早已废黜的语言，需要仔细破译。依靠从柯涅德缓慢输入的书籍，以及祖辈的手写记录，蚊族人也从事自己的调查研究。有时候，这类研究成果漂洋过海，来到位于柯涅德的主人手中，甚至有可能获得出版。

克吕艾奇·奥姆的书便是如此。

两千年前，蚊族在南方大陆实施过短暂的统治，血腥恐怖，宛如噩梦。贝莉丝不知道蚊族男性对自己的历史有多了解，但他们对本族女性的本质不存在错觉。

你们杀了多少？克朗写道。杀死了几个女人？

贝莉丝稍稍犹豫，然后写道，一个。他点点头，写下回应，不是很多。

村镇里没有等级制度，克朗并非统治者。但他热心地提供帮助，访客想要知道的事他都一一作答。蚊族对舰队城的人谦恭有礼，并带着谨慎的好奇，他们的态度平静沉稳，近乎凝神冥思。在他们迟缓的反应中，贝莉丝感觉蚊族人有着奇特的心理特质。

贝莉丝以最快速度书写出疤脸首领和丁丁那布伦的种种问题。他们尚未触及最重要的话题，尚未谈到登岛的目的。其他同伴等在另一间屋里，这时，从他们那边传来一阵喧哗。有人用森格拉语高声呼喝，又有人以盐语叫嚷回应。

驻扎岛上的底尔沙摩海盗商人回到自己的船边，发现了新来的访客。一名打扮俗气花哨的仙人掌族男子大步跨入小屋，身后跟着两个舰队城的仙人掌族。那两名昔日的同胞正用森格拉语愤怒地向他抗议。

"真见鬼！"他用带着口音的盐语嚷道，"你们他妈是谁？"他愤怒地挥舞着手中硕大的弯刀。"这座岛是柯涅德的领地，外人禁止入内。我们是这儿的授权代理人，负责保护他们的财产。快他妈告诉我，有什么理由我不该当场宰了你们。"

"夫人，"其中一名舰队城的仙人掌族疲惫地挥手介绍说，"这位是努吉特·森嘎，'特内吉尘心号'的船长。"

"船长，"疤脸首领走上前来，乌瑟·铎尔像影子一样跟在她身后，"幸会。我们必须谈一谈。"

森嘎并非杂牌掠私者，而是正统的底尔沙摩海盗。底尔沙摩人在岛上的驻扎任务简单而枯燥：既无意外事件，也没人进出。隔上一个月，两个月，甚至六个月，新的使节团便会从柯涅德或底尔沙摩到来，船舱里载满供给蚊族女性的牲畜，或许还有一些给男性的杂物。新到的人将接替百无聊赖的同胞，让他们带走所有优秀的论文和回收利用的科学器件，以供交易。

驻岛人员在互相争吵与赌博中度日，对蚊族女人不予理会，只有当需要食物或机器设备时，才去找蚊族男性索要。他们的官方职能是监控流入岛上的信息，保持语言的纯粹性，让柯涅德能够牢牢地扼制住蚊族——同时防止蚊族人逃跑。

这其实很荒谬。根本没人会来这座岛上，只有极少数水手知道它的存在。在非常偶然的情况下，会有迷失方向的舰船来到岸边，但通常那些无知的船员很快便死在了蚊族女人手里。

蚊族人也从来没离开过。

因此，理论上讲，舰队城居民的造访并不违背底尔沙摩与柯涅德之间的协议。毕竟交流中只用到古柯泰语，也没有贸易物品被带进来。但是能与当地人对话的外来者还是第一次出现。

森嘎激动地环顾四周。当意识到这群奇怪的访客来自神秘的舰船之城，他不禁瞪大了眼睛。但他们态度恭谦，似乎急于解释来意。虽然他怒气冲冲地瞪视着昔日的仙人掌族同胞，对他们出言不逊，斥其为叛徒，又故意装出鄙视疤脸首领的模样，但他还是听取了对方的解释，随后又跟他们回到舰队城人员等候的大厅里。

当疤脸首领、仙人掌族警卫和乌瑟·铎尔走开时，丁丁那布伦来到贝莉丝身边。他一边将长长的白发束成马尾辫，一边用强壮的肩膀和双臂把她挡在旁人视线之外。

"别停下，"他低语道，"说重点。"

克朗，她写道。

一时间，她对眼前的荒谬势态感到有点儿可笑。她知道，若是踏出户外，就有立即死于非命的危险。如狼似虎的蚊族女人很快就会发现这副充满鲜血的皮囊，她们会嗅到她的气味，然后吸尽她的每一滴血，就像旋开水龙头那样容易。

她在路途中看到牲畜被吸干鲜血的惨状，只剩下一堆骨头，皮肤在高温中开裂，接着又目睹一个蚊族人爆裂身亡。然而才过了一小时，她就在围墙庇护之内，用一种早已废弃的语言，彬彬有礼地向殷勤的东道主提问。她摇了摇头。

我们要找一个你们的族人，她写道。我们需要与他交谈。此事极为重要。你们认识一个叫克吕艾奇·奥姆的人吗？

奥姆，他的回答与先前相比不紧也不慢，既没有多一分好奇，也没有少一分热心，他在废墟里翻寻古籍。我们全都认识奥姆。

我可以带他来见你们。

第二十四章

坦纳·赛克想念海洋。

他的皮肤在高温中生出水泡，触须也感到疼痛。

疤脸首领、丁丁那布伦和贝莉丝·科德万等人与安静的蚊族男性谈了将近一整天。坦纳一边等待，一边与同伴们小声嘀咕着。嚼完肉干之后，他们曾向好奇而拘谨的东道主讨要新鲜食物，但未能如愿。

"这些蠢货，脸长得跟屁股一样。"坦纳听见一个饥肠辘辘的人说。

舰队城的人们被饥饿凶悍的女蚊族吓得心惊胆战。他们意识到，东道主的配偶们就埋伏在墙外的天空中，小镇户外的平静气氛是一种误导——他们被困住了。

坦纳的伙伴们心神不宁地嘲笑着女蚊族。"这些个女人。"他们说，然后拿各类吸血物种的雌性来说事，但笑声却显得底气不足。

出于情面，坦纳尽力附和，然而对这些愚蠢的言辞，他却笑不出来。

简朴的大厅里有两拨人，一边是舰队城的，另一边是底尔沙摩仙人掌族。他们谨慎地互相打量着。森嘎船长正与海德里格以及另外两名舰队城的仙人掌族激烈地讨论着，他的船员们在一旁狐疑地观察聆听。最后，森嘎带着手下风风火火地离开了，舰队城的人们松了口气。

海德里格缓缓走到墙边，在坦纳身旁坐下。

"其实他不太喜欢我，"他疲倦地咧嘴笑道，"老说我是叛贼。"他翻了个白眼。"但他不会犯傻。他很怕舰队城。我告诉他说，我们没带任何东西进来，也不会带走什么，而且很快就离开，不过我也暗示，如果他轻举妄动的话，那就是对舰队城宣战。我们不会有麻烦。"

稍后，海德里格注意到坦纳不停地用舔湿的手指抚弄皮肤，以起到舒缓作用。他离开大厅，十五分钟后，灌了满满三皮袋海水回来。坦纳深受感动，他将海水泼到身上，或从鳃中滤过。

几名蚊族男性进来查看舰队城的人。他们一边互相点头示意，一边发出呼哨似的声响。坦纳观察着草食性的蚊族男子如何进食，他们将一把把艳丽的花朵塞进收紧的嘴里，同时使劲往里吸，类似于蚊族女性吸食活物的力道。然后，吃剩的花瓣随着气流喷吐而出，薄如碎纸，色泽苍白，所有汁液都已被榨干。

疤脸首领和丁丁那布伦花了几个小时制订计划，在此期间，舰队城的人们又渴又热，汗流不止。最后，一名蚊族人带领海德里格和若干仙人掌族走出房间。

岩石孔道中的光线渐趋衰弱，黄昏来得很快。通过石缝和镜面的反射，坦纳看到天空呈蓝紫色。

他们就地而宿，但这里很不舒服。蚊族往屋内的地板上铺了一层厚厚的茅草。夜里天气炎热。坦纳脱下臭烘烘的衬衫，叠成枕头。他又往自己身上泼洒更多海水。当他环顾四周，发现其他舰队城的人也都在想方设法擦洗身体。

他从来不曾如此疲惫，感觉每一分能量都被吸走了似的，取而代之的是夜晚的暑气。他的临时枕头湿漉漉的，浸着自己的汗水。他把脑袋搁在那上面，尽管地板硬邦邦的，铺的草垫又太薄，起不到什么作用（花粉和植物碎屑的气味倒是很浓），他还是很快就睡着了。

　　醒来时，他以为只过了一小会儿，但看见白昼的光线后，他发出痛苦的呻吟。他感觉头很疼，然后从留给他们的水壶中拼命喝水。

　　舰队城的众人醒来之后，疤脸首领、铎尔和科德万从旁边的小屋里走了出来，安排前晚住宿的仙人掌族也伴随左右。他们看上去疲惫污浊，但面露微笑。有个非常年迈的蚊族人跟他们在一起，披着与其族人相同的长袍，表情也同样镇定而好奇。

　　疤脸首领面向聚集的舰队城人员。"这位，"她说道，"就是克吕艾奇·奥姆。"

　　克吕艾奇·奥姆站在她旁边躬身行礼，苍老的眼睛望向人群。

　　"我知道你们中许多人对此次行程充满困惑，"疤脸首领说，"你们被告知，这座岛上有我们需要的东西，对召唤恐兽至关重要。看，这——"她朝奥姆比了个手势。"——就是我们所需要的。克吕艾奇·奥姆知道如何召唤恐兽。"她等待人们充分理解这番话的含意。

　　"我们来到此地向他讨教。这其中有许多步骤。为了解决束缚与控制的问题，我们需要了解深奥的魔学与海洋学理论，还有同样复杂的工程知识。科德万小姐将为我们担任翻译。这是个很费时的过程，因此需要耐心。

　　"我们希望能在一两个星期内离开这座小岛。但那意味着努力地尽快完成工作。"她沉默了片刻，严厉的嗓音突然变得柔和，并出人意料地绽出笑容，"祝贺大家。祝贺我们所有人。今天对舰队城来说是一个非常、非常伟大的日子。"

　　聚集的人群大多不明白究竟是怎么回事，但她的话起到了预期的效果，坦纳跟随大家一起欢呼。

　　仙人掌族在小镇里安置行营。他们找到一些不受女蚊族威胁的安全房屋，让舰队城的人分成小组入宿，这样可以住得较为舒适一点儿。

蚊族人一如既往的平静而好奇，乐于交谈，乐于参与。人们很快发现，奥姆的名声值得怀疑：他独自居住。但岛上来了新访客，镇里最优秀的思想家都愿意提供帮助。"三叉戟号"中隐藏的武器根本就不必要。出于礼貌，疤脸首领允许他们所有人参加会议，不过她只注意听奥姆的话，并让贝莉丝对其他人的献议作摘要总结。

每天最初五个小时，奥姆与舰队城的科学家坐在一起讨论。他们仔细翻阅他的书，向他出示受损的附录。令人惊讶的是，他自己并没有存稿，但他记得其中的内容。依靠算盘和散布于各处的神秘仪器，他开始填补缺失的信息。

用餐之后——仙人掌族为队友们搜集了可供食用的植物和鱼类，作为干粮的补充——轮到机械师与工人跟奥姆一起研究。上午的时候，坦纳和同僚们已经就张力阈值和引擎容量作了讨论，画出设计草图，然后列出一系列问题。到了下午，他们畏畏缩缩地将这些问题展现在奥姆面前。

疤脸首领和丁丁那布伦出席了所有会议，他们坐在贝莉丝·科德万身边。她一定累坏了，坦纳同情地想。她写字的手痉挛抽搐，沾满墨水，但她毫无怨言，也不要求休息，只是永无休止地传递着问题与答案，在数不清的纸页上奋笔疾书，并将奥姆的书面回答译成盐语。

每当一日将尽，人类、豪刺族和虫首族便会聚成小团，奔回各自的住所，这段时间尤为令人恐惧。没人需要在户外待超过三十秒，但仍有手执飞轮弓的仙人掌族担任护卫，而蚊族男性则用棍棒、石块和高音喇叭保护访客，使其免遭致命的女蚊族侵袭。

坦纳的房内已有一名工程师，而里屋还有个女人。坦纳清醒着躺了一会儿。

"还有一个要进来，"窗外响起仙人掌族的嗓音，吓了他们一跳，"别插上门。"

坦纳吹熄蜡烛睡觉。但到了深夜，他醒过来，见到贝莉丝·科德万在一名仙人掌族警卫护送之下穿过门廊，蹑手蹑脚地走进来。她插上门栓，磕磕绊绊地穿过黑糊糊的房间，进入隔壁屋里，似乎疲惫到了极点。

即便在如此炎热而奇特的地方，时刻处于血腥狂暴的威胁之下，即便距离家乡如此遥远，惯例的力量依然十分强大。

舰队城的人仅用一天时间，就建立起了例行常规。仙人掌族警卫负责搜集粮草、捕鱼、护送同伴。他们跟蚊族人一样，将垃圾丢弃在村镇后面的沟壑中，先是落在岩架上，然后坠入海中。

奥姆的蚊族跟班不停地更换，每天早晨，他们一边讨论，一边给舰队城的科学家讲解，而下午又跟工程师们重复同样的过程。酷热的天气和无休止的工作令人精疲力竭。贝莉丝的意识只有一半是清醒的。她成了一台书写语言的机器，存在的意义仅仅是为了解释与翻译，为了抄写问题和诵读答案。

对于转述的信息，她大多无法理解。偶尔有些词汇，她还需要查阅自己的古柯泰语专著。她没有让蚊族人看到这本书，以免他们学会另一种语言，从而逃出牢笼，她不想承担这个责任。

岛上图书馆内的藏书混乱无序，缺乏系统性。大部分著作都是抽象理论。凡是柯涅德政府和底尔沙摩人认为危险的作品，他们都禁止其属民接触。此处几乎不存在与外界有联系的内容。这类书籍，蚊族人得去岛的另一端，祖辈们居住的废墟中搜寻。

有时，他们会找到一些传说，比如召唤恐兽的故事。

那些故事往往是自发形成的，一点一滴地从深奥的哲学文本、各类脚注以及模糊的民间记忆中演变而来。蚊族也有自己褪色的传奇。

贝莉丝并没有如预期中那样看到他们对世界充满极度的好奇，吸引蚊族人的似乎只有那些最为抽象的理论问题。但克吕艾奇·奥姆本身却显现出一丝更强烈、更现实的兴趣。

我们测量到水底有潜流，他写道，但不可能来自此处的海洋。

奥姆从最顶层的概念开始，证明了恐兽的存在。贝莉丝磕磕绊绊地翻译他的描述，舰队城的科学家们呆呆地坐着，仿佛着了魔一般。从三四个潦草的方程，到一整页逻辑命题，他从生物学、海洋学和维度原理的著作中找出相关理论。他提出假设，测试结果，核查第一次召唤中的细节。

她将各种方程与符号转换成盐语，科学家们瞠目结舌，兴奋地频频点头。

饭后，贝莉丝重拾精神，继续与工程师们坐下开会。

坦纳·赛克常常率先发言。"这是怎样的动物？"他说，"束缚它需要哪些条件？"

许多工程师都是被劫持来的，有些还是改造人。她的周围全是罪犯，贝莉丝意识到，而且大多来自新科罗布森。他们的盐语带有狗泥塘和贱地的口音，并夹杂着她数月来不曾听过的贫民窟俚语，她吃惊地眨巴着眼睛。他们的专业技能跟科学家的一样难以理解。他们询问钢铁以及各种合金的强度，询问新科罗布森地底呈蜂窝状的网链，询问恐兽的力量。讨论重点很快便转向了蒸汽引擎，汽轮机，岩乳，挽具的机械机构，舰船般大小的笼套与辔头，等等。

她知道，假如能完全理解这些内容，肯定对自己有利，但这超出了她的能力范围，因此只能作罢。

那天晚上，有一个人回房时，一名女蚊族接近他身边，嘴里叽里呱啦不知喊些什么，仙人掌族护卫用飞轮弓将她射死。

贝莉丝听到砰的一声，于是从窗户缝隙中望出去。蚊族男人们紧缩的嘴里发出呜呜低吟，他们跪在尸体边，伸手探触。她的嘴无力地张开，吸管耷拉在外面，仿佛僵硬的大舌头。她最近才进过食，依然鼓胀的身体几乎被硕大的飞旋锯轮切成两半，鲜血喷涌而出，积聚成黏糊糊的一滩，逐渐渗入泥地。

蚊族男性纷纷摇头，其中一个站在贝莉丝身边，拽了拽她的胳膊，然后在她的便笺上写下几个字。

没有必要。她不想进食。

接着，他作出详细的解释，贝莉丝惊骇万分。

贝莉丝渴望独处。整天都与别人待在一起，她感到极其疲惫。因此，一天的工作结束后，当科学家们聚在一起商讨明天的研究方向时，她悄悄溜进隔壁的小间。她以为里面空无一人，但并非如此。

她嘟嘟囔囔地道一声歉，转身就走，但乌瑟·铎尔立即开口阻止了她。

"请不要离开。"他说。

她转过身，手中抓着旅行袋，赛拉斯给的小盒就在袋子最底下，困窘中，她能感觉到那盒子的重量。她站在门口等待，脸上漠无表情。

铎尔刚才正在练习。他站在屋子中央，神态放松地握着剑。这是一柄直刃剑，两侧都开了锋，有两尺多长。它并非特别巨硕，没有华丽抢眼的装饰，也不曾刻上强力咒符。

剑身是白色的。忽然间，它动了起来，飘忽如水，毫无声息，化做一团无从捉摸的杀气。一转眼，剑便归入鞘中，她根本来不及看清楚。

"我已经好了，科德万小姐，"他说。"你可以用这间屋子。"但他没有离开。

贝莉丝颔首致谢，然后坐下来等待。

"希望这次不幸的杀戮不会损害我们跟蚊族男性之间的关系。"他说。

"不会的，"贝莉丝说，"他们不会因为女蚊族被杀而怀恨在心。他们记得一点儿历史，明白那是必须的。"*这些他都知道，*她突然怀疑地

想。他又在跟我没话找话了。

尽管她心存疑虑，但蚊族人告知她的详情太可怕，太离奇，她想要与人分享，想要让别人知道。

"蚊族男人对历史了解不多，但他们知道仙人掌族——树液族——并非海对面唯一的居民。他们也知道我们这些鲜血族，知道为什么我们通常不来造访。关于疟蚊女王的统治，他们已经忘记了详情，但他们有意识，许多个世纪之前，本族的女性……犯下了错误。"她顿了顿，等待对方领悟这一保守的措辞，"他们对待女蚊族……既没有喜爱，也没有厌恶。"

这是一种可悲的实用主义。他们并不怨恨本族女性，在每年一次的交配期中也相当热切，但通常尽量不去理会她们，如有必要，也会杀死她们。

"要知道，她并不是想进食，"贝莉丝保持平淡的语气，继续说道，"她已经吃饱了。她们……她们是有智慧的，并非毫无头脑。他告诉我说，那是因为饥饿。她们要很久很久才会饿死。她们可以一年不进食，在此期间，整天饿得发疯似的嚎叫：她们无暇顾及其他。但当进食之后，当她们真正吃得很饱的时候，有那么一两天，或者一个星期，饥饿感消退下去，这时候，她们会试图交谈。

"据他描述，她们会从沼泽地飞出来，降落在广场中，朝着男性尖声喊叫，想要说话。但你瞧，她们总是那么饥饿，根本没法学语言。她们有自知之明。"

贝莉丝凝视着乌瑟·铎尔的眼睛，突然发现，他态度尊重。"她们**知道**，自己偶尔也能拥有自制力，填饱肚子之后，脑袋会清醒几天或几小时，能够控制自己的行为，理解自己的生存方式。她们跟你我一样聪明，但成长过程中总是被饥饿占据着。然而，每过几个月，有那么几天，她们能够集中思绪，她们想要学习。

"不过她们显然没有男性的口器，因此无法发出相同的话音。她们当中只有最年轻、最缺乏经验的，才会企图模仿蚊族男性。吸管收进去时，她们的嘴更像是我们的。"她看得出来，他能理解。

"她们的声音听起来跟我们很像，"她继续轻声说，"她们从没听到过任何能够模仿的语言。那女人饱餐之后，清楚地意识到自己还不会任何语言，她听见我们谈话，发现自己也能发出类似的声音，她一定兴奋得晕头转向，所以才会飞到那人身边。她想要跟他交谈。"

"这是一把奇怪的剑。"稍后，她说道。

他稍一迟疑（贝莉丝意识到，这是她头一回看见他犹豫），然后用右手拔出剑来，举在面前让她观看。

他的右掌根处有三颗小金属点，像是嵌进去似的，连接着袖管中密密麻麻的金属线，这些形如血管的网丝经由他的体侧延伸至腰带上一个小袋子里。剑柄衬垫着皮革，但也镶有一片裸露的金属，当他握住剑时，血肉中的金属结点正好接触到金属片。

与贝莉丝的猜测不同，这把剑并非金属材质。

"我能摸一下吗？"

铎尔点点头。她用指甲轻轻敲击剑身，声音沉闷而木讷。

"这是陶瓷，"他说，"更像瓷器而不是钢铁。"

这把剑的锋口没有普通利刃的闪亮光泽，而是跟剑身一样呈现出平淡无奇的白色（微微泛黄，就像牙齿或者象牙）。

"它能轻易削断骨头，"铎尔用那悦耳的嗓音平静地说道，"这跟你平时看到或使用的陶瓷不同。它不会弯曲——没有韧性——但也不容易碎裂。它很坚固。"

"有多坚固？"

乌瑟看着她，贝莉丝又感觉到他的敬意。她的心念随之一动。

"就像钻石。"他一边说，一边归剑入鞘（动作依然优雅敏捷）。

"它是从哪儿来的？"她说道，但他没有回答，"是从你家乡吗？"

她惊异于自己的执著和……什么来着？勇气？

她并没觉得自己有多勇敢，而是感觉和乌瑟·铎尔能够彼此理解。他从门口转过身，点头向她道别。

"不是，"他说，"这……与事实相去甚远。"她头一次看到他露出一个稍纵即逝的笑容。

"晚安。"他说。

贝莉丝如愿以偿，享受到独处的时段。她深深地呼吸。最后，她允许自己揣摩乌瑟·铎尔其人。贝莉丝不明白他为何要找她谈话，而且似乎能够容忍她，尊敬她。

贝莉丝无法解读他，但发现自己与他有一丝隐约的相通，这要归因于他们共同的愤世嫉俗、冷静超然和坚忍顽强，归因于彼此间的理解，对，还归因于相互的吸引。她不知道自己从何时开始不再惧怕他，也不知道他有何打算。

第二十五章

时日渐逝，一星期转眼便过去了，而他们每天都在那间光线迷离的小屋中度过。贝莉丝的眼睛感觉就像退化了似的，只能看见山体内的土褐色和周围模模糊糊、若有若无的影子。

每天晚上，她都要奔过户外那一小段路（同时渴望地仰起头，直视空中的光线与色彩，哪怕只见到昏暗的天空也是好的）。蚊族女人的嗡嗡哀鸣时不时会出现在附近，令她惊恐万分。但她总是躲在担任护卫的仙人掌族战士或血痂勇士身后。

有时候，她听见狭长的窗户外女蚊族一边窸窸窣窣地扑腾，一边喃喃低语。蚊族女性强壮而可怕，她们的饥渴是一种近乎原始的力量。她们会杀死所有登岸的鲜血族，一天内便能吸干整艘船上的人，然后胀鼓鼓地躺在海滩上。尽管如此，在这座与世隔绝的岛屿上，蚊族女人仍有一种难以撇除的悲哀。

贝莉丝并不清楚疟蚊王国存在的前因后果，但她感觉很不可思议。她难以想象，这些凄厉尖啸的怪物出现在别处的海岸，令恐惧的阴影吞噬了半个大陆。

这里的食物跟环境一样单调。贝莉丝的舌头已经对鱼和野草的滋味感到麻木，不管仙人掌族从布满铁锈的海湾中捕来什么样的海洋生物，或者采集到什么样的食用海藻，她都迟钝地咀嚼下去。

底尔沙摩的职员勉强容忍他们的存在，但并不信任他们。森嘎船长继续用急促的森格拉语咒骂着舰队城的仙人掌族，称他们为叛徒和反贼。

随着每天上午的疯狂演算，科学家们越来越兴奋，他们的笔记和计算稿也越积越厚。克吕艾奇·奥姆的热情逐渐增长，正是这种劲头使得他在同类中显得与众不同——贝莉丝认为那是真正的求知欲。

贝莉丝的工作虽然棘手，但她没有被难倒。如今她在翻译过程中已不再尝试理解，仅仅是传递语言而已，就像一架分析引擎，只管将公式拆解与重构。她知道，对于趴在桌边跟奥姆讨论的男男女女来说，她基本上是个隐身人。

她就像听音乐一样凝神聆听人们的话语：丁丁那布伦的声音沉稳而洪亮，费柏的发言结结巴巴，兴奋激动，还有一名生物哲学家，贝莉丝总是记不得名字，其声线高低起伏，犹如双簧管的演奏。

奥姆永远不知疲倦。到了下午，当贝莉丝与坦纳·赛克等工程人员坐在一起时，她略微有点无精打采。但奥姆似乎没什么困难，依然可以继续，他将注意力从有关恐兽的概念性问题和科学原理移至实际应用上，转而思考如何诱捕与驾驭一头大小如岛屿般的生物。而每当光线渐暗，大家普遍感到疲劳，不得不结束一天的工作时，提出收工的人肯定不是奥姆。

贝莉丝能够清晰地感觉到，研究课题被逐一攻克。奥姆没用多久便把数据附录重新写了出来，舰队城的人随即指出了他研究工作中的差错、失误与漏洞。科学家的振奋之情显而易见，他们几乎如痴如醉。这一难题——这一计划——规模之大，超乎想象，然而如今问题正被一个个解决，障碍被一个个排除，困难被一个个克服。

他们眼看着即将取得非同寻常的成就。如此前景，绝对令人激动得头晕目眩。

贝莉丝与舰队城的人并不熟络，但她不可能整天都不跟他们说话。"拿着，吃点儿这个。"有人递给她一碗黑糊糊的炖菜，若是连感谢都不说一声，显然太过无礼，没有必要。

晚上，舰队城的人们有的掷骰子玩，有的即兴哼唱，声似呼哨的蚊族人对此颇感兴趣。她发现自己偶尔也处于谈话的边缘。

坦纳·赛克是她唯一叫得出名字的人。在"女舞神号"上时，她是自由人，而他是关押在甲板底下的囚犯，因此，她认为他们之间不可能存在信任，不过她感觉他是个坦诚直率的人。有些人言语间也会尝试将她视为交谈对象，坦纳就是其中之一。如今，贝莉丝比以往更接近舰队城的社会。她还可以听到各种故事。

大多关于秘密。她听人说起舰队城底下悬垂的铁链：古老久远，已经隐藏了成百上千年；需要耗费许多年的人工和相当于大量舰船的金属。"早在疤脸情侣打定主意如何使用它之前，"那人说道，"就已经有人尝试过了。"

乌瑟·铎尔也是传闻的主题之一。

"他来自亡者之地，"有一次，有人神秘地说，"铎尔出生在三千多年之前，正是他发起了'抗争运动'。他生来即是鬼首帝国的奴隶，然后他夺取了那把被称作'几率之刃'的剑，并通过抵抗获得自由，同时也摧毁了帝国。他死了。然而他是举世无双的勇士，只有他能够从冥幽之界杀回人间。"

听众们发出友善的讪笑，他们当然不信。但关于乌瑟·铎尔，没人知道该信什么。

铎尔本人则沉静地过着每一天。他似乎只愿跟海德里格做伴，那是他唯一勉强可算作朋友的人。他常常和仙人掌族飞艇驾驶员在屋子角落里静静地交谈，语调急促而低沉，仿佛友情是一种羞耻。

另有一人，乌瑟·铎尔愿意花时间与之交谈，这个人就是贝莉丝。

没过多久她就发现，那些偶遇和简短寒暄，其实并非巧合。他正迂回地尝试与她结交。

贝莉丝捉摸不透他，也不想胡乱猜测。她相信自己能够应付。尽管危机感依然存在，但她对这样的偶遇还是相当享受——庄重的气氛中带有一丝微乎其微的暧昧。这绝不是轻浮的调情，她不可能放下尊严，接受嬉皮笑脸的挑逗。但她的确为他所吸引，为此，她颇感自责。

贝莉丝想到了赛拉斯，并非出于负疚或背叛的感觉——对于这种念头，她不屑地撇了撇嘴。但她记得跟随他去看格斗比赛，尤其是看乌瑟·铎尔。这就是阻止我们逃离的力量，他曾说过，这一点她不敢忘记。那你为什么还要冒险跟铎尔待在一起呢，她自问道。

赛拉斯给的小盒子仍然深藏在她的包里，她能感觉到其重量。她很清楚，自己在这座岛上是有任务的（必须赶紧作出安排）。这项任务无疑将她推到了铎尔的对立面上。

贝莉丝明白为什么她允许这类谈话继续发生。她鲜少遇见有人具备与她相同或比她更强的自制力，能够控制自身对外部世界的反应，以及旁人对这些反应的感知度。乌瑟·铎尔是其中之一。因此他们互相尊重。简单明了的语言，无须面带微笑，而对方亦抱持着同样的态度。她知道，大多数人面对自己咄咄逼人的姿态，都会感到紧张不安，然而他却不受影响，反之亦然。这是很罕见的，也相当令人愉悦。

贝莉丝感觉他们应该站在阳台上眺望城市夜景，应该手插衣袋在小巷中信步游走。

但他们位于大厅边的一间小屋里，站在狭长的窗缝边。贝莉丝对岩石的颜色已经腻味透顶，她渴望地注视着那一小片黑暗的夜色。

"这些你都懂吗？"贝莉丝问道。

铎尔模棱两可地晃了晃脑袋。"差不多，"他缓缓说道，"至少知道他们快成功了。我的专长跟他们完全不同。等到这件事结束之后，我的研究工作才会展开。你的任务即将改变。你需要开始教他盐语。"

贝莉丝眨巴着眼睛，铎尔点了点头。

"这将打破底尔沙摩和柯涅德的律法，但我们并没把新知识带入岛内。奥姆会跟我们一起走。"

那是当然，贝莉丝心想。

"因此……"铎尔继续道，"因此我们准备回家。"他用优美的嗓音低声说。"带上在此的收获。我们打算执行的计划意义重大。自从我们离开之后，舰队城一直停留在一片蕴藏着石油和岩乳的矿层上方，钻井挖掘，积累召唤所需的储备。我们将前往那个地洞，利用手上的能源、诱饵、和即将建成的镣铐……套住一头恐兽。"这听起来毫无新意。接着是一阵冗长的沉默。

"然后，"铎尔的声音极其微弱，"我们的工作就开始了。"

贝莉丝没有作声。

我就知道你在跟我耍花样，她平静地想。

开始什么样的工作？

她并不感到意外。恐兽在疤脸情侣的计划中只不过是序幕，还有更多秘密工作在进行中，而这一切努力背后有个宏伟的规划，几乎无人知晓其目的所在——她自然也不例外。意识到这一点，她没有太多惊讶。

除了眼下有一件事。

她不知道铎尔为何要告诉她，他的动机难以猜透。贝莉丝只知道，她被利用了。她发现自己甚至都没有怨恨——这是意料之内的事。

第二天早晨，初升的阳光照射到一具人类工程师的尸体上。他的骨骼佝偻在收缩的皮肤底下，胳膊紧抱于胸前，双手似爪，脊柱仿佛因年迈而弯曲。

他肋骨下方的腹腔处，皮肤紧紧裹着干涸的肠子，看上去就像一团橡皮管子。他的眼睛也有点儿萎缩，仿佛太阳底下晒干的水果。张开的嘴里，牙床几乎跟牙齿一样苍白。

尸体四周围了一圈蚊族男子，呜呜地低吟着，海德里格将他翻转过来（弯曲的脊梁骨像玩具木马似的前后摇晃），发现肋骨之间有个被女蚊族刺穿的大洞。

舰队城的人们本来扬扬自得，死人让他们感到沮丧。

"蠢货，"贝莉丝听见坦纳·赛克嘟囔道，"真见鬼，他想要干吗？"她看到他转身离开窗口。他不想再看下去。海德里格弯下腰，生硬而轻柔地抱起那副凄惨的遗体。他捧着这个仅剩下皮与骨的人走出村落，将其埋葬。

但即使是这场悲剧也未能平息空气中的躁动。在震惊与悲哀中，贝莉丝仍能感觉到科学家们的兴奋。就连认识那名工程师的人也发现，他们的悲伤与另一种截然不同的情感处于竞争之中。

"看哪！"希奥伯嘶嘶地说道。他是一名海盗，也是一名海洋理论学家。他挥舞着厚厚一叠装订起来的文件。"终于到手了！这就是我们需要的数学、魔学和生物学原理。"

贝莉丝略带惊讶地看着那叠纸。这些都是通过我传递的，她心想。

奥姆进来后，他们让贝莉丝写道，我们需要你的帮助。你愿意离开这里，学习我们的语言，并帮助我们从海中召唤出恐兽吗？你愿意跟我们一起走吗？

虽说从他那张长着孔状嘴巴的脸上，几乎不可能看出什么表情，但贝莉丝可以肯定，他的眼神里恐惧与喜悦兼而有之。

他的回答当然是愿意。

消息很快便传遍了村庄，大批蚊族男性前来与奥姆会面，通过呜呜气声表达自己的情绪。那是愉快吗？贝莉丝心想。还是妒忌？抑或是悲哀？

她感觉他们有些人望向舰队城的队伍时，眼中带着类似渴望的神情。他们对世事的冷漠并非牢不可破，奥姆显然就已经穿透了壁垒。

"我们两天后出发。"疤脸首领说道。贝莉丝胸口气血上涌，一阵揪心。她完全忽略了自己的任务，新科罗布森仍然要依靠她。灰心与沮丧拽着她直往下坠。不会的，她急促地寻思。还不算太晚。

船员们知道要走，都很高兴即将逃离滞塞的空气和贪婪的蚊族女人。然而贝莉丝却疯狂地渴望再多待几天，让她有更多时间。她又想起那具干尸，但思绪立即转向别处。绝望之下，她无比惶恐。

那天晚上，当血痂族和仙人掌族护送脆弱的同伴们回卧房时，她独自静坐，一边搓手，一边深深吸气，恐慌地琢磨着如何才能联系到底尔沙摩舰船。她一度考虑叛逃，乞求森嘎船长的怜悯，留她在船上，或者偷偷潜入。只要能回到新科罗布森就行。但她知道这并不可行。一旦发现她失踪，疤脸首领就会下令搜查底尔沙摩船只，而底尔沙摩人也不会拒绝。然后她就会被逮住，包裹便无法送出，新科罗布森将处于极度危险之中。

此外，她谨慎地提醒自己，她仍然无法接近底尔沙摩船。

贝莉丝听见隔壁屋子里有微弱的声响，她凑近关闭的房门。

是疤脸首领的声音。她听不清具体内容，但那沉稳坚定的嗓音肯定错不了。她仿佛在轻轻吟唱，就像母亲对待孩子。那声音既沉静又热切，贝莉丝一阵战栗，闭起了双眼。听着这强烈专注的情感，她几乎一阵头晕目眩。

贝莉丝倚在墙边聆听他人的情感。她无法断定，此种情绪代表的是爱，还是令人极度疲累的执念。但她依然等待着，眼睛紧盯房门，就像吸血的女蚊族一样吸取偷来的感触。

少顷之后，那声音消失了，贝莉丝从墙边移开，疤脸情侣走了出来，坚毅的面庞平静沉稳。她发现贝莉丝正看着自己，于是毫无羞愧与敌意地跟贝莉丝对视了一眼。疤脸首领的脸上新添了一道长长的伤口，从右边嘴角下开始，沿着下巴一直延伸至咽喉处，黏稠的鲜血仿佛糖浆一般渗出来。

血基本上已经止住，仅有少数几滴像汗珠一样积聚滑落，在皮肤上留下印痕。

两个女人互相凝视了片刻。贝莉丝觉得她们似乎没有共通的语言，两人之间的鸿沟令她感到晕眩。

第二十六章

那天夜里，待众人入睡许久之后，贝莉丝爬了起来。

她掀开被汗水浸湿的被单，站起身来。尽管已是漆黑的深夜，空气中依然热烘烘的。她从枕头底下抽出赛拉斯的包裹，拉开幕帘，安静缓慢地穿过坦纳的房间，坦纳躺在床铺上，仿佛一团黑影。她走到木门边，把头倚在门上，她的皮肤能感觉到木头的纹理。

贝莉丝很害怕。

她小心翼翼地从窗口向外张望，一名仙人掌族卫士在空无一人的广场中巡逻，经过每一扇门户时，都漫不经心地查看一下，然后继续前进。他仍在一段距离之外，她觉得若是拉开门奔出去，或许能不让他发现。

然后呢？

那些昆虫般的女人长着尖锐的口器，双手似爪，渴望吸食鲜血。但贝莉丝看见天上空无一物，四周也没有凶险的哀鸣声。她手握门栓等待着——等待听到或看到蚊族女人，确认其方位，以便躲避（假如知道她在哪里的话，会比较容易躲）。她又想起早上那个变成皮囊与骸骨的人。她一动不动，手僵硬地搭在门上。

"你干吗呢？"

背后传来严厉的低语声。贝莉丝转过身，双手拽紧衣衫。坦纳坐了起来，正从阴影中瞪视着她。

她微微挪动。坦纳站起身，她看见那团古怪而累赘的触须从他的上腹部冒出来。他面对着她，神态怀疑而紧张，那架势看上去就像要攻击她似的。然而他说话压低了嗓音，这使她略感安心。

"抱歉。"她平静地说。他站在门口，脸色异常严峻，充满怀疑。"没想到会吵醒你，"她轻声说，"我只是……我必须……"创造力弃她而去，她不知该如何解释，一时间哑口无言。

"你想干什么？"他用拉贾莫语缓慢地说道，显得既愤怒，又好奇。

"抱歉，"她重复道，然后摇了摇头，"我感觉……"她屏住呼吸，再次望向他，眼神镇定平稳。

"不能拉开门栓。"他说。

他正看着她手里的包裹，贝莉丝努力控制住自己，不要去遮掩它，也不要让手指紧张地挪动，尽量装作这是一件无关紧要的东西。

"怎么，要上厕所？对不对？你得用夜壶，女士。在这里，这种事不能太害羞。你看到威廉的下场了。"

她挺直身子，点点头，面无表情地走向自己的卧房。"睡个好觉。"赛克在她身后说道，然后缓缓地回到床铺上。贝莉丝走到分隔用的帷幕边，稍稍回头瞟了他一眼。他坐在那里，显然一边等一边听着。她咬咬牙，拉开幕帘。

一时间只有沉默。接着，坦纳听见一阵细微的滴水声，仿佛心不甘情不愿似的，他冲着被单毫无幽默感地咧嘴一笑。幕帘背后，离他数尺远处，贝莉丝从马桶上站起来，脸色阴沉而愤怒。

恼羞成怒之际，她想到一个主意，心中渐渐产生了希望。

第二天是舰队城人员驻留岛上的最后一个整日。

科学家们搜集起所有纸张和草图，如孩童般高声谈笑。就连沉默寡言的丁丁那布伦及其伙伴们也都兴高采烈。行动计划与日程安排在贝莉丝周围渐渐成形，仿佛就差真正把恐兽抓到手了。

疤脸首领时不时在讨论中插上几句，脸上挂着沉稳的笑容和那道殷红闪亮的新疤。只有乌瑟·铎尔无动于衷——乌瑟·铎尔和贝莉丝，他们隔着屋子对视了一眼。他们俩一动不动，是喧闹的大厅里唯一的静止点。一时间，他们似乎在共同享有一种优越感，一种对周围人的鄙视。

在这一整天里，蚊族人来了又去，僧侣般平静的神态中透着焦虑。蚊族人遗憾地意识到，随着新访客的离去，他们突然带入的大量理论与概念将无以为继。

贝莉丝注视着克吕艾奇·奥姆，发现这名年迈的蚊族人就跟儿童没有两样。尽管自己没什么物品，但看到新伙伴们整理随身携带的包裹、衣服和书籍，他也有样学样。他离开大厅，片刻之后，搜罗来一捆破布和碎纸，并在顶端打了个结，勉强弄成旅行包裹的模样。贝莉丝见状，感到一阵战栗。

她知道赛拉斯的包裹就在自己的旅行袋底部：信件、项链、盒子、封蜡和戒指。今晚，她惊惶错愕地告诉自己。无论情况如何，只能是今晚。

在白天所剩不多的时间里，她追踪着太阳的轨迹。到了黄昏时分，光线变得凝重迟滞，所有物体都渗出阴影，她感到深深的恐惧。贝莉丝意识到，她不可能越过沼泽，不可能越过凶残的蚊族女人。

门打开了，贝莉丝警惕地抬头观望。

森嘎船长踏入屋内，左右各跟着两名船员。

三名仙人掌族抱着胳膊站在门口。即使在他们族类中，这三人也属于壮汉，腰带和裤裆周围，植物质地的肌肉高高隆起。他们佩戴的珠宝和武器微微泛出光芒。

森嘎用硕大的手指指向克吕艾奇·奥姆。"这个蚊族人，"他宣布道，"哪儿也不准去。"

众人一动不动。沉静的片刻过后，疤脸首领走上前来。

森嘎抢在她之前开口。"你是怎么想的，船长？"他厌恶地说，"我应该称呼你这个婆娘为船长，对吗？你是怎么想的？我他妈对你们的存在睁一只眼，闭一只眼。其实我没必要这么做。我也容忍你们跟当地人交谈，这已经违反了该死的安全规定，有重启疟蚊时代的危险……"对于这番夸张的言辞，疤脸首领不耐烦地摇了摇头，但森嘎仍在继续。"真见鬼，我耐心等待你们离开，结果呢？你以为能够把这些家伙偷偷运出去，不让我知道？你以为我会放行？

"你们的交通工具将受到检查，"他坚决地说，"任何搜集自机械海滩的私货，任何蚊族书籍或论文，任何岛上的照片都将被没收。"他又指了指奥姆，然后不可思议地摇了摇头。"你这个婆娘没读过历史吗？想把蚊族人带出去？"

克吕艾奇·奥姆瞪大眼睛看着他们争吵。

"森嘎船长，"疤脸首领说，贝莉丝从未见过她如此威严堂皇，仪态卓绝，"你注重安全，恪尽职守，没人可以指责你。但你我都知道，男性蚊族人是草食性的，并无危害。除了这一个，我们没打算带走其他人。"

"我不同意！"森嘎嚷道，"见鬼，这一制度必须绝对遵从，我们得吸取历史的教训。没有蚊族人可以离开这座岛，这是允许他们生存的先决条件。不能有任何例外。"

"我厌倦了这种争论，船长。"贝莉丝忍不住佩服疤脸首领的镇静，佩服她那钢铁般的冷峻，"克吕艾奇·奥姆将跟随我们离开。我们无意惹怒底尔沙摩，但我们得带走这个蚊族人。"她背过身，离他而去。

"我的手下在机械海滩上。"他说道。她止住脚步，转回身。他抽出一把巨大的手枪，松松垮垮地提在手里，枪管向下悬垂着。舰队城的人一动不动。"他们是训练有素的仙人掌族战士。"森嘎说。"要是违抗我的命令，你们没法活着离开这座岛。"他举起枪，指向疤脸首领，动作极其缓慢，几乎不像是威胁，"这个蚊族人……你说叫奥姆的……他得跟我走。"

屋里的警卫全都蠢蠢欲动，把手伸向各自的剑、弩弓和手枪。无论是身披硬甲的血痂勇士，还是魁梧的仙人掌族，视线都在森嘎和疤脸首领之间迅速地来回移动。

疤脸首领并没有看他们，但贝莉丝看见她与乌瑟·铎尔交换了一个眼神。

铎尔走向前，挡在疤脸首领和那把枪之间。

"森嘎船长。"他用优美的嗓音说道。他静静地站着，抬头望向对方，那名仙人掌族比他高出一尺有余，块头也要大得多，而手枪正好指向他的头部。他一边说，一边瞪视着枪膛，仿佛那是森嘎的眼睛。"看来得由我向你道别了。"

船长低下头，一时间似乎不太确定。然后他收回一只空手，庞大强健的肌肉在皮肤底下涌动，肥硕而布满刺棘的拳头攥得紧紧的，随时准备挥出。他动作缓慢，显然并不想打铎尔，而是希望胁迫其就范。

铎尔伸出双手，仿佛恳求一般。他稍一停顿，一阵令人眼花缭乱的动作过后——贝莉丝虽然早已料到，却仍然难以看清——森嘎震惊地捂着脖子往后退去，他的咽喉被铎尔刚硬的手指叉了一下（并不太重，只不过是警告，找准利刺之间的空当，让他喘不过气来）。此刻枪已到了铎尔手里，夹在他的双掌之间，就像是祈求得来的物品，但仍然指向他的头颅。他双眼紧盯着森嘎，轻声低语，贝莉丝听不清他讲些什么。

（贝莉丝的心怦怦直跳。铎尔的动作使她深受冲击。不管这次攻击是残忍还是手下留情，其动作本身，那种超自然的速度与精准，就好像是对世界的基本规律发起挑战，仿佛连时间与重力都无法抵挡乌瑟·铎尔，更不用说血肉之躯了。)

站在森嘎身后的两名仙人掌族迟缓而愤怒地跨步上前。他们将手探向腰间，准备拔出武器，铎尔掌中静止的枪突然一转，换了个方向，接着再次一晃，握在了他伸出的右手中，(瞬间)轮番指向那两名水手。

(整个过程看不到他移动。如此的速度与控制，几乎接近魔法。三名仙人掌族全都惊呆了。)

铎尔再次变换姿势，枪离开他的手指，翻滚着落到远处谁也碰不到的地方。他手中握着那柄白色的剑。随着啪啪两声响，森嘎的船员相继发出痛苦的嘶喊，他们扔下武器，抓着自己的手，手腕上各有一道裂口。

此刻，剑尖直指着森嘎的咽喉，那仙人掌族瞪视着铎尔，既恐惧，又憎恨。

"我用剑身打了你的手下，船长，"铎尔说，"别逼我使用剑刃。"

森嘎及其手下往后退开，撤至他的攻击距离之外，然后穿过房门，走进最后的日光里。铎尔等在门口，剑身指向户外的空气中。

屋子里逐渐响起一阵有节奏的低语声，既像是胜利的欢呼，又充满了敬畏。贝莉丝记得这种声音，她以前也听到过。

"铎尔！"舰队城的男男女女开始诵喝，"铎尔！铎尔！铎尔！"

这就跟那次在竞技场中一样，仿佛他是一尊神祇，可以实现众人的愿望。他们就像在教堂中咏唱，那崇敬的呼喝声并不算太响，但热忱而严肃，充满愉悦，节奏整齐划一，连绵不绝。森嘎听在耳中，感觉就像是嘲弄。他被激得怒火中烧。

他冲着门框内的铎尔怒目而视。

"瞧瞧你，"他愤怒地喊道，"懦夫，你这头猪，该死的混蛋！跟什么样的恶魔交易，才能换到这种本事，你这头猪？你跑不掉了。"

突然间，他安静下来，他的嗓音戛然而止。仙人掌族以为只要待在户外便是安全的，但乌瑟·铎尔从屋里走了出来，舰队城的人们发出惊呼，但大多依旧在诵喝。

贝莉丝赶紧跟到门口，万一有女蚊族出现，就立即关上门。她看见铎尔手执长剑，毫不犹豫地走向努吉特·森嘎。她能听见他讲话。

"我知道你很生气，船长，"他轻声说道，"但你得控制住自己。让奥姆跟我们走并没有危险，这你是知道的。他不会再回到这座岛屿。你前来阻止，是因为感觉自己的权威受到侵犯。这是一种误判，但迄今为止只有两名手下看到。"

三名仙人掌族相隔一定距离围在他四周，互相交换眼色，琢磨着是否能突袭他。贝莉丝突然被推到一边，海德里格以及另外几名舰队城的仙人掌族和血痂族来到了室外。他们没有靠近对峙的现场。

"你不能阻止我们离开，船长，"铎尔继续道，"你不能冒着与舰队城开战的危险。另外，你我都清楚，你想惩罚的，不是我的手下，甚至也不是我的雇主，而是我。但这……"他低声总结道，"是办不到的。"

接着，贝莉丝听到了蚊族女人接近时那种凄厉的嗡嗡声。她猛吸了一口气，同时也听见其他人发出惊呼。森嘎及其手下犹疑地抬头观望，仿佛想要避免被看到似的。

乌瑟·铎尔的视线并未从森嘎船长脸上移开。天空中掠过一个身影，贝莉丝抿紧了嘴。"铎尔！铎尔！"的诵喝声逐渐低落，但仍在下意识地继续着。没人出声示警。他们都知道，假如自己能听到蚊族，他一定也能。

随着翅膀扇动声逐渐接近，铎尔突然靠向船长，近距离瞪视着森嘎的眼睛。

"我们能够互相理解吧，船长？"他说。森嘎吼了一声，企图熊抱铎尔，用身上的刺棘挤他。但铎尔的双手在森嘎脸上一晃，然后格挡住他的胳膊。接着，铎尔站到了数尺之外，仙人掌族咒骂着弯下腰，树液从被砸烂的鼻子里滴淌出来。森嘎的船员们似乎有点儿惊慌失措。

铎尔转身背对他们，举剑对付第一个向他扑来的蚊族女人。贝莉丝的呼吸停止了。一名饥饿的女蚊族突然出现在空中，嘶鸣着俯冲下来，口中的尖刺突出在外。她沿着地面打转，敏捷而飘忽，双臂前伸，饥饿地流着口水。

时间变得迟滞缓慢，而她是唯一移动的物体。

乌瑟·铎尔纹丝不动地等待着，他的剑垂直举在身体右侧。突然间，蚊族女人来到了近前，贝莉丝感觉都能嗅到她，而其吸管眼看就要触到铎尔的皮肤。这时，他的手臂突然掠过身前，剑依然是静止而竖直的，但已移到了他的另一侧，蚊族女人的脑袋和左前臂翻滚着坠入干燥的泥地中，鲜血喷涌，她的躯干砰然掉落在铎尔身边的地面上。到处沾染着黏稠的血浆，包括尸体、泥尘和他的剑刃。

铎尔又动了起来。他转身跃起，像摘水果一样探出双手，刺穿了飞过头顶的第二个女蚊族（贝莉丝甚至都没看到她），然后一拧身，用剑将她从空中拽下来，甩到地上，她躺在那里，一边尖叫，一边流口水，仍企图抓向他。

铎尔迅速了结了她，贝莉丝惊恐地松了口气。

天空中安静下来，铎尔一边擦剑，一边再次转身面对森嘎。

"你不会再见到我，也不会再见到我们中任何人，森嘎船长。"他向仙人掌族保证。此刻，森嘎瞪视他的眼神中恐惧要多过憎恶，他看了看两名蚊族女人的尸体，她们比男人还要强壮。"去吧。这件事就到此为止。"

女蚊族那种令人厌恶的噪音再次响了起来。一想到又要目睹屠杀场面，贝莉丝差点叫出声来。嗡嗡声逐渐靠近，森嘎瞪大了眼睛。他继续站立了片刻，迅速环顾四周，寻找饥饿的女蚊族。他仍暗自希望她们能杀死铎尔，但也很清楚那是不可能的。

噪音越来越近，铎尔却没有动。

"**混蛋！**"森嘎一边吼，一边沮丧地转过身，并挥手示意手下人跟他走。他们很快便离开了。

贝莉丝知道，他们是想赶在更多女蚊族发起攻击，并被杀死之前，赶紧撤离。倒不是他们关心这些怪物，而是因为铎尔的技艺令他们震惊无比。

乌瑟·铎尔一直等到三名仙人掌族消失不见，才转过身，归剑入鞘，镇定地走回室内。

此时，翅膀的蜂鸣声已然非常接近，但谢天谢地，她们稍稍迟了一步，没能赶上他。贝莉丝听见嗡嗡的振翼声逐渐消失，蚊族女人散开了。

铎尔走入室内，人们又开始大声念诵他的名字，骄傲而热切，仿佛战斗的口号。这一次，他点头致意，双臂举至与肩平齐，手掌外翻。他纹丝不动地站立着，垂下眼睛，仿佛漂浮在呼喊声中。

又到了晚上，这是最后一个夜晚，贝莉丝在自己房间里，躺在干巴巴的茅草床上，手中握着赛拉斯的包裹。

坦纳·赛克没有睡着，白天刺激的打斗让他太过兴奋，从克吕艾奇·奥姆那里获得的知识也使他很震惊。与整体的宏伟理论相比，他所了解的不过是一小块碎片。但这项任务规模之大，使他有点儿飘飘然，甚至难以入睡。

此外，他在等一件事。

凌晨一点到两点之间，女士房间的帘幕被轻轻地拉开了，贝莉丝·科德万蹑手蹑脚地穿过屋子。

坦纳翘起嘴角，露出冷峻的笑容。他不知道前一晚她想做什么，但显然不是要小解。想到自己略带残忍地逼迫她表演了那一出戏，他不由地半露微笑，半皱眉头。后来他感到有些内疚，然而古板严肃的科德万小姐为了他，不得不挤出几点水来，这让他在接下来的一整天中笑得合不拢嘴。

他当时便知道，不管她有何打算，事情还没有完，她还会再作尝试。

坦纳注视着她。贝莉丝并不知道他醒着。他看见她站在门边，身穿白色衬裙，正透过窗户向外张望。她拿着一件东西。一定是昨晚的那个皮袋子，当时她力图避免引起他对此物的注意。

他对她的行为很好奇，同时心中也存有一丝残酷，他在"女舞神号"上受尽凌虐，如今就像是一种转嫁的报复。正是由于此种心态，他才没有向铎尔或疤脸首领汇报她的举动。

贝莉丝站立着观望，然后伏下身子，沉默地摩挲那包裹，接着又站起来观看，然后再次蹲下，不停地重复。她的手徒劳地停留在门栓上方。

坦纳·赛克站起身，无声无息地向她走去，她在反复犹豫中太过专注，没有留意到他。坦纳站在她身后数尺远处观察着，她的举棋不定让他感到既恼火又有趣，最后，他终于忍不住了。

"你又想出去，对不对？"他嘲讽似的低语道，贝莉丝转过身，面对着他。坦纳看到她在哭泣。他感到一阵震惊与惭愧。

他脸上的那一丝坏笑立刻消失了。

泪水从贝莉丝·科德万眼睛里涌出，但她没有发出一声抽泣。她使劲地喘息着，每次深深吸气都处于失声痛哭的边缘，但她保持着沉默。她的表情激动而克制，布满血丝的眼睛紧张炽烈。她就像一头被逼到角落里的野兽。

她恼怒地抹了抹眼睛和鼻子。

坦纳试图开口，但她愤怒的眼神令他动摇，他费了好大劲才憋出几个字来。"好了，听着，好了，"他低语道，"我不是那个意思……"

"你……想怎么样？"她轻声说。

坦纳虽然困惑，但没有被吓倒，他低头看了看她手里的包裹。

"你究竟是怎么回事，嗯？"他说，"这是什么？想要偷偷溜走，对吗？指望底尔沙摩人把你带回家？"他一边说，一边发现自己的怒气渐渐升起，须得努力克制才行。"想要告诉鲁德革特市长，你在海盗船上受到怎样的虐待，对不对，小姐？告诉他们舰队城的存在，好让他们追击我们，把我这样的人关回甲板底下那种鬼地方？然后送去殖民地当奴隶？"

贝莉丝高傲地瞪视着他，眼中带着愤怒的泪水。长久的沉默过后，透过她静止而严肃的脸庞，坦纳看出，她作出了一个决定。

"你自己看吧。"她突然带着嘶嘶的气声说道。她将一封信塞到他手里，然后倚着门滑坐下去。

"'七级状态'？"他喃喃道，"'代号箭镞'是什么鬼东西？"贝莉丝一言不发。她已经停止哭泣。她瞪视着他，如孩童般乖戾阴沉（*但此刻她的眼睛后面似乎多了一丝希望*）。

坦纳继续看下去，勉强解读那些晦涩的代码，而其中突然浮现出的含义，往往令他震惊。

"'吻法师的到达'？"他怀疑地低语道，"'溃疡河填满蠕虫部队'？'海藻炸弹'？这究竟是什么鬼东西？这是一份该死的入侵计划！见鬼，这是什么？"贝莉丝凝视着他。

"这是一份该死的入侵计划。"她冷冷地重复他的话。

她冷酷地保持着沉默，过了好一会儿，才告知他详情。

他身体往后一靠，紧紧攥住那张纸，直愣愣地望向其中的印鉴，手指抚摸着赛拉斯铭牌上系着的锁链。

"要知道，关于我，你说的没错。"贝莉丝说道。他们压低音量，以免吵醒隔壁屋里的女人。贝莉丝的嗓音毫无生气。"你说的没错，"

她重复道，"我对舰队城缺乏归属感。我能看出来，你心里想，'我不信任这个来自上等城区的婊子。'"

坦纳摇摇头，试图否认，但她不给他机会。

"你是对的。我不值得信任。我想要回家，坦纳·赛克。要是打开门就能走到獾泽，萨拉克斯区，马法顿，鲁德弥德，或者新科罗布森的任何一个地方，嘉罢在上，我就会走出去。"

面对她激动的态度，坦纳几乎愣住了。

"但那是不可能的，"她继续说，"没错，我曾幻想过救援。我幻想新科罗布森的舰队把我接回家，然而这里有两个障碍。

"我想要回家，赛克。可是……"她犹豫不决，略微有点儿泄气，"可是'女舞神号'上的其他人没有这种迫切的需求。我明白……那对你们来说意味着什么……对所有新科罗布森的改造人来说……'获救'意味着什么。"她扭头望向他，眼神毫不畏缩。"无论你是否相信，这不是我希望的。我对新科罗布森不存在错觉，对你们的放逐不存在错觉。你根本不明白我的处境，坦纳·赛克。你不知道是什么原因迫使我登上这条该死的破船。

"无论我多想回家，"她说，"我明白，对我来说最好的方案，对你们却未必，我不愿掺和在这件事里。这是实话。"她突然说道，仿佛充满惊讶，又仿佛自言自语。"我无法说服自己。我承认。这是实话。"

她稍一迟疑，然后抬头望向他。

"就算你认为我满嘴谎言，赛克先生，还有第二个事实：**我根本无计可施**。我不可能跟随底尔沙摩人逃跑，也不可能给新科罗布森舰队带路。我被困在了舰队城。我完完全全被困住了。"

"那么，谁是赛拉斯·费内克？"他说，"这又是什么？"他挥了挥那封信。

"费内克是一名科罗布森密探，跟我一样身陷困境。不过他获得了消息，"她冷冷地说，"关于那该死的入侵计划。"

"你想要它沦陷吗？"她问道，"老天，我明白你对那地方没什么好感。嘉罢在上，你有什么理由喜欢它呢？但你真希望新科罗布森陷落吗？"她的嗓音突然变得十分严峻。"你在那儿就没有朋友？没有家人？整座城市里连一个值得怀念的人都没有？你不在乎它落到成戈利斯手中？"

维尼昂街往南一点，在罗经区里，有个小小的市场。每逢回避日和尘埃日，它便会出现在仓库后面的小巷里，规模很小，连名字都没有。

这是个鞋市场。旧鞋，新鞋，偷来的，有瑕疵的，完美精致的，什么样的都有。木屐，拖鞋，皮靴，等等，一应俱全。

若干年来，那是坦纳在新科罗布森最喜欢的地方。倒不是他比别人买更多的鞋，而是因为他很享受在那条短巷中穿行，经过摆满皮革与帆布鞋的桌子，听着小贩们大声吆喝。

窄巷里有若干家小咖啡店，他跟店主和常客都很熟络。当他不需要工作，又有点儿小钱时，常常会在覆满常春藤的博朗咖啡馆里待上几个小时，跟博朗·科洛、伊凡·科洛和蛙族人斯拉施内舍有事没事地争论一番，或者替可怜的疯子"螺旋雅各布"买一杯酒。

他曾在那里度过许多个日子，烟雾缭绕地喝着茶和咖啡，透过博朗歪歪扭扭的窗玻璃望向外面的鞋市，任由时间点点滴滴地滑过。嘉罢为证，没有这种日子他也一样能活。这不是什么上瘾的毒品，他也没有因为怀念那样的时光而难以入睡。

然而当贝莉丝问他是否在意城市陷落时，他立即就想到了这些。

当然，假如新科罗布森，连同所有他认识的人（他已经有一阵子没想起他们了），连同所有他到过的地方，全都被格林迪洛（那是噩梦中才有的可怕形象，是头脑中想象出来的阴影）破坏殆尽，沉入水中，那样的情景当然令他惊骇。这当然不是他所希望的。

但他对自己的第一反应感到震惊。没有理智的分析，没有仔细的考量。他透过窗户望向岛上酷热难当的夜晚，却记起了别处的窗户，记起了那厚实而斑驳的玻璃，以及外面的鞋市。

"你为什么不告诉疤脸情侣？为什么你认为他们不会帮忙把消息传到城里？"

贝莉丝耸了耸肩，装出无声的佯笑。

"你真以为，"她缓缓地说，"他们会在乎？你以为他们会自找麻烦？派出一艘船？负担送信的费用？你以为他们会冒着被发现的危险？你以为他们会全力以赴去救一座一有机会就要摧毁他们的城市？"

"你错了，"他不太确定地说，"这里有许多被劫持的科罗布森人，他们会在意的。"

"没人知道，"她嘶嘶低语道，"只有我和费内克。要是我们把消息散播开来，他们就会诋毁我们，说我们惹是生非，然后把我们扔进海里，再把信给烧了。老天，假如你错了怎么办？"她凝视着他，直到他不自在地稍稍挪动。"你以为他们会在乎？你以为他们不会让新科罗布森陷落？假如我们跑去告诉他们，但你的判断有误，那就全完了——我们将失去唯一的机会。你明白形势有多危急吗？你想要冒这个险？真的吗？"

坦纳无言以对，他意识到，她说得有理。

"所以我才坐在这里，哭得像个白痴一样，"她愤愤地说，"因为只有把信件、证据以及贿赂送到底尔沙摩人手中，我们才有机会解救新科罗布森。明白吗？解救新科罗布森。我站在这里发呆，是因为想不出去海边的方法。因为我害怕外面那些可怕的怪物。我不想死，但黎明眼看就到了，我必须出去，却又出不去。从这里到海滩超过一英里远。"她小心翼翼地看了他一眼，然后移开视线。"我不知该怎么办。"

他们听见仙人掌族警卫在月光下的村镇中走动，穿梭于一栋栋房屋之间。坦纳和贝莉丝倚着墙相对而坐，眼神呆滞。

坦纳再次望向手中的信件，上面盖有印鉴。他伸出双手，贝莉丝将剩下的小包裹递给了他。她脸上依然保持镇静。他看了一遍给底尔沙摩海盗的信。报酬非常丰厚，他心想，但要是能救新科罗布森，一点儿也不算过分。

解救新科罗布森，令其免受侵害。

他再次逐行逐句地把每封信都读了一遍，其中并未提及舰队城。

他又瞧了瞧项链，那块小牌子上刻有名字和标志。这跟舰队城没有任何联系，也不会向新科罗布森政府泄漏他们的位置。贝莉丝在沉默中注视着他。她知道他的特殊之处。他能察觉到她心中的希望。他拿起那枚硕大的戒指，仔细查看其精致的图案，端详着凹凸不平的刻面。他感觉像被催眠了似的。这戒指就跟新科罗布森一样，有着多重含义。

沉默仍在继续，包裹在他手中不停地翻来覆去，他用手指摩挲着封蜡、戒指以及那封写满恐怖警告的长信。

他记得接受身体改造时的情景，但那并不是记忆的全部。还有一些地方和一些人。新科罗布森不止一个侧面。

坦纳·赛克对嘉水区忠心耿耿，他能感觉到这种忠诚所带来的热情，但同时他也感觉到对新科罗布森的哀怜之情——一种忧郁而惋惜的爱，包括对那鞋市，也包括其他方面。两种情感如同游鱼一般在他体内互相追逐盘绕。

他想象着自己的故乡城市被彻底毁灭。

"没错，"他缓缓地低语道，"到机械海滩的路程超过一英里，需要走下山，经过蚊族女人居住的沼泽。"

他突然晃了晃脑袋，示意镇子的另一端，即岩石间的那道裂隙，以及下方黑黝黝的海浪。

"但是从这里下海只有没几步路。"

间章 V　坦纳·赛克

这并不困难

我注视着窗口（贝莉丝·科德万伏下身子，躲在我背后等待着。我想她一定很紧张，担心我玩弄她，但她依然充满希望）。我等待警卫转过街角，离开广场，走出视线之外。

——不要动，我告诉她说，她拼命地摇了摇头。——千万别离开这儿（我很害怕，在拖延时间）。听到我敲门之前，连一根手指头都不要动。

她要负责拉开门栓。她要负责警戒，确保当门锁打开时，不会有蚊族闯进来。不管我多久才能返回，她都得一直等着。

于是我点点头。她的皮袋子叠得整整齐齐，不留一丝空隙，外面抹了一层蜡，以防渗水，我把它揣在腰间，就像捂着一处伤口。她拉开门，我走了出去，跨入星光之下。在这炎热的夜晚，我暴露在空气中，周围尽是蚊族女人。

坦纳·赛克毫不犹豫地冲向村子后面那道肛门似的裂隙，村里的垃圾都是经由此处排入海中。

他带着恐慌低头猛跑，盲目地奔向那山岩间的缝隙。他的神经在尖啸，身体紧绷如弓，竭尽全力想要拉近与海水的距离。

他肯定听到了蚊族的振翅声。

户外的天空下，他听见风声和昆虫的夜鸣。仅仅五秒钟过后，他的双脚便踏上了那片如阳台般俯瞰着海洋的平坦岩石。空气静止不动，他一头扑向黝黑的山坳中，黑暗紧紧裹住了他。一瞬间，他脚下打滑，心中依然在犹豫，是否应该更加谨慎，宁愿费点儿力气，沿着蜿蜒崎岖的小道爬下石坡。但是太迟了，他的腿已经跨了出去，或许是因为听到女蚊族的哀鸣。他脱离岩石，坠落下去。

他的下方除了空气别无他物，五十英尺的虚空之下，海水悠悠地晃动着，泛出钢铁似的微光。他见过裂隙下方的海水如何流动。如今他属于海洋，懂得辨识水流的动向。他推测下方的水应该很深，而事实正是如此。

他挺直身子，随着扑通一声响，浪花四散飞溅，他肺里的空气都被震了出去。他惊恐地张开嘴，水涌了进来，流入他那干燥而可怜的鳃。头顶上的海水再次合拢，将他包围起来。他就像一粒细小的微生物，被海洋欣然接纳。

他惬意地悬浮于黑黝黝的水中，一动不动。四周安全的空间令他得意扬扬，这里没有蚊族女人（他又想到其他捕食者，一时间略感不安）。

坦纳感觉那个滑腻腻的袋子有点儿沉，他将它捂在肚子上，然后用带蹼的脚使劲蹬水。他已经很久不曾游泳。他的皮肤在水中舒展开来，全身的毛孔如同花朵一般绽开。

水里并非绝对黑暗。随着瞳孔的扩张，他能分辨出深浅不一的阴影：水下的岩崖，村落里的垃圾，通往开阔水域的狭缝，以及漆黑一片的深水区。他穿过峭壁间的洞孔，感觉水流发生了变化。头顶上方的波浪啃食着海岸，仿佛一张衰老得掉光牙齿的嘴。

他的方向感很清晰。身边有细小的动物游过，那是夜间出没的小鱼。坦纳在水底游动，触须伸向四面八方，探索着岩石的边角。他开始沿着弯曲的海岸前进。他的触须比他勇敢，对于那些不敢用手触摸的岩洞，他就让触须像章鱼一样伸进去探查。这些附属物是他身上最能适应水栖生活的器官，他顺从它们的指引。

坦纳沿着蚊族岛屿的边缘游动。他发现有海葵和海胆，然后突然悲哀地意识到，这是他第一次游到海床附近，而且几乎可以肯定也是最后一次。但此处光线太弱，什么也看不清。他只能想象身体下方分布着一团团沙砾与石块，突兀的岩石和枯木上定然长满繁密的海草，若是有光，便会呈现出鲜艳的色彩。

匆匆忙忙游了一阵之后，他放松下来。沿岸海水的味道跟舰队城周围的开阔水域不同。这里的水更加浓稠，到处是细小的生物，生命和死亡的气息弥漫在他四周。

忽然间，他尝到了铁锈味。

机械海滩，坦纳心想。他已经沿着岛屿的外廓绕进了海湾。他的吸盘摸索到新的物件：腐烂分解的钢铁，海水侵蚀下锈迹斑斑的引擎。此处的海床富含铁质，水中充斥着金属盐，他能尝出血的滋味。

水面上荡漾着月光，头顶上方三个巨硕的影子挡住了微弱的光线，这些就是底尔沙摩的舰船。粗实的锁链在水中绷得紧紧的，铁锚抛落在年代久远的金属残骸之间。

坦纳调整角度向上浮升，并感觉到海水逐渐散开。他高高举起依然握着包裹的手。最大的那艘船犹如一团黑影，正好挡在他前进的路线上。

底尔沙摩的仙人掌族见到他之后，大呼小叫地作愤怒状，威胁似的举起拳头和长满刺棘的胳膊。但他们只是装模作样而已，他们被这个浑身湿漉漉的改造人搞糊涂了。他沿着锁链攀爬上来，滴着水站在甲板上，紧张不安地望向天空，等待水手们将他带下去。

"我要跟船长谈话，伙计们。"他一遍遍地用盐语对他们说，尽管很害怕但态度坚决。看来威胁吓不倒他，于是他们将他带入点着蜡烛的黑暗船体内。

他们领着他经过藏宝室，通过交易与战斗获得的物品全都存放于此。厨房则充斥着腐烂蔬菜和炖煮的味道。走廊的笼子里，猩猩一边嘶叫，一边摇晃着栏杆。仙人掌族身体太重，手指又太粗笨，无法攀援绳索。这些猿猴自出生起便接受训练，能够遵从口哨与命令，熟练地张挂船帆，尽管它们从来都不明白这样做目的何在。

这群无聊的猴子被藏在此处，以免遭受饥饿的女蚊族袭击。

森嘎静坐在船舱中，他让坦纳站着，用一块破布不安地擦干脸和手。森嘎巨硕的绿胳膊搁在桌面上，双手相扣，显得既怀疑，又耐心，颇似人类的官僚作风，让人很不自在。

他善于玩弄权术，自从第一眼看到坦纳，就猜到这里面有问题，舰队城的当权者多半是被蒙在鼓里。他支走了警卫，以防万一这件事只有他一人可以受益。警卫们悻悻地离开了，好奇心未能得到满足。

接着是一阵沉默。

"告诉我怎么回事。"森嘎最后说道。他省略了开场白，坦纳·赛克（海水从他皮肤上滴落，流淌到草褥里，他双手紧紧抓着包裹，既害怕又内疚，对自己的背叛行为深感不安）对此颇为赞赏。

打开蜡裹的皮袋与盒子，里面的物品依然干燥。

他一声不吭地将那封较短的信递过去，其中写的是对携带者的承诺。

森嘎缓慢而细致地读了好几遍。坦纳等待着。

最后，森嘎抬起头，脸上丝毫不露声色（但他小心翼翼地把信放到一边）。

"你要我递送什么东西？"他说。

坦纳依旧无言地抽出那个沉甸甸的盒子。他取出戒指和封蜡，然后将打开的匣子转向森嘎，给他看里面的信和项链。

船长撇着嘴查看粗糙的项链，似乎并不怎么在意。他的手摩挲着那封长信。

"不让我看的东西，我不带，"他说，"里面也许写着'别管另一封信'。我想你一定能理解。只有等我看完之后，才能让你把它封起来。"

坦纳点点头。

森嘎船长审视良久，赛拉斯写给新科罗布森的这封密件冗长而晦涩。他没法真正读懂——他的拉贾莫语不够熟练。他只是寻找与自己相关的词语：仙人掌族，底尔沙摩，海盗。信中没有这些字眼。似乎不像是骗局。看完之后，他疑惑地抬起头。

"这都是什么意思？"他说。坦纳快速耸了耸肩。

"老实说我不知道，船长，"他说，"我跟你一样看不明白。我只知道这是新科罗布森需要的信息。"

森嘎同情地向他点点头，同时思考着自己的选择。把这人赶走，什么也不做。当场杀死他（轻而易举），夺走他的印鉴。递送包裹；不递送包裹。将此人转交给舰队城的女首领，他显然是个叛徒，只是森嘎搞不清背叛的方式和原因。但努吉特·森嘎对眼前的事态和这名胆大妄为的擅入者很感兴趣。他对他没有敌意，却也无法搞清此人为谁效力，受到何方势力的庇护。

森嘎船长不愿冒与舰队城开战的风险，更不用说与新科罗布森了。信中没有会危害到我们的内容，他心想。此外，虽然他心存顾虑，却找不到拒绝担任信使的理由。

最坏的情况是，他偏离通常的贸易路线，远远地绕了一圈，信中的内容却得不到兑现。但这算不算灾难呢？作为商人和海盗，他将到达世界上最富有的城市。那不是个好结果，他心想，这趟旅程艰难而漫长，但为了潜在的利益，或许值得一试？

也许这封信（有那座城市的印鉴，以及其代理人的授权）能获得兑现。

他们共同完成了秘密交易。坦纳用戒指将那封长信封印起来，把赛拉斯·费内克（他究竟是谁？这个问题再次出现在坦纳脑中）的项链放入盒内的衬垫之间，然后叠好那两封信，盖在上面。他扣紧盒子，将剩余的蜡滴入四周缝隙里，然后趁着封蜡逐渐凝固，摁上戒指的纹印。戒指移开之后，他看着故乡城市的徽纹，就像一幅滑腻腻的微型浮雕。

他把封好的盒子塞回褐色皮袋中，系紧袋口，森嘎接过去之后，锁入了航海储物箱里。

两人互相对视了片刻。

"你要是出卖我，后果我就不多说了。"森嘎说道。这是个荒唐的威胁：双方都知道，他们再也不可能见面了。

坦纳略一颔首。

"我们的船长，"他缓缓地说，"不能让她知道。"话一出口，他便感觉很痛苦，不得不使劲提醒自己信中的内容和保守秘密的理由。他不动声色地抬起眼睛，与森嘎船长视线相交。船长没有故作神秘地眨眼或微笑，只是点了点头，使他免于再受煎熬。

"你确定？"森嘎说。

坦纳·赛克点点头。他站在船头，不安地向四周张望，害怕听见蚊族的声音。坦纳拒绝食物、红酒和钱财，船长再一次充满了好奇。他被此人的神秘任务深深吸引住了。

"谢谢，船长。"坦纳说着，握了握仙人掌族已拔除棘刺的手。

森嘎船长看着坦纳跳下护栏，然后俯身向前，露出半个微笑。这名来访的人类虽然矮小，但勇敢顽强，森嘎对他产生了一种奇怪的亲切感。他又在甲板上逗留了片刻，凝视着坦纳留下的涟漪。等到波纹逐渐被海浪拍散，他抬头望向夜空。他并不担心女蚊族的声音，她们最多只是绕着他打转，饥渴地嗅探，却闻不到鲜血的气味。

他思考着明天早晨，当舰队城的人离开之后，要如何跟船员们解释，如何颁布新命令。他苦笑着猜测他们的反应。他们将充满惊讶与好奇。

坦纳·赛克坚忍地向着悬崖间的罅隙游回去。他已准备好提心吊胆地攀爬那条崎岖的小道，一旦听见蚊族女人的声音，就立即跳下岩壁，坠回海中。

他心情郁闷。即使明白这是迫不得已，也无济于事。

他突然希望，大海像诗人和画家所许诺的那样，能够洗去所有污垢，让他重新开始，一切从头来过。海水从他体内滤过，仿佛他是个空心人。他一边游动，一边闭起眼睛，想象着海水从内部将他净化。

坦纳紧握着那枚丑陋的印章戒指。他希望记忆会被冲刷干净，但它们就像内脏一样牢固地黏附于体内。

他骤然停在海的中央，悬浮于水面以下五十英尺，仿佛一名罪人，嵌在黑暗的水中。这是我的家，他告诉自己，但并不能从中获得安慰。坦纳感觉到一股怒气，他努力控制着，心中除了愤怒，也有悲哀与孤独。他想到谢克尔和安捷文（已经不下数十次）。

他刻意地伸出胳膊，打开手掌，那枚沉重的新科罗布森戒指立刻坠落下去。

这里如此黑暗，他几乎看不到自己白皙的肤色。他只能想象戒指自掌心滑落，渐渐沉入海底，经过漫长的下坠过程，最终停留在一堆岩石和失落的机械部件之间。若是碰得巧，出于偶然的机遇，也有可能挂在海藻的叶子或珊瑚的枝杈上。

然后，然后，它将受到无尽的水流冲刷。并非如他期盼的那样被吞噬，永远消失，而是获得重塑。直到某一天，距今不知多少年、多少世纪之后，被潜水艇的湍流翻搅起来，重新露出水面。即使海水的侵蚀非常彻底，戒指被分解殆尽，它的微粒仍将返回日光之下，堆积在机械海滩上。

无论人们如何描述，海洋既不会遗忘，也不会宽恕，坦纳心想。

他应当接着往前游，他很快便会继续；他要赶回去，一路滴着水攀爬至蚊族人的村镇，疾奔回那扇门前，触须挥舞摇摆，仿佛苍蝇掸子，贝莉丝将为他开门（他相信她在等待）。于是，这项任务便完成了，他的城市（昔日的故乡城市）或许能平安无事。然而此刻他却无法动弹。

坦纳想到了传说中水里的种种奇景，但他尚未见过这一切。幽灵船，融船，火山岛。由固化的波浪构成的平原，在那里，海洋失去活力，海水化作灰色的固体。还有些地方的水处于沸腾状态。结辛族的家乡。蒸汽风暴。地疤。他琢磨着下方海藻丛中隐藏的戒指。

它们永远都存在，他心想。

海洋中没有救赎。

间章Ⅵ　另一处

鲸鱼死了。缺少这群硕大愚笨的向导，前途变得更加困难。

兄弟，我们跟丢了吗？

有太多可能性。

海底再次出现一簇悬浮的黑影，它们悄然溜进温热如血的水域中。

四周的海水精灵焦躁不安。远处的海浪下方，数千英尺深的海底，地壳被震得不停地战栗。

你能尝出来吗？

海水中涌动着数以百万计的矿物微粒，其中某些成分浓度异于寻常：岩石的碎片（有颗粒，也有粉末），小滴的石油，浓郁而神秘的岩乳残渣。

他们在干什么？

他们在干什么？

此处海水的味道勾起了它们的回忆。追踪者们尝出其中的滋味，这是世界的分泌物。（它们记得）钻井台割开地表，抽取寻获的液体，而参差不齐的裂口中亦会渗出少许矿物。人们套着笨拙累赘的皮革与玻璃，瞪着眼睛在水泥支柱边活动。它们轻易就能掳走这些人，盘问完毕之后便将其杀死。

漂流之城在钻井采矿。

此处的水流犹如迷宫，纷乱无序，将各种杂质冲得七零八落，仅剩下散乱的微粒，几乎难以辨别。

它们的追踪陷入了困境。

鲸鱼都死了。

是否能用其他生物？海豚（太任性），海牛（迟缓愚笨），或者别的？

没有合适的；我们只能靠自己。

当然，另有一些生物也可以从深海中被召唤出来，但它们不擅长追踪，适合它们的工作完全不同。

虽然孤立无援，但追踪者依然有能力捕猎。它们坚忍不懈地继续搜寻（必须克服炎热浮躁的气候），在一片混沌中，通过污染物的滋味，通过流言蜚语，探出一条路来。

与先前相比，它们与猎物之间的距离已大大缩小。

即便如此，温热的海水仍是个障碍，滞塞、刺激、令人迷失。追踪者来回绕圈，循着若有若无的踪迹追逐谎言与幻觉。它们无法找到线索，无法找到确切的线索。

第五部

风暴

第二十七章

一七八〇年，索拉月九日，码头日 /6/317 纪年，玳瑁季，第九印记日。

三叉戟号

他又来找我说话。

乌瑟·铎尔认定我们应该互为——朋友？伙伴？商讨对象？

离开岛屿之后，船员们一片忙碌，其余人则安安静静地坐着，一边观望，一边等待。我感觉很麻木。自从昨晚坦纳·赛克回来之后——浑身湿漉漉，浸满盐水，户外天空下的短暂经历，令他惊惶失色——我就一直难以平静。我在椅子里不安地挪动，惦记着那封宝贵的信和那条丑陋的锡制项链——一件价值难以估量的证物——漫长的旅途正等待着它们。坦纳·赛克告诉我，森嘎答应递送物品。这是一趟遥远而艰巨的旅程，但愿他不要改变主意。我祈祷赛拉斯允诺的报酬具有足够吸引力。

我和坦纳·赛克躲避着对方的眼神。我们在三叉戟号豪华的吊舱里擦肩而过，心中拘谨而内疚。彼此装作不相识：这是我们的共识。

我始终留意着克吕艾奇·奥姆。

看着他，令我感慨万分。

他在兴奋与好奇之下难以自已，眼睛瞪得圆圆的，环形皱褶的嘴随着呼吸一张一翕。他在窗户之间来回穿梭——算不上奔跑，但步伐焦急狂躁，有欠稳重——凝视着驱动飞艇的各个引擎。他到过前方的飞行控制室，也到过厕所和卧舱，甚至攀上宏伟巨硕的气球，钻入填充的气囊之间。

除了我之外，奥姆无法跟人交流，我以为他会寻求我的帮助。但其实并非如此，我根本无事可干。他满足于观察。我只需坐下来看着他就行了，他像个孩子一样在我身边来来回回。

他一生都在那座岩岛上度过。如今，他饥渴地观察着周围的一切。

铎尔来找我搭话。跟先前一样（跟第一次一样），他坐到我对面，放松地抱着双臂，眼神淡漠。他的嗓音依然那样优美。

这一次，我充满恐惧——仿佛他已看穿我和坦纳·赛克所做的事——但我依然能如他所预期的那样，镇静地面对。

我仍然相信，我们彼此能够理解。我也相信，我和铎尔之间那种相通的感觉正是建立在理解的基础之上。他（肯定）看出我努力抑制着对他的惧意。他敬重我，因为我在面对传奇般的乌瑟·铎尔时，并没有向恐惧屈服……

当然，我害怕是因为担心他发现我是叛徒。但这一点他并不知晓。

我们默默地注视着奥姆，过了很久，铎尔才开口（我从来都不是打破沉默的人）。

"如今有了他，"铎尔说，"我认为召唤计划已经毫无阻碍。舰队城即将步入新时代。"

"那些心怀不满的区怎么办？"我问道。

"当然会有人心存顾虑，"他说，"但你想象一下，这座城市就像是在爬行，一旦我们能够控制恐兽……牵着这样一头怪物，还有什么办不到的。我们可以横穿整个世界，所花的时间与现在相比简直微不足道。"他顿了顿，迅速瞥了一眼四周。"我们可以去现在无法到达的地方。"他压低嗓音说。

又来了：他暗示着某种未明的动机。

我和赛拉斯只查出一半事实，这项计划不仅仅是召唤恐兽。我本以为发现了舰队城的秘密，却突然又有一种被蒙蔽的感觉，这让我很不舒服，甚至深恶痛绝。

"莫非是去亡者之地？"我缓缓说道，"往返冥幽地界？"

我装作不经意地引述关于他的流言，引诱他来纠正。我想知道计划的真相，也想了解有关他的事。

铎尔让我大吃一惊。我以为他对自己的身世只会含糊其辞，但他向我透露的远胜于此。

与我建立某种关系也许是他计划的一部分（我仍猜不出是什么样的关系），但不管出于何种原因，他告诉我的远不止一点儿暗示而已。

"这就像是接力传话。"他一边说，一边俯身向前，压低语声，以确保我们的谈话没人听见。

"他们告诉你，我来自亡者的世界，然而你位于传话链的尽头，由于每一环之间并非完美衔接，原始的含意已逐渐流失。"

即使他的原话并非如此，也相差不远。这就是他说话的风格，仿佛文绉绉的独白。我的沉默并非源于不满，而是因为悉心倾听。

"话链从我这头开始时，句句属实，"他继续说道，突然抓住我的手，吓了我一跳，他将我的两根手指搭在他手腕上，感触那缓慢的脉搏，"我出生比你还迟，比'抗争运动'晚了三千多年——他们仍将此归功于我？去了冥界是回不来的。"他的脉搏毫无生气地跳动着，仿佛冷血的蜥蜴。

我知道那些传说是骗小孩子的，也知道你不是亡灵，我心中寻思。你很清楚我的想法，难道只是想让我触摸你吗？

"不是冥界，"他继续道，"但在我的家乡，确实有活死人。我是拱石城出生长大的。"

我好不容易才忍住惊呼，但无疑猛然瞪大了眼睛。

若是在六个月前，我还无法确定拱石城是否真实存在，只是隐约知道这么个地方，知道那里有僵尸工厂和亡灵贵族，还有饥饿的食尸鬼，仿佛是一个虚构的世界。

然后赛拉斯告诉我，他到过那里，而且曾在那里居住——我相信他。然而，他的描述更像是梦境，而不是确凿的事实，仅能提供极其简单模糊的印象。

如今我又认识一个熟悉那地方的人？这次不是旅行者，而是原住民？

我发现自己使劲按着铎尔的脉搏。他轻轻挣脱我的手指。

"这是个误解，"他说，"别以为拱石城中全都是死灵族。那里也有敏族。"（我仔细聆听，试图辨别他的口音。）"没错，我们只占少数。每年出生的人中，许多都被圈养起来，关在笼子里，待到身强力壮，便会被剥夺生命，转化为僵尸。另有一些人由贵族抚养长大，成年之后，也会被杀死，然后纳入亡者的社会。但是……"

他的嗓音逐渐低落，一时间变得内省自敛。"但是还有'生灵区'，其中居住着真正的敏族。我母亲很富裕，我们住在较好的地段。

"有些工作只有生人能够胜任。这类手工操作非常危险，让僵尸来做的话太过冒险——复活僵尸的代价很高，但你想繁殖多少敏族都不成问题。"他的嗓音冷漠淡然，"死灵族不愿沾手的禁忌任务，可以交给生者中的精英——敏族的上层阶级、绅士和贵妇——依靠此类机会，这些幸运的敏族能过上舒适的日子。

"我母亲挣够了钱，选择结束生命，亡灵巫师替她抹上防腐药剂，然后予以复活。尽管并非高等阶层，但她成为了死灵族。大家都知道，生者铎尔女士变成了亡者铎尔女士。但我不在，我已经离开了。"

我不知道他为何要告诉我这一切。

"在我成长过程中，"他说，"周围尽是死者。他们并非全都沉默无语，但许多人确实如此，而且没一个吵闹喧哗的。我在'生灵区'长大，常常跟那里的少男少女一起在街道中横冲直撞地奔跑。路上有无脑的僵尸、少数潦倒的血族，还有真正的死灵族，上流社会的尸巫。他们缝着嘴，衣着华丽，皮肤仿佛经过加工的皮革。让我最难以忘却的是那种寂静。

"我的遭遇还算不错。我母亲受人尊重，而我是个乖孩子。除了略带同情的嘲笑，没什么太让人难堪的。我开始参与犯罪和异端邪教，但并未涉及太深，时间也不太长。有两件事敏族比死灵族更为擅长。一是喧闹，二是速度。我摈弃了前者，却不排斥后者。"

等到他的停顿明显已转化为沉默，我接过了话头。

"你在哪里学的格斗？"我说。

"我离开拱石城时，仍是个孩子，"他说，"虽然我当时并不这样认为，但这是事实。我潜入缆索轨道，偷偷溜了出来。"

他不愿再告诉我更多。从那时起，直到他抵达舰队城，一定有十余年之久。他不愿告诉我在此期间的经历。但很明显，正是在这段时间内，他学到了深不可测的技艺。

铎尔逐渐安静下来，我感觉他交谈的意愿已然如潮水般退去。这不是我期望的。经过数周的隔离，我希望他继续说下去。我耍了个拙劣的伎俩，仿佛故意卖弄机巧。我一定显得轻浮无礼。

"你离开鬼首帝国，并与之交战，夺取了——叫什么来着——'巨力之刃'？"我指了指他那把不起眼的陶剑。

一开始，他的脸上毫无表情，接着，他突然短暂地绽露出优美灿烂的微笑。他笑起来像个大男孩。

"这又是经过重重传递的信息，"他说，"只剩下一半事实。鬼首帝国早已消失，但其残余遍布巴斯－莱格各地。我的剑确实是鬼首帝国的遗物。"

我使劲琢磨着他话中的含意。我的剑用了鬼首帝国的工艺，或者，我的剑是基于鬼首帝国的设计。但望着他，我意识到，他已经说得十分明确。

我一定显得很震惊。他用力点了点头。

"我的剑有三千多年历史。"他说。

这不可能。我见过它，那是一件普通的陶土制品，稍许有点儿陈旧泛黄。就算它只有五十年，我也会感到很惊讶。

"至于名字……"他再次朝我露出同样的微笑，"那又是个误会。经过漫长的搜寻，我在掌握了一门失传的学问之后，才找到这把剑。人们叫他'几率之刃'，不是'巨力'。"他缓缓地说。"几率代表着可能性。可能如此，可能并非如此。因此它的意思是潜力，而不是力量。它真正的名字被混淆了。过去某个时期，曾经有许多类似的武器，"他说，"而现在，我想它是唯一留存下来的。

"这是一把'或然之剑'。"

即便是回程途中，科学家们仍在制订计划。他们没有低估眼前的任务，接下去的工作更加困难。

"三叉戟号"并未沿着与来时相反的方向航行：舰队城的方位已经改变，凭着某种贝莉丝无法理解的神秘定位法，他们正不懈地朝着城市前进。

飞艇开始加速，在灰色的云层和子弹般的雨点中穿行。贝莉丝从客舱的窗口看出去，望向翻滚的海面和黑沉沉的天际。

暴风雨正在接近。

他们凭借速度避开了最恶劣的天气。风暴内部虽然汹涌激烈，仿佛由内至外撕扯着自身，但它移动得并不快。"三叉戟号"航行于风暴的边缘，顶着外围雨水的侵袭，与那团黑影展开竞速。

贝莉丝看见舰队城逐渐从地平线上冒出来，乱七八糟的一大片，占据着下方的水面，她惊叹于其规模。损毁重修的舰船凌乱地漂浮于波浪之间，仿佛一滩泄漏的油腻，形状毫无规律，却有着固定的边界。当舰队城停下来时，拽着它行进了数千英里的拖船和蒸汽船便都解开锁链，成群结队地来回巡弋，运送物资。贝莉丝再次想到，它们必然需要耗费大量燃料。难怪舰队城的海盗船如此贪得无厌。

见到眼前的景象，贝莉丝虽然心潮涌动，却完全无法断定这属于何种情绪。

贝莉丝看见城市边缘的"女舞神号"。她也看到"高粱号"错综复杂的轮廓，它的高塔上闪着火光，排出的烟雾在空气中翻滚。其支架周围的海面上，有一簇忙碌的舰船。它又在钻井开采，吮吸着千百年来流淌在高压矿脉中的石油和岩乳。舰队城来到了矿层上方，"高粱号"正为未来的强力魔法储备能源。

他们从嘉水区右后方飞入城内，小心翼翼地穿梭于桅杆之间。在"三叉戟号"投下的阴影中，许多飞行器好奇地追随着他们：载客艇、单人气球，还有一些外形古怪丑陋的飞船。

"三叉戟号"系泊在"雄伟东风号"上，与"高傲号"相平齐。贝莉丝看见人们从周围的舰船和小型飞行器里抬头观望，但"雄伟东风号"已被封闭，甲板上空荡荡的。一小群护卫正在等待他们，领头的是疤脸男首领，脸色欣喜愉悦。

贝莉丝看到他脸上有一道新伤口，一条愈合中的血痂，从左边嘴角开始，弯曲地延伸至下巴底下。贝莉丝曾听到疤脸女首领往自己脸上刺刻，他们俩的新疤痕呈镜像对称。

疤脸情侣彼此看见了对方，一阵冗长的沉默过后，他们穿过宽阔的甲板，拥抱到一起，互相拉扯抓握。他们的触摸充满激情，也不像是普通的爱抚，他们的动作仿佛慢镜头格斗。看到他们的举动，贝莉丝无比反感。

最后，他们分开了。贝莉丝站得很近，能听见他们嘶嘶的交谈声。女首领正掌掴她的情人，并用指甲抓他的脸和脖子，下手越来越狠。她摸到他的新伤口，双手突然变得温柔，仿佛他是个婴儿。

"就像我们说好的那样，"她一边低语，一边抚摸自己的伤口，"在我们说好的时间。你有没有感觉到我？有没有？我发誓感觉到你了，我绝对感觉到了你——每一寸肌肤，每一滴鲜血。"

镶有饰板的房间里到处是古老的油画肖像，尽是些贝莉丝不认识的工程师、政治家之类的——在这艘被俘的船只里，新科罗布森的人像仍然毫无意义地悬挂在墙上，逐渐腐烂凋零。舰队城的评议会围坐于一张巨大的马蹄形桌子边；聚集在他们跟前的，有丁丁那布伦，若干名"三叉戟号"上的海盗科学家与工程师首领，以及克吕艾奇·奥姆。贝莉丝坐在神情惊诧呆滞的蚊族人身边。

舰队城的评议会已有八年未曾招集。但各区的统治者都在等待"三叉戟号"归来，以期通过投票来决断舰队城历史上这一标志性的时刻。他们需要完成应有的流程。

舰队城的每个区都有一票评议权。有的区只有一名代表，有的则由一小群人组成代表团。贝莉丝的视线缓缓扫过长桌，观察着所有的首领。确定他们的身份并不难。

布拉基诺德是焦耳区的仙人掌族女王，携有一群顾问。

书城的代表是三名紧靠在一起的虫首人，她们通过手势和喷吐化学物质进行交谈，并由人类仆从担任翻译。没人知道她们的名字：该区的管理阶层人员变换频繁，这三人只是象征意义上的领袖。

靠近桌子另一端有个穿僧袍的人：日泽区代表。他身边坐着一名外貌邋遢的男子，大约六十岁。贝莉丝在海报中见过他——底安信区的"商贾之王"弗列德里希。他边上又坐了一个男人，灰仄仄的脸上带着疤痕：谢德勒区的将军。

人数最多的显然要数圆屋区。看来整个民主议会中，大部分成员都来了——不同种族的男男女女密集地挤成一圈，靠在大桌子边，仿佛齿轮上凸起的轮牙。他们一刻不停地窃窃私语，并以明显带有敌意的眼神瞪视着嘉水区代表。

而疤脸情侣就在桌子的最右端，一言不发地观察着。他们安静地并肩而坐，脸上的暴力印痕互为镜像。

他们对面有个贝莉丝从未见过的人，肤色苍白，素服玄衣。跟圆屋区议员们无奈的憎恨相比，他望向疤脸情侣的眼神要精明谨慎得多。他长了个宽鼻子，嘴唇饱满，弯曲打卷的头发是全身上下唯一不够严谨之处。他的眼睛很特别，黑黝黝的，深邃而明澈，仿佛具有催眠能力。

贝莉丝打了个激灵，她意识到这就是枯瀑区的首领，疤脸情侣最大的敌人。正是因为他，本次会议才在日落之后举行。他是一名血族——布鲁寇勒。

很明显，这次会议只是走个形式，各方的立场早已确定。争辩与讨论呆板拘谨，是友是敌虽不曾明言，但清晰可辨。贝莉丝被问及一些有关语言的问题，她简要陈述了自己的观点。

有五个区支持疤脸情侣的计划。书城似乎对嘉水区的项目充满由衷的热情；焦耳区和谢德勒区已被收买，无论要他们做什么都可以；

底安信区的弗列德里希毫无羞耻地把自己那一票卖给了疤脸情侣，他知道别的区出价不可能比他们更高。

反对疤脸情侣的，只有互相合作的日泽区和圆屋区，再加上独立行事的枯瀑区首领布鲁寇勒。结果是五票对三票，此项计划可以立即执行。

"没人告诉过我们，"圆屋区议员沃德金指责疤脸情侣不诚实，她是个脸色严峻的女人，"嘉水区的劫掠船队把新科罗布森的'高粱号'钻井台拖了回来，却没人告诉我们意图何在。当时只是说能源供应和电力将得到增强，还有便宜的石油。没人提及岩乳。现在看来，所有这些廉价能源都已经分配给了恐兽计划。等到恐兽被逮住之后，谁知道他们还有什么想法？"

布鲁寇勒第一次在座椅上挺直身子。他凝视着疤脸情侣那班人——贝莉丝意识到，他其实是盯着铎尔。

"啊，麻烦就在这里，"他出人意料地说，他的声音很刺耳，就像是从喉咙里硬挤出来似的，"这正是问题所在。"他忽然吐出分叉的长舌。贝莉丝瞪大了眼睛。"他们有什么想法？利用恐兽可以做什么？可以去哪里？"

"商贾之王"弗列德里希挪动身子，啐了口吐沫。沃德金向他呼吁，提醒他曾经许下的承诺和从前给予过他的帮助，这些事贝莉丝自然毫不知情。他扭过头去。她无法改变他的主意。弗列德里希瞥了一眼疤脸情侣，他们俩同时朝他点头微笑。

这一动作的意思是，我们会买断你，假如圆屋区、日泽区，或者还有别人想要与我们抗衡，我们自然会支付更高的报酬。尽管开价吧。

屋子里，反对召唤恐兽的人们显得疲惫而苍老。

钻井台，书，再加上克吕艾奇·奥姆本人——疤脸情侣的计划总是能够顺利达成，贝莉丝意识到。

透过窗外的夜色，仍能看见远处的风暴中闪烁着稍纵即逝的电光。

坐在这群手握实权的代表之间，她才开始渐渐醒悟。她感到孤独而沮丧，需要她担任翻译的人，属于一个她以为早已灭绝的种族。

她是最后离开房间的人之一。贝莉丝走到门口，抬头看见乌瑟·铎尔挡在门前，然后她意识到，他根本不是在看自己。他的眼睛和嘴像玻璃一样凝固不动，他的目光穿过屋子，与布鲁寇勒互相对视。

疤脸情侣和其他代表都已经离开，只剩下乌瑟·铎尔和那名血族，还有夹在他们中间的贝莉丝。

她极度渴望离开，但铎尔的双脚稳稳地站立着，仿佛准备战斗。她无法从他身边闯过去，也不敢出声。布鲁寇勒头发乱蓬蓬的，湿润的嘴唇略微张开，恐怖的蛇信在空中颤动。贝莉丝被困在了他们之间，进退不得。他们对她完全不予理会。

"很满意吧，乌瑟？"布鲁寇勒说。他从不提高嗓音，永远是那种令人不快的低语。

乌瑟·铎尔没有回答。布鲁寇勒发出冷冷的假笑。

"别以为就这么结束了，乌瑟，"他说，"你我都知道今天这出戏的结局。这里不是作决定的地方。"

"亡者布鲁寇勒，"铎尔说，"你对于这一计划的担忧我们已经了解。了解，但不予考虑。请原谅，我现在需要护送克吕艾奇·奥姆及其翻译回住所。"铎尔的眼睛始终盯着血族苍白的脸。

"你有没有注意到，铎尔，"布鲁寇勒温文尔雅地说，"那些吵吵嚷嚷的家伙终于发现了事情有点儿蹊跷？"他缓缓走向乌瑟·铎尔。贝莉丝一动不动，她很想马上离开这间屋子。多年来，她用专注和冷静的控制将自己层层包裹起来，鲜少有什么情绪是她无法把握的。

她惊恐地发现，布鲁寇勒让她非常害怕，仿佛其嗓音与她的恐惧完全合拍似的。

房间里很暗，汽灯已经熄灭，为数不多的几支蜡烛摇曳闪烁。只见他高挑的身影逐渐移近，灵巧有如舞者（跟乌瑟·铎尔不相上下），除此之外，她什么都看不到。

铎尔沉默不语，也没有动。

"你听到了，沃德金问接下来会怎样。我告诉过你，她是最厉害的一个。他们终于开始醒悟了，乌瑟，"布鲁寇勒低语道，"你打算什么时候告诉他们，乌瑟？他们什么时候能听到你的计划？

"你真以为，"他继续说道，语气突然变得沉稳而激烈，"你能够面对我？你以为能打败我？你认为这项计划没有我同意也能继续？你可知道……我的身份？"

他语速飞快，然后切换到一种类似咳嗽与吞咽的语言，此种语言似乎对自身的每一个发音都充满愤恨。

拱石城的语言。

不知他说了些什么，片刻间，乌瑟·铎尔瞪大了眼睛，然后他也开始往前挪步。

"哦，是的，布鲁寇勒，"铎尔说，他的嗓音冷峻而锐利，仿佛岩石的棱角，他的视线越过贝莉丝，径直望向血族，就好像她不存在似的，"我完全了解你的身份。我比谁都了解你的身份。"

两人纹丝不动，相隔数步而立，贝莉丝夹在他们中间，就像强拉来的裁判。

"出于礼貌，我以贵族的头衔称呼你'亡者'，"铎尔嘶嘶地说，"但你跟我一样，并不是贵族。你是异死族，而非真正的死灵族。你忘记了自己的地位，布鲁寇勒。你忘记了另有一个地方允许你的族类公开居住，而你们却像难民一样奔逃。你忘记了有个地方亡族统治并保护着敏族，在那里，你们一点儿也不值得害怕。你忘记了拱石城也有血族。"他用手指着布鲁寇勒。

"他们住在敏族聚居区之外，住在贫民窟简陋的小屋里。"他露出微笑，"每晚日落之后，他们才能安全地从棚屋里爬出来，步履蹒跚地进入城区，衣衫褴褛，骨瘦如柴，疲惫而饥饿地倚在墙边伸手乞讨。"

他轻柔的嗓音中带着敌意。"他们乞求敏族的怜悯。我们当中时不时会有人默默应允，一边羞愧自己心肠太软，一边站在屋檐下伸出手腕，心中既有同情，又有鄙视。你的族类感激涕零，在饥饿驱使之下，匆忙狂乱地咬破那只手腕，急切地吸上几口。等到我们感觉施舍得差不多了，便抽回手，而你的族人则哭哭啼啼，央求再多给一点儿。你们没准还会呕吐，因为肠胃太久滴食未进，承受不住如此美餐。于是我们任由你的族类躺在泥尘中，享受那阵阵抽搐。

"在拱石城，我们很了解你的族类，布鲁寇勒。"他再次微笑。

"对于你们这些吸血成瘾的家伙，有人迁就，有人痛恨，而无论敏族还是亡族，都认为你们很可悲。

"因此，"他突然恶狠狠地说，"别企图威胁我。因为，是的，布鲁寇勒，我非常清楚你的身份。"

没人再开口说话。两人静静地面对面站立着。只有布鲁寇勒的舌头在动，品尝着空气的滋味。

然后他消失了。

贝莉丝眨了眨眼，环顾四周，却只看到点点尘埃在扰动的气流中翻滚飞舞，慵懒地朝着布鲁寇勒突然遁去的方向飘移。她抬起头。他把我怎么了？她心想。他是如何办到的？催眠？天哪，他的动作比铎尔还快……

她的心跳逐渐减缓，呼吸也恢复了正常。她迟钝地意识到，乌瑟·铎尔正看着她。

"跟我来，"他对她说，他的嗓音平淡无奇，仿佛什么也没发生过，仿佛她什么都没看到，"你得帮助克吕艾奇·奥姆。"

贝莉丝颤抖着离开屋子，但尽力保持步伐平稳，同时思索着布鲁寇勒所说的话。

我们要去哪里？她跟在铎尔身后，一边走，一边琢磨。

计划究竟是什么？

第二十八章

经过漫长的延迟，暴风雨终于来了。

仿佛一团致密卷绕的空气突然释放开来。炎热的夜晚中电闪雷鸣，雨水猛烈地敲击着舰队城。绳子和索具摇摆飞舞，抽打着船和建筑物的侧壁。

这是很久以来舰队城面对的第一场真正的暴风雨，但居民们的反应熟练而专业。飞艇迅速降至地面，躲在雨遮下的空地中等待天气好转。系在"雄伟东风号"上的"三叉戟号"体积太大，无法遮蔽，只能在疾风中局促地颠簸游移，它投下的庞大黑影在舰船与房屋间不停地打转。

整座城市中，除了最结实的桥梁和锁链，其余全都卸开一端，以防舰船在海浪冲击之下，运动得过快过远，将它们扯断。暴风雨来临时，要在舰队城中穿行是不可能的。

船只之间狭窄的缝隙中，水面剧烈地摇晃震荡，但无法形成波浪。冲击着城市外围舰船的海水则无此限制。贝西里奥港和海胆刺码头入口处的船全都聚拢起来，形成一堵墙，防护着内侧的劫掠船和商船——既有舰队城的，也有外来访客的。城市边界之外的战舰、拖船和海盗船都驶得远远的，以免被推向母港的外壁。

只有城市底下巡弋的潜水器、人鱼、海蛟以及海豚"杂种约翰"不怎么受影响。他们能在水下安然地度过暴风雨的侵袭。

乌瑟·铎尔透过"雄伟东风号"走廊里的一扇窗户向外探视，然后回头望向贝莉丝。

"还会有一场比这更厉害的风暴。"他说。一开始，贝莉丝不明所以。接着，她记起了克吕艾奇·奥姆的故事书：依靠闪电精灵的力量召唤恐兽。

我们要制造出一场地狱般的风暴？ 她心想。

依照指示，贝莉丝开始教奥姆理解盐语。她明白，这违反了柯涅德和底尔沙摩为隔离蚊族而制定的基本准则。不管他们实施这些条例的目的有多唯利是图，但对于巴斯－莱格历史上最臭名昭著的帝国之一，这毕竟是一项预防措施。她必须提醒自己，奥姆是年迈的男性，完全不会对任何人构成威胁。

奥姆以数学家的严密逻辑对待这项任务。贝莉丝不安地发现，在舰队城人员短暂的访问过程中，他已经掌握了惊人的词汇量（她不知道他们是否已经导致外来语言在岛上传播）。

对新科罗布森、耶叙群岛、曼陀罗群岛、尚克尔和佩里克岛的人来说，盐语简单易学。但克吕艾奇·奥姆对构成盐语的各种语言一无所知，而盐语与古柯泰语之间也完全没有共同的源头——不管是词汇还是语法。然而他将盐语拆解分析，列出各种语法规则和词形变换。他的学习方法跟贝莉丝大相径庭，他不依靠直觉，也不依靠入神式语言训练让大脑更易接受；但是他进展迅速。

贝莉丝迫切期待有那么一天，他们不再需要她；她不用再永无休止地奋笔疾书那些不知所谓的科学术语。他们免除了她图书馆的工作。现在她上午教奥姆，下午为奥姆和嘉水区科技团队担任翻译。两项工作她都感到毫无乐趣。

白天她跟奥姆一起用餐，晚上则时常在嘉水区护卫的陪同下，与他一起到城中乱逛。我还能做些什么，她心想。她带他去克罗姆公园，去嘉水区、焦耳区和圆屋区中风格各异的主干道与购物街，去大齿轮图书馆。

再次见到贝莉丝，凯瑞安妮似乎由衷地感到高兴，她们小声交谈着，而克吕艾奇·奥姆在书架间游走。等到她告诉他必须要离开时，他转过头，脸上的表情令她深感不安——那是一种近乎宗教狂热的崇敬、愉悦和痛苦。她指给他看古柯泰语书籍，他脚下一个趔趄，看到如许多可供研习掌握的知识，令他仿如醉酒一般。

贝莉丝每天都与嘉水区的权威人物相处：疤脸情侣、丁丁那布伦及其同伴，还有乌瑟·铎尔。这使她感觉到一种持续而本能的焦虑。

怎么会这样？她疑惑地想。

贝莉丝打从一开始就斩断了与这座城市的联系，并始终不懈地让伤口保持着原始的滴血状态。这是对她身份的定义。

这里不是我的家，她一遍遍重复告诉自己。一旦有机会与真正的家乡攀上关系，她便不顾一切风险，采取了行动。她没有放弃新科罗布森。她发现自己的城市面对着可怕的威胁，于是千方百计拯救它（冒着极大的危险，小心翼翼地策划）。

然而正是通过这一举动，正是由于尝试联系远隔重洋的新科罗布森，她与舰队城及其统治者之间的关系变得更加密切。

怎么会这样？

她因此而发出毫无幽默感的笑声。她尽力保护真正的故乡，结果却必须整天待在这座牢笼里，为本地的统治者工作，协助他们获得随心所欲带她去任何地方的能力。

怎么会这样？

另外，赛拉斯在哪里？

坦纳每天都琢磨着自己在蚊族岛屿上所做的事。

他并非心安理得，也不太确定自己的感情。他触探着这段记忆，仿佛那是一道伤口，然后发现内心中隐藏着一股骄傲。我拯救了新科罗布森，他将信将疑地思忖。

坦纳小心翼翼地回想着为数不多的故人。他想到那些酒友，想到那群男女朋友：札拉，派特，费哲内，朵莉安……想起他们，他有一种淡然的好感，仿佛那都是他喜爱的书中人物。

他们会记得我吗？他心想。他们挂念我吗？

他已离他们而去。在铁海湾恶臭的牢狱中，在"女舞神号"灰暗的空间里，他度过了漫长的时日，接着，转瞬间他便以如此特殊的方式获得了新生，新科罗布森已然缩减为记忆。

但他心中仍对它存有一丝感情，对于养育了他的这座城市仍怀有认同感。他不愿看它被毁灭，也无法想象自己熟识的人们遭到杀害。因此——想到这里，他便感觉毫无头绪——他送了他们一份告别礼物，而他们却永远都不知道。新科罗布森获得了拯救。是他救了新科罗布森。

这种意识始终折磨着他，使他既苦恼，又感到怯怯的自豪。他的壮举改变了历史潮流。他想象整个新科罗布森都在为战争作准备，却从来无人知晓是谁救了他们。如此重要的事件，他却只是微微扬起眉毛，不知该不该多想，仿佛那是个无关紧要的细节。

这其实并不算背叛舰队城。没人受到损害；小事一桩——只不过夜间外出一趟而已。他溜出去数小时，拯救了新科罗布森。为此，他颇感欣然。尽管新科罗布森有执法官僚和惩罚工厂，但回顾自己所做的事，他仍很愉快。

他救了新科罗布森，现在该跟它道别了。

巴斯–莱格的海洋中极少有恐兽到访。跨位面生物极为复杂，既难以理解，又不稳定。坦纳·赛克和他的同事们都不清楚，闯入巴斯－莱格的恐兽是某种灵体的部分或完整化身，还是体形失常的原生浮游生物（来自另一种维度宽广的海水），还是世界的间隙中自发产生的伪生命体。没人知道。

他们只知道贝莉丝·科德万转述的内容，她能解读克吕艾奇·奥姆繁复潦草的涂鸦。

在新环境中，蚊族人显然受到强烈的冲击，但这并不影响他集中精神解答问题。奥姆每天都能给新同事们提供有用的信息。

他为他们画出挽具的设计图（比战舰还大），包括嚼子和缰绳。工程师们虽然不太明白如何给恐兽上辔头，哪个环扣要套住身体的哪个部分，但他们相信奥姆，相信这套装置是有效的。

科研工作按计划以惊人的速度进行着。工程师和科学家们必须提醒自己，他们在不停地向目标前进，效率如此之高，进展如此之快。他们现在都很明白，若是没有奥姆，便不可能成功。只有与他合作之后，他们才看清他的重要性。

他们在横轭的接合处安装了一种密闭运转的引擎，并依靠三重热交换锅炉和复杂的滑轮系统来控制位移，所有设备都挂在城市底下长达数英里的巨型锁链尽头，悬浮于冰冷幽暗的深海中。

要是它们出问题怎么办？嘉水区古老的水下设施就得重新安装。

还有大量的工作需要做。

坦纳几乎兴奋得摩拳擦掌。

暴雨过后，舰队城仅用了一上午便恢复过来：清走甲板上碎裂的石板和木条；重新连接桥梁；清点失踪与溺毙者，哀悼这些当风暴来临时被困在户外的人。

等到一切处理完毕，嘉水区重新调整策略，以更加令人难以置信的速度，为这项具有历史意义的计划制造必要的物品。

舰队城底下藏有五条古老的锁链，坦纳·赛克和潜水团队一起找出了它们的终点。嘉水区全部的工业生产力，再加上书城、谢德勒区和底安信区那点儿微薄的力量，都已交由丁丁那布伦和项目组直接掌控。铸造工作开始了。

几艘新近劫持来的金属船被指定为材料来源，它们被一片片地拆解。上千名男女蜂拥在它们周围：常规的码头工作留给了少数员工处理，而城里的散工可以获得高昂的日薪。战舰的钢铁外壳，蒸汽船的桁条与内部构造，淬过火的巨型金属桅杆，这些全成了搜刮对象。舰船被扒掉外皮，掏空内里，无数吨的金属通过驳船和飞艇运到工厂中。

组成恐兽笼套的桁条与螺丝上仍将保留着先前使用中造成的疤痕。而那些残破不堪、无从整塑的废铁，则被送进锻造炉里熔化重铸。

舰队城并不具备很强的魔法传统。但海盗中有一批出色的冶金术士，他们成群结队地进入工厂，与工程师们紧密合作。他们在大缸里调配的神秘药剂，能增加金属的强度，减轻其重量，并使其牢固地接合。最后，他们用到了嘉水区储备的岩乳。此种液体存放在小瓶里，沉重而致密。打开瓶盖，便会散发出刺鼻的蒸汽，既像香料，又像油。它在玻璃瓶中滞塞地晃动，带着冷冷的珍珠光泽。

冶金术士一边口念咒文，一边往熔化的金属中审慎地加入几滴岩乳，同时双手在上方来回移动，注入完成法术所需的魔法能量。

金属滚滚流出，经过锤打以及其他诸多神秘步骤，转化为恐兽笼套的各个部件，并由潜水艇拖拽至城市底下安装就位。为数众多的潜水员围绕着这些部件，有的手执化学焊接枪，往水中喷射出七彩颜色；有的挥舞着榔头与扳手，由于水的阻力，动作缓慢迟滞。

突然间繁忙起来的工业活动令人惊叹不已。

锁链固定在五艘船的船底，包括书城的"长老号"，焦耳区的"蠓虫号"，日泽区旗舰大蒸汽船"衣匠叹息号"，鬼影区的"文贮号"，以及嘉水区的"雄伟东风号"。这些全是古老巨硕的船只，每艘船的龙骨和倾斜的侧壁间都镶着一段依靠魔法固定的铁弧，尺寸有如大教堂的门洞，并且通过魔法掩藏起来。一环环如舰船般大小的铁链由此开始向远处延展。

担任警卫的鲨鱼已被释放。这些锁链似乎根本不可能隐藏。到处都有流言蜚语——过去的人如何尝试，如今又将怎样。据说日泽区试图将船底的锁链割断，以破坏嘉水区的计划，但它太牢固，太巨硕，守护魔法又极其强大。

"雄伟东风号"底部有一间不带窗的大屋子，里面正在建一架新引擎。冗余的锅炉，连同一束束横七竖八，足有一人高的管道都已被拆除，仿佛清理掉一片生锈的森林。旧引擎的残迹被清走之后，嵌入地板的两块大圆铁片显露出来。它们裹着一层油腻，高可齐腰，宽阔巨硕，饱受岁月侵蚀。这就是锁链的尽头。许多个世纪之前，它们被塞进船壳内，然后捶打成扁平状，以起到固定作用。那是第一次尝试召唤的时候。

从前也有过类似的计划，坦纳·赛克心想。许多世代之前，人们花费大量人工，尝试诸多魔法，制订计划，动员工业，如此大费周折之后，却又刻意遗忘，这令他震惊不已。

围绕着锁链的根基，坦纳·赛克和同事们开始构建一架特殊的引擎。克吕艾奇·奥姆经过漫长的计算，得出其规格参数，他们便依照这些数据来建造。

坦纳仔细查看设计图，他们要造的马达不符合任何他能理解的工作原理。它体积硕大，冲击锤和齿轮将填充整间屋子，但他无法参透其能量来源。

建造过程由下而上，最底部是用来推动活塞的锅炉。他从巨链的根基着手，在那上面钻孔，注入熔化的合金，然后插入粗如手腕的缆线，这些裹着橡胶与焦油的导线被引到变压器上。变压器跟他的腿差不多大，一根根白色的陶柱上缠着线圈，连接着一大堆电缆、绝缘器、差分机等设备。

这是一台镇静引擎，复合能量将沿着"雄伟东风号"的锁链传递，直到海面以下数英里的巨型笼头以及被它套住的物体。相当于驱赶牲畜用的诱饵与鞭子。

海水清晰明澈。水下工地中聚集着大量潜水员。一个个零件通过工厂船的吊臂垂放下来。硕大的笼套在巨链尽头逐渐成形，但仍拴系于水下数十英尺处，其规模令人心惊，外形古怪离奇，难以理解。四周围绕着色彩明艳的热带鱼群，此外，潜水器、螯虾人工匠、身穿潜水服的工人，也都在水中舒展而缓慢地移动着，坦纳·赛克亦混杂其中。

水体时而阵阵战栗。"高粱号"钻井台的支柱连接着水下的几个圆柱形铁桶，它们悬浮在水中，起到支撑作用。钻轴笔直地向下延伸，逐渐消失于深海中。它穿过无数吨海水，像蚊子一样扎破海床，抽取养分。

第二十九章

贝莉丝返回之后第三天，赛拉斯来找她。

她一直在等待——每晚都留意着门口——但他还是令她吃了一惊。

那天，贝莉丝与凯瑞安妮共进晚餐。她发现这名前同事幽默而善解人意，因此打心底里喜欢她。然而，她的孤独感并未消减，只能勉强装出笑脸。很惊讶吗？她冷冷地寻思。这都是你自找的。

她记起在新科罗布森时的光景，心中暗自承认，其实并没什么两样。在这里，至少她的孤立是有原因的；那是支撑着她的动力。

凯瑞安妮询问有关蚊族岛屿的详情，那里的天气状况，以及蚊族人的习性。她的神态中略带忧郁——无论凯瑞安妮有多习惯海上生活，她毕竟已经许多年不曾踏上陆地，而贝莉丝的故事只能增加她的怀恋。

贝莉丝发现很难讲述这次行程，仿佛那是遥远的记忆，除了提心吊胆地在单调无聊中度日，偶尔才点缀着较为强烈的情绪。当然，有些事是说不得的。关于蚊族人和底尔沙摩海盗，她故意含糊其辞，尤其是克吕艾奇·奥姆。

在见证了布鲁寇勒与乌瑟·铎尔之间的争论之后，她对枯瀑区的首领充满了好奇。凯瑞安妮说了些让她感兴趣的事，包括枯瀑区的行政结构，布鲁寇勒手下的那群血族副手，还有血税。

"通常在这种时候你就能见到他,"凯瑞安妮说,她尽力装出平淡的语气,但贝莉丝能听出其中的敬畏,"并不是每一次——有时是由他的副手来征收。他们割开你这里,这里,或这里。"她指了指大腿、胸口和手腕。"涂上阻凝剂,然后抽进一个广口瓶里。"

"要抽多少?"贝莉丝惊愕地说。

"两品脱。布鲁寇勒是唯一能够畅饮的人。其余成员都受到一定限制——只喝经过稀释的。据说喝得越多,就越强大。虽说布鲁寇勒挑选助手很谨慎,却也难保不会有一两个对权力产生渴望。

"要是依照传统方式,直接从血管中吮吸,他们或许会失去自制——他们不想开杀戒。就算能停下来,也有可能通过唾液造成感染。直接吮吸之后留下活口,便有将此人转变为竞争对手的风险。"

贝莉丝在枯瀑区的边界跟凯瑞安妮分手——"在这里,我再安全不过了。"凯瑞安妮微笑道——然后走回家去。

她或许可以招一辆出租飞艇。风不是很强,她听见头顶上方的驾驶员们在大声招揽生意。两天前,她跟奥姆一起干完当天的工作之后,他们默默地塞给她一包旗币和塔币,比在图书馆工作的周薪高出一大截。

*如今我为嘉水区工作,因此获得了加薪,*她冷冷地想。

她意识到,尽管自己每一步都有充分而清晰的理由,但眼下发生的一切,其实她起了很关键的作用。没有她,舰队城不可能按照现在的计划行事,也不可能按照当前的路线航行,这让她很郁闷。

她步行回家并非为了省钱,而是为了再次体验一下舰队城。整天困在一间屋子里,面对着难以理解的谈话内容,她感觉与周围的城市脱了节。有城市总好过没有。她告诉自己。

她走过谢德勒区阴凉安静的街道,经由"立柱号"进入嘉水区。猴群在工地、屋顶、空旷的泊位和高悬的索具上轻声地打闹。城中有猫(饥饿地瞟着她),也有少数狗,还有成群的老鼠,再加上夜行的路人。她绕过一个个鸡笼。因生锈而卡在原地的救生船和小汽艇被改造成花坛。炮塔的侧壁被挖空，变成了住家，鸽子在十二英寸口径的炮膛里咕咕鸣叫。与桅杆相连的桅楼和帆桁上搭建着小木房，看上去就像是树屋。用做照明的有汽灯、燃素灯和油灯。她在不同色调的阴影中穿行，勉强挤过由潮湿的砖墙构成的走道。这种窄巷遍布舰队城的船只，仿佛一层细小的霉菌。当她回到"彩石号"的烟囱里时，赛拉斯·费内克正坐着等她。

黑暗中，他模模糊糊的身影吓了她一跳。她朝着他发出嘶嘶的声响，然后转过身去，直到心跳缓和下来。

他仔细打量着她。他的眼睛大而平静。

"你怎么进来的？"她说。他摆了摆手，就像驱赶飞虫。

"你知道自己的寓所仍然受到监视吧，"他说，"我不可能直接来敲门。"

贝莉丝朝他走去。除了脸和眼睛追踪着她的步伐，他整个身体一动不动。她走到近前——进入他周围的空间——缓缓地俯身细看，仿佛他是一件科学样本。她是故意装出来的：冷漠的侵入式观察，也许是想恫吓他，让他感到不自在。

她弯腰打量着他，仿佛要记录他的各项特征。趁此机会，他逮住了她的视线，然后殷切而坦率地向她展露出数周来第一个微笑。她记得当初为何要亲吻他，为何要与他上床。尽管孤独与隔离是最主要的原因，但并不仅限于此，另有一些因素是基于他本身的。虽然此刻她丝毫没有触碰他的意愿，过去的感情只剩下一丝淡淡的影子，但她并不后悔曾经发生的事。

*当时我们俩都有需要，*她心想。*而且的确有所帮助。*

她拍了一下他的后脑勺，然后转过身去。对此，他欣然接受。

"那……"他说。

"办成了。"她说。他扬起眉毛。

"就这么简单？"

"当然没那么简单。你以为怎么着？但事情办成了。"

他缓缓点了点头。当他再次开口时，语气淡然，仿佛在谈论学术计划。"你是怎么办到的？"

我们怎么办到的？她在沉默中思索。是真的吗？我缺乏证据，一丁点儿证据都没有。

"我一个人办不到。"她缓缓地说，但看到赛拉斯流露出震怒的表情，她惊讶地挺直了身子。

"**你什么**？"他嚷道，"你他妈的**什么**？"他站起身来。"你都干了些什么，愚蠢的臭婊子？……"

"**坐……下……**"贝莉丝也站了起来，并用颤抖的手愤怒地指着他，"你竟敢这样说！"

"贝莉丝……你干了些什么？"

她瞪视着他。"我不知道，"她冷冷地说，"假如一片沼泽里布满六尺长的大蚊子，你要怎样穿过去，赛拉斯。我不知道如何才能办到。我们距离底尔沙摩船至少有一英里——哦，他们在岛上，别担心。除非你是该死的仙人掌族或者血痂族之类的，但我身体里流淌着鲜血，她们会要了我的命。"

赛拉斯保持着沉默。

"因此……"贝莉丝的语气得到了控制，"我找到一个可以安全隐秘地抵达那些舰船的人。他来自新科罗布森，为了阻止故乡被毁灭，他愿意悄悄地去完成这项任务。"

"你给他看那些东西了吗？"赛拉斯说。

"当然给他看了。你以为我说那里面有什么，他就会相信，就会三更半夜轻率地游出去？"

"游出去？是那该死的坦纳·赛克，对吧？你想一想，就算瞪大了眼睛使劲找"——他的语调很不自然——"还能有比他**更**忠于嘉水区的人吗？"

"但他的确**办成了**这件事，"贝莉丝说，"没有证据证明他没干。我给他看了信。没错，赛拉斯，他忠于嘉水区。他永远也不想回去。但是，真该死，你以为他在家乡没有朋友？你以为他乐意看到新科罗布森被格林迪洛攻陷？胡扯！

"为了留在城中的人们，为了记忆。不管怎样，他接过了盒子、印章和信件，然后我教给他要怎么办。对于那座该死的城市，这是他最后的道别。也是你我最后的道别。"

赛拉斯缓慢地点点头，承认她或许别无选择。

"你把东西给他了？"他说。

"是的。但一切都很顺利，没出什么岔子。赛拉斯……我们欠坦纳·赛克的情。"

"但他知道……"赛拉斯犹豫地说，"知道我是谁吗？"

"当然不知道。"闻听此言，他明显松了口气，"你以为我傻吗？我记得他们怎样对付船长。我不想你被杀，赛拉斯。"她说道。她的语气轻柔但毫无暖意，只是陈述事实，并非表示亲密。

沉思片刻之后，赛拉斯似乎不再纠结。

"看来那是唯一的选择。"他说，贝莉丝略略点了点头。

你这个无礼的混蛋，她愤怒地想。你当时不在岛上……

"你说包裹在底尔沙摩人手里？已经封印起来，准备递送？"他绽露出极度欣喜的笑容。"我们成功了，"他说，"我们成功了。"

"这才是我期待中的反应，"贝莉丝不悦地说道，"是的，我们成功了。"他们对视良久。"你觉得消息什么时候能送到新科罗布森？"

"我不知道，"赛拉斯说，"或许这不管用。就算有用，我们也听不到消息。我们救了一座城市，却永远都得不到有关它的任何消息。我也许得在这个破澡盆子里度过余生，整天疯狂地盘算着如何脱身。但是，天晓得，我们所做的难道不重要吗？"他激动地说。"即便没有回应，即便没有感谢的话语，但我们救了他们，这难道不重要吗？"

是的，贝莉丝·科德万心想，是很重要。当然很重要。她感觉一阵孤独席卷全身。还有什么更糟的？她心中琢磨。除了永远无从知晓结果，还可能更糟吗？历经重重危险，把消息传送到世界的另一端，却从此杳无音讯？永远不知道结果？

天哪，她失落而震惊地想。就这样结束了？就这样戛然而止？

"现在怎么办？"他说，"你我之间怎么办？"

贝莉丝耸耸肩。"你想怎么样？"她的语气中疲惫多于不屑。

"我知道这很难，"他轻声说，"我知道这比想象中要复杂。我并不指望你什么。但贝莉丝……我俩之间存在共同的秘密——而且我认为这不是我们互相做伴的唯一理由。我希望我们能成为朋友。你真的能承受失去我吗？不再有理解你的人？没人知道你的真实感受？没人知道你心中向往着何处？"

她不是非常相信他，但正如他所说的，他们之间的秘密没有别人可以分享。她能承受失去他吗？她在这座城市中也许还要待上许多年（想到这里，她打了个冷战）。她真的可以忍受没一个能够以实相告的人吗？

他站起身准备离开，并期待地伸出手，摊开掌心。

"新科罗布森的印鉴在哪里？"他说。

贝莉丝一直担心这件事。"不在我手上。"她说。

这次他没有生气，只是轻轻合上手掌，询问似的抬起眼睛。

"坦纳，"她说道，随时准备他会发怒，"他在海里弄丢了。"

"这是一枚戒指，贝莉丝，"赛拉斯平静地说，"安安稳稳戴在手指上是不可能丢的。他没有弄丢，而是藏起来了，天知道什么原因。来自家乡的纪念品？或者用来敲诈你？只有天晓得。"他摇摇头，叹了口气。贝莉丝十分恼火，因为他的神情仿佛在说，我对你很失望。

"我得走了，贝莉丝，"他说，"而且得小心点——你受到了监视，记住。因此，我要是不以……常规的方式出入，你也不用吃惊。抱歉，现在能不能让我独处一会儿？"

他走下螺旋形楼梯。贝莉丝听见他踩踏着金属的脚步声逐渐减弱，空洞的声响仿佛薄皮铁罐互相撞击。她循着这古怪的声音扭过头去，但他已经不见了。她仍能听见极其微弱的脚步声，一直抵达最底下一格，但楼梯上空荡荡的。他要么是隐身了，要么是已经离开。

贝莉丝只是略微睁大了眼睛，即便赛拉斯不在跟前，她仍拒绝流露任何景仰之情。

他现在来去就像老鼠和蝙蝠一样不见踪影，她心想。*难道是学了魔法？或是搞到什么厉害的物品？*

然而她感到不安与害怕，他离去的方式意味着某种异常精妙而强大的法术。*我不知道你有这能耐，赛拉斯*，她心想。她再次意识到，自己对他的了解有多匮乏。他们的谈话就像复杂精巧的游戏。尽管他说的是事实，尽管她知道他们之间有着共同的秘密，但她还是感到孤独。

虽然说不清原因，但她认为坦纳·赛克没有留下新科罗布森的印鉴。

贝莉丝仿佛在等待。

疾风阵阵，螺旋楼梯自下而上盘绕着那栋荒诞的烟囱寓所，他站在楼梯上等待着。他知道，监视她家门口的眼睛根本看不到自己。

他手中握着雕像，精致的鳍饰犹如互相重叠的酥皮，布满牙齿的圆形口腔向前突出，仿佛鲫鱼[1]的嘴。他的舌头亲吻过雕像之后，感觉凉飕飕的。他现在熟练多了，也较能接受石像中细小而扭动的舌头。

1　一种头部有吸盘的鱼，常吸附于鲨鱼、鲸、海龟或船体上。

对于从冰冷的亲吻中所释放出的能量，他也能更为灵巧地加以引导。

雕像的亲吻赋予他新的能力，他在黑夜中寻到一处特殊的空间，并站立其中。他的身影呈现出诡异的角度，光影交错中，只要那尊散发着盐腥味的雕像仍是他的情人，他就能避开旁人的视线，融入周围的门窗和墙壁之间。

那亲吻从来都令人不快，然而随石像的唾液注入他体内的力量却是一种奇迹。

他隐蔽而大胆地踏入黑夜之中，体内流动着神秘的能量，他要去寻找那枚戒指。

第三十章

　　舰队城在阳光下显得无精打采。天气越来越热。

　　疯狂的工作仍在继续，水面下，恐兽的笼套正缓慢成形。由横梁与木头支架构成的外廓若隐若现，形同幻影，仿佛一栋虚幻的建筑。随着日子一天天过去，它逐渐转化为实体，错综复杂的结构显得更为真实。它在人们超乎寻常的努力下逐渐成形。舰队城就像处于备战状态，所有的工业设施与人力都已被征用。大家都明白，他们正极速朝着新时代前进。

　　笼套的规模令坦纳·赛克错愕不已。城市底下永远依附着在垃圾中觅食的鱼群，而那笼套就隐藏于鱼群下方，比任何船只都要大上许多倍。与它相比，"雄伟东风号"相形见绌，仿佛浴缸里飘荡的玩具。建造工作将在数周之内完成。

　　施工永不停歇。漆黑的夜晚，化学火焰和焊接枪的光亮引来夜间活动的鱼群。在光线的刺激下，它们兴奋地瞪着眼睛，成群结队地穿梭于锁链和大批潜水员周围。

　　水下有活动的部件和接头，也有封闭的马达，而从旧飞艇中拆下的气囊则被涂上了橡胶。但从本质上讲，这只是一副巨大的笼套，所有链环与零件串联在一起，长度可逾四分之一英里。

一艘接一艘的船被开膛破肚，由内至外拆卸肢解，加热熔化。由于此项计划，围绕着舰队城及其港口的战舰与商船变得稀少起来。随着热焊枪将成为牺牲品的船只割成碎片，四周升腾起一层烟雾。

一天晚上，谢克尔沿着嘉水区后部往贝莉丝的居所走去。他望向地平线，看到城市边缘有一艘拆到一半的船，那是"女舞神号"：其轮廓已然崩塌破损；舰桥、甲板以及大部分上层构造都不见了；金属内芯则运去了锻造厂。见到眼前的景象，他愣住了。他对这艘船没有感情，因此并不沮丧——然而出于某种说不清的理由，他很震惊。

他凝视着下方翻滚的水流。很难相信，如此浩大的工程已在进行之中，城市底下，一条巨硕的锁链正一环环地串接起来。

贝莉丝使用过数种语言。有机会重新研习自己的专业，令她十分振奋：她有一种不具名的技巧，能有效地帮助整理思路，记忆词汇。她最后一次采用这种入神式语言训练是在塔慕斯。

奥姆的盐语进展迅速。她的学生资质聪慧。

每天下午，与丁丁那布伦和其他科学家研讨时，奥姆常常在贝莉丝写下翻译之前便打断对方的提问——对此她很高兴。他甚至能用简单的盐语写出自己的回答。

他一定感觉很怪异，贝莉丝心想。盐语是他了解的第一种同时具备口头和书面形式的语言。对他来说，听古柯泰语是一件难以想象的事——一个毫无意义的概念。聆听用盐语陈述的问题，并以同样的语言写出答案，这对他而言无疑是惊人的思维跳跃，然而他却能泰然处之。

贝莉丝对克吕艾奇·奥姆并没有产生好感。他总是瞪着好奇的眼睛，令她感到疲惫，而且她觉得这种好奇背后并不存在强烈的人格。他是个无趣的天才，由于其文化背景的影响，他就像一名少年老成的儿童。他学习舰队城的语言速度奇快，贝莉丝为之振奋。她猜测，自已很快将成为多余的人。

古柯泰语和盐语充斥着她的每一天。

她自己的脑袋是拉贾莫语的保留地。有些语言学家能以当前使用的语言进行思考，但她从来都做不到。只有偶尔与赛拉斯见面时，她才有机会用母语交谈。

有一天，她短暂地接触到第四种语言，静语——通称"亡族语"。那是拱石城的语言。

她仍然不太明白乌瑟·铎尔为何要谈及他的母语。那天，与奥姆的工作结束后，他问她是否喜欢学习新语言，她如实回答说，是的。

"你有兴趣听一听静语吗？"他说，"我很少有机会讲自己的母语。"

惊愕之下，贝莉丝同意了。当晚，她来到他在"雄伟东风号"上的居所。

静语的发音出自咽喉深处，轻柔短促，仿佛多余的噪音都被吞掉了似的，中间还夹杂着间隔精准的默音，重要程度跟其他语音元素不相上下。铎尔警告她，这是一种奇特微妙的语言。他还提醒说，许多死灵贵族都缝着嘴，而另一部分人的喉腔已经腐烂得无法发声。除了书面形式，静语还能用手和眼睛表达。

贝莉丝被这种轻柔的语言迷住了，乌瑟·铎尔的表演也使她入神。他背诵了几节类似诗词的语句，虽然他沉静而自制，但看得出他相当投入。贝莉丝意识到，她并不是在学语言，而是在欣赏，充当一名听众。

与铎尔相处，她仍有一种不寒而栗的感觉，但同时也伴随着其他情绪。伴随着兴奋。

他无言地递给她一杯红酒，这应该是邀请她逗留的表示。她坐下来一边啜饮，一边等待，前前后后打量着他的房间。她本以为这是个隐秘的据点，但他的卧舱跟成千上万普通人的没什么两样。其陈设简陋朴素：一张桌子，两把椅子，带有百叶遮的窗户，一口箱子，墙上挂着一幅黑白蚀刻画。窗户下面是武器架，摆满了各式装备，有的普通常见，有的神秘莫测。房间角落里放着一件复杂的乐器，同时具备琴弦和按键，就像是竖琴和手风琴的混合体。

乌瑟·铎尔大约有一分钟不曾发言，于是贝莉丝开口说话。

"上次听你讲年轻时的故事，我……很感兴趣，"她说，"我承认原先不太相信拱石城真的存在——直到遇见你。然而，除了亡者之地和击败鬼首帝国这两件事，关于你的流言简直五花八门。"她并不擅长这种冷幽默，但他扬起眉毛，装出被逗乐的表情。"你要是有意告诉我离开拱石城之后的经历，我很乐意听一听。游历如此之广的人，我几乎还没遇到过。你有没有？……"她停顿下来，突然感到焦虑不安，但他作出了回答。

"不，我从没造访过新科罗布森。"他说。虽然表面上镇静安宁，但他似乎有点儿恼怒。

"关于我的剑，你不太相信，对吗？"他突然说，"这不能怪你。你可能觉得它没那么古老。对于鬼首帝国，你了解多少，科德万小姐？"

"很少。"她承认道。

"当然，不过你应该知道他们跟人类——以及虫首人，蛙族，跨步族，等等——有着天壤之别。并非我们通常所指的异人种族。你能找到的图解与描述，全都充满谬误。至于'他们长什么样'这一问题，没有直接简单的答案。这件武器——"他指了指自己的腰带，"——其形状显然适合人类的手，因此你大概会认为，有关它的起源，我是在撒谎。"

乌瑟·铎尔一定很清楚，贝莉丝根本不曾考虑过"或然之剑"的形状。

"你看到的不是那把剑，"他继续轻声说道，"只是它的多种形态之一。其外形与所处的环境有关——这正是鬼首帝国物品的特征。我猜你看过他们的《帝国文典》吧？经过一次次转译，定然会有添加与疏漏，也少不了各种注解，然而其中仍有一些奇特的内容。尤其是《隐秘编》。"他呷了一口酒。

"某些段落源自鬼首族最初到达巴斯－莱格的日子，也就是帝国出现之前。"他朝贝莉丝眨了眨眼。"没错，"他说道，就好像她表示怀疑似的，"**到达**。鬼首族并非这个世界的原生种族。"

贝莉丝听过相关的传说。

"其中有一节……"铎尔沉思道（贝莉丝惊愕地意识到，他那美妙的嗓音竟能带给她平静），"叫作《一日之诗》。也许你听过？'它令人望而生畏，摆动着尾巴，穿梭于浩瀚的空间，中途经过的一个个星球，仿佛漆黑中的灯光。'

"这一段描述了鬼首族从……他们的家乡到达巴斯－莱格的旅途。藏在铁鱼的肚子里，游过黑暗的星辰海洋。但最有意思的是有关他们故乡的描述，简直让人误以为是地狱。"

乌瑟·铎尔坐在铺位上，沉默了片刻。

这就是我来到此处的目的？贝莉丝突然想。这就是他要告诉我的？他就像个毛头小伙，希望留她在此，却又不知如何是好。

"文中记载着晨光来临时的景象，仿佛'一股钢铁洪流与一面火墙'。"他最后说道，"整个东方天空在光与热中闪耀，足以点燃空气，焚毁山脉，熔化金属，即便从海底抬头观望也会致盲。这比锻造炉中的热量不知要强多少倍。清晨的来临，意味着世界遭到焚烤。

"没过多久，弧状的火墙升至头顶，遮挡住天空，烤灼着空气中的每一粒原子。随着时间的推移，火焰逐渐收缩，呈现出一轮边缘清晰的圆盘。热量开始略有消减，但海洋依然由熔化的钢铁构成。

"随着白昼的进展，空中的烈火向西移动，逐渐消退。等到上午过去一半，圆盘继续缩小成一颗太阳，悬在遥远的地平线上。中午时分，它变得更小了，大地寒冷之极。

"太阳一边缩小，一边西移。经过漫长的黄昏，鬼首族的家乡变得比白霜洋还要冰冷。等到夜幕降临时，太阳只不过是黑色夜空中一颗移动的星星。

"此时的寒冷超乎我们想象。世界包裹在层层冰霜中——连气体都堆积成冰山与冰墙，冻得比石头还要坚硬。"

他朝贝莉丝露出淡淡的微笑。

"那就是鬼首族的家乡。试想，什么样的物种能够在这种地方生存；他们有多渴望歇一口气。这就是他们离开的原因。"

她沉默不语。

"你明白我的意思吗？"铎尔说，"有些人相信关于'破碎国度'的传说。"

贝莉丝皱起眉头，然后忽然点了点头。"在新科罗布森，我们称之为……"她思考了一下译名，"'裂隙大陆假说'。我曾经有个科学家朋友。他总是谈论这类事情。"

"'破碎国度'位于一片难以逾越的海洋对面，"铎尔说，"我年轻时花了很长时间研究神话传说和天体理论。裂隙大陆，鬼首国度，《一日之诗》。

"鬼首族来自宇宙的东缘。他们穿过一片在天空中绕转的岩石星球——茫茫天际中另一种比我们更加滞塞的世界——来到此处，这片土地柔和宜人，简直如沐春风；永远是暖洋洋的上午。此处的自然规律与他们家乡不同，令他们疑惑不解。

"有人说他们着陆时，冲击力足以让混乱的矩能从裂隙中释放出来。事实并非如此。但他们抵达时确实发生了猛烈冲击，将现实世界撞出一个缺口。裂隙大陆的确存在，而且就是他们造成的。打碎一件东西……内部的物质便会泄漏出来。

"离开故乡后，我历经多年研究那道裂口，寻求各种方法与手段，试图理解并控制它。等我到达此处，疤脸情侣从我的研究成果中看到了一些我未曾想过的问题。

　　"想象一下鬼首族的科技与魔法有多强大。想象一下他们对我们的世界能够造成和已经造成的影响。你都看到了，他们抵达时带来的灾难如此浩大。不仅仅是地貌——也包括本质上的变化。当他们降落时，世界的表层与内在规律都产生了裂隙。如今我们提起鬼首帝国的名号，往往伴随着恐惧的低语，然而这有什么可惊讶的呢？"

　　面对这奇异的理论，贝莉丝心绪涌动。她心想，尽管我们如此弱小，但终结鬼首族的正是我们。通过"抗争运动"，以及随后的"肃清期"。

　　"据说你领导了'抗争运动'。"她说道。

　　"没有的事，"铎尔尖锐的语气让她吃了一惊，"我早就不干这种领头的事了。我是一名战士，并非领袖。拱石城……是个等级森严的社会。你在商贸城市中长大，因此有点儿想当然。你不可能理解，接受雇用，完成雇主交代的任务，是一种何等自由的感受。我**不是**领袖。"

　　乌瑟·铎尔陪着她在"雄伟东风号"的走廊间穿行。

　　他在一处岔道口停下来。忽然间，她以为他要亲吻自己，于是惊讶地瞪大了眼睛。然而这并非他的意图所在。

　　他将一根手指放到自己嘴唇上。"我要让你知道一件事，"他轻声说，"关于疤脸情侣的。"

　　"他们叫什么名字？"贝莉丝疲惫而恼怒地说，"我痛恨……故弄玄虚，我也不相信你不记得他们的名字。"

　　"我记得，"乌瑟·铎尔说，"我当然记得。但他们过去叫什么根本就不重要。他们现在是疤脸情侣。你最好明白这一点。"

　　铎尔带她来到下层甲板，远离噪音，远离巡逻队。这是要干什么？贝莉丝兴奋而不安地琢磨着。四周没有窗，他们在水线以下，这是一处早已被人遗弃的地方。

　　最后，铎尔弯腰钻过一堆纠结缠绕的管道，进入一间狭小的舱室。

这算不上房间，只是一小片偶然存在的空间。所有的表面都布满尘埃，油漆斑驳脱落。

铎尔轻轻地将手指移到她嘴唇跟前。

贝莉丝意识到，她虽然深涉背叛嘉水区的行径，却顺从地跟随着铎尔，甚至与他友善交好，这并不是明智的举动。**我来这里干什么？她心想。**

乌瑟·铎尔指了指距离她头顶仅一英寸左右的天花板，做侧耳倾听状。贝莉丝过了好一会儿才听出动静来，一开始，她不太确定这是何种声响。

那是人的嗓音，由于空气与金属的层层阻隔，显得模糊不清。贝莉丝抬起头，现在她能隐约分辨出话音来。这是一处偶然形成的窃听站。由于建筑结构与材料的奇巧组合，上面房间里的声音会从天花板渗透下来（经由管道和中空的墙壁？）。

上面房间里的话音。

疤脸情侣的房间。

她惊愕无比。她听到的是疤脸情侣的声音。

贝莉丝伸长脖子聆听，动作谨慎而缓慢，仿佛怕被他们看到似的。

急促的语声若隐若现。呻吟，恳求，愉悦。声声喘息中，有痛苦，有性爱的亲密，也有其他强烈的情感。词句的片段透过金属传了出来。

……亲爱的……快了……来啊……对……割……快点……亲爱的……割……对，对……

对。

语声含混不清。贝莉丝不由地往后退缩——远离金属间的漏音点。那话音仿佛急促的呜咽，充满激情与渴望，若不是咬牙切齿地将音节逐个吐出，定然会变成不知所云的嘶喊。

割，对，亲爱的，割。

男声与女声重叠交织，难以区分，节奏互相缠绕。

嘉罘在上！贝莉丝心想。乌瑟·铎尔面无表情地注视着她。

割，割，亲爱的，割！她一边回想，一边惊骇地朝门口走去。他们的房间就在咫尺之遥，她想象着他们的动作。

铎尔带她离开那间令人惊惧的小屋。他们沿着层层叠叠的金属往上走，进入夜晚的空气中。铎尔仍然闭口不言。

你想干什么？她一边凝视着他的背影，一边寻思。为什么让我听这些？

他的态度中丝毫没有色情的意味。她不明白。他在自己房间里滔滔不绝地讲述那些奇谈怪论时，显得刻板拘谨，彬彬有礼。然而在重重走廊中，他却如顽童一般拥有一个隐蔽的藏身之所。她料想此类顽童必然拙于言辞，有一种无言的高傲。而铎尔果然沉默地带着她来到自己的密室，揭示出其中的秘密。她无法揣测原因。

想到那带着喘息的嘶喊，想到疤脸情侣扭曲的激情，她打了个冷战。或许这是出于爱，她猜测。她记得他们脸上的刻痕，记得鲜血和割裂的皮肤，记得他们的狂热。她感觉一阵反胃。然而令她恐惧的不是暴力，不是他们使用的匕首，也不是他们的行为。完全不是。这种无足轻重的罪过她根本不在意——她能够理解。

他们之间并非如此简单。她听出他们的嗓音中有一股汹涌的激情，一种令人晕眩、令人作呕的情欲，这才是使她震惊的缘由。他们力图割穿彼此之间的隔膜，让鲜血融合到一起。为了某种远远超越性爱的东西，他们甘愿毁坏自我。

这种伴随着呻吟的激烈举动，他们认为就是爱情，然而贝莉丝却觉得类似于自慰，令人反感。

她依然为之惊骇。恶心，恐慌，惊骇。

第三十一章

谢克尔白天空闲无事。

贝西里奥港附近聚集着一批争强好胜的年轻人，他们大多眼观六路，耳听八方，依靠递送消息与物品从临时雇主那里讨点儿零钱，谢克尔也是其中之一——他在新科罗布森就是以此为生。他那蹩脚的盐语或许算不上流利，但仍可以被人理解。

他跟安捷文一起度过的夜晚占了一半略多。她住在丁丁那布伦的"海狸号"上，经常很晚才回到钟架底下的卧舱中。因为丁丁那布伦总是没完没了地开会，跟他的同事，跟克吕艾奇·奥姆、贝莉丝和疤脸情侣，安捷文要为他提取书籍和材料，有时从图书馆，有时从船尾的秘密实验室。当她疲惫地回到家，谢克尔便给她做夜宵，笨手笨脚地替她按摩，舒缓她的劳累。

关于恐兽计划，安捷文并未多说什么，但谢克尔很容易感觉到她的紧张与兴奋。

其余的夜晚，他待在与坦纳·赛克同住的屋子里，他依然将此处当作自己的家。

坦纳并不总是在家——跟安捷文一样，为了那项计划，他需要辛苦工作到很晚。但他在的时候，常常会聊起自己干的活儿。他告诉谢克尔笼套的特殊外形，描述它在清澈的水中绵延伸展，色彩艳丽的热带鱼穿梭于铁环之间，植物和牡蛎已经粘附在其表面；而到了夜间，铁链泛出冷冷的光亮。长时间的工作使得坦纳既疲惫又愉快，他的任务包括焊接、测试、建议，等等，因此他既要当设计师和监工，又要当工人。

谢克尔保持着屋内的清洁与舒适。他要是不给安捷文做饭，就会给坦纳做。

近来他受到一些困扰。

两天前，也就是声音日，谢克尔睡在工厂船中的旧屋子里，午夜刚过，他便突然醒了。他坐起身，一动不动，保持着沉默。

借着窗外苍白黯淡的灯光和星光，他打量了一圈室内的物品：桌子，椅子，水桶，餐盘，平底锅，坦纳的空床（他又工作到深夜）。即便笼罩在阴影之中，屋里也没有任何躲藏的地方，谢克尔看不到其他人。

但他感觉屋里还有人。

谢克尔点亮蜡烛。没有可疑的声音、光亮和阴影，然而他总觉得忽然间似乎听到或看到了什么——这种情况反复出现，就好像记忆赶在了他前面，提醒他尚未发生的事情。

最后，他又睡了过去。第二天早晨醒来时，不安的感觉只剩下模模糊糊的印象。但第二天黄昏时分，离上床时间还早，那种遭到侵扰的感觉又出现了。他呆呆地凝神静立，疑惑地环顾着四周。这些衣服刚才动过吗？那本书呢？还有那些盘子？

谢克尔的注意力迅速地在各种物体间切换，视线游移不定，瞥向屋里东一叠、西一堆的物品，就好像看着一个人在房间里走动，到处翻寻查找似的。他既生气又害怕。

他想要逃跑，但对坦纳的忠诚迫使他留在屋里。他打开灯，一边引吭高歌，一边手忙脚乱，大张旗鼓地做饭，直到坦纳回家——幸好在室外的噪音逐渐减弱，而深夜尚未来临之际，坦纳回来了。

当他向坦纳提起自己古怪的直觉，坦纳的反应认真而关注，这让谢克尔既惊讶又欣慰。

他打量着狭小的房间，谨慎地喃喃低语。"现在是特殊时期，老弟。"虽然他很疲惫，但还是起身沿着谢克尔所描述的路径在屋里转了一圈。他拿起经过的物品，小心翼翼地查看一番。他一边沉吟，一边揉搓着下巴。

"我一点儿痕迹都看不出，谢克尔，"他承认道，眼神并未放松，"这是特殊时期。人们各行其是，花样百出——到处是谎言和传闻，天知道怎么回事。迄今为止，那些对嘉水区和召唤计划有意见的人还没怎么吭声——他们一定会闹起来的，我毫不怀疑。但没准有人企图用别的方法来搞破坏。我在这件事中算不上重要人物，谢克尔，但大家都知道我去了那座岛上，又帮忙建造笼套。也许有人潜进来……我不知道……可能是搞阴谋吧，寻找对他们有利的东西。我还没那么笨，把项目资料留在这儿。

"人们都很紧张。一切发展得太快，就像失控了一样。"他再次环顾四周，然后注视着谢克尔的眼睛。

"我忍不住要说，让他们尽管来吧。假如你说的是真的，只要他们不拿走什么东西，也不来招惹我们，那就让他们见鬼去吧。我才不怕呢。"他绽出逞强似的笑容，谢克尔也回以微笑。

"话是这么说，"谢克尔低声道，"话是这么说。"

第二天，当他告诉安捷文自己的经历时，她的反应几乎跟坦纳·赛克一模一样。

"这里面也许有问题，"她缓慢地说，"你知道，现在是非常时期。

大家都很兴奋，有些人则很害怕。我猜想，接下来几个星期，我们要面对的怪事还多着呢，隐身的入侵者或许算不了什么，亲爱的。所有工厂都在为那副笼套加班加点，人们难免有些牢骚。由于缺少时间和工程师人手，别处的机器无法获得修理，也没有新的机件和金属制品造出来。'我们几时才能看到钻井台开采出来的那许多能源派上用场？'大家都在说，'那该死的恐兽究竟需要多少能量？'

"它确实需要许多能量，谢克尔。非常非常多，无论眼前还是以后。"她凝视着他的眼睛，握住他的手，"等到人们明白过来，除了他们自己的计划，还有更重要的地方需要石油和岩乳，你听到的牢骚一定会越来越多——尤其是日泽区、圆屋区和枯瀑区，但基本上各处都有。"

她一边回忆丁丁那布伦与其他人的谈话，一边心不在焉地讲述着，谢克尔除了点头，无话可说。

"惹麻烦的家伙已经开始出现，"她沉吟道，"圆屋区的沃德金，日泽区的塞落。神秘的西蒙·芬奇。传单，标语，谣言。即使是好人也心存疑虑。我听说，就连骨子里忠心耿耿的海德里格也认识芬奇，时常跟他一起喝酒。等到恐兽被召唤出来，人们的热情自然会被点燃——如此伟大的壮举，肯定会激起他们的兴奋。但事情不会就这么完了，谢克尔，相信我。"

舰队城意外闯入酷热的盛夏，在炽烈的高温下，克罗姆公园充满生机。

贝莉丝上次造访时，这里覆满了绿色：潮湿，葱翠，透着树液的气味。如今，绿意之中更点缀着春季与夏季的色彩：到处是一丛丛仓促开放的花朵，或紧贴地面，或悬于枝头。初夏艳丽的花簇与繁茂的杂草灌木互不相让。树林里充满了窸窸窣窣的小生命。

跟贝莉丝一起来的并非赛拉斯，而是约翰尼斯·提尔弗莱，她感觉有点儿讽刺，也有点儿好笑，仿佛自己的行为属于不忠似的。

她沿着最喜欢的路径行走，这里原本是船舱之间的走廊，如今却成了藤蔓密布的峡谷。墙上镶满西番莲花，交错的须根底下隐约可见破碎的窗户。旧船舱改造而成的山丘下是一片草坪，两者交界处有一簇香气浓郁的忍冬花，蜂群在其间嗡嗡作响，那条小径便由此处通往阳光之中。

这是个美好的时刻，贝莉丝一边走一边谨慎地思索，约翰尼斯腼腆而疑惑地跟在她身后。但很快就会被你破坏，约翰尼斯——你免不了开口说话。

他们在花草丛中又走了一阵，热带昆虫的翅膀震颤是唯一的声源，然后他果然开口了。

他们聊了很久，有关城市底下的工程。

"我乘潜水艇下去过几次，"约翰尼斯告诉她，"太神奇了，贝莉丝。他们建造的速度真是惊人。"

"嗯，别的不说，我见过他们肢解'女舞神号'的速度，"她说，"我完全可以想象。"

约翰尼斯仍然对她保持警惕，但他渴望重续曾经有过的亲近感。她能感受到他的巴结，即使她态度生硬，他也会自欺欺人地找到解释。

"那座岛上的事你还没怎么告诉过我。"他说。

贝莉丝叹了口气。"很艰难，"她说，"我都不想提起。"但她还是给他讲了一点儿：难以忍受的炎热，持续不断的恐惧，蚊族男性的强烈好奇心，以及蚊族女性的凶残饥饿。

他在试探她。她心中暗想，不知他是否自认为很巧妙，很精明。

"昨天他们把奥姆带走了，"她继续说道，他惊愕地转过头来，"我只是最近几个星期教他盐语而已。他学习的速度让我害怕。我说的一切他都记下来——积累的内容足够编一本教科书。不过我仍然觉得，没有我的帮助，他还无法进行交谈——至少目前还不行。但昨天下午，跟丁丁那布伦和工程师团队的会议结束后，他们把他带走了，然后说暂时不再需要我。

"也许他们对他盐语的评价，比我给得要高。或者另外哪个古柯泰语专家已经操练得差不多，可以派上用场了。"她的语气倨傲而辛辣，约翰尼斯发出短促的笑声，"一直以来，他们都对我说，要尽早让他的盐语熟练起来。他将参与的计划与我无关。他们打算甩掉我。"

她扭头望向约翰尼斯，凝视着他的眼睛。他们在一片空地中，周围是一圈树木、荆棘和发育不良的玫瑰。

"我对自己即将失去利用价值感到很高兴，因为我实在累坏了。但奥姆的作用似乎才刚刚开始。带他走的不是平常那些人，而是乌瑟·铎尔，还有若干我从没见过的男女。我不知道这究竟怎么回事。看来召唤恐兽并不是终点。"

约翰尼斯背过身去，拨弄着花朵。

"你才发现吗，贝莉丝？"他平静地说，"当然，你说得对。还有更多计划。鉴于如此大规模的投入，也许很难想象，但召唤恐兽只不过是……**序曲**，真正的戏码还在后面。具体细节我不清楚，他们已经决定不要我参与。

"要知道，"他说，"我能在这里供职全都是靠运气，真的。"

运气？贝莉丝疑惑地想。

"有一部分人见过那些古老的锁链，"他继续道，"他们中曾有人提出，舰队城应该尝试召唤恐兽，这话已经讲了**几十年**，但疤脸情侣不予理会，多年来一直没有兴趣——我是这么听说的。

"后来乌瑟·铎尔来到城中为他们工作，于是情况发生了变化。我不知道他干了或说了些什么，但突然间，恐兽计划复活了。由于他带来的某些信息，尘封的项目获得了新生，自从锁链建成以来，这还是第一次——没人知道它们是多久之前建造的，也没人了解当时发生了什么。

"这一切过后，我的任务便完成了。他们开始转向别的工作。"

那是嫉妒，贝莉丝意识到，他遭到了抛弃，被无情地一脚踢开。约翰尼斯的研究工作——约翰尼斯本身——对召唤恐兽至关重要，但随后的工作却不需要他。

贝莉丝巧妙轻柔地戳弄着他的伤口，时不时用毫无意义的细枝末节刺激他，以达到探查的目的。

约翰尼斯生气时，更乐意严肃地谈论人们对这项计划的疑虑。

他们在木船上漫步，经过一处处覆满植被的烟囱与舱壁。贝莉丝不动声色地挑拨着约翰尼斯的怨恨，通过盘问了解到一点一滴的情况。

一旦贝莉丝开始留意，她总能在各处听到相同的名字与传闻。舰队城的忠诚就像一层薄薄的涂料。焦虑与争议清晰可辨，仿佛清漆底下的木纹。

她惊异地发现，持异议的不只是日泽区和圆屋区的要员。就连某些嘉水区最为历久的忠实仆人也是怀疑论者，跟反对派保持着联系。

疤脸情侣的舆论统一并不稳固，她意识到。围绕着这些不满情绪，最经常出现的名字是西蒙·芬奇，人们总是一次又一次提到他，不过这多多少少在她意料之中。

贝莉丝开始搜寻他。

她向所有熟人打听西蒙·芬奇。凯瑞安妮耸耸肩，但表示下次会留意。约翰尼斯似乎不以为然，什么也没说。她偶尔与谢克尔见面，有一次，他点点头说，"安吉提到过他。"贝莉丝假装露出一丝淡淡的兴趣，并让谢克尔继续打探。

街头巷尾充斥着年轻人，有的斜倚在栏杆上朝城中的猴群丢石子，有的坐在酒馆里玩骰子，掰手腕。她的询问在他们中间传开了，他们每个人都有自己的朋友和人际关系，人们经常雇用这些少男少女来跑腿，然后塞给他们几个零钱，一点点食物，或者答应帮他们点儿小忙。

贝莉丝的问题通过他们传遍了嘉水区、谢德勒区、底安信区和书城的酒馆。

在新科罗布森，一切缺乏管制的活动都是违法的。舰队城不一样，毕竟这是一座海盗城。只要没有直接对城市构成威胁，当权者并不理会。跟许多其他秘密一样，贝莉丝的探询无须特意躲躲藏藏，不像在家乡，得提防着国民卫队。在这座嘈杂的城市中，她的询问很容易就迅速传播开来，并留下一串线索，明眼人一看便知。

"你要找我。"

赛拉斯站在贝莉丝床边。她还没有脱衣服，正抱着膝盖在汽灯下读书。片刻之前，她还是孤身一人。

*又是魔法，赛拉斯？*她心想。

今天是玎瑁季的第十血痂日，也是本季度最后一天——一个节庆日。街上一片喧闹，人们喝得醉醺醺的，高声欢笑叫嚷。船和街道都挂满了彩色幕幔。空气中充满焰火和碎纸花的气味（然而水下的工作仍在继续）。

"是的。"她说。

"小心点，别到处宣扬你跟叛党勾结。"

贝莉丝笑出声来。"嘉罢在上，管他呢，赛拉斯。看看你——或者说芬奇先生——的朋友都有谁。其中一些人显然比我来头大得多。你真的跟海德里格一起喝酒？"他没有回答，"所以我猜没人会在意我。"

他们沉默地对视着。已经多少回了？贝莉丝无助地想。*每次都是偷偷摸摸的密谈——夜幕笼罩之下，在我房间里一边喝茶，一边讨论各种已知和未知的情报……*

"他们别有所图，"她说道，听到自己阴谋似的语调，她几乎苦涩地笑出声来，"恐兽并不是终点。奥姆正加紧学习盐语，他们已经把他调走，参与新的秘密计划。甚至有些科学家都感觉被排斥在外。他们有个核心团队——丁丁那布伦，疤脸情侣，奥姆——这一次，乌瑟·铎尔也在列。他们别有所图。"

赛拉斯点点头，显然他早就知道。

"那么，"贝莉丝问道，"他们想要干什么？"

"我不知道。"他说。她不知是否该相信他。

"假如能查出他们的计划，"她说，"也许我们仍有机会……离开这里。"

"真的，"他缓缓地说，"我查不出他们的计划。要知道的话，我当然会告诉你。"

他们互相打量着对方。

"我听说乌瑟·铎尔在追求你。"他继续道。他并非故意惹人厌，但他的讪笑让人恼火。

"我不知道他想干什么，"贝莉丝生硬地说，"有时我感觉正是如此——他在追求我——但那要是真的，天哪，他也太缺乏技巧了。有时我觉得他另有目的，但猜不出是什么。"

沉默再次降临。室外，一只猫开始哀嚎。

"告诉我，赛拉斯，"贝莉丝说，"这是你的领域。他们的计划有认真的反对意见吗？我是指认真的？要有的话，我们能不能借机逃离此地？这能帮上我们的忙吗？"

*我究竟在动什么脑筋？*她心想。*我们已经送了一则消息回家乡。我们已经救了它，嘉罢在上。除此之外，我们不可能拉拢任何帮派，也无法说服任何人带我们回家。*

赛拉斯号称想要逃离，但他潜伏在舰队城中，避开众人的耳目，摇身一变，成了西蒙·芬奇，他仿佛悬在一张由买卖、流言、人情和恐吓构成的网中——这都是生存技能。赛拉斯正在适应环境。

贝莉丝无计可施。她没有秘密计划可以执行。

她仍然会梦到从新科罗布森到铁海湾的那一段河流。

不，她激烈而固执地思忖。不管真相如何，不管发生什么，不管多么无望——我绝不放弃逃离。

她费了好大劲才点燃这把冰冷的怒火，激起逃跑的欲望，如今，要她掐灭这个念头是不可容忍的。

在她的思维深处，始终大声说着"不"，即便有疑虑也无法将其冲淡。

第二天醒来后，她迎着暖风斜倚在窗口，注视着疲惫宿醉的工人在街道和甲板上清理前晚庆典留下的垃圾。他们扫出一大堆碎屑与彩纸，还有假面派对的饰物，以及吸毒遗留的残渣。

"高粱号"井架顶端已不再涌出翻滚的火焰。钻井台停止了运作，开采出的石油和岩乳被贮存起来。越过一片舰船的屋顶，可以看到各种蒸汽船、拖船、矮胖的工业船，全都朝着城中驶回来，仿佛铁屑受到磁石的吸引。贝莉丝看着船员们再次将它们系到舰队城边缘。

等到所有伺服船只全都与城市挂到一起，它们起航朝东南方进发。黑烟滚滚，马达轰鸣，消耗着大量掠夺来的煤炭和一切可燃物。舰队城开始缓缓移动，速度极其缓慢。

下方清澈的海水中，潜水员们仍在工作。一艘艘舰船继续遭到肢解，所得的材料被送往工厂。无穷无尽的飞艇排成一条长龙，来往于舰船残骸与锻造炉之间。

隐藏于波浪底下的巨型笼套周围，海水缓缓地流动着。舰队城的前进步伐几乎难以察觉：每小时仅一到两英里。

但它并未松懈。它永不停歇。贝莉丝知道，抵达目的地之后，锁链将被放入海底，魔法将开始启动，一切都将发生改变。她又听见自己在说"不"，拒绝默默接受，拒绝以此为家。

随着时间的流逝，他们对她的需求越来越少。她为工程师们提供翻译的频率也降低了，而建造笼套的员工们永无止境地工作着，设计结构中的难题被逐一克服。贝莉丝感觉自己渐渐远离项目的核心。

只有铎尔是例外。他仍会找她谈话，仍会请她到他船舱里喝酒。他们之间仍有一种模模糊糊的感觉，但贝莉丝搞不清究竟是什么。铎尔的讲话依然隐晦难懂，令她颇为困扰。他又带她到疤脸情侣房间底下的漏音小屋去了两次。她无法解释自己为何会跟他走。每次都是在夜间，偷偷摸摸的。她听见他们喘息的话语，听见痛苦和欲望的呻吟。这种情绪依然令她惊骇，也让她感觉恶心，仿佛胃里存有腐物一般。

第二次的时候，她听见他们发出自认为代表着愉悦的嘶嘶语声，翌日，当她和奥姆一起进入会议室，疤脸情侣瞪视着她，他们额头上凝结着深深的血疤，那是新的伤口，呈镜像对称。

贝莉丝不知所措。她曾听到他们沉溺于变态的激情，一想到必须接受这种人的支配，她便感觉无法忍受。

不。

天气继续转热，日子一天天地消逝，转眼两个星期过去了，笼套已接近完工，赛拉斯没来找她，铎尔依然目的不明。她逐渐远离权力的中心，无须每天与疤脸情侣见面，虽然因此而松了口气，但也担心自己失去作用。等到最后那点似是而非的权力消失之后，她清楚地意识到，自己被困住了。然而，贝莉丝脑中的声音变得更加坚决，更加清晰无比。

不。

第三十二章

舰队城找到了目的地。

它来到惊涛洋和黑沙洲海的南方边界。听到这个消息，贝莉丝大吃一惊。*我们真走了这么远？*她心想。

他们完全静止于水中。凭着诸如回声探测、感应投射之类的神奇科技，舰队城找到了死穴的中心。这些随机分布于海洋中的死穴直径达数英里，其内部没有洋流，也没有风。由于缺乏动力，漂浮在死穴表面的物体只是随着波浪上下颠簸，却不会沿着水平方向挪动一寸。

它们是地洞的标志。

此处的海洋深度在三至四英里之间。然而死穴下方的海床中有个陡峭的锥孔，连接着地底的一个圆洞，并继续往下延伸，直到任何地质感应师都难以企及之处。

地洞的宽度有一英里半，深不可测。

它一路向下延伸，在极深之处，巴斯－莱格的空间将难以承受海水的重力与密度。管道底部，现实世界变得不太稳定。地洞是境域之间的通道，也是恐兽进入的地点。

克吕艾奇·奥姆及其新下属从未宣布过研究工作的终了——没有

突然宣告说最后的难题已被攻克。贝莉丝说不出究竟从何时起，她意识到舰队城已经准备就绪。

铎尔没有告诉过她。这则新闻仿佛自行渗入了她和所有公民的头脑里。在欢欣鼓舞的传闻和猜测中，消息不胫而走。他们成功了。他们掌握了方法。他们在等待。

贝莉丝不愿相信，科学家们已经完善了所需的科技。意识到这一点时，她镇静平和，并没有突然的惊讶，只有一种不祥的预感在缓慢增长。怎么可能？她一遍又一遍地寻思。她琢磨着计划的规模，却百思不得其解。他们怎么办到的？

她思索着所有必须完成的事项，包括搜集知识、建造机器和引导能源。似乎没有可能达成。难道是因为我？她难以置信地想。没有奥姆，没有他的书，还可能成功吗？

贝莉丝可以感觉到周围紧张、期待和兴奋的情绪每时每刻都在增强。

到达死穴多日之后，众人期待的宣告终于发布了。海报和公告员们提醒大家做好准备，研究工作已经结束，他们即将展开一次尝试。

尽管意义重大而特殊，却没人感到惊讶。官方保持了如此长时间的沉默之后，发出最后的确认通告，连贝莉丝都似乎松了口气。

锁链如今清晰可见，坦纳·赛克发现，那副笼套令他感到赏心悦目。在他出生长大的新科罗布森，山脉占据了西方的天际，建筑物纷繁密集。他承认，有时候，舰队城无边无际的天空和连绵的海水会令他困扰。

水下的挽具让他安心，使他有机会在单调乏味的深水中，凝视一件巨大而真实的物品。

坦纳悬浮于死穴静止的海水里。

水下的身影非常稀少——坦纳、杂种约翰，再加上那些人鱼——

他们都在观察着。

一切都已准备就绪。

接近晌午时分，城中仿佛黎明前一般寂静。

贝莉丝望向邻近的船只，屋顶上，栏杆后，城区花园里，到处有人在观望，但人数并不多。四周几乎听不到一丝杂音。空中也没有飞艇。

"城中有一半人躲进了室内。"她压低嗓音对乌瑟·铎尔说。跟少数舰队城居民一样，贝莉丝感觉有必要在旗舰上观看，他们聚集于"雄伟东风号"的甲板上，乌瑟正是在这里找到了她。

他们吓坏了，她一边想，一边凝视着下方舰船中空旷的街道。他们意识到了危险。就好比船只失事之后，水手们却将搭乘的救生艇系到了鲸鱼身上。她差点笑出声来。他们也惧怕风暴。

舰队城的居民畏惧猛烈的暴风雨。对于暴躁的天气，这座城市既无法避免，又无力驾驭，不管船只间的缓冲有多牢固，最厉害的风暴仍能将它们吹散，或迫使它们互相冲撞。舰队城的历史记录中，充满恐怖而致命的狂风暴雨。

从来没有人**故意**召唤风暴。

为了击穿现实之间的隔膜，引诱恐兽来到这个世界，即使在薄弱点上，也必须借助庞大的冲击能量。为此，他们不仅仅需要闪电风暴，还得是有生命的闪电。他们需要一群疯狂活跃的俘明，即闪电元素精灵。

活的风暴几乎跟矩能裂隙一样罕见——谢天谢地——嘉水区只能自己制造。

"雄伟东风号"的六根桅杆，尤其是高耸的主桅上，缠满了铜线和绝缘橡胶，电缆一直延伸至船体内，弯曲盘绕，经过走廊和楼梯，沿途还有警卫小心看护，最后接入"雄伟东风号"底部那台依靠岩乳运转的神秘新引擎，以便将特殊能量导入巨链的根基，再经由金属链传至深海中的笼套。

来自书城、谢德勒区和嘉水区的海盗魔学家齐聚一堂：这批气象术师和元素操控师携有古怪的仪器、锅炉、药膏和祭品，仿佛是要展开一场祭祀。贝莉丝能够想象他们正忙乱地工作，包括测量气流，积聚能量，筹备法术，等等。

漫长的等待中，只有人们的窃窃私语，以及海鸥与波浪的微弱噪音。每个人都站在酷暑中侧耳倾听，期盼听到独特的声响，却不知道要等什么。终于，船底的深水中传来一声轰然巨响，他们甚至能通过船体感受到振动。

贝莉丝听见乌瑟·铎尔长出一口气，低语道："开始了。"语气中充满贝莉丝难以辨识的情绪。

随着一记撞击声，"雄伟东风号"的甲板突然在他们脚下活动起来。

舰队城剧烈地颤抖着。

"笼套和锁链正在下沉，"铎尔平静地说，"准备进入地洞。"

贝莉丝紧紧抓着栏杆。

坦纳在水下发出惊呼，水流冲刷着他的鳃。巨大的滑轮转动起来，笼套上用做固定的螺栓在电流冲击下噼啪作响。长愈四分之一英里、镶有尖利钩轭的锁链正以精心编排好的步骤下降，排开无数翻滚的海水。

锁链在水中按部就班地下沉，一环环长度堪比舰船的铁圈逐个垂落。每当一段锁链伸展至极限，又一股能量便会引爆，巨大的齿轮再次转动，释放出数百英尺的金属链。

随着一截截锁链的延展，上方的城市略微移动重组，其形状在张力之下变换漂移。锁链庞大无比，其影响可达地理级规模，每一段悬重都能引起地震般的破坏。但舰队城具备精良的悬浮设计，依靠气囊和魔法支撑着，尽管突发的颠簸犹如激烈的风暴，扯断了少数几座尚未解开的藤索桥，但整座城市不可能倾覆。

"嘉罢在上，真见鬼，"贝莉丝喊道，"我们得躲下去！"

铎尔阻止了她，并使劲拽住她，以助她保持平稳。

"我可不想错过，"他说，"我觉得你也不应该。"

城市突然间猛烈地震荡起来。

笼套开始加速下沉。坦纳·赛克发现自己在缺少空气的环境中只能无声地呐喊，眼前的景象令他爆出一串沉默的诅咒。眼看着巨型挽具迅速消失于漆黑的海底，他仿佛被这宏伟的一幕催眠了似的。城市略为稳定下来，只有五条巨硕的锁链仍在继续伸展，沉入隐秘的深海。

许多世代以来，藤壶与笠贝覆满了锁链的表面，随着铁环脱离船底，一团团濒死的贝壳被抛向深渊。

过了许久，舰队城才重新趋于静止，锁链最后的震颤仅造成极其轻微的波动。飞鸟在头顶没头没脑地来回穿梭。沉重无比的金属链终于稳定下来。人们紧张地期盼着。

每个人都屏住了呼吸，但周围毫无动静。

笼套已悬在数英里长的锁链末端。上方的城市随着波浪平静地起伏。

舰队城的人们打起精神，作好准备。但死穴中的海水依然平静，天空也依然晴朗。渐渐的，越来越多的人开始出现在甲板上。起初，他们紧张而犹豫，仍然等待着无从预计的事件发生。但四周什么动静也没有。

贝莉丝不清楚科学家们究竟遇到了何种困难。预示中的风暴没有出现。岩乳引擎也没有启动。

没什么可惊讶的，她心想。这是独一无二的技术，缺少实践与验证。即使不能立即生效也没什么令人吃惊的。

然而，人们感到非常扫兴。两小时后，城市依然毫无变化。反常的静默渐渐退去。

失望的海盗们吵吵嚷嚷地拿失败当笑话讲。嘉水区中没人出来通报情况，科学家和官员都默不作声。舰队城滞留在静水与炎热之中，官方的沉默已长达半天，并依然在继续。

铎尔去查看状况了，贝莉丝找不到他。她独自一人度过夜晚。对于舰队城的失败，她应该高兴才对，但沮丧竟也感染了她。还有好奇。

两天过去了。

死穴沉静的海水中，垃圾开始聚集于城市周围，并在阳光下懒洋洋地晃动着，舰队城开始发臭。有一次，贝莉丝与凯瑞安妮去克罗姆公园散步，然而酷热之下，野外和农场船中的动物发出嘈杂的叫声，再加上那臭味，使得整个氛围很煞风景。户外并没有清新的感觉。贝莉丝把自己关在屋里，不停抽烟。

除了与凯瑞安妮的短暂会面，她一直独处。铎尔没有再出现，贝莉丝在暑气中焦躁地抽烟。她一边等待，一边注视着舰队城固执而迅速地回复到喧闹无序的日常生活。这激起了她的怒气。*你们怎能装作若无其事的样子？*她一边想，一边看着冬秸集市里的店家，*就好像这里跟别处没什么两样，就好像这是普通的日子。*

无论是克吕艾奇·奥姆及其助手，还是工程师和猎人，都没有露面宣布任何消息，但贝莉丝可以肯定，他们正在重新计算测量，修整引擎。

又是两天过去了。

坦纳躲在城市底下，脸朝下一动不动地悬浮着。他就像站在一条黑糊糊的五边形通道入口，而锁链构成了墙壁的边界。对应他的脑袋、双臂和双腿，五根粗硕的铁链向下延伸，朝着透视的焦点汇聚，消失于黑暗之中。

他很疲惫。自从第一次尝试之后，疯狂的修补工作掠夺了他的睡眠，因失败而气恼的监工们对着他大吼大叫。

在他身体下方，巨链构成的通道长达四英里有余。黑暗中，纹丝不动地吊挂在其尽头的，是那副比船还大的挽具。它悬在海底的坑洞内，皇带鱼、巨嘴鳗等出没于深海的鱼类纷纷前来探察。

贝莉丝坐在窗边看书，她渐渐意识到一种奇怪的静止感：四周安静无声，光线的质地也略有变化。一切都神经质似的停顿下来，仿佛空气和烈日也在等待。她一下子明白过来，心中又惊又怕。

终于，她想。*诸神保佑，他们成功了。*

她来到门口，从"彩石号"高耸的烟囱上俯瞰着舰队城微微起伏的舰船，然后又望向"雄伟东风号"的桅杆。她凝视着拥挤的城市。第二次尝试并没有通告：到处都是人。他们静止地站立在集市与街道中，抬头观望，试图弄清这种感觉是怎么回事。

天空开始起了变化。

"嘉罢在上，"贝莉丝低语道，"天哪。"

舰队城上方，烈日炎炎的晴空中，出现了一团黑影。数千英尺高处，晴朗的天空突然一阵抽搐，凭空挤出一抹细微的黑云，仿佛一颗尘埃，又仿佛一小块不洁的污渍。它如同花朵一般绽放，就好像层层揭开的魔盒——魔法师的道具，通过复制本身而不断扩张。

黑云像乌贼的墨汁一样迅速翻滚延展，污染了天空，形成一轮持续增长的黑色圆盘。云层中传来阴沉险恶的声响。

忽然间一阵风吹来，扑向舰队城的桅杆与高塔，扰乱了城中的索具。雾水一般的细小微粒从"雄伟东风号"的烟囱中冒出来，一路沉降扩散，带着一股奇特的气味，飘向贝莉丝周围，正是这种物质的力量使得乌云凭空出现。贝莉丝认得它的味道：岩乳。气象引擎正在加速运转。

太阳完全被遮住了。贝莉丝在新生的黑暗与阴冷中打了个颤。城市以外的海面开始汹涌翻滚，泛起颠簸不定的泡沫。空中的声响逐渐增强：从轻微的震颤发展为低沉的呜咽，然后是连续的吼叫，最后迸出一声惊雷，随着这爆炸似的音响，暴风雨从云团中喷发而出。

狂风中，海面倾侧摇摆。又一阵雷声响起，城市上空浓密滞塞的黑云仿佛被割裂成无数碎片，每一道裂隙般的闪电都发出耀眼白炽的光亮。雨水伴随着尖啸的风声猛扑下来，贝莉丝瞬间便湿透了。

城中各区的居民匆匆忙忙逃了下去，甲板很快变得空旷起来。互相连接的船只开始剧烈晃动，人们奋力解开桥索。到处都有人像贝莉丝那样愣愣地瞪视着暴风雨，有的出于恐惧，有的出于强烈的好奇。

"天哪！"贝莉丝喊道，"仁慈的嘉罢保佑！"她听不见自己的声音。

坦纳深藏在死穴的海水中，暴风雨声被削弱了，头顶的水面在雨中一片零乱。城市时而涌起，时而跌落，仿佛海洋想要甩脱它似的。而下方的巨链也随之一起晃动。

即使隔着无数吨海水，坦纳也能感觉到，雷声和波浪正在增强。他焦虑地游动着，等待风暴达到顶峰，然而其激烈程度始终有增无减，令他越来越不安。

老天，他敬畏而恐惧地想。看来他们这次成功了？真见鬼，这是什么样的暴风雨？他们都干了什么？

贝莉丝紧紧抓着栏杆，害怕狂风将她卷落水中，被两侧的舰船挤扁。

闪电仿佛相机上的闪光灯，瞬间投射出一片黑影，玷污了空气。

即使在风雨冲刷之下，岩乳蒸汽的奇特气味依然越来越浓。贝莉丝能看见扭曲波动的空气，闪电不断击中城内的桅杆，流连于"雄伟东风号"上缠满铜线的巨柱周围。

天空剧烈地涌动，舰队城随之起舞。气象引擎继续释放能量，闪电的形状开始改变。贝莉丝目瞪口呆地注视着云层。

起初，锯齿状的电纹毫无规律，仿佛黑暗中一条条光亮夺目、忽隐忽现的大蛇。但它们开始聚合，时间间隔越来越紧凑，第一道电光依然残留在贝莉丝眼中，第二道便已亮起。而它们的运动也变得更具目的性，纷纷射向云团的中央，消失在其核心。

雷声愈发强烈，岩乳的味道令人作呕。暴雨中的景象让贝莉丝仿佛陷入催眠状态，脑子里只想着"继续！继续！"。但她不知道要等什么。

终于，随着一声震耳欲聋的雷鸣，闪电完成了合体。

它们同时从风暴边缘的虚空中爆发，穿过黑沉沉的空气，如一道道轮辐般指向中央，在暴风雨的核心汇聚成一个刺眼的亮点，频频闪动，却不消失。

配备功率放大装置的神秘引擎内涌出看不见的能量，经由"雄伟东风号"的烟囱喷发出来，直奔向空中的风暴。

云层中心骤然出现了召唤的产物。

那闪烁的光点仿佛一颗明亮的星星，青蓝色光芒炽烈而冷冰，一边颤动，一边变得越发耀眼，仿佛孕育着生命，仿佛随时都会爆裂。然后，

它炸开了。

一大群嘶嘶怪叫的生命体从光线的碎片中诞生，纷纷涌向船体，

这些闪烁的幽灵由能量与电流构成，所过之处留下一股焦味。它们急切地在空中穿梭，变幻莫测，但有着自己的意愿与思维。

这就是闪电元素精灵——俘明。

它们迂回前进，发出仿如电流声的呼啸与狂笑。俘明以惊人的速度掠过天际，幻化成弯曲的电弧，留下一串串鬼影般的残余能量，时而勾勒出城市的建筑，时而形如游鱼飞鸟，时而又像人脸。

其中有一群扑向"彩石号"的甲板，尖啸着从贝莉丝身边经过，几乎令她心跳停止。它们围着烟囱疾速地打转。

"雄伟东风号"上不知从何处冒出一股能量，整个城市中的闪电精灵一下子停止了戏耍，焦躁不安地盘旋起来。隐藏的机器再次释出能量，沿着电线传到桅杆顶端。俘明一边嚎叫，一边顺着锁链与金属栏杆飞舞。它们开始攀爬聚集。贝莉丝扭头看着它们离开"彩石号"船体，穿过舰船间狭窄的水面，攀上重修的甲板，奔向那艘巨型蒸汽船的主桅。

贝莉丝对雨水和雷声浑然不觉。她的视力与听力全都集中在活体闪电上，它们喧闹跳跃，忽隐忽现，穿梭于舰队城高耸的屋顶之间，冰冷耀眼的光芒照亮了城市。她在暴雨中眺望，视线越过重重舰船。一串能量悬浮在"雄伟东风号"高大的桅杆顶端，仿佛诱饵一般。

我们首先召唤风暴，再用风暴召唤精灵，再用精灵召唤恐兽，贝莉丝心想。她感觉如同醉酒一般。

俘明绕着桅杆团团乱转，形成一股旋涡，在黑暗的暴风雨中嗞嗞作响，映照出城市的剪影，仿佛黑色的阳光，直到最后一股强大的束缚能量从电缆中迸发出来。

俘明尖啸怪叫着涌入金属内部。

元素操控师利用魔法与机器将它们收服。

元素精灵被吸入时发出尖厉的嘶喊，它们的形体沿着繁密的电缆传导，灯光接二连三地熄灭。顷刻间，天空又暗了下来。

闪电精灵以高能粒子的形式顺着铜线网络前进，互相交汇融合，形成一股有生命的能量，沿着重重楼梯流入"雄伟东风号"的腹地，然后通过岩乳引擎，进入锁链的根基，再顺着长长的锁链到达海底深渊。

数百万吨海水之下，致密的闪电精灵群体经由一环环锁链，以及桅杆大小的电极窜入水中，化为超强的能量。它们闪着白炽的电光，瞬间便钻进了海底那个洞穴，沿途摧毁各种原始生命，直抵数英里以下，刺破位面之间的隔膜。

"雄伟东风号"底部，岩乳引擎嗡嗡轰鸣，沿着锁链传递强烈的能量脉冲。

只有到了此刻，海底出现一道裂隙，机器送出的诱饵信号才可能被接收到，不过巴斯－莱格的海洋生物依然无法听见。

坦纳·赛克潜入幽暗的水中。暴风雨几乎立即停歇下来，头顶上的海面一片光亮。坦纳在测试自己，尽力越潜越深，直到光线难以抵达的区域。

周围还有其他人。他猜想那些鳌虾族、人鱼族以及"杂种约翰"，也都好奇地下沉至力所能及之处，但他看不见他们。海水寒冷，安静而致密。

他感觉一股股能量从身边的巨型链环中通过。他知道，下方的海底，惊人的事件正在酝酿之中。他像个孩子似的放纵自己，沉入黑暗。虽然从未游到过如此深处，但他沿着巨链尽量往下钻，准备承受强大的水压。他的触须向外伸展，作钩拉状，仿佛可以攫住海水，将自己拖向更深处。

他感觉头疼，血液受到挤压。他无法再继续，于是静止地悬在水中。他不知道下潜了有多深，也看不见身边的巨链。他什么都看不见，只有孤身一人漂浮在冰冷灰暗之中。

岩乳引擎继续朝深水中发送一波波诱饵信号，过了许久，一切依然静止不动。

直到坦纳猛然睁开双眼（他不知道自己闭上了眼睛）。

突然间，有一阵声响，感觉就像光滑的表面互相摩擦，比如插销落锁，或者物体滑入凹槽。冗长低沉的噪音犹如鲸鸣一般穿透水体，令他的腹部感觉振动，甚至比耳中听到的更为明晰。

坦纳一动不动地聆听着。

他知道这是何种声响。

这是长达四分之一英里的挽具上机关扣合的声音——长如舰船的倒刺、铆钩、搭扣，等等。他心想，一定是某种生物嗅到了诱饵，穿越现实空间与层层海水，前来探寻美味的岩乳脉冲。等到它将脖子之类的部位伸进轭圈，身体完全钻入笼套之内，挽具上树桩般粗细的尖刺便向前挺出，钉入其皮肉，箍环也随之收紧，将它牢牢卡住。

沉默与平静再次降临。坦纳知道，在他头顶上，魔学家与工程师们正小心翼翼地调校着信号，并将其送入怪物身上大约可称作表皮的部位，以起到安抚、驱使与哄骗的作用。

他感觉到水流和温度的细微变化——魔法能量从身边涌过。

坦纳的皮肤上有震动感，接着，震颤变得更为剧烈，连身体都能感受到。

数英里之下，在阳光难以触及的深海，那家伙动了起来。午夜般漆黑的海水中，它从灯笼鱼和蜘蛛蟹身边经过，遮蔽了海底生物发出的微弱荧光。他感觉到它越爬越近，排开无数冰冷的海水，在深渊中掀起诡异的水流。

他惊呆了。

一声迟滞的闷响，海水为之战栗。在坦纳的想象中，一条硕大的附肢轻轻扫过大陆架，不经意间就给数以百计的原始海底生物带来灭顶之灾。

他四周的水开始旋转，坑洞中升起一阵阵混乱的魔法能源，水压骤然起伏。接着，坦纳耳中听到极其微弱的砰砰声。他疑惑地侧耳倾听。

这是一种低沉而有节律的拍打声，铿锵有力，通过五脏六腑也能感受到。他的胃里一阵抽搐。

出于空间与魔法的偶然组合，他短暂地听到了那声响。虽然只是一瞬间，但他能猜出其来源，他惊呆了。

下方黑暗深处，有一颗心脏在跳动，大小犹如一座宏伟的教堂。

贝莉丝站在被雨水打湿的阶梯上等待着，空中晴朗无云，烈日炎炎。

舰队城仿佛一座鬼城。除了好奇心最强的居民，其余人依然心惊胆战地躲在室内。

有情况。贝莉丝感觉"彩石号"移动起来，锁链互相撞击。在此之前，沉寂已经持续了很久。

惊诧之余，她再次听见金属声：城市底部的锁链开始上升，伴随着缓慢吓人的碰撞声，它们从地底的坑洞中渐渐冒出来，回到原本所属的位面，完全沉浸于惊涛洋的水体中。

锁链缓缓地由垂直变为倾斜，绷得紧紧的，向着城市前方伸展。数英里深处，笼套刚好位于海床之上。

突然间一阵震颤的噪音，舰队城内部发生了猛烈的位移。由于受到下方锁链的牵引，各种舰只微妙地调整到新的位置，改变了城市的外形。

舰队城开始移动。

突然的挪移差点把贝莉丝掀翻在地。

她兴奋而渴望。

城市真的动了起来。

它朝着南方悠然前进，速度轻易就超过了那百十艘拖船所能达到的效果。

贝莉丝看到外围舰船的侧舷掀起了浪花。她能看见城市的尾迹。他们的行进速度如此之快，竟然足以留下尾迹。

从舰队城的边缘直到地平线，那些自由行动的船只——海盗商船、工厂船、信使船、战船、拖船——此刻全都在拼命地行驶。它们面向城市，启动马达，展开风帆，奋力追赶着母港。

哦，诸神在上，贝莉丝震惊地想。他们肯定无法相信眼前的景象。贝莉丝听见近旁的人群齐声发出愉悦的叫喊。水手们站在甲板上欢呼。

喧闹声在整个舰队城中蔓延开来，人们开始现身：打开门窗，钻出舱室，或从原先躲藏的栏杆后面站立起来。贝莉丝目光所及之处，市民们无不叫嚷喧嚣。他们在为疤脸情侣祝酒，他们在愉快地呼号。

随着城市的移动，贝莉丝望向海面，凝视着逐渐退后的波浪，舰队城在拖拽之下前进。

四英里长的锁链末端，恐兽被形似弯曲尖塔的巨钩牢牢地牵制住。在岩乳引擎的驱使下，它好奇地徜徉于这片奇异而陌生的海洋中，步伐平稳均匀。

间章Ⅶ　鬣蜥海峡

四周来，"特内吉尘心号"一直在海上航行。

这艘三桅大帆船经历了可怕的夏季风暴。到达格努克特和佩里克岛之间时，风雨平息下来。而在曼陀罗群岛危险的海峡中，由于太过靠近一座无名小岛，遭到飞行猛兽的袭击，帆被扯破，索具间的几只猿猴丢了性命。行至洛哈吉大陆东岸寒冷的水域中时，又受到一艘新科罗布森战舰的攻击——完全是因为背运。幸好风向有利，"特内吉尘心号"才得以逃脱铁甲船的追击，虽然遭受创伤，速度减缓，但未被摧毁。

仙人掌族船员用口哨指挥着索具上疲惫的猿猴。最后，这艘外形俗丽的舰船沿着海峡蜿蜒地驶向铁海湾，进入和平靠港准则的保护范围。

那天，努吉特·森嘎船长会见完坦纳·赛克之后，便向船员们宣布了新命令，不出所料，他们流露出震惊与不满。底尔沙摩舰船的纪律较为松散，船员多少可以表达一点儿个人意见：他们向森嘎表示反对与不解，他们很生气，宁愿下船离岗，他们说蚊族岛屿上留的人手不够，需要更多警卫。

他不为所动。

航行途中充满厄运与阻碍。漫长的一个月里，船员的牢骚越来越多。但森嘎已经决定押上自己的职业生涯，以换取坦纳送来的书信中所写的承诺，因此他没有改变计划。他和船员的关系还算不错，迄今为止，仍能抑制他们的怨气，并通过种种暗示说服他们继续等待。

此刻，"特内吉尘心号"正朝着大焦油河缓缓前进，大帆船金光闪耀的华丽曲线在阴冷的春季中失去了活力。此处的天气让仙人掌族大感惊异，而沿途的岛屿也布满灰黑、土褐与浑浊的墨绿色调，连花朵都不太鲜艳，相比之下，南方浮华的装饰风格显得荒诞无稽。

他们已经饱经风霜，狼狈不堪。船员们失去了耐心。森嘎摩挲着那个密封的袋子。

快要熬到头了。他们已接近海湾与河流，接近砖墙与桥梁。周围水域中的礁石越来越多。海峡逐渐变浅。海岸近在眼前。

森嘎船长仔细端详着这件微型货物上的新科罗布森徽纹。他用硕大的双手掂了掂：皮袋，再加上蜡封的盒子。里面有一纸承诺，写着新科罗布森将提供的报酬。还有一封耸人听闻的警告信，行文隐晦而荒诞，充斥着不知所云的代号。再加上一条又粗又短、毫无价值的项链，用以证实珠宝盒中的信件并非假造。天鹅绒衬垫底下的密封隔层里，一枚沉重的圆盘埋在木屑之中，尺寸犹如大号的手表，并附有一封字体细密的长信。

这是费内克探员给新科罗布森的秘密礼物和真正的情报。

间章 Ⅷ　另一处

不速之客闯入了这个世界。海水中有异味出现。

怎么回事？

追踪者们毫无头绪。

突然的裂隙与变故，敞开的门户，新闯入的来客，这究竟是怎么回事？不速之客究竟是什么来头？

追踪者们毫无头绪，它们只知道海洋产生了变化。

迹象随处可见。水流飘忽不定，不停地变换方向，仿佛面前有难以避开的障碍。海水精灵大呼小叫，喋喋不休，非要将肚子里那点儿事一吐为快。

即便是如此庞然大物，相对于整个世界而言，也只是极小的变化，可以说微乎其微。但追踪者对海水的敏感程度细致入微，它们知道有状况。

新访客留下了独特的痕迹，那些细微的颗粒、粪便与气味，并不遵从巴斯－莱格的自然规律。在不速之客周围，重力、随机运动以及物质实体往往都有违常理。追踪者可以辨出滋味，却无从寻找。

然而它们并未放弃。因为这显然是漂流之城的手笔，如能找到这庞然大物，便也找到了猎物。

时间飞逝。

海洋中漂浮着一团团特殊的淡水和咸水，这缓缓上升的水泡源自远方同胞的吐纳。尽管周围充满同样的物质，水泡却不散开，而是沿着狭窄的魔法管道移动，穿越遥远的距离，持续上浮，最终在追踪者耳边破裂，带来家乡的消息。情报与传闻以水为载体，有的来自成戈利斯城中的水巫和法师，有的来自铁海湾的密探。

我们听说有情况，一个声音说道。

追踪者们利用本族死者的遗体施展法术，一边颤抖，一边耗费着巨大的精力。它们的首领轻声应答。追踪者再次将载声水泡千里迢迢传回家乡。

海洋中出现了新访客，它们说。

这群远离家乡三千英里的法师静静地深藏于惊涛洋底的黑暗中，对话完毕之后，它们眨眨眼，摇摇头，从世界另一端传来的声音随着水泡消散殆尽。

有一批舰船已经出发，水泡告诉追踪者。数量庞大，行动迅速。他们来自铁海湾，也在追捕猎物。如同我们一样跨越重洋，搜寻目标。我们的兄弟姐妹正追随其间，仿佛鲫鱼一般如影随形，并不断传出消息。要找到他们很容易。

舰船。这些舰船的目标与我们一致。他们知道该往何处去找。他们有定位装置。

只要跟着这些船，他们就会替我们追踪。

追踪者们咧开嘴，展露出长长的牙齿，发出犹如汩汩流水般的笑声，然后收拢四肢，摆动着流线型的身体，向北方游去，依照获得的提示，寻找新科罗布森舰队。它们将拦截舰队的航线，与另一群同伴汇合，最终寻获猎物。

[第六部]

晨行者

第三十三章

恐兽及其身后的舰队城维持着恒定的速度——不断往北前进。虽然比不上行驶的船只，但与从前相比，绝对快了许多倍。

舰队城每天都有船只返回。它们的秘密定位装置显示，母港正以前所未有的速度移动，于是它们载着缴获的珠宝、食物、书籍和泥土跨越重洋，赶回城中，或惊慌失措，或欢欣鼓舞。

返回的水手们见到这座城市，全都惊呆了。原先拖拽着舰队城前进的拖船与蒸汽船如今紧跟在其周围，杂乱纷呈，仿佛另一座正在解体的城市。这群追随者虽然忠诚却毫无用处，舰队城缓慢地在海洋中奋力前行，似乎有着自己的意愿。

多余的舰船中，有一部分并入了舰队城，挂靠固定在恰当的位置，然后经过拆卸与重修。其余的则被改造成海盗船，装上了护甲和五花八门的大炮。它们是拼凑杂合的产物，堆满从各处搜罗来的军械。

城市的前进方向为东北偏北，但有时会左右偏移，以避开风暴、礁岛，或者居民们无法看见的不规则海床。

"雄伟东风号"上的引航员备有一货架色彩各异的烟火弹。每当恐兽的路线需要校正，他们便按照预先约定的编码，发射不同颜色的烟火组合。于是其他区的工程师们启动巨大的绞盘，牵引相应的水下锁链。

恐兽遵从命令，毫无反抗，就像母牛一样驯服。锁链轻轻拖拽，它便依照指示摆动附肢，改换方向（天晓得那附肢该如何称谓，是鳍，是触须，还是爪子）。它不介意被人操纵。

在"雄伟东风号"船底，引擎室中的工作已成为日常惯例。每天，"高粱号"开采的岩乳如涓涓细流般持续地注入震颤的锅炉，引擎发出稳定的脉冲信号，经由锁链和刺针输入恐兽身上大约可称作是表皮的部位，起到驱使哄骗的作用。

巨大的怪物仿佛被注入了药剂，昏昏沉沉，心满意足，如同蝌蚪一般毫无头脑。

很明显，魔法捕猎已然得手，恐兽被召唤出来，传说中的怪物进入了巴斯－莱格，舰队城居民一时间兴奋异常。

当天晚上，人们自发地举行庆祝活动。季末的彩饰又张挂出来，全城的街道与广场上布满跳舞的人群，包括虫首族、仙人掌族、血痂族，等等。他们高举着恐兽的纸板模型，但其形状各不相同，与真实的恐兽也未必相像。

那天夜里，贝莉丝与凯瑞安妮一起在酒馆中度过，狂欢的气氛使她也不由自主地兴奋起来。第二天，她疲惫而阴郁。那是血肉季的第三印记日，她查了一下自制的新科罗布森日历，发现也是"恶灵结偶夜"过后的第十五天。这让她感到心情压抑。她倒是不担心那不祥的节日影响有多深远，但恐兽的出现恰巧与其如此接近，总是让人感觉不太踏实。

随着日子一天天过去，即使兴奋之情依然新鲜，即使她每天醒来仍会心怀惊叹地看着海浪拍击运动中的城市，贝莉丝仍发现舰队城里有一种逐渐增长的焦虑情绪。关键在于，人们意识到，嘉水区的疤脸情侣控制着恐兽往北行进，却不解释原因。

迄今为止，每当有人聊起恐兽将把城市带往何方，总是泛泛而谈，

地疤

含糊不清。嘉水区的代表强调说，那头巨兽具有速度与力量，可以避开风暴和险恶的海域，寻找和煦的气候，让作物苗壮生长。许多市民认为，舰队城将前往温暖地带，到达一个鲜有其他航海势力的地方，并能轻易地从海岸边劫掠货物、书籍和泥土，比如南库德里克，或者法典海之类的。

然而，时日渐逝，城市依然继续北进，毫无迟滞与偏移。舰队城正依照疤脸情侣的指示前往某个明确的目标，但他们一点儿解释也没给。

"很快就能知道了，"这是码头酒馆里忠诚派的说法，"他们没什么可隐瞒的。"

最后，报纸、杂志以及街头的演说家、辩论家终于冷静下来，提出了每个人脑子里的疑问，然而他们依旧得不到答案。一周之后，《旗报》的头版上仅有几个大字：**我们要去哪儿？**

还是没有答案。

有些人并不介意这种沉默。对他们而言，最重要的是舰队城威武强盛，甚至有能力控制令人惊异、超乎想象的东西。他们跟从前一样，并不关心旅程的细节。"我们把一切都交给那些拿主意的人。"有人说。

但以前从来没有真正重要的决定，只需含含糊糊达成一致，蒸汽船大约该往哪个方向拖拽，以期在一两年后到达适宜的水域——依赖于洋流、潮汐和矩能的影响。如今，恐兽带来了全新的动力，有一部分人意识到，一切都改变了——现在需要作出真正的决断，而疤脸情侣已经捷足先登。

信息的缺乏导致了流言盛行。舰队城要去吉罗内拉的死海，那里的海水固化成波纹状，一切生物都被禁锢其中。他们要去世界边缘的白垩断层。他们要去荒恶原。他们要去的地方有鬼魂，有会说话的狼。他们要去的地方，人们眼窝里长着珠宝，牙齿如同闪亮的黑炭。他们要去的地方生长着有感知的珊瑚。他们要去的地方是蘑菇真菌的帝国。

各种说法五花八门。

本季度的第三书本日，丁丁那布伦及其同伴离开了舰队城。

近十年来，"海狸号"始终镶嵌在嘉水区前部、与谢德勒区交界之处。它长年累月拴系在"立柱号"旁边，紧挨着一艘铁壳战舰，这艘战舰已经成为购物区，灰暗的色调中夹杂着五彩的商业广告，废弃的火炮之间布满了小巷和简陋的铁皮店屋。

人们已经忘了"海狸号"并非永久固定于此。船上不仅有桥梁与周围环境相连，还拴着许多锁链、绳索和缓冲垫。这些纽带被逐一斩断。

烈日之下，猎人们挥舞砍刀，将自己与舰队城的血肉分割开来，成为自由漂浮的异体组织。位于"海狸号"与外海之间的舰船向两侧分开，清出一条过道。人们卸除桥梁，解开绳索，首先从驳船"偏准心号"开始，然后是谢德勒区中布满廉价房屋与喧闹工坊的"达流契庇佑号"，接着轮到潜水艇"深挚号"。它早就不再下水，内部被改造成戏院，向右歪斜着，夹在一艘古老的平底商船和一艘大型海蛟船之间，缆绳环上安装了彩灯。再往前是一片空旷的水面，以及承载着谢德勒区雕塑花园的"塔拉丁号"，这里已是舰队城的外围边界。

由此以远，即是海洋。

通道两侧的舰船上挤满了人，他们探出身子，向"海狸号"高声道别。护卫团和谢德勒区的警卫管制着新辟出的水道，保持其畅通无阻。海面平和宁静，恐兽的步伐稳固沉着。

城里刚刚敲响正午的钟声，"海狸号"的马达便发动起来，人群中涌起一阵振奋的呼声。这艘船长达百尺挂零，过高的钟楼显得古怪荒诞，当它开始缓缓启动，人们发出刺耳的欢呼。

船行过后，桥梁、绳索、锁链和桁架又连接起来。"海狸号"就像一块掠过的碎片，城市的皮肉在其身后重新啮合。

有些地方，过道仅比船身略宽，"海狸号"蹭到相邻的船只，围系于四周的橡胶垫吸收了冲撞的力道。它徐徐前进，磕磕碰碰地驶向开阔海域。两侧的人群欢欣鼓舞，一边喊叫，一边挥手，仿佛猎人们经过多年的囚禁，终于获得了释放。

最后，"海狸号"经过"塔拉丁号"，驶入海洋，行进方向与恐兽相一致，但为了穿出城外，速度要更快一点儿。到了宽阔的水面上，它继续保持着航速，绕过舰队城前端，转向南方，让恐兽拉着漂浮的城市从一旁掠过。随着舰队城继续前进，"海狸号"先后越过钟屋岭区外侧，以及挤满自由舰船的贝西里奥港入口，然后是焦耳区，等到"海狸号"混入那些跟随在城市周边的船只，其引擎再次轰鸣起来，朝远处驶去。丁丁那布伦的船穿行于其他舰只之间，一路扔下充当缓冲垫的橡胶和油布，最后消失在南方地平线上。

许多人在雕塑花园里目送着"海狸号"消失于舰队城弯曲的轮廓之外，安捷文和谢克尔手拉手站在人群之中。

"他们已经完成任务，"安捷文说，失去工作仍使她深受冲击，但她语气中仅有一丝轻微的遗憾，"他们完成了这儿的工作，为什么还要留下呢？"

"你知道他怎么跟我讲的？"她继续急切地对谢克尔说，他能看出，她一直在琢磨这件事，"他们本来说不一定有兴趣留下，但他们不想去疤脸情侣要去的地方。"

坦纳从水下注视着"海狸号"的行进路线。

他对城市的北进并无担忧，也没有因为目的地不明确而烦恼。他欣喜地发现，召唤恐兽并非嘉水区计划的终点。他不理解，为何有人认为这是背信弃义，为何有人如此愤慨。由于无法获知真相，他们心存恐惧。

但这难道不是很奇妙吗？他想要对这些人说。事情还没结束！还有更多任务！疤脸情侣仍保留着秘而不宣的计划。我们仍有行动要参与，还有更重要的目标。我们可以再接再厉！

他在水下待的时间越来越长，浮出水面后则一人独处，偶尔也跟谢克尔做伴，然而随着日子一天天过去，谢克尔变得越来越缄默。

坦纳与海德里格的交情日益加深。出人意料的是，海德里格对城市的北行路线和疤脸情侣的沉默持反对态度。但坦纳知道，海德里格对嘉水区的忠诚跟自己不相上下，他的不满并非出自任何险恶用心。海德里格的批评理智而谨慎，也不会嘲笑坦纳盲目愚忠，他理解坦纳对疤脸情侣的信任与拥护，当坦纳为他们辩解，他也认真对待。

"你知道他们是我的雇主，坦纳，"他说，"你也知道我对所谓的故乡没啥感情。该死的底尔沙摩对我来说狗屁不是。但是……这太过分了，坦纳老兄——他们一声不吭。一切仍在正常运转，坦纳。这不是我们的义务。应该告诉我们怎么回事。不然的话，他们就会失去大家的信任，也会失去正当性。真要命，伙计，那可是他们的根基。他们只是两个人而已，而我们有成千上万。这对嘉水区没好处。"

这种情绪让坦纳很不安。

只有在水下，他才是最快乐的。城市水底的生命活动依然一如既往：云团似的鱼群，杂种约翰，螯虾人，套着皮革与金属的潜水员吊在绳梯末端，日泽区的人鱼灵活地摆动着身体，黑糊糊的潜水艇游离于城外，仿佛粗壮的鲸鱼。"高粱号"的浮筒沉在水底，承载着上方的支柱。坦纳·赛克来回穿梭，参与各项工作，给予同僚们指点与建议，时而遵从命令，时而指示他人。

然而一切都已彻底改变，跟以前完全不可同日而语。因为在所有日常活动的边缘，在无数的龙骨与船底周围，五条巨硕的锁链构成五边形的顶点，陡峭地斜插入前方海水中，牵系着数英里深处的恐兽。

坦纳的活动比以前要困难。仅仅为了赶上舰队城的步伐，他就得不停地游动。他发现有时得抓住突出的柱条，或者覆满藤壶的船骨，让自己被拖着走。每当一日将尽，他费力地爬出水面，回到家中时，已经精疲力竭。

有关新科罗布森的念头越来越多地出现在他脑中。他寻思着，不知消息是否送到。他无法想象昔日的家乡毁于战争，因此强烈希望情报能顺利抵达。

气温依然没有缓解。每天都充斥着热光，让人不停地冒汗。每当有云出现，总是伴随着致密的风暴和闪电。

疤脸情侣、蚊族人奥姆、乌瑟·铎尔以及一小群骨干躲在"雄伟东风号"里，继续研究新的秘密计划。大部分科学家都被排除在外，闷闷不乐地到处游荡。

贝莉丝的任务已然告终。工作时段内，由于缺少其他友人，她又开始试探性地找约翰尼斯搭话。他跟她一样，也遭到了摒弃。恐兽已经逮到——他的作用到此为止。

约翰尼斯依然小心提防着她。他们在舰队城摇曳的街道中闲逛，时而也到露天咖啡座或小花园里歇息，周围尽是嬉戏的海盗幼童。他们依然会收到薪金，可以轻松度日，但如今他们的时间没处可花，显得无比漫长。他们整天面对着空闲的时日，无所事事。约翰尼斯很恼火，他有一种被遗弃的感觉。

他开始时常提起新科罗布森，这在贝莉丝记忆中还未曾有过。

"家乡现在是哪个月份了？"他问道。

"结偶月。"贝莉丝答道，话一出口，她便暗自自责没有装模作样地计算一番。

"要在新科罗布森的话，"他说，"冬天该结束了。"他朝西方点了点头。"现在是春天了。"他平静地说。

春天。然而我却身处此地，贝莉丝心想，我的冬天被偷走了。她又想起沿着河流到达铁海湾的旅程。

"我们一直没有到达，你认为他们知道吗？"他平静地说。

"新艾斯培林肯定知道，"贝莉丝说，"至少会认为我们已经严重滞后。然后再过大概六个月吧，等到下一艘新科罗布森船抵达，他们就会传话回去。因此，很长时间内，家乡的人都没法获得准信。"

他们坐饮着城中出产的淡而无味的咖啡。

"不知道那边怎么样了。"约翰尼斯最后说道。

他们对话并不多，但沉默的空气中气氛凝重。

事态发展越来越快，贝莉丝暗自寻思，但自己也不太明白这是什么意思。她脑中的新科罗布森跟约翰尼斯所想的似乎有所不同：在她想象中，它是静止的，就像在玻璃罩里一样。但她此刻没有去想，也许是因为害怕。

这里几乎只有她清楚，焦油河和溃疡河两岸将展开怎样的战斗。那座城市若能留存，归根结底是因为她，然而新科罗布森也可能终究难逃劫难。这些想法令她不知所措。

一切都杳无音讯，难以确定，她心想，势态的演变存在着各种可能性……如此压力之下，我早就该崩溃了。但事实并非如此。贝莉丝感觉仿佛在等待。

那天晚上，她跟乌瑟·铎尔一起度过。

每三天中便有一晚，他们会一起饮酒，或者在城中漫无目的地穿行，或者回到他的居所，或者去贝莉丝的住处。

他从来不碰她。贝莉丝对他的言不尽意厌烦透了。他往往先是一言不发，然后开始讲述稀奇古怪的故事，以回应某些隐约相关的提问或陈述。他那美妙的嗓音令她着迷，故事讲完之前，她可以暂时忘记困扰。

乌瑟·铎尔在与她相处的过程中一定有所收获，但她仍然不太确定是什么。她已经不再怕他，即使是藏着秘密。尽管他拥有致命的技艺，又精通某些隐晦的神学与科学分支，在她看来，他跟她一样迷失而困惑，完全游离于社会之外，缩在冷漠节制的面具背后，对社交准则和人际交流不甚了了。因此，与他相处，她有一种安全感。

他强烈地吸引着她。她想要他。他拥有超强的能力，坚忍的自制，美丽的嗓音，冷静的智慧。很明显，他对她有好感。倘若他俩之间有事发生，她觉得自己应该可以掌握主导权，而且并非仅仅因为年纪较长。她不愿卖弄风情，但也营造出足够的气氛，他一定能觉察到。

但他从不碰她。贝莉丝很困惑。

这说不通。从他的表现来看，显然是缺乏自信，力不从心，但似乎还有其他因素。他的举止就像是复杂的化学混合物，大多数成分她立即就能鉴别出来，然而也含有难以分辨的神秘配料，完全改变了其本质。若不是因为这一层，当贝莉丝情欲高涨、孤独难耐时，也许会主动推进两人的关系，但铎尔的秘密令她局促不安，止步不前。她不敢肯定自己的出击是否能得到回应，她不愿冒被拒绝的风险。

想要与他上床的欲望简直令贝莉丝焦躁不安——再加上他外在的吸引力，她感觉需要澄清一些问题。他要干什么？她反复地寻思。

赛拉斯·费内克已经许多天不曾与她联系。

古老的炮舰上伸出一根炮管，仅有一脚掌宽。他的脚趾踩着那冰冷的炮膛，脑袋却比"雄伟东风号"主桅还要高。他俯瞰下方，一动不动地凝神注视着，舰船周围奔腾的海浪让他感觉仿佛处于下坠之中。

他的本领日益增长，魔法力量越来越强，控制更加自如，实施计划时也更为精准。

他的亲吻动作变得放松而慵懒。

他手握雕像，指尖摩挲着那片鳍状物。他的嘴里依然带着上次舌吻留下的血腥与咸味。

雕像赋予的能力使他能在城中以不可思议的方式移动。他的口舌与冰冷咸涩的石头紧密接触过之后，感觉隐隐刺痛。此时，物理空间与作用力在他身上不再遵循常规。他隐秘地跨过舰船之间的水面，然后继续向前，躲入一名警卫的鞋子所投下的阴影里。

他在城里来来回回到处巡游，追踪着自己所释放的流言与情报。他眼看着自身的影响力逐渐扩散，好比抗生素在病体中散播。

一切都是事实。他说的所有话都是真的。通过流言、宣传册和报纸播下的分歧完全符合他的意图。

他潜入水下，海洋向他敞开怀抱。他沿着巨型锁链下沉，在最深的海底，那头匪夷所思的恐兽正伸展肢体向前迈进。当他需要呼吸时，便捧起那尊曲背弓腰的古怪雕像，它在夜晚的海水里发出淡淡的生物荧光，布满牙齿的嘴仿佛幽暗的洞孔，黑漆漆的独眼瞪得又大又圆，带着嘲弄的神情。他与之深切地接吻，每当舔到那舌头般扭动的物体，随之而来的厌恶感他从来都难以消除。

雕像把空气呼入他口中。

或者让空间再次扭曲，他只需抬起下颚——尽管身体仍在深水中——脸就能露出水面，吸上一大口气。

他无需划动四肢亦可在水中穿梭，只有雕像上曾经拥有生命的鳍状饰物在摇摆着，仿佛这就是推动他前进的力量。他在五条巨链之间徘徊，不断下潜，直到黑暗、阴冷与沉寂令他心生惧意（尽管他本领高强），才再次上浮，行走于城市的隐秘空间里。

任何城区他都畅行无阻。他能轻而易举、毫不犹豫地进入所有旗舰，只有一处例外。他造访过"雄伟东风号"、谢德勒区的"兽人号"、底安信区的"盐神号"等——唯独没去过"尤洛克号"。

他害怕布鲁寇勒。即使雕像的亲吻令他浑身充满能量，他也不愿冒险面对这名血族。月船是他的禁区——他对自己立下誓言，并严格遵从。

亲吻过雕像之后，他还会练习别的技巧。雕像不仅仅可以用来穿行与渗透。

关于鬼影区，人们说得没错：其中的确有居住者。旧船中的神秘居民虽然能看见他的所作所为，却没有招惹他。

雕像保护着他，感觉就像是他的情人。它能保障他的安全。

第三十四章

"高粱号"自从被劫来之后，已经连续开采了好几个星期。嘉水区如今储有大量石油和岩乳，然而舰队城对油料的需求几乎跟新科罗布森一样如饥似渴。

嘉水区获得"高粱号"之前，舰队城的船只满足于抢夺来的那一点点资源，使用时谨慎而节俭。如今，随着供给的增加，需求也越来越大。就连与枯瀑区和日泽区同盟的舰船，也从嘉水区索取燃油。

岩乳则要珍贵得多，也更加稀少。它们储藏在"雄伟东风号"的库房里，且有警卫看守，沉重的液体在一排排的罐子里晃动。这些房间被小心翼翼地保护起来，依靠地质系魔法的封缄，阻止危险的蒸汽挥发逃逸。向恐兽大脑中发送安抚信号的引擎，便是以此种物质为能源。操作引擎的魔学家和技师时刻留意着燃料的储备，他们非常清楚所需的用量。

坦纳、谢克尔和安捷文仔细观察着停转的"高粱号"，井架上没有排放出烟雾。

他们坐在"半醉号"的酒棚中，头顶的油布和撑杆向四面八方延展。"半醉号"无法承载实体建筑，它是由蓝鲸的躯体挖空内脏制成的，上半部分被移除，而其所用的防腐手段早已为人遗忘。它相当坚硬牢固，但脚下的地板布满器官组织，令人不安：残存的血管与内脏如玻璃一般坚实光亮。

坦纳和谢克尔是此地的常客。这家酒棚很不错。他们的座席面对着鲸鱼僵直的尾巴，它从水里突兀地冒出来，仿佛正要拍打水面，自在遨游。他们能毫无阻碍地看到"高粱号"，它正好夹在鲸尾的两个尖角之间，硕大而丑陋，无精打采地晃荡着，毫无声息。

安捷文沉默不语。谢克尔非常体贴，总是替她把杯子斟得满满的，并不时对她喃喃低语。她仍处在一定程度的震惊之中。丁丁那布伦离开之后，她的世界完全改变了，但她还没来得及适应。

（坦纳毫不怀疑，她会好起来的。她也许要迷惘一阵子，但上天为证，他没什么可埋怨的。坦纳只是希望谢克尔也没事。那小伙如今偶尔也会与他做伴，这让坦纳颇感欣慰。）

我要怎么办？ 安捷文寻思。她总想着丁那布会给她安排好一切工作……当然，接着她便会记起，他已经走了。对他本人，她倒不是很挂念。他彬彬有礼，举止友善，但并无亲近感。他是雇主，她要遵从他的命令。

然而即使这么说也有些牵强。他并非真正的雇主，她的雇主是嘉水区——是疤脸情侣，她的薪水由嘉水区支付。在她最初到达时，也是嘉水区安排她侍奉这个古怪而健壮的白发猎人。她原本要成为一名奴隶，经过人体改形之后，她被剥夺了一切权利，干活是她的义务。当她走下奴隶船，脱离那座城市的控制，有人告诉她说，她跟其他居民一样，可以拿到薪酬，她惊喜异常。正是这一点赢得了她的忠心。

如今丁丁那布伦离开了，她不知如何是好。

她以自己的工作为荣，然而事实上，无论她做什么都无所谓，干活只是为了挣钱而已，再次看清这一点，让她很难受。八年的岁月，就这样随着丁丁那布伦及其手下的猎人们消失了。

*只是一份工作而已，*她告诉自己。*工作总是常换常新，应该往前看。*

"我们要去哪里？"贝莉丝问乌瑟·铎尔。

她终于忍不住向他提出这一问题。

不出所料，他没有回答，只是抬头看了看她，然后又一言不发地低下头去。

他们在克罗姆公园。夜晚的黑暗中点缀着花朵的色彩与浓香，附近传来一只土生夜莺纤弱无力的歌声。

*我想知道，铎尔，*贝莉丝忍不住想说。*我的身上附有幽灵，我想知道，在我们的目的地，是否有风能将它们吹走。我想知道，我的生命将发生怎样的转折。我们要去哪里？*

然而她一个字也没说出来，他们只是继续漫步。

月光下可以看见一条粗陋的小径，并非出自最初的设计，而是众人踩踏的结果。它沿着覆有灌木与树丛的陡坡蜿蜒而上，不时有建筑残骸——扶手和楼梯——点缀其间，形态各异，仿佛花园里的光学错觉。

他们登上斜坡，来到树影幢幢的高台上。此处原本是尾楼甲板，俯瞰着圆屋区的舰船，圆屋区里到处挂着绿白相间的灯笼，这是他们的传统。贝莉丝和乌瑟·铎尔站在树木的黑影里，公园在他们脚下沉静地摇晃着。

"我们要去哪里？"贝莉丝重复道。又是一阵长久的沉默，耳边只有城中舰船的声响。

"你跟我讲过在拱石城的生活，"她犹豫不决地继续道，"你说你离开了。后来怎么样？你去了哪里？干了些什么？"

铎尔摇摇头，似乎很无助的样子。稍后，贝莉丝指了指他的剑鞘。

"你从哪儿搞到这把剑的？它的名字是什么意思？"她说。

他抽出那柄苍白如骨的兵器，平端在手中，凝视着它。然后，他抬头望向贝莉丝，再次点了点头，似乎相当满意。

"他们对我既信任，又害怕，多半就是因为它——'或然之剑'。"他缓慢而精准地划了一道弧线，"我怎么搞到这把剑的？经过漫长的搜寻……还有无穷无尽的研究。其实一切都在《帝国文典》中，只要你懂得如何解读，就能获得所有需要的信息。"他平静地注视着贝莉丝。"包括我的研究工作，包括我学到的技艺。

"鬼首族到达时，将世界撞开一个豁口。他们的着陆，造就了裂隙大陆，而被破坏的不仅仅是地形。

"他们对豁口加以利用。你听说过鬼首族总是'深挖机会'的说法吧？通常，这是指他们的运气好得出奇，无论多么细微的机会都能抓住。"他缓缓地露出微笑。

"你真以为这就足以控制一片大陆吗？"他说，"甚至控制整个世界？在五百年的时间里掌握绝对的权力？你以为光靠捕捉机会就行了吗？远远不止如此。'深挖机会'只是一个粗糙的提法。鬼首族真正所做的，根本就是一门严谨的科学。

"概率开采。"

乌瑟歌咏似的引用道，"'我们扰乱了几率，给这个滞惰的世界带来疤痕，造成严重的创伤与裂隙，最偏远的大陆上留下了一道缺口，向海洋中绵延长达千万里之遥。然而先破后立，失败仍可化为成功。我们发现了丰富的概率资源，并计划予以开采。'

"他们所说的，句句都是确切的实情，"他说，"并非自鸣得意的抽象比喻。他们留下疤痕，造成了世界的裂隙。在此过程中，释放出可供开采的自由能量。这种能量使得他们能重塑事物，在失败的同时获取成功——因为他们开采的是概率。像这样对世界造成严重破坏的灾难，会留下裂痕：新出现的缝隙中，蕴藏着丰富的潜能。

"他们懂得如何在各种可能性中提炼出最佳效果，并以此来塑造世界。每一个行为，都会导致无数种后果。在数万亿种可能性里，有数十亿种或许较为容易发生，数百万种更接近事实，而对我们观察者来说，能估测到的仅有几种——其中之一最后成为现实。

"但鬼首族知道如何提取这些可能的结果，给予它们某种生命，将它们推入现实，加以利用。现实的达成排除了其他可能的存在，而现实的定义同时取决于真实的状况和未曾发生的事件。依靠概率机器的提炼，原本不太可能成真的部分将得到强化，最终成为现实。

"就好像抛硬币，基本上不是正面，就是反面；竖立的结果只是理论上存在而已。但要是将它链接进概率回路，鬼首族便会称其为一枚'或然率可控的硬币'——即'或然硬币'。假如我抛出这样一枚硬币，情况就完全不同了。

"不管是正面、反面，甚至直立，硬币一旦落地，便再也不可能改变，这叫作'事实硬币'。在其周围，根据确凿程度不同，根据可能性不同，分布着各种邻接几率——接近真实的机会。它们就像是幽灵，从与现实仅有细微的差别，逐渐过渡到微弱得近乎虚无。正面、反面以及罕见的直立，都有一定的几率，可以通过概率开采转化为事实，也会随着概率域的变迁而减弱。

"这——"铎尔又指了指自己的剑，他知道贝莉丝开始有点儿理解了，"——是一把可以发起或然攻击的剑，即'或然之剑'。它能传导一种极其罕见的能量，也是概率机器里的一个结点，连接着整个链路。这——"他拍了拍绑在腰间的小袋子。"——就是能量的来源：一部发条引擎。这些，"他又指向镶嵌在自身护甲上的细丝，"用来输送能量。加上这把剑，回路就形成了。当我握住剑柄，即是一副完整的机器。

"一旦发条装置运转起来，我的胳膊和剑就开始开采概率。每次攻击都伴随着上千种不同概率的幽灵之剑，与实体剑同时劈砍下去。"

铎尔归剑入鞘，抬头凝视着漆黑的树冠。

"在幽灵剑当中，有些非常接近实体，有些则如同海市蜃楼一般虚幻，而其威力……也很弱。无数幽灵剑一齐攻击，概率各不相同。

"我研究过所有的格斗术，只要是见过的武器，大多我都能熟练使用，而且就算赤手空拳，我也可以战斗。然而鲜少有人知道，为了使用这把剑，我练就了两种不同的格斗技巧。

"这架引擎……里面的发条装置并没有上紧，也不能随便重新卷绕——其原理没那么简单。

"所以我得节约使用。战斗时，我很少启动'或然之剑'。多数情况下，只是将它当作一件普通的实体武器：如钻石般坚硬，刃口比打磨的金属更锋利。我的挥击精准无误，每一次进攻都准确地击向目标。这是长年累月练习的结果。"

贝莉丝发现，他的语气中没有自豪。

"但如果形势严峻危急，或者需要展示威慑，或者身处险境……我就会短暂地打开机器。在此情况下，精准是我必须极力避免的。"

他沉默了片刻，一阵暖风吹得树丛沙沙作响，仿佛他的话令它们战栗。

"刽子手知道刀刃该落在何处，因此尽其所能对准脖子下手，他缩小了概率范围。他要是使用'或然之剑'，无数的概率幽灵都只存在于真实落点附近的狭窄区间内。问题在于：刽子手的技术越高，砍得越准，概率限制就越强，'或然之剑'的威力也就浪费得越多。但是很明显，这样的武器握在外行手里，对他自己和敌人来说都同样致命——可能出现的结果也包括伤害自身，失去平衡，掉落武器，等等。得找到一个折中点。

"当我用普通武器攻击时，就像一名刽子手。我的剑不偏不倚，恰好落在目标上。我所学的格斗术正是如此要求的。但这样使用'或然之剑'很愚蠢，浪费了它的威力。因此，在经过漫长的搜寻，终于找到这把剑之后，我不得不从头学习剑术，学习一种完全不同的技巧：避免精准。

"使用'或然之剑'，绝不能限制概率。我必须成为投机者，而不是规划者——剑随心走，但不经头脑分析。动作要突然，飘忽多变，无影无形，令对手猝不及防之余，自己也往往大吃一惊。如此一来，每一击都能变化出上千把幽灵剑，而每一把都有很高的命中率。这才是利用'或然之剑'战斗的方法。

"因此，我身上集成了两种剑术。"

他那迷人的嗓音逐渐消散，贝莉丝再次感受到公园里的环境，四周温热黑暗，充满嘈杂的鸟鸣声。

"有关概率开采的知识，"他说，"只要仍存于世间，我都已经掌握。所以我知道这把剑。"

乌瑟·铎尔唤起了贝莉丝的记忆。在新科罗布森，她曾有个科学家情人叫艾萨克。贝莉丝发现他沉迷于学术，但也从他那里学到一点儿知识。

他趋向于离经叛道，而不是循规蹈矩。他的许多项目都毫无建树。她曾看着他追逐各种点子。在他们相处的日子里，他顽固执著地纠结于一项研究，他称之为危机能量。那是理论物理与魔学的结合，复杂得令人咋舌。她从艾萨克错乱激昂的解释中了解到，他坚信世上一切事物中，都存在不稳定性，即使外表坚固牢靠，其内部总有一股危机力量，企图颠覆张力下的平衡。

她之前一直认为，这一想法很符合自己的直觉。她觉得，无论何种事物，总是处于危机之中，总是被推向其对立面，哪怕表面并无变化。这给予她一种莫名的慰藉。

从乌瑟·铎尔对概率开采的描述中，贝莉丝意识到，危机理论的根基站不住脚。艾萨克曾经告诉她，从现实向非现实转化的趋势，是危机产生的源头。若是要让现实与非现实得以并存，维持平衡的张力——事物内部的危机能量——必须消失。假如现实与非现实本来就同时存在，催动现实向非现实转化的危机能量又在哪里呢？

这只不过是个含含糊糊、似是而非的念头，贝莉丝对它充满厌恶。

说来奇怪，她甚至感觉，对艾萨克残存的忠诚仿佛要迫使她摒弃这一想法。

"我初来此地时，"铎尔继续说，"疲惫之极，厌倦了各种决断，只想做个忠诚的下属，领取薪水。我已经通过研究探索，找到了想要的东西。我已经有了这把剑，也掌握了必要的知识，见识过许多地方……我需要休息，做个追随者，做个佣兵。

"但当疤脸情侣看到我的剑和随身携带的书籍，他们……产生了强烈的兴趣。"

"尤其是女首领。

"对于我的研究成果，对于我所说的一切，他们非常感兴趣。

"在巴斯–莱格，"他说，"有些地方仍留存着概率机器，分属不同种类，功能各异。这些我全都研究过。

"你见过其中之一——未必琴，就是我屋里的那件乐器，它需要依靠概率来弹奏。在富含概率能量的环境中，娴熟的乐师能够交织现实与虚幻，选取特定的结果，从而弹奏出乐曲。当然，如今它已年久失修，失去效用——况且我们也不在概率矿区内。

"这把剑……你所看到的，只是它的形态之一。千万年前使用这把剑的战士，以及被它杀死的人，见到我的武器，都不会认得出来。鬼首族统治期间，概率的应用遍及建筑、医药、政治、表演等各方面。比如概率奏鸣曲，幽灵音符在真实的曲谱间时隐时现，每次表演都不一样。我曾经进过一座'或然塔'……"他缓缓摇头，"那景象你永生难忘。"

"他们在格斗、竞技和战争中使用这项科技。《隐秘编》里有一段描述'或然摔跤手'的文字，他们的四肢忽隐忽现，假的扳住假的，假的扳住真的，真的又扳住假的，每时每刻都在变换之中。

"但这一切，这种开采技术，都是鬼首族到达后的产物——源于他们着陆时的爆炸。正是从他们留下的裂隙中，概率矿层才能得以开采。

这道伤口，"说着，他迅速瞥了一眼贝莉丝，他的视线略微一晃，再次转回到她身上，"鬼首族留下的疤痕……就是矿层所在之处。倘若传说属实，它位于世界的另一端，在虚空洋的尽头。

"没有一艘船曾经穿越那片海域。那儿的水……会对舰船造成影响。再说，有谁想要去呢？如果它真的存在，也是在数千英里之外。关于裂隙大陆上的生物，有许多传说：吓人的怪物，恐怖的生态环境，嗜光真菌，恐惧犬，摄人魂魄的蝴蝶。就算有可能，"他语气恳切，"我也不愿接近裂隙大陆。"

他凝视着贝莉丝，在他完美的声线下，贝莉丝感觉一阵战栗。她咽下一口唾沫，尽力集中精神。这很重要，她告诉自己。仔细听，理解其中的含义。我不知道为什么，但他正要向我透露一些信息，让我知道——

接着——

哦，诸神在上，难道他，我不知道，真有可能吗，他显然，我，我有误解吗？

他真是这个意思？

贝莉丝绷紧了脸，黑暗中，她发现自己正与他对视着，双方都一言不发。

当然了，她晕晕乎乎地想，什么样的船能够穿越那片海洋，到达裂隙大陆？谁会想去裂隙大陆？这不值得冒险。路途太远，也太危险，即使是为了，即使是为了……但他告诉我的是什么意思，他说什么了，原话怎么讲的来着……？

"我们给这个世界带来疤痕与伤害，最偏远的大陆上留下了一道缺口……向海洋中绵延长达千万里之遥。"

海洋里有玄机。但那不同于裂隙大陆，没什么会对我们造成危害。没有怪兽，没有嗜光真菌，没有摄魂蝶，开采者——概率的开采者——不会遭遇危险。而且海洋也近得多——裂隙大陆位于世界的尽头，但鬼首族说海里的疤痕延伸至极远处，直指向世界的中心，也就是指向我们，因此距离比较近。

没有一艘船曾经成功穿越虚空洋……这我相信。我听说过，水流和海风会将进入的船只推回去。没有一艘船能够穿过那片海洋。

但有什么可以阻挡恐兽？

他为什么要告诉我？

那就是我们的目的地吗，乌瑟？穿过那片海域？跨越虚空洋，到达伤痕的遗迹，到达那条裂隙？崩裂的不仅仅是陆地——还有海洋。所以那就是我们的目的地？我们要去开采概率，去那道残存的……巨缝，是不是，乌瑟？

这就是布鲁寇勒话中所指，对吗，乌瑟？他说的就是这个。

你为何要告诉我？是因为我做了什么事？你想要干吗？为什么让我知道？

恐兽能带我们前去勘察海洋中的伤痕。所以才要把它召唤出来。所以才要雇用丁丁那布伦，所以才要偷取'高梁号'开采能源，所以才要去蚊族岛屿带回奥姆。你，铎尔，参与了秘密计划，是因为你的剑，也因为你精通这门学科。一切都只为了一个目的。这就是召唤恐兽的原因，它可以带着舰队城穿越原本绝不可能进入的水域。

它能穿越那片海洋。

它能带我们去"地疤"。

第三十五章

　　"真见鬼，你怎么找到我的？"赛拉斯·费内克显然很不自在。

　　"你说得就好像我是个无知的少女，"贝莉丝低语道，"怎么，你以为自己是隐身人？你以为我那么无能？"

　　她是虚张声势。其实，追踪到费内克多半靠运气。许多天来，她一直留意着西蒙·费内克的消息。与铎尔谈话之后，她更是加倍努力。

　　最后找到赛拉斯的根本不是她，而是凯瑞安妮。在贝莉丝不断地求助下，她的朋友如往常一样，以愉快的语气悄悄告诉她，神秘的芬奇先生据说曾出现在帕沙坎酒吧。这家酒吧位于底安信区的"叶夫根尼号"甲板下面，那是一艘长达百尺的单桅纵帆船。

　　自从上次的格斗比赛之后，贝莉丝还没怎么进入过"商贾之王"弗列德里希的辖区。她掩饰着惶恐，走进喧闹无序的小巷间。

　　她沿着"惊悟号"上长长的街道前进，这艘多桅快船位于海胆刺码头前端，连接着枯瀑区与底安信区。舰队城中仅有少数船只无法清晰划分归属哪一区管辖，而这条巨船就是其中之一。它的船身大部分属于枯瀑区，但靠近前楼处，责任与控制权逐渐与底安信区相交错，街道变得较为喧闹凌乱。

　　混乱的街道中，野生的猴子与猫狗围着垃圾堆争斗不休，贝莉丝从它们身边绕过，进入无可争议的底安信区地盘。

这是舰队城中最邋遢的一个区。建筑大多是木头的，腐朽不堪，沾染着盐渍和水渍。这地方其实并不穷——甚至相当富裕，透过房屋的窗户，可以看到金银玉器，居民们身着鲜艳的绫罗绸缎，待售的货物质量上乘。然而在一个一切都可供买卖的地方，某些商品——比如维护建筑与街道的职责——并不太吸引人。

工厂与贫民窟相互毗邻，平静地起伏着，到处是破烂纷杂的景象。最后，贝莉丝穿过弗列德里希的旗舰"盐神号"，来到"叶夫根尼号"吱嘎作响的船体内部。她在臭烘烘的气味和昏暗的火炬光中，步入帕沙坎酒吧。

她第三次造访时，赛拉斯在酒馆里。见到贝莉丝，他态度惊讶而粗暴，贝莉丝很恼火。

"你想不想听我说？"她的话音嘶嘶作响，"我知道我们要去哪里。"

他敏锐地抬头瞪视她的眼睛。

她突然发出不悦的笑声。"你有没有似曾相识的感觉，赛拉斯？"她说，"嘉罢为证，我有。要知道，在这样的交往中，我毫无乐趣可言。麻烦在于，我发现自己好像总重复着同样的经历：告诉你说，我知道一个秘密，让你把消息传出去，让你制订计划，加以利用。我不喜欢这种方式。你给我听好了，这绝对是最后一次，明白吗？"她是认真的，毫不含糊。无论事态如何发展，她绝不会再以同样的方式跟费内克打交道。他们之间已经毫无感情，甚至比毫无感情还不如。

"但不管我是否乐意，"她继续说，"都没什么选择，我需要你帮忙。唯一的办法只有……把消息传开，让更多人知道。虽然没人相信贝莉丝·科德万，但似乎有一小批人愿意相信那位喜爱惹是生非的西蒙·芬奇，而且人数还在逐渐增多。"

"我们要去哪儿，贝莉丝？"费内克问道。

她以实相告。

"我不懂你为什么要跟那该死的疯子铎尔结交。他意识到你已经知道了吗？"费内克似乎很诧异。

"我想是的，"她说，"这很难解释。就好像……他显然不该告诉我，但他可能……太过投入，难以自制。他不能直说，因为那属于背叛，但他仍透露出一点儿信息，刚好让我能琢磨出来。

"我一直以为，他参加疤脸情侣、奥姆和科学家们的秘密会议，是以保镖的身份。但其实并非如此——他对概率开采非常精通。有关这门学科的一切，他了如指掌，因为他曾研究过自己那把剑。

"这就是他们的目标。疤脸情侣要去地疤，去采集概率，赛拉斯。"尽管她的语气依然很镇静，心中却是另一番感受，"就跟鬼首帝国一样，你明白吗？"

"所以要召唤恐兽。"他吸了口气，贝莉丝点点头。

"对，那只是个手段。他刚来到城中时，疤脸情侣瞧见他的剑，一定……很着迷。他向他们讲述有关裂隙大陆和地疤的事——包括他知道的所有秘密——那时候，一切还只是梦想。但后来他们想到了丁丁那布伦及其团队，并以优厚的条件吸引他们。毕竟这是一项空前绝后的计划。"她从狭小的窗户中望出去，随着恐兽的前进，海水缓缓地摇晃着。

"疤脸情侣早就知道那些锁链，舰队城曾经尝试过捕捉恐兽。那是很久以前的事，他们对传统并不在乎。但铎尔到来之后，情况有所改变。在他之前，召唤恐兽是一件……愚蠢、浮夸、毫无意义的事。但现在呢？大家都知道，船只无法穿越虚空洋。但在巴斯－莱格，有什么力量能阻挡那该死的恐兽呢？突然间，有一种方法可以让他们到达铎尔所说的地疤，到达鬼首族留下的遗迹。"

项目的规模令人错愕。为了捕获恐兽，疤脸情侣投入大量金钱，人们含辛茹苦地劳作，然而让人难以置信的是，这仅仅是计划的第一步。

"所有这一切。"赛拉斯吸了口气，贝莉丝点点头。

"所有的一切，"她说，"钻井台，'女舞神号'，约翰尼斯，蚊族岛屿，锁链，俘明，还有该死的恐兽……所有这一切，都是为了同一个目的。"

"原始的能量。"听赛拉斯的语气，仿佛这几个是脏字，"我本以为恐兽跟劫掠活动有关。这是他们的暗示：要成为更厉害的海盗，嘉罢在上！这至少还比较说得通。然而……"他似乎难以置信。"由此可见，疤脸情侣是被劫持入伙的，没有哪个真正的海盗会蠢到去干这种事。"

"他们是危险人物，"贝莉丝直白地说，"他们是疯子。我说不准他们是否真能穿越虚空洋，但是，真该死！我可不想等着看结果。我……我听到过他们单独相处时的声音，赛拉斯。"他敏锐地望向她，但没有问是如何听到的。"我了解他们的本质。哦，诸神保佑，他们满脑子幻想，我绝不能让这种人牵着鼻子去世界的尽头，去一个甚至不一定存在的地方。即使它真的存在，也是全巴斯－莱格最致命的地方。我们离新科罗布森越来越远，我还没打算放弃回那儿去呢。"

一想到家乡即将被远远地抛在身后，贝莉丝不由得打了个激灵。假如乌瑟是对的呢？假如他们成功穿越了虚空洋呢？

有多种可能性。她心中一阵惊悚，害怕与无助的感觉高涨至极点。她似乎完全无从预测事态的发展，这让她既恼火，又恐惧。

大草原上的水眼附近，她含含糊糊地思索着，无论是弱者，还是强壮的掠食者，暂时都能和平相处：瞪羚，角马，猫蜥，狮子。一切显得如此和谐，最强的王者网开一面，允许其他弱小的生命继续生存，充满平和与怜悯。而当所有概率排列在一起，真正的现实也能与其他较弱的可能性同时存在。

"所以他们不愿透露，"她说，"他们知道大家不会同意。"

"他们也害怕。"赛拉斯喃喃道。

"疤脸情侣的确很强势，"贝莉丝说，"但他们也无法同时面对其他各区。更重要的是，他们无法面对自己的臣民。"

"反叛。"赛拉斯吸了口气，贝莉丝露出苦涩的笑容。

"**暴动**，"她说，"他们害怕暴动。因此我们需要西蒙·芬奇。"

赛拉斯缓缓点头。接着是一阵冗长的沉默。

"他得把消息传出去，"他最后说道，"依靠宣传手册和流言之类的手段。这些他最拿手了，我保证要让他行动起来。"

"抱歉，贝莉丝，"当她起身离开时，赛拉斯说道，"我不算是特别出色的朋友。我最近一直……很忙，麻烦很多。刚才见到你时，我态度太粗暴，对不起。"

贝莉丝打量着他，心中感到很厌恶——但也隐约记起曾经有过的好感。只是如今，那好感几乎已消散殆尽，仿佛残存的记忆碎片。

"赛拉斯，"她带着冷冷的微笑说，"我们不是朋友，谁也不欠谁的。但我们都乐于看到疤脸情侣失败。我无法阻止事态的发展，而你却有可能办到。我希望你去尝试一下，并告知我形势状况，仅此而已。我并不想你以朋友的身份与我联络。"

贝莉丝离开后，赛拉斯·费内克在帕沙坎酒吧又待了很久。他读了几份沾染着墨渍的宣传册和报纸，看着天空渐渐变暗。白昼已经明显变长，他想起新科罗布森的夏季。

他等了很久，那些执意寻找他的人，定然能打听到此处。但他独自饮酒，独自阅读。当他离开时，一名衣衫褴褛的妇人好奇地抬头看了一眼他的背影——除此之外没人注意他。

费内克沿着底安信区迂回曲折的小巷返回家中，"艰辛号"是一艘油腻腻的铁壳船，位于城中偏僻的角落。它的边上矗立着一艘高大的旧工厂船——舰队城的疯人院。

"艰辛号"的烟囱旁边，有几栋不起眼的混凝土建筑，恰好位于疯人院的阴影笼罩之下，他的家就在其中一栋里。十一点，他等来了一声敲门声：他的访客到了。许多日子以来，这还是头一回有需要认真商讨的重大事务。费内克缓缓走去应门，他的步调、表情和姿态稍有调整变化。

等到打开门，他已经变成了西蒙·芬奇。

等在门口的是一名高大苍老的仙人掌族，正不安地打量着四周。

"海德里格，"费内克用乔装的嗓音平静地说道，"我正等你呢。我们得聊一聊。"

"尤洛克号"的轮廓参差而朦胧，血族正在船上召开会议。

布鲁寇勒秘密召集起手下一班异死族助手。随着黑夜降临，黄昏的微光逐渐消失，他们仿佛落叶一般悄无声息地聚集到月船上。

枯瀑区的居民们都知道，血族时刻处在警戒之中。他们不穿制服，也不公开身份。

导致畏光嗜血症的病菌很不稳定，生命力薄弱，仅能以唾液为载体，并且会迅速衰败，失去活性。只有被血族直接吸咬，唾液通过嘴和肌肤的接触进入血管，而受害者又存活下来，才有微小的机会感染病菌。假如此人未曾死于高烧与昏迷，某一天晚上，他会伴随着极度的饥渴醒来，此时他已历经死亡，再获重生，成为一名异死族，其身体结构也已发生变化，比原先强壮敏捷许多倍。他们不会衰老，绝大多数情况下，即使受伤也能存活，只是无法承受阳光。

枯瀑区的骨干成员都由布鲁寇勒谨慎挑选。血税必须先装瓶，然后再饮用，以免意外感染。只有对最信任的仆人和最忠心的支持者，布鲁寇勒才会直接吸吮，这是一种荣誉，让他们有机会成为异死族。

当然，偶尔也曾出现过背叛。他选中的人为权力所惑，反而与他为敌。有人未经授权扩散感染，也有人企图终结他的异死族生命。布鲁寇勒将他们彻底镇压下去，虽然悲哀，但轻而易举。

此刻，"尤洛克号"的大厅里，助手们围绕在他身边，大约有百十号人。由于不再需要伪装，他们吐出蛇信，恣意品尝着空气中的滋味。他们中有男有女，也有性别特征不明朗的少年。

人群前面站着一名衣衫褴褛的女人，几乎紧挨着他身边，在帕沙坎酒吧里观察费内克的人正是她。所有血族都凝神注视着首领，他们的眼睛对光特别敏感。

冗长的沉默过后，布鲁寇勒开始发言。他的话音很轻，屋里假如是普通人类，根本就听不到他的话。

"各位同族，"他说，"你们应该知道这次会议的目的。我已经告诉过你们，疤脸情侣要带大家往哪里去。我们对此项计划的态度众所周知。但我们是少数派，不受信任，无力动员整座城市。我们的话缺乏效用，手脚也受到束缚。

"然而，形势或许正在变化。疤脸情侣依赖的是惯性，等到目的地真相大白时，已经来不及反对了。到那时，他们希望，大家会心甘情愿地接受绑架。"布鲁寇勒冷笑道，他的长舌在空气中翻卷。

"但如今，消息似乎马上就要传开了。今晚，有人听到一段有趣的对话。西蒙·芬奇知道我们要去哪里。"他朝衣衫褴褛的女人点了点头，"想不到，发现真相的，偏偏是铎尔的新科罗布森妍头，而她转告给了那个自称为西蒙·芬奇的人。我们知道他的住处，对不对？"那女人点点头。

"芬奇正计划散发煽动性的手册。按理说，我们应该出手帮他。但他是个独行者，若是发现被人认出，他或许会躲开我们，消失不见，因此不宜冒险干涉他的行动。但我们希望，"布鲁寇勒强调说，"他能迅速完成这件事，给嘉水区带来危机。毕竟，我们还没到达虚空洋。

"但是。"他的语调冰冷严峻，助手们神情专注。

"但是我们必须作好准备，以防芬奇失败。各位同族……"他继续用发自咽喉的低语声说道，并将手指戳向空中，"各位同族，这一次我们势在必得。但愿芬奇能成功。但万一他失手，我们必须准备启动另一套方案。

"如有必要，我要凭武力夺取这座该死的城市。"

他的异死族骨干们发出嘶嘶低语，以示赞同。

第三十六章

在缓慢而不懈的拖拽下，他们继续往北前进。转眼几个星期过去了。这座城市在等待。没人知道事态会如何发展，但如此稳定的步调，不可能永远平安无事地持续下去。舰队城变得焦虑不安。

贝莉丝在等消息，在等芬奇的宣传册。她很耐心，在她的想象中，他正潜伏于城市的腹地，深藏在某条船中，整理情报，操纵线人。

有些夜晚，出于某种病态的诱惑，贝莉丝会独自走下"雄伟东风号"的甲板，躲进疤脸情侣下方的那间屋子里，这让她自己也很惊讶。从他们气喘吁吁的情话中，她听出了一种新的紧张情绪。

"快了，"贝莉丝听到其中一人嘶嘶地说，然后是呜咽的回应，"哦，对，快了。"

如今，贝莉丝可以从他们的轻呼中分辨出区别。女首领显得更极端，更投入。她似乎迫不及待地渴求着最终结果，总是不停地低语道"快了，快了"，她对项目也更为热心。她的恋人则对她殷勤热切，讨好似的喃喃应和她的话语。

时间逐渐流逝。贝莉丝对乌瑟·铎尔越来越感到困惑。

舰队城继续北进，很快摆脱了风暴与酷暑，进入较为温和的地带，和煦的微风类似于新科罗布森的夏季。

自从贝莉丝与赛拉斯在帕沙坎酒吧见面之后，五天过去了，舰队城上空的"高傲号"飞艇中出现一阵骚动。

贝莉丝与乌瑟·铎尔站在"雄伟东风号"上，俯瞰着克罗姆公园的边缘，海德里格正在甲板上执勤，与其他人一起干活。他们身旁有几根粗硕的缆绳，拴系着船尾的"高傲号"。

"邮件来了。"他喊道，船员们迅速将绳索周围的区域清理干净。一个沉甸甸的袋子垂直坠落下来，砰的一声掉在衬垫的破布上。

海德里格拉开袋子，动作与往常没有两样。贝莉丝扭头望向别处。但当仙人掌族展开里面的信时，他的神态骤然一变，将贝莉丝的视线拽了回来。海德里格朝着贝莉丝和铎尔飞奔过来，速度快得惊人，一时间她还以为他要攻击他们。他的脚步承载着高大健硕的身躯，踩得甲板咚咚作响。她一下愣住了。

海德里格僵硬地伸出胳膊，将来自瞭望塔的信件递了过来。

"战列舰，"他对铎尔说，"铁甲舰。新科罗布森舰队。距离三十五英里，正在接近中。两小时内到达。"他顿了顿，绿色的嘴唇无声地颤动着。

最后，他用大惑不解的语气说，"我们遭到了攻击。"

起初，人们疑窦丛生，不敢相信听到的命令。每个区的旗舰上都聚集起大批男女，有的摆弄武器，有的穿戴盔甲，神情阴郁而困惑。

"但这讲不通啊，铎尔，长官，""雄伟东风号"上的一个女人争辩道，"这儿离新科罗布森有将近四千英里。他们怎么会来这么远的地方？海监员为什么没发现任何迹象？他们昨天就应该注意到。还有，说到底，新科罗布森人怎么可能找到我们——？"

铎尔提高嗓门打断了她，周围的人吃了一惊，全都安静下来。

"不要问经过，"他吼道，**"也不要问原因。打完仗之后有的是时**

间。现在我们只有拼死一战，仿效恶犬和狂鲨。若是不抵抗，这座城将被毁灭。"

铎尔平息了所有争议。人们沉着脸，准备开战。每个人头脑中都记下一个问题：他们怎么办到的？不过暂时只能将其搁置一边。

隶属本城的五艘战列舰向西方迂回若干英里之后，插入舰队城与逐渐接近的部队中间，仿佛一道弧形的墙。

穿插于它们周围的，是舰队城较小的铁甲蒸汽船，低矮敦实的舰身包裹在灰暗的金属中，船上没有窗户，却镶满了密集的炮筒。原本停泊在码头中的海盗船也加入其间，船员们紧咬牙关，试图忘记这是一项英勇的自杀式任务——他们的武器与装甲是用来对付商船的，而不是海军战舰。他们自知，没几个人能回得来。

各区毫无分歧。忠于不同首领的船员都已拿起武器，并肩而立，或拉扯风帆，或添加燃料。

"高傲号"上的瞭望哨已能清晰地观察到新科罗布森舰船，他们又传下更多情报。乌瑟·铎尔将这些信件读给疤脸情侣听。

"他们一定是为了那该死的钻井台而来，"他轻声说道，只有他们俩能听见，"无论是为了何种原因，他们的武装比我们强。我们的船数量占优势，但有一半只是木制掠私船而已。他们有七艘战列舰，侦查艇的数量也远远超过我方。他们肯定派出了将近一半的舰队。"

坦纳·赛克、杂种约翰、日泽区人鱼、鳌虾人、黝黑的潜水艇——舰队城的水下部队静静地等候着，巨大的锁链正缓慢地离他们远去。舰队城仍在前进，但恐兽放慢了步伐，以便在战斗结束后，让部队追赶上来。

附近的水下木筏上，一小群鳌虾人紧密地簇拥在一起。他们是巫师，正在召唤魔兽。

坦纳曾经面对骨鱼毫不犹豫地跳入水中，当时他来不及酝酿恐惧。但那些军舰还有将近一小时才能到达。这批来自故乡的军舰意图摧毁他的新家，而其背后策划者的智力与决心，也比骨鱼眼中呆滞的恶意可怕得多。

时间缓慢地流逝。坦纳想到了谢克尔，他曾嘱咐他待在家里，跟安捷文一起等待：留守的护卫团无疑已经给他俩分发了武器。但他还不到十六岁，坦纳无助地思忖。他很想回去陪伴谢克尔两口子。坦纳托着巨大的鱼叉枪，一想到即将来临的战斗，他突然恐惧地尿了出来。尿液短暂地带来一丝温热，然后便随着水流消散了。

无论是舰队城本身，还是在四周自由穿梭，准备捍卫城市的舰船上，全都布满了武器。

城市的军火库和兵工厂打开紧锁的大门。千万年来，数百种文明的军事科技在此积聚，此刻，这些武器被尽数提取出来，擦拭得干干净净：加农炮，鱼叉枪，燧石枪；剑，弩，长弓，齿轮弓；还有更罕见的：刺盒，巴恩弓，剑齿。

城中大大小小的飞艇缓慢地从屋顶和索具之间升起，仿佛脱离建筑主体的小屋。西方地平线上，可以看到新科罗布森舰船引擎中冒出的黑烟。

"雄伟东风号"甲板上有一堆混乱的人群，各区的首领和军官挤作一团，前来听取乌瑟·铎尔颁布军令。贝莉丝一动不动地站在一旁聆听，身边所有人都对她视若无睹。

"他们的炮艇多过我方，"他简洁地说，"但你们看周围。"他指向四周密密麻麻的蒸汽拖船，它们不久前仍拖着舰队城在海洋中航行，如今却漫无目的地绕着城市打转。"吩咐这些船上的水手，务必要将它们改装成炮艇。

"传话给布鲁寇勒及其助手：得让他们一醒来就收到消息。派快船或飞艇去枯瀑区的边界等候。

"我们不了解新科罗布森舰队的水下力量，"铎尔继续说，"潜艇部队需要伺机进攻。但他们没有飞艇，这是我们唯一真正的优势。"他指向在"雄伟东风号"船尾摇晃着的"三叉戟号"，那上面载满了火药和圆鼓鼓的炸弹。"让它们迅速出击，无须保留。

"听着——集中攻击战列舰。铁甲舰和侦察艇会对我方造成伤害，但我们能承受其火力。那些战列舰……它们可以将城市击沉。"甲板上泛起一阵惧意，"它们装载着储备燃料：新科罗布森舰队要靠这些战列舰才能返回家乡。"

贝莉丝在震撼中逐渐意识到眼下的形势。她的头脑仿佛打滑的齿轮，忽略了铎尔余下的指示，却一遍又一遍重复运转，琢磨着同一个念头。一艘来自家乡的船，一艘来自家乡的船……

突然间，她带着极度的渴望，凝视着西方淡淡的黑烟。我要怎样与他们联络？她感到阵阵晕眩，既欣喜，又不敢相信。

新科罗布森舰船终于到了目力可及之处：一长溜吐着滚滚烟尘的黑色金属。

"他们打出了信号旗，"海德里格在"雄伟东风号"的尾楼顶上说道，他正通过船上固定的大型望远镜观察，"一边靠近，一边给我们发讯息。你瞧，这是他们旗舰的名号，还有……"他略一犹豫。"他们想**谈判**？"

铎尔已穿戴好战斗装备，灰色甲胄上挂满皮带与皮套，里面插着火枪——腰部两侧，双肩，双股，以及胸口中央，浑身上下冒出无数匕首飞刀的鞘壳与把手。他看起来就跟登上"女舞神号"时一模一样，贝莉丝战栗地意识到。

但她并不在乎，却将注意力移向别处。她再次望向远处的新科罗布森舰船，心中突然充满兴奋。

铎尔凑到望远镜跟前。

"新科罗布森城邦所属'晨行者号'船长普林西·瑟卡森,"他看着信号旗缓缓慢慢地解读,同时徐徐地摇着头,"'请求就新科罗布森人质问题进行谈判。'"

一瞬间,贝莉丝震惊不已,以为人质指的就是自己。她脸上露出欣喜的表情,但立即意识到这有多荒谬(脑海深处似已给出另一种解释)。她扭头望向乌瑟·铎尔、海德里格、疤脸情侣以及所有聚集的船长。

看着他们,她一阵战栗。她意识到,他们中没一个对"晨行者号"提出的谈判要求作出正面反应,脸上只有冷峻的鄙夷。

她面前的这群人充满了纯粹的敌意,对他们来说,新科罗布森是一股不值得信任的势力,必须通过战斗将其消灭。面对如此形势,她的欣喜似潮水一般退去。她想起书中读到过的"掠私战争",以及新科罗布森对苏洛契的攻击。她忽然记起了跟约翰尼斯和坦纳·赛克的对话。她想起坦纳一提到被新科罗布森舰船找回去,便怒不可遏。

贝莉丝记起自己也曾仓惶逃离新科罗布森。*我穿越海洋,正是因为担心生命危险,*她心想。*放眼望去,到处是国民卫队。我怕的就是政府的爪牙,比如那些船上的水手。*

贝莉丝发现,应该感到惧怕的不仅仅是海盗——新科罗布森的海上竞争对手——也不仅仅是重获自由的改造人,连她自己也一样。先前的信心已彻底离她而去。

"他们的武装足以夷平一座城市,"铎尔对聚集的船长们说道,"却告诉我们说想要**谈判**?"

人群中没有谁需要进一步劝服。他们静静地听着。

"一旦有机会,他们就会消灭我们。隔着半个世界,竟然都能找过来,天知道怎么搞的。要是现在不一决高下,他们会不停地来骚扰。"

他摇摇头，最后缓缓说了一句，"击沉他们。"人们发出一阵欢呼，但紧张的情绪要多过振奋。

指挥官们离开了，搭乘飞艇前往各自的舰船。各区首领中，打算上阵厮杀的回到了自己的战舰或飞艇；太羸弱或是太怯懦的则返回城中的旗舰。只有铎尔、贝莉丝和疤脸情侣留在高台上——而贝莉丝根本没人搭理。

疤脸情侣将分头作战：男首领去战舰"卓港号"，女首领则登上飞艇"漂浮者号"。他们以深深的舌吻互相道别，痴迷的呻吟声就跟贝莉丝偷听到的一模一样。他们彼此低语，告诉对方，很快便能重聚。贝莉丝发现他们的分离并无伤感与悲情，他们的亲吻不像是最后的机会，而是贪得无厌，充满饥渴与情欲。他们没有惧怕，也没有遗憾：仿佛期盼着分离，以便再次重逢。

她像往常一样，既厌恶，又好奇地注视着他们。在面对面的缠绵中，他们脸上的伤疤仿佛一条条扭动的小蛇。

新科罗布森舰船仅有不到十英里远了。

"可能会有船突破进来，乌瑟，"疤脸首领转向铎尔，"我们可以损失船只、飞艇、潜水器、居民，但不能失去这座城市，我们需要你保护它。你是我们……最后的防线。"

"还有，铎尔，"她最后说道，"我们不能失去你。我们需要你。等到了地疤，只有你清楚该如何行动。"

贝莉丝不知道疤脸首领是否忘记了她的存在，或是已经不在乎保密，竟然说得如此直白。

最后一架飞艇已经载着疤脸情侣前往各自的岗位。恐兽的步伐受到限制，舰队城减缓了前进速度。这里只剩下铎尔和贝莉丝。他们下方是"雄伟东风号"宽阔的甲板，人们正在准备武装。

铎尔没有看贝莉丝,也没有跟她说话。他凝望着远处,视线一直越过"高粱号"。新科罗布森战舰的船头又短又平,它们排列成契形,与舰队城海军之间仅剩五英里了,而且距离仍在缩小。

最后,铎尔转向贝莉丝,递给她一支火枪。他紧咬牙关,眼睛瞪得略显夸张。她等着他赶她下去,或者让她躲起来不要碍事。但他没这么做,他们共同凝视着战舰逐渐接近。

那人亲吻雕像之后,悄然溜到贝莉丝和乌瑟·铎尔身后,没人看得见他。

他心跳加速。所有物品都已收拾停当,或塞入衣袋,或握于手中。舰队城不同意谈判,让他很失望,但他并不惊讶。这样会慢一点儿——不过他也承认,无论如何,最后总是难免流血。

太近了,太近了。他简直就能跨上"晨行者号"的甲板。不过还不行,仍然隔着好几英里远。他们会派船来接我,他一边想,一边作好会面的准备。我告诉过他们位置。

乌瑟·铎尔指着底下狂乱的人群,跟贝莉丝说了几句。他向她告辞,并让她独自留在高耸的屋顶上。然后他走了下去,跟手下的部队会合。她手中擎着枪,目不转睛地看着铎尔走下楼梯。

他相信,前来接应的同胞要找到他并不难。他的描述非常清晰,没有谁会认错"雄伟东风号"。

双方舰队隔着三英里的海面相向而行。舰队城的船杂七杂八,颜色和风格各不相同,风帆与烟尘在无数甲板上空翻腾。对面则是"晨行者号"及其姐妹船,排着整齐的阵形逐渐驶近,灰黑色的船体上密集地镶嵌着大口径火炮。

一大群飞艇向新科罗布森船只靠近:战斗艇、侦查艇、客艇,全都载满了枪支和一桶桶黑火药。空气中静止无风,它们行进迅速。参差混杂的飞行部队前方，是"三叉戟号"。四周围绕着较小的飞艇，还有摇摇晃晃悬在单座小气球底下的飞行员。

舰队城的船长们知道，自己的炮火较弱。间距还有两英里多，新科罗布森舰船就开火了。

海面上突然涌起噪音与热浪。在"晨行者号"前方遥远的海面上，爆炸掀起了一排排翻滚的巨浪，仿佛是打头阵的先锋部队。舰队城的火炮也已填装上膛，但仍然默不作声。它们的射程比较近，船员们别无选择，只能驱策船只顶着猛烈的攻击全速前进，以期让敌人进入射程之内。他们需要在炮火下穿越一千多码，才能发起反击。面对一边倒的战斗，他们表现出悲壮的勇气，等待战局扭转。

金属互相撞击，黑火药频频引爆，油料中迸出火焰，血肉之躯遭到撕裂焚烧。

水下的坦纳在晕眩中剧烈地摇晃，承受着一波波压力，鲜血从他的鳃里流淌出来。

头顶上方明亮的海水中，舰队城的船只好似一片片黑影。它们的阵形已乱作一团，有的困惑地转着圈，有的（嘉罢在上）崩溃撕裂（哦，嘉罢庇佑），断成两三截，逐渐下沉，向他靠近。这些黑影渐渐增大，犹如夜晚徐徐降临，但速度缓慢之极，仿佛是他想象出来似的。然而周围的人鱼一哄而散，（天哪，真见鬼，哦，不）金属碎片如同彗星一般直栽下来，拖着由油腻、尘埃、弹片和鲜血构成的尾迹。

毁坏的舰船呼啸着从他身边坠落，消失于黑暗之中，一路吐着气泡，里面的人纷纷掉落出来。

对于飞艇上的人而言，血腥的场景遥远而模糊：一阵阵轻微的隆隆声，火焰包裹于油腻的黑烟中，船只时隐时现。舰队城的船在无情的炮火下继续前进，数量逐渐减损，仿佛一群又蠢又瞎的狗。最后，他们的炮终于也能打到新科罗布森舰队了。

从数百英尺高的空中望去，战场仿佛立体布景，不像是真的，反而像是搭出来的模型。

爆破声掩盖了惨叫。

鲜血从舰队城船只两侧流淌下来，金属爆炸撕裂，船只突然断成锯齿状，水手们面对着致命威胁。舰队城的炮艇开火了，炮弹划出燃烧的抛物线，扑向敌人。然而先前那残酷的一千余码，已使舰队城的船队崩溃近半。

海洋仿佛成了停尸场。水里到处是尸体，随着波浪与海流飘荡，犹如恐怖的舞蹈，涌出的一团团鲜血如同乌贼的墨汁。海洋改变了遗骸的形态：肠子像珊瑚一样呈扇形展开，割裂的皮肤好似鱼鳍，尸身上露出参差的断骨。

坦纳浑身冰冷，动作极其缓慢。上浮过程中，他经过一个仍在动弹的女人，她还没死，但已虚弱得无力再游上去。他无言而惶恐地游向那女人，拉住她往上攀升，然而尚未浮出水面，她就已经发起濒死的抽搐。坦纳放开她的同时，看到周围有更多动静，目力所及之处，到处是溺水的人，他帮不了这些人，他们已经太过衰弱，没有希望存活。无论望向何处，都能看见绝望而恐怖的挣扎，他突然有种超脱的感觉，仿佛眼前的不是人类、虫首族、仙人掌族、血痂族和豪刺族，只有无数机械重复的运动，并渐渐趋于静止。他就像凝视着一缸雨水，里面浸满缓慢死去的昆虫。

他浮上水面时，位于舰队城船只之间，猛烈的炮火中，此处恰巧有一片短暂的平静。周围正在解体的舰船发出刺耳的噪音。它们一边挣扎，一边吐出烟尘与火焰，然后带着嘶嘶的响声沉入清凉的水中，并将垂死的船员一同拖拽下去。

坦纳奋力挣扎，他已无法用文字思考。炮弹又开始轰击四周的水面，再次将鲜血、金属和尸体搅到一起。

空气中迸出火花，魔法闪电从新科罗布森的舰船上射出来；投石机抛出一罐罐强酸。但现在，舰队城残余的船队虽然支离破碎，却能予以还击。

它们射出大小近似人体的炮弹，新科罗布森的巨型战舰上溅出无数残破褴褛的金属碎片。木制战船驶入射程之后，穿梭于敌舰之间，轰鸣的加农炮不仅在铁甲上砸出一个个凹坑，还能击穿烟囱，摧毁炮架。

"三叉戟号"和飞艇分队到达新科罗布森舰队上空后，陆续开始倾泻弹药：有火药炸弹，也有加重的匕首与飞镖，一袋袋油囊在坠落过程中破裂开来，泼洒出燃烧着的粘稠液体。飞行狙击手则瞄准新科罗布森的船长和炮手射击，爆炸的热浪使得飞艇左右摇晃，偏离航线。

舰队城的船不断涌上来，一边开火，一边挺进，有的翻覆倾侧，有的被火焰吞噬，但船员们依然不屈不挠地驾驭着船只朝巨型战舰前进。

一大群黑糊糊的物体飞升起来。

新科罗布森魔学家们从能源池和自己体内导出能量，激活了大量魔像：由电线、皮革和粘土构成，粗陋而笨拙，眼睛是透明的玻璃，爪子好像雨伞的骨架。它们升向空中，强健犹如猿猴，顽固执著，头脑简单，狂乱地拍打着丑陋的翅膀。

魔像顺着舰队城飞行员的脚踝攀上他们的身体，撕破血肉，扯裂气球，飞行员们鲜血淋漓地跌落至下方的甲板上。

成群的魔像犹如黑烟一般从新科罗布森舰队中升起，撞向舰队城飞艇的驾驶舱和窗户，击碎玻璃，割裂气囊，遮挡住人们的视线。许多魔像在炮火、刀剑和重力的作用下坠落，在半空中便已恢复成毫无生命的静止物件，但仍有数十个留在天上，蹂躏着舰队城的飞行部队。

战场上空的空气似乎跟海水一样滞塞，火炮、火焰弹和弩炮释放出浓密的黑烟，沉降的飞艇上，气囊几乎泄漏殆尽，到处是追逐猎物的魔像、弥漫的血雾和一股股烟尘。

一切显得缓慢而谨慎，既庄严，又可怕。每一次劈砍重击，每一颗子弹，都直捣入眼睛和骨头。每一阵喷发的炮火，每一艘炸毁的舰船，都仿佛经过预先策划。

这是一出悲惨的剧目。

昏黄的光线中，坦纳能看见敌舰的底部，另有上百个黑影围绕在四周：来回穿梭的螺旋状单人潜艇，外形类似巨硕的鹦鹉螺。舰队城的潜艇驱散了这些小船，并像鲸鱼一样翘起头部，撞向巨型战舰两侧的铁甲。

坦纳突然进入开阔水域中，周围尽是来回穿梭的日泽区人鱼，他们已接纳他加入阵营。他伸出长长的触手，攀住一艘小型鹦鹉螺潜艇甲壳似的外壁。面对那块小小的玻璃舷窗，他看见里面的人惊恐地望着窗外。那人一定以为自己疯了，竟然在水底看到一个满脸怒容、拼命嘶吼的新科罗布森人，正在用与自己相同的语言无声地咒骂，并将一把粗短的武器举到眼前，准备发射。

鱼叉捣碎玻璃，射入新科罗布森水手的脸部，加固的箭头击碎了面颊骨和后脑壳，把他的头钉在小艇的后舱壁上。坦纳·赛克瞪视着被自己杀死的人，不，他还没死，他的嘴仍在抽搐，充满痛苦与恐惧。海水涌入破裂的潜艇，将他淹没。

坦纳一边蹬踢倒退，一边剧烈地颤抖着，他眼看着那人死去，眼看着鹦鹉螺潜艇灌满海水，逐渐旋转下沉。

海水中和每一条船上都布满了死者的残躯，它们仿佛大火中的纸屑，胡乱飘落至各处。

坦纳·赛克在猎杀敌人。

舰船在他身边沉落，周围濒死的人群来自他往日的故乡。他们流淌着鲜血，想要张口嘶喊，却吐出一串气泡。他们沉入深水，无法回到表面，再也呼吸不到空气。

坦纳突然一阵恶心，呕吐物顶开喉咙，喷涌而出。他感觉很难受，好像醉酒，又好像做梦，时序似乎出现了错乱，仿佛这一切在发生的同时已经变成记忆，不再是真实的景象。

（下方有一群奇怪的黑影飘过，一开始他以为是人鱼盟友，但立即意识到并非如此。

它们转眼即逝，坦纳无暇思索这些究竟是什么。）

战斗仍在激烈进行。一艘书城的发条船断裂开来，掉落出无数齿轮和巨大的弹簧，并混杂着虫首人的残骸。焦耳区附近的海水粘滞地起伏着，充满惨死的仙人掌族体内流出的树液。当血痂族被炮火撕裂后，飞溅的鲜血便凝固成坚硬的血痂弹片。船体间还有一些被挤扁的豪刺人。

螯虾人巫师召唤出的怪兽用翎脊冲撞新科罗布森舰船，令船员跌入水中，然后张开大嘴一口咬住。但它们数量太多，难以控制，甚至对巫师主人构成了威胁。

烟雾中，舰队城的炮弹落到舰队城船只的甲板上，新科罗布森的标枪和子弹有的也穿透了自己人的血肉。

整个战场上，不时有人透过红云，透过海水，透过自己或旁人的鲜血仰望天空与太阳。濒死的人躺倒在地,心中自知,阳光是他们眼中最后的光明。

太阳逐渐低沉,离黄昏大约还有一小时。

舰队城的两艘大型蒸汽战舰被摧毁。另一艘损伤严重,尾炮仿佛瘫痪的残肢。另有数十艘海盗船和较小的战舰也被击沉。

新科罗布森的巨舰仅有"达流契之吻号"被摧毁。其他的虽然受到伤害,但仍在继续战斗。

新科罗布森舰队占了上风。数英里远处,他们的侦查舰、铁甲船和潜水艇已突破防线,排列成楔形,朝着舰队城本体推进。贝莉丝透过"雄伟东风号"的巨型望远镜看着它们逐渐接近。

"雄伟东风号"是最后的堡垒,也是城市的心脏。

"坚守阵地。"乌瑟·铎尔对周围的人群和索具上的狙击手们喊道。

没人提出异议。没人建议驱赶着恐兽逃跑。

新科罗布森舰船顶着"高粱号"上倾泻下来的枪弹前进(贝莉丝注意到,他们没有还击,显然不愿冒损坏井架的风险)。随着距离的拉近,对方船只的结构清晰可辨:舰桥,炮塔,栏杆,火炮,而其船员正在作准备,检查武器,比着手势列组队形。甲板上硝烟弥漫,贝莉丝被呛得两眼湿润。小型火器开始对射。

这是有组织的突击。入侵者并非散乱地登上城市后缘,他们保持锋矢状阵形,直奔"高粱号"周围的那一圈舰船。新科罗布森人意图袭向"雄伟东风号"。

贝莉丝退离栏杆。屋顶下方的甲板上挤满了忙忙碌碌准备战斗的舰队城居民。她发现自己被困在了高台上,周围是潮水般的武装人员,要逃跑已为时太晚。

新科罗布森人抵达时,她似乎有一种意愿,想要高声向他们打招呼——不顾一切地致以问候。但她知道，他们无意带她回家，她的死活不关他们的事。她发现自己完全无所适从，不知该期盼哪一方在战斗中胜出。

贝莉丝退后时，突然感觉像是撞到了什么人，空气中一阵扰动，她似乎听见有人快步后撤。她立即转身观瞧，一阵惊恐向她袭来，但周围一个人也没有，只有她独自站在战场上方。

她低头望向下方手执武器的男男女女，混乱中，她发现自己注视着乌瑟·铎尔，他纹丝不动地站立着。

火枪齐鸣，新科罗布森水手登上了舰队城。两股势力交汇之处，成了最血腥的杀戮场。舰队城的仙人掌族守在最前沿，新科罗布森人面对的是一排高大而多刺的身躯。仙人掌族奋力挥起巨硕的战刀，劈裂敌人的身体。

但新科罗布森一方也有仙人掌族。人们发射出沉重的旋转飞轮，仿佛利斧一般切入仙人掌族的植物性肌肉与骨架，斩断四肢，割裂纤维质的头颅。入侵船只上的魔学家们牵手成环，朝着舰队城的人群发送出暗黑光束。

新科罗布森部队迫使舰队城的人逐渐后退。

此刻，贝莉丝所在的方形高台周围已经布满新科罗布森海军。她愣住了，心中犹豫不决，想要朝他们奔去，但还是选择继续等待。她不知战局会如何演变，拿不准该怎么办。

她再次觉察到高台上有人，但这种感觉转瞬即逝。

新科罗布森部队带着一股令人压抑的冷酷与血腥侵入"雄伟东风号"的甲板。

身穿制服的士兵从前方、左方和右方同时逼近乌瑟·铎尔。他在等待着。面对火枪和乱刀，舰队城的人纷纷倒地，他们被迫退到他的四周。

贝莉丝注视着乌瑟·铎尔，最后，在迅速入侵的敌人中间，在各种枪支和刀剑的包围之下，他突然动了起来。

他大喝一声：拖着长音，既凶猛，又富有乐感，并逐渐演变成他自己的名字。

"铎尔，"他喊道，然后又拖长声调重复一遍，仿佛猎人的呼号，"铎——尔！"

甲板上，舰队城的人们一边战斗，一边响应他的呼喝，他的名字在整艘船上不断回响。新科罗布森人将他包围起来，试图用武器逼迫他就范，乌瑟·铎尔终于发动了攻击。

转眼间，他双手从腰间各拔出一支手枪，朝着不同方向开火，轰裂了两个人的脸。子弹射完之后，他扭转身躯，把枪甩了出去（周围的人似乎都没怎么动），它们旋转着高速穿过空中，分别击中一个人的胸口和另一个的咽喉，接着又有两支火枪出现在他手中，并同时发射（到了此时，最初的两名受害者才完全倒下），又有两人笨拙地翻滚倒地，一个当场丧命，一个濒临死亡，而他一转身，再次把枪投掷出去，砸晕了另一个人。

铎尔的每一个动作都如此完美：毫无瑕疵，直奔目标，没有多余，没有迂回。

他周围的人开始嘶喊，但仍被后面的同伴推搡着不断前进。他们缓慢迟钝地朝铎尔涌来，铎尔跃至空中，双腿弯曲，在一阵嗒嗒的枪弹中旋转。他继续掏出新枪射击，然后扔到敌人脸上，当双脚重新落回地面时，只剩下最后一支手枪，轮番指向一张张畏惧的脸。他一边开枪射击，一边跃起，然后把枪丢向一侧，并以蹬踏格斗的招式曲腿弹踢，一名仙人掌族被踢折了鼻子，跌入身后的新科罗布森同伴中间。

贝莉丝呼吸滞塞，一动不动地观察着。别处的打斗都很丑陋：意外频出，混乱笨拙。她诧异于铎尔竟能让战斗显得如此优美。

新科罗布森部队重组阵形，再次向他围拢。他又静止下来。接着，铎尔亮出了那柄陶瓷剑，光滑闪亮，仿佛经过打磨的骸骨。

第一击精准无误，他以令人眼花缭乱的速度，刺穿一名仙人掌族的咽喉，然后迅速拔出，带出一股喷洒的树汁，使得那仙人掌族呛死在自己的体液中。乌瑟·铎尔被紧紧地包围起来，他再次毫无畏惧地高呼自己的名字。这时，他的姿态改变了，他伸手到身体另一侧，打开腰带上的储能马达，激活了"或然之剑"。

随着一阵类似静电的噼啪声，空气中开始嗡嗡作响。贝莉丝无法看清铎尔的右臂，它忽隐忽现，不停地震颤，仿佛迷失在时间中。

面对蜂拥而至的攻击者，铎尔移动起来（仿似舞蹈）。他的左臂向后一甩，仿佛猿猴一般敏捷轻灵，而他的右臂以令人震惊的速度举起武器。

他的剑犹如绽开的花朵。

剑影重重叠叠，密密麻麻。铎尔仿佛有上千条右臂，斩向不同的方位。他移动的身躯就像一株繁复无比的树，分出无数挥剑的胳膊，真实与虚幻并存。

其中有些几乎难以看清，有的则接近实体。所有的胳膊都随着铎尔高速移动，所有的胳膊都握着那把剑，它们互相穿插交错——频频击中目标。他的动作迅猛无情，同时劈向上下左右，一边招架，一边刺削。成百上千的剑身挡住了敌人每一次袭击，又有不计其数的剑刃展开猛烈反攻。

他面前的人都被划出纵横交错的恐怖伤口，仿佛致密的羊皮纸手稿。铎尔的进攻掀起一片鲜血与惨叫，令人难以置信。新科罗布森水手们呆住了。一时间，他们愣愣地看着同伴倒在血泊之中。乌瑟·铎尔继续保持运动。

他高呼着自己的名字，转身跃起，在他们上方盘旋飞踢，始终处于运动之中，人到哪里，"或然之剑"就劈到哪里。他不停地出击，藏身于无数概率之刃的核心，灰色的甲胄犹如围在半透明的墙里，若隐若现。他仿佛幽灵，仿佛复仇之神，又仿佛致命的剑影旋风。他从登船的敌人中穿过，激起一阵阵血雾，留下垂死的人群，甲板上到处是断肢和残骸，他的甲胄染成了红色。

短暂的一瞬间，贝莉丝看到了他那张扭曲嘶吼、充满野性的脸。

新科罗布森人成批地死去，他们的射击仿佛孩童。

一名魔学家企图减缓他的速度，但铎尔朝她袭来，割出无数道伤口，那女人的魔法能量使得自己的血液沸腾蒸发。一名巨硕的仙人掌族举起盾牌，挡住了铎尔成百上千次劈砍，却仍无法抵御全部攻击。他又杀死一名喷射火焰的水手，那人的脸被劈开的同时，燃气瓶也爆裂燃烧起来。他的每一击，均能造成数不清的伤口。

"天哪，"贝莉丝不自觉地喃喃自语，"嘉罢保佑……"她充满了惊惧。

乌瑟·铎尔让"或然之剑"开动了近半分钟。

关闭开关之后，铎尔突然变得绝对静止。他转身面对剩余的新科罗布森水手，面色从容。他那冷酷坚实的右臂令人惊骇。他好似一头怪兽，仿佛血浆的幽灵。他深深地吸了口气——浑身又黏又湿，滴坠着别人的鲜血。

乌瑟·铎尔屏息高呼自己的名字，狂野中充满胜利的骄傲。

那人隐蔽地躲藏在贝莉丝的影子里，他从唇间取下雕像。

他惊恐万分，完全吓呆了。**我没料到**，他狂乱地想，**我没料到会这样**……

先前，他看到那些前来解救自己的人登上甲板，面对抵抗缓慢地突破推进，逐渐占领"雄伟东风号"，即将控制住整艘船，控制住舰队城的心脏……然而现在,他眼看着他们鲜血横流,顷刻间便在乌瑟·铎尔手中被摧毁消灭。

他狂乱地望向夹在"高粱号"与城市之间的舰队,然后再次去舔那尊雕像,感受到其中涌出的能量。他在考虑是否要从楼顶跨出去,越过底下的尸体,登上新科罗布森舰船。

"是我!"他或许可以高喊,"我在这里!我就是你们要找的人!快走,快点儿,我们离开这儿!"

他无法击退所有人,那人一边想,一边凝视着下方全身染红的乌瑟·铎尔,他的勇气已逐渐恢复。就算他有那把该死的剑,但对方人数众多,而舰队城的船只即将被消灭殆尽。**最终,更多新科罗布森部队将赶到此处,这样我们就可以离开了。**他转身眺望正在轰击舰队城残存船只的巨型战舰。

但正当他再次作好出发的准备时,却发现情况有变。

数十年来,大批拖船与蒸汽船仿佛光晕一般围绕着舰队城,拖拽着这座城市前进。但恐兽到来之后,它们便成了多余的。此刻这些舰船开始脱离城市,朝着新科罗布森舰队驶去。

最后的时段内,船员们匆忙狂乱地将这些船只予以改装:架起一门门火炮,船体中塞满黑火药等易爆物,而燃烧弹、能源池、鱼叉、标枪等,也都临时栓焊上去。没有一艘算得上战舰,根本不是铁甲舰的对手,但它们数量众多。

随着它们逐渐接近,"晨行者号"一阵齐射,轻易地摧毁了其中一艘。但后面还有太多太多。

隐身人的脸色僵硬迟疑。**我没想到**……他结结巴巴,喃喃自语。**我没想到它们。**

他向政府通报了一切信息——警告他们有海监员,因此新科罗布森的气象术士隐藏起逐渐接近的舰队;他警告说有飞艇,因此他们准备了魔像;他也汇报了敌方战舰的数量。新科罗布森的部队配置是根据他搜集传递的情报而设计的，目的即是为了击败舰队城。但他没有考虑到这批老旧残破、失去作用的各式拖船。他没想到，它们会不顾一切地载满火药。他没想到它们会像此刻这样，截住铁甲舰和巨型战舰的去路，一边航行，一边如任性的孩童一般发射着疲软无力的炮弹。它们的船员等到距敌人仅剩最后几码，才离开喷吐着黑烟的舰船，由船尾跳入木筏或救生艇，然后看着弃船撞入新科罗布森战舰的侧面，撕裂数寸厚的铁板，引发一阵阵爆炸。

西方的天际出现一抹污浊的色调，太阳越发低沉。在枯瀑区的"尤洛克号"旁边等待着的两架飞艇上，人们开始失去耐心。

布鲁寇勒及其血族助手们即将醒来加入战斗。

但舰队城后方的海面上，形势发生了变化。登入城中的新科罗布森水手惊愕地瞪大了眼睛，而舰队城的居民则充满强烈的希望。

拖船继续朝着前进中的新科罗布森舰队冲去——奋力撞向敌方战舰，它们的引擎过度发热，节流阀固定在最大流量，舵轮也被卡死，无法再变换方向。它们接二连三地撞上目标。有几艘在触及目标之前便被炮火击毁，金属与血肉自水面溅起，仿佛喷泉一般。但它们数量实在太多。

当空无一人的拖船触碰到巨型战舰高耸的侧舷，其船首便会崩塌后缩。随着船身继续往前挤压，炽热的引擎炸裂开来，点燃了塞在引擎边的火药与燃油。伴随着丑陋粘滞的火焰和一股股汹涌的黑烟，拖船纷纷引爆，一部分能量化作无用的噪音。它们掀起一连串较小的爆炸，并非猛烈集中地爆发。

即使这一次次攻击并不完美，也开始令新科罗布森巨舰出现破损。

遥远的后方，舰队城部队开始重新集结。在自杀舰船的猛烈攻击下，新科罗布森舰队减缓了速度，并逐渐瓦解。舰队城战舰再度活跃起来，开始朝着停滞不前的敌人开火。

海里到处是救生艇，水手们逃离之后，被弃的船只突突震颤着朝巨型战舰驶去。救生艇上的船员疯狂划水，努力避开前进中的舰队城船只。它们中有的被撞沉，有的被巨浪掀翻，有的遇上了深水炸弹的热浪，有的则被炮弹击毁。但还是有许多人逃到开阔海域，撤回至舰队城。他们遥望着丑陋的小拖船撞向入侵者，引发阵阵爆破。

这批出乎意料的攻击部队——一道荒诞而耗费巨大的防线——阻挡住了新科罗布森人，一艘接一艘的船通过自我牺牲，将对手的铁甲熔毁。

巨型战舰停止了前进。

"晨行者号"正在沉没。

舰队城尾部的居民们看到不远处海面上的状况，爆发出逐渐升高的欢呼声，充满胜利的惊喜。

其他人听见之后，也纷纷仿效，渐次传递，胜利的呼号席卷了整个城市。不出片刻，远在舰队城另一侧的枯瀑区、谢德勒区和钟屋岭区，也以欣喜若狂的吼声相呼应，尽管他们不太清楚原因。

新科罗布森部队惶恐万分地观望着。"晨行者号"侧面出现一道逐渐延伸的巨大裂痕，其巍峨的轮廓逐渐扭曲变形，但仍有更多小船继续冲撞爆炸；巨硕的船身仿佛出于自身的决定，沿着纵向缓缓倾斜；一个个小黑影狂乱地从侧舷跃出；爆炸仍在持续，最后，其尾部突然从海水中翘起，随着一阵骇人的爆破声，船尾断裂下来，人体、金属和煤炭——成吨成吨的煤炭——纷纷落入海中。

新科罗布森船员眼看着回家的希望破灭了。舰队城的人们再次高呼庆贺。巨大的船体在海水中倾覆，一边徐徐下沉，一边喷吐出火焰，整个过程缓慢而笨拙，仿佛充满遗憾与愤恨。

新科罗布森的旗舰消失了。

仓皇中，其余巨舰开始过早地朝着舰队城本体射击，搅起一片片海水，令城市颠簸起伏，仿佛遇上了风暴。然而一些较小的铁甲舰已进入射程，沉重的炮弹击毁了桅杆，撕裂了城市的建筑。

一枚炸弹落入冬稔集市，摧毁了一片店铺船。两颗炮弹令人心惊地从头顶掠过，在"平撤曼号"侧面砸出一个洞，成百上千本图书馆藏书燃烧着坠入水中。有些船正在下沉，连接在它们四周的桥梁纷纷折裂。

安捷文和谢克尔相互安慰，躲避着残存的新科罗布森入侵者。谢克尔脸上血流如注。

这些攻击固然可怕，但只有巨型战舰能够毁灭城市，而它们不在射程之内。它们不断受到骚扰阻截，满载火药的拖船给予它们沉重的打击。舰队城船只源源不断地涌上来。"苏洛契克星号"的船头在爆破声中摇晃，经历过五次爆炸之后，它开始变形断裂，倾斜地沉入水中。

铁甲舰和侦察艇焦躁地在它四周团团打转，却无计可施，仿佛雄蜂围绕着濒死的蜂后。新科罗布森的巨型战舰继续受到舰队城残余船队的攻击，但最主要的威胁仍来自那些改装的蒸汽拖船，在出乎意料的自杀攻击之下，新科罗布森的巨舰被逐一消灭。

"雄伟东风号"高耸的甲板上，那人恐惧地发出无声的尖啸。

他紧张而狂躁地亲吻雕像。下方有一艘战舰隆隆作响，准备加速撤离。他正打算稍稍扭曲空间，跃至底下那条船上，却忽然醒悟过来，惊惧之下，他犹豫不决。

他注视着最后两艘巨舰饱受摧残，在攻击下不断震颤，它们以威猛的火炮对敌人发起反击，虽然摧毁掉舰队城若干船只，但险恶的爆炸依然频频在新科罗布森巨舰两侧发生，它们不断地摇晃颠簸，最后全都沉没了。

侵袭者的燃煤都已坠入水底，他麻木地注视着这一切。此刻，他已不必再跳船或者游向家乡的舰船。即使舰队城没有摧毁每一条船，即使有一两艘高速铁甲舰得以逃脱，这里是惊涛洋的中心，在航海图中是一片空白，距离最近的陆地有将近两千英里，离家乡则还要远上一倍。它们走不了几百英里，锅炉就会逐渐冷却，新科罗布森舰船将动弹不得。

它们没有帆，只能等待腐烂与死亡。

它们毫无希望。

援救行动失败了，他仍被困在此地。

他低头观瞧，惊愕中，却迟钝地发现，自己已回缩到贝莉丝所在的空间。假如此刻她转过身来，便会看见他。他再次麻木地亲吻雕像，消失不见。

随着黄昏的降临，枯瀑区的飞艇终于升了起来，搭载着危险致命的乘员。它们紧贴着渐趋平静的战场快速航行。血族们已然做好准备，他们的长舌在夜色中颤动，异死族随时可以投入战斗。

他们来迟了，战斗已经结束。

飞艇漫无目的地在水面上方巡游，水中铺满了煤渣、酸液、燃油、扭曲的金属等，而岩乳的残渍、树液和大量的鲜血时不时泛出微光。

第三十七章

一开始，城中充满疲惫的愉悦，凄惨与伤痛中夹杂着强烈的欣喜。

但这样的情绪并未持续太久。接下来的日子里，贝莉丝能清晰地觉察到那种沉寂，舰队城沉浸在绵延的静默之中。战斗过后，当胜利的呼号逐渐平息，当人们意识到损失有多惨重，沉默便开始了。

血战当天的夜晚，贝莉丝没有入睡。黎明时分，她和成千上万居民一起踏出屋外，麻木地在城市中穿行。天空下原本熟悉的建筑轮廓变得古怪而残破。她曾经上百次在某几条船上购买纸张，喝茶，行走，从未多加思索，如今它们却不见了。

克罗姆公园基本上完好无损。"彩石号"、"立柱号"和"雄伟东风号"也相当完整。

随后的日子里，每当贝莉丝在迷宫般的小巷中拐过一个街角——或穿过一座木桥，或来到一片灯火通明的广场——经常会看到有人在哭泣着哀悼死者。人们呆呆地望着城中各处的废墟：残缺零乱的集市，被倾倒的桅杆压垮的教堂，泛起阵阵波纹的空洞——此处原本是他们居住的舰船。

真不公平，贝莉丝不安地想，她经常光顾的场所鲜少受到伤害。凭什么呢？说到底，她甚至都不在乎。

舰队城的死亡人数非常庞大，包括圆屋区的几名议员，以及焦耳区女王布拉基诺德。议会选举出新的成员，而焦耳区的管理权则悄然传给了布拉基诺德的弟弟戴尼奇。没人特别在意。舰队城在海洋中留下了成千上万具尸体。

人们凝视着"高粱号"，喃喃低语说，不值得。

在这座遭到暴力摧残的城市中，贝莉丝如梦游一般到处游荡。即使不再有炮弹坠落，起伏的海面所产生的张力也能损坏建筑。高耸的拱门分崩离析，其拱顶石此刻已安躺在海底。城中出现了火灾，狭窄的街道坍塌毁坏，拥挤的房屋互相抵触，屋顶开裂塌陷，不时产生挪移。陆地上不可能存在的各种破坏力量，仿佛使得这座城市不停地战栗。

贝莉丝到处乱逛，沿途听闻了成百上千个故事：有夸大的英雄事迹，也有关于伤员的骇人描述。她开始尝试挖掘特定的信息。出于连自身都无法理解的好奇（那段时间里，她感觉自己像个失控的机械人），贝莉丝到处打听"女舞神号"上其他乘客的命运。

关于卡多米安母女，有各种互相矛盾的说法。一部分船员仍在囚禁中，他们尚未欣然接受被劫持的事实，因此无法获得舰队城的信任。她听说炮击开始后，嘉水区前端的几艘囚船里发生了剧烈的骚乱，囚犯不停地嘶喊，盼望同胞前来搭救。

当然，登城部队根本不曾靠近，他们的呼喊没有得到回应。

梅莉奥普修女死了。贝莉丝很震惊——她感觉有一种抽象的恐惧——仿佛见到一抹意料之外的颜色。她听说，混乱中，几名囚徒逃出了疯人院，其中包括梅莉奥普。身怀六甲、体态臃肿的修女来到城市的后缘，她一边奔向新科罗布森攻城部队，一边欣喜若狂地呼喊致意，接着，她被枪弹击倒了。至于她死于哪一方的枪下，却完全无从知晓。

这样的故事贝莉丝听过一遍又一遍——被劫持者似乎看到了回家的希望，面对突如其来的机遇，他们在战场上孤注一掷地叛逃，结果却丢了性命。"女舞神号"上有几个人貌似便是如此被杀的。作为对背叛行为的警示与教训，其数量有所夸大，细节也经过渲染，但贝莉丝相信，确实有许多人是这么死的。

贝莉丝一直很清楚——算不上是特大发现——寻求新科罗布森军队的帮助，远远无法保障她的人身安全。很久之前她就得出结论，得靠自己想办法回家。贝莉丝知道，政府对她的死活根本不在意。毕竟是她自己逃了出来，而且有着充分的理由。

战斗期间，贝莉丝在慌乱之下思维迟钝，并没有倾向于期盼哪一方获胜。她就像个投机者，关注着一场血腥的职业格斗赛。如今舰队城赢得胜利，她既没有欣慰愉悦，也没有失望。

巨型战舰被毁之后，其余的新科罗布森舰船朝西北方驶去。他们吓得仓皇逃逸，连向舰队城投降祈饶都没想到。他们逃走了，假装尚有一丝希望，假装可以抵达某个港口。然而大家都知道，这些船员难逃一死。

三艘新科罗布森铁甲舰和一艘护卫舰被掳获。顷刻间，它们成了舰队城最先进的船只，但是仍难补偿损毁的数十艘舰艇。为了消灭巨型战舰，两艘潜艇和大约一半仓促改装的蒸汽船成为牺牲品，这在整个舰队中占了相当可观的比例。"三叉戟号"和几十架较小的飞艇也消失了。成群的魔像犹如老鼠一般扑向那巨硕的飞行器，迫使其沉降坠落，烈火吞噬了它的皮囊，焚毁了它的骨架。

舰队城的人花了很久才回到城中，有的划着救生筏，有的依靠游泳，有的扒住残骸。"雄伟东风号"底下的魔学家和工程师让恐兽又缓步行进了一天有余。它迟钝地继续跋涉着，对头顶上混乱惨烈的场面毫不在意。

毋庸置疑，抵达城市的人中，有一部分是新科罗布森士兵。少数有胆识的，已从舰队城居民尸体上剥下衣衫，然后爬上甲板，开始新生活——充当一名水手，而他们的盐语至少也还过得去。但大多数人都已饱受创伤，无法如此清醒地盘算，战斗过后，新科罗布森水手开始出现在舰队城的甲板上，穿着褴褛的军装，浑身浸透海水，恐惧而狼狈。他们虽然畏惧舰队城的报复，但更怕溺毙。

战斗刚刚结束的日子满目疮痍，天空中弥漫着红光与黑烟，而那些惊慌失措的新科罗布森水手引起了一场政治危机。舰队城损失如此之大，居民们在盛怒之下，当然要惩罚这群落魄的俘虏。新来的人遭到鞭击与殴打——有些被折磨致死——行刑者高呼着死去友人的名字。但最后，疲惫、厌恶与麻木渐渐占了上风，新科罗布森人被带到"雄伟东风号"监禁起来。毕竟，舰队城的历史是以同化敌人、吸收异己为基础的——每一场战斗，每一艘被俘的船只都不例外。

这次的势态比舰队城以往任何时候都要残酷与严重，但关于被捕的敌人如何处置，没有任何疑问。跟"女舞神号"一样，能接受劝服的人都将成为舰队城居民。

不过这一回，疤脸情侣提出了异议。

疤脸情侣自战场归来后既愤慨，又振奋，并增添了许多凌乱的新伤，不再互相对称（往后的夜晚中，他们将着手解决这一问题）。疤脸情侣意图流放这批新科罗布森人。当消息传出，整个区、整座城市都很震惊。

他们在"雄伟东风号"上匆匆召集民众大会，女首领阐述了她的意见。她强烈反对让新科罗布森人留下，并提醒大家，他们缺失的家庭成员正是被这些人杀害的，而他们的城市亦遭到轰炸，半数的舰队城船只被击毁。如今城中有太多俘虏，比嘉水区或其他任何一个区以往一次纳入的人数要多好几倍。资源短缺，舰队城的实力被削弱，而新科罗布森已经宣战，他们怎么可能吸收如许多敌人？

然而舰队城居民有很多是由敌人转化而来的。自这座城市存在以来，始终保持着同样的传统，一旦战斗结束，敌方的底层士兵如何处理，向来都不存在争议。他们将受到善待，并有望转化为公民。毕竟，这就是舰队城的本质——由迷失者、变节者、叛逃者和战败者构成的殖民地。

新科罗布森水手们在囚牢里瑟瑟发抖，对围绕着他们展开的辩论毫不知情。

这不是屠杀，女首领宣称。可以将囚犯连同补给品一起送上一条船，并指明贝锐凯凯内弗大陆的方向。他们并非没有可能抵达。

她的提议缺乏说服力。

她改变了策略，激愤地争辩说，有了恐兽，城市必须继续前进，它有能力去舰队城居民从前做梦都想不到的地方，能够办到超乎想象的事，把资源浪费在上千名哭哭啼啼的新人——杀人犯——身上，给他们擦鼻涕，这太愚蠢了。

即使他们伤口依然滴着鲜血，即使战争的记忆依然痛苦，人群仍对女首领产生了抵触情绪。她无法说服大家。其他统治者默默地观望着。

贝莉丝明白，聚集的人群对俘虏既不存有爱心，也不存有特殊的怜悯与同情。船底囚禁着的这群满身血污、痛苦不堪的伤兵并不是问题的关键。舰队城居民关心的不是俘虏，而是自己的城市。这就是舰队城，他们说。这就是舰队之所以成为舰队城的原因。改变了这一点，我们还能确信自己的身份吗？我们还要怎样继续存在下去呢？

凭借一番言辞，疤脸女首领不可能推翻许多世纪以来的传统——城市的生存依赖于这种传统。她在讲台上势单力孤，难以说服众人。贝莉丝忽然疑惑地想，男首领在哪里，不知他是否赞同。

人群中有人支持女首领的观点，当他们察觉到不满情绪，便开始叫嚷，自发地予以支持，高喊着要向俘虏们复仇。但在更多的反对声浪中，他们安静下来。

局势忽然明朗起来。聚集的人群显然不允许处死新科罗布森俘虏，即使是像女首领建议的那样，采取貌似仁慈的做法也不行。冗长的劝服工作显然即将展开，这一过程有时容易，有时残酷。他们将花上长达数月的时间进行游说。船底的囚犯大多是男性，也有少数女性。最终，他们中有许多人将自愿接受新的生活，而那些不愿接受的，则会继续遭到囚禁，直到最后，若经过漫长的努力，仍难以劝服，才有可能被处决。

"干吗这么着急？"有人喊道，"真见鬼，你到底要带我们去哪里？"

女首领立即屈服了，但依然保持着领袖的姿态，她耸耸肩表示同意，并宣布收回命令，态度非常谦逊，甚至有点儿夸张。她赢得一阵稀稀落落的喝彩，人们依然很乐意原谅盛怒之下的错误提议。她没有回应那激烈的质问。

后来，当贝莉丝回想起此刻，她发现这是个转折点。在紧接着的几个星期中，她告诉自己，正是由那时开始，一切全都变了。

破损严重，无法航行的船只挂靠在城市边，由永不疲倦的恐兽拖拽着前进。它步伐稳健，从未有意外的突然变速，始终保持在每小时五英里多一点。

一直往北。

日间，人们举行各种哀悼活动：致哀，讲经，祈祷。重建工作已经开始。吊臂来回扭转，城中到处是静默的工人，他们尽可能修复损坏的建筑，对于无法复原的，则予以改造。到了晚上，各处的酒馆虽然满座，却都安静沉寂。在那些悲惨的日子里，舰队城缺少欢笑。这座城市仍在淌血，伤口尚未结疤。

人们开始提出疑问。他们小心翼翼地触碰着头脑中的创伤，轻轻试探战争留下的敏感触点。可怕的怀疑由此而产生。

他们来干什么？人们时而独自思忖，时而互相询问（摇着头，视线低垂）。相隔半个世界，他们是怎么找过来的？

以后是否还能找到我们？

缓缓增长的愤怒与疑问引出了更为广泛的问题，不仅仅止于战争本身。每一个问题都会衍生出新的质疑。

我们何以会引起他们的注意？

我们做了什么？

我们要去哪里？

时日渐逝，贝莉丝度过许多难眠之夜，她的麻木感开始消退。战斗过后，她还没跟谁好好交谈过——始终一人独处。乌瑟·铎尔没搭理她；她也没去找凯瑞安妮和约翰尼斯。许多天来，贝莉丝除了在杂草般滋长的流言中打探，基本没怎么开口。

战后第二天，她开始思索。她似乎有所觉醒，一段时间以来，她没有任何情绪，但望着破损的城市，她感受到冰冷的恐惧。她好奇地意识到，自己充满惊骇。

她抬头看着太阳，感受到内心积聚的情绪，同时也意识到自己的种种疑惑，以及那些确凿无疑的可怕事实。

"哦，天哪，"她低声说道，"哦，天哪。"

她发现自己知道得太多。她难以直面这许多可怕的事，仍不敢多加思索，心中虽然清楚明了，却总是在逃避，犹如躲避恶霸。

那天，贝莉丝照常吃喝行走，仿佛一切都没改变，她的动作跟周围其他饱受创伤的人一样僵硬笨拙。然而她偶尔会露出痛苦的表情——眯缝起眼睛，倒抽一口冷气，然后咬紧牙关——因为她想到了那些事。她就像怀了身孕——肚子里有个肥硕恶毒的胎儿，她极力想要将其遗忘。

或许她也知道，不可能将此事彻底禁锢于心中，但她一直在拖延，从不说出口，从不清晰地思辨，始终拒绝承认早已明了的事实，她在愤怒与恐惧中告诉自己，"以后再说，以后再说……"

她透过粗陋的窗户望向落日，然后反复重读自己所写的信，试图定下心来记载战斗的场景，因为她不知该做什么才好。十点钟，她听到急促的敲门声，当她打开门，面对的是坦纳·赛克。

烟囱公寓门外的楼梯口有一小块凸出的平台，他就站在那里。他在战斗中挂了彩，脸上有感染的伤口，左眼肿得无法睁开，胸口缠着绷带，丑陋的触须从中伸出，紧紧盘绕在身上。坦纳握着一把手枪，指向贝莉丝的脸。他的手毫不动摇。

贝莉丝瞪着手枪，直直地望向枪管内部。她一直怀揣着那沉重而可憎的事实，此刻却再也无法阻挡其浮上表面。她知道真相，也明白坦纳·赛克为何要杀死她。疲惫中，她很清楚，假如他扣下扳机，假如她听见枪响，在子弹射爆头颅前的一刹那，她不会责怪他。

第三十八章

"你这个双手沾满鲜血的臭婊子。"

贝莉丝发出痛苦的惊呼，紧紧抓住椅背，她用力眨了眨眼睛，以使视线恢复清晰。坦纳·赛克打了她，反手一记沉重的耳光，迫使她撞到墙上。这一击似乎将他的怒火排出了体外，剩下那点力气，只够愤愤地与她交谈。他的枪依然指向她头部。

"我当时不知道，"贝莉丝说，"我向嘉罢起誓，我不知道。"她不害怕，更多的是羞耻，惶惑中，她的口齿含混不清。

"你他妈是个邪恶的混蛋，"坦纳的嗓音并不大，"你这个吸血的婊子，婊子，混蛋……"

"我不知道。"她重复道。他的枪依然没有撤走。

他又开始咒骂，一长串恶毒的抨击，然而她没有插嘴，任由他不停地谩骂，直到厌倦为止。骂够了之后，他突然改变策略，恢复到近乎寻常的语气。

"死了那么多人，流了那么多血。我当时在水底下，你知道吗？我在水里游泳。"他低语道，"我他妈的在血水里一边游泳，一边杀人。杀的是跟我一样的同胞，都是些愣头愣脑的新科罗布森小伙子。要是我被抓回去，要是他们的计划得逞，要是他们得偿所愿，占领了这座该死的城市，屠杀还会继续。而我此刻已经在去殖民地的路上，再次沦为改造人奴隶。

"我的小兄弟，"他忽然压低嗓音，"谢克尔。你认识谢克尔，对吧？"他凝视着贝莉丝。"他帮过你几次忙。他和他的情人安捷文被卷入了战局。安吉能顾好自己，但谢克尔？他去搞了一把来复枪，这个蠢小子。一颗子弹击中他下方的栏杆，碎木片撕裂了他的脸，血肉模糊。他将永远带着伤疤——永远。然而我在想，要是那个新科罗布森人的枪再移一点点——只要他妈一点点——谢克尔就没命了。他就死了。"

他那悲凉的语调令贝莉丝无法释然。

"他就会加入所有死者的行列。"坦纳语气黯淡，"是谁杀了他们，是谁杀死了这些水手？是谁杀的？你非得要寻求帮助是吗？你有没有想过后果？有没有？你不在乎吗？你如今依然不在乎吗？"他的言辞给予她沉重的打击。即便她在摇头——不是这么回事——却仍感到深深的羞愧。"是你杀了他们，你这该死的叛徒。

"你……和我。"

他的枪依然一动不动，但脸上表情扭曲。

"我，"他说，"你为什么把我牵扯进来？"他的眼睛充满血丝。"你差点儿杀了我的小兄弟。"

贝莉丝眨了眨眼，强忍住泪水。

"坦纳，"她的声音沙哑哽咽，"坦纳。"她缓缓说道，同时无助地举起双手。"我向你发誓，向你发誓，我发誓……我当时并不知情。"

据她猜测，他一直有一点点疑惑，一点点不确定，不然直接就会崩了她。她磕磕巴巴地解释了很久，试图将这连自己都觉得完全难以置信的故事表达清楚。

在此期间，他的枪从未离开过她的脸。贝莉丝在向坦纳诉说的过程中，不时停顿下来，因为她逐渐看清了真相。

窗户就在坦纳·赛克的肩膀后面，她一边说，一边望向窗外，这比看着他的眼睛容易多了。每次瞥向他的脸，她都像被灼痛了似的。遭到背叛令她愤怒难忍，但最折磨人的，还是那羞愧的感觉。

"当时告诉你的事，我自己全都确信无疑，"她说道，想起那惨烈的场面，她露出极端痛苦的表情，"他也骗了我。"

"我压根就不知道他们是怎样找到舰队城的，"稍后，她又说道，而坦纳依然怒气冲冲，充满怀疑，"我不知道怎么回事；不知道他们干了什么；不知道他为达成目标，窃取了什么样的情报或设备。这事有点儿蹊跷……他一定有所隐瞒；在那封信里，他一定给出了线索，让他们追踪至此……"

"就是你给我的那封信。"坦纳说，贝莉丝略一迟疑，然后点点头。

"他给了我，我又给了你。"她说。

"我当时确信无疑，"她说，"嘉罢在上，坦纳，你以为我怎么会在'女舞神号'上？真见鬼，我是在逃亡，坦纳。"对此，他沉默不语。

"我是在逃跑，"贝莉丝继续说，"我是在逃跑……哦，没错，真该死，我不喜欢这儿，这地方不适合我……但我在逃亡。我不会去邀请那些混蛋。我匆匆奔逃，正是因为担忧自己的性命。"他好奇地看着她。"况且……"她犹豫不决，不敢说得太多，虽然很想告诉他真相，却担心显得刻意迎合。

"况且……"她保持平静的语声继续说道，"况且，我不愿这么干。我不愿这样……对待你，对待你们所有人。我跟那些恶心的法政官不同，坦纳。我不愿看到他们的裁决落在你们头上。"

他注视着她的眼睛，脸色如岩石般冷峻。

她后来意识到，让他打定主意相信她的，不是她的悲哀与羞愧。他不信这一套。对此，她也觉得无可厚非。然而她的怒气使他确信，她讲的是实话，她也同样受到欺骗。

在冗长而痛苦的沉默中，贝莉丝浑身颤抖，双拳紧紧握起，甚至都失去了血色。

"混蛋。"她听见自己说道，然后摇了摇头。

坦纳知道她不是在跟他说话。她想到的是赛拉斯·费内克。

"他向我撒谎，"她突然恶狠狠地对坦纳说，连自己也吃了一惊，"一个接一个的谎言……以便能利用我。"

他利用我，她心想，就跟利用其他人一样。我见过他如何行事，明白他的工作性质，知道他如何利用别人，然而……

然而没想到，他也会同样对我。

"他羞辱了你，"坦纳说，"你以为自己很特别，对吗？"他讥笑道。"以为自己能看透他？以为跟他是一路的？"

她瞪视着他，心中充满炽烈的怒火和自厌。她就像个天真的蠢蛋似的上了赛拉斯的当，跟其他人一样，成为他的傀儡。*那么多可悲的白痴爱读西蒙·芬奇的宣传册，那么多愚蠢的混球甘愿充当他的线人，而我比他们还不如。他轻易就骗过了她，这简直是一种侮辱，她感到很懊恼。*

"你这混蛋，"她喃喃低语，"我他妈一定要干掉你。"

坦纳再次露出讥讽的表情，她知道自己听起来有多可悲。

"你觉得他说的有真话吗？"坦纳·赛克问她。

他们生硬而疑惑地坐在一起。坦纳依然端着枪，只是不再握得那么紧。他们并没有成为密谋的伙伴。他面带嫌恶与怒气看着她。尽管他相信，她的初衷并非要伤害舰队城，但他们并不是同路人。毕竟是她劝服他前去送信，使他与惨烈的屠杀难脱干系。

贝莉丝在淤积的愠怒中摇了摇头。

"我是否相信新科罗布森受到了攻击？"她愤愤地说，"是否认为世上最强盛的城邦面临着邪恶鱼怪的威胁？两千年的历史即将终结，只有我可以拯救家乡？不，坦纳·赛克，我不相信。我觉得他只是想送一则消息回去而已。这个善于操弄人的混蛋把我耍得团团转，跟利用其他人没有两样。"他是个杀手，是个间谍；他是政府的代理人，她心想。正是我需要躲避的那一类。然而，在孤独中，我居然如此轻信他，简直像个迷糊的白痴。

他们为什么要来接他？她突然想到。横跨四千英里，就为了营救一个人？他们不是为了他，也不像是为了"高粱号"。

"这里面还有隐情……"她缓缓地说，试图理清思路，"这里面还有我们无法看透的隐情。"

无论他是多么出色的间谍，他们也不可能仅仅为了他，便如此长途跋涉，冒如此大的风险。他手上有什么东西，她意识到。他手上握着他们想要的东西。

"那我们该怎么办？"

天色渐亮，城中的鸟儿开始啼鸣。贝莉丝感到头很疼，她疲倦极了。

她暂时没有理会坦纳的问题。她望向窗外，索具与建筑仿佛蚀刻的黑影，映衬在微微发白的天空中。一切平静而安逸。通过城市边缘的海浪，她能看出舰队城正缓缓往北行进。空气中透着凉爽。

此刻，贝莉丝仍想再拖延片刻，再多喘一口气，然后才开口回应坦纳，并由此催动这窘迫而令人窒息的残局。

她知道该如何回答他的问题，但不愿立即说出来。她没有看他，知道他还会再问。赛拉斯·费内克目睹救援行动失败之后，仍可在城中自由行动，他们能做的只有一件事。她很清楚，坦纳一定也知道答案，他是在试探自己，若不能给出唯一可行的回答，他仍会开枪打爆她的脑袋。

"我们该怎么办？"他又说道。她疲惫地抬头望向他。"你很清楚。"她发出刺耳的笑声，"我们必须说出真相。"

"我们得告诉乌瑟·铎尔。"

第三十九章

我们漂浮在惊涛洋北端，只需再往西或西北方向走大约一两千英里，便是狡诈海。新艾斯培林殖民地就盘踞在其蜿蜒曲折的海岸线上，那里有一片未经勘探的大陆。

它果真是照片里那座灯光闪耀的小城吗？我见过一些胶版相片，包括高塔和谷仓，包括城市周围的森林，以及其环境中独有的动物：全都静止地镶在镜框里，用手工着上黑墨。每个人在新艾斯培林都有机会。哪怕是改造人和奴工，也能争取到自由。

（然而这并不是真的。）

我想象着站在相片中的山峦上（由于距离遥远，又在焦距之外，它们只是些淡淡的影子）俯瞰民居，想象自己学习当地的语言，并从废墟中寻出残旧的书籍，淘拣分类。

从新科罗布森到铁海湾入海口，是十英里的路程。

我发现自己总是回忆起城市外围这片介于陆地与海洋之间的区域。

我对季节变化失去了概念。我离开时，正值秋末冬初，从此往后，我的时间感越来越差。酷热，凉爽，寒冷，然后再次酷热，混乱无序，难以捉摸。

新艾斯培林也许又到了秋季。

新科罗布森则是春季。

我的学识无法得到发挥，我的旅程自己难以掌控，而其目的亦无从了解，我既渴望回到曾经逃离的家乡，又渴望去一个从未见过的场所。

墙外的鸟儿激烈而愚蠢地争相啼鸣，闭上眼睛，我可以假装观察它们与气流角力，也可以假装在另一艘船上，假装身处世间任一地点。

但我睁开眼（我别无选择），依然站在这间会议厅里，身边是坦纳·赛克。我低垂着头，身上绑着锁链。

在贝莉丝和坦纳面前数尺远处，乌瑟·铎尔已经差不多向各区首领演讲完毕：疤脸情侣，戴尼奇，新圆屋区议会，等等。天色已暗，布鲁寇勒也参与了会议。他是唯一未受战争影响的首领——其他人不是带着伤疤，就是脸色阴沉。首领们聆听着乌瑟·铎尔的发言，时不时瞥一眼囚犯。

贝莉丝发现他们以愤怒的眼神注视着自己。坦纳·赛克无法抬起头来，他紧紧地包裹在痛苦与羞愧之中。

"我们一致同意，"乌瑟·铎尔说，"必须立即采取行动。可以假定，我们掌握的情况属实。必须马上把赛拉斯·费内克抓起来。同样可以假定，即使他现在仍未获悉我们打算追捕他，也很快就会发现。"

"但真见鬼，他究竟是怎么办到的？""商贾之王"弗列德里希嚷道，"我的意思是，我知道那该死的包裹，那该死的包裹里……"他朝着贝莉丝和坦纳怒目而视。"但是，见鬼，费内克怎么可能搞到定位石？罗盘工厂，真该死……比我的金库看守还要严。他是怎么进去的？"

"这我们还不清楚，"乌瑟·铎尔说，"也是最先需要询问他的事之一。我们必须尽量低调行事。因为西蒙·芬奇，费内克……并不缺少支持者。"铎尔继续道。疤脸情侣没有互相看着对方。"我们不能冒险……以免激怒市民。得赶快行动。有人知道该如何着手吗？"

戴尼奇清了清嗓子，举起手。"有传闻说，"他犹豫不决地开口道，"芬奇常在某间酒肆里活动——

"阁下，请容我发言。"布鲁寇勒用那刺耳的嗓音打断了他的话。每个人都惊讶地望向他。这名血族今天似乎带着异乎寻常的迟疑。他叹了口气，长舌飘忽翻卷，然后继续说下去。

"关于召唤恐兽和城市的行进路线，枯瀑区与嘉水区的首领存在重大分歧，这不是秘密，而城市的目的地至今仍未公诸于众，"他带着稍纵即逝的怒气补充道，"然而——"他那双黄褐色的眼珠在屋里扫了一圈，仿佛寻求挑战似的。"——我希望没人会断言，布鲁寇勒及其助手们对这座城市并非绝对忠诚。无法在早先的战斗中为舰队城出力，我们感到深深的遗憾。

"我知道，"他紧接着说，"我的民众参与了战斗。我们这里也有死去的人——但我和我的手下并未加入。这是我们欠大家的。

"我知道赛拉斯·费内克在哪里。"

屋内响起一片急促的惊呼声。

"你怎么知道的？"疤脸首领说，"你知道多久了？"

"不太久，"布鲁寇勒说，他注视着她的眼睛，但并不显得自豪，"我们发现了西蒙·芬奇的栖身之处，那也是他印刷文章的地方。但要知道……"他忽然激动地说。"要知道，我们对他的计划一无所知。不然绝不会允许。"

言外之意很明显。他认为"西蒙·芬奇"的活动只会损害到嘉水区，而不是整座城市，因此放任他扩展影响，印刷异议文字，散放破坏性的流言。他不知道芬奇招来了新科罗布森舰队。跟坦纳和贝莉丝一样，他发现自己被拖进了这趟浑水。

贝莉丝望着疤脸情侣夸张的怒容，心中暗自鄙夷。好像你们没这么干过似的，她心想。好像你们这群混蛋不曾如此钩心斗角似的。

"我明白其中的利害，"布鲁寇勒带着嘶嘶的气声说道，"我跟你们一样，迫切想要捉拿这个混蛋。逮捕他不仅是我的责任，也能给我带来欣慰。"

"你别去抓他，"乌瑟·铎尔说，"我去——我和我的手下。"

布鲁寇勒暗黄色的眼睛转向铎尔。"我有一定的优势，"他缓缓地说，"这项任务对我很重要。"

"你不能借此获得免责，亡者，"铎尔冷冷地说，"你任由他畅通无阻地执行阴谋，而这就是后果。赶快告诉我们他在哪里，然后你就别再插手了。"

屋里出现片刻的沉默。

"他在哪里？"疤脸首领突然嚷道，"他躲在什么地方？"

"这又是一个为什么要让我的助手去追捕他的原因。"布鲁寇勒答道，"他所在之处，你们的人可能不愿意去。赛拉斯·费内克在鬼影区。"

铎尔并未动摇。他瞪视着血族。"你别去，"他重复道，"我不害怕。"

贝莉丝心怀羞愧地听着，对费内克的憎恨淤积于心中缓缓燃烧。你这个混蛋，她充满冷酷的快意，看你这次怎么再靠谎言蒙混过去。

即便他仍是最有希望助她逃离的人，她也不会允许这头可恶的猪再次欺骗利用自己。无论代价如何，一定得让他偿还这笔债。她宁愿在舰队城或地疤碰碰运气。

真见鬼，你应该告诉我的，赛拉斯，她一边想，一边费力地呼吸着，心中愤愤不平。我也想要逃离——至今仍是如此。假如你告诉我真相——假如你坦诚直率，假如你没有利用我——没准我会帮你，她心想。我们也许可以共同行动。

但她知道事实并非如此。

尽管她极力想要离开此地，但若是知道了他的计划，是不会帮他的。她不愿参与这种事。

贝莉丝带着极度自厌的情绪意识到，赛拉斯对她的判断很准确。他的工作就是要知道，他可以告诉谁什么样的信息，周围的人愿意合作到何种程度，然后以此为依据向他们灌输谎言。他必须作出决断，每一颗被利用的棋子应该知道些什么。

他对她的判断是正确的。

贝莉丝想起她和坦纳一起找到乌瑟·铎尔时，铎尔有多愤怒。

在他们解释的过程中，他凝视着他们俩，脸色越来越僵硬冷峻，眼神越来越阴沉。慌乱中，贝莉丝和坦纳都解释说，自己对实情一无所知，是受到了利用。

坦纳急促而混乱地诉说着，但铎尔不为所动，只是等着他说完，然后一言不发，以沉默来惩罚他。随后，他转向贝莉丝，等待她的解释。他让她感到很不自在——当她说到自己认识赛拉斯·费内克，亦即西蒙·芬奇时，他毫无反应，似乎对此一点儿也不吃惊。他静静地站立着，等待更多信息。然而当她说起自己所做的事，说起为赛拉斯递送物品，铎尔忽然火冒三丈。

"不，"他吼道，"我要知道他究竟做了什么？"

她低声咕哝了几句——面带惭愧，结结巴巴地表示，她不清楚，压根不可能知道——他的眼光狠狠地瞪视着她，仿佛直切入她的五脏六腑。他脸上带着冷酷而厌恶的表情，这是她从未见过的。

"你确定？"他诧异地说，"真是这样吗？不知道？一点儿也不知道？"

疑惑就像铎尔在她脑子里孵化出的一条蛆虫，无情地往她的痛苦与懊悔中乱拱。

我真不知道吗？一点儿怀疑也没有？

舰队城的首领们在争论鬼影区的地形和其中的行尸走肉，商讨要如何设下陷阱。

贝莉丝提高嗓音，打断了所有人的谈话。"各位议员。"她说道。他们安静下来。

铎尔打量着她，眼神中毫无宽恕的意思。她没有退缩。

"还有件事需要记住，"她说，"我相信新科罗布森不远千里派遣部队并非出于爱心。他们劳师动众，冒着巨大的风险，派出这许多舰船，不可能是为了'高粱号'，更不可能是为了接他们的雇员回家。

"赛拉斯·费内克手里有他们想要的东西。我不知道那是什么，我……我发誓，如果知道的话，一定会告诉你们。我确信……有一件事我确信是真的，他告诉我，他曾在拱石城待了一段时间，而最近还去过成戈利斯。我见过他的记事本，我相信那是真话。

"他告诉我说，格林迪洛在追捕他。这没准也是真的。或许是因为他偷走了某件物品：当新科罗布森政府获悉他手里握着这件东西，便甘愿冒险穿越整个世界来收取。也许这就是他们来到此处的原因。

"你们一致同意，他所做的事超乎寻常人的能力：闯入戒备森严的场所行窃。或许这一切都是因为赛拉斯·费内克手中的物品——新科罗布森想要获取的目标。因此，我要说的是……当你们追踪到他，记住，他可能会使用那东西……要小心了。"

她说完之后，是一阵冗长持久的沉默。

"她讲得对。"有人说道。

"怎么处置她？"圆屋区议会中一名冲动的年轻人说道，"你们——我们——打算相信吗？相信他们一无所知？只是想拯救自己的城市？"

"这里才是我的城市。"坦纳·赛克突然喊道，让沉默的众人吃了一惊。

乌瑟·铎尔望着他，坦纳的脑袋又缓缓地耷拉下去。

"怎样处置以后再说，"铎尔说，"暂时先把他们关押起来，等抓到赛拉斯·费内克，我们便可以审讯他，然后再作出裁断。"

乌瑟·铎尔亲自将坦纳和贝莉丝带入囚室。

他押着他们走出会议室，进入"雄伟东风号"迷宫似的过道里。走廊两侧的黑木饰板上，悬挂着古老的胶版相片，画面中是新科罗布森水手。汽灯照亮了他们经过的重重走道。最后，他们停了下来，周围充满古怪的音响，有金属摩擦的吱嘎声，也有引擎的轰鸣。

铎尔（轻轻地）把坦纳推进门，贝莉丝瞥了一眼，看到里面陈设简陋：一张床铺，一张书桌，一把椅子，一扇窗。铎尔并不理会贝莉丝，转身继续往前走。正如他所料，她跟了过去：哪怕是走向自己的牢房。

囚室的窗外并非一团漆黑。他们在水平面以下，她的舷窗外是光线昏黄的海洋。她转身撑住门，阻止铎尔将其合上。

"铎尔。"她一边说，一边在他脸上寻找仁慈、友善、好感、宽容等迹象，但毫无收获。

他在等待。

"有一件事，"她坚定地注视着他的眼睛说道，"坦纳·赛克……跟我相比，他更是受害者。他绝不会愿意干任何危害舰队城的事。他如今简直犹如身处地狱，整个人都崩溃了。你如果要惩罚……"她颤颤巍巍地吸了口气。"我是想说，你如果打算制裁，至少不要……惩罚他。其他随你便。他是最忠诚的舰队城居民——最忠诚的嘉水区成员——这一点我相信。"

乌瑟·铎尔长久地凝视着她，并缓慢地歪起脑袋，仿佛充满好奇。

"我的天，科德万小姐，"他最后说道，语气平静和缓，比以往更加轻柔，更加动听，"老天为证，多么勇敢的自我牺牲，自愿承担最重的罪责，无私地为他人乞求怜悯。我要是怀疑你的基本动机，怀疑你刻意欺骗——故意给我的城市带来战争，不管是出于怨恨，还是根本就不在乎——我要是打算严厉处罚你的所作所为，这下可得重新考虑了，因为你显得……如此无私……如此高尚。"

他一开口，贝莉丝就立即抬头望向他，但随着他的挖苦嘲弄，平和的语调变得酸溜溜的，令贝莉丝瞠目结舌。

她怒火中烧，沮丧万分，再次感到羞愧与孤独。

"哦。"她吸了口气，无言以对。

乌瑟·铎尔旋上锁匙，留下贝莉丝独自看着窗外的鱼群没头没脑地围绕屋里漏出的那点光亮打转。

舰队城从来没有一刻安静。即使是最漫长的黑夜，即使是在最静谧的时分，即使四下里没有一个活物，这座城市依然充满噪音。

风声和水声永无止歇。舰队城在波浪中起伏，时而舒展，时而收缩。索具窸窣作响，桅杆与烟囱不时发出局促的吱嘎挪移声。船与船之间不断地碰撞，仿佛骸骨相击，又仿佛有人麻木而耐心地叩击着一间空屋的门，永远不知放弃。

城中最接近绝对沉默的要数空旷的鬼影区。在这里，浪花的拍击与摩擦声显得空洞沉闷。然而此处还有其他更为神秘的声响，令人心惊胆战，不敢贸然走近。

有时是一阵缓慢的碎裂声，就好像干枯的木塔倒塌倾侧。有时是有节奏的撞击声，仿佛机器在木头上扎眼。有时是微弱的低吟声，类似于走调的长笛。

鬼影区在古怪的噪音中微微摇荡，长年的海水侵蚀使其缓慢地凋零腐烂，在冗长的岁月中趋于解体。没人知道那些古旧残破的舰船里藏着什么。

"文贮号"是鬼影区中最大的船。这条古船长达四百余尺，由赭木雕刻而成，曾经浸染着鲜艳的色彩，然而历经岁月，颜料已被空气中的盐分消蚀殆尽。五根桅杆以及大量支架、立柱和帆桁，全都化作残骸，纵横交错地散落于甲板上。它们已失去原形，在腐烂与虫蛀中逐渐消亡。

接近午夜时分，枯澡区和底安信区中传来各种声响：有饮酒作乐的喧嚣，也有战后重建的机械噪音。鬼影区中仍有连接其他区域的桥梁，古老荒废，不知搭建于多少年前，却固执地拒绝化为齑粉。

底安信区边缘有一艘粗陋的平底驳船，有个人偷偷越过水面，来到对面废弃的舰船上。他毫无恐惧地穿行于腐烂的船体间，到处都是霉菌和冻疮似的锈蚀。虽然仅有星光照明，但他熟门熟路。

在一艘铁壳拖网渔船的前部，巨大的绞盘已然碎裂，内部机件散落一地，仿佛被屠宰的牲畜。那人从沾满油污的残骸之间穿过，来到"文贮号"上。长长的甲板在他面前略微翘起。

（船底连接着很久以前安装的巨链，一直延伸至海底，牵系着恐兽。）

那人潜入鬼魂游荡的船只内部，并没有刻意保持安静。他知道，如若被听见，人们会以为他是幽灵。

他穿梭于昏暗的过道之间，周围墙面上泛出由魔法或荧光菌产生的微光。

那人放缓脚步，环顾四周，脸色凝重，手中的雕像攥得更紧了。通往下方的阶梯老旧湿滑，他停下来，用另一只手扶住栏杆。他屏住呼吸，缓缓地扭头察看四周，使劲瞪视着每一处黑暗的角落，仔细聆听。

有一种微弱的声响。

即使在布满鬼魂的甲板上，他也从没听见过这样的声音。

他转过身，凝视着走廊尽头的那一团漆黑，仿佛这是一场意志的较量，仿佛要用眼神压倒黑暗，最终逼迫它交出隐藏的一切。

"赛拉斯。"

有个人从阴影中走出来。

赛拉斯·费内克立即捧起手中的雕像，将舌头深深地探入其咽喉。那人影向他奔来，在黑暗中逐渐接近，手里还握着一把剑。

突然间，又有更多人出现。他们神情冷峻地从周围木结构的缝隙间涌出，以惊人的速度向他扑来，手中举着各式枪支武器。

"抓活的！" 铎尔喊道。

赛拉斯·费内克感觉到石像的舌头一阵颤动，仿佛充满贪欲，能量源源不断地涌入他体内。他一步步凭空踏往高处，而片刻之前，这根本不可能办到。费内克扭转身躯，第一个嘉水区的人傻乎乎地从他下方冲了过去，他张开嘴猛吸一口气，肠胃一阵痉挛。随着一声干呕似的低吼，他吐出一团泛着微光的墨绿色汁液，不完全是黏稠的液体，也不完全是能量。从他口中喷出的魔法物质，正好落到攻击者脸上。

赛拉斯·费内克忽隐忽现地在不同维度空间中穿行，离开走廊，向高处移动，被他吐中的人濒临死亡，一边虚弱地嘶喊，一边乱抓着自己。

一道道门中涌出众多警卫，企图拉扯他的衣服。他们从狭窄的空间里窜出，仿佛一群老鼠，一群狗，一群虫子，简直难以形容，有的伸手来抓他，有的挥舞着刀剑。他们动作灵敏，入选者皆是技艺与勇气兼备。他们穷追不舍，犹如瘟疫的侵染，将他团团围住，困在核心。

嘉罢在上，真见鬼，周围到处都是他们的人，费内克心想，然后再次饥渴地把嘴凑到雕像上。维度与角度在他四周变幻重叠，身前身后的空间不断重组整合，他歪歪扭扭地冲上楼梯，仿佛即将溺毙的人扑向空气。他很愤怒。

嘉水区的人员纷纷袭来，竭尽全力想要抓住他。别惹我，他一边想，一边感到浑身充满能量。我可不是只会逃命而已。雕像的亲吻使得他体内积聚起恶毒的黏液，他转过身，狰狞地咧开嘴，朝着攻击者们频频喷吐。卷舌弹射间，一簇簇粘滞的物体飞向人们的脸。

那浓痰似的物质击中目标后，会像酸液一样腐蚀普通空间。警卫们在离奇而可怕的痛苦中呼喊，他们的眼睛、骨头和血肉失去实体，逐渐消融化解，不知去向。伤者倒在地上无力地惨叫，赛拉斯毫无同情地从他们身边经过，看着他们的脸在滋滋作响的黏液中虚化，看着他们的头部和胸部出现空洞。他们的躯体渗入不存在的空间，致命的虚空从伤口边缘向外蔓延，仿佛身体组织渐次坏死。他们的血肉变得模糊不清，难以辨识，最后突然消失于无形。

攻击者们满地打滚，在失去嘴巴之前仍不停地嘶喊。

费内克继续奔逃，心怦怦直跳。他一边跑，一边亲吻雕像，凭着复杂微妙的步伐，令四周的空间扭曲变化，打开通往其他位面的边界。

乌瑟·铎尔沉着脸，坚持不懈地紧跟其后，即使仅限于在常规空间中移动，仍然紧紧尾随着费内克。

铎尔绝不放弃。

费内克冲出"文贮号"幽暗的船体，来到户外。一时间，他静止地悬于空中，舌头在石像的牙齿上刮得鲜血淋漓。

你们这群混蛋，他暴躁恼怒，心中不再有一丝恐惧。他将舌头深深探入雕像，能量充斥着他的全身，并向四周发散，仿佛一颗黑星。他掠过一团破破烂烂的索具，从绳索的阴影间升起，四周的现实空间弯曲变形。他沿着自己挖掘的空间隧道前进，脱离那艘破船。

一队脸色阴沉的警卫从船舱中爬上来，熟练地在甲板上迅速散开。乌瑟·铎尔站在他们中间，直直地注视着费内克的眼睛。

"费内克。"他举起剑说道。

赛拉斯·费内克俯视着他，愤怒地咧开嘴。当他开口应答，话音中带着怪异的共鸣，仿佛紧贴耳畔的低声威胁。"乌瑟·铎尔。"

费内克位于甲板上方十五英尺，包裹在一圈扭曲的空气中。现实空间在他四周波动。他的身影模糊不清，轮廓边缘不停地变幻。他时隐时现，动作缓慢而流畅，犹如海洋中的捕食者。血水从他的嘴里和刮破的舌头上滴淌下来。他如同梭鱼一般回转，凭借雕像所提供的能量悬浮于半空中，瞪视着底下的人群。

他们举起武器。费内克的身影变得黯淡，子弹穿过他原本所在之处——穿过荡漾起伏的空气——随着子弹的消失，他再次张嘴喷吐，腐蚀性的黏液到处乱飞，犹如炮弹的碎片。

甲板上酸液横飞，溅到袭击者脸上，引发一片惨叫。人们恐慌地四散奔逃。

费内克注视着铎尔。

铎尔纵身一跃，避开黏液，动作突兀而轻巧。他脸色紧绷，依然瞪视着费内克。费内克身形一晃，沉降下来，如同幽灵一般飘浮于甲板上方，得意地呜呜低吟着，口中滴下一串酸液。只要有人靠近，他便再次喷吐，对方不是丧命，就是逃离。他盯上了乌瑟·铎尔。

"来抓我啊。"费内克低声说道，仿似带着醉意的挑衅。诡异的液体使得他喉咙口隐隐作痛，但他感觉自己无所不能，甚至可以在宇宙中灼烧出一个洞。他感觉没人能约束自己。面对咄咄逼人的强敌，铎尔往后跃开，动作洗练，但紧咬牙关，充满怒气，而费内克的嗓音依然在他耳边低语，"来啊……"

在交错的光影中，在拥挤的木结构间，四周的波浪声纤细琐碎，舰队城的灯火仅在咫尺之遥，费内克听见身后有人说话。

"唑——唑——赛拉斯——"

仿佛恐怖的巨蛇即将发动攻击。

费内克心头一惊，转过身来，透过摇曳不定的空气，他看见布鲁寇勒——带着入骨的仇恨，浑身散发出兽性——从黑暗中跃出，翻卷着长舌，向他扑来。

费内克尖叫一声，试图再次亲吻那古怪的雕像。但布鲁寇勒已经到了，他绷直手指，戳向费内克的咽喉。

这一击使得费内克仰面跌落到甲板上，拼命地喘着气。布鲁寇勒随着他一起坠下，眼中闪着怒火。费内克仍试图将雕像举到面前，布鲁寇勒轻蔑地一把抓住他的另一只手，动作轻松自如。他抬起脚（速度令人惊畏）狠狠踩踏费内克的右腕，将其压在甲板上碾碎。

费内克的尖叫中带着愚蠢可笑的颤音，伤残的手指阵阵痉挛。雕像滚落到木地板上。

他躺在碎木片之间嚎叫，鲜血自口鼻以及撕裂的手腕中流出。费内克在痛苦与恐惧中嘶喊，双腿轮番蹬踢，徒劳地企图脱身。他又恢复成实体，一副狼狈凄惨的模样。乌瑟·铎尔俯身进入他的视野。

挣扎中，费内克的衬衫撕裂敞开，露出胸膛。

他的胸口斑驳黏湿，呈现出一块块墨绿色与白色的皮肤，泛着病态的微光，仿佛腐肉，表皮上布满参差的突出物，有的像鲶鱼胡须，有的像鱼鳍。

铎尔和布鲁寇勒望着他变异的身体。

"瞧瞧你……"乌瑟·铎尔喃喃低语。

"就是为了这玩意儿？"布鲁寇勒看着铎尔手中的雕像，嘶嘶地说道。

费内克仍在哭喊嘶叫。石像高深莫测地瞪视着乌瑟·铎尔，一只眼开，一只眼闭，眼神清澈凛冽。灰绿色与黑色相间的附肢紧贴着石像的躯干，模模糊糊，难以分辨。它张着狰狞恐怖的嘴，展露出牙齿。铎尔摩挲着雕像后背上镶嵌的那片鳍状物。

"这是一件威力强大的物品，"布鲁寇勒对费内克说道，惊骇之下，费内克打了个冷战，"它杀死了多少舰队城的人？"

"把他带走。"铎尔吩咐手下未受伤的人。他们涌上前来，但看到布鲁寇勒并没有动，都怯怯地停下了脚步。

　　尽管铎尔有言在先，他依然干预了行动，或许还救了铎尔一命。然而铎尔对他毫无感激，也没有一丝懊悔与歉意。他只是冷冷地注视着布鲁寇勒，直到血族无奈地退开。

　　"他是**我们**的。"铎尔一边对布鲁寇勒低语，一边掂了掂雕像。

　　甲板上那些濒死的警卫正承受着难以想象的痛苦。他们的同伴毫无怜悯地架起费内克，粗暴地拽住他，对他的嘶喊不予理会。

　　在枯瀑区与底安信区的外围，居民们听见了鬼影区中传来的声响，他们直打冷战，比画着祈祷的手势。

　　"我从没听过这样的声音，"隐约的嘶喊声在夜色中回荡，人们窃窃私语，议论纷纷，"这不像是行尸走肉……这是另一种声音，不该出现在那里。"

　　他们能辨别出人声。

第四十章

乌瑟·铎尔坐在贝莉丝囚室中的床上。屋里依然很简陋，不过此刻地上多了一堆物品，是铎尔从她住所带来的笔记本和衣服。

他看着贝莉丝将格林迪洛雕像拿在手中翻来覆去。她谨慎而好奇地摩挲着，感受那复杂精细的雕纹。她凝视着雕像扭曲的脸，并向其口中窥望。

"小心，"当她用指甲触碰它的牙齿时，铎尔提醒道，"这很危险。"

"所有的一切……就是为了它？"贝莉丝说。

铎尔点点头。"他随身带着雕像，并利用它来杀人，还能扭曲空间，施展我从未见过的魔法。他一定是凭此进入罗盘工厂的。"

贝莉丝点点头。她明白铎尔指的是费内克引导新科罗布森人找到舰队城的方法，某种秘密的机械装置。

"现在应该安全了，"铎尔继续道，"定位石肯定在他们的'晨行者号'上。"

也许吧，贝莉丝心想。这就是追踪舰队城的设备。那些逃跑的铁甲船此刻不知在哪个角落里飘荡，经受着日晒雨淋，船员的尸体发出阵阵恶臭，你最好祈祷定位石不在这些船上，因为它们迟早会被发现。她再次翻转雕像，仔细观察。

"据我所知……"铎尔缓缓地继续说道,"根据从费内克口中了解的情况,这雕像并不重要。就好比一杆枪,它本身并不重要,重要的是子弹。这东西也一样。雕像本身没什么威力,只是载体而已。这,"他说道,"才是力量的来源。"

铎尔拨弄着嵌在雕像背部那片薄薄的硬皮。

"这是某个先祖身上的鳍,一名刺客祭司或者法师。它被植入石像中,与原型大致相似。这是一件格林迪洛圣物,"铎尔说,"是……圣者的遗骸。正是这里面蕴藏着力量。

"这都是费内克告诉我们的。"他说。贝莉丝可以想象,为了让费内克开口回答问题,他们使用了何种手段。

"一切都是因为它。"贝莉丝说。铎尔点点头。

"它可以办到令人惊奇的事,就像费内克那样。即便如此,我认为他只是略知皮毛而已。我猜新科罗布森一定有理由相信,这件……这件神奇的遗物拥有的能力,远远超过费内克所掌握的。"他望着贝莉丝的眼睛,"新科罗布森费尽力气,千里迢迢来到此处,除了寻求超强的力量,不可能是为别的。"

贝莉丝敬畏地看着手中的物品。

"我们拥有的,是一件非常特殊的东西。"铎尔平静地说,"我们找到了一件奇物,只有天知道它能赋予我们何种能力。"

这就是一切的根源,她心想。这就是费内克偷取的物品。他甚至告诉过我,他从成戈利斯偷走了东西。他告诉新科罗布森,这东西在他手上——当然不能直接交出去。不然的话,他们绝不会来接他。"快来救我,然后这玩意就属于你们了。"他以此为诱饵,吸引他们跨越整个世界。

新科罗布森不惜穿越世界,发动战争,就是因为它。所有的事件,都是由它而起。为了它,我将舰队城带到蚊族岛屿(虽然不明真相)。奥姆写的破书我本应丢进海里,但为了送那则假消息回新科罗布森,我却让舰队城拥有了恐兽。

这就是所有人追寻的目标。

这片法师之鳍。

贝莉丝不知道形势有何改变。铎尔似乎已经原谅她，不再采取那种嫌恶的态度。他来到这里，向她解释他们的发现，跟从前一样与她交谈。她很不安，感觉完全无法了解他。

"你们打算拿它怎么办？"她说。

乌瑟·铎尔将雕像包进一块湿布。他摇摇头。

"我们没时间仔细研究，现在还不行。有太多其他事情需要处理，有太多的头绪。我们……无法集中精力。它来得不是时候。"他语气平淡，但从他的犹豫中，她感觉到还有更多隐情。

"况且，费内克受到它的影响，雕像改变了他。

"连他自己都不清楚是怎么回事，不过也可能是他不愿说。没人知道格林迪洛使用的是何种能量。我们无法逆转费内克的变化，也不知道最终效果会是怎样的。没人愿意成为这座雕像的新情人。

"因此我们打算把它储藏在安全之处，直至完成手头的项目。等到有时间了，再让相关的学者对它进行研究。我们将隐瞒发生的一切，但为了以防万一有人知道费内克带来的是什么，我认为应该把它藏在一个大家都知道，但通常没人敢去的地方。那里原本就存放着一两件魔法物品，而非法闯入的风险……太过严重。"

说着，铎尔的手下意识地迅速拂过"或然之剑"的剑柄。贝莉丝注意到这一动作，她猜到了法师之鳍将被藏在何处。

"费内克呢，"她缓缓地说，"他在哪里？"

铎尔注视着她。"已经被逮住，"他朝走廊外略微点点头，"关起来了。"

接着是一阵长久的沉默。

"你来这里干什么？"贝莉丝最后平静地说，"你从什么时候开始相信我的？"她打量着铎尔，困惑使她疲惫不堪。自从我踏进这座该死的城市，每时每刻都绷紧了神经。她忽然清晰地意识到，我好累。

"我一直都相信你，"他的嗓音平淡无奇，"我从不认为你会故意招来新科罗布森舰队，不过我知道——我一直知道——你对此地没有好感。你来找我的时候，我以为会听到其他说法。

"费内克反复无常，时而闭口不言，时而试图把你拖下水，时而供认不讳……他的话每时每刻都在变。但事实很明显：是你太傻了，"铎尔毫无感情色彩地说，"你相信他。你以为自己……在做什么？他怎么跟你说的来着？拯救你们的城市。你的目的不是要消灭我们；你试图拯救家乡，使其免遭浩劫，以期有朝一日，能够回到那里。你不是想要消灭我们，你只是太傻。"

贝莉丝脸色阴沉，心中燃烧着怒火。

铎尔注视着她。"你是被牵扯进来的，不是吗？"他说，"以为……可以跟家乡攀上关系。只要有所行动就好，对不对？你想……拯救故乡。"

铎尔的语声单调轻微。贝莉丝低头看着自己的手。

"我敢打赌，"他继续道，"只要你稍微动脑子想一想他的话……肯定会感觉不对劲。"

他的言辞近乎和善。怀疑的蛆虫又活跃起来，在贝莉丝头脑中蠕动。

"在'文贮号'里，"铎尔说，"根本就没有他的影子。

"他的卧房在船舱深处，洁净而干燥。墙上到处钉满了纸片，用图画标示出谁是谁的人，谁掌管着什么业务，谁欠谁的债。相当令人佩服。他了解一切所需的情报。他……融入了城市的政治活动。他总是躲在暗处。跟不同的线人在不同地点碰面，使用不同的化名——西蒙·芬奇和赛拉斯·费内克只是其中两个而已。

"但那里没有他自己的影子，他就像一副空壳。如海报般到处张贴的纸片，一台小型手动印刷机，油墨与机油，储物箱里的衣服，包里的记事本——这就是他的全部家当，少得可怜。"铎尔望向贝莉丝的眼睛，"你可以在那间屋子里查看几个小时，却依然无法想象赛拉斯·费内克是什么样的人。

"他不过是一副塞满了阴谋的空皮囊。"

但如今他再也无法发声了，贝莉丝心想，而我们仍在继续北进。疤脸情侣获得了胜利。他们的麻烦已被排除，对不对，乌瑟？她凝视着他，试图重新建立起失落的纽带。

"我进来时，你在写什么东西？"铎尔的话令她大吃一惊。他指了指贝莉丝的衣袋，她的信就塞在那里面。

她总是随身带着这封信，随着页数的增长，渐渐趋于厚重。它没有被搜走，但也不可能助她逃离。

她已经有一阵子不曾添加新内容了。有时候，她会定时更新，就像记日记一样。而有时候，却连续许多个星期碰都不碰。在这间狭小单调的囚室里，窗外只有黯黑的海水，于是她又开始写信，仿佛这能给她带来平静似的。但她发现几乎什么都写不出。

"从我第一次遇到你开始，"铎尔说，"你就一直带着它。甚至在飞艇上也一样。"贝莉丝瞪大了眼睛。"那是什么？你在写什么？"

贝莉丝既冷静又惊恐地意识到，此刻她所说的话与所做的事，将带来深远的影响。一切都等待着尘埃落定，她感觉连气都透不过来。

贝莉丝从口袋里抽出信纸，开始念诵。

一七八〇年，切特月九日，尘埃日。血肉季第六戏剧日。
你好。

"这是一封信。"她说。
"给谁的？"铎尔说。他没有俯身窥视，而是看着她的眼睛。

她叹了口气，一直翻到信的开头，举起来给他看第一个词。

信纸上写着："亲爱的"，然后是一片空白，一个空洞。

"我不知道。"她说。

"它不是给某一个特定的人，"她说，"写信没有人读是件很可悲的事。它也不是写给死者的，不至于那么……凄惨。不，完全不是这么回事。它并非如此封闭：这是一扇敞开的门，可以是写给任何人的。"

这番话说出口，她很清楚是怎样的效果，她对自己感到非常震惊。

"出发前的几个月中，"她语气平静下来，"我一直担惊受怕。认识的人纷纷消失，我知道自己成了追捕的目标。你从没去过新科罗布森，对吗，乌瑟？"她望着他。"你游历广泛，技艺精湛，但就是没去过那儿。你不理解——你无法理解吧？当国民卫队向你逼近，那是一种特殊的恐怖。

"他们抓走了谁？对谁施以严刑拷打，对谁贿赂收买，威胁恐吓？你还能信任谁？

"一切全靠自己，这简直太痛苦了。刚开始，"她犹豫不决地说，"我想着或许可以写给姐姐。我们不算太亲密，但有时我迫切地渴望向她倾诉。尽管如此，有的事我绝不会跟她讲。然而这些我也需要说出来，因此这信或许应该是给一个朋友。"

贝莉丝想到玛瑞尔、伊格努斯和提雅。她又想到仙人掌族大提琴手泰丝·格罗因，这是艾萨克的朋友中唯一与她保持联系的。她也想到其他人。这封信可以给你们当中任何一个，她心想，不过她知道事实并非如此。在出逃前的几个月里，她与大部分朋友都疏远了。而就算在那以前，许多人跟她也不太熟。我真能给你们当中随便哪一个写信吗？她突然怀疑起来。

"无论向谁诉说，"她说道，"无论给谁写信，总有些事是你不想说的，总有些事是你想要隐瞒的。随着我越写越多——至今仍未停止——想要说的也越来越多，我只能采取非常开放的态度。因此，我什么都写，也不着急下结论。可以等到最后再说。等到把该说的都说完了，再决定给谁。"

她绝无机会把信寄出去，只能在舰队城中写到老死。不过她没提及这一事实。

没什么好奇怪的，贝莉丝想说。这很正常。她有一种强烈的自我辩解意识。你别以为另一头读信的人是空气，她恼怒地想。根本不是这么回事。

"那你一定写得很小心，"铎尔说，"只讲自己的事，不可以写双方都理解的玩笑。这注定是一封相当冷漠的信。"

没错，贝莉丝看着他，心中思忖。我想一定是这样。

"你们流落异乡，"他说道，"你们流落异乡，你开始写信，而赛拉斯·费内克也差不多。这会儿你要是去他屋里看一眼，他正用左手往笔记本上涂鸦呢。"

"你允许他留着笔记本？"贝莉丝一边说，一边琢磨费内克的右手出了什么问题，并隐约感觉已然猜到几分。乌瑟·铎尔夸张地环视屋内，望向衣物、记事本和那封信。

"你都看到了，我们怎样对待俘虏。"他缓缓地说，贝莉丝想起自己也是一名囚犯，跟坦纳·赛克和费内克没有区别。

"你为什么不告诉疤脸情侣，"铎尔忽然说，"当费内克告诉你新科罗布森有危险，你为什么不尝试通过这一途径把消息传回去？"

"他们不会关心，"她说，"甚至还会感到高兴：海上的敌手又少了一个，然后琢磨着怎样趁火打劫。他们不会采取任何行动。"

这话没有错，她也能感觉到铎尔的认可。尽管如此，蛆虫又开始在她脑中蠢蠢欲动。

"看看这封信吧，"她突然说，"它能证明我一无所知。"

他久久未有回应。

"我们对你作出了裁决。"他最后说道。她感觉胃里的血液变得冷冰冰的。她的双手在颤抖，吞咽数次之后，她紧紧地合拢嘴唇。

"盘问过费内克之后，"他继续道，"议会再次进行商讨。大家基本相信，你和赛克并非故意招来新科罗布森舰队。你们的说法已被接受，你不需要给我看信。"

贝莉丝点点头，心跳加速。

"你们主动自首，"他用冷漠的语气说道，"坦白了所知的一切。我了解你们——我一直在观察。我一直留意观察着你们俩。"

她再次点头。

"因此，大家相信你们。这就是结论。如果你愿意，马上可以恢复自由。"他略微停顿片刻，稍后，当贝莉丝回忆起这一停顿，她无法原谅铎尔，"你可以选择刑罚。"

贝莉丝移开视线，抚平信纸，深深吸了几口气，然后再次望向他。

"刑罚？"她说，"你说相信我……"

"没错，"他说，"他们相信你，主要是因为我。"他的神态中并不期待感激。"正是因为我，他们才作出如此裁决，没有判你死刑，而一旦我们从赛拉斯·费内克嘴里得到所需的信息，他将被处死。

"但你明白，惩罚是不可避免的。动机怎么可能决定裁断的结果？无论你怎样想，无论你如何确信自己的意图，这场战争导致我们数以千计的民众死亡，而责任依然在你。"他语气严峻。

"你应该庆幸，"他继续道，"我们希望隐藏一切细节。要是居民们听说你的行为，那你必死无疑。隐秘允许我们保留一定程度的宽容。你应该感到高兴，我为你的品性作证，力争让你们俩获得自由。"他美妙的嗓音让她害怕。

"告诉我判决结果。"她听见自己要求道。铎尔一边回答，一边凝视着她的眼睛。

"我代表议会，向坦纳·赛克及贝莉丝·科德万宣布判决。"他清晰地说道，"独身监禁十年，或以鞭刑替代待服的刑期。

"你可以选。"

随后，铎尔很快便离开了，留下贝莉丝孤身一人。

费内克背叛了她。西蒙·芬奇的宣传册没有出现。没人会听信她的话。这座城市不可能再转回头了。

铎尔甚至不曾要求看她的信。他没有拿过去读，也没有从背后偷窥，他根本没有显露出一丝兴趣。

你不明白我的话吗？贝莉丝心想。你很清楚信中揭示的是什么。这并非寻常的信函，里面不是琐碎的私人隐秘，不是除了交流双方之外，对其他人来说毫无意义的暗示与指代。这是一封独一无二的信——清晰明确地记录了我在此地的一切行为与见闻。

你不想读一读吗，铎尔？

她选完刑罚之后，铎尔立即就离开了，对她手中那叠厚厚的信纸连看都没看一眼。其中的所有证据都被搁置一边，无人理会。

贝莉丝一页页翻看着，回味自己在舰队城的经历。她试图平静下来，还有非常重要的事需要考虑。她的计划面临崩溃，费内克被捕之后，没人能放出她所知的信息。疤脸情侣意图穿越隐匿洋，没人能阻止他们的疯狂计划。贝莉丝应该思考对策，设法揭露真相。

但除了铎尔刚才所说的话，她无法凝神思考任何事。

贝莉丝的手在颤抖。她愤怒地咬着牙，一边用双手梳理脑后的头发，一边吐气，但依然无法遏止战栗。她必须使劲摁住笔，才不至于让纸上的字迹歪曲变形，难以辨认。她草草地写下一句话，然后突然停顿下来，呆呆地瞪视着它，再也无法落笔。她反反复复地念着这句话。

明天我要接受鞭刑。

间章 Ⅸ　布鲁寇勒

在最深沉的黑夜里，一切沉浸于静寂之中，仿佛充满畏惧，这正是我们自由行动、四处游走的时候。

我的城市变化不定，其轮廓时刻都在改变。

舰队城的天际布满高耸的尖顶，时而靠拢，时而分离，依靠肌腱般的绳索承受张力。

寄居于阴影中的动物低声呜咽，嗅到我的气味之后，它们畏惧地匆匆撤离（不管是四只脚还是两只脚），越过凌乱参差的船体和历经改造的甲板，钻入砖木的缝隙间。到处都是死气沉沉的舰船。支竿、挡板、掣爪、吊柱、锚架等附属物分布于盐水侵蚀的船体结构之间。

每一道墙背后，都藏有古老琐碎的海洋用具，仿佛献祭的牺牲，仿佛遭到谋杀的仆人被埋在神庙的地基之下。这是一座幽灵之城，每一片区域都有鬼魂出没。我们好似尸虫一般活在舰船的遗骸里。

在水泥或木制的沟渠中，枯萎的花朵与杂草奋力倚向墙缝中透出的那一点灯光。生命坚韧顽强，像我们这样死过一回的最清楚不过。

炸弹在灰暗沉寂的城市中留下一堆堆废墟和焦黑的乱石，这些参差的伤口中布满沙砾、骸骨与碎砖。敦实的塔楼（位于前甲板）和廉价住屋（藏在船首桅杆的阴影里）承载着岁月的印痕，沉陷于乱哄哄的城市垃圾和涂鸦之间。花盆与转轮仿佛粗陋的文身，简直像故意的丑化。到处都有数不清的疤痕，还有各种雕塑，有的是刻意而为，也有的是偶然成形。（单调的城市中点缀着生命与选择的迹象，例如撑开的遮雨篷，熟睡的牲畜身上拴系的绳线，等等。）

阴影中的玻璃布满纷繁复杂的裂纹。亮灯的窗户在黑暗包裹之下透出冷峻肃穆的光芒。

飞蛾、夜鸟，以及各种月光下的活物发出轻微的音响。偶尔也有脚步声，但很快便消散弥尽。空气中隐约有一丝雾气，尽管事实并非如此。我们在夜间行走，来无影，去无踪。

我们途经城中各处的工厂、音乐厅和教堂，穿过如骨骼般咯咯震颤的索桥。舰队城仿佛一具锈迹斑斑的尸首，静静地随着波浪飘荡。

透过层层支架与平台，可以看到海水。我的影子（模糊不清）投射在黝黑的水面上。深沉的黑暗中（杂乱的灯火好像萤火虫）隐藏着古怪的信息，它具有独特的解读规则。我心不在焉地看着圈养的鱼群在孤寂的囚笼里打转。水底的空间内有人鱼，以及各种龙骨、管道、裂隙等。一条条锁链上覆盖着贝壳和滑腻腻的海藻。有个看不见的巨硕身影正愚蠢而麻木地拖着我们不断前进。

四周的历史感对我造成无形的压力，仿佛一场噩梦，而我试图理解其中的含义。

我感觉到一种有节律的蠢动（来自某个隐秘之处），给黑夜以质感，还黑夜以时间，而各处的时钟再次释出久违的呼吸。

我经由连绵的屋顶返回月船，跨过其他区中残破交错的瓦棚与木顶，穿行于林立的烟囱、水塔与尖顶之间。在那些地方，我并非首领，也不收取血税。我已有一天未曾进食。我可以轻易地沿着水管滑落至地面，顺滑犹如管壁外溶有钙质的水滴，也可以轻易逮住饱含鲜血的夜间行人，然后将吸干的空皮囊销毁。只是这样的日子已经一去不复返，如今我是官员，而非掠食者，这是很大的改进。

距离黎明仍相当遥远，但黑夜中似有动静。清晨逐渐接近，我的巡逻时间已结束。

我踏上一条条拖船与住宅船（脚步匆忙犹疑），穿过谢德勒区中的棚屋与工业区（朝着我那艘宽敞的月船前进）。枯瀑区的街道疤痕累累，平静地躺在尘埃之间。

它们来自何方？尘埃何时乘着紊乱的海风源源不断地飘落？

在偶尔的光亮中（仿佛白日梦一般），它们密集犹如降雪，又好似粘滞的蛛网，挡住我归家的去路。我独自一人，四周尽是令人窒息的灰尘，时间一分一秒流逝，了无生气。

我了解这座城市的节奏，如有异动，定然能察觉。这里有新情况。

"尤洛克号"如月光般苍白的甲板上显出一串踪迹，船上的器具被陌生人触碰过。

我留神观察。

让我看一看。

你们是何方神圣？

通往卧舱的走廊中，有你们留下的痕迹。星星点点黏湿的海水。清漆与钢铁的表面亦有磨痕。你们究竟是何种怪物？

你们并没有躲着我，而是在等我返回。

哦，看哪，你们在我门口留下血迹。

细碎犹如糖末。

我能听见门背后的响动。

我屋里的气味类似于河海交界处的港湾，既像滞塞的河水，又有鱼血的腥味。你们将身上悬挂的骸骨晃得咯咯直响，仿佛正施展召唤法术。我不必拉开闸门让月光照亮卧室，只有生者才需要光亮。此刻望着你们的，是一双血族的眼。

欢迎。

三个身影摆出恐怖的造型，等待我的到来：一个倚在床上，一个靠在窗前，另一个此刻已然来到我身边，关上门，恭恭敬敬地接引我踏入自己家中。

看哪。

看哪，你们浑身泛着微光，蜥蜴般的巨尾盘绕在地板上，类似鳗鱼的头颅呈扁平流线型，尖利的牙齿仿佛一把铁钉，硕大的眼睛好像漆黑的洞孔，湿乎乎的皮肤蒙在肌肉虬结的骨架之外，犹如覆盖着黏液的树皮，疙疙瘩瘩，凹凸不平。你们就这样矗立在我屋里。

而你呢，斜躺在我的床单上，犹如画家的裸体模特，脖子周围挂满咒符和骨头，一张鱼脸似笑非笑，礼貌地向我致意，然而你手中攥着谁的脸？

为了给我带来鲜血，你们割下了谁的头颅？这女人是谁？一名发现你们的警卫？还是在与新科罗布森的恶战中惨遭溺毙或撕裂的失踪者？是你割断她的颈项，以获取这件丑陋的纪念品？断口参差褴褛，坠挂着血淋淋的皮肉。

你手中的褐发女人瞪视着我。

看看你的模样！

你扔下那毫无生命的血肉，站起身来，我从未见过如此诡异的姿态。

——布鲁寇勒大人，你的嗓音比我的更加冰冷——我们必须商讨一下。

没关系，我很乐意与你们交谈。我知道你们的身份，也预期到你们的到来。

随着时间的流逝，清晨逐渐接近，哦，我们发现了什么样的阴谋，哦，我们揭示出什么样的秘密。

你们来迟了，河水里的朋友。你们自寒爪海出发，往洋流中搜寻被盗的物件，但你们来迟了。你们的嘴边沾着斑斑血迹，说话犹如阵阵抽搐，吐出的字句含混不清，这就好比你们在河中翻滚，掀起一团团腥臭乌黑的淤泥，遮扰了真实意图。然而我曾与先知、诗人，甚至"织造者"打过交道，能够猜测你们隐晦的语言。

你们顺着洋流追踪，如寄生虫一般依附于前来攻击我们的舰船底部，又在混乱的战斗中悄然脱离，掠走大量尸体和濒死的人。

然后怎样？你们带着这些人躲藏起来，并加以利用。你们向他们灌输空气，延续其生命，再进行盘问（在他们死后进行盘问，对不对？我没猜错吧？），从他们嘴里获取情报（他们处于生死边界，又困在家园之下的海水里动弹不得，惶恐中，喋喋不休地将一切和盘托出）。

你们到达才短短几天，就已经如高深莫测的间谍一般，彻底掌握了此地的情况。

因此，这就是你们来找我的原因（你们怎么说的来着？）。

在世界的另一端，有个家伙从你们的塔楼里盗走了珍贵独特的物品，你们想要追回来。此人摆脱追踪，出逃百余里，接着又穿越整片大陆，最后来到此处，来到我的城市。你们耽搁得实在太久，但他愚昧蠢笨，以为你们会就此放过他。

你们一路追踪，找到他的家乡。

你们从舰队城甲板上抓人盘问，潜伏在水底策划等候，然而头顶上时有骚乱。尽管你们是精明的捕猎者，尽管你们并不害怕，但上面有太多人，不可能搜遍整座城市。一旦离开海水，你们将失去隐秘，成为被追捕的对象。

你们寻不到猎物，他消失了。若不施以威吓，他不会自愿交出被盗物品。若是向城中的统治者求助，他们不会站在你们这边。你们已经用尽了所有筹码，假如他们发动攻击，你们无法抵抗。你们势单力孤，难以进行战争。你们无法搜寻那个逃跑的人。

除非有人相助。

你们为何找我？

来自深水的居民，你们为何找到我？

你们屠杀我城中的民众，而面对我布鲁寇勒时，却如勒索者一般镇定自若。你们怎知道我不会干掉你们？

我明白。

哦，你们是优秀杰出的间谍。我钦佩你们竟能在为数不多的日夜中了解这一切。此时此地，让我向你们领首致敬。

你们还有不明白、不清楚的事吗？

你们来找我，是因为知道我很愤怒。

你们知道疤脸情侣召唤的是什么，甚至还可能知道我们要去往何方。

你们知道我不赞同，也知道我是唯一能与他们相抗衡的势力。

或许你们知道，我在考虑发动兵变。

我的名字是否一遍又一遍地被提及？想必是如此。你们知道有人期盼改变，有人心存愤怒，有人不满现状，而我是其中最具实力的一个。

你们知道可以收买我。

你们有何提议，鱼怪？

只有你们可以打破平衡，改变形势，迫使力量对比发生转换。只有你们可以创造既成事实。

如此一来，或许能终止这次愚蠢的远航。

哦，是的，假如你们采取行动，假如能阻止我们继续前进。

你们以晦涩难懂的方式告诉我，只有你们能帮我，只有你们能阻止这疯狂的行程。而我需要做什么呢？

即使是我，大概也无法突破成群结队的警卫，找到输送岩乳的引擎。我不知道该怎么办。但或许有其他方法——或许有另一种力量——能使我们逐渐止步。你们可以阻止那头巨兽。

假设你们可以办到。

你们期待何种回报？（你瞧，你告诉我说，你们了解我们的交易规则，你的自豪如鳞片般闪亮而诡异。）

回报吗？我会帮你们找到那个逃脱的人。

或许你们不懂什么是笑。而且你们肯定不明白我何以如此大笑不止。

你们不可能明白。

当时，我将他击伤擒拿，并看到他手中所持的物品。你们不可能理解，出于对舰队城的忠诚，我不得不将对疤脸情侣的怒气搁置一旁，任由他们把他带走，因为我很惭愧，无意中竟允许他带来血腥的灾难。他不是普通的窃贼，他是一名战犯。他们将他监禁起来，直到能够处以应有的刑罚，直到这趟愚蠢的旅程终止。

你们来迟了一步。

不过还不算太迟，仍来得及逆转形势。

我知道他关在哪里。

你们不可能知道，若是换作其他时日，听到这番提议，我会要了你们的命。你们不可能知道，今晚情况特殊，我的城市正被推向危险境地，而我烦透了这种愚蠢的行径。假如非得搞一次兵变才能让我们回头，那我只能力促其成。

如今非比寻常，深水中的居民。你们在战争期间找到了我。

你们需要掩护吗？在你们搜寻时转移别人的视线？吸引他们的注意力？

我恰好可以办到。

嘘，小声点儿。让我来解释，你们要做什么，我要做什么。我能帮你们找到他，而你们也得帮我一个忙。我会告诉你们猎物在哪里。

现在，我们来制订计划吧？

不，别停下。

我们必须继续到底。瞧，看到没？我们还有一点儿时间。

天还没有亮。

[第七部]

眺 望

第四十一章

舰队城在窒闷的天气中北进，空气纹丝不动，似乎在静候异变，而居民们也受到此种气氛的感染。与此同时，贝莉丝持续高烧，卧床不起。

两天内，她完全失去了思维能力，严重的高烧让护工们感到担忧。她试图躲避错乱的幻象，惊恐中，发出阵阵嘶喊，但等到清醒后，却一点儿也不记得。恐兽拖拽的脚步平稳恒定，算不上很快，但强过舰队城以往的速度。波浪的形状随着洋流而变换。

坦纳·赛克的忍耐力比贝莉丝强。他被交由谢克尔照看，谢克尔见到坦纳纵横交错的伤口，既担忧，又伤心，一把抱住他大哭起来。当谢克尔的双手触到他伤痕累累的后背，坦纳发出尖叫，两人的嗓音混合到一起。安捷文在一旁等候，谢克尔带着坦纳来到她跟前。

"他们把你怎么了？"谢克尔不断哀叹，"为什么？"坦纳示意他安静，并吞吞吐吐地表示，事出有因，不必再多说，一切都已过去。

最近几天是极为重要的日子，关系到一系列重大决定。城中召开了数次民众大会，讨论刚刚发生的战争、城市的历史与未来、气候的变化，以及恐兽。

贝莉丝对此一无所知。

若干天之后，贝莉丝·科德万已能坐起来，她的烧基本退了。她自己动手吃喝，但食物从剧烈颤抖的手指间纷纷洒落。每次挪动，她都强忍着疼痛。贝莉丝不知道，走廊里的警卫都已对她的嘶喊习以为常。

第二天，她站起身，迈出小心谨慎的步伐，仿佛龙钟的老人。她草草束起头发，披上一件长而宽松的衬衫。

她的门没有锁。这一星期来，她已不再是囚犯。

这里是深藏于"雄伟东风号"内部的囚牢区，走廊中布有警卫，她召来其中一人，努力看着他的眼睛。

"我要回家。"她说道，但听见自己的嗓音仿似哭泣。

帮忙送她回家的是乌瑟·铎尔。这让贝莉丝很震惊。

"彩石号"距"雄伟东风号"仅两艘船，但铎尔带她乘坐飞艇。她在吊舱中坐得离他远远的，惶恐中，她感觉对他的畏惧又回来了——这原本已在过去几个月中消失，被其他情绪所替代。他打量着她，丝毫没有怜悯的迹象。

给她定刑的人当然不是他，但每当回想起一星期前那漫长、血腥而残忍的酷刑，回想起阵阵剧痛和自己的嘶喊声，她都不免将乌瑟视作舰队城的代理人，而对她造成伤害的正是舰队城。挥鞭行刑者是谁并不重要。

她走入房间，铎尔提着她的物品跟了进来。她不予理会，小心翼翼地找到镜子跟前。

后背受到的摧残仿佛扩散开来，对脸部也造成了损害。她看上去毫无血色，十余年来逐渐显现的皱纹与眼角线演变成深长的沟壑，类似疤脸情侣的刻痕。贝莉丝惊恐地摩挲着面颊和眼睛。

她的一颗牙上有裂纹，往外一拽，便散落成碎片。当时，她就是用这颗牙咬住他们给的木棍。

随着她的活动，衣服摩擦到背部的血痂，疼得她嘶嘶地吸气。

铎尔站在她身后，他的存在就像是镜子的瑕疵。她希望他离开，但又难以启齿。高烧使得贝莉丝的双腿软弱无力，她在房间里蹒跚地走动。伤口中渗出液体，她感觉纱布粘住了后背。

背部持续的疼痛令人不快，但始终无甚变化。贝莉丝将它当作背景噪声一般不予理会，直到自己变得麻木不仁。她站在门阶上，看着四周的飞艇和鸟雀，轻风盲目地撞向舰队城各处的墙壁。工厂中，人们拼命工作，而她第一天拉开"彩石号"烟囱公寓的窗帘，望向这座新鲜的城市时，也是同样的景象。

有新情况，她逐渐意识到。空气变得与以往不同，还有城市在洋流中运动的方式……连海洋本身都发生了变化。围绕着舰队城的船只不再沿着各自的路线在地平线上往返：它们紧密地集结成群（仍然带着战争的创伤），尾随在城市后方，好像怕跟丢了似的。

海洋似乎有所改变。

她转身瞪视着铎尔。

"你自由了，"他的语气不无和善，"充分的自由。克吕艾奇·奥姆早就已经不需要你了。而你还得养伤。至于你在战争中意外扮演的角色，为了这座城市着想，相关的消息已被封锁。我相信图书馆希望你回去……"

"这是怎么回事？"伤病留给她嘶哑凄惨的嗓音，"一切……似乎都不太一样。这是怎么回事？

"据观察，大约两天前，"铎尔说，"我们穿越了某种边界，每个人都能感受到。船队……"他指向城市后面的舰船。"遇到了麻烦。此处的洋流很古怪。它们的引擎变得不太可靠。

"我们已穿出惊涛洋，"他一边说，一边漠然地凝视着她，"我们到达了另一片海洋的外围。这……"他迅速一挥手臂，指向整个地平线上的水面。"这就是虚空之地，这就是隐匿洋。"

*距离家乡如此遥远，*贝莉丝心想，她的怒气让自己也吃了一惊。

他们愈行愈远，带着我们，带着我，愈行愈远。他们可以为所欲为。她感觉一阵耳鸣。我们所做的一切——无论是对是错——都毫无意义。他们轻易就把我们带到了此处，带到这片空旷荒芜，没有任何船只能够穿越的偏远海域。一旦进入，我便再也无法返回家乡。

只要一想到疤脸情侣，她就惊愕无比：呜咽的缠绵声，不断以利刃示爱的变态孽恋。她在他们的掌控之中。他们决意要来此处。贝莉丝试图让他们转回头，但失败了。

"他们把我们带来这里，然后呢？"她冷冷地对乌瑟说，突然间又不怕他了，她扬起下巴，"我知道接下来要去哪里——去地疤。"

就算他感到惊讶，也隐藏得很好。他几乎面无表情地凝视着她的眼睛。

看来费内克没来得及放出宣传册和流言，她心想。但那并不意味着事情就这么完了，并不意味着我们必须接受。

谢克尔打开门，瞪视着贝莉丝，长久的沉默中，他显得极其困惑。

他认识她，但突然间却认定自己搞错了。眼前这位女士脸色苍白，披散的黑发如同枯草，脸上的表情仿佛历经多年痛苦，这不可能是科德万，一定是某个面貌相似的落魄游民。

"谢克尔，"她说道，谢克尔无法相信这就是她的嗓音，"你必须让我进去。我有话要跟坦纳·赛克讲。"

惊愕之下，他默默地闪到一边，让她通过。她吸了口气，走进阴影之中。

坦纳·赛克在床上翻了个身，嘴里含混不清地念叨着，眼神迷离。接着，他突然掀开被子坐了起来，用手指着贝莉丝。

"快把她赶走，谢克尔，"他喊道，"快他妈的把她赶走……"

"听我说！"贝莉丝嘶哑而急切地说道，"拜托了……"

"就因为听你的话，我被害惨了，臭婊子！"坦纳愤怒地战栗着。

随着一阵突突的马达声，安捷文来到贝莉丝身后。

"你必须听我说，"贝莉丝语带咆哮，试图提高嗓门，"伙计，你认识的朋友多，可以把消息放出去……"安捷文一只手搭到她背上，疼得她一扭身体，把话咽了回去。"你知道我们要往哪里去吗？"她费力地说，"这片海域中，一切物体都不按常理运动，你知道我们为什么来到此处吗？"

她看到坦纳望向谢克尔，又望向安捷文，他们的眼神中全都透露着困惑迷惘的表情。

"听我说。"贝莉丝喊道，安捷文将她推出门去，而坦纳口中又爆出一串咒骂。

等到她沿着城中连绵的索桥缓缓向图书馆走去时，血从绷带中渗漏出来，斑斑点点地沾到衬衫上。她来到"平撒曼号"遭到轰炸的区域，图书馆员们正尽力从废墟中找回书籍。

"贝莉丝！"看到她，凯瑞安妮惊呆了。

贝莉丝又稍稍振奋起精神。"你得赶紧听我说。"她喃喃低语道。

她们再次走出户外，凯瑞安妮用胳膊圈护住她。贝莉丝的后背疼痛难忍，她面带痛苦地对凯瑞安妮说，"约翰尼斯·提尔弗莱。凯瑞安妮，**你得帮我找到约翰尼斯·提尔弗莱……**"

凯瑞安妮点点头。"我明白，贝莉丝，"她说，"你刚才告诉过我。"

她们来到一间贝莉丝不认得的屋子，然后又转到另一间，此刻，她已疲惫不堪，阵阵晕眩。凯瑞安妮与贝莉丝在黑暗中俯瞰着城市，舰队城的灯光错乱无序地渐次熄灭。贝莉丝偶有开口，她发现自己的嗓音非常怪异。

贝莉丝感到一阵无情的剧痛，抬头看时，却发现躺在烟囱公寓的床上，她想起来——更像是一串跳跃的画面，而不是记忆——凯瑞安妮曾替她掀起背上的绷带，涂抹药膏。贝莉丝闭上眼睛，听见一串不断重复的柔和嗓音。

"天哪，天哪，天哪，天哪。"

那是凯瑞安妮的声音。贝莉丝侧过脑袋，看到朋友的脸就在身旁，正皱起眉头俯视着她，一边咬着嘴唇，一边给她抹药。

出了什么事？贝莉丝想要问，一时间，她还以为朋友受了伤；但是，当然了，她随即便意识到是怎么回事，忍不住发出几声轻微的呜咽。

当她再次睁开眼时，凯瑞安妮和约翰尼斯都坐在床边，一边喝着她的茶，一边尴尬地聊天。

此刻是夜间。贝莉丝的头脑清醒了。

约翰尼斯看到她挪动，吃了一惊。

"贝莉丝，贝莉丝，"凯瑞安妮轻柔地说，"诸神在上，你……都干了什么？"

凯瑞安妮惊恐万分。贝莉丝深深感激她的照料，但不愿解释这些伤口。

"她不想告诉我们，"约翰尼斯不安地说，他似乎真的很担心，但也有点儿不自在，"我是说，你瞧……她站错了队……她能躺在这里，或许已经算是运气了。"

"真见鬼，贝莉丝，"凯瑞安妮忿忿地说，"谁在乎那些家伙。"她充满权威地挥舞着手臂。"他们为什么这样对你？"

贝莉丝不禁露出微笑。但他说得没错，她一边想，一边将模糊的视线投向约翰尼斯。凯瑞安妮，尽管他懦弱卑怯，却跟你一样，对我无比忠义英勇（天晓得为什么），他说得没错。你不该涉入此事。我会让你置身事外，不管你是否乐意。这是我欠你的。

"你找到他了？"她终于开口说道。

"凯瑞安妮真是太有心了，"约翰尼斯说，"她给我送来一则消息。"
贝莉丝在床上略一挺身，牵动了破裂的皮肤，疼得她绷紧了脸。

"我得跟你们谈谈，"她缓缓地摇了摇头，声音逐渐变得有力，"我一直……上星期……我一直孤身一人。我们周围发生了极大的变化，你们一定也已经看到。但我知道是怎么回事，我了解事态的经过。"

她闭上眼睛，沉默了片刻。

"你们知道我们在哪儿吗？"她最后说道，"你们知道我们进入了哪里的水域？"

凯瑞安妮和约翰尼斯对视一眼，然后又回望向她。

"隐匿洋。"凯瑞安妮谨慎地说。贝莉丝挤出一丝笑容。

"没错。"她说。该死的，她心想，我不需要那个背信弃义的混蛋费内克。我要靠自己达成目标。"那你们知道我们要去哪儿吗？"她又停顿了片刻，沉默中，约翰尼斯接过话头。

"地疤。"他说道。贝莉丝的话卡在了喉咙口。她瞪视着约翰尼斯，他的眼神关切而迷惑，而当他将视线转向凯瑞安妮时，凯瑞安妮点了点头。

"地……疤。"贝莉丝听见自己犹疑恍惚地说道。这显然算不上揭秘，只是愚蠢可笑的重复而已。

她被他们彻底击垮。他们赢了。她一败涂地，毫无反抗的余地。

约翰尼斯走后，贝莉丝与凯瑞安妮一直聊到很晚。凯瑞安妮告诉了她一切。

多么关键的一星期，我却错过了，贝莉丝不停地想，然而此种表述远远不足以反映现实的剧变。

疤脸情侣宣布了目的地。

海水和空气的变化不可能瞒过舰队城的领航员、船长和海监员。水面底下隐藏着一股股突发的逆流，与波浪方向相反，这是无法遮掩的事实。罗盘疯狂地乱转，时常找不到东西南北。风变得全然难以预测。地平线时近时远。隶属舰队城的船队艰难地航行着。

当然，恐兽并没有受这些因素影响。它依然在海底深处拖拽着舰队城孜孜不倦地前行。

流言蜚语盛行起来，但城中有许多经验丰富、博学广识的海员，真相不可能被掩盖。在嘉水区领航员的指引下，恐兽正拉着舰队城进入隐匿洋。关于这片海洋的所有传说看来都是真的。

四天前，即血肉季的第六可汗日，疤脸情侣在嘉水区及其盟友区中召集起一系列大会。

"疤脸男首领的演讲技巧炉火纯青，"凯瑞安妮说，"我是在书城听到的。'初到此地时，我卑微低贱，'他说，'但随后便开始塑造自我，是我的爱人帮助我达成此项任务，是她塑造了我们俩，也塑造了这座城市。'他的语声充满战栗。'我们给舰队城带来了强盛兴旺，不是吗？'人们爱听这样的话。因为，你知道，事实正是如此。近年来，舰队城收入丰盈，劫获了大量战利品。而'高粱号'——当时你不在，是吧？他们夺取'高粱号'的时候你还没来。"凯瑞安妮露出微笑，满意地晃了晃脑袋。

"不可否认，他给我们带来强盛的实力。还有那该死的恐兽……"

"我以为你忠于枯瀑区。"贝莉丝说，而凯瑞安妮使劲点了点头。

"那是没错，但我要说……关于他们的计划，布鲁寇勒也许……想错了。我认为……它的确很合乎情理。"

疤脸首领告诉人群，在世界的边缘，有一种能量。那地方令人惊畏：巨大的能量源源不断地从一道裂隙中涌出，冲击着现实空间。疤脸首领说，舰队城中有一个人握有证据，也知道如何利用此种能量，但多年来始终无法抵达该处。

他还告诉他们，有一种骇人的怪兽，时不时闯入巴斯－莱格，然后又悄悄溜走。为此，舰队城招揽起一群知名人物，他们懂得如何捕捉这种动物。

塑造了我的那个女人，他用洪亮的声音说道，并指向女首领，她意识到，后者能够促成前者的开发利用。

能量的源头，就在隐匿洋的另一端，他说道。但据说从来没有船只能穿越隐匿洋。朋友们——他带着胜利的姿态张开双臂，凯瑞安妮模仿给贝莉丝看——恐兽可不是船只。

由此，贝莉丝意识到，疤脸首领承认了隐瞒多年的真相，雇用丁丁那布伦，夺取"高粱号"，造访蚊族岛屿，召唤恐兽，都是为了这项早已订下的计划。他承认真相，却并未因此而遭到非难，人们没有指责他阴谋欺骗，反而对他报以热烈的喝彩。

我们可以穿越隐匿洋，他在欢呼声中高喊道。可以利用地疤中的能量。

"我们就是在那时候知道了这个名字。"凯瑞安妮说。

"但是有太多不确定因素。"贝莉丝说，凯瑞安妮点点头。

"当然。"

"那些船，隶属于城市的舰队……"

凯瑞安妮点点头。"有些已经拴系到城中。其他的若是跟不上，也没关系。我们的舰船总是一出海就独自航行好几个月，而最终都能找回来。跟随着我们的船已经了解情况，至于在别处的，嗯，这也不是什么新鲜事。这座城市始终处在运动之中。我们不会消失在隐匿洋中，贝莉丝。我们没打算长待……找到地疤之后，我们就会离开。"

"但那是什么鬼地方？"贝莉丝无力地说，"我们无法想象会有什么样的能量，什么样的怪物，什么样的敌人……"

凯瑞安妮皱了皱眉，摇摇头。"你说的完全正确，"她说道，"我能理解。"她耸耸肩。"你持反对意见。这很正常，你并不是唯一一个。大概两天前，有一艘船离开了，调头朝惊涛洋驶去，船员都是反对者，他们将等待城市返回。然而……"她的声音逐渐减弱。她们俩都清楚，贝莉丝绝不可能获准离开城市。"大多数人，"凯瑞安妮继续道，"都认为值得尝试。"

"完全不是，"稍后，凯瑞安妮平静地说，"我信任布鲁寇勒，他一定有理由反对这项计划。但我认为他错了。我很振奋，贝莉丝，为什么不尝试一下呢？这有可能……有可能成为我们历史上最激动人心，最美好的时刻。我们应该试一试。"

一开始，她说不出究竟是何种感受。那不是压抑，不是悲哀，也不是鄙视，而是绝望，所有计划，所有选择都趋于消亡。

我输了，她毫无感情地想，甚至没有愤怒。

凯瑞安妮不是被洗脑的傻瓜，不会轻率地为花言巧语所骗。她听过争论双方的意见——尽管无疑都有失偏颇。她肯定明白，这趟旅程的策划早在多年之前，因此她和周围的人都受到了欺骗。

然而，考虑到这一切，她依然断定，疤脸情侣的计划是正确的，值得尝试。

这是疤脸情侣的诡计，这是作弊，贝莉丝心想。我没料到这一招。

谎言，谋略，操控，贿赂，暴力，收买——这些我全都想到过，她寻思。但我没料到你们就这样轻易地说服了人群，赢得胜利。

芬奇难产的宣传册从她头脑中掠过，她颤动着肩膀，发出麻木的笑声。**真相！**她想象着其中的文字。**嘉水区要把舰队城拖往地疤！**

真相。

你们赢了，她无望地想。我将在此地老死。我将被困在船上，变成一个脾气乖戾的老妪，一边抓挠后背的疤痕（诸神在上，它们会很丑陋），一边唠唠叨叨地发牢骚。要不然就是跟其余人一起，跟你们这些领袖一起，无谓地葬身于隐匿洋的恐怖灾难之中。

无论哪种结局，无论是否愿意，我都必须服从。你们赢了。

你们将拖着我前进。你们将拖着我前往地疤。

第四十二章

长久以来，天空中始终存在一个影子，如今那里却成为一片空白。

"高傲号"消失了。

原本拴系着飞艇的一截断绳躺在"雄伟东风号"甲板上。它是被割断的，飞船已经离开了。

"海德里格。"贝莉丝听见周围人不停地说。她站在聚集的人群中，目瞪口呆地望着天上的空洞。警卫们试图阻拦围观者，但面对汹涌的人潮，他们很快便放弃了。

贝莉丝的行动已较为自如。背部若是受到挤压，她仍会闪避，但鲜血已不再渗出。一些较小的血痂边缘也开始剥落。她在人群外围缓缓挪动。

"海德里格——他失踪了。"众人议论纷纷。

随着舰队城继续深入隐匿洋，后面的船只越来越难跟上。它们就像一群焦躁不安的雏鸭，而已经拴到城市边缘的舰船则关闭引擎，由恐兽拖拽着前进。

与凯瑞安妮的一席谈话令贝莉丝恍然大悟，震惊万分。第二天，舰队城外围剩余的船只与潜艇都掉转头去。它们无力再与隐匿洋抗争。

面对难以驾驭的海风，它们惴惴不安地集结起来，开动引擎往南航行，互相保护，互相牵引，一起朝着惊涛洋驶回去，以便在较为安全、较易把握的水域中等待。

一个月，最多两个月后，舰队城就会回来找它们。

再往后呢？假如舰队城不回来怎么办？若是如此，他们可以认为获得了自由之身。这种特许就像是临时想到的念头，而其影响也不曾被讨论过。

贝莉丝从窗口望向撤退的舰队城船只。另一些船留了下来，仿佛贝壳似的依附于城市侧面，或者待在贝西里奥港和海胆刺码头内部，焦虑地飘荡起伏着。周围尽是构成船坞与堤岸的舰船，但它们被困住了，由于迟迟未曾起航，如今只能系泊于码头边，如同在装卸货物一般，一边等待，一边毫无意义地颠簸着。

城市周围那一圈光晕似的舰船消失了，这是舰队城的人们从未见过的景象。他们聚集在城市周边，眺望着海洋。那一片虚空令他们情绪低落。然而即使是空旷无边的水面，也不如失踪的飞艇那样令人不安。

没人看到或听到任何动静，"高傲号"偷偷地溜走了。这对嘉水区是个惊人的损失。

怎么可能？人们问道。这是一艘报废的飞艇，而众所周知，海德里格绝对忠诚可靠。

"他有疑虑，"坦纳告诉谢克尔和安捷文，"他告诉过我。他的忠诚毫无疑问，然而他一直认为恐兽的事对城市没什么好处。我猜地疤就更糟了，但他谁都说服不了。"

海德里格的逃离让坦纳十分震惊，也伤及了他的感情。但他尝试理解这位神秘的朋友，从他的角度去看问题，并大声把想法说出来。他一定感觉进退两难，坦纳心想。他在本地生活了这么久，突然间发现行事法则全都变了。他早已不属于底尔沙摩，若是在这里也找不到归属感……那将是什么后果？

据他猜测，海德里格闲暇时间独自登上"高傲号"，就是在修理损坏的马达。大家都知道，海德里格性格孤僻，有事没事喜欢待在"高傲号"上。他是否矫正了"高傲号"的尾翼？是否测试过多年来未曾滑动的活塞？

*你策划了多久，海德里格？*坦纳·赛克心中琢磨。

他不能申辩吗？他的感触如此强烈？为了自己的家园，难道没有必要抗争一下？他是否怀疑一切已成定局？

你在哪儿，伙计？

坦纳想象海德里格独自站在舵盘跟前，操纵着硕大笨拙的飞艇往南行驶。

我敢打赌，他一定在哭泣。

这近乎自杀。海德里格不可能囤积起足够抵达陆地的燃料，他哪儿也去不了。若是经过等候着的舰队城船只，他们一定会询问状况，问他为什么离开城市，因此得避开他们。

风将把他带往空阔的海域。气囊很结实，或许能漂浮许多年。*你贮有多少食物，伙计？*坦纳寻思着。

他脑中出现一幅场景，距离水面四五百尺的高空，"高傲号"已历经多年漂泊，海德里格的尸体在驾驶舱里逐渐腐烂。一间随风飘荡的墓室。

或许他能存活。或许他可以从"高傲号"的舱口放出一卷超长的渔线。坦纳想象着渔线犹如松开的弹簧一般自空中垂下，直到钓钩与诱饵落入水面。仙人掌族选择素食，但如有必要，也可依靠鱼肉荤腥维生。

于是，海德里格坐在舱门边，如儿童一般悬着双腿，收卷渔线。钓钩上升过程中，柔韧的鱼身扑腾不止，等到落入他手中时，那鱼早已在空气中窒息而死。他能活上许多年，随着风在世界各地游荡。他可以顺着迴转气流围绕惊涛洋转圈，在一成不变的食物中，日益衰老暴躁，皮肤趋于皱褶，棘刺转为灰白。孤独中，他将逐渐失去理智，甚至跟"高傲号"墙上的肖像与相片交谈。

直到某一天，偶然间，他被推出巨大的迴流圈，进入自由气流，只有天晓得飞艇将被载往何方，最后，他的视野中没准会出现陆地。

他可以飘过山脉，抛下锚链，挂住一棵树，然后逐渐降落，再次踏上地面。

搜寻地疤的计划真有那么糟吗，海德里格？

海德里格应该算是叛徒，坦纳心想。他的叛逃让舰队城失去了鸦巢，他欺骗了首领和友人。他太懦弱，不敢争辩。作为一个忠于嘉水区的人，坦纳知道，对这样的逃兵，应予以谴责。然而他做不到。

稍后，他心想，*祝你好运，伙计*。他犹疑不决地举起手，点点头。*我不可能不祝福你*。

嘉水区的支持者们感觉海德里格的消失仿佛是一种指责。

他的忠诚众人皆知，他的离去，导致了更多惴惴不安的议论与怀疑，对疤脸情侣的计划，也有更多人提出非难。

数英里深的海底，恐兽仍在继续前行。进入新水域之后，它的速度仅有少许减缓。

坦纳·赛克在海水中游泳，以浸润伤痕累累的后背。最近以来，下方的潜水员和头顶的游泳者都不太多。他们不敢下水，害怕被捉摸不定的海流冲走，落入隐匿洋的死亡陷阱中。

坦纳没感到有什么不对劲。他和"杂种约翰"以及人鱼们来回穿梭，在斜插入海底的巨链之间打转。他们很小心，快速地游动着，以免落到城市后面，但水中似乎没有危险。混乱只针对较大规模的对象——仅对大型侵入物起作用，比如舰船和潜水艇。连海蛟也无法继续拖着失常的船只前进，它们已跟随船队游回去，离开了隐匿洋。

如今，分散他注意力的人和物减少了，坦纳感觉平静安宁。舰队城的大部分日常活动都已停止。

当然，农夫们依然照料着水上水下的作物和牲畜，并适时收获。而无数小修小补和维护保养的工作仍须有人处理。城内的各种生计也无可避免地继续运作着：面包师傅、放贷者、厨子、药剂师，他们只要挂牌开张，就有得赚。但舰队城是一座着眼于外部的城市，依靠劫掠与交易存活。码头上的工业行当，包括装卸、清点、整修、组装等，全都处于停滞状态，

因此，坦纳每天潜水不再是工作，不再是为了修补裂痕和排除故障。他游泳是为了自己，为了他的背，他感觉盐水能使皮肤恢复生机。

"下来吧，阿谢。"他说。

他意识到舰队城中散布着焦虑与怀疑的情绪，仿佛海德里格离去时洒下的毒药。坦纳希望给谢克尔一个消解余毒的去处。

人们越来越害怕是有原因的。坦纳曾听说奇怪的传闻。他已经听到过三次，说是某个警卫或嘉水区工程师凭空消失了，家里的物品原封未动（其中一则故事中，还包括吃到一半的食物）。有人说他们也逃跑了，有人宣称那是隐匿洋的幽灵在作祟。

坦纳在水中时，惶恐、危险与疑惑的感觉随着水流消散殆尽。他想让谢克尔也得到暂时的解脱。他说服小伙子一起游泳。船体之间的泳池如今几乎空无一人。作为少数敢于下水者之一，谢克尔很是兴奋。船只巨大瘦长的影子在四周沉静缓慢地移动：他们不会落到后面。谢克尔用丑陋的姿势费力地拼命拍打着，坦纳想要教他如何更有效地划水，但他意识到，对于需要呼吸空气的人来说，他找不到合适的方法。

谢克尔戴上沉重的泳镜，将头埋入水下，直到海水渗入接合并不完美的密封圈内。他和坦纳凝视着鱼群，那都是些从未见过的品种，

色彩缤纷，长着精巧复杂的鱼鳍。尽管此处更像温带水域，它们却如同热带鱼一样古怪艳丽。它们身上伸出各种细长的附肢，就像蝎子或银鲛鱼，而它们的眼睛泛着不可思议的色泽。

当谢克尔和坦纳从水中爬出时，安捷文往往已在等候，没准还带着啤酒之类的酒精饮料。坦纳与安捷文交谈时仍有些许尴尬，他俩意识到，他们之间永远都将如此。他俩的共通之处在于谢克尔，在学习如何同时与谢克尔相处的过程中，他们建立起互相尊重的纽带。

有点儿像一家人，坦纳心想。

贝莉丝要再次找到乌瑟·铎尔并不难。她知道，只需等在"雄伟东风号"甲板上，他最终总会现身。她身体僵直，充满怨恨，疼痛激起了她的怒气。她无法相信，他就这样抛下她不管。

他看着她逐渐走近，不过并未如她担心的那样，带着鄙夷的眼光。他没有敌视，没有兴趣，没有任何认同的迹象，只是毫无表情地瞪视着。

她挺直腰杆。她已将头发再次扎到脑后，她知道，自己脸上那痛苦不堪的表情正逐渐消退。虽然行动仍有些僵硬，但鞭刑过去将近两个星期之后，她已恢复不少元气。

贝莉丝并未问候铎尔，而是直截了当地说："我要见费内克。"

铎尔思索片刻，颔首道："好。"

尽管贝莉丝达到了目的，却仍对他感到憎恨，她知道，他之所以同意，是因为心里很清楚，无论她做什么，无论她跟费内克怎么说，都无法再妨碍舰队城。她已经打光了手中的牌，不可能构成任何威胁。

如今，贝莉丝已无足轻重，因此迁就她一下也无所谓。

他的法师之鳍已被收走，但很明显，嘉水区仍然惧怕赛拉斯·费内克。他牢房外的走廊上布满密集的警卫。所有的门都可以密封：走廊位于水线以下。

一男一女坐在费内克的房门外，摆弄着一部神秘的机器。贝莉丝的皮肤上感觉到干燥的魔法能量。

里面是一间大屋子，透过几扇小舷窗，可以看到昏暗的水流。屋子中间用铁栅栏隔开，赛拉斯·费内克窝在栅栏内侧一个凹进去的小角落里，远离窗户和入口，他正坐在木板凳上注视着她。

贝莉丝打量着他。片刻间，她回忆起他的诸多形象（全都来自他们共同度过的时光，友好、冷淡、缠绵、隐秘）。看到他此刻的模样，她不由地撇了撇嘴，仿佛尝到一股酸腐的滋味。

他很瘦，衣服肮脏不洁。他们互相对视着。她突然震惊地意识到，他右腕上紧紧地缠着绷带，而右手却不见了。发现贝莉丝注意到他的伤情之后，赛拉斯的面部不由自主地一阵扭曲。

费内克叹了口气，直勾勾地瞪着贝莉丝。

"你来这儿干什么？"他问道，语气中带着冷漠的敌意。

贝莉丝没有回答。她打量着牢房，看到一堆凌乱的衣服、纸张和炭笔，还有他那本厚厚的笔记本。她仔细查看将他俩隔开的栏杆，上面缠绕着电缆，一直延伸至门缝底下。她在寻找电线源头时，费内克注视着她。

"连着外面的机器，"他用疲惫的语调对她说道，"这是抑制装置。嗅一嗅空气。你甚至还能听得到。它是用来遏制魔法的。如今在这间屋子里，谁都别想施展哪怕一丁点儿小法术。"他嗤之以鼻，然后露出毫无快意的笑容。"这是为了以防万一我还有什么秘密计划。我告诉他们，我只会三个小法术，而且其中没有一个能帮我逃出去……可你猜怎么着？他们不信。"

贝莉丝看到他衬衫底下露出怪异的肌肤，仿佛坏死的腐肉，布满类似两栖动物的斑纹，并有节律地脉动着。费内克拉上衬衣。

贝莉丝瞪大双眼，背过身蹀了几步。

"不要。"费内克突然对她说,语气近乎和善。

"真见鬼,你什么意思?"她说道。她很满意自己冷冰冰的嗓音。

他那仿佛洞悉一切的眼神让她非常恼火。

"不要,"他说,"不要来这里,不要问我话,不要这么做。你来干什么,贝莉丝?你并非来责骂我——那不是你的风格。你也没什么可幸灾乐祸的。他们逮住我了,那又怎样?他们同样也逮住了你。你的背怎么样了?"

震撼之下,她一时透不过气来。她赶紧眨了眨眼,将视线的焦点调回到他身上。他注视着她,但脸上并没有特别残酷恶毒的表情。

"你从我这儿什么都打听不到,贝莉丝,"他的语调一成不变,"你不可能有所收获。这不是宣泄疗法,你离开时不会感觉更舒坦。是的,你明白吗?没错,我骗了你,我利用你。我还利用了其他许多人,连想都没多想一下。假如重来一遍,我还会这么干。我想回家。你要是恰好在场,而且不太麻烦的话,我会带你一起走,但若非如此,我没打算特意带上你。贝莉丝……"他坐在板凳上,身体前倾,揉搓着断腕。"贝莉丝,你没什么可跟我对质的。"他缓缓摇了摇头,毫无羞愧之意。

她气得浑身发抖。他当初没有告诉她真正目的,那是正确的判断。不然的话,即使她极度渴望回家,也绝不会帮他。

"你没什么特别的,贝莉丝,只是许多人中的一个。我对待你跟对待别人没有分别。我把你看作普通人而已。唯一的区别在于,你现在跑到这儿来了。你以为有必要来一趟。你必须……怎么?**问个明白**?"新科罗布森探员赛拉斯·费内克遗憾地摇了摇头。

"没什么可问的,贝莉丝,"他说,"你走吧。"他躺下来,凝视着天花板。"走吧。我想回家,而你有利用价值。你知道我干了什么,也知道原因。没有待解的谜团。

"走吧。"

贝莉丝又逗留了片刻，但离开前终于忍住没有再开口。她总共只说了八个字。她感觉胃里翻江倒海，有一股说不出的滋味。

他们不会杀他，她麻木地想。甚至不会惩罚他。到现在他都没挨过鞭子。这个人太重要，也太可怕。他们觉得可以从他那里学到东西，获取信息。也许吧。

她离去时，不禁意识到，至少有一件事费内克说对了。

她并没有感到更舒坦。

贝莉丝惊讶地发现，约翰尼斯依然在她生活中。有一阵子，他似乎很厌恶她，没有再与她见面的意愿。

她仍觉得他没什么骨气。即便她自己对新科罗布森的忠心也不那么着调，却忍不住把约翰尼斯当作叛徒看待。他适应舰队城的速度令她愤慨。

但如今他似乎相当忧郁。他又像过去那样，渴望成为她的朋友，显得有点儿可怜巴巴。贝莉丝总是抽空跟凯瑞安妮做伴，她的随性与友善能带来真正的愉悦。凯瑞安妮并不太喜欢约翰尼斯，但贝莉丝有时还是允许他待上一会儿。她对他感到怜悯。

恐兽已被擒获，拴系在笼套之中，而丁丁那布伦的团队也离开了，因此约翰尼斯的工作已经终结。以他的成果为基础，克吕艾奇·奥姆、疤脸情侣的魔学家们以及乌瑟·铎尔组成了新的核心小组，试图揭开概率开采的秘密。贝莉丝猜想，约翰尼斯应该也意识到了，作为这座城市的俘虏，还有漫长的岁月等待着他。

约翰尼斯仍与一组人一起监控着恐兽：规划速度，估算局部区域内海洋生物的密度和魔法能源的流向。但这些往往是可有可无的工作。醉酒时，他会嘀嘀咕咕地抱怨，说自己被利用完之后，就给撇到了一边。于是贝莉丝和凯瑞安妮便朝着他醉醺醺的背影冷笑。

对于驶入隐匿洋，对于他们的航线，约翰尼斯谨慎地表示怀疑。

贝莉丝发现，他竟也会提出异议，反对疤脸情侣的航行计划，对此她感到既惊讶又欣慰。这也是她容忍约翰尼斯的原因之一。

他太过懦弱，不敢承认，但跟贝莉丝一样，他也希望调头离开。随着时间的流逝，舰队城越来越深入未知水域，进入隐匿洋的腹地，贝莉丝发现（出乎意料），有类似想法的，不仅仅是她和约翰尼斯。

海德里格的逃亡是一道难以痊愈的创伤。

舰队城行进至此，海洋学家们已无法理解这片海域的规律。战争的胜利，再加上嘉水区有史以来最伟大的首领雄辩的口才，或许勉强能够燃起市民们的热情，让他们相信这是一次上天安排的探险。但忠诚可信的海德里格逃跑了，这给舰队城的旅程抹上了阴暗的色调。

"高傲号"很快就有了替代品。如今，另一艘飞艇悬在"雄伟东风号"上方，监视着地平线。但它没那么大，也没那么高，不具备"高傲号"的视野，这一事实让那些依然忠诚的人们产生不祥的联想。

"他看到了什么？"他们窃窃私语，"海德里格看到了什么？"

城市的运动不受外界干扰。没有人强烈要求回头。即使是对疤脸情侣的计划持反对意见的首领们，也已经放弃，只有面对照相机镜头时才会提出批评。但海德里格留下的阴影在各区中悄悄扩散，旅途开始时的自豪与兴奋消失了。

坦纳和谢克尔给水下见到的各种生物取名：溜溜鱼，跳舞虫，黄头怪。

他们看着舰队城的科学家漂浮在奇异的新物种周围，时而张网捕捞，时而用笨重的防水相机和磷光灯拍照，但远离体型较大、面部扁平的黄头怪。

成群结队的生物体在水下如树根般突兀的管道与船体间穿梭。它们跟较为常见的鱼类混杂在一起——隐匿洋中甚至有牙鳕鱼和钓饵鱼——互相吞噬。

坦纳潜入水中，用触须拨弄几只巴掌大的动物。水面上，谢克尔俯视着坦纳的疤痕。

他们越来越深入那片海洋。

夜间常有古怪的音响：隐藏的发情动物发出如公牛般的鸣声。有些日子里，完全没人下水游泳，即使是最勇敢、最好奇的潜水者也不例外，就连人鱼都躲在了城市底部的居穴中。那些水域很危险。舰队城曾经经过捉摸不定的沸潮边界和龙麒麟的猎食区，有时候，有生命的漩涡饥渴地绕着城市转圈，但保持着一定距离。

在没有月光的黑夜里，水下的光亮忽明忽暗，仿佛是海底生物的荧光被放大了千百倍。海面上方的云层有时移动起来比风还要快得多。有一天，空气干燥，充满静电，城市右侧出现一群类似微型岛屿的黑影。那是一堆堆有着自主意愿的变异墨角藻，这些神秘的海草聚集成团，突然间朝着远离城市的方向加速移动。

舰队城的各个区中，无论是破烂的贫民窟，还是优雅精致的宅邸，到处都呈现出一种紧张焦虑的气氛。人们的睡眠很不安稳。此种情况开始出现时，贝莉丝心生畏惧，她回想起侵扰新科罗布森的噩梦，正是因为那些令人不快的梦，她才最终来到此处。*我总是无法逃离失眠的夜晚*，她久久难以入睡，痛苦不堪。

在这些阴郁的时段中，贝莉丝往往会来到"雄伟东风号"，看着舰队城在缓缓挪移的神秘海洋中前进。她望向广阔而无情的水面，直到为其宏伟浩大所折服，然后她在一种连自己都难以理解的力量驱动之下，遁入巨船的重重回廊之中。

她在迷宫似的空走廊内迂回穿梭，进入蒸汽船中被遗忘的区域，来到铎尔曾经带她造访过的小屋。然后她别扭地窝在那里面，忐忑不安地偷听疤脸情侣的缠绵与卧室密语。

这是个令她厌恶的习惯，但她无法摆脱那种微妙隐秘的感觉。*我也有一点儿小小的反叛和逃避——有人在听，你们却不知道*，她心想，对于疤脸情侣充满淫欲的喃喃低语和放纵的纠缠摩挲，她依旧感到愕然。

他们从不会泄漏任何情报，也从不提及任何重要的事，只是翻滚拥抱，狂热地私语。每一晚，疤脸女首领的情感都更加炽烈，男首领则依附屈就，渴望与她融为一体。

我不要待在这儿，贝莉丝一遍遍地激烈思忖。最后，有一天晚上，她将这一想法对凯瑞安妮大声说了出来，虽然心里也知道，她的朋友不会赞同。

"我不要待在这儿。"贝莉丝摇晃着杯中的红酒，"现在是噩梦，接下来就该是神游症了。我从前见过。我们要去的不是什么好地方——结果会怎样？不是丢掉性命……就是让疤脸情侣控制了最……最最恐怖的能源。你真的信任他们吗，凯瑞安妮？"她醉醺醺地问道。"就那个刀疤脸混蛋，和他变态的女人？你放心把这样的能源交托给他们？我不要待在这儿。"

"我明白，贝莉丝，"凯瑞安妮搜寻着恰当的措辞，"但我想看个究竟。我觉得这是件了不起的事，你明白吗？至于疤脸情侣是否能控制那儿的……什么资源，其实并不重要。我不信任他们。我是枯瀑区的，记得吗？但告诉你吧……自从海德里格逃跑后，我觉得好多人都开始赞同你的观点。"

贝莉丝突然惊讶地点点头，然后举杯祝酒。凯瑞安妮嘲讽似的予以回应。

她说得对，贝莉丝突然想，*诸神在上，她说得很对。形势正在变化。*

恐兽的速度开始减慢。

进入隐匿洋大约十天之后，人们开始注意到了。

起初是"杂种约翰"、人鱼、鳌虾人、坦纳·赛克以及少数仍下水游泳的非水底居民。当他们浸泡于水中时，要追上城市变得比较容易，在附满藤壶的城市底部穿梭数小时之后，肌肉也不如预期的那样酸痛。城市的前进不再那么快速。

不久，水上居民们也发现了。在这片隐秘的海域中，没有陆地相比照，要测量城市行经的距离并不容易，但还是有办法。

海底深处那头身长达一英里的怪兽出现了状况。由于某种变故，恐兽的速度减慢下来。

起初，人们希望那只是暂时的变化，恐兽的步伐会重新加快。但随着时间的推移，那头巨兽却走得更慢了。

约翰尼斯欣喜而得意地发现，自己突然间又受到了重用。他从前的团队被疤脸情侣重新召集起来，调查眼下的情况。

贝莉丝惊讶地意识到，他重回内层核心之后，依然会向她和凯瑞安妮谈论自己的工作。

"城里不可能还有人没注意到，"有一天晚上，他疲倦而困惑地告诉她们，"疤脸情侣在等我们解决问题。"他摇摇头。"就连奥姆都无法理解。岩乳引擎依然控制着它；恐兽仍在前进……就是慢了下来。"

"是不是隐匿洋中有什么东西？"贝莉丝提议道。

约翰尼斯咬着嘴唇。"说不通，"他说道，"巴斯－莱格还有什么能招惹该死的恐兽？"

"它一定是病了。"凯瑞安妮说，约翰尼斯点点头。

"我想一定是的，"他缓缓地赞同道，"克吕艾奇很有信心，他认为不管什么问题，我们都能解决。但我怀疑，要治愈它，我们所了解的还不够。"

隐匿洋的空气突然变得干燥炎热，城中的作物脆弱干枯。

所有各区都趋于沉静内敛。最近以来，舰队城表面上虽然很正常，但这种假象正逐渐瓦解。几乎所有工作都停顿下来。炽热肆虐的天空下，海盗城的居民们在家园中等待着。城中气氛黯淡。他们与世隔绝，如同救生艇一般慵懒地晃荡着，几乎动弹不得。

随着恐兽速度的减慢，舰队城的尾迹也日渐平淡。

一股恐惧正缓缓地蔓延。人们发起集会，组织者不是那些首领，而是由民众委员会跨区召集，这种事还是头一回发生。一开始，参与者几乎全是圆屋区和枯瀑区的人，但焦耳区、书城和嘉水区的少数派也日益增多。他们急切地讨论着当前的局势，寻求答案，但没人能够给出解释。

人们头脑中呈现出噩梦般的景象：舰队城漂浮在隐匿洋荒芜的水域中，缺乏行进的动力，而静止不动的恐兽就好像一支重得超乎想象的巨锚。

城市的速度仍在减缓。

（直到事后，贝莉丝才意识到，恐兽的状况在众人的震惊中明朗化的那一天，亦即让许多人丧命的那一天，是新科罗布森历法梅尔月的第一天——一个"捕鱼日"。杀戮惨剧过后，这一事实令她爆发出凄凉的怪笑。）

污浊物出现在海中时，是上午十点左右。

一开始，看到它们的人以为又是那种半感知的海藻，但很快便发现并非如此。它们比较轻，位于水下较深处——凝聚成团，向四面八方延伸，边缘则仿佛半溶于水中。

污浊物在大约数英里远处，位于城市前进的路线上。随着它逐渐靠近，消息也散播开来，人们聚集于舰队城前部，谢德勒区的雕像花园里，以观察接近中的未知物质。

那是一大团黏稠的液体，仿佛浓密的泥浆。海浪触及其边缘后，弱化为丑陋的波纹，无力地沿着此种物质表面传播，最后完全损耗殆尽。

此物呈黄白色，类似于穴居蠕虫的色泽。

贝莉丝咽下一口唾沫，焦躁中，她感到一阵恶心，然而风向一变，她猛然意识到，那根本不是因为焦躁，而是因为恶臭。

一股翻滚汹涌的臭气笼罩着他们。市民们一边呕吐，一边退缩。贝莉丝和凯瑞安妮脚步踉跄，脸色苍白，在一片作呕声中，互相瞪视着对方，极力控制，以免吐出来。那飘荡的白色物质发出浓烈无比的臭味，仿佛密闭空间中的腐肉。

"嘉罢保佑！"贝莉丝喘着气说。舰队城上方，食腐鸟群如同有生命的云团，它们盘旋飞舞，兴奋地绕着腐臭物质打转，然而一旦靠近，便猛一翻身，飞向远处，仿佛其腐坏程度连它们都难以接受。

城市来到了腐臭物的外围。前方是一大片起伏不定的黏液。

聚集观望的人群大多都逃回家焚香去了。贝莉丝和凯瑞安妮留了下来，在公园的边缘看着约翰尼斯和他的同僚。嘉水区的调查人员脸上捂着浸有香料的布块，倚在栏杆边，将系有绳索的水桶抛入此种物质中。他们将它拖拽上来，开始着手检验。

接着，他们忙不迭地往后退避。

约翰尼斯见到贝莉丝和凯瑞安妮后，奔了过来，并摘下面具。他脸色苍白，颤抖不止，皮肤上蒙着一层闪亮的汗水。

"是脓水，"他一边说，一边颤颤巍巍地指向海中，"那是一团漂浮的脓水。"

第四十三章

.

　　恐兽病了。

　　在岩乳引擎的操控下，它仍不自觉地继续移动，但速度越来越慢。它——怎么回事？受伤出血？发热病？不适应异域空间的环境？愚笨而顺从的恐兽感觉不到痛苦，也不懂如何表达，它的伤口难以复原。坏死脱落的组织黏结成团，像油一样向上浮起，并随着压力的减弱逐渐扩散，包裹住鱼和海草，使它们窒息而死，最后到达水面的那一大团黏滞物中，掺杂着脓液和海洋生物的尸体。

　　深入隐匿洋两三千英里之后，恐兽患上了疾病。

　　他们穿过令人作呕的脓水，又行进了数英里，然后恐兽停下了脚步。

　　情急中，增强的信号不断从岩乳引擎中送下，但毫无作用，恐兽完全静止不动。

　　它在海底深处踟蹰不前，不知是不愿动，还是不能动。

　　恐兽的医护者们试过了一切能够想到的办法，却依然不见起色。他们送出不同波长的信号，企图重新催动巨兽，但它没有反应。这就只剩下一个选择了。这座城市不可以陷入停滞。

恐兽病了，但没有一名学者知道原因。他们必须近距离检查。

"雄伟东风号"前方的"蹒跚号"是一艘工业船，嘉水区的深潜器就悬在它的吊车上，仿佛一枚笨重的钟摆。潜水器是个矮胖的圆球，由强化的钢铁材料制成，镶满了零乱的管道与螺钉，尾部的引擎如裙撑一般突起，四扇舷窗和化学照明灯外覆盖着一掌厚的玻璃。

工程师和工作人员正忙着检修这艘深水作业船。

"水母号"潜水器的乘员们在"蹒跚号"甲板上作准备，他们套上工作服，并核查随身携带的书籍和论文。乘员包括血痂族驾驶员池恩，她的脸上布满仪式留下的疤痕；还有克吕艾奇·奥姆（看着自己曾经的学生，贝莉丝摇了摇头，他那收缩孔似的嘴不安地张开着）；而最前面是约翰尼斯·提尔弗莱，兴奋、自豪与恐惧之情似乎兼而有之。

他别无选择，只能一起去——除了克吕艾奇·奥姆，没人比他更了解恐兽，而这头巨兽需要尽可能专业的照料。贝莉丝知道，即使没有疤脸情侣的逼迫，他也愿意去。

"我们要去海底，"他曾向贝莉丝解释，当时他凝视着她的表情，就跟此刻在"蹒跚号"甲板上穿戴装备时没有两样，"我们要去看一看。必须得治好它。"他似乎显得很害怕，但也有着同样程度的兴奋。

作为一名科学家，他充满强烈的兴趣。她能看出他的惧怕，但他没有因此而动摇。贝莉丝记得他曾提起被萨度拉咬伤的疤痕。他也许极度懦弱，但这种胆怯只存在于社交方面。她从未见过他在研究工作所带来的危险面前退缩。此刻，面对这项令人惊骇的任务，他并没有推诿。

"那好，"贝莉丝谨慎地说，"也许过几个小时再见吧。"约翰尼斯太过兴奋，没有注意到她以慎重而不动声色的语气揭示出字面背后的含义，点出了他所处的危险。他幼稚地点点头，在她肩上笨拙地抓了一把，然后离开了。

准备工作花了很长时间。聚集在城市尾部目送他们出发的人群并不太多。城中紧张的气氛让许多人躲了起来——他们并不是不关心，只是感觉缺少动力，仿佛被吸干了能量似的。

约翰尼斯抬头望向为数不多的围观者，挥了挥手。接着，他爬进"水母号"的座舱。

贝莉丝看着人们旋紧小艇的舱门。深潜船被提至水面上方，焦躁地摇晃着，她想起自己潜入萨克利卡特城时，也经历过同样的晃动。"蹒跚号"上，一个巨大的轮盘开始旋转，放出加固的涂胶缆绳，潜水器逐渐下降。

随着一阵沉闷的水花声，它落入隐匿洋中，径直沉了下去。深潜船抵达恐兽所在之处至少要三小时。贝莉丝注视着它留下的波纹，她感觉身后有人，转身发现面对的是乌瑟·铎尔。

她紧闭双唇等待着。他平静地打量着她，一时沉默不语。

"你在替朋友担心，"他说道，"目前这种紧急状态下，'雄伟东风号'是禁区。但假如你愿意，可以在那里等他回来。"

他带她来到"雄伟东风号"船尾的一间小屋里，其舷窗正对着悬吊潜水器的"蹒跚号"。铎尔一言不发地离开了，随手带上房门。但这里比她的居所更加舒适，家具配置也更精良。五分钟过后，嘉水区的一名侍者未经吩咐便送来了茶。

贝莉丝一边啜饮，一边观察水面。她困惑不解，满腹狐疑，不明白铎尔何以会如此纵容她。

一开始，三具活生生的躯体挤在一起，使得"水母号"狭小的球舱内稍许有点儿温热。他们别扭地互相推搡着，尽量避开别人的胳膊和腿，争相从小小的舷窗向外张望。

光线衰退的速度令人惊异，面对逐渐降低的可见度，约翰尼斯既紧张又好奇。他们沿着栓系恐兽的一条巨链下沉，硕大的铁环一个接一个从身边掠过，上面覆满了贝壳和陈年的海藻。温和平静的鱼群用母牛似的眼睛探查他们的光亮，窥视着潜入水底的外来客，它们围着输气管道团团打转，不时避开小艇排出的气泡。

随着海中的光线逐渐减弱，那锁链变得阴沉可怕。狭长黑色的影子近乎垂直地向下延伸，环环交错的图案仿佛象形文字，突然间显得晦涩而凶险。

在接近绝对黑暗的边缘地带，海水似乎也绝对静止，未曾受到隐匿洋中危险的海流影响。乘员们一言不发。船舱里黑糊糊的。他们有化学照明灯，但不敢在下降过程中浪费——只有到了海底，光线才是必须的。他们紧挨着坐在一起。谁也不曾经历过如此深重的黑暗。

在狭窄的空间内挪动手脚时，往往会碰到金属物或同伴，从而发出轻微的撞击声，除此之外就只有嘶嘶的呼吸声和气泵的低吟声。引擎没有开——小艇在重力作用下沉降。

约翰尼斯听着自己和周围人的呼吸，发现它们不自觉地趋于同步。这就意味着，每次吐气之后，都会有少许停顿，在那短暂的片刻间，他可以自以为孤身一人。

此处已远远超出阳光所能及的范围，而他们给海洋带来了温热。热量自锅炉流入座舱，再透过小艇的金属外壳被饥饿的海水吞噬。

在这片牢不可破的黑暗窒闷中，在单调的气流声、皮肤的摩擦声和皮革的咯吱声中，连时间都支离破碎，无法延续推进，仿佛难产的胎儿。我游离于时间之外，约翰尼斯心想。

一时间，他惊愕地发现，自己似乎患上了可怕的幽闭恐惧症。但他定了定神，闭上眼睛（由此带来的黑暗并不能给予他安慰，因为其滞塞程度跟周围的黑暗不相上下），使劲吞咽，压制住这种感觉。约翰尼斯伸手摸到舷窗，冰冷而结满水汽的玻璃表面让他吃了一惊——外面的水寒冷似冰。

不知过了多久，窗外的黑暗被短暂地打破了，乘客们发出一阵喘息，时间犹如电击一般回到他们身边。外面有一盏活的灯，某种长着触手的生物，倒退蠕动的身体漾起阵阵波纹，其内脏包裹在一团冷光之中。随着它逐渐远离，那点阴沉的荧光也消失了。

池恩点亮"水母号"的船头灯。断断续续的跳闪过后，它投射出一道锥形光柱。他们能清晰地看到光柱的边界，就像大理石一样。灯光范围内除了无数细碎的颗粒，什么都看不见，随着"水母号"不断下降，这些微粒仿佛盘旋上升。视野中一无所有：没有海床，没有生命，没有任何东西。灯光照亮了一片压抑的虚空，比黑暗更加令人沮丧。他们关掉灯，继续下潜。

铁壳在压力下吱嘎作响。每隔十到十二秒，便有一下突然的震颤，仿佛水压的增加并不连续。

他们潜得越深，冲击就越强烈，最后，约翰尼斯忽然意识到，不仅仅是他们的船，不仅仅是周围的金属在振动，而是海洋——整个海洋，包括四周无数吨海水——在有节奏地律动，应和着来自下方的轰然巨响。

那是恐兽的心跳。

"蹒跚号"上巨大的转轮将数英里长的线缆放尽之后，安全栓锁定住轮盘，阻止他们继续滑落。"水母号"猛然停下，悬在周围的脉动声中。隔着金属壳，恐兽的心跳沉稳有力。

池恩打开灯。三名深潜员互相瞪视着，汗涔涔的脸上布满阴影。他们沉浸在昏黄的光线中，模样古怪荒诞。潜水器随着每一声心跳而战栗，带来一阵阵惊悚。密闭的舱室里，摇曳的黑影笼罩着各种仪表器具。

池恩开始推动操纵杆，并将一张张卡片塞进身边的分析引擎。在那令人心悸的一瞬间，一切似乎毫无动静，接着，圆球形的船身随着马达的轰鸣震动起来。

"它应该就在下面数百码处，"池恩说，"我们慢慢来。"

随着一阵突突的响声，"水母号"沿着弯曲的轨迹向下逼近恐兽。

船头灯再次被激活，冷冷的光束射入永不停歇的海底荧光之间。约翰尼斯仔细观察海水和其中悬浮的微粒，发现它们也随着恐兽的心跳在颤动。一想到周围数百万吨力图将他们压扁的海水，他的嘴里便充满了黏滞的唾液。

下方似有一种幽灵般的存在，约翰尼斯感到一阵寒意。他们来到一片平坦的区域，黑暗不再那样浓重——而是呈现出坑坑洼洼、布满裂隙的表面。一开始只有极淡的影子，然后，参差不齐的轮廓在磷光下逐渐映入视野，慢慢清晰起来。黏滑的岩石向四面八方延展，青苔似的深海植被点缀其间。此处为许多深水生物提供了居所。约翰尼斯看到类似鳗鱼却没有眼睛的盲鳗缓缓扭动着，还有敦实的海肠子，以及粗短苍白的三叶虫。

"我们来错了地方，"池恩嘟囔着说，"我们在海床上。"但还没讲完，她就意识到自己的错误，话音转变为颤抖的低语。约翰尼斯略带自豪与敬畏地点了点头，仿佛信徒面对着自己崇拜的神灵。

恐兽的心脏再次跳动，一道巨大的脊状物突然自下方隆起，高达二十英尺，改变了周围的景观，沙尘与淤泥的颗粒翻滚旋转。粗糙地表上崛起的巨型峰脉一路向前延伸，并派生出两三道分支，直至"水母号"的灯光范围之外。

这是血管。

其中充满了血液，随着脉搏跳动而突起，然后缓缓回落。

潜水器的位置恰到好处。他们位于恐兽的背部。

就连毫无情感的克吕艾奇·奥姆都似乎惊呆了。他们凑在一起，互相喃喃低语，寻求安慰。

下方的地面就是那头巨兽。

"水母号"缓缓前进，越过两条血管之间的峡谷，距离恐兽体表二十五英尺。约翰尼斯俯视着致密的海水，他被那怪物的颜色迷住了。他原以为它的表皮贫瘠苍白，但这里有成百上千种深浅不一的色泽：斑驳的灰色，红色和赭色构成回旋盘绕的图案，就像指纹一样独特。

恐兽的皮肤上长有突起物，像是岩石或角刺——这些触须矗立在"水母号"周围，仿佛石化的树木。池恩驾驶着潜艇，小心翼翼地穿行其间。

他们经过一些洞孔。恐兽皱褶的皮肤有时会毫无规律地突然张开，露出敞开的空穴，边缘平滑光洁，直通向躯体内部，脉动的管道侧壁上，分布着比人体还大的气囊。

"水母号"仿佛一颗尘埃，漂浮在恐兽的皮肤上方。

"诸神保佑，我们这是在干什么？"约翰尼斯低声说道。

约翰尼斯瞪大眼睛看着他们召唤出来的怪兽，而克吕艾奇·奥姆正拼命记着笔记。

"我们的照明只有几小时。"池恩不安地说。

潜艇略微上浮，越过一片高塔似的毛刺，然后再次下降至两道高耸的山脊之间——可能是鳃，或者鳍，或者伤疤。恐兽的皮下组织不停地起伏着。表皮的轮廓开始出现变化，逐渐向下倾斜。

"我们到了它的侧面。"约翰尼斯说。

转眼间，他们下方那疙疙瘩瘩的皮肤忽然陡峭起来，如同悬崖一般没入浓密的黑暗中。"水母号"沿着恐兽的侧面下沉，约翰尼斯听见自己的呼吸带着战栗。光线照亮了层层叠叠的细胞和寄生生物，他们身边突然竖立着一道由有机生命构成的峭壁。

面对形体规模堪比地表结构的病患，他们感到自己如此渺小。

恐兽皮肤上开始呈现出皱纹，百十道巨大的褶子仿佛地质板块的边界，互相覆盖倾轧，交错重叠，形成弯曲的表面。从这里伸展出去的，也许是一条腿，也许是一片蹼，也许是一根尾巴。

"我想……"约翰尼斯一边说，一边指给其他人看，"我想这是一根附肢。"

海水一时震颤，一时平静，不断周而复始。此处皮肤的皱褶绷得比较紧，随着恐兽的每一次心跳，凸显出巨硕的血管网络，山脉似的顺着肌肉延伸，纷繁致密，犹如玻璃的裂纹。螃蟹匆匆逃到光线之外，躲入恐兽表皮间的洞穴中。

水中有污染物。灯光照到一团浑浊的液体，像墨水一样滚动着。

"那是什么？"约翰尼斯低语道，克吕艾奇·奥姆写下答案给他看。

血。

心脏再次跳动，水中充满了那幽黑的物质，朝四面八方翻滚涌动，很快就被稀释了。灯光穿过触手般蔓延的血液，远处的物体闪闪发光：某种坚硬而平滑的表面。

深潜员们发出惊呼。这正是舰队城那副巨型挽具的铁边，表面残存的贝壳早已死于水压，但也依附着深海的原始生命。这是角落处的一道搭扣，套着恐兽的躯体。

"天啊，"池恩低语道，"也许是因为我们。也许就是那搭扣——笼套磨破了它的皮。"

"水母号"颠簸着穿过溶有血液的水流，回到恐兽身体上方。血水从表皮上的一排山丘背后涌出。

"看那儿！"约翰尼斯突然喊道，"那儿！"

二十英尺之下，恐兽的皮肤开裂渗漏，就像一条人工挖掘的沟渠：宽阔而参差不齐，至少三十尺深，向着远处的黑暗蜿蜒伸展。其内壁尽是碎裂剥落的细胞，并残留着黏滞的脓水。就在他们眼皮底下，一团团半流体脱落上浮，留下一长串飘荡摇曳的杂质。

沟壑的底部，也就是伤口最深处，磷光灯映照出黏湿的肉红色。

"嘉罢在上，真见鬼，"约翰尼斯嘶嘶地说，"难怪它会慢下来。"

克吕艾奇·奥姆奋笔疾书，然后就着灯光举起那张纸。考虑到恐兽巨硕的体型，这不算什么。约翰尼斯看见纸上写道。一定还有别的。

"瞧，"池恩带着气声说道，"伤口的边缘……没有挨着挽具。不是金属磨破的。"接着是一阵沉默。"我们一定漏看了什么。"

他们潜入那道沟壑，两侧耸立着恐兽撕裂的表皮。

他们要去寻找伤口的源头，仿佛一群沿着迷失的河流勘探的冒险者。

呈 V 字形裂开的皮肉在他们面前沿着透视线迅速汇拢，但尚未到达交点，便早已被黑暗吞噬。每一次心跳过后，周围就有一股鲜血涌出，暂时遮蔽住他们的视线，直到血水消散稀释。

下方和两侧均有细微的动静，那是食腐动物在吞食裸露的血肉。

潜艇在由血肉构成的沟壑内缓缓移动，穿行于阴影之中。在这狭小的金属气泡里，每个人都默默地暗自思忖，这是谁干的？

裂缝忽然一个急转弯，破损的皮肤矗立于眼前，于是"水母号"也顺势拐过去，在水中转了个向。

"你们见到有东西在动吗？"
池恩脸色煞白。

"那儿！那儿！看见没？你们看见没？"

沉默。鲜血随着心跳涌起。然后又是沉默
约翰尼斯试图寻找池恩所见之物。

裂谷逐渐开阔。他们位于一个深坑的边缘，坑底布满鲜血和脓水，这条宽达数十码的空谷即是恐兽的伤口。

不知什么东西一晃而过，约翰尼斯见状，发出一声喊，其余人也纷纷呼应。

下方的血水中有动静。

"哦,诸神保佑。"他低语道,然后再也说不出话来,心中只剩下一阵惊叹,哦,天哪。形势急转直下,难以挽回。

"水母号"摇晃起来,引发出又一阵尖叫。它遭到了撞击。

约翰尼斯的思维迟钝滞塞,他心想,我们必须找到症结所在,排除病灶,将其治愈。但自从进入深坑,接近病症的源头,一股恐惧便向他袭来,压抑住了原本的想法。

(打从波浪盖过头顶开始,恐惧就一直伴随着我。)

下方腐败的血液随着水流阵阵异动。潜艇再次受到未知重物的撞击,震颤摇晃着。池恩开始哀号。

时间仿佛突然凝固了似的,约翰尼斯缓缓转过头,看着血痂族驾驶员如木桩般笨拙迟缓的双手使劲抓住控制杆,往后猛拽,试图拉起潜艇。但它又被撞了一下,摇摇摆摆地转动起来。

约翰尼斯听见自己跟池恩一起尖声高喊着,快离开,快离开。

外面的不明物体不断冲击着"水母号"。

约翰尼斯愕然瞪视着底下染血的平地,发出一阵惊呼。

在探灯闪烁的光亮中,某种幽暗的物体突然窜了上来,仿似一簇长着粗茎的黑色花朵,猛然扑向那放着冷光的假太阳。不,这不是花簇,而是一个个巴掌,花茎也不是花茎,而是肌肉虬结、布满纹路的胳膊,连同弯曲的利爪一起,凶神恶煞地挥舞着,然后,黏滑的血液中又冒出胸部和头部。正是它们在底下咬啮血肉,释放毒液。

一个个身影犹如坟场幽灵般漂浮上升,尾巴搅散了血水,硕大的眼睛瞪视着新来的访客。约翰尼斯惊恐地与它们对视着。它们不自觉地咧开大嘴,仿佛在嘲笑他;而那些嘴里的牙齿比他的手指还长,残碎的肉屑自齿间飘荡脱落。

它们像鳗鱼一样灵巧地游近，张开手掌，利用体重推压潜水器。小艇翻滚起来，舷窗突然转向上方，船舱里的三个人尖叫着滚作一堆，在即将熄灭的灯光下，瞪视着窗外的脸和来回舞动的手。

约翰尼斯感觉自己张大了嘴，但他什么都听不见。他的手臂砸到同伴的身体。惶恐中，同伴们也捶打到他，然而他却毫无知觉。

"水母号"的灯光射向上方，被黑暗的深渊吞没。约翰尼斯看着怪物们扑向窗口，心中涌起狂乱的思绪。这就是病因，他不断歇斯底里地想。这就是症结所在。

令恐兽患病的罪魁祸首挤在潜艇周围。磷光灯被它们打破，冒出汩汩的气泡，随即便熄灭了，只剩舱内昏黄的灯光照着它们扭曲的脸。

四英里深的海底，约翰尼斯抬头凝视，船舱对面的窗户外有一双眼睛。短暂的一瞬间，他仿佛无比清晰生动地看到，在那双眼睛里，自己是怎样的形象。他的脸由于在翻滚中受伤而沾着鲜血，灯光映照之下，现出一道道刻板的皱纹，他的表情僵硬而惊愕。

他目睹舷窗在敲击之下绽出裂纹，交错重叠的细丝顺着玻璃表面攀爬蔓延，仿佛某种忙碌的生物，最后，潜艇一阵抖动，舷窗崩裂开来。他拼命往后爬，远离损坏的窗户，仿佛那几寸距离可以救他命似的。

最后的片刻，"水母号"频频震颤，海水和沾染血污的怪物在外面虎视眈眈地打转，船舱灯熄灭了。慌忙错乱中，三个嗓音齐声惊呼，三具躯体互相纠缠碰撞，而约翰尼斯依然感到绝对的孤独。

第四十四章

太阳已经消失，但海水依然温热。水面纹丝不动，螯虾人的光球星星点点地勾勒出舰队城的水下世界。

坦纳与谢克尔在"蹒跚号"和鲸体船"半醉号"之间游泳，那里有一条四十英尺宽的狭长水道。他们的脑袋在水面上时隐时现，好像海豹，城市的噪音零零星星飘入耳中。

"不要靠太近，"坦纳警告道，"可能有危险。我们就待在船的这一侧。"

谢克尔想要鼓起勇气潜入水下，透过泳镜观察连接深潜船的缆绳。关于拴系恐兽的锁链，坦纳的描述总是让他十分惊愕，但即便他有胆子游到城中最深的舰船之下，也只能看见一些黯淡的影子。他希望目睹缆绳自水面延伸至黑暗中的景象，希望体验一下这种浩大的感觉。

"我怀疑你看不到什么，"看着小伙高涨的热情和笨拙的泳姿，坦纳警告说，"但我们试一试能够靠多近，怎么样？"

海水轻抚着坦纳。他舒展身躯，伸开额外的触手，潜入迅速变暗的水中。四周全是螯虾人冷冷的灯光。

坦纳呼吸着海水，游到谢克尔下方数英尺深处，观察他的进展。他感觉水中有震动。他对海洋中的细微震颤变得很敏感。**一定是那根**

缆绳，他心想，潜艇仍在下降。一定是这个原因。

距他们三百英尺远处，"高粱号"粗硕的支架耸立于水面上方。太阳已落到钻井台后面，纵横交错的骨架仿佛天空中黝黑的针脚。

"别靠太近。"坦纳再次警告，但谢克尔根本没在意。

"你瞧！"他一边喊，一边指给坦纳看，却因此而失去动力，短暂地沉落下去，但随即又大笑着浮起，再次指向远处的"蹒跚号"。他们能看到那根粗绳绷得紧紧的，没入水面下方。

"离远点，阿谢，"坦纳警告说，"不能再靠近了。"

那缆绳就像一根刺入水中的针。

"**谢克尔**。"坦纳坚定地说，小伙扑腾着转回身，"够了。趁还有一点儿亮光，让我们来看一看。"

坦纳来到谢克尔下方，看着他戴上泳镜。谢克尔肺里憋足了气，然后抓着坦纳的手，一蹬腿，钻下水去。

城市的轮廓向上升起，仿佛乌云压顶。坦纳心中默数，给谢克尔二十秒时间消耗体内储存的空气。在隐匿洋幽暗的黄昏中，坦纳依然小心留意着那根缆绳。

他将谢克尔托入空气，小伙露出了微笑。

"太神奇了，坦纳，"他一边说，一边咳嗽，咽下少许海水，"再来一次！"

坦纳将他带到更深处。时间缓慢地流逝，谢克尔似乎并无不适。

他们潜至十英尺深，身旁是"蹒跚号"倾斜的船底，表面覆满了生物。谢克尔指向四五十英尺远处，凭着渗透下来的细碎月光，潜水器的缆绳忽隐忽现。

坦纳点点头，扭头望向工厂船下方凝聚的黑暗。他听到有动静。

该上去了，他心想，然后转向谢克尔。他拍了拍谢克尔，指指头顶，并伸出双手。谢克尔咧开嘴，露齿一笑，口中溢出气泡。

随着一股湍急的水流，有个弯曲扭动的影子迅速从坦纳视野中掠过，动作灵敏，稍纵即逝，就像觅食的鱼。坦纳惊骇地眨着眼睛。谢克尔依然瞪视着他，脸上现出不安的神情。小伙皱起眉头，张开嘴，仿佛要说话的样子，然后咕噜噜吐尽了所有空气。

坦纳一阵扑腾，惊恐地伸出手去。他看见谢克尔吐出的气泡中带有某种黝黑的物质，不断涌动上升。一时间，坦纳以为是呕吐物，但那是血。

谢克尔开始下沉，依然瞪着困惑的眼睛。坦纳急忙抓住他，用触须将他提上来，并向着水面蹬踢，脑中有如灌满霹雳。血水汹涌地冒出，不仅从谢克尔嘴里，他后背也有一道巨大的伤口。

水面似乎异常遥远。

坦纳脑中只有一个字。不，不，不，不，不，不。

他无声地尖啸着，带有吸盘的附肢牢牢攀住谢克尔的皮肤，断断续续地将他往水面拉拽。坦纳企图拖着小伙逃离海水，诡异的身影在他身边窜来窜去，穿梭于阴影之间，如同海狼[1]一般凶神恶煞。它们摇摆扭动，时隐时现，动作轻巧灵活，相比之下，坦纳显得笨拙而沉重。他是一名外来者，遇到真正的海洋生物，只能在惊惧中落荒而逃。他那改造的身体突然间像是一个荒谬的玩笑，他在重负之下一边呼喊，一边手忙脚乱地挣扎前进，海水突然变得如此陌生。

他尖叫着浮出水面。谢克尔扭曲的脸庞就在他面前，嘴里渗着海水与鲜血，并发出微弱的呻吟。

"帮帮我！"坦纳·赛克嘶喊道，"帮帮我！"但没人听见。他将那可笑的触手吸附到"蹒跚号"侧舷，试图把自己从水中拉出。

"帮帮我！"

"有情况！有情况！"

---

1 又称梭鱼，个性凶狠且具侵袭性，爱联群出动，体型较大，长度可达1.8米。

数小时以来，"蹒跚号"甲板上的工人们一直照料着给"水母号"输气的巨型蒸汽泵，并随时准备将潜艇收回来。他们一个个陷入慵懒迟钝的状态，什么都没注意到，直到给安全缆绳上油的女性仙人掌族开始吼叫。

"**不好了，有情况！**"她喊道，众人被她的嗓音惊起，纷纷跑了过来。

他们注视着缆绳，心怦怦直跳。那巨大的转轮——它几乎已经空了，绳索差不多放到了尽头——在甲板上剧烈地震颤着，连固定用的螺钉也抖动起来。缆绳发出吱吱怪叫，扯开了安全栓。

"拖他们**上来**。"有人喊道，于是船员们奔到巨大的绞盘边。一阵崩裂声过后，传出机械摩擦的噪音。活塞互相碰撞，仿佛拳击手不停击打。引擎中的齿轮彼此咬合，却无法牵动缆绳。那绳索绷得紧紧的，好似高音琴弦。

"拖他们**上来**，拖他们**上来**。"有人在徒劳地喊叫，随着一串刺耳的炸裂声，巨型绞盘在支架上剧烈地向后晃动。引擎开始空转，冒出黑烟与蒸汽，任性地呜呜嘶鸣，纷繁复杂的棘轮与飞轮疾速旋转，化作一片模糊的影子。

"松开了！"仙人掌族女人在一片歇斯底里的欢呼声中说道，"上来了！"

但依照深潜器的设计，绝不可能上升如此迅速。

转盘不断加速，快得不可思议，以令人眼花缭乱的速度将缆绳提拉上来。齿轮一边旋转，一边散发出金属燃烧的刺鼻气味，且变得红热发烫。

"水母号"沉到海底花了三小时。然而此刻，圆盘如此飞转，他们甚至能看出绳圈逐渐扩大。他们知道，用不了几分钟，缆绳即可全部收回。

"上得太快了！闪开！"

随着一阵翻腾的水雾，大腿般粗细的缆绳脱离了海面。它从水中窜出，尖啸着在"蹒跚号"的金属侧壁上刮出一道深痕，密集的火星四散飞溅。

那台机器就跟受惊的人一样拼命挣扎，试图挣脱剩余的螺钉。工程师与码头工人们赶紧匆匆撤离。

坦纳·赛克爬上"蹒跚号"甲板，并把谢克尔也拽了上来，谢克尔的身躯湿淋淋的，越来越凉。

"帮帮我！"他再次嘶喊，但依旧没人听见。

在枯瀑区边缘，布鲁寇勒斜倚着"尤洛克号"的船舷，专注地望向水面。一颗长有尖牙的圆脑袋在他面前冒了上来，周围泛起阵阵涟漪，它点了一下头，便消失了。布鲁寇勒转身面对甲板上的部属们。

"到时候了。"他说。

绳索末端冲破海面，带起一股飞散的水花，沉甸甸的金属缆绳在旋转的绞盘上方划出一道弧线，抽打到甲板上，潜水器已被扯掉，仅剩下开叉分裂的残根。

"蹒跚号"的工人们看得目瞪口呆。

缆绳残破的末端打到甲板上，发出骇人的声响，留下一长串碎木片与金属屑，而绞盘依然在继续运转，绳索末梢周而复始地鞭打着底下的船甲板。

"关掉它！"监工嘶喊道，但在肆虐的噪音中，没人听见他的话，也没人能够接近。马达驱使巨轮不停地旋转，对"蹒跚号"施以鞭刑，最后，炉膛炸裂开来。

赤热的碎片如雨点般洒落到工厂船上，一时间，一切都静止下来，人们惊呆了。接着，"蹒跚号"又是一阵震颤，船体内窜出更多爆炸的火焰。

城中响起一片警报声。

甲板上的大火蔓延开来，"蹒跚号"发出闪烁的红光和隆隆的响声，来自嘉水区的警卫和焦耳区的武装仙人掌族纷纷在周围的舰船上就位。船员们发狂似的奔逃，穿过索桥，进入城中。"蹒跚号"是一艘巨船，弥漫的黑烟中，男男女女持续不断地从船底涌出，逃离损毁的残骸。

在火焰的映衬下，有个身影迈着缓慢跟跄的步伐，向一座桥走去。他弯着腰，背上所负的重物疲软悬垂，仍在滴水。他张嘴呼叫，但没人听得见。

"都知道该怎么办吧？"布鲁寇勒简略地低语道，"出发。"

"尤洛克号"上涌出一群游移的身影，速度奇快，人眼难以追踪。

这支神秘的部队分拆成小股，如猿猴般轻松地翻越屋顶与索具，无声无息地向四下里扩散。

"日泽区和圆屋区不会出手相助，但也不会阻挠，"布鲁寇勒告诉过他们，"戴尼奇年轻而胆怯——他将骑墙观望。谢德勒区是唯一需要考量的势力。有一个方法可以让他们迅速出局。"

一小队血族向着谢德勒区进发，前往"兽人号"与圆丘厅，前往将军的议会所在。剩余的主力则兴奋狂热地甩开四肢，朝着城市后缘的嘉水区纵跃飞奔。

布鲁寇勒快步跟在他们身后，但既不仓促，也不躲藏。

"蹒跚号"里有古怪。逃出来的人们跌倒在周围舰船上，一边喘气，一边尖声示警。

不知什么东西穿透了船底的金属外壳，进入船体内。"水母号"残存的缆绳在引擎驱动下旋转抽打着甲板，而隐藏的楼层中冒出一群怪物，朝着索桥上，以及锅炉房和引擎室中的人们发起攻击，并对舰船造成破坏。

那些怪物难以用言语形容——据说长着咯咯作响的利齿，瞪着死尸般硕大的眼睛。

"雄伟东风号"的甲板几乎空无一人，只是偶尔有侍者或官员匆匆奔过。警卫们守着自下而上的索桥入口——不允许混乱扩散至旗舰。人群极力向冲突地点靠近，"蹒跚号"周围船只的屋顶、阳台和塔楼上挤满了人。他们一波波向前推进。气球飞行员们来到火焰的上升气流附近。

贝莉丝已经被人遗忘，她待在"雄伟东风号"船尾的房间里，惊恐地目睹着危机逐渐成形。

她瞪视着绞盘的残骸，心中思忖，约翰尼斯死了。

他死了——她若有所失，却不知如何用言辞表达这种古怪惊骇的感觉。

她低头望向与"蹒跚号"相毗邻的几条拖船，它们的甲板上布满了刚从大火中被抬出来的男女伤员，这些人都吓坏了。

贝莉丝看到乌瑟·铎尔在其中一艘拖船上。他大声呼喝着，动作简练，目光不断来回扫视。

"蹒跚号"的火势逐渐消退，但不是被舰队城居民扑灭的。

贝莉丝紧紧抓住窗沿。她能看见工厂船窗户中的黑影，她能看见里面的怪物。

武装的海盗从城市各处赶来。他们成群结队地守在通向"蹒跚号"的桥头，不时检查自己的武器。

工厂船被烟熏黑的舰桥上射出一束未知能量，所经之处空气扭曲扰动，它击中了紧挨着"蹒跚号"的一艘纵帆船的桅杆。

激荡的微粒围着桅杆盘旋，渗入其内部，贝莉丝发出一声惊呼。桅杆像蜡一样融化了，巨硕的木柱如蛇一般弯曲，坍塌过程中溢出淤泥似的物质，泛着黏滞的气泡，涌动于现实与虚幻之间——在翻腾的气泡中，贝莉丝时而能瞥见一丝虚空。失去常态的木头仿佛有毒的污秽，在人群拥挤的甲板上蔓延。

乌瑟·铎尔挥剑示意一群仙人掌族用飞轮弓攻击"蹒跚号"的窗户。这时，贝莉丝听见远处视线之外响起一片喧哗。她看到楼下人们的注意力都被吸引过去，恐惧与震惊的表情犹如病毒一般扫过人群。

骚动自城市的前方扩散过来，袭向集结的海盗——贝莉丝还看不清怎么回事。只见武装的人群分裂成两股，一部分人战战兢兢地转而面对新的威胁。贝莉丝奔出房间，来到甲板上观望。

"雄伟东风号"上的人充满疑惑。索桥依然有紧张不安的巡逻队在把守，他们无所适从，只能沮丧地看着箭枝和弹药如暴雨般向"蹒跚号"倾泻。海盗们开始离开"雄伟东风号"，加入战斗的同伴。

贝莉丝奔至甲板边缘，经过高耸的舰桥，藏身于其阴影之中。她的高度正好与舰队城的屋顶齐平。她试图观察城中的状况。

密集的火力射向"蹒跚号"及其内部的怪物。隐藏的敌人继续如烟花般发射出诡异而凶险的魔法能量，令周围的船只和舰队城居民融化消解。但除了附近的舰船，贝莉丝看到另一条战线在城中蔓延，混乱而缺乏纪律，并传来断断续续的枪声。

新的攻击者距离下方那簇纠结混乱的船只越来越近，而大多数嘉水区的警卫仍在准备重夺"蹒跚号"。突然间，她看清了是谁从城内发起的第二波攻击。嘉水区的部队突然遭到枯瀑区血族的猛烈围攻。

贝莉丝环顾四周，一只手紧紧捂住嘴巴，使劲地喘着气。她搞不懂眼前这一幕——是信任的崩溃，还是某种报复？布鲁寇勒发动了哗变。

她的视线跟不上那些血族。他们的动作似猛兽般迅捷，又仿佛不断凝聚重组的烟雾，恐怖有如噩梦。

血族们灵巧异常的身形往往故意跃入死胡同中，如此一来，最多只能同时受到六七名武装人员的攻击。他们展开凶猛骇人的杀戮，坚硬的指甲洞穿咽喉，恐怖的牙齿撕裂皮肉，直到对方的下颚浸满鲜血。在嗜血的低吼声中，他们的唾液垂涎滴落。他们抛下疲软的尸体，跃上混凝土房顶，跃上桥梁、炮塔和废墟，如同蜥蜴一般蔌蔌游走，消失于视线之外。

贝莉丝无法分辨究竟有多少血族。无论望向何处，似乎都有打斗，但她只能看清嘉水区的部队。

她意识到，乌瑟·铎尔已将注意力转向血族。只见他推开人群，奔回"雄伟东风号"甲板上，专注地俯视着战场，然后转身大声发号施令，指示增援各处的战斗。他冲向"雄伟东风号"侧面一艘古老的三连体战船尾部，船上的一栋栋砖房周围，乱七八糟挂满了洗濯的衣物，透过其间的空隙，贝莉丝偶尔能看到激烈的短兵相接。

那里距她仅两百英尺，她仍能看见铎尔。他沿着陡峭的桥直冲下去，并拨开"或然之剑"的开关。他一路奔跑，手中的剑闪着微光，现出千百重幽灵剑刃。他消失在一条鼓起的床单背后，仿佛被床单所吞噬。随风飞舞，喇喇作响的床单后面突然发出一连串噪音。

朴素的白布背面渗出一道红渍。

它又颤动了两下，好像受了伤似的。接着，一个踉跄的身影跌入床单，将它撕扯下来，揭示出后面的景象。那名血族临死前使劲抓着床单，又使它染上更多鲜血，床单缠绕着他，仿佛一块临时的裹尸布。铎尔站立于一群伤者中间，人们高声喝彩，纷纷去踢床单包裹中的尸体。

他们的胜利并不长久。魔法能量又从"蹒跚号"上喷吐而出，仿佛炙热的油脂，四周的木头和金属开始变形软化。乌瑟·铎尔用滴血的剑一指，疲惫的战士们赶紧逃离这条船。

倒下的血族并不止一个。贝莉丝只看到一小部分战斗——粗糙的路面，建筑工地与吊车，一排排粗矮的树木，这些都挡住了她的视线。但她时不时可以看到其他血族死亡。他们敏捷强壮，令人畏惧，身后留下一串串残破流血的尸体，然而他们的数量远远落于下风。

他们利用建筑物与阴影作掩护，但仍无法尽数躲避紧紧追随的枪弹与刀剑。尽管这些伤口对他们来说，并不如对普通人那样致命，但也会带来痛苦，减缓速度。于是，无可避免会出现这样的场景，一群惶恐的海盗围住一个跌跌撞撞、龇牙咧嘴的身影，砍下其头颅，或者无情地将其骨头与内脏彻底捣毁，就连血族的超自然自我修复能力都难以奏效。

假如单单是血族，他们或许可以制服，但嘉水区需要分出太多部队对付"蹒跚号"里隐藏的敌人。

一批低矮的小船驶了出去，大约四十英尺长，甲板上载有加农炮和喷火器。它们迅速穿过那片小小的港湾，从外侧接近工厂船，将它包围起来。

然而"蹒跚号"周围的海水里浮起几个影子。

海面被火焰和枪炮照亮，透过数英尺深的海水，贝莉丝能分辨出怪物的轮廓：肥硕的躯体摇摆扭动，仿佛一块腐肉；恶毒的小眼睛就跟猪眼一样；退化的鳍又粗又短；张开的大嘴里嵌着尺把长的牙齿，参差不齐，呈半透明状。

它们很快便突破了包围。*嘉罘在上，这些是什么东西？*贝莉丝恍惚地想。*布鲁寇勒怎么能控制它们？他做了什么？*人们逐渐接近怪物，射出一排排枪弹，它们又消失了。

但当小船驶到近处，人们再次探出身子瞄准时，却被迅速扭摆的肢体拖下水去，白牙一闪，他们在惊骇中沉入海底，搅起一阵漩涡。

舰队城内部发生了分裂。贝莉丝看到枯瀑区和嘉水区的交界处闪出火光，并伴随着枪声。有一群人正在接近，他们与嘉水区的水手之间爆发了战斗。此刻已不仅仅是血族与城中居民在交战——反叛的消息传开后，反对疤脸情侣计划的人们也都加入了战团。豪刺族用背上的硬刺扎人，仙人掌族高大的身躯互相撞击，展开笨拙的殴斗。

战斗毫无秩序可言，整个城市都在燃烧。飞艇慌乱地在头顶移动。

"雄伟东风号"俯瞰着这一切，黑沉沉的铁壳内依然寂静空旷。

贝莉丝迟钝地意识到某种奇怪的状况。她凝视着底下的三连体船，发现连接"雄伟东风号"的索桥已被斩断，而再往前的一艘船也是一样。

贝莉丝小心翼翼地贴着墙壁，缓缓向前挪移，躲在浓重的黑暗中窥视主甲板。她看到三个幽暗的身影以血族特有的速度迅速移动，劈砍拴连舰船的锁链与绳结，使其一端坠入海中，另一端则砸到邻船的侧壁上，接着他们又跃至下一条绳索跟前，如此周而复始，不断重复。

贝莉丝的胃里一阵抽搐。血族截断了她与外界的联系，将她困在这艘船上。她紧贴墙壁，动弹不得，仿佛让一层冰给冻住了。

在一艘旧拖船发霉的屋檐底下，乌瑟·铎尔挥剑劈裂一名男子的脸。他背转身去，不理会那人的嘶喊。他高声呼喝，嗓音盖过了周围的打斗。

"该死的布鲁寇勒在哪里？"他吼道。

他喊话时面向着"雄伟东风号"。略一停顿之后，他的视线投向蒸汽船的栏杆，投向隐藏的甲板和无数走廊过道，疤脸情侣正在那里面与科学顾问们进行紧急商讨。他瞪大了眼睛。

"天杀的！"他一边喊，一边奔跑起来。

贝莉丝听见一个声音。

距离非常近，就在她僵直矗立之处往前拐过一个墙角，亦即这栋高耸的建筑物门口。她屏住呼吸，心中充满强烈的恐惧。

"明白了吗？"她听见那人简洁地说，嗓音粗哑刺耳，是布鲁寇勒，"他应该就在附近——我不清楚究竟是哪儿，但你们肯定能找到他。"

"明白。"第二个嗓音令人畏惧，就像是黏液的摩擦声，贝莉丝闭起了眼睛。"我们去找他，"那声音继续说道，"取回被盗的物品，到时候我们就会离开，恐兽将恢复自由行动的能力。"

"好，那我得动作快点，"布鲁寇勒说，"还有两个人要杀。"

脚步声逐渐远去。贝莉丝壮着胆睁开眼睛，略微探出头去，她看到布鲁寇勒镇定地快步走向会议厅楼上的房间。

贝莉丝听见开门声，入侵者迅速掠过门槛，发出黏糊糊的声响。

她恍然大悟，惊愕之下，几乎站立不稳。她突然明白了这些新来的访客是谁，它们要找什么——它们要找谁。

这么远？……她晕眩地想。这么远？但她确信无疑。

她屏住气息，以免惊恐的呼吸声暴露自己。贝莉丝望向转角另一边，视野中空无一人。

她绝望地考虑着下一步该怎么办。下方的舰船中传来嗖嗖的响声，然后是恐怖的嘶喊。舰队城的人们正受到入侵者魔法的蹂躏，面对这般场景，贝莉丝忍不住轻声惊呼。她哀叹着摇了摇头，鲜血和变形的尸体令她错愕麻木。

又一股能量从"蹒跚号"射出，划过空中，一瞬间，贝莉丝胸口忽然燃起愤怒的火焰。她依然很害怕，然而这股新生的怒气却更加强烈无比。

她的愤怒是针对赛拉斯·费内克的。

你这个混蛋畜生！她心想。你这头愚蠢自私的猪！看看你都干了什么！看看你招来的是什么！她凝视着眼前的惨状，双手毫无血色。

我得阻止这一切。

她知道该怎么办。

她知道被盗的物品是什么，她也知道那东西在哪里。

血族们正要割断"雄伟东风号"上最后一条古老的索桥，一个执剑的身影踏着桥板飞奔而来。他们吃了一惊，往后退开，匆忙地抽出武器。

乌瑟·铎尔来到甲板上，距离他最近的女性血族用燧火枪指着他。

她咧开嘴，露出毒蛇般的长牙，舌头忽隐忽现。铎尔近乎轻蔑地斩下了她的头颅。

她倒在木地板上，两名同伴呆呆地瞪视着她脚踵处的文身。铎尔毫不迟疑地走上前来，他们转身逃逸。

"布鲁寇勒在哪里？" 乌瑟·铎尔朝着他们的背影怒吼。

贝莉丝随手找来一座烛台，使尽全身力气砸向门锁和把手，每一击都伴随着一声呼喝。她将烛台插进门缝里，用力往外撬。木头崩裂凹陷。但这扇门厚实坚固，她乒乒乓乓折腾了好一会儿，才把锁弄开。贝莉丝胜利地长出一口气，推开门，木屑纷纷掉落。

她到处搜寻那尊雕像，先是拉开铎尔的橱柜，然后到床下翻找，又踢开铺地的板条。它不在武器架上，也不在那件据铎尔说是鬼首族遗物的奇特乐器旁边。时间分分秒秒地过去，她痛苦地意识到，外面的流血一定仍在继续。

贝莉丝突然发现了雕像，就在铎尔存放箭和标枪的圆筒底部，依然裹在那块布里。她忽然涌起一股敬畏之情。贝莉丝捧起沉重的雕像，酷似怀抱着一名婴儿。她穿行于"雄伟东风号"空荡荡的走廊中，试图辨识方向，回忆自己曾被关押的地点，寻找旧船上的牢狱区。

疤脸情侣与临时召集到的几名顾问聚在会议室中。战斗进行了还不到一小时。

女首领徒劳地对着心惊胆战的科学家们吼叫着，告诉他们说奥姆和提尔弗莱**死了**，这座城市正受到未知力量的攻击，**面临分崩离析的危险**。他们得搞清楚敌人是**谁**，并与之**对抗**。这时，门突然被撞开，连门栓都脱落下来。

在一片震惊与沉默中，屋里所有人都扭头望向布鲁寇勒。

他站在门口沉重地喘息着，并咧开下颚，露出瘆人的牙齿。他那蛇信似的舌头品尝着空气的滋味，黄眼珠扫过聚集的人群。他一挥手臂，示意屋里除疤脸情侣之外的人全都离开。

"出去。"他低语道。

清场只用了片刻工夫，屋里只剩下疤脸情侣和布鲁寇勒。

疤脸情侣注视着血族向他们走来，神情并无惧怕，但很警惕。

"这件事到此为止，"他低声说，"马上。"

疤脸情侣一声不吭，缓缓地分开，成为两个不同的目标。两人同时抽出手枪，但都没有说话。布鲁寇勒挡住门口，确保他们无法通过。

"我不想当首领，"他说道，语气中的绝望似乎相当真实，"但这件事到此为止。这不是什么计划，这简直是疯子的行为。我不允许你们毁掉这座城市。"他龇牙咧嘴地伏下身子，蓄势待发。虽然明知毫无意义，但他俩仍然举起武器。疤脸情侣迅速对视一眼，但立即再次望向准备发动攻击的布鲁寇勒。

"**住手**。"

是乌瑟·铎尔。他站在门口，手中的剑泛出白骨似的微光。

布鲁寇勒并未转身，视线也没有离开疤脸情侣。

"有一件事我清楚，乌瑟，"他说，"关于你，至少有一件事我清楚。舰队城是你的家，你需要它。我知道，你一本正经地说什么效忠。"——他的语气忽然变得很冷峻——"但你绝不会背叛这座城市。你知道**他们**会带来灭顶之灾。"

他等待着，仿佛在期盼对方的回应。

"住手。"铎尔仅仅说道。

"假如那该死的地疤果真存在，"布鲁寇勒低语道，但依然没有转身，"假如出现天大的奇迹，我们活了下来，这两人将来仍可能招来毁灭。我们不是勘探队，不需要参与该死的冒险旅程。这是一座城市，乌瑟。我们的生计在于买卖、劫掠和交易。这是一座港口，与探险无关。"他转身面对乌瑟·铎尔，眼神犀利。"真要命，乌瑟，你很清楚这一点，所以才会来到这里，你已经厌倦了探险。

"理智一点……我们用不着那头怪兽，用不着被它拽着满世界乱跑——这以前从没发生过。千百年前不知哪个混蛋铸造了锁链，但那并不重要，关键是它一直空着。就算我们在这次疯狂的行动中侥幸存活，只要依然牵着那该死的恐兽，这两个家伙就会发起一次又一次新的冒险，直到我们全部丢掉性命。

"这不是我们的逻辑，铎尔；这不是舰队城的生存之道。我们来这里不是为了这个目的。我不允许他们毁掉这座城市。"

"布鲁寇勒，"铎尔说，"这件事由不得你做主。"

血族缓缓瞪大了眼睛，露出严肃的神情。

"诸神在上……你明知道我说的是事实，乌瑟，难道不是吗？我能看出来。你打算怎么办？"他嘶嘶地说，"你有什么计划？"

"亡者，"铎尔轻声说道，"你**必须**住手。"

"你是这样想的吗，生者铎尔？"布鲁寇勒低语道，沙哑的嗓音中强忍着怒气，唾液仿佛长长的丝线一般从尖牙上垂落。他捏紧拳头，手上的骨骼咯咯作响。"你真这样想吗？你是个优秀的战士，生者铎尔。我见过你战斗，也曾与你**并肩作战**……但我已经活了三个多世纪，铎尔。你打败我的几个助手，就以为可以面对**我**？在你出生之前，我一路杀到这里，并通过战争与烈火赢得枯瀑区。我杀死的怪物甚至没有一个活人见识过。

"我是血族布鲁寇勒，那把剑救不了你。你以为可以面对我？"

"雄伟东风号"的走廊里完全空无一人。贝莉丝步下楼梯，向着监狱走去，她的脚步声在蜿蜒的过道中回荡。

就连囚禁费内克的走廊里都没人看守，警卫全被调走了，正与其他人一起守卫嘉水区。这就是条件，贝莉丝恍然大悟。这就是他们的协议。布鲁寇勒提供给入侵者的正是这些空荡荡的走廊。

留守的只有费内克牢房外的两名魔学家，但他们死了。贝莉丝来到尸体边时，黏滑的血液仍在地上流淌。男的临死前曾试图施展法术，手指上闪烁着类似电弧的微弱能量，随着神经逐渐死亡，他的手指阵阵抽搐。而那女的四仰八叉倒在他身旁，已被开膛破肚。

恐惧如呕吐物一般自贝莉丝体内涌起，令她动作迟缓笨拙。她僵立在牢房外的血泊中，伸手准备推门，但因惧怕而犹豫不决。她的内心充满矛盾，完全不知所措。

只要把它扔进去就行了，她对自己说。只要把它留在门口，然后赶紧逃出去。就在此时，屋里传来一阵充满恐惧的嘶叫，令人毛骨悚然。一惊之下，贝莉丝也喊出声来，接着，她推门走了进去。

"**在这里！**"她尖叫着一把扯掉裹在丑陋雕像外面的布，献奉似的托举着，"**停下！它在我这里！停下！拿着，快拿着它离开吧！**"

赛拉斯·费内克缩在屋子另一头，中间隔着栅栏，他再次发出嘶喊，倒退着往后爬，如幼童般手忙脚乱地拼命往牢房角落里钻。他甚至都没有看她，而是惊慌失措地瞪视着专程来找他的怪物。

空气仿佛凝固了似的，贝莉丝顺着他的视线，惶恐地缓缓转过头去。一阵寒意向她袭来，令她站立不稳，她看到了格林迪洛水怪。

一共有三个，全都凝视着她。

它们长着突出的下颚，一张大嘴始终毫无意义地咧开着，露出弯曲的利齿，硕大黝黑的眼睛一眨不眨。它们的手臂和胸腔与人类相似，紧绷的皮肤呈灰绿色和黑色，泛出闪亮的光泽，仿佛覆盖着黏液，皮下则布满虬结的肌肉。格林迪洛的腰部以下逐渐变细，好似巨大的鳗鱼，扁平的尾巴比躯干要长好几倍。

格林迪洛浮游在空中，长长的尾巴扭曲摆动，甩出流畅的波纹。它们胡乱地挥舞着胳膊，蹼爪一张一合，就像潜泳者在控制浮力。

它们毫无声响。虽然那几张望向她的脸丑陋可怕，但这种持续从容、无声无息的运动让贝莉丝感到着迷。它们的尾巴不停地摇摆，身体悬浮在与她同一高度之处。

其中一个挂着许多由石块和骨头组成的项链，身上沾有人血。

哦，天哪，嘉罢在上，瞧你们的模样，贝莉丝狂乱地想。瞧瞧你们，不远千里来到此处……

格林迪洛在等待。

"给……"贝莉丝的嗓音因害怕而变得突兀。她小心翼翼地抓着雕像，担心它从剧烈颤抖的手中滑落，然后她将雕像伸向格林迪洛。"在这里，给，"她轻声说，"我把它带来了，好让你们离开。你们可以走了。"

格林迪洛就像深渊中的鱼那样冷淡静默，一边瞪视着她，一边摇晃尾巴。

"请拿去吧，"她说道，"拜托了，我带来了你们失窃的物品。拿着……然后你们就可以离开了。回到成戈利斯。"放我们一马，她暗自祈祷。放过我们吧。雕像在她伸出的手中感觉沉甸甸的。

戴项链的格林迪洛敏捷地一晃尾巴，游到她触手可及之处。

贝莉丝猛然退缩，费内克朝着她嘶吼，**"贝莉丝，快跑！"**

格林迪洛歪起脑袋，疑惑地看着她，皮肤上沾染的血迹向四面八方流淌，与重力的作用不符。它慵懒地张开大嘴。

贝莉丝再次退缩，发出一声惊呼。

但它喉咙里响起深沉的咳嗽声，牙齿间的血滴溅到贝莉丝手中的雕像上。它一声接一声有节奏地咳嗽：嗬……嗬……嗬。

那是格林迪洛的笑声。

它拙劣地模仿着人类的笑声，令人心惊胆战。

格林迪洛凝视着她，眼睛一眨不眨，她缓缓地垂下战栗的双手。它嗒的一声咬合牙齿，仿佛石块撞击，然后再次张开嘴，喉咙里的肌肉如同人类嘴唇一般精准地颤动，从而发出话音。

"你以为是这个？"轻微的语声毫无起伏变化，"你这个女人，以为这就是被盗的物品？你以为我们穿越整个世界，就是为了它？

"我们的兄弟姐妹离开阴凉黝黑的湖水，离开食物塔与养殖场，离开海藻宫殿，离开戈戈利斯，绵延追踪数千英里，来到此处。许多个月以来，我们又累又饿，充满愤怒。我们几个在这座城市底下等待，一刻不停地搜寻此人，最后终于找到了线索。他是个强盗，是个窃贼。但就为了这个？"

格林迪洛注视着贝莉丝，同时在她面前忽前忽后地晃动，但依然指着那尊雕像。

"你以为我们是为它而来？就这块石头？我们的法师之鳍？你以为我们是膜拜石头神像的原始部落？就这种含有一丁点儿法力的破玩意？"

格林迪洛忽然伸出手爪，贝莉丝倒吸一口气，放开雕像，抽回手来，仿佛被烫着了似的。雕像尚未开始下落，便已被格林迪洛接住。它将石像举在面前，用那片鳍状物抚弄着自己的脸。

"这里面藏有能量，但还是这句话，就为了它？"咽喉中冒出的话语夹带着气声，"你以为我们兄弟姐妹都是小孩子，穿越整个世界，来找一件魔法玩具？"

格林迪洛手握雕像，奋力抡起胳膊，将它甩了出去，动作缓慢而夸张，充满戏剧效果。它在空中的速度一定很快，但贝莉丝清晰地看着它一边旋转，一边撞向栏杆，精巧的做工使得这尊雕像令人生厌，其双臂紧贴着卷起的尾巴，皱巴巴的大嘴充满期待，闪烁的独眼冷冷地注视着贝莉丝。

随着一声巨响，雕像砸到铁栏杆上，崩裂开来。

碎屑四处飞散，并夹杂着一滴滴类似于油的冰冷液体。

贝莉丝惊呆了。她看着碎屑坠落静止，空气中似有一阵搅动。

地板上，在碎石和凝胶状的残渣中间，躺着一块碎皮。法师之鳍看上去就像是腐烂萎缩的鱼肉。

格林迪洛不予理会，摇摆着尾巴逼近栏杆后面的赛拉斯·费内克。

"我们找到了被盗的物品。"格林迪洛低语道。它古怪而剧烈地扭动起来，仿佛遇到了空气的阻挠，然后伸手扒开栏杆，就好像那是水草似的。栏杆眼看着就要被扯烂，然而它们没有断，又逐渐恢复了原形，再次变得坚硬挺直，而格林迪洛已经钻到了另一边。

它近乎静止地悬浮在赛拉斯·费内克上方，赛拉斯在阴影中挥舞着手臂。

贝莉丝难以直视费内克那无助的丑态。很难想象，他竟也会如此害怕。

"我们找到了失窃的东西。"格林迪洛喃喃低语，它提起利刃般的手爪，直探下去，贝莉丝没有听见喊声，也没有听见黏湿的撕裂声。她再次睁开眼，看到地板上有一堆破衣服，仿佛蜕下的皮，格林迪洛正摸索着从中抽出赛拉斯·费内克的记事本。

贝莉丝记得很清楚：黑色封面，鼓鼓囊囊夹满了纸片。她记得里面充斥着大量潦草含糊的字迹，还有各种相片和粗糙的素描图，以及诸多注解、问题和备忘。

格林迪洛缓慢地翻看着，时不时转身举起其中一页给栏杆外的贝莉丝观瞧，但她一点儿也看不明白。

"海鞘养殖场。武器农场。城堡。我们的解剖图。二号城区的地名一览表。看这里，"它略带得意地说，"海岸地图。寒爪海和大洋之间的山脉。我们的据点分布图。哪里有缝隙，哪里的岩石最脆弱。"贝莉丝心中一动，略微有点醒悟。

"你这个强盗，是不是打算告诉你的主子，哪里是挖掘的最佳地点？"它问道。费内克抱着断臂，试图闪避。

贝莉丝能看到格林迪洛翻开的那一页。几个月前，她曾在自己的房间内和克罗姆公园里见过。粗糙的轮廓代表引擎，红色的是力场线，不同类型的岩层则通过阴影线标注出来。它揭示了成戈利斯在寒爪海中的隐秘位置，以及各种防御工事和陷阱。

贝莉丝逐渐明白过来，仿佛一股清凉的水流注入脑中。她记起与费内克的对话，当时他们才刚刚熟络起来。她记得那些离奇的故事，关于他的行程与经历。她记得他说过的话。

假如你能穿越寒爪水域，到达群岛和另一侧的海岸，假如你能长途跋涉，跨过连绵不绝的险恶地域，到达碎峰岭矿场和内陆原，找到那些翘首期盼的贸易伙伴和大片未曾开发的资源，那你就发了。但大多数人都办不到，因为这条路太难走；你不可能从南面抵达，成戈利斯控制着寒爪海的最南端，不准外人经过。

但要是能从南面直接过去呢？贝莉丝心想。不是赶着颠簸的大篷车，从山脉和草原中穿行，一路上不断损失货物、机械和人员，而是乘船从新科罗布森起航，安全地越过成戈利斯，直接北上。

"天哪，"她瞪视着费内克喃喃低语，"运河。他们计划挖一条运河。"

这样就讲得通了。寒爪海的淡水与惊涛洋的咸水之间隔着一道山脊，有些地方仅三四十英里宽，地势高低起伏。贝莉丝能够想象这样一项工程，规模令人惊叹那是没错，但收益也十分巨大。

船只从铁海湾北上，绕过拉伯克灌木林和贝哲克山脉附近崎岖的海岸，驶入海洋，避开苏洛契废墟与残留的矩能，然后再绕过海盗群岛和大陆之间的海峡；自新科罗布森出发一星期之后，阻隔寒爪海的岩石山脊便会出现在左舷西侧。

但那不再是无法穿越的绝境。

山谷底部将开凿出一条宽阔的河道，高耸的帆船与蒸汽船将平静地穿行于悬崖与碎石之间。

还有水闸。精心建造的巨大木门把运河切割成数段，沉重的船只由海平面逐级而上，逼近寒爪水域。随着舰船在运河中不断抬升，水中的盐分也越来越少，令船壳外附着的贝壳凋零死亡。

然后呢？

穿出河谷。

高耸的石崖豁然开朗，运河注入一片幽深的淡水海洋：寒爪海。

也许费内克的调查笔记，就是为了开辟一条通道，抵达成戈利斯以北的广阔地界。如此一来，新科罗布森的商人、实业家和士兵便能撇开格林迪洛，轻松地坐船绕行至另一侧，赚取利润，而格林迪洛只能愤怒而凄凉地缩在南方的小角落里，没人理睬。

但这显然还不够。费内克的本子里含有大量细节，都是他费尽心思秘密收集来的，包括格林迪洛的战略、武器和地形图。新科罗布森的侵犯或许会招致战争，费内克搜集的信息保证了他的雇主能在冲突中获胜。

迄今为止，有些地方只不过是传说而已，但它们即将向新科罗布森开放。随之而来的是贸易、殖民，等等。贝莉丝听过有关新艾斯培林的故事，其中充斥着财富与残酷。

无论怎样，格林迪洛在寒爪海的恐怖垄断将被打破。新科罗布森的运河将开辟出繁荣的自由贸易市场——只有新科罗布森可能赢得其控制权。

贝莉丝惊异地摇了摇头。这不是什么瞎胡闹的恶作剧。费内克是个行家里手，他的偷窃行动立足于详细的策划，所涉及的代价与困难也都经过分析。这么一想，格林迪洛的行为就很容易理解了。她给谢克尔念的故事书里总有些心怀愤恨的妖魔鬼怪，追逐着某种魔符，但格林迪洛不一样，其动机更加明确。它们是为了保障自身影响力的来源，守护自己的利益，确保自己的生存。

"那雕像无足轻重，对不对？"贝莉丝说道，费内克虽然惊恐，但仍短暂地望了她一眼，"只不过是你个人的额外收获？这不是新科罗布森派给你的任务，格林迪洛也并非为此而来。

"你的任务是**可行性调查**……"

他本可将信息传回去。只需把报告夹藏在信件中，交给贝莉丝，她便会傻乎乎地替他转送。当然，倘若如此，他的雇主就不会来救他。因此他扣留了调查结果，他了解其价值，为了这些潦草的涂鸦，新科罗布森愿意派遣舰队横穿世界。

但他们的救援行动失败了，未能将他连同这些珍贵的笔记一起接回去。这下不可能有运河了，贝莉丝注视着格林迪洛，心中思忖。

费内克口中吐出急促的音节。贝莉丝还以为是他的某种疾病发作了，满嘴尽是不知所云的呓语。但她随即意识到，他在讲格林迪洛语，只不过从人类口中说出，显得略偏柔弱。他背倚着墙作为支撑，尽力控制住恐惧，滔滔不绝地述说着。他在祈求饶命，贝莉丝猜想。

但格林迪洛已拿到所需的物品，他没什么谈判的筹码。

牢房中，在他面前盘旋的身影举起手爪，用自己的语言缓慢而大声地说起话来，赛拉斯·费内克发出一声尖叫。

贝莉丝感觉身边的空气一阵颤扰，另外两个格林迪洛扭摆起来，波动由肩膀开始，然后到达紧致的腹部，再顺着细长的尾巴继续传递。它们同样以海洋生物特有的敏捷游向栅栏。格林迪洛首领突兀而神秘地舞动双手，铁栏杆再次变软，让它们钻了过去。

三名格林迪洛围住费内克，他提高了嘶喊的音量。

贝莉丝感到一阵反胃，心中充满恐惧。她确信即将目睹费内克被杀。她听见自己无力地抗议着。别再屠杀了，她心想。

然而格林迪洛却伸手将他擒住，他一边嘶喊，一边挣扎。但它们精巧冷酷的手指轻易就把他提了起来，三个深水怪物手臂交错盘结，将他困于核心，并在混乱与扰动中开始向上浮升。

他们悬浮于地板上方。费内克的尖叫趋于平静。他被抬了起来，双脚离地，在窄小的牢房内移动，周围缠绕着一条条胳膊和鳗鱼似的粗尾巴。

格林迪洛法师一只手紧紧攥住记事本，另一只手短暂地放开同伴与俘虏，朝着小囚室墙上最大的那扇舷窗挥了一下。她听见他脖子上悬挂的骨头咯咯作响，令人惊悚。

舷窗玻璃如液体般波动起来，仿佛一颗石子投入平静的水池，玻璃开始出现裂纹，贝莉丝意识到格林迪洛的意图。她从麻木中惊醒——那是一种由厌恶、震惊与恐惧而产生的怠倦——匆匆忙忙向门口奔去，途中踩到湿滑的血迹，脚下一个趔趄。

她听到费内克又发出一声喊，接着是一阵黏湿的呼气声，格林迪洛法师张开巨口罩住费内克的嘴，将空气注入他体内，尖利的牙齿刮花了他的脸。与此同时，魔法作用下的玻璃如脓肿一般破裂，海水汹涌地灌入室内。

片刻工夫，屋里的积水便达到了数英寸深，而湍急的水流并未减缓。贝莉丝用麻木的手指去拉门把手，水的压力抵住了舱门。她使劲拽开门，站在门口略一回头，沾湿的裙子包裹着她的身体，冰冷的水流急促地从脚边涌入走廊，令她心惊胆战。

格林迪洛在喷涌的海水中悬浮着。费内克的双手从它们纠结的肢体间伸出来，时而张开，时而合拢。水位渐渐升高，三名格林迪洛在空中迅速靠拢，越缩越紧，仿佛凝固到一起似的，简直令人难以置信。最后，它们精准地在同一时刻猛力一甩尾巴，冲向舷窗，毫无迟滞地穿了出去，带着费内克，带着被盗的情报与秘密游入海中。

贝莉丝旋紧舱门，封住漏水的房间，周围的走廊里已经积了薄薄一层水，随着"雄伟东风号"的运动来回荡漾。

她背靠墙壁，滑坐下去，大腿和臀部被水溅湿，但在一阵席卷全身的战栗中，她丝毫没有察觉。贝莉丝没有哭泣，然而随着亢奋逐渐退去，她发出野兽般沙哑的嘶吼，幽禁于体内的恐惧尽数倾泻而出，完全失去了控制。

她就这样坐了许久。

黑夜中，赛拉斯·费内克就在那冰冷阴暗的深水里。他被活生生地劫走了，即将面对审讯或难以想象的惩罚。

贝莉丝花了很久才找到从"雄伟东风号"监狱区回来的路。她坚忍不懈地迈着步，脑中一片空白，沾有盐渍的裙子摩擦着皮肤。她从未感到过如此疲惫，如此寒冷。

最后，她重新回到夜色之中，头顶上是轻轻摇晃的旧索具和巨大的铁桅杆。麻木中，她略感惊讶，一切竟然都没有改变，所有景物依然存在。

此刻，她孤身一人，虽然仍可听见呼喊和大火，但似乎都非常遥远。

贝莉丝费力地喘着气，缓缓走到船边，将脑袋和脸颊倚贴在栏杆上，然后闭起眼睛。等到她睁开眼，发现自己正瞧着"蹒跚号"。随着瞳孔焦距的调节，宽阔的船身在视野中逐渐变得清晰。火焰已经熄灭。

舱壁后面不再有诡异的能量射出，也没有深海怪物把它当作防御工事。男男女女在甲板上不紧不慢地走动，疲惫而沮丧。

贝莉丝看见海浪拍打着城市的侧面，凭着不知不觉增长的敏感，她意识到，舰队城又开始移动了。

速度仍非常缓慢，就跟当初由大量舰船拖拽时差不多。但恐兽的伤痛有所减轻，又开始拉着它前进。

格林迪洛已经离开。

（而赛拉斯还活着。）

贝莉丝紧握着栏杆，向"雄伟东风号"巨硕的船首走去。绕过一排低矮的舱室时，她听见一阵响动，前面有人。

她眺望着嘉水区、枯瀑区、焦耳区和书城。打斗的声音逐渐减弱。

她已经听不到跑动的人群，以及持续不断、鼓点似的枪声，只有偶尔几声喊叫和孤立的袭击。

战斗趋向尾声，兵变结束了。

她听不到有谁在大肆宣扬反叛或稳定；从周围的一切根本无从分辨哪方获胜。然而当她绕过最后一道墙，看到"雄伟东风号"前甲板上的情景时，一点儿也不感到吃惊。

甲板边缘，各个种族的男男女女脸色阴郁，身上布满伤口与血迹，手中依然提着武器。

他们面前躺着一堆支离破碎、开膛破肚的残骸，有的烧成了干炭，有的则被掏空。大多数尸体遭到斩首，头颅乱七八糟滚了一地，张着大嘴，露出尖牙和蛇信。

是血族。大约有数十个。他们被打败了，遭到极刑处置。当神秘的盟友消失之后，当自发支持他们的小股暴动在混乱中逐渐平息，局势便发生了转折，他们被压制下去。缺少本区民众的支持，缺少反叛的动力，这注定是一次失败的冒险。最后，嘉水区的战士不再害怕，一旦真正的恐惧不复存在，血族便难以再靠惧意取胜。

头顶上方隐约有东西在动。贝莉丝抬头望向"雄伟东风号"最靠前的那根桅杆，她惊讶地瞪大了眼睛，心中暗想，哦……难怪战斗结束了。

难怪枯瀑区的血族部队会失败。他们不可能获胜。有这样一面阴森的旗帜悬挂于此，他们所散播的恐惧定然如回声一般消散殆尽。

十英尺高处，布鲁寇勒被绑定在十字架上，粗硕的绳索紧紧捆住其手脚。他凄惨地龇着牙，耷拉着舌头，仿佛一头死亡的动物，唇齿之间沾染着自身的血液。

第四十五章

破晓时分，布鲁寇勒攒足力气发出嘶吼。

日照使他虚弱。他闭上眼，徒劳地晃动着脑袋，试图让眼睛避开阳光。他的皮肤出现红肿，仿佛被泼了化学药品。在白昼的光线中，他死尸般苍白的脸上透出红色，长满了水泡与脓疮。

他焦躁不安地挣扎着，如同搁浅的海兽，随着力量逐渐流逝，不时发出痛苦的喘息。

他很强壮，阳光暂时无法置他于死地，但能让他丧失行动能力，最重要的是，还会带来残酷无情的疼痛。黎明过后两小时，他已经虚弱得无力再发出声响，带有病毒的唾液滴垂变质。

阳光同样晒烤着他那群遭到屠杀的下属。随着白昼的进展，数十具僵硬的尸体逐渐变形起泡。到了黄昏，它们被收拾到一起，抛入海中。

对布鲁寇勒来说，黑暗就像一剂药膏。疼痛开始极其缓慢地退去，他的眼睛睁开一条缝，粘满黏液与脓水。他的身体开始修复，但日光造成的伤害非常严重，直到接近午夜时分，他才有力气开口说话。

没人理睬他残破嘶哑的嗓音。没人来照料他，也没人给他喂食。他的四肢僵硬疼痛，动弹不得。他在黑夜中哀号求助，祈求怜悯；他也尝试使用威胁，但随着时间缓缓流逝，东方的黑暗开始消散，他的话音褪变成野兽般绝望的号叫。

他才刚刚开始恢复。阳光又伸出残酷的手指，戳弄着尚未愈合的伤口。白昼仿佛引擎中的齿轮，再次无情地轮转回来。

清理工作已静静地展开。水手们进入逐渐冷却的"蹒跚号"，估测其损毁程度，看看还能挽回多少。

有些房间和走廊完全变了形，高温使得墙壁融化扭曲。还有许多尸体：有的仍保持原貌，有的则受到不同程度的破坏。

整个嘉水区内，以及相邻各区的边缘，随处可见冲突的痕迹，包括碎玻璃、弹孔、下水道里的血渍等。各种碎石垃圾都被搜集起来，运到冶炼车间与工厂熔化再造。

忠于嘉水区的人们在街道中巡逻。日泽区和圆屋区里很安静。这两个区的首领事先对叛乱一无所知，震惊之下，他们静观其变，谨慎地评估着双方的力量，一旦嘉水区陷于不利，便准备加入战局，对其发动攻击。然而血族的行动失败了。日泽区和圆屋区的首领迫于疤脸情侣的威势，只能保持低调，不敢声张。

谢德勒区的将军死了，血族将他扣为人质，但当他们听说自己的首领被捕，便在惶恐中处死了将军。他们随即也被杀死，而血痂勇士为此付出了巨大代价。圆丘厅的墙上布满大量凸起的暗红色条纹，那是血痂族飞溅的血浆。

没人知道布鲁寇勒究竟有多少血族部属，也没人确切了解被杀的数目。毫无疑问，有一部分存活了下来。遭到挫败之后，他们显然躲了起来，假扮成普通市民，或蛰伏于废墟中，或隐居于帐篷内，消失于人们视线之外。

他们捕食时得非常小心，必须谨慎挑选，有所克制，而且还要心狠手辣——不能留下活的猎物。因为一旦被发现——嘉水区的水手们信誓旦旦地说，一定要找到他们——就没命了。

大众对他们的恐惧已然消失。

与此同时，叛首布鲁寇勒被绑定在金属十字架上，受到日晒与饥饿的折磨，渐渐趋向死亡。

恐兽重拾起沉重而迟钝的步伐，不过其进展依然缓慢，而且不太稳定。它拖着城市时快时慢地移动，但从未达到原先的速度。

舰队城中仅有一小群人知道，恐兽遭受到神秘诡异的伤害。随着时日渐逝，导航员们开始确信，其伤口并未愈合。它日益虚弱，至今仍在流血。

枯瀑区的居民并没有受到报复，疤脸情侣简短地发表申明说，他们是无辜的，错在他们的首领。参与暴动的人甚至得到特赦。在疤脸情侣的统治下，局势混沌不清，没有一个人了解真相。他们说，此刻正是需要整座城市团结一致的时候，谴责埋怨不是恰当的行为。

然而在枯瀑区中巡逻的嘉水区警卫和武装市民人数最为众多，装备也最精良。枯瀑区居民从门洞里愤愤地注视着他们，并隐藏起那一晚的伤口和瘀痕，他们对疤脸情侣的宽容仍存有戒意。

自那晚起，有种情绪在城中持续蔓延，犹如从暴动的火焰中孳生出的烟雾：那是一种焦虑的怀疑，一种憎恨。即便是许多奋力抵抗布鲁寇勒的人，也都受到其影响。

流血、暴力和恐惧——这似乎就是疤脸情侣的计划所带来的后遗症。千百年来的和平被打破，舰队城在不到三十天时间里，发生了两次战争——其中一次是内战。在疤脸情侣的狂热统治下，舰队城错综复杂的外交体系崩溃坍塌，职责与利益的网络支离破碎，城中出现了分裂。

疤脸情侣将搜寻地疤中的神秘能量当作首要考量。这打破了舰队城以商业利益为中心的信条：此类勇气与冒险，属于另一种更为古老的逻辑。舰队城的居民其实就是海盗，随着疤脸情侣的计划逐渐明朗清晰，他们越来越感到难以适应。疤脸情侣所提议的并非掠夺与牟利，甚至不是生存策略，而是完全与之不相干的东西。

一开始，舰队城一帆风顺，实力不断增长，达成一项又一项不可思议的壮举，疤脸情侣以雄辩的口才和疯狂的热情煽动起居民们的情绪。

盗取"高粱号"是舰队城近代历史上最伟大的军事成就，大家都能看到它给城市带来的力量——船只和引擎将获得更充足的燃料。召唤出恐兽之后，疤脸情侣谈及舰队城的古老锁链，号称达成了历史所赋予的秘密任务——在不同港口间快速移动成为可能，也可在全世界范围内迅捷地搜寻猎物。

然而现在，这一切显然都是骗局，其真正目的是为了这趟意义不明的冒险。尽管仍有成千上万的舰队城居民对此项任务兴致盎然，但更多人已不再关注，感觉上当受骗的民众也逐渐增多。

而现在恐兽虚弱至此——所有人都能看出来——即使是寻找地疤这一终极目标，也有可能无法达成。假如恐兽继续减速，谁知道会怎样？

布鲁寇勒的反叛导致许多人丧命，也造成信任的瓦解。战后的余殃中，舰队城的士气日益低落。忠于嘉水区的巡逻队感觉到周围敌意渐增，似乎有一股无形的怒气——就连在嘉水区内也不例外。

数以百计的舰队城居民死了。有的肠破肚流，有的在交火中饮弹，有的在遭到血族的撕咬与催眠之后被吸干鲜血，有的被压在崩塌的建筑底下，有的在大火中烧成灰烬，有的被活活打死。与对阵新科罗布森的战斗相比，这次的死亡人数要少得多，但造成的精神创伤却更为巨大深重。这是一次内战，这些人是被同胞杀死的。人们感到麻木而震惊。

有一部分人隐约瞥见了格林迪洛。人们意识到，布鲁寇勒绝不可能阻止恐兽的移动，也不可能射出扰乱空间的魔法能量波。然而整个舰队城中，仅有寥寥数人了解协议的真相。绝大部分民众往往含糊其辞，简单地将其归结为诡异的血族魔法，而不再深究详情。

格林迪洛已经离开，见过它们的人几乎无一识得其来头。它们的出现依然令人费解，且被内战的阴影所掩盖。

数以百计的舰队城居民死在了自己人手上。

克吕艾奇·奥姆死了。贝莉丝对此并无哀伤——他那不容于社会的镇静和差分引擎般的头脑曾使她深感不安——但还是有一点儿同情。

他来自一座被自身历史所禁锢的小岛，从那里逃出之后，来到巴斯－莱格世界中最古怪的城市，并遭到无情地利用，但跟原先被柯泰当局利用也没什么两样，最后，他为了调查自己召唤出的怪物而丧命。多么怪诞，多么可悲的一生。

约翰尼斯·提尔弗莱也死了。贝莉丝惊讶于自己所受到的冲击。对于他的离世，她真的很悲伤，很难过。一想起他，贝莉丝便感觉咽喉里一阵哽噎。他的死法很奇特，令人难以想象——如此黑暗冰冷，如此狭窄的空间，如此深邃的海底，一定非常恐怖。她记得他在准备下潜时，充满兴奋与好奇。对一个胆小鬼来说，这的确很不同寻常。

谢克尔也死了。

这让她震惊无比。

叛乱后的第二天，当贝莉丝的双腿积攒起足够的力量，她麻木地信步游走于各处战斗地点。

她毫无忌惮地在战场中到处乱逛，经过一具具死尸，鞋子上沾染了血迹。

与"蹒跚号"相邻的一艘拖船上，鹅卵石路面血迹斑斑，贝莉丝在一座木头库房的阴影里找到了坦纳·赛克。她看见他弯腰靠在墙边，身旁是那名女性改造人安捷文，眼泪在她沾满污渍的脸上画出一道道痕迹。

贝莉丝意识到出事了，但她忍不住向前奔去，双手捂着嘴，坦纳·赛克的悲伤使她震惊不已。不出所料，他膝盖上是谢克尔毫无生气的尸体。谢克尔看上去很木讷，仿佛被自己的状态吓到了。

她的脑中不禁回想起关于他的种种记忆。她痛恨这些回忆，也痛恨悲伤。每当她想起他已经死了，便有一种凄凉的错愕感。对此，她也同样感到痛恨。贝莉丝非常喜欢那小伙。

而她最痛恨的是内疚。她沉浸在自责之中。她利用了他。当然，并非出于恶意，但毕竟还是利用了他。她愤恨地隐约感觉，若不是因为自己所做的事，谢克尔也许还活着。假如她没有从他手中拿走那本书，并加以利用；假如她把那本该死的书直接扔掉，也许他就不会死。

奥姆死了，约翰尼斯死了，谢克尔死了。

（赛拉斯·费内克还活着。）

又过了许久，贝莉丝发现凯瑞安妮在自家附近的街道中徘徊，神情惊异。她整晚都紧闭门户，躲在家里，等到再次出门时，却发现自己成了无政府区的居民。

她难以相信布鲁寇勒企图抢夺控制权，也难以相信他会成为俘虏。她就像困惑的儿童，对眼前的事态无法理解。

贝莉丝不能告诉凯瑞安妮自己在"雄伟东风号"底下的行为与见闻。她所能转述的，只有谢克尔的死讯。

她们一同去看疤脸情侣演讲。

叛乱过去两天之后，嘉水区统治者在"雄伟东风号"的甲板上召集公众大会。一开始，凯瑞安妮不肯去。她已获悉布鲁寇勒遭到如何对待，她说不愿见到他的惨状，他不应遭受如此残忍的对待。不管他做了什么，她强调说，都不该遭受如此对待。

但最后，贝莉丝要劝服她并不难。凯瑞安妮不得不去——她必须听一听。疤脸情侣了解城中酝酿的危机，他们希望借此重新掌控局势。

前甲板上异常拥挤：站满了一排排浑身伤痕与瘀青的男男女女，脸色憔悴而阴郁，他们在等待。

头顶上方，布鲁寇勒在阳光下轻声呜咽，喋喋低语。他的皮肤布满晒伤的斑纹，犹如一幅地图。

凯瑞安妮见状，发出反感而不悦的惊呼声，她扭转头去，告诉贝莉丝说她要走了。但片刻之后，她又望向布鲁寇勒。她始终无法真正确信，这个浑身长满脓疮、下颚松垂、口中滴着唾液的消瘦身影就是布鲁寇勒。望着那副喃喃呓语的躯壳，她心中只有怜悯。

疤脸情侣立于高台之上，面向人群，身旁是乌瑟·铎尔。他们显得忧心忡忡，疲惫不堪。聚集的民众抬头观望，奇特的神情中既有尊重，又有质问。

他们炯炯的眼神仿佛在说，好，那就快说吧，再一次说服我们，这一切是值得的。

他们的表现令人折服。贝莉丝一边听，一边看着人群的态度逐渐趋于平和。

疤脸情侣很聪明。他们一开始并没有夸夸其谈，也没有耀武扬威地宣称击退了叛贼的威胁。

"许多人死了，"男首领先开口，"这些死于我方战士手中的人……其实都很忠诚。他们是好人，他们所做的，是自认为对城市有利的事。"他对这场悲剧采取尊重而警醒的态度。

两人轮流发言，恳请聚集的人群此刻不要失去信心。"我们即将获得成功。"女首领说道，她的嗓音中透着一丝兴奋。这是一种从前难以想象的能量，能让舰队城真正成为伟大的城市，依靠概率驱动，他们可以办到任何事——甚至同时办到互相矛盾的事。

"叛乱不是正确的选择，"她说道，"这项计划若不是有大家的支持，也不可能进展至此。"是你们将舰队城带到这里，她告诉人群。这项伟大的成就应归功于你们。

现在绝不是分裂的时候，疤脸情侣说，而统一意味着统一的目标，眼下的目标即是找到地疤。

回报将是巨大而难以想象的，完全值得付出一切努力。

在交叉重叠的演讲中，他们的语气越来越激昂。除了对死者的赞扬，也谈及众人的子女——巧妙地展望他们年轻的生命，城市的未来属于他们，地疤中的概率开采完成之后，年轻人的前景将充满希望。

这是一次精彩的演讲，诚挚动人。疤脸情侣对地疤的热情颇具感染力。演讲结束后，人群对他们的尊敬虽然并未达到炽烈的程度，但显然发自肺腑。人们的情绪获得少许提升。疤脸情侣赢得了喘息的机会——争论依然没有结束。

他们只需让反对派继续动嘴皮子就行了，贝莉丝心想。我们离地疤不可能太远。假如他们没有弄错，假如那地方的确存在，我们一定很快就能到达。

站在疤脸情侣身后不远处的乌瑟·铎尔与她对视了一眼，她这才意识到，叛乱当晚，自己所干的事风险有多大。她擅自闯入他的房间，偷走那件异物，并交给入侵者。然而此刻她已无力再感到恐惧。

会议结束后，当人群逐渐散去，铎尔穿过甲板，站定在贝莉丝跟前，既无敌意，也无友善。

"怎么回事？"他轻声说，"是你把它从我屋里拿走的。我在监狱最底层找到了碎片。法师之鳍也在那里，已经开始腐烂。我把它烧了。这么说，那不是它们想要的东西？"

贝莉丝摇摇头。

"它们来到这里，"她说，"不是为了这个。我原以为是，所以……

很抱歉弄坏了你的门。我想把它们打发走。它们说拿到被盗的东西就会离开，但这不是它们所要的。它们其实……费内克……"

铎尔点点头。

"他还活着。"贝莉丝一边低语，一边琢磨着此刻是否依然如此。

铎尔眼中短暂地掠过一丝惊异的神情。

贝莉丝在等待，她紧张而疲惫地猜测着铎尔可能采取的行动。他有许多理由可以惩罚她，舰队城的格林迪洛雕像被她无缘无故弄丢了。或许，他会念及一丝旧情？

然而他态度平淡，仿佛无可奈何的样子。最后，他点点头，转身离开，沿着甲板走了回去。她并不惊讶，望着他的身影，她感到心情沮丧。疤脸情侣会怎样想？她心中思忖。很难想象疤脸情侣能够轻易放弃法师之鳍，他们少不了要大发雷霆。他们到底会不会在意？

但是，他们真的知道吗？她突然想，假如他们知道雕像丢了，是否知道是因为我呢？

那天晚上，坦纳·赛克找上门来，让她吃了一惊。

他站在门口，布满血丝的眼睛瞪视着她，肤色死灰，简直就像个瘾君子。他在沉默中厌恶地看了她一会儿，然后递过来一叠纸。

"拿着。"他说。这些是再利用的旧纸，她认出上面有谢克尔充满热忱的字迹。那都是他找到的单词，他想要记住它们，并以此作为参照，在搜寻来的故事书中查找。

"你教那小伙识字，"坦纳说，"他很喜欢。"他凝视着她的眼睛，脸上毫无表情。"我猜你大概想要留着这些，作为对他的纪念。"

贝莉丝既震撼又窘迫。这绝对有违她的本性，她从不会多愁善感地积存死者的遗物，即使是父母去世时也一样，更不用说这个并不太熟悉的孩子了。无论她对他的死有多难过，也不会改变行事方式。

她几乎打算拒绝这叠纸，编几句客套话，说自己不配——就好像有谁应该配得上一堆破纸似的！——但有两件事阻止了她。

其中之一是内疚。不要逃避，你这个懦夫，她心想。她不允许自己躲躲藏藏。她告诉自己，个人习惯如何对待逝者并不重要——以此为理由拒绝这些证据也太容易了。除此之外的另一个原因，是她对坦纳·赛克的尊重。

这东西对他来说一定非常珍贵，然而他将它们拱手送出，交给一个令他承受了如许多痛苦的人，不是因为他们的悲哀有多相似，而是因为他是个好人，在他看来，她也失去了谢克尔。

她羞愧地接过那叠纸，向他颔首致谢。

"还有，"坦纳说，"我们明天给他下葬。"说到"下葬"一词时，他的语声出现极为短暂的停顿。"在克罗姆公园。"

"怎么可能？……"贝莉丝惊讶地脱口而出。舰队城总是对死者予以海葬。坦纳挥挥手，不以为意。

"阿谢的内心并非……属于海洋，"他小心翼翼地说。"他其实更适应**城市**生活，另外，我发现有些传统自己仍然放不下……我需要知道他在哪里。他们说不行，我告诉他们，那就来阻止我试试。"

"坦纳·赛克，"当他转身离开时，贝莉丝说，"为什么是克罗姆公园？"

"你曾经告诉过他，"他说道，"于是他自己跑去看，结果喜欢得不得了。我猜那儿让他想起了糙木林[1]。"

他走后，贝莉丝不由自主地哭了起来。她极力告诉自己，这是最后一次。

葬礼很简短，气氛沉痛而尴尬。人们虔诚地祈求新科罗布森和舰队城的各路神祇照顾谢克尔的灵魂。

---

[1] 新科罗布森以南的一片树林。

没人清楚谢克尔是否有信仰，敬拜的是什么神。

贝莉丝带来了鲜花，采摘自公园里色彩缤纷的花坛。

恐兽继续拖着城市朝东北偏东方向前进，速度徐徐减慢。没人知道它的伤有多重，他们不愿再冒险派人下去查看。

战争过后的日子里，尤其是经过谢克尔的葬礼，贝莉丝感觉无法集中思绪。她常常与凯瑞安妮为伴，凯瑞安妮跟她一样情绪低落，甚至拒绝谈论城市的目的地。她们无意关注当前的旅程，更难以想象抵达之后的情况。

假如嘉水区的学者们估算无误，舰队城正逐渐接近目标。人们私底下说，也许两个礼拜，也许一个礼拜，用不了多久，他们即可到达空旷海域中的那道疤痕，然后隐藏的引擎便会启动，利用神奇的科技，采集地疤周围涌动的概率。

到处充满期盼与恐惧的气氛。

有时候，贝莉丝早上睁开眼，感觉空气激荡不安，仿佛四周有未知的能量在流动。城中开始出现奇怪的传闻。

首先是那些深更半夜在底安信区玩牌的赌徒。据说牌刚发到手上的瞬间，牌面花色会像万花筒一样闪烁不定，令人眼花缭乱，然后才固定下来。

也有人说，隐身的幽灵在城中到处捣乱，搬移物品。放置好的东西稍后却移到了相距不远的另一处——一个它原本有可能被放置的地方。跌落打碎的物品又变得完好无损，或许它并未掉落，只是被搁置一旁而已。

这是地疤泄漏的能量，贝莉丝麻木而惊叹地想。

海洋与天空突然变得很危险。乌云暴雨围着城市打转，眼看即将袭向城中，转眼间却消散不见。恐兽拽着舰队城穿过波涛汹涌的水域，海浪又高又猛，但仅限于小范围内，两侧平静的水面清晰可见。

地疤

坦纳不再游泳，只是每天泡一泡水。他不敢下潜太久。水下的声音与光线越来越强烈，就连上面城里的人都能察觉到——但不知源自何处。

有知觉的海藻时常成群结队地经过舰队城，而有时候，波浪上漂浮着其他黑影——既像生命体，又像人造物品，又好似胡乱堆聚的杂物，很难断定究竟是什么。

布鲁寇勒还没死，仍在挣扎扭动。下方的甲板上沾满他的分泌物。

贝莉丝走在"雄伟东风号"的甲板与走廊上，透过模糊的城市噪音，她听见一种微弱而神秘的乐声，缥缈玄虚，难以捉摸，仅在随机的地点与时刻出现。她侧耳倾听，却只能偶尔抓到一星半点。它诡异而刺耳：充斥着半音与小和弦，节奏忽快忽慢，好像哀乐搭配着拨弦。第二晚听见此种音乐时，她确信是从乌瑟·铎尔屋里传出的。

随着恐兽不断前进，那些漂浮的黑影、奇异的海流以及舰队城中发生的怪事，都越来越频繁，影响越来越大。叛乱后的第五天清晨，距离城市两英里远处，出现了一个颠簸起伏的影子，没人感到诧异。但人们通过望远镜观察之后，发出一片激动喧嚣的叫嚷。"雄伟东风号"上的瞭望哨高声呼喝，以引起众人的注意，然后他们一路疯跑，逐间逐屋地寻找疤脸情侣。

消息以令人惊异的速度在城中传开，大批居民涌向焦耳区后方。头顶上方，一架小飞艇越过凶险的洋流，驶向逐渐靠近的黑点。望远镜在人群中传递，大家纷纷眺望远处，那黑影的轮廓越来越清晰，人们带着难以置信的神情叽叽喳喳说个不停。

一条破旧的木筏上，有个身影依附于褐色的帐幕边，疲惫地凝视着自己的家园，他就是叛逃的仙人掌族海德里格。

"把他带过来！""究竟怎么回事？""你跑哪儿去了，海德？你去了哪里？""快把他带过来！"

人群一看见前去接他的飞艇调头返回"雄伟东风号"，便立即爆发出愤怒的呼喊声。人们从各处的船只奔涌过来，试图穿越堵塞的街道，拦截那艘飞艇，场面混乱拥挤。

贝莉丝一直在窗口观望，心头怦怦直跳，似乎有种不祥的预感。出于某种连自己也不太清楚的动机，她加入了涌向旗舰的人群。贝莉丝抵达前甲板时，飞艇尚未降至下客的高度。一群忠诚的拥护者等在乌瑟·铎尔和疤脸情侣周围。

聚集的人群越来越多，冲撞推搡着警卫，争相观望，而贝莉丝也混在其中。

"海德里格！"人们喊道，"这到底是怎么回事？"

当他走下飞艇时，显得疲惫而憔悴。四周一阵喧哗，但他很快便被包夹在一小群武装人员中间，朝着下层甲板走去，领头的是铎尔和疤脸情侣。

"告诉我们！"人群的呼喊声执著而迫切，渐渐有点失控，"他是我们中的一员，放了他。"在舰队城居民的推挤下，警卫们不安地掏出燧火枪。贝莉丝看到坦纳·赛克和安捷文在人群的最前面。

海德里格低垂着晒得发白的脑袋，身上的棘刺枯萎断裂。周围的民众全都注视着他，有的向他伸出手，有的关切地高声问候，他环顾四方，然后仰头号叫起来。

"你们怎么可能在这里？"他吼道，"你们死了。我看到你们都死了……"

人群在震惊之下沉默了片刻，继而又发出混乱的呼喊，并再次往前推挤。警卫把他们挡了回去，人潮变得肃穆而危险。

贝莉丝看到乌瑟·铎尔将疤脸情侣拉倒一边，急促地低语了几句，然后指了指门口。男首领点点头，摊开双手走向前来。

"舰队城的居民们，"他喊道，"诸神在上，请等一等！"听他的语气，似乎真的很恼火。他身后的海德里格又开始发狂似的叫嚷，**你们死了，你们全都死了**。他被匆匆拖向门口，警卫们被他的刺扎到，嘶嘶地直吸气。"没人知道这是怎么回事，"疤脸首领说道，"但克罗姆为证，看看他这副失魂落魄的样子。我们得把他带下去，带到我们自己的居所，让他远离一切，让他休养恢复。"

他满怀怒气地走了回去，海德里格在警卫的挟持下神情呆滞，乌瑟·铎尔迅速而凌厉地扫了一眼人群。

"这不合理。"有个人突然一边喊，一边挤上前去，是坦纳·赛克。"海德！"他喊道，"他是我朋友，嘉罢在上，谁知道你们会怎样对他。"

四周响起一片附和的喊声，但人群推进的势头已然减弱，尽管夹杂着咒骂，但没人试图追赶拦截海德里格和疤脸情侣。事态充满太多变数。

贝莉丝发现乌瑟·铎尔在人丛中找到了她，正专注地盯着她看。

"这不合理。"坦纳青筋暴露，愤怒地吼叫着，而那群人已经走入门内，警卫也都跟了进去。乌瑟·铎尔依然没有转移视线。贝莉丝不由自主地与他对视着，感觉很不自在。**"他是我朋友，"**坦纳说，**"我有这个权利。我有权听他说些什么……"**

就在此刻，发生了一件非同寻常的事。

铎尔的眼神毫不动摇，贝莉丝依然与他对视着。正当坦纳宣称有权听取海德里格的说辞时，铎尔突然睁大了眼睛，神态近乎暧昧。他微微颔首，既像是邀请，又像是认同，贝莉丝惊愕万分。

他一边继续凝视着她，一边倒退，追随其他人进入走廊，临消失前，他的眉毛略略抬起，仿佛在向她暗示什么。

哦，天哪。

贝莉丝感觉像被当胸猛击了一拳。

她忽然恍然大悟：原来自己陷于重重阴谋之中，身不由己地受到操控、利用与背叛。一时间，她充满震惊。

基本上，她对周围发生的一切依然无法理解，哪些是计划中的步骤，哪些是偶然巧合，她都不太清楚。

但是她突然谦卑地意识到一件事。

即她自己的地位与角色。铎尔如此盘算策划，大费周章，正是为了让她能在此时此地听到该听的话。随着所有线索的汇聚，一切变得清晰起来。

在惊讶、畏惧与羞辱中，她感觉自己就像遵照预定套路表演的人偶，毫无尊严可言。尽管很愤怒，但她依然点头确认。她明白，有一件事正等着她去完成，她很乐意促成此事，她很乐意复仇，她没有异议。

坦纳激愤地咒骂争辩，朝着众人大呼小叫，大家都劝他不必反应过激，疤脸情侣知道该怎么办。"坦纳。"她对他说道。

他停顿下来，恼怒而茫然地注视着她。贝莉丝示意他过来。

"坦纳，"她压低嗓音，以免旁人听见，"我赞同你的意见，坦纳。"她说。"我认为你完全有权利听一听海德里格在疤脸情侣的房间里说了些什么。"

"跟我来。"

在"雄伟东风号"空旷的走道里寻找一条无人的路径并不困难。船体下层驻守着忠诚的警卫，但仅仅分布于通往疤脸情侣居室的要道上。贝莉丝与坦纳并非要去那里。

她领着他进入其他走廊。许多个星期以来，为了满足自己这种只能称作变态的嗜好，她已经对这条路线相当熟悉。

他们经过储藏室、引擎室和军械库，步伐虽快，但光明正大，不像是非法擅入者。贝莉丝带领坦纳越走越深，进入一片光线昏黄的区域。

贝莉丝不知道，她和坦纳经过了岩乳引擎附近。那机器嗡嗡旋转，火花闪烁，催动着恐兽不断前进。

最后，他们来到一条黑暗狭窄的走廊，墙上不再有破旧的壁纸、相片和蚀刻画，而是排满了如血管般纷杂的管道与接头。贝莉丝示意坦纳·赛克跟进来。她站在窄小拥挤的空间内，扭头望向他，然后竖起一根手指，让他保持安静。

他们一动不动地站立着，坦纳环顾四周，仰头望向贝莉丝正凝神注视着的天花板，然后又望向贝莉丝本人。

终于，他们听见房门一开一合，声音如此响亮清晰，坦纳一下子愣住了。贝莉丝从未见过楼上的房间，但她了解其音响分布，知道哪里是桌椅，哪里是床。她的视线追踪着四对脚步声——第一对较轻，第二对较重，第三对更重，第四对迟缓巨硕——仿佛能够透过隔板看到女首领、男首领、铎尔和海德里格。

坦纳瞪大眼睛，模仿她的举动。他和贝莉丝能听出楼上人的移动方位：一个站在门口；另两个在床边，正落座到椅子上；第四个，即最高大的那个，蹒跚地走向另一侧墙壁，然后双腿交叉相扣，就像仙人掌族入睡或精疲力竭时那样，沉重的躯体压迫着木板。

"好了，"乌瑟·铎尔说道，他的嗓音清晰得令人诧异，"告诉我们吧，海德里格。"他态度严厉。"告诉我们你为什么逃跑，然后又是怎么回到这里的。"

"哦，**天哪。**"海德里格的嗓音疲惫而衰弱，几乎不像是他本人。坦纳惊讶地摇了摇头。

"天哪，我的天哪，拜托别再这么问了。"海德里格就像要哭出来似的，"我不明白你的话。我一生从没逃离过舰队城。我绝不会。你们是谁？"他突然嘶喊道，"**你们从哪儿来？我在地狱里吗？我看到你们都死了……**"

"他是怎么了？"坦纳惶恐地低语道。

"你的话狗屁不通，海德里格，你这个背信弃义的混蛋，"疤脸首领嚷道，"看着我，你这条狗。你很害怕，对不对？你吓坏了，所以偷偷地修好'高傲号'，然后割断缆绳。你到底去了哪儿？又是怎么找回来的？"

"我从没背叛过舰队城，"海德里格喊道，"我绝不会背叛。克罗姆在上，看哪……我这是在跟死人争辩！你们怎么可能在这里？你们是谁？我看到你们全都死了。"他显得相当疯狂，也许是因为悲伤或震惊。

"什么时候，海德里格？"这是铎尔短促而危险的语声，"在哪里？我们是在哪里死的？"

海德里格的回答轻如耳语，尽管贝莉丝早已预料到答案，但他的话音仍然令她战栗。她一边听，一边点头。

"地疤。"

等到他接受安抚平静下来，乌瑟·铎尔和疤脸情侣走到一旁低声商议。

"……疯了……"疤脸首领的声音轻得几乎难以分辨，"要么是疯了……古怪……"

"我们必须搞清楚。"那是铎尔的嗓音，"他如果没有疯，那就是个危险的骗子。"

"这讲不通，"疤脸男首领恼怒地说，"他在向谁说谎？为什么呢？"

"要么他是骗子，要么……"女首领说。

坦纳与贝莉丝无从判断，她是就此截断了话头，还是后面的话音太过微弱。

"这是怎么回事？"

"当时，我们进入隐匿洋已有一个月，不，一个多月。"

疤脸情侣低声争执着，贝莉丝和坦纳听不清他们的话。海德里格始终保持着沉默。时间一分一秒地流逝。过了许久，他忽然自己开口说起话来，嗓音低沉单调，毫无情感，仿佛上了麻药。

疤脸情侣和乌瑟·铎尔等待着。

海德里格侃侃而谈，就像知道有责任说出一切似的。

没人打断他的长篇大论，他的叙述超乎寻常的优雅，技巧堪比训练有素的说书人。但是，他谨慎而单调的语声略显迟疑，并且隐藏着一种令人恐惧的痛苦。

海德里格时不时突然停顿下来，颤抖着倒抽一口冷气；但他断断续续讲了很久。他的听众们——包括屋里的和楼下的——绝对安静专注。

"当时，我们进入隐匿洋已有一个多月。"

第四十六章

"当时，我们进入隐匿洋已有一个多月，海洋混乱无序，罗盘不再认准北方，我们无法绘制航线，也无法导航。每天我都在'高傲号'上瞭望，寻找地疤，寻找裂隙大陆，寻找各种踪迹，但一无所获。

"你们让城市不断前进。

"你们坚持不懈，鼓舞起众人的士气，并向大家解释到达地疤之后的行动计划，解释它将赋予你我何种能力。你们告诉大家，所有人都能获得力量。

"我不否认有不同意见。随着城市继续前进，人们越来越……害怕。他们开始私下里说，或许布鲁寇勒发动反叛是对的，或许城市以前的运作模式也没什么不好。

"他们来找你们……我们来找你们，要求掉头回去。我们对过去的一切很满意。我们不需要这种能量，已经出了太多乱子，我们担心事态会越来越糟。有些人一直做恐怖的噩梦。整座城市都很……紧张，就像一只炸毛的猫。

"我们要求掉头回去，趁现在还来得及。我们很害怕。

"我不知道你们是如何办到的，让大家保持……也许不能说心悦诚服，但在刚好足够长的时段内，你们让大家始终听从指挥。尽管我们很害怕，却依然跟随你们不断前进，并继续等待着。"

"要是再多一个星期，我想大家不会继续容忍，到时候我们就会转回头，你们就不至于全都丢掉性命。

"但事实并非如此，不是吗？一切都太迟了。

"血肉季第九嬉戏日清晨六点，我在'高傲号'座舱中看到四十英里的前方有状况，地平线上的空气轻微地扰动着，样子非常吓人，而且还有其他不对劲的地方。

"地平线离得太近了。

"一小时后，我们又行进了五英里，我知道前面一定有古怪。地平线仍然不够远，而且越拉越近。

"我给下面的人送去消息，他们开始作准备。我俯视着下方聚集的舰船——颜色形状各不相同。我看到工作人员在城市边缘架起吊臂，启动各种引擎，只有天知道是做什么用的。他们已准备将搜集来的科技全部投入应用。小型飞艇在城中来回穿梭，不过高度比我差了一大截。

"我注视着海天交接之处，始终难以相信，总感觉自己一定是搞错了，只需再过一会儿便能看穿假象，辨清事实，但结果并非如此。最后，我不得不承认眼前的景象。

"地平线仅在二十英里之外，我能清晰地看到海面上参差的裂纹。这就是地疤。

"那感觉就像见到了神。

"你们先前的描述几乎完全无法反映其真实面貌。

"你们告诉大家，它是鬼首族在现实空间中造成的一道巨大伤痕，蕴含着丰富的概率资源。现实空间中的巨大伤痕，我以为这是……类似诗歌的象征性表述。

"当鬼首族降落到那片大陆上时，其冲击力令世界崩裂，给巴斯 –

莱格造成一道裂隙。参差不齐的沟壑从世界的边缘开始，绵延两千余英里，将大陆劈成两半。

"那裂纹就是地疤。其中充斥着有别于既成现实的各种可能性。

"我们已经不远了。

"它是海洋中的一道豁口。

"地疤参差曲折，斜斜地横在我们面前，因此地平线也像是变歪了似的。它并非如刀切一般规则平整，而是呈锯齿状分布，因而我能看到裂纹边缘陡峭的侧壁。

"洋面上波涛起伏，强劲的水流往北方涌去，然而风却是朝南吹的。波浪推动着城市向地疤前进，水流的尽头是一道墙，一道透明的墙。水面呈九十度直角折向下方，如玻璃般平整无瑕。黝黑涌动的海水凭空抵住其侧面，却不坍塌。水墙之外……

"是虚无的空气。

"一堵悬崖峭壁。

"大约数十至一百英里远处，另有一面水墙与其遥相呼应。由于距离相去甚远，只能看到依稀的影子。那是裂隙的另一侧。

"我依然能感觉到能量从中间的虚空地带喷涌而出。这就是那条该死的伤痕。这就是地疤。"

"我简直无法想象城中的情景。他们一定也能看到，不知有没有出现恐慌？你们激动吗？"

当然，疤脸情侣没有回答。

"我知道随后的计划。看到地疤后，我们将停留在五英里之外，然后派出一艘飞艇，尝试穿越城市与地疤之间的这一小段距离。我负责瞭望，一旦有危险的迹象，便发射信号弹，挥舞旗帜，把飞艇召回来。

"我不知道你们想象中会有什么样的危险，你们自己也不清楚。我想你们并不了解地疤的本质。你们认为将发生什么情况？里面是否会有到处乱爬的'或然兽'？那些可能出现在进化过程中，却没有真正演变出来的怪物？

"事实完全出乎意料。

"那该死的地疤硕大无比，令人自觉如此卑微。

"但城市没有减速。"他说道。

他略微沉默了片刻。在此之前，他一直滔滔不绝地用那种催眠似的语调诉说着，讲到最后这句时，他的语气依然很平淡，贝莉丝过了好一会儿才意识到其含义。

她一阵战栗，心头怦怦直跳。

"它没有减速，"海德里格说，"恐兽根本没有慢下来，反而加速前进。

"距离越来越近，十英里，五英里，四英里，城市依然没有停下，也没有减速。

"世界仿佛被截断了似的……地平线就在数千码远处，并随着舰队城的加速逐渐拉近。

"我惊慌起来。"海德里格的语调冷漠平静，仿佛所有感情都已渗入海中，"我开始发射信号弹示警，但你们肯定已经意识到危险。

"也许……也许城中出现了恐慌，"他说，"我不知道，也看不见。也许你们都进入了催眠状态，眼神迷离，神志恍惚。但我敢打赌并非如此。我敢打赌，面对世界的尽头，你们都陷入了恐慌，连我的信号弹在头顶炸开都不予理会。

"三英里，两英里。

"我身体僵直，久久不能动弹。

"由于强劲的南风，'高傲号'降低了高度，扯着绳索往后飘移，仿佛它也像我一样害怕地疤。这让我惊醒过来。

"谁知道出了什么事？你们临死前或许知道。但我不在城里。

"可能是因为恐兽。许多个星期以来，脉冲信号不断输入其体内，令其驯服顺从。没准是插入脑中的探针折断了，那怪兽苏醒过来，困惑地发现自己身陷桎梏，于是全速奔跑，企图挣脱。

"也可能是岩乳引擎坏了。也许地疤中渗出的，是导致引擎故障的原因。只有天知道怎么回事。

"我低头望去，只见城市侧面放下成群结队的小船，载着一个个细小的人影，有的使劲划桨，有的扯起风帆，拼命想要逃离。但海流却与他们作对，风帆鼓起的方向也各不相同。尽管各式各样的小艇奋力往相反方向行驶，但在水流与波浪饥渴地拖拽下，他们只能围着城市打转，甚至超越舰队城，滑向北方。

"片刻之后，第一艘小船到达了地疤。我看着它一边旋转，一边接近边缘，黑点似的人影纷纷跳入海中，接着，它突然翘起船尾，掉入那一片虚空，消失不见。

"城市与地疤之间分布着星星点点的小船，一齐朝着北方滑行。一些飞艇企图升至空中，但人们抓住绳子，向上攀爬，人群的重量令其难以承受。超载的飞艇越过城市边界，坠入海中，然后被水流卷走，仿佛鲸尸一般旋转翻滚，向着地疤前进，里面的乘员也被甩了出来。

"舰队城开始缓慢地旋转。随着城市在水中顺时针转动，地平线也仿佛歪斜了似的。

"只剩下半英里了，我的心头一片冰凉。突然间，我打定了主意。我奔向'高傲号'的座舱，从舱门口俯瞰下方，然后抄起飞轮弓，站稳脚步，朝着拴系飞艇的缆绳发射。

"那绳索如大腿般粗细，距离我三十尺远，像一条巨蛇似的摇晃着。我有六枚飞轮。其中三枚远远偏离了目标。第四枚虽然命中，但并不太准——只切断绳索宽度的一半。第五枚又射偏了。我只剩最后一次机会。

"尽管我瞄准时感觉不错，手上也很平稳，但还是没有射中。

"我知道这下死定了。我扔下飞轮弓，扶住门框，手指僵硬麻木。疾风透过舱门向我袭来，我凝视着绳索的纤维一丝丝断裂，然而其速度极其缓慢，显然来不及救我的性命。

"屋顶，瓦片，塔尖，飞艇，旗帜，猴子，一切都莫名其妙地卷入疯狂与恐惧之中。居民们漫无目标地四处奔走，就好像有哪里可以躲得过去似的。

"我通过望远镜观察他们，心中琢磨着，不知水下是怎样的情景，鳌虾人、鱼人、'杂种约翰'之类的，都如何反应。也许他们此刻仍活着，谁知道呢？也许他们可以游走，脱离即将毁灭的城市。

"我和'高粱号'钻井台、克罗姆公园以及'雄伟东风号'一起，最先抵达地疤边缘。

"风向短暂地发生变换，'高傲号'飘出水崖之外，俯瞰着下方的深渊。

"'高傲号'悬挂在地疤上方，时间变得极为缓慢，虽然仅有数十秒，但感觉像是过了很久。"

"越过海洋的边界之后，我将膝盖悬垂在舱门口，俯视着水墙。那景象令人头晕目眩。

"阳光斜射入海面，经过波浪的过滤与折射，再次从垂直表面穿出。我看到一百英尺之下，有些个头比我还大的鱼，在水和空气的交界处探头探脑。光线透入裂隙之中。地疤边缘一定存在着完整的生态圈。即便是两三英里深处，在无情的水压之下，海水也照得到光亮。

"近乎透明的崖壁上，层层叠叠的海水流动盘旋，色泽各不相同，一直延伸至数英里深处，其透视感令我折服。

"还有淤泥。我能看到海底那层厚厚的黑泥，然后是岩石，深入地下，远远超过海水的厚度。暗红灰黑的岩石间，裂开一条宽阔的沟壑，截面光滑平整。许多英里深处，闪烁着微弱的火光，那是岩浆。融化的岩石流淌成河，温度炽烈。

"然后呢？再往下是什么？"

"再往下是虚空。"

海德里格的声音空洞而惊悚。

"我观察地疤的时间不可能太久，"他说，"但我记得每一层颜色，就好像瓶中的流沙。面对如此浩瀚的场景，我的眼睛应接不暇。

"舰队城在深渊的边缘停顿了片刻，恐兽发起最后的冲刺。

"我先是透过海水看到了它。四英里之下，紧贴着黝黑的海床，一个模模糊糊的影子自深海中出现。它加速向前，突然移近，轮廓变得清晰起来，最后，随着一阵洪水般的巨响，它开始突破海水构成的崖壁。

"这具血肉之躯足有一英里长。

"其头部穿透海水，周围激起长长的瀑布，隆隆作响，坠向万丈深渊。大小有如房屋的水滴旋转飞溅，落入地疤的虚空之中。

"我能看到拴系恐兽的巨链之一，它连接着城市，自下而上劈开四英里深的海水。其他几根锁链也相继穿越而出，水墙上出现几条纵向的平行裂纹，仿佛为利爪所伤。

"恐兽的身躯继续向前探出，其形状难以用语言形容，有鳍肢，有骨刺，也有纤毛。在重力作用下，它开始下坠。连接城市的锁链绷得紧紧的，舰队城的外围抵达峭壁边缘，然后被拽了出去。

"恐兽发出一声巨吼，震裂了我周围的所有玻璃。

"我看见支撑'高粱号'的那几个深海浮筒逐渐贴近平坦的水墙，然后穿出表面，两侧数百英尺范围内，嘉水区、日泽区和圆屋区的后缘也已到达海洋的尽头，战栗着翻落下去。

"舰队城有那么多船。

"城中那些蒸汽船徐徐接近边缘，然后沉重缓慢地滚了下去，令人心惊胆战。房屋与塔楼像面包屑一样掉落，石块与人体犹如密集的雨点，成百上千个人影抽搐蹬踢，坠入万丈深渊，掠过世界内部每一层不同的材质。

"我甚至没有祈祷的意愿，只能呆呆地注视着这一切。

"桥梁与绳索纷纷断裂。一些渔船在下坠过程中解体。到处是平底驳船、救生艇、拖船、木制战舰，等等，有的开裂，有的爆炸，锅炉在空中打转，赤红的煤炭倾泻而出。就连那些长达六百英尺，有着数百年历史的船只，也都翻滚坠落。

"'雄伟东风号'的尾部突入地疤，悬在半空中。

"舰队城从海洋边缘滑落，到处是一片混乱，活人和死尸夹杂在雪崩似的砖块与桅杆中间。除了哗哗的水声和恐兽的吼叫，我什么都听不见。

"'雄伟东风号'已经伸出悬崖三百英尺，周围的小船纷纷落入深谷。突然间，我听到一阵爆裂声，仿佛哪个神祇折断了骨头。在重力作用下，船尾的三分之一向下弯折，而那正是拴系'高傲号'的部分。于是我也被拖拽下去，双臂紧紧抱着一根梁柱，坠向地疤。

"你想知道你们是怎么死的，对吗？是英勇无畏，还是大呼小叫，还是毫无知觉？面对死亡，我就像个该死的白痴，神情恍惚，目瞪口呆，被一艘蒸汽船的屁股拖着往下沉。

"我坠入地疤的豁口，海水向上升起，我来到海平面以下。

"一时间，我透过海水，看到头顶上方许多船只的龙骨，它们正驶向毁灭。我迅速下坠，'雄伟东风号'的其余部分，以及整个城市都朝我倾倒下来。

"偶尔一两次，我也看到飞艇。有小客艇，也有悬吊于座椅中的单人飞行员，他们在船只跌落时挣脱甲板，逆着气流奋力上浮，但往往遭到扼杀，只要遇上坠落的船壳，或者塔楼的碎片，便会被砸下来。

"'高傲号'加速下落，我闭上眼准备等死。

"接着，四英里下方的恐兽又动了起来。

"此刻它一定很痛苦，身体从水墙中冒出，弯曲着倒悬于半空，已有半英里长的背脊处在地疤之内。也许是由于疼痛，它一阵抽搐，突然整个钻出海水，落入地疤。"

"它再次发出吼声，巨硕无比的躯体一跃而出，大概是因为用力过猛，它下坠的速度比单纯的重力作用更快。恐兽的突然下沉使得锁链骤然绷紧，将城市的剩余部分拖入裂隙边缘。'雄伟东风号'的船尾也受到牵扯，在突然拉拽之下，'高傲号'本已残损的绳索断开了。

"它断开了。

"我猛然睁开眼，飞艇腾空而起，掠过下坠中的城市和水崖的阴影，飞出地疤，升入空中。海水里到处是金属和尖利的碎木片。

我双臂牢牢抱紧梁柱，冲出裂隙，向着天空疾驰。我活了下来。

"下方，舰队城的余部也都滑进了地疤。冬秸集市的小船好似一阵雨点。'尤洛克号'，'兽人号'，疯人院，鬼影区中破旧的木船，全都毁灭殆尽，伴随着飞洒的浪花滚落深渊。最后，隐匿洋表面再次平静下来。

"上升过程中，我低头望向地疤内部，坠入其中的舰队城仿佛扰动的灰尘。而在其下方深处，恐兽一边翻滚，一边坠落，裹着总长二十英里的锁链，无助地挣扎着，试图游出这无尽的深渊。连它看上去都那么小，而且仍在继续收缩。

"最后，我躺倒在地，精疲力竭。诧异中，我发现自己竟存活下来。等我再次向下张望，已经什么都看不见了。"

海德里格的嗓音逐渐低落。片刻的沉默之后，他又继续说下去。

"我从未到过如此高处，一低头便能看清地疤的真实面貌。它就是一道裂纹而已，世界中的一道裂纹。

"我不知道还有没有其他飞行员脱险。我的高度已超过一英里，但什么都看不见。

"连续几个小时中，高空强劲的风力将我不断推向南方，远离那片所有海流都向地疤奔涌的危险水域。'高傲号'由于被碎片划破烫伤，开始漏气。我的高度在下降。

"考虑到即将面对的状况，我从气囊上割下若干皮革，扎到由吊舱中搜集来的木材上，制成一条木筏。我守在舱门口，等到飞艇开始在水面疾速掠行，便扔出木筏，跳了下去。

"最后，我在那小小的救生筏中蜷起身子，然后才允许自己回忆目睹的一切。

"两天来，我独自守着这些记忆。我以为难逃一死。

"我一时间曾经期望，要是能坚持活下去，海流没准会将我冲入惊涛洋，与其他等待的舰船汇合。但我不是傻子，知道这不可能。

"然后……我就到了这里。"

奇异的故事叙述至此，海德里格的嗓音中第一次出现仿佛要再次崩溃的迹象。

"这是怎么回事？这是怎么回事？"他的喊声越来越歇斯底里，

"我以为自己快死了。我以为你们是临死的梦境。**我看到你们都死了……**"他低语道。"我看到你们死了。你们是谁？这是一座什么城市？我到底怎么了？"

接着，海德里格变得危险起来，疯狂惊恐地叫嚷着。疤脸情侣试图安慰他，但过了好久，他才停止狂吼，堕入昏昏沉沉的睡眠中。

随后是一阵沉默——一阵冗长而寂静的沉默——故事的魔力缓缓褪去，贝莉丝的思绪也收了回来。她浑身仿佛充满静电，神经绷得紧紧的。他的叙述令她沉浸于惊畏之中。

"这，是怎么搞的？"疤脸男首领带着气声冷冷地说道，语气焦躁不安。

"是因为地疤，"坦纳悄声对贝莉丝说，"我知道怎么回事。距离地疤那么近，里面漏出的能量……上面那个海德……"他停顿下来，摇摇头，憔悴的脸上露出惊叹的神情。贝莉丝知道他想说什么。

"这不是真正的海德里格，"坦纳说，"不是现实中那个，不是来自……来自这里。我们的海德里格逃跑了。那个海德里格是从……是从另一种可能性中泄漏出来的。在那里，他没有离开，我们的行程也略快一点儿，到达地疤比较早。他来自过去……或者将来。

"哦，嘉罢在上，哦，嘉罢保佑，真是见鬼。"

疤脸情侣和乌瑟·铎尔在他们头顶上争论。有个人所说的——贝莉丝没听清是谁——跟坦纳是一个意思。女首领反应激烈。

"狗屎！"她恶狠狠地说，"混蛋狗屎！没有的事；根本不是那么回事。就算他是漏过来的，这么大的海洋，你以为我们刚好能碰上他？这是个该死的圈套。他是海德里格，没错。他就是我们的海德里格，他从来都没有离开。这是个圈套，好让我们掉头回去。他不是从地疤里泄漏出来的。"

她大发雷霆，不允许旁人插嘴。贝莉丝惊讶地发现，她不仅对着乌瑟·铎尔怒吼，甚至对男首领也是如此，而他正请求她冷静思考……女首领距离目标如此之近，一旦感受到威胁，便怒不可遏。

"告诉你吧，"她说，"这是胡扯，我们得把这个骗人的混蛋关起来，直到他说实话为止。我们就说他仍在恢复，等查出究竟怎么回事再说。我们不能接受他的胡说八道。"

"她疯了吗？"坦纳·赛克嘶嘶地对贝莉丝说，"她在说什么？"

"这显然是为了制造恐慌，"疤脸女首领继续说道，"为了打乱一切部署。天知道他跟谁是同谋，我们不能让他们得逞。乌瑟，把他带走。告诉警卫——小心挑选信得过的人——告诉他们，他也许会大喊大叫，胡言乱语。

"我们得立即制止，"她坚决地说，"不能让这种可恶的煽动计划得逞。这件事到此为止。我们就此埋没这个故事，然后继续按计划前进。都同意吗？"

男首领和乌瑟·铎尔大概向她点了点头，贝莉丝什么也没听见。

最后几句话传下来时，她转头望向坦纳，看到他正倾听着首领的言辞——那个他曾宣誓绝对忠诚、绝对服从的首领——她打算欺骗全城居民，将自己听说的一切隐瞒起来，继续向地疤挺进。

在贝莉丝注视之下，坦纳一边听，一边露出冰冷严峻、令人惧怕的表情。他紧咬着下颚，贝莉丝知道，他想到了谢克尔。

他是否记起自己曾真心地讲过，他们的遭遇——被舰队城找到——是一种幸运？贝莉丝无从知晓。但坦纳神情凝重，用危险的眼神望着她。

"她什么都别想隐瞒。"他嘶嘶地说。

第四十七章

坦纳·赛克广为人知。他曾为救一个濒死的人而与恐鱼搏斗。他将自己改造成半人半鱼，以适应舰队城的生活。他失去了一个小兄弟。

坦纳广为人知，也广受尊重。

人们愿意听他讲话，相信他说的事。

贝莉丝从来都没有听众。她的嘴冰冷僵硬，犹如岩石。

她只能依靠别人传播消息。

每个人都认识坦纳·赛克。

贝莉丝若是告诉大家，她在那间令人不快的小屋里听到什么样的秘密，没人会相信，没人愿意听她的。但她将另一个人引入屋内，让他代为转述。

她不由自主地点了点头。天哪，太巧妙了，她低头寻思，承认此事的安排完美无缺。她意识到，一切的前因后果，交叉互动，所有的努力，都仿佛穿梭的绳线，在她身边交汇，其目的就是为了在最后关头将她推向此时此地，完成眼前的举动。

哦，干得漂亮。

她和坦纳从下层甲板一上来，形势就起了变化。

她眯缝着眼，望向四周的旗帜、洗濯的衣物、索桥和高塔，一切依然通过泥灰浆牢固地黏合在一起。海德里格故事中的景象充斥着她的头脑，就好像她曾亲眼看见城市崩裂坠落，而当她走出来时，一切都完好无损，这着实让她松了口气。

坦纳开始行动。疤脸情侣仍在底下策划如何隐藏海德里格。趁着他们躲在暗处密谋，坦纳开始行动。

他先找熟识的人，急促而激烈地向他们诉说，其中之一是安捷文。他谨慎地叫上一群她不认识的码头工人，然后一同去找她。

他的激愤出自真心，毫无做作的成分。他也没有虚夸自负。

人们依然挤在"雄伟东风号"的甲板上，愤怒地争论着海德里格的话——他是如何回来的，为什么要回来。贝莉丝看着坦纳在人群中挪动。古老的大船上仍聚集着众多海盗，坦纳向他们所有人诉说。

他愤怒地颤抖着。贝莉丝若即若离地跟在他身后观察，他那激昂的情绪令她颇为动容。她看到各种惊诧的反应如疾病一般在人群中散播，从难以置信到接受，再到震惊、愤怒，最终转化为决心。

她听到坦纳强调说，他们有权了解真相，但她心中疑惑不定。

她不知道什么是真相，也不知道该信什么。她不清楚海德里格那奇特的故事该如何解释，有几种可能，但这并不重要，此刻她拒绝思考。她只需顺水推舟，完成任务，将此事作个了结。

贝莉丝看到，一些人听完坦纳的叙述后，又转告别人，经过层层传递，故事的源头很快便无法再追溯，而其传播的势头已不可遏止。没多久，关于海德里格逃离地疤的故事变得混乱含糊，而叙述者也无法解释其出处。

根据众人的理解，疤脸情侣关于地疤的描述基本属实。舰队城里鲜少有人不知道，地疤中泄漏出的概率是其威力的来源。有些人见过乌瑟·铎尔的剑开动时的情景，他们明白概率采集的作用。如今，在隐匿洋的腹地，距离地疤如此之近，概率能量仿似电离子一般涌出，人们很容易相信海德里格——这个语无伦次、关押在甲板下的海德里格——所说的是真话。

他们自己的海德里格已于数周前逃离，也许远在千里之外，或漂浮于海洋上空，或坠落于某处，或成为异乡隐士，或溺毙在海中。舰队城的居民们相信，他们救起的是"概率人"，来自另一个巴斯–莱格，在那个世界里，舰队城遭到了恐怖的毁灭，而他是个流亡的难民。

"两天，"贝莉丝听见一个女人充满恐惧与敬畏地说，"我们全都已经死了两天。"

这是个警告，不可能有人感觉不到。

待到太阳滑落至天空底部，他的故事已广为流传，如触手般渗入所有各区，其存在让空气变得滞塞。

海德里格被藏了起来，疤脸情侣躲在底下制订计划，这是个愚蠢的错误。坦纳在他们头顶上方宣讲，奔走于各艘舰船之间，不停地散播消息。

贝莉丝等候在"雄伟东风号"上，回忆着海德里格的故事——通过不断回想，让可怕的崩塌过程在头脑中再次重演。她并没有仔细斟酌他所说的一切。这是一个故事，一个以惊人的方式述说的惊人故事。这才是最重要的。

她看到身边的舰队城居民来来去去，沉着脸商议争论。她看得出，他们在酝酿计划。暗潮涌动，结局或已近在眼前。

时间飞快地流逝，夕阳逐渐低沉，嘉水区各处的工厂纷纷关闭，大量工人汇集到"雄伟东风号"上。

六点钟时，疤脸情侣现身了。透过重重阻隔，他们感觉到上面的形势有所变化，并隐约意识到，嘉水区和舰队城正处于危机之中。

他们带着严肃而不安的表情出现在公众面前，身后是乌瑟·铎尔。贝莉丝看到，面对眼前层层叠叠的市民，他们吃了一惊。人群仿佛一支杂乱的军队：豪刺族和仙人掌族混杂在人类中间，甚至还有嘉水区的洛歧斯族。

人群上方，布鲁寇勒在日光中抽搐，体内的神经趋向死亡。坦纳·赛克站在稍稍突前的位置，朝着疤脸情侣扬起下巴。

疤脸情侣抬头望向辖下的男男女女。贝莉丝可以确定，他们脸上闪过畏惧的神情。她瞥了他们一眼之后，便不再理会，将视线投向他们身后的雇佣兵。乌瑟·铎尔没有看她。

"我们跟海德里格谈过了。"女首领说，她的嗓音中并未显露出不安。

坦纳·赛克出人意料地打断了她。

"省省吧。"他说。四周的众人面面相觑，为他嗓音中的力量所折服。

疤脸情侣瞪视着他，眼中有那么一丝惊讶，他们的表情深不可测。

"别再骗人了，"坦纳说，"我们很清楚事实真相。我们知道海德里格——来自另一种概率的海德里格，你们把他关押隐藏起来，防止他与大家接触——我们知道他去过哪里，也知道他来自何方。"

他走向前，身后的人群也跟着涌上来，步伐坚定。

"杰道克，"坦纳喊道，"科斯考，戈德伦，你们去找海德里格。他就在下面，把他带出来。"一群仙人掌族紧张不安地蹼向疤脸情侣和乌瑟·铎尔，以及他们身后的门洞。

"**站住！**"女首领喝道。仙人掌族停顿下来，望着坦纳。他迈步向前，人群紧随其后。仙人掌族受到激励，继续往前走去。

"铎尔……"女首领用危险的语调说道。每个人都立即止住了脚步。

乌瑟·铎尔走出来，挡在疤脸情侣和不断推进的舰队城居民之间。

片刻之后，坦纳来到他面前。

"我们所有人，乌瑟·铎尔？"他提高嗓音，让周围人听见，"你要挑战我们所有人？你认为可能吗？我们要去把海德里格带上来，你如果威胁他们——"他指了指那几个仙人掌族。"——其余人都会支持他们，也就是说你威胁了我们大家。你以为可以挑战所有人？见鬼，也许可以，也许可以。但你要是当真……然后怎么办？你的雇主还能统治谁？"

他身后成百上千的舰队城居民纷纷点头赞同，更有人高声附和。

乌瑟·铎尔将视线移向坦纳身后的人群，然后又望向坦纳。他动摇了，难以再支撑局面，他犹豫不决地转过头，疑惑地看着雇主，寻求更清晰的指示。他略微耸了耸肩，侧着脑袋，仿佛在问：*他说得对，你们要我怎么办，把所有人都杀了……？*

一旦他扭过头去，显出犹疑的表情，坦纳便胜利了。他再次挥了挥手，那几名仙人掌族越过铎尔和疤脸情侣，进入走廊，前去寻找海德里格，虽然神情不太自在，但并不惧怕，因为他们知道自己是安全的。

疤脸情侣甚至没有看他们，而是瞪视着坦纳·赛克。

"你们还要求什么？"坦纳冷峻地说道，"你们已经看到我们将面临什么样的命运。但真该死，你们太疯狂，太执迷了，连这都不予理会？你们还想继续前进。

"你们还要**欺骗隐瞒**，让大家像该死的恐兽一样，没头没脑地往前冲，直到落入悬崖。**够了**，这件事到此为止，不能再往前了。我们这就掉头回去。"

"见鬼！"女首领盯着坦纳的眼睛，用手指着他，并往他面前的甲板上啐了一口唾沫，"你这该死的懦夫！你这个**蠢货**！你真以为他讲的是实话？**动动脑子吧**，老天。你以为地疤就是这样的吗？在整个海洋中，**在整个该死的隐匿洋中**，我们能找到他，仅仅是靠运气？我们自己的海德里格跑了，然后又碰到一个来自别处的海德里格，他的故事把我们都吓傻了，这他妈的难道是**巧合**？

"**这是同一个人**！这就是他一直以来的计划。你难道看不出吗？我们以为他走了，但其实没有。他能去哪里？他割断'高傲号'的绳索，躲藏起来。等到我们距离世上最神奇的地方就差那么一点点时，却跑出来阻吓我们。为什么？因为他是个懦夫，就跟你一样，跟你们所有人一样。

"这是他的计划。他甚至没有勇气羞愧地逃跑，而是要等待时机，把你们全带走。"

这番话让一些人产生了动摇。即便在盛怒之下，她的发言也能切中要点。

但坦纳丝毫没有让步。

"你们打算隐瞒，"他说，"你们打算欺骗。大家千里迢迢跟随你们来到这里，而你们却要隐瞒这件事。因为你们被贪婪蒙蔽了眼睛，担心说服不了我们。你们对地疤一无所知。"他高声说道。"**一无所知**。别说什么巧合，别说什么难以置信——也许实情正是如此。你们根本不了解。

"我们只知道，嘉水区最优秀的成员之一就在下面的牢房里，因为他警告说，如果去地疤，大家都会丧命。我相信他。这件事到此为止。现在由我们说了算，我们要接管一切，掉头回家。你们要求继续前进的命令……已经他妈的**作废了**。你们不可能把大家都关起来，或者全部杀死。"

聚集的群众爆发出一阵振奋的呼喊，有人开始零零星星地念诵"赛克，赛克，赛克"。

贝莉丝对此完全没有留意。在周围喧闹的附和声中，出现了一种反常的状况，但几乎没人能听得到。

男首领站在乌瑟·铎尔身后，观察聆听着这一切，眼中带着无所适从的神情。他伸手触碰女首领，让她转回身，然后急促地向她低语了几句，而这番旁人听不见的话激起了她诧异的怒火。

疤脸情侣争吵起来。

人群意识到眼前的景象之后，都安静下来。贝莉丝屏住呼吸，深感震惊。他们愤怒地互相低语，争得面红耳赤，令脸上苍白的伤疤显得更为突兀。他们的语声咝咝作响，在简短生硬的对话中，嗓音越来越高，最后发展成叫嚷，完全不顾周围目瞪口呆的人群。

"……**他说得对**，"贝莉丝听见男首领喊道，"他说得对。我们不知道。"

"不知道**什么**？"女首领大声回应，她的脸上怒气逼人，"不知道**什么**？"

城中一小群怯懦的鸟儿从空中掠过，迅速落向视线之外。舰队城吱嘎作响。沉默不断地延续。以坦纳·赛克为首的反叛者们僵直地矗立着。他们注视着疤脸情侣之间的争论愈演愈烈，惊愕的表情更像是目睹了某种地质变迁。

贝莉丝望向最后几只飞鸟，然后目光停留在布鲁寇勒枯蔫的身影上，血族的模样让她感到恶心。他的抽搐已渐渐平息，身体安定下来。他睁开乳白色的眼睛——已被日光致盲，缓缓地转过头。

他在听。贝莉丝可以肯定。

疤脸情侣对外界完全不予理会。乌瑟·铎尔稍稍移向一侧，仿佛让聚集的人群能够看得更清楚似的。

四周没有一丝其他声响。

"我们不知道，"男首领重复道，贝莉丝感觉他俩的眼睛之间仿佛有一道滋滋作响的炙热电弧，"我们不知道前方有什么。他也许说得对。我们能确定吗？我们冒得起这个险吗？"

"哦……"女首领回应道，她的声音如同嗟怨的叹息。她注视着自己的情人，眼神中满是失望与失落。"哦，真该死，"她平静地吸了口气，"哦，诸神在上，你他妈的去死。"

沉默再次降临，人们依然很震惊。疤脸情侣互相瞪视着。

"我们不能逼迫大家，"男首领最后说道，他的嗓音颤抖得厉害，"我们必须实行和睦的统治。这不是战争，你不能派铎尔去对付**他们**。"

"不要躲避，"女首领用战栗的语调说道，"你想背弃我。我们已经取得这么多成就。我塑造了你，我们共同完成了自我塑造。别在这种时候背叛我……"

男首领抬头望向四周的一张张脸，他显然很惊慌，于是伸出双手说，"我们进去吧。"

女首领姿态僵硬，努力控制着情绪，脸上的伤疤涨得通红。她朝他摇了摇头，隐隐透着怒气。"我们他妈的怕谁听？这算怎么回事？你是怎么了？你跟这些笨蛋一样蠢吗？你认为那个混账骗子回来后讲的是实话？对吗？你相信他？"

"我们还是不是你中有我，我中有你？"男首领对着她嘶喊，"还是不是？现在就只有这一个问题！"

他很失落，就像丢了魂似的。贝莉丝仿佛看到他体内某种如脐带般性命攸关的纽带逐渐萎靡凋谢，最后彻底干枯断裂。多年来，他第一次突然如此孤独，如此惊恐。在恼怒中，他试图继续争辩。

"我们不能这样，不行，你会让我们失去**一切**……"

女首领注视着他，脸上的表情僵硬冷淡。

"我太高看你了，"她缓缓地说，"我还以为替自己找到了完整的灵魂。"

"你找到了，你找到了，真的找到了。"男首领狂乱地说，他的模样如此可悲，贝莉丝遗憾地扭转头去。

下去找海德里格的仙人掌族将他扛在肩头，从底层甲板带了上来，人们报以一阵欢呼。

面对众人的大声提问，他无言以答，只能回避。人们手舞足蹈，呼喊着他的名字，他却愣愣地瞪视着他们，仿佛陷入了迷惑与恐惧。仙人掌族不怕他的棘刺，将他抬在肩膀上。他摇摇晃晃，眼神迷离地望向四周。

"掉头！"坦纳·赛克喊道，"我们得让城市**掉头**！去找男首领！

去找懂得如何操控的人，派人去推那些牵引缰绳的绞盘。我们要给该死的恐兽发送信号，叫它转回去。"人群情绪激昂，四处寻找疤脸情侣，要求他们解释如何操作，但他们已经消失了。

在海德里格周围拥挤的人潮中，在一片欢腾的气氛里，女首领愤然转身，奔回自己的房间，男首领紧随其后。

贝莉丝·科德万跟在不远处，小心翼翼地观察着他们，随时准备转身离开，这是她最后一次试图理解自己的行为有何作用，试图理解自己被迫充当了什么角色。

她步入走廊，听见另一番对话。

"我是这里的首领，"她听见男首领说，嗓音含混而谨慎，"这地方由我统治，由**我们**统治。那才是我们的任务，真见鬼，那才符合我们的身份……别这么做，你会让我们失去一切。"

当女首领转身面对男首领时，贝莉丝突然进入了她的视野。但女首领只是瞥了她一眼，便淡然地将布满疤痕的脸扭开了，完全不在意有人听见。

"你……"她一边说，一边抚摸着男首领的脸，她摇摇头，等到再次开口时，话音中充满强烈的悲哀与决心，"你说得对，我们无法再继续统治下去。我来到这儿，从来就不是为了这个目的。

"我不要求你跟我走。"片刻间，她的嗓音近乎崩溃，"是你把自己从我身边偷走了。"

她转身离去，而男首领仍在乞求她理解，恳请她多一点儿理智。

贝莉丝听够了。她独自在意义不明的旧相片之间伫立良久，然后转身走向外面的庆典，坦纳正尝试发号施令，让城市掉转头去。

喧闹得意的人群推动绞盘，拉扯恐兽的缰绳。恐兽继续前进了数英里之后，顺从而麻木地转过头来，城市粗硕的尾迹开始缓缓地划出一道弧线。

这是一条漫长而浅缓的曲线，直到天色渐暗才得以完成。当城市在一望无际的海面上迥转时，嘉水区的海盗官员们慌乱无措，企图找出目前由谁掌控局势。

真相令他们惊恐：在这混乱失控的时段内，发布命令的人并不存在。没有管理系统，没有秩序，没有层级，只有舰队城居民出于自身需要临时拼凑出的简陋民主制度。官员们难以接受，他们认为坦纳·赛克和海德里格应该成为领袖。但这两人只不过是参与者而已：一个充满激情，另一个似乎很困惑，被众人当作偶像，在肩膀上拖来拽去。

这就是结局吗？

贝莉丝沉浸于兴奋之中，甚至感到晕眩虚弱。此刻已是夜间，她跟随一群面带笑容的居民沿着焦耳区边缘奔跑，看着工人们从绞盘船上返回。她意识到自己也在微笑，却不知是从何时开始的。

都结束了？

这就是结局吗？

曾经掌控着嘉水区，并强迫整个舰队城接受其意志的权威消失了。它曾如此强盛牢固，持续时间如此之长，如今却在顷刻间悄然瓦解，这让贝莉丝非常震惊。他们去了哪里？她疑惑地想。他们的首领连同相关的律法、监控、警卫、政权一起失踪了。

其他各区的统治者都明智地躲藏起来，保持着静默。他们无力掌控这种蔓延的怒气与欢腾。他们不至于如此愚蠢。他们在等待。

数月来，居民们心中积聚起各种恐惧、怨恨与困惑，而每当心存疑虑时，却无法说出口，长此而往，便形成了本次事件的动力。这是一次哗变。海德里格奇特荒谬的故事将他们从禁锢中释放出来，也赋予他们必要的信心。

他们让城市转回头去。

贝莉丝看不到劫掠，也看不到暴力、火焰和枪击。一切都只为了一个目的，为了逃离这片可怕的海域，此事生死攸关。恐兽依然带着伤，但它继续前进，贝莉丝望向星空，她知道那巨兽正在返回惊涛洋。

这正是她所期望的。只要继续远离新科罗布森，就是她的失败。她费尽全力想要让这座该死的城市掉转头去，把她带回故乡。如今，她突然成功了，完全出乎意料。

这一切是怎么发生的？她心想，也许她应该感到得意与骄傲，而不是像个既困惑又快乐的旁观者。

她知道自己为何感到不安。她有疑问，也有憎恨。她记得铎尔眼中的神情。我又被利用了，她惊骇地寻思着。我又被利用了。

她受到一连串巧妙复杂的操控，如今她已无法开脱，现在还不是时候。

一颗颗信号弹炫耀似的射向天空，这原本是领航员们向绞盘船发送指示用的，此刻却带着庆祝与反抗的意味——反叛者们仿佛在说，我们不再需要这些了。

东方天空出现第一道曙光时，仍有人在户外狂欢。

"雄伟东风号"上，贝莉丝站立于通往疤脸情侣居所的走廊口。她已经等了一段时间。她记得女首领的话：我不要求你跟我走。贝莉丝意图见证一个即将来临的结局。

甲板上还有其他人，大多醉醺醺的，充满疲惫，一边唱歌，一边眺望着海洋，但当乌瑟·铎尔伴随着女首领出现在甲板上时，他们都安静下来。有那么危险的一瞬间，旁观者们记起心中的愤怒，骚乱一触即发，但这一刻很快便过去了。

女首领提着几个鼓鼓囊囊、形状突兀的包裹。除了铎尔之外，她谁都不瞅一眼。贝莉丝发现其中一个包裹里装有铎尔那件古怪的乐器——未必琴。

"就这些吗？"女首领说，铎尔点点头。

"我搜集的所有物品，"他说，"除了那把剑。"女首领脸色凝重，既镇定，又坚决。

"船准备好了吗？"她说，铎尔点点头。

他们在众人瞩目之下，平静地走向"雄伟东风号"左舷，步入蜿蜒曲折的街道，穿过一艘艘紧挨着的舰船，朝贝西里奥港走去。

贝莉丝不停地回头望向门口，她以为男首领会跑出来，呼唤他的情人回去，或者奔上前告诉她说，要跟她一起走，没什么能让他们分离。然而他没有出现。

他们从来不是心心相印，从来没有一致的目标，他们能相伴至今或许只是巧合而已。

在"雄伟东风号"的边缘，女首领让乌瑟·铎尔停下，然后回头最后看了一眼这艘船。太阳还没升起，但天空中已有亮光，贝莉丝能够清晰地看到女首领的脸。

她的右颊上，从发际线直到下颚，有一道新的伤口，表面泛着清漆似的微光。这是一条很深的划痕，呈暗红色，横穿过若干旧疤，仿佛要将它们掩盖似的。

贝莉丝再也没有听谁提起过这趟最后的旅程，对此她感到很惊讶。往后的日子里，每当人们谈及哗变的那一晚，她从未听到有人描述女首领和乌瑟·铎尔在叛乱过后，平静地穿行于疲惫而宿醉的城市中。

但她可以想象。她仿佛看到他们安静地行走着，女首领悲哀而忧郁地望向四周，试图记住城中的细节，这是一座她曾长期参与统治的城市。她提着沉甸甸的包裹，里面装满晦涩难懂的科技书籍和有关概率开采的论文，还有铎尔交给她的各种古老仪器。

铎尔走在她身边，手扶剑柄，保护她平安度过在舰队城中的最后时刻。有必要吗？需要他的干涉吗？贝莉丝没有听说他将哪个舰队城居民砍倒。

女首领当真只有孤身一人？

似乎很难相信，她在这里待了那么久，却没人愿意跟随她。尽管她所阐述的逻辑有别于驱动舰队城运转的残酷商本位原则，但难道所有居民都如此排斥吗？单凭她自己无法操控舰船，哪怕是一条小船。当她穿过城市时，或许会吸引一些男男女女，他们感觉到她路过，便从藏身之处走出来。贝莉丝发现这样的场景更符合想象。这些人有着不同于常人的动机，受到邻居的孤立，于是他们收拾好行装，纷纷聚集到女首领和乌瑟·铎尔身后，踏着一致的步调，准备离开这座城市。

在贝莉丝的想象中，跟随在女首领身后的，有浪漫主义者，有说书人，也有疯子，或不容于环境，或具自杀倾向。

她忍不住假想，当女首领穿过码头边废弃的库房，出现在屋檐下时，将能征集到一小群船员，与她一起登上准备就绪的船只，协助她添加燃料，启程出发，告别这座城市。

但贝莉丝并不确定，女首领也许终究还是独自离开。

贝莉丝只知道，将近一小时后，在低沉朦胧的旭日中，一片孤帆沉静地划过贝西里奥港狭窄的入口，驶向海洋。这艘船并不大，甲板上装满了小型吊臂与绞盘，还有各式各样的引擎和锅炉。至于它们的作用，贝莉丝毫无概念。它看上去井井有条，装备完善。

贝莉丝看不太清。舰队城中到处是参差凌乱的屋顶，有平的，也有斜的，色泽灰红相间，材质各不相同，包括石板、水泥和钢铁。在凝滞的晨光中，她只能勉强看到那艘船缓缓经过谨慎地系泊于港湾内的其他舰船，从一道夹缝中驶出城外，一边喷吐黑烟，一边顺着隐匿洋强劲而古怪的水流逐渐远去，

男首领站在距离贝莉丝不远处观望。

他的眼睛红红的，噙着泪水，仿佛揉进了沙子。当然，他的脸颊上依然只有旧疤痕。

那条小船全速前进，她从未见过在隐匿洋中有谁能以如此恒定的速度行驶。没有送行的枪声，也没有烟花，它悄悄地远离城市，径直驶向北方，沿着舰队城的尾迹朝地平线驶去，前去寻找地疤。

过了许久，等它消失在视线之外，乌瑟·铎尔独自回到"雄伟东风号"上。

铎尔站在捆绑布鲁寇勒的桅杆下，随着早晨的到来，那血族又开始在阳光中无力地嘶喊。

"放他下来，"乌瑟·铎尔威严地对附近的一群人说道，他们惊诧地抬起头，但没有提出质疑，"放他下来，把他送回家。"

在这个不同寻常的清晨，整座城市仍在摸索新的规则，没人知道孰对孰错，没人知道何谓正常，也没人知道哪些事可被允许与接受。乌瑟·铎尔的命令无疑给人以解脱，因此他们欣然遵从。

*他们不再是情侣。*贝莉丝突然想到。她凝视着地平线上小船消失的方向。她想起疤脸情侣的争吵，想起女首领脸上新添的伤口——这道新的疤痕代表着重塑与决裂。*你们不再是情侣。*

贝莉丝试图重新想象女首领的形象，想象她此刻站在船舵跟前，朝着世上最为奇异的地方前进。贝莉丝也试图重新清晰地审视她，评判她的功与过，想象她独自驾着一艘迷失的舰船，驶往世界尽头，一切皆遵照自己的计划与意向。

然而在贝莉丝脑中，她始终是疤脸情侣，*疤脸情侣，疤脸情侣*，即使她想制止自己也没有用。

她不知道那女人的名字。

尾声

坦纳·赛克

这简直疯狂透顶。你绝对无法相信我干的事。

我们不再朝地疤前进，而是一路往回走。我们要返回过去的模式。

真奇怪，我只能这么说。自从你我来到此处，它的最终目标就一直是隐匿洋。所有的一切，都是为了促使我们进入那片海域。在我居住期间，这里从来就不是普通的海盗港。

你的经历跟我一样。

我经常跟你的安捷文做伴。如果说我跟她是最好的朋友，那并非事实。我们可以说有点儿羞怯。但我们常常见面，大多数时候是在谈论你。

我们被蒙在鼓里，大家都受够了，他们拿我们的性命冒险，真是可恶，因此大家迫使他们转回头去。

对于你的离逝，我无法轻易释怀。

我仿佛不再活在当下。我活在虚无之中。这地方夺走了你的生命。

我不清楚水里面是什么东西。我知道那天晚上在水中与我们战斗的并不是血族。没人谈论它们。没人知道那是什么，只知道它们也试图让城市转回头去。

"杂种约翰"见过它们，我从他那恶心的小眼睛里看得出来，但他什么都不说。

让城市掉转头的人是我。无论是攻击你的怪物，还是与它们并肩作战的血族都未能成功。

我替他们达成了目标，让城市掉头回去。

不知道这算不算可笑。我只知道自己再也不想在这里待下去，但我无法离开。

我现在属于海洋，这简直是个笑话。你我都明白，真正的海洋生物是什么样，动作有多敏捷，而不是像我这个改造人，移植的蹼鳍笨拙迟缓，浑身覆满黏滞的体液。

我现在很害怕，只要沉入海洋便直冒冷汗，每一条小鱼都跟攻击你的怪物有点儿像。

但我无法在空气中生存，我已经没有选择。

我要怎么办？我回不了新科罗布森，即使能回，缺少海水，我的身体也会腐烂。

我要迫使自己游泳。我自信能克服恐惧，再次在水中自如地活动。

我可以离开，他们无法束缚我。也许有一天，当我们靠近海岸，我会悄悄溜走。我将独自居住在浅滩中，看着水下的岩石，看着树林与碎石滩在水中交汇。我可以独自在那里生活。告诉你吧，我已经受够了。

我一无所有。什么都没有。

会过去的，他们告诉我，会过去的，我不可能一直如此难过。但我不想被时间治愈，我变成现在这样是有原因的。

我不愿忘记你的逝去，但愿时间把我变得丑陋不堪，布满疙疙瘩瘩的记忆疤痕。我不要冲淡你的回忆。

我说不出再见。

一七八〇年，塔希斯月二号，尘埃日。舰队城。

恐兽再次减慢速度，不过这是最后一回了。

它的伤源自格林迪洛的施虐，至今仍未收口结疤，痛苦地裸露着。我们时不时仍会经过大片脓水。

我想它的心跳正逐渐停摆。

大家都知道恐兽即将死亡。

或许它在寻找家乡。我们将它从漆黑的海水中钓出来之后，它可能想要返回自己的世界。一直以来，它日益虚弱，血液滞塞衰败，逐渐凝结，而巨硕的鳍肢摆动得越发缓慢。

没关系，我们已非常接近隐匿洋的边界，很快便能穿出去——哪天都有可能，没准就差几小时了——舰队城的其他船只正在等候，恐兽应该能活到那时候。

然而城市最终止步的那一天已为期不远。

我们将被困在海中，那数百万吨重的尸体就好像一支巨锚，躺在海底深渊里逐渐腐烂。

五条锁链，五个铁环，每一环都需要斩断两次。那铁环有好几英尺粗，且经过魔法加持。虽然需要花点儿时间，但长达数英里的金属链最终将逐一脱落。

这对海底的居住者来说，将是何等的灾难——简直如同天神震怒。无数吨的金属加速坠落，经过四五英里之后，砸入海底的淤泥，一直沉陷至岩石层。锁链也可能掉到可怜的恐兽尸体上，导致其破裂泄漏，数英里长的肠子胡乱散落于黝黑的泥沙中。

也许随着时间的推移，整个生态系统将围绕着这前所未有的肥沃土壤而演化。

我们将会离开。

我们将找到等候的舰船，让它们再次拴连至城中，一切恢复原状。当然，经过与新科罗布森的恶战，拖拽的船只减少了，但作为平衡，这座城市甩掉了成千上万吨的锁链。

舰队城将恢复原状。

它将再次穿越惊涛洋，回到最富饶的航线上，回到有港口与商船的区域。那些等待了几个月的海盗船，将通过神秘的仪器再次找回城中。我们将返回绅士海、七日群岛、格努克特和鳗蜥海峡。

返回新科罗布森。

那个我不知道名字的女人离开已有一个月，城中发生了许多变化。

反叛者们没过多久便自愿交出了控制权。他们没有程序，没有政党，由始至终，他们只不过是一群独立的个体，发现自己受到了蒙骗，他们不想死。通过一场混乱而短暂的政变，他们夺取了权力，然后欣然放弃。

数天之后，男首领又露面了。他从"雄伟东风号"里走出来发号施令。大家都很乐意遵从，没人与他争辩。

然而每个人都看得出他很失落，他的眼神迷离飘忽，指令含糊不清。乌瑟·铎尔小心翼翼地在他耳边低语，然后他才点点头，发布出有意义的命令，但显然这都是铎尔的意思。

铎尔不会允许此种情况继续下去，他是个雇佣兵，他为钱工作，出售忠诚。即使真有必要掌控局势，我相信他也不愿做得太明显。就算他实行统治，也要加以掩饰，以换取作为下属雇员所拥有的自由。至少我已察觉到这一点。

我不知道他有过什么样的经历，对赤裸的权力竟如此忌惮。

我从未遇见过如此复杂费解的人，大概也未曾遇见过如此悲剧式的人物。由于他自身的历史，导致我们被带到此处，而这与他在舰队城中追寻的目标相去甚远。很难说他的行为中哪些是最初的意图,哪些是为了应对形势。我相信当前的局面无法令他满意:通过审视他自己和男首领的状态,铎尔不可能点头说,"这就是我要的。"

他有可能始终掌控着一切,也有可能一直活在恐惧中。也许他的计划完美无缺,达到令人眼花缭乱的程度,也有可能他带着我们在一次次危机中绝望挣扎,自己也不清楚想要怎样,脸上却不露声色。

男首领的眼睛始终死死盯着地平线。尽管到最后,那女人被视为骗子,人们对她既鄙视又害怕,但她绝对算不上凄惨可怜。她曾经的伴侣则不同,我怀疑他很难度过这一劫。也许有一天,他将发现铎尔不再支持自己,尤其现在布鲁寇勒已经重新控制了枯瀑区。

很少有人真正看到过格林迪洛,而谈论的人则更少。只有我无法忘记。

我见到布鲁寇勒在夜间自由行走。

他遭到了削弱,阳光给他留下永远的疤痕。凯瑞安妮谈及他时,神情严肃而崇敬。布鲁寇勒的臣民纷纷给予他支持,而其余人也大多很快便原谅了他——就连在叛乱那晚失去爱人的也不例外。毕竟,他带领下属反抗嘉水区,是因为他说过,我们必须让城市掉转头去。他说得对,而这件事现在也已经达成。

枯瀑区和嘉水区没有冲突。凯瑞安妮告诉我,铎尔有时会在夜间登上"尤洛克号",造访布鲁寇勒。

我时常与凯瑞安妮做伴,她不再提起自己曾经支持疤脸情侣的计划。两星期来,她几乎很少开口。也许她感到羞愧,竟与这个满嘴谎言、意图把大家引向死亡的女人为伍。

我们相信海德里格回来后所说的话，这个故事已为大家所接受，也是城市掉头撤回的原因。

我和坦纳·赛克时不时会见个面。他又开始在城市的水底工作。他从不提起我曾带他去过那间小屋，并由此而掀起了反叛。

是我干的吗？

是我挑起的哗变吗？这座城市再度南下，沿着先前行经的水域返回，而不是去毫无意义的地方——都是因为我吗？

这是否意味着我获得了胜利？

那女人或已平安抵达目的地，停泊在水崖边缘，将仪器探入裂隙，尽情地抽取能量，此刻已如神一般强大。

或许她跌了进去。

或许根本没地方让她跌进去。

我们被告知，海德里格病了，那段恐怖的经历使他精神错乱，如今他住在"雄伟东风号"内部。听说这一消息后，我心想：真相被掩盖了。

那女人说得没错。这是什么样的巧合，简直太荒唐了，我们竟然会相信——这得要多少牵强的事件串连到一起——**我们的海德里格**离开了，而另一个概率世界中的海德里格留了下来，历经迷失之后，又在茫茫大海中被我们找到。真相被掩盖了。

我记得铎尔的眼神。

他在"雄伟东风号"上找到我，并以眼神示意我来偷听，以便了结此事。他的那一瞥意味深长，却又留下许多未曾解释的谜团。至少有一点很明白：这都是他的手笔，是他在幕后策划与操控这一切。

我能想象他跟海德里格的会面，那忠心耿耿的仙人掌族被疤脸情侣的计划吓坏了，而铎尔提议，将海德里格藏到秘密僻静之处，然后由自己去割断"高傲号"的绳索，因为只有他才能如此隐秘地行动，稍后他再将海德里格带出来，用海中裂谷的故事恐吓众人。如此一来，铎尔便无须多言，依然可以保持忠诚的形象。

建议海德里格躲起来的也可能是费内克：以防万一新科罗布森的救援行动失败，我们无法再回到家乡水域。

但我看到铎尔的眼神。即使这一切是费内克干的，铎尔也都知情，并且予以助力。

我想起一直以来，铎尔总是给予我种种暗示，让我了解我们要去哪里，要做什么。他知道我认识赛拉斯·费内克，也知道我会把话传给西蒙·芬奇。只有当我传递了**不恰当**的信息，他才会生气。

他花时间接近我，等我与他熟络之后，再利用我传播消息。

他在暗中观察。我很想知道，他究竟了解多少。我也希望知道，这是从何时开始的——我是被利用了好几个月呢，还是就最后几天。我不知道铎尔的行动有多少是既定策略，又有多少是临时应变。他所了解的事，一定大大超出我的想象。

我仍然不清楚自己被利用到何种程度。

还有另一种让我非常不安的可能性。

我从不同人口中，一遍遍地重复听说，这个海德里格跟我们的不尽相同。他的举止有些差异，语气更为犹疑。他们说，他脸上伤疤的数目也有出入。人们相信，他是来自另一个世界的流亡者。

这是有可能的，他告诉大家的没准是实情。

但即便如此，也不可能纯粹出于运气。我看到铎尔：他在等这个海德里格，也在等我。因此海德里格的出现不可能是碰巧，还有另一种解释。

也许是铎尔干的。我曾听到音乐，那或许是铎尔的演奏，是他在可能与不可能之间编织出的概率协奏曲。

当我们接近地疤，来自其他概率世界的干扰变得更为强烈，于是他便在夜间弹奏起未必琴？他是否找到了海德里格得以存活下来的那个世界，并将他引到我们这里？

多么纤细脆弱的关联：我正巧与一个大家都信任的人在一起，而铎尔的视线又刚好能找到我。有太多的巧合：铎尔一定是巴斯－莱格世界中最幸运的人。要不然就是他策划的这一切，于不可能中寻求可能，替我为那一刻做好准备。

或许他是调校概率的大师，能确保在真实世界里，我恰好与坦纳一起见证了海德里格的到来？

假如真实的贝莉丝那一刻不在场怎么办？他会找出另一个我吗？令其出现在符合计划的时间与地点？

我是不是另一个概率世界里的贝莉丝？

假若是的话，真正的贝莉丝又在哪里？

他是否杀了她？她的尸体是否正飘浮于某处，逐渐腐烂，或遭到啃噬？我是替代品吗？为了取代一个死人而从虚无中诞生——出现在铎尔需要的地方？

一切都是为了使他不必亲自出面，即可引领城市掉转头去。这是唯一的方法吗？经过此番周折，他既达到了目的，又完全没有显露意图。

我被利用了。在经历过这许多血腥与战乱之后，我再也无法清晰地认定哪些是真实发生的事，也无法分辨其中的种种细节。

但毫无疑问，我被利用了。

如今铎尔对我已没有兴趣。

　　每次我们共处时，他都在耍弄我，把我变成他的代理人，帮助他操纵城市掉转头去，同时又看似跟他毫无关系。正是这名忠诚的佣兵促使舰队城恢复到简单的海盗模式。

　　现在我的任务已经完成，对他来说，我比空气还不如。

　　当你发现自己是一枚棋子时，那感觉很奇怪。他让我感到挫败，但以我的年龄，背叛已伤害不到我。

　　尽管如此，我曾两次尝试去找他，想知道他究竟做了什么。当我两次敲开他的门，他都沉默地注视着我，仿佛我是个陌生人，让我话到嘴边又酸溜溜地缩了回去。

　　没什么可问的，我记得赛拉斯·费内克曾经斥责我。

　　也许这是最好的建议。

　　眼下有为数不多的几种可能性，可以解释发生的一切，其中任何一种都可能是真相。倘若铎尔将这些悉数否定，我便完全失去了头绪，比现在还不如。到那时，我就只能假设，或许根本没有计划——也不存在解释。

　　何必冒这个险？说到底，何必放弃现有的理解？

　　坦纳·赛克来到我家，安捷文在"彩石号"甲板上等着他，她的履带无法攀爬楼梯。

　　我可以肯定，他们俩对彼此都是一种安慰。然而我听到他们之间的对话小心谨慎，充满疑虑。我觉得他们将逐渐疏远，仅仅共同承担痛苦是不够的。

　　坦纳带给我一张他找到的相片：谢克尔捧着两本书，在图书馆外面咧嘴微笑。坦纳认定，一切能将书本和谢克尔联系起来的物品都是属于我的。我很惭愧，不知如何制止他。

　　他走后，我看着那张泛黄的纸片。相片的质量并不高，模糊不清的建筑和人影印在纸上，犹如一片疤痕，而这凝结的伤疤赋予纸张新的面貌。疤痕是一种记忆。

我的后背上就承载着舰队城的记忆。

数周前，我卸掉绷带，斜对着镜子，观察嘉水区在我身上写下的印记，那是一条丑陋残酷、令人心悸的语句。

我的后背布满横向的鞭痕，它们仿佛山脊一般自皮肤底下隆起，大致呈平行分布，从身体一侧升起，又从另一侧降下。

它们就好像线脚，把我和过去牢牢钉在一起。

我惊叹地看着这些疤痕，仿佛它们跟我无关似的。舰队城被缝到了我背上，我相信，无论自己走到哪里，都将一直背负着它。

许多真相我都无从知晓。这趟莫名其妙的旅程充满暴力与血腥，让我感到既荒谬，又厌恶。总而言之：混乱残酷，却毫无意义。学不到任何收获，也无法欣然忘怀。海洋中没有救赎。

我将背负着舰队城回到家乡。

回家。

铎尔第二次打开门看到我时，一定从我脸上察觉到了什么。他略一点头。

然后他说："够了，够了，我们送你回去。"

送我回去。

震惊之下，我颔首致意，并向他道谢。

这就是他给我的礼物，并非因为我们之间仍存有情谊，那都是他假装的。

这是他给我的奖励，是他支付我的报酬。

因为我替他完成了任务，因为他曾利用过我。

铎尔经由我向费内克传递消息，再由费内克传给整座城市。

但费内克犯了个错误，疤脸情侣又通过公布真相，置我们于不利。因此铎尔发现仍需要我继续替他办事。

如今他要送我回家，不是出于友情，也不是出于公平，他是在向我支付薪酬。

我接受。

他并不傻，他知道我在新科罗布森无论如何都不可能对舰队城造成威胁与损害。即使我去向议会诉说，也没人会听，况且我本身就是个叛逃者，有什么理由这样做呢？

终有一天，我将登上一艘被派往鬣蜥海峡行劫的船只。当初在"女舞神号"的甲板上，我曾见过那丑陋的凯邦萨港，或许我可以乘坐小艇进入其中，等待返航的新科罗布森船只出现，再随之前往铁海湾、大焦油河，最后回到城中。

乌瑟·铎尔不会拒绝我，这对他来说毫无损失。

自从离开铁海湾，已经过去了好几个月。等到我们被拖拽回去，那就得一年多了。我要改名换姓。

"女舞神号"失踪了，新科罗布森没有理由继续寻找贝莉丝·科德万。即使城中有哪个好事的无赖依然认得我，去向那些穿制服的混蛋告发，我也已经受够了到处奔逃的日子。再说我不太相信真会发生这种事。旧时光已经终结，我将迎来新的生命。

这一切过后——我曾疯狂而徒劳地企图逃脱——我发现，自己不经意间所做的事，竟成为返回家乡的关键，而舰队城的记忆被文在了我的皮肉上。

再次开始给你写信，连我自己都很惊讶。自从向乌瑟·铎尔道出真相之后，我以为它就该到此为止了。

当时，我承认自己像个孤独的幼童，急于将这堆纸寄出去，却连要给谁都不知道，还有比这更可悲的吗？

于是，我将它搁置起来。

然而这是全新的篇章。不久，舰队城即可回到我家乡附近，在丰沃的海岸线周围重新开展普通的劫掠活动。一切都变了，我发现自己在等待中兴奋地战栗着，迫不及待地想要完成这封信。

我并不感觉窘迫，它让我可以畅所欲言。

这是一封"或然信"。直到最后一刻，我才会在"亲爱的"几个字旁边写上你的名字，过去数月中所积累的纸页构成了这封充满潜能的"或然信"。我现在十分强大，随时准备开采概率，提取出一个真实的结果。

我不是你最好的朋友，这一点还请原谅。我回想在新科罗布森的朋友，却拿不准你会是哪一个。

倘若我要将这封信当作某种纪念，令其成为道别，而不是重逢，那你就是凯瑞安妮。倘若如此，你就是我的挚友，倘若如此，即使我开始写信时并不认识你也不重要。毕竟，这是一封"或然信"。

无论你是谁，我不是你最好的朋友，我很抱歉。

此刻，我们已接近排列在隐匿洋外围的舰船，它们就像一队焦躁不安的卫士。我给你写这封信，告诉你发生在我身上的一切。正如我所说的，我意识到自己一直以来都受到操纵利用，即使不再当翻译员，却仍在替人传递信息。我发现自己对此感到很麻木。

并不是我不在意，遭人利用也并非不恼火，嘉罢保佑，尤其是造成了如此可怕残酷的后果。

然而就算我替别人传话（不管有意无意），也是在为自己打算，由始至终都出于自身的意愿。另外，即使我此刻坐在这里，距离新科罗布森万里之遥，隔着一片异域海洋，我也知道，我们正缓缓朝着家乡前进。尽管悲哀与负疚连同伤疤一起，牢牢地缝合在我身上，但有两件事很清楚。

首先，一切都变了，我不可能再受利用，那样的日子已一去不复返，因为我知道得太多。如今我所做的，都是为了自己。虽然发生了这么多事，我感觉直到**现在**，旅程似乎才刚刚开始，仿佛这一切——所有这一切——都只是序章。

其次，我原本迫切想要将这封信寄走——寄给你——以便在新科罗布森留下一个小小的印记，这种神经质似的渴望已然烟消云散。在塔慕斯，在萨克利卡特，我打算到最后一刻才决定你是谁，即便如此，我仍拼命想要把信寄出，好让你记起我。如今，所有疯狂惶恐的感觉都已消失殆尽。

因为它已经没有意义，也没有必要。

我要回家了。归途之中，我将积累起更多的事告诉你。这是一趟漫长的旅程，但终有结束的一天。我不需要找人投递这封信。亲爱的朋友，当我决定你是谁之后，我会亲自递送。

我要亲手把它交给你。

图书在版编目（CIP）数据

地疤 /（英）米耶维著；胡绍晏译. 一重庆：
重庆大学出版社，2013.7
书名原文：The scar
ISBN 978-7-5624-7615-3

Ⅰ.①地… Ⅱ.①米… ②胡… Ⅲ.①长篇小说－英
国－现代 Ⅳ.①I561.45

中国版本图书馆CIP数据核字（2013）第165280号

楚尘文化

官方微博：楚尘文化
公众微信：ccbooks

地疤 diba

[英] 柴纳·米耶维 著

胡绍晏 译

版权顾问 Angie Baecker
特约策划 孔新人
责任编辑 朱 岳
装帧设计 未 氓

重庆大学出版社出版发行
出版人 邓晓益
社址 （401331）重庆市沙坪坝区大学城西路21号
网址 http://www.cqup.com.cn
印刷 北京鹏润伟业印刷有限公司

开本：880×1240 1/32 印张：20.5 字数：496千
2013年8月第1版 2013年8月第1次印刷
ISBN 978-7-5624-7615-3 定价：38.00元

版贸核渝字（2010）第 188 号